젠더와 번역

여성 지의 형성과 변전

필자

박지영(朴志英 Park, Ji-Young) 성균관대학교 동아시아학술원 연구원
이지영(李智瑛 Yi, Ji-Young) 안동대학교 국어국문학과 조교수
서정민(徐禎敏 Seo, Jung-Min) 홍익대학교 교양학부 조교수
박상석(朴相錫 Park, Sang-Seok) 동아대학교 교양교육원 조교수
김연숙(金淵淑 Kim, Yeon-Sook) 경희대학교 후마니타스칼리지 객원교수
김복순(金福順 Kim, Bok-Soon) 명지대학교 방목기초교육대학 교수
김양선(金良宣 Kim, Yang-Sun) 한림대학교 기초교육대학 교수
김윤선(金玧宣 Kim, Yun-Sun) 고려대학교 인문대학 부교수
강소영(姜素英 Kang, So-Young) 이화여자대학교 국어국문학과 강사
윤정화(尹貞和 Yun, Jung-Hwa) 이화여자대학교 국어국문학과 강사
류진희(柳眞熙 Ryu, Jin-Hee) 성균관대학교 한국학연계전공 초빙교수
장미영(張美英 Jang, Mi-Yeong) 전주대학교 교양학부 교수
허 윤(許允 Heo, Yun) 서울예술대학 문예창작학과 강사
권오숙(權五淑 Kweon, O-Sook) 한국외국어대학교 영어대학 강사

젠더와 번역 여성 지知의 형성과 변전變轉

초판인쇄 2013년 11월 30일 **초판발행** 2013년 12월 10일
글쓴이 한국여성문학학회 젠더와번역 연구모임
펴낸이 박성모 **펴낸곳** 소명출판 **출판등록** 제13-522호
주소 서울시 서초구 서초동 1621-18 린빌딩 1층
전화 02-585-7840 **팩스** 02-585-7848 **전자우편** somyong@korea.com **홈페이지** www.somyong.co.kr

값 30,000원

ⓒ 한국여성문학학회 젠더와번역 연구모임, 2013

ISBN 978-89-5626-929-0 93800

젠더와 번역

여성 지의 형성과 변전
知 變 轉

Gender and Translation :
Formation and Transition of Female Intelligence

한국여성문학학회
젠더와번역 연구모임

소명출판

책머리에

한때 문학을 꿈꾸던 사람들에게 '전혜린'은 전설적 존재였다. 습기 찬 이국적 풍경 아래 니체와 살로메, 헤세를 논하던 전혜린이란 형상은 불투명한 앞날 앞에 던져진 청춘들에게 깊은 공감대를 선사했다. 그러나 사람들은 그를 여류 수필가로 기억할 뿐 번역가로 기억하지 않는다. 그의 일기 곳곳에서 파스테르나크를 공들여 번역하던 순간이 인상 깊게 서술되어 있는데도, 이미륵과 헤르만 헤세를 최초로 번역한 사실에도, 사람들은 그가 전문 번역가였다는 사실은 인정하지 않았다. 이것이 바로 한국에서 여성 번역가가 자신의 흔적을 어떻게 남기는가를 보여주는 대표적인 예이다.

물론 번역가라는 존재성 자체를 인정하기 시작한 것도 얼마 되지 않는 이 시대에, 그것도 여성 번역가를 호명하는 일은 그리 쉬운 일이 아닐 것이다. 그러나 분명 그들은 한국문학사 구비구비에 자리 잡고 있었고, 그 안에서 번역은 치열하게 자기 목소리를 내는 절실한 방법 중 하나였다. 이 연구서 기획의 목적은 바로, 한국문학사 내부에서 목소리를 찾아내어 이들의 자리를 찾아주는 것이었다. 이는 전/근현대를 통틀어서, 한국의 여성 지知가 형성되는 과정을 지금까지와는 다른 각도에서 조명해 보는 일이라고 생각했다.

좀 더 구체적으로 말한다면, 본 연구서는 번역을 통해서 한국에서 여성 지(知)가 형성되고 변전되는 과정을 논의하는 것을 목적으로 기획되었다. 이는 한국여성의 지(知)가 외부, 번역을 매개로 특히 제국의 지식을 수용하고 이를 주체적으로 변용하여 어떠한 방식으로 의식화되고 제도화되는지를 살펴보는 일이다.

잘 알려진 대로 번역은 단지 중립적이고 투명한 것, 즉 한 언어를 그대로 다른 언어로 '옮기는' 행위가 아니다. 이는 문화적인 전환의 과정이며, 또 다른 창조를 꾀하는 실천적 언술행위이다. '문명은 번역을 통해 생동한다'라는 어느 서구 지식인의 언술 역시 번역이 어느 시기, 어느 주체를 막론하고 새로운 인식적 패러다임을 형성하고 변화시키는 데 필수적인 매개 과정임을 증명해 주는 것이다.

성경 번역이 없었다면 전 세계 기독교 문명 전파는 불가능했을 것이고 셰익스피어 번역이 없었다면 본격적인 유럽 낭만주의 발흥은 불가능했을지도 모른다. 우리의 경우도 근대 초기 김억의 번역 시집 『오뇌의 무도』가 없었다면 근대시가 어떠한 형상으로 구축되었을 것인지 상상하기 어려울 것이다. 여성 지(知)의 경우도 마찬가지이다. 입센의 〈인형의 집〉 번역이 동아시아 여성 담론 전반을 뒤흔들고, 콜론타이의 「붉은 연애」가 번역되면서 사회주의 여성들의 정체성은 다른 국면으로 사유되기 시작했다.

이처럼 한국여성 지(知)의 번역은 전 / 근대를 가로질러 전개되는 역사의 중층적인 모순 속에서 실천된다. 지식(문자)언어의 위계화 속에 여성의 언어가 한글로 제한되었던 전근대 시대, 남성 중심으로 재편되는 제국 중심의 식민화된 지식 풍토에서, 여성 지(知)의 장(場)은 번역을 통해 의식적으로 구성되기도 하며, 때로는 번역을 통해 이러한 상황을 내파해가는 힘을 구성해내기도 한다. 식민지 번역 텍스트는 식민자의 지배적 인식과 피식민자의 저항적 인식이 교묘하게 혼종되어 있는 공간이다. 또한 번역이 지식 장의 중심적 주도성을 갖고 있는 해방 이후는 그 안에서 젠더적 인식이 새롭게 구성되는 시기이기도 하다. 번역의 토대는 다르지만, 이 시기에는 그 안에서 남성들과는 또 다른 주체적인 해방의 논리를 번역해 내려는 여성들의 치열한 모색이 존재한다. 본 연구가 지향하는 목적은 이러한 젠더와 번역, 여성 지知가 형성되는 이데올로기적 맥락, 주체와 텍스트 간 상호 소통의 순간을 증명해 내고 논의하는 데 있다.

번역 연구가 중요한 것은 그간 '수용' 중심, 즉 이식성을 기반으로 논의되어 왔던 한국 지식(문학 / 문화)사를 주체적으로 재구성하는 데 유효한 방법론이기 때문이다. 명백히 '번역'은 일방적인 수용 방식이 아니라, 기호를 매개로 두 개 혹은 그 이상의 문명이 상호 소통하며 구성해나가는 방법이다. 사카이 나오키는 번역을 내셔널리즘의 경계를 넘어서는 언어 소통의 어떤 것, 내셔널리즘에 강박된 닫힌 주체가 아니라 이 경계를 넘어선 열린 주체로 만들어낸 데 기여하는 활동으로 의미부여한다. 이 철학적 언술은 번역의 긍정적인 정치성을 증명해 주는 것이다.

또한 젠더 이론 역시 끊임없이 민족, 국가, 인종, 성별 등 여타의 경계를 뛰어넘는 정치적 담론이다. 그러므로 젠더와 번역, 이 두 이론의 만남은 탈경계적 정신을 추구하는 현재 인문학의 최전선에서 가장 적합한 학문적 담론을 생성해 낼 것이라 믿었다. 최근 영미 페미니즘 학계에서 '문화번역' 이론이 적극적으로 제기되기도 하였다. 이 기획도 이러한 긍정적인 현상에 용기를 얻은 바 크다. 그러나 아직까지 젠더 인식론이 적용된 번역 이론이 한국에서 산출된 실제 텍스트와 컨텍스트의 이데올로기 분석까지 본격적으로 심도 있게 적용되지는 못했다. 이는 아직까지 한국학 내부의 젠더 연구자들이 번역 연구의 중요성을 자각하고 주도적인 연구방법론으로 수용하지 못했기 때문에 발생한 문제라고 생각한다. 그리하여 한국여성문학학회는 이러한 상황과 한계를 절감하고 번역과 젠더 이론의 접목 가능성을 타진하는 본 학술서를 기획하게 되었다.

이 연구서의 기획은 이러한 목적을 위해 의기투합한 한국여성문학학회 소속 연구자들이 2011년 8월 성균관대에서 젠더와 번역 연구 모임이란 이름으로 만나면서 시작되었다. 이 험난한 길에 한 영문학자도 함께 해 주셨다.

고전문학, 근대문학, 현대문학, 영문학 각기 전공이 다르고, 개별 관심분야, 전공 장르도, 연배 차이도 많이 나는 선후배들이 모여 함께 공부하는 일은 그리 쉬운 일만은 아니었다. 기초 번역 이론을 공부하고 텍스트 목록을 만들고, 자료를 수집하여 하나하나 읽어갔다. 그 와중에 머리를 맞대고 문제의식을 공유하고 개념을 사유했다. 처음에 우리가 부딪힌 문제는 번역 연구 이론만큼 실제 텍스트 연구가 얼마나 지난한 노동의 과정인가를 깨닫는 것이었다. 번역 연구가 곧 '언어' 연구였던 만큼 개별 언어가 번역되는 상황을 논한다는 것은 철저한 텍스트 고증과 더불어 그 언어들이 안고 있는 사회역사적 상황과 지리적 한계를 넘어 그 인식구조를 횡단하는 작업이 되어야 하기 때문이다. 원텍스트 표기가 제대로 되지 않았던 식민지 시대, 유난히 필명이 많아 성별 구별이 어려웠던 번역자의 정체 때문에 기초 작업마저 참 힘들었다. 물론 결과를 놓고 볼 때 우리가 그 길을 제대로 걸었다고 자신할 수는 없다. 방대하기도 하고 난해한 자료들을 찾기도 힘들었고, 그것을 분석하기 이전에 해독하기 바빠 그 번역 텍스트가 우리가 말해주는 바를 치밀하게 제대로 전달했다고 보기는 어려울 것이다. 처음 작업인 만큼 분명 그 한계는 분명 많을 것이다. 어떤 면에서 우리는 이 연구를 통해서 번역 연구의 길이 얼마나 험난한가를 증명해 낸 듯하다.

그러나 이 책이 현재 진행 중인 한국여성번역(문학)사 연구의 현황을 개괄하여 보여준다는 사실은 분명할 것이다. 특히 고전문학 분야의 성과는 이전의 어떤 기획에서도 찾아보기 힘들 것이다. 그리하여 분명 이 성과가 이후 새로 시작될 젠더와 번역 연구의 밑거름은 될 수 있다고는 자임한다. 함께 공부할 동료들이 이 책을 보고 늘어난다면, 우리는 그것만으로도 만족할 것이다. 한국여성지식문학·문화사 연구와 번역 연구의 접합이라는 점에서 새로운 방법론을 제기하는 일이 될 것이며, 이를 통해 한국 젠더 연구, 번역 연구의 한 모범 사례로 기억될 수 있을 것이다.

이 연구서는 이 연구모임의 연구 성과를 모아 발표하기 위해, 2012년 10월 22일 서강대에서 개최된 학술대회 '젠더와 번역─여성 지知의 형성과 변전變轉'의 결과물과 우리와 같은 주제에 천착한 연구자들의 원고를 모은 것이다. 우리 모임을 처음부터 함께 했던 연구자들의 성과와 서정민, 박상석, 윤정화·강소영 선생님의 원고를 모았다. 이 자리를 빌려 기꺼이 원고를 내 주신 이 네 분 선생님께 감사드린다.

그리고 무엇보다 그간 우리를 따뜻한 눈빛으로 격려해 주신 한국여성문학학회 소속 동학 여러분들께 감사드린다. 이분들의 격려가 없었으면 우리는 아마 감히 이 성과를 세상에 내놓지 못했을 지도 모른다.

2013년 겨울에
한국여성문학학회 젠더와번역연구모임을 대표해서
박지영

차례

서론

—

여성주의 번역(문학)사를 다시 세우기 위하여

박지영
위태로운 정체성, 횡단하는 경계인
'여성 번역가 / 번역' 연구를 위하여

위태로운 정체성, 횡단하는 경계인[1]

'여성 번역가 / 번역' 연구를 위하여

박지영

> 나의 소망의 직업이 있다면 역시 쓰고 싶은 것뿐! 나의 소망의 생(生)의 방식은 사색이고…… 무언지, 무언지 이룩해야겠다. 이 모래를 가지고…… 이 나에게 주어진 시간성을 가지고……. 그렇지만 무엇을? 지금 나의 내면의 순수한 명령은 『생의 한가운데』같은 책을 쓸 것을, 아니라면 번역할 것을 명한다.
>
> ── 전혜린, 「일기」(1967.1.7) 중에서[2]

---

1   '경계인'이란 명칭은 서은주가 「전혜린이란 텍스트」에서 사용한 용어이다. 이 용어를 차용해 보기로 한다(서은주, 「경계 밖의 문학인 ─ '전혜린'이라는 텍스트」, 『여성문학연구』 11, 한국여성문학학회, 2004).

2   전혜린, 「1961년 1월 7일 일기」, 『미래 완료의 시간 속에 ─ 전혜린 전집 1』, 廣明出版社, 1966.

1. 한국여성(번역)문학사, '여성 번역가' 호출하기

위의 글은 한국의 여성 번역가 전혜린의 일기 중 한 부분이다. 이 구절은 전혜린에게 있어서 번역이 어떠한 의미였는지를 암시해준다. 그에게 번역은 곧 창작 행위 대신이었던 것이다. 문학에 대한 지독한 열병을 앓고 있었던 문학도에게 루이제 린저 번역은 곧 창작으로 가는 과도기적 행위이기도 했지만, 그것 이상이기도 했다. 이처럼 번역가들, 특히 문학번역가들의 경우는 창작에 대한 열망을 번역을 통해 실현하는 경우가 많았다.

한국 번역문학사에서 여성에게 '번역가'라는 프로페셔널한 호칭을 붙일 수 있는 존재는 아마 전혜린이 대표적일 것이다. 우선 한국 번역문학사 데이터에서 전혜린만큼 많은 양의 번역 실적을 가진 여성 주체가 드물고 그 질적 성과 역시 인정받고 있는 형편이다. 그러나 전혜린을 번역가로 평가하기 시작한 것도 비교적 최근의 일이다.[3] 물론 이렇게 된 근원적인 원인은 오랫동안 '번역'의 중요성을 인정하지 못했던 국문학계 내부의 연구풍토[4]에 기인하는 것이지만, 가장 중요한 것은 여성지식인 자체의 존재가 미미했던 한국 근대 지식사에서, 최고의 지식 수준이 필요한 여성 번역가를 찾아내기가 어려웠기 때문이다.

---

3 전혜린을 번역가로서 본격적으로 조명한 연구성과는 서은주, 앞의 글이다. 물론 남성 번역가 역시 번역가라는 정체성으로 연구되기 시작한 것도 최근의 일이다. 김억, 김수영, 해외문학파, 박용철 등 그 대상도 아직 소수이다.
4 번역을 인정하는 것은 곧 문학사의 '이식성'을 인정하는 것이라는 논리가 강했던 그간의 시각은, 특히 식민지 시대 틈입되었던 제국의 논리를 부정해야만 하는 한국문학 연구자들의 자의식과 맞물려 번역 연구를 지연시켰다고 볼 수 있다. 그러나 최근 탈식민주의 연구가 시작되면서 오히려 번역 연구가 제국 / 피식민의 이분법적 도식을 넘어설 수 있는 유효한 연구방법론이라는 점이 인식되면서 그 중요성이 제기된 바 있다.

또한 일본어를 근대 지식의 언어로 삼고 있으면서도 제국으로부터 '번역'된 근대, 특히 '중역된 근대'라는 굴욕적인 상황을 인정하고 싶지 않았던 당대 지식인들의 자의식[5]은 텍스트에서 번역의 표식을 지우고 싶어했다. 번역가란 자의식이 강했던 김억이 『태서문예신보』에 원텍스트를 표기한 일이 경이롭게 느껴질 정도로 근대 초기 매체에서 많은 텍스트들이 '번역'이라는 기호 자체를 노출시키지 않았다. 근대 초기 여성 잡지인 『여자계』와 『부인』에서 '번역'이라고 명기된 텍스트는 찾아보기 힘들며, 단지 『신여자』에서 톨스토이의 단편 「엘니아 부부」(3호, 대정 9년 5월)가 계강桂岡 번역으로 명기되어 있을 따름이다.

또한 일본어 독해 능력이 있다는 점을 들어 '해외문학'파의 번역 활동을 일방적으로 무시했던 김동인의 언술[6]은 당대 번역행위에 대한 무지를 드러내 주는 것이기도 하다. 이러한 점은 그 역할은 지대했으되,[7] 그 정체를 커밍아웃 할 수 없는 당대 번역이라는 기호가 놓여진 상황을 보여준다. 이는 식민지 시기에 번역가라는 정체성이 어느 만큼 인정받기 어려운 것이었나를 증명해 주는 것이다.[8]

더구나 번역에 대한 자의식이 강했던 '해외문학'파조차도 여성을 번역의 주체로 인정하지 않았다. 이 상황은 점차 안정적으로 구성되어 가는 지식(문학) 장場 내부에서 진행되는 여성 주체의 소외를 반영

---

5 이에 대한 논의로는 한기형, 「중역되는 사상, 직역되는 문학」, 『아세아연구』 54-4, 고려대 아세아문제연구소, 2011.12 참조.

6 외국문학은 문인이라면 일역을 통해 이미 읽은 것들이므로 새로운 내용이 없다고 비판한다(김동인, 「번역문학」, 『매일신보』, 1935.8.31).

7 번역 텍스트가 없는 『여자계』의 기사들 중 많은 수가 사실은 번역된 지식이었기 때문이다. 잡지 여자계의 근대 지식 수용에 관한 논의로 조윤정, 「유학생의 글쓰기, 사상의 오독과 감정의 발현 – 잡지 『여자계女子界』를 중심으로」, 『대동문화연구』 73, 2011. 참조.

8 이에 대한 논의는 정선태, 「번역 또는 식민주의를 '애도'하는 방법」, 『번역비평』 창간호, 2007 참조.

해주는 일이다. 이러한 복합적 상황이 바로 현재에도 그 가치를 제대로 인정받지 못하는, 한국여성 번역가들의 소외된 상황의 근원이라고 볼 수 있다. 그리하여 지금까지 한국 번역문학사에서 여성 번역가는 제대로 정리된 적이 없다. 김병철, 김욱동[9]의 저작 이외에 제대로 된 번역문학사가 존재하지 않는 상황에서 여성 번역문학사를 고찰해 내는 일은 난맥상이 아닐 수 없다. 그러나 다행히 식민지 시대 여성 번역사를 두루 개괄해 낸 테레사 현의 저작[10]이 향후 연구의 중요한 실증적 토대를 제공하고 있으며 본 연구 역시 이 저작에 많은 힌트를 얻고 있다. 그렇다면 이제 중요한 것은 문제의식의 예각화와 그것의 공유가 아닐 수 없다. 마침 최근 진행된 번역 관련 학술대회[11]에서 젠더와 번역 연구의 중요성이 제기된 바 있다. 젠더와 번역 연구는 이제 매우 중요한 과제로 떠오르고 있는 것이다.

잘 알려져 있는 대로 번역은 단순히 일차원적으로 뜻을 전달하는 작업이 아니라 매우 정치적인 작업이다. 모든 언어가 정치적이듯, 언어와 언어의 만남과 교차 속에 생성되는 번역어의 정치성은 더 강조할 필요가 없을 것이다. 물론 번역가는 원본의 의미를 가장 객관적으로 적확하게 전달하고자 노력하지만, 번역은 누가(주체), 무엇을(객체), 어떠한 상황에서 번역하는가에 따라 정치적 함의가 달라지곤 한다.

식민지 시기 에밀 졸라의 『나나』 번역과 수입 금지 문제는 당대 풍기문란 통제와 밀접한 관련이 있는 것[12]이었으며, 아일랜드 문학이

---

9 김병철, 『한국 근대번역문학사 연구』와 『한국 현대번역문학사 연구』(을유문화사, 1988(1975)·1998)와 김욱동의 『번역과 한국의 근대』(소명출판, 2012)에서는 제임스 게일의 아내 해리엇 엘리자베스 깁슨과 언더우드의 아내 릴리엇 호튼 언더우드, 박인덕, 김명순 등과 이화여전을 졸업한 장영숙, 최정림, 김자혜, 이순희와 모윤숙 노천명을 들고 있다.

10 테레사 현, 김혜동 역, 『번역과 창작 ─ 한국 근대 여성 작가를 중심으로』, 이화여대 출판부, 2004.

11 이화인문과학원과 한국번역비평학회가 공동주최한 '문화와 번역의 쟁점 ─ 탈식민주의와 젠더'(2011.10.15); '여성과 언어 ─ 젠더와 번역'(한국외대 통번역연구소, 2012.4.28).

번역되는 과정에서 젠더화되는 양상은 식민지 근대가 제국의 식민주의에 무의식적으로 동화해 가는 과정이기도 했다.[13]

이렇다고 할 때, 전위적이면서도 소외받고 있는 두 키워드, 젠더와 번역 연구의 만남은 문제적일 수밖에 없을 것이다.[14] 그만큼 여러 가지 복잡하고 굴절된 정치적 상황을 고려해야 하기 때문이다. 그 중에서도 주체인 여성 번역가 연구는 번역을 통해서 젠더적 정치성이 구현될 수 있는가를 알아보는 데 중요한 영역인 것이다. 근대 이후 번역은 새로운 근대 지식을 수용하는 창구이자 방법이었다고 할 때, 여성들역시 번역이라는 매개를 통해서 자신들의 욕구를 충족시켜 나갔다.

모윤숙의 사로지니 나이두 번역이 그 대표적인 예일 것이다.[15] 모윤숙은 모악산인이라는 필명으로 나이두의 「인도에게」를 번역했다.[16] 또한 『삼천리』 1934년 1월호에 실린 애란민요 「애愛」를 번역하기도 했다.[17] 이외에도 모윤숙은 파오토 뿟쯔이의 시 「삼색기」를 『삼천리』(1941.12)에 번역해서 실었다. 이 시는 전쟁을 칭송하는 이탈리아

---

12 이러한 번역의 정치성을 잘 보여주는 최근의 연구로는 권명아, Coloniality, obscenity, and Zola, AIZEN(에밀졸라와 자연주의 연구 국제학회) 2011년 국제학술대회 발표문, 2011.7 부산대 참조. 한국어본은 권명아, 『음란과 혁명－풍기문란의 계보와 정념의 정치』, 책세상, 2012에 실려 있다고 한다.

13 이에 대한 자세한 내용은 김복순, 「아일랜드 문학의 전유와 민족문학 상상의 젠더」, 『민족문학사연구』 44, 2010 참조.

14 이미 원본과의 대결에서 젠더화되었던 번역본의 운명과 젠더 연구의 상황을 연관지으면서이 연구의 중요성을 제기한 논의가 있다. 박선주, 「(부)적절한 만남－ 번역의 젠더, 젠더의 번역」, 『안과밖』 Vol.32, 영미문학연구회, 2012.

15 이에 대한 자세한 논의는 허혜정, 「모윤숙의 초기시의 출처－사로지니 나이두Sarojini Naidu의 영향 연구」, 『현대문학의 연구』 33, 한국문학연구학회, 2007 참조.

16 사로지니 나이두, 「인도에게」, 『동광총서』, 1933.6(송영순, 『모윤숙 연구』, 국학자료원, 1997에서 재인용).

17 실제적으로 나이두 시를 번역 소개한 번역가는 김억, 이하윤 등 남성 번역가들이다. 김병철의 조사에 의하면 김기진, 이하윤, 정인섭, 윤석중이 사로지니 나이두의 시를 번역했다. 이러한 점은 사로지니 나이두에 대한 관심은 여성들 못지않게 남성들이 많았고, 이는 그만큼사로지니 나이두가 남성의 시각에서 번역되었을 가능성을 시사해 주는 것이다.

시이다.[18] 향후 논하겠지만, 이 번역 텍스트는 당대 친일시의 전범적 양상을 보여주는 것이기도 하다. 이처럼 번역이 행해진 주체와 대상, 그리고 당대의 시대적 맥락을 살펴보면 그 텍스트에 대한 논의할 내용이 더 풍부해질 수 있다.

이외에 김명순, 노천명 등 많은 여성문인들도 번역 작업에 동참했다.[19] 교지 『이화』, 잡지 『신가정』 등에 실린 이화여전 여학생(졸업생)들의 번역 텍스트는 이들에게 번역 작업이 학문적 수양의 한 방도이며 창작 작업 대신이며 혹은 그 이상의 자기 표현 양식이었음을 증명해주는 것이다.[20]

비록 번역가란 명칭을 붙이기 민망할 정도로 많은 수의 텍스트를 번역한 것은 아니지만 이러한 현상 역시 당대 모든 권력이 남성지식인들에게 있었기 때문에 벌어진 결과이다. 그러므로 그렇다고 해서 여성 번역 주체가 행한 번역행위의 중요성이 삭감되는 것은 아니다.

여성 주체들의 번역 텍스트는 당대 주요한 문학적 조류를 대변하는데 부족함이 없는 것들이었다. 앞으로 분석할 김명순의 에드거 알렌 포우 번역은 포우 번역사가 증명하듯 최초의 번역이며,[21] 전혜린의 헤르만 헤세, 루이제 린저 번역 역시 최초의 시도였다. 이 텍스트들은 문학사적인 중요도에서도 뒤지지 않는 것들이다. 여기에 여성

---

18 테레사 현, 앞의 책, 99쪽.
19 김명순과 모윤숙의 번역 텍스트는 향후 제시할 것이다. 노천명의 번역 텍스트는 다음과 같다. 엡스사젠, 「그리운 바다로」, 『중앙』 2권 8호, 1934.8.1(김병철, 앞의 책에서 인용), 위니프레드, 「악스포도의 첨탑」, 『삼천리』, 1941.12; 토마스 하디, 「늙은 말을 데리고」, 『삼천리』, 1941.12.
20 테레사 현은 식민지 시기 여성들이 익명으로 번역 활동을 했을 가능성을 제기하기도 했다(테레사 현, 앞의 책, 90쪽).
21 김병철, 『한국 근대번역문학사 연구』 상, 을유문화사, 1988, 429쪽 참조, 김현실, 「1920년대 번역 미국소설 연구-그 수용양상 및 영향의 측면에서」, 이화여대 석사논문, 1980 참조.

지식인으로서의 자의식이 더해져 남성 번역가의 번역과는 다른 번역 태도를 갖게 되고 이를 통해 좀 더 섬세한 번역 텍스트가 생산되기도 한다. 그러므로 그들의 번역 작업은 중요한 연구대상인 것이다.

이제는 지금까지 문학사에 묻혀 있었던 여성지식인들에게 '번역가'라는 새로운 정체성을 부여함으로써 그 위치를 찾아주어야 한다. 이는 늘 번역가의 주체성에 회의적인 시선을 가지고 있었던 한국 근대문학사, 번역문학사 연구에도 중요한 의미를 가질 것이다.

2. 여성 번역가의 탄생과 존재 양태

1) 1920년대 : 문인 번역가 김명순 ─ 전위적 지식의 유입과 번역으로서의 창작

한국 번역문학사에서는 최초의 여성 번역 주체로 박인덕을 호명한다.[22] 박인덕은 『장미촌』에 호퀸 밀러(신시내터스 하이너 밀러)의 「콜럼버스」라는 시를 번역하여 발표한다(1921.5.24).[23] 신대륙을 '발견한' 개척자의 진취적 정신을 노래한 이 작품은 퍽 대중적인 작품이었다.

물론 근대 계몽기에 활동한 여성 번역가들이 없었던 것은 아니다. 외국 선교사 부인들, 제임스 게일 선교사의 아내 해리엇 엘리자베스 깁슨과 '원두부인'으로 더욱 잘 알려진 호러스 G. 언더우드 선교사의

---

22 김욱동, 「여성 번역가의 출현」, 앞의 책, 168~170쪽 참조.
23 그나마 원텍스트의 작가가 밝혀있지 않아서 김욱동이 찾아내었다(위의 책, 169쪽).

아내 릴리어스 호튼 언더우드 등이 활동했다. 이전 영문과 출신인 박인덕은 그 이후에도 한 편 더 번역을 하나, 그 이후에는 번역 활동의 흔적을 찾기 어렵다.[24]

이를 볼 때 여성 번역가는 1920년대가 되어서야 본격적으로 등장하기 시작했다고 볼 수 있다. 김병철에 의하면 1920년대는 동인지, 신문 잡지 등 발표지면의 확대로 번역 텍스트의 양이 급증했던 시기이다. 김억, 김팔봉, 양주동, 손진태 등 남성 번역가들이 동인지와 잡지 등을 중심으로 활동했다. 그러나 그 안에서 여성의 이름을 찾기는 쉽지가 않다.[25]

이 중에서도 주목받을 만한 번역자로는 김명순이 있다.[26] 김명순

---

24 이후에 박인덕은 잡지 『신천지』에 작가를 밝히지 않은 텍스트 「고애우의 정」(1921.11.18)을 번역하기도 한다. 김병철의 번역 서지 목록에 의하면 『조야』라는 잡지에 루이스 스티븐슨 작품으로 『병중소마屛中小魔』(1921.5.20)라는 작품이 번역되었다고 기록되어 있는데, 이 텍스트를 확인할 길이 없다.

25 1920년대 번역자가 여성으로 추정되는 번역 목록은 아래와 같다.

	호수	발행일	원작가	국적	역자	제목	장르
중외일보		1927.11.29	베톨스키	로	鄭順貞	교회	시
중외일보		1927.11.29	베톨스키	로	鄭順貞	朝	시
중외일보		1927.11.30	베톨스키	로	鄭順貞	秋	시
청년	7권 1호	1927.2.1	에프 엘 오티쓰 (엘리자베스링컨 오티스)	미상	신백희	만일 여자가	시
청년	7권 1호	1927.2.1	에프 엘 오티쓰	미	신백희	만일 여자가	시
청년	6권 5호	1926.5.1	월스월(위즈워드)	영	盧在淑	수선화	시
청년	6권 9호	1926.11.	알프레드 테니슨	영	박겸숙	부서저라, 부서저라, 부서저라	시
조선일보		1927.2.6~21	결	결	鄭順貞	무산계급시론	논설
시종	2권 1호	1927.8.25	결	미상	김연희	'마스크' 쓰고서 결혼	소설
신생	2권10호	1929.10.1	삐지니아 포	미	유형숙	나의 사랑하는 이여	시
신소설	1권 2호	1929.12.1	쎅스피어	영	여기자	사랑과 죽엄(초역)	소설
이화	창간호	1929.2.10	테니슨	영	메리	이낙아 든	시
신소설	2권 1호	1930.1.1	찰즈 램	영	여기자	사랑과 죽엄 (《로미오와 쥬리엣트》의 초역)	소설

이 목록은 성균관대 조은정 선생님께서 작성해 주신 것이다. 이 자리를 빌어 감사드린다. 이외에 테레사 현의 저작에 「1920~30년대에 활동한 여성 번역가와 그들의 작품」이 부록으로 실려 있다. 그리고 여기서 박겸숙의 번역은 공식적인 것으로는 최초의 것이라고 한다(테레사 현, 앞의 책, 101 · 173~180쪽 참조).

은 잘 알려진 대로 한국 근대 1세대 여성 작가로서 한국 근대여성문학사에 한 획을 그은 작가이다.

우선 그의 번역 텍스트로는 『개벽』에 실린 시(프란츠 베르펠, 「웃음」, 헤르만 카자크, 「悲劇的 運命」, 메테르링크, 「나는 차젓다」, 구르몽, 「눈」, 호레스 호레이, 「酒場」, 알렌 포우, 「大鴉」, 「헤렌에게」, 보들레르의 「貧民의 死」, 「詛呪의 女人들」) 9편과 『매일신보』(1927.3.27)[27]에 실린 번역시 「아아 인생」(번역 원텍스트 미상)이 있다.[28]

『개벽』에서 김명순은 「웃음」과 「비극적 운명」을 표현파의 시로, 「나는 차젓다」와 「눈」을 상징파의 시로, 「酒場」은 후기인상파의 시로, 「大鴉」, 「헤렌에게」, 「貧民의 死」, 「詛呪의 女人들」은 악마파의 시로 분류하여 번역한다. 독일 표현주의 시를 소개한 이후 상징파의 시로 소개해도 될 보들레르와 포우의 시를 군이 악마파의 시로 분류한 것은 이 두 시인의 시적 경향을 강조하고 싶은 번역자 김명순의 의도가 투영된 것이다. 이러한 점은 번역 텍스트 말미에 실린 「부언」에서 잘 드러난다.

『개벽』 다음 호에 번역한 소설 『상봉』에는 '문우 갈달'이란 필명으로 김명순의 동료인 임노월이 쓴 번역후기 「부언」이 있다. 「附言」에서 노월은 포우를 "近代 藝術家치고 누구든지 직접 간접으로 포-에게 感化를 밧지 안흔 이가 업는 것을 보아도 포-의 위대를 알앗"다고 하

---

26 김명순은 테레사 현과 김욱동 모두가 주목한 여성 번역가이다(테레사 현, 위의 책; 김욱동, 앞의 책 참조).

27 이 텍스트는 서정자·남은혜 편, 『김명순 문학 전집』, 푸른사상, 2010, 770쪽에 소개되어 있다. 이하 출처 표기는 『김명순 문학 전집』, 쪽수로 한다.

28 신혜수의 연구에 의하면 김명순의 번역시는 15편이다. 『개벽』에 실린 번역 시 이외에 『신여성』, 1924.3에 실린 번역시 「바다에 가려고」 등 5편은 잡지가 유실되어서 보기 어렵다. 이외에 번역시 「追憶」은 『애인의선물』에 실린 수필 「향수」에 실려 있다. 이에 대한 자세한 사항은 신혜수, 「김명순 문학 연구—작가 의식의 변모 양상을 중심으로」, 이화여대 석사논문, 2009 참조.

면서 상징주의의 대부였던 포우의 문학사적 업적을 설명한다. 더 나아가 "요즘 우리 文壇 及 思想界에서는 아즉까지 舊套를 벗지 못하고 空然히 허위적 공리에 눈 어두워서 惡魔藝術의 眞意를 잘 이해도 못하면서 비난하는 부천한 常識家가 만흔듯 합니다"라고 하면서 "적어도 文藝를 말하는 이가 惡魔와 神에 대한 의식을 倫理的 標準에서 識別하겠다는 것이 웃읍습니다. 만일 朝鮮 靑年이 특수한 예술을 창조하야 藝術史 上에 한 중요한 지위를 어드랴면 우리는 모든 旣成觀念을 벗어나서 아즉까지 업섯든 새로운 美를 건설하여야 되겠"다라고 번역의 의의를 부각시킨다.

번역 텍스트에 대한 부언이 번역자와의 소통을 전제로 한다고 할 때, 임노월의 글을 보면 김명순은 번역을 통해 "목전에 잇는 허영에만 탐내지 말고 영원한 미에 바치겠다는 이상을 품고 노력"하는 근대적 의미의 예술(예술지상주의적)을 추구해야 한다고 주장한 것이다. 김명순은 번역을 통해서 아직도 공리주의에 빠져 있었던 당대 문단의 문학적 인식 자체를 변혁시키려고 시도했다.

주지하다시피 1922년은 동인지 문단 시대의 끝자락에 해당되는 시기이다. 『태서문예신보』, 『학지광』을 통해서 근대 문예의 새로운 개념들이 번역되기 시작하고 동인지에서는 본격적으로 문학 텍스트들이 번역되기 시작한다. 괴테, 하이네 등 독일문호들의 시는 물론, 쉘리 예이츠, 휘트먼 등 영미 시인들의 시와 톨스토이, 투르게네프 등 러시아의 문호들의 시, 베르렌느 등 프랑스 상징주의 시와 타고르의 시가 번역된다. 특히 가장 많이 번역된 투르게네프의 시는 주로 김억과 나도향이, 베를렌느의 시는 김억이 번역한다.[29] 이외에 1920년대는 최초의

---

29 이러한 번역 상황은 김병철, 『세계문학번역서지목록총람』, 한국교육문화원, 2002 참조. 특히 뚜르게네프가 주로 『백조』, 베를렌느가 주로 『창조』에 번역된 상황도 개별 동인지의 성

번역 시집인 김억의 『오뇌의 무도』가 발간된 시기이다. 여기에는 베를 렌, 구르몽, 싸멘, 보들레르, 예이츠 등의 시가 번역되어 있다.

이러한 당대 번역 양태를 살펴보면 김명순이 번역한 상징주의, 혹은 악마파의 시는 당대 시단의 일반적인 제경향과는 다소 다른 성향을 가진 것이다. 한국 상징주의 번역사에서 말라르메나 발레리의 시가 아닌 베를렌느의 시가 주도적으로 번역된 상황은 베를렌느의 시 번역이 상대적으로 수월했던 상황, 그리고 감상적인 시가를 선호했던 김억의 취향과 근대시가의 감수성이 필요했던 당대 시단의 요구와도 관련이 깊은 문제이다.[30]

그런데 김명순이 문제제기하고 싶었던 상황은 바로 이 지점이다. 『창조』, 『폐허이후』의 동인으로도 활동했던 김명순은 베를렌느를 중심으로 애상적 정조로 번역되고 있었던 당대의 상징주의 번역 상황에 새로운 경향이 필요하다고 생각했던 것이다.

물론 김억의 애상적, 운율 중심의 시 일변도에서 벗어나고자 했던 시도가 없었던 것은 아니다. 황석우 중심의 시전문동인지 『장미촌』과 『근대사조』[31] 등에서는 상징주의가 '아나키즘'이라는 사상성과 결합되어 예술지상주의적 경향[32]으로 창작된 바 있지만 이러한 제반 경향은 검열 등 여러 한계 상황으로 그 파장이 컸다고 보기는 어렵다. 이러

격과도 관련이 깊은 문제라 흥미롭다.

30 베를렌느 번역 양태는 조재룡, 「한국 근대시와 프랑스 상징주의 시 사이의 상호교류 연구」, 『불어불문학 연구』 60집, 2004; 김진희, 「근대문학의 場과 김억의 상징주의 수용」, 『한국문학이론과 비평』 22, 2004 등 참조.

31 이들 동인지 중 현재 구할 수 있는 판본은 1호뿐이다. 검열 등 여러 이유로 이 잡지는 단명한 것으로 보인다.

32 이에 대해서는 정우택, 「『근대사조』의 매체적 성격과 문예사상적 의의」, 국제어문학회, 『국제어문』 34, 2005, 81쪽; 조영복, 「황석우의 『近代思潮』와 근대 초기 잡지의 '불온성'」, 한국현대문학회, 『한국 현대문학 연구』 17, 2005.1 참조.

한 상황에서 김명순은 번역을 통해 기존의 윤리 의식 등 경직된 관념을 뛰어넘어 악마성, 추의 미학 등 새로운 미학적 언어 구성을 통해서 황홀경의 시적 경지를 추구하는 악마주의적 성향의 상징주의를 소개하고자 했던 것이다. 포우를 번역하면서 보들레르의 상징주의 시의식이 완성되었다고 할 때 독일과 프랑스로의 유학을 꿈꾸었던 문학도[33] 김명순의 지식 수준은 이를 분명하게 잘 인식하고 있었던 것이다.[34] 그리고 이를 통해 한국 상징주의 시 번역사가 일층 진전하게 된 것이다.

독일 표현주의 시를 번역 소개한 맥락도 역시 전위적 근대 사조에 예민했던 김명순의 행보를 반영해주는 것이다. 독일 표현주의 10년이라 할 정도로 표현주의가 유행이었던 1910~20년, 김명순은 프란츠 베르펠과 헤르만 카자크 시를 번역 소개한다. 김명순은 거의 동시대적으로 표현주의를 번역했던 일본 문단과 그 행보를 같이 하고자 했던 것이다.[35] 그래서 김명순은 괴테와 하이네를 중심으로 번역되어 온 조선 독일시의 번역 범주를 확대한 것이다.

표현주의는 20세기 초에 독일을 중심으로 전개된 예술 운동 사조 중 하나이다. 그동안 지배적으로 자리잡아오던 사실주의와 자연주의의 모방적 성격에 반발하여 표현주의는 삭막한 현실세계 속에 사는 개인의 고통스런 정신 상태를 표현하고자 하였다. 그리하여 표현주의자들은 외부의 사실을 그대로 사실로만 받아들이는 정상적인 인물

---

33 실제로 그의 30년대 이후 세 번째 일본 유학에서는 이러한 지향성이 보다 분명하게 드러난다. 아테네 프랑스라는 학원을 다니고, 상지대학 독문과도 다니고 법정대학에서 불,영, 독문과 등에서 청강을 했다고 한다(「작가연보」, 『김명순 문학 전집』, 835쪽 참조).

34 이에 대한 설명은 남계선, 「김명순 시에 나타난 상징주의 연구」, 안양대 교육대학원, 2010 참조.

35 표현주의 이론이 이 땅에 처음 번역 소개된 것은 1921년 현철이 「독일의 예술 운동과 표현주의」(『개벽』)라는 글을 통해서였다. 유민영에 의하면 이 글은 일본의 문학이론가 매택梅澤이 쓴 「표현주의의 유래」를 요약 번역한 것이라고 한다(유민영, 「표현주의와 그 수용」, 『문예사조』, 고려원, 1983 참조).

을 버리고 정서적으로 불안한 상태에 있는 인물의 내면적 체험을 중
요시하였다. 이러한 특징을 지닌 표현주의는 서구 유럽은 물론 세계
각국에 영향을 미쳐 20세기 실험적 예술운동의 모태가 되고 있다.[36]
이러한 표현주의 성향은 상징주의 운동과 매우 유사한 특성을 가지고
있는데 이성적인 것보다는 공포와 우울 등 개인의 깊은 내면을 표현
하고 이를 통해 당대 속악한 현실을 환상적으로 초월하고자 했다. 김
명순은 이러한 점에 매료된 것이다.

그런데 김명순의 번역 텍스트 선정에서 특이한 점이 발견된다. 이
텍스트들에서는 공통적으로 여성이 등장한다.

> 석양도 어슬어저가는데, 누의야,
>
> 지금은 내맘도 알아지컷다
>
> 그대는아즉젊다, 누의야, 어느곳이든지 방황해보라
>
> 내 생각의 집행이를 잡고, 누의야,
>
> 나와 가티저를 차저구하야
>
> ―「나는차젓다」(메텔링크 작)

> 너희들을 내 혼은지옥까지 쌀하왓스나
>
> 나는애련愛憐한다. 아아나의비참한자매들.
>
> 너희들의욕망은 사러지기어렵고
>
> 너희들의고통은 입으로말할수업다
>
> 그리고 너희들의 위대한마음은신성한사랑의 골호骨壺!
>
> ―「저주의 여인들」(보-드레-르 작)

---

36 이에 대해서는 김영택, 「표현주의 문학의 이론」, 『現代思想 硏究』 9, 1995 참조.

이처럼 이 두 시에서는 '누이', '자매'들 등, '여성'을 호명하고 있다. 이 시 이외에도 김명순은, 포우의 시는 그의 대표작이기도 한 「헬렌에게」[37]를, 구르몽의 시는 대표적인 연시戀詩인 「눈」을 번역한다. 이러한 점은 번역 텍스트 선정에 여성으로서의 자의식이 개입되었다는 것을 보여주는 것이다. 이 텍스트가 실린 매체가 여성잡지가 아닌 종합지 『개벽』이었기 때문에 굳이 여성 관련 텍스트를 선정할 의무는 없었기 때문이다.

번역된 시 「나는차젓다」는 누이에게 방황과 시련 속에서도 견결한 자아를 찾아 나가자는 시적 화자의 열망이 간절한 시이다. 보들레르의 「저주받은 여인들」은 영원을 동경하다가 저주 받은 여인들의 이야기이다. 이는 시인 보들레르가 추구한, 영원에 대한 동경과 갈증을 표현한 것이기도 하다.[38] 김명순 역시 이러한 '여인'들의 완성된 자아에 대한 갈망, 영원한 진리와 미에 대한 동경이라는 시적 성향에 매혹되었다.

이 텍스트들의 원본 텍스트는 밝혀져 있지 않다. 일어역본을 대본으로 한 중역으로 추측할 따름이다. 「갈가마귀The Raven」의 일본어 번역본 제목이 「대아大雅」인데, 김명순은 이를 그대로 차용하고 있다. 보들레르의 시 "La mort des pauvres"와 "Femme damnées"가 각각 「빈민의 사」와 「저주의 여인들」이라는 한자어로 번역된 점 역시 중역이라 추측할 근거가 된다.

소설 「상봉」 역시 마찬가지이다. 번역문에는 일본어 한자가 많이 사용되고 있다. 김명순의 두 번째 일본 유학기간인 1918~1921년경 동경에서는 이미 포우의 텍스트와 두 작품이 수록되어 있는 보들레르

---

37 헬렌에게는 친구의 어머니를 연모해서 지은 시라고 한다. 헬렌은 신화 속의 여성으로 가장 숭고하게 아름다운 여인으로 묘사되고 있다. 모성적인 측면이 강조되기도 한다.

38 보들레르, 윤영애 역, 『악의 꽃』, 문학과지성사, 2011, 301쪽 참조.

의 시집『惡の華―詩集』가 일역되어 있었다.[39] 김명순은 포우의 경우 대표 작품을 선택하여 번역하였고, 보들레르의 경우는 그간 김억의 『오뇌의 무도』 등에서도 번역되지 않았던 작품을 골랐던 것이다.[40] 그 중에서도 특별히 악마파의 시, 죽음의식과 우울함, 비장미가 살아 있는 두 시를 선택했다고 볼 수 있다.[41]

그런데 이러한 점은 바로 김명순의 시적 성향과 관련이 깊은 것이다. 김명순의 시적 주조는 주로 고독과 외로움, 그리고 이를 초월하고자 하는 비극적 열망이다. 김명순의 시, 특히 1923년 11월『신여성』에 실린 시「환상」, 1924년, 2월『폐허 이후』에 실린「위로」, 1924년 5월 19일『조선일보』에 실린「싸홈」등은 비극적이면서도 환상적인 시적 분위기를 창출하여 시적 초월을 감행하려는 시적 화자의 의지가 엿보이는 작품이다.

　　　뵈는듯마는듯한서름속에
　　　잡히운목숨이아즉남어셔
　　　오날도괴로움을참앗다.
　　　적은적은것의생명과가티
　　　잡히운몸이거든

39　일본에서는 에드거 알렌 포의 경우 이미 전집이 1900년도에 발행된 바 있고(谷崎精二 譯, 『エドガア・アラン・ポオ全集』, 春秋社, 1900), 소설 전집도 1912년에 佐々木直次郎 번역으로『ポー小說全集』이 간행된다. 보들레르의『악의 꽃』역시 1919년에(馬場睦夫 譯,『惡の華―詩集』, 洛陽堂, 1919) 간행되었다(이 서지는 일문학자 이영아 선생님의 도움을 찾은 것이다. 감사드린다).
40　『오뇌의 무도』에 번역된 보들레르의 시는「죽음의 즐거움」,「파경」,「달의 비애」,「구적仇敵」, 「가을의 노래」,「비통의 연금술」이다.
41　이 두 시는『악의 꽃』중 '죽음La mort'과 '악의 꽃Fleur du mal'이라는 소제목하에 실린 텍스트들이다. 악의 꽃 중 가장 대중적인 시는「고양이」와「가을의 노래」인데 가을의 노래는 이미 김억에 의해서 번역된 바 있다.

이셔름 이압흠은무엇이냐.

금단의여인과사랑하시든

녯날의왕자와가티

유리관속에춤추면살줄밋고 ……

이아련한셔름속에셔

일하고공부하고사랑하면

재미나게살수잇다기에

밋업지안은셰상에사러왓섯다

지금이뵈는듯마는듯한관속에

생장生粧되는이답답함을엇지하랴

미련한나!미련한나!

— 김명순, 「유리관속에서」⁴²

이 시는 김명순이 '우울', '공포', '고통', '죽음의식' 등의 정서적 감각을 통해 현실의 고통과 인간의 물질적이고 인식적인 한계를 초월하려는 상징주의 시의식과 정서에 깊이 감응되어 있다는 점을 알려준다. 이러한 점은 침묵, 죽음, 불안, 우울 등 정서가 번뜩이는 김명순 번역 텍스트의 경향과 일치하는 것이기도 하다.

이 시에서 시적 화자는 자신이 번역했던 「저주의 여인들」의 사라지기 어려운 '욕망', 입으로 말할 수 없는 '고통'을 투사하고 있는 것처럼 보인다. 이 시를 볼 때 김명순에게 상징주의는 여성으로서 겪는 현실적 고통과 억압, 그 한계를 초월하는 시적 경향이었다고 볼 수 있다. 결국 그에게 번역은 자신의 의식 세계를 표현할 또 다른 장작 과정이었다.

---

42 탄실이, 「유리관속에서」, 『조선일보』, 1924.5.24(『김명순 문학 전집』, 108쪽).

그렇다면 김명순의 텍스트 번역 태도는 어떠한가 살펴볼 필요가 있다. 『개벽』에 실린 「저주의 여인들」은 보들레르의 시 "Femmes damnées"의 7연을 발췌 번역한 것이다. 보들레르의 원작, 그리고 남성 번역가가 번역한 텍스트와 비교해 보자.[43]

Vous que dans votre enfer mon âme a poursuivies,

Pauvres soeurs, je vous aime autant que je vous plains,

Pour vos mornes douleurs, vos soifs inassouvies,

Et les urnes d'amour dont vos grands coeurs sont pleins

— Charles Baudelaire, "Femmes damnées"

지옥까지 내 넋이 쫓아간 그대들이요,

가엾은 누이들이여, 나는 그대들을 동정하며 사랑한다.

그대들의 침울한 고뇌, 풀 수 없는 갈증 때문에,

그대들의 커다란 가슴에 가득 찬 사랑의 항아리 때문에!

— 영벌永罰받은 여인들[44]

너희들을 내 혼은지옥까지 쌀하왓스나

나는애련愛憐한다. 아아나의비참한자매들.

너희들의욕망은 사러지기어렵고

너희들의고통은 입으로말할수업다

---

43 본래, 김명순이 저본으로 삼았던 일본어 번역본을 비교해야 하지만, 현재로서는 어떠한 것이 원본 텍스트인지 확인하기 어렵다. 근대 번역 텍스트가 그러했듯 김명순 번역 텍스트 역시 원텍스트를 명기하지 않았고, 그 시기에 맞추어 발행된 일본어 텍스트를 찾아도 여러 판본이 있어 확신하기 어렵다.

44 보들레르, 정기수丁奇洙 역, 『보들레르시집』, 정음사, 1974, 83쪽.

그리고 너희들의 위대한마음은신성한사랑의 골호骨壺!

— 「저주의 여인들」(보-드레-르 작)

일본어 번역본이 그러했는지는 알 수 없지만 주로 직역을 고수하는 두 번째 번역본과 비교했을 때 김명순의 번역은 의역에 가깝다. 오역의 여지조차 보인다. 번역원본과 두 번째 번역의 구문, 구조가 '고뇌와 갈증과 항아리 때문에 지옥까지 쫓아갔다'는 의미인 인과관계로 이루어져 있다면 김명순 번역의 구문 구조는 내 혼이 지옥까지 따라왔으나 사랑한다는 역접 구조이다. 또한 앞서 두 시 텍스트는 4행인데 반해 김명순의 번역시는 5행으로 이루어져 있다. 이러한 점은 번역할 때 김명순이 원텍스트의 통사구조나 의미보다 자신이 느끼는 정서적 감각을 더 중시했기 때문에 나온 결과라고 볼 수 있다.

두 번째 번역의 경우는 원문 구문의 특성을 살려 산문시적인 통사구조로 다소 건조하게 번역 한다. 행을 읽어가는 동안 발생하는 문장 사이의 정서적 파장을 중시한 것이다. 이에 비해 김명순의 번역은 3행을 두 행으로 분절하는 파격을 실현하여 '욕망'과 '고통'의 정서를 강조한다. 또한 두 번째 번역이 항아리로만 번역한 원본 마지막 행의 'urnes'를 유골 항아리라는 뜻의 '골호骨壺'로 번역한 점은 오히려 죽음의식을 강조한 원본의 의도를 잘 살린 점이기도 하다.[45] 마치 김억이 그러했듯, 김명순은 번역할 때 그 정서와 리듬을 번역하는 데 더 많은 관심을 기울였던 것이다. 즉 "번역해야 할 것은 랑그가 아니라 텍스트",[46] "번역은 리듬을 옮기는 것"[47]이라는 창조적 번역에 가까운 번역

---

45 이러한 점은 프랑스 문학 / 문화 전문번역가인 백선희 선생님의 조언을 얻은 결과이다. 이 자리를 빌어 선생님의 호의와 수고에 감사드린다.

46 Henri Meschonnic, *Poétique du traduire*, Verdier, 1999(조재룡, 앞의 글, 2004, 11쪽에서 재인용).

태도를 가지고 있다고 볼 수 있다.[48]

김명순이 여성으로서의 자의식을 가지고 번역에 임했다는 점은 두 번째 행, 'Pauvres soeurs'를 번역하는 태도에서도 가장 잘 드러난다. 두 번째 번역자는 'soeurs'를 '누이들'로 번역하고 있는 데 비해 김명순은 '자매들'로 번역하고 있다. 보들레르가 남성이기 때문에 '누이들'이란 표현이 더 정확한 것임에도 불구하고 '자매들'로 표현한 것은 여성으로서의 자의식이 투영된 결과라고 볼 수 있다. 그만큼 김명순은 이 시적 대상에 몰입해 있었던 것이다.[49]

그러면 「상봉」[50]（『개벽』 28, 1922.11）의 경우는 어떠한가. 이 텍스트는 당대로서는 드물게 완역된 것이다. 이 소설은 공작부인과 그녀의 옛애인이 죽음을 통해 현세에서는 이루어질 수 없는 사랑을 이룬다는 이야기이다. 이 두 남녀의 이야기를 몽환적인 문체로 표현한 것이다. 포우의 초기작[51]에 속하는 이 텍스트에서는 환상성, 공포 등의 모티브가 죽음마저 초월한 영원한 사랑이라는 낭만적 주제와 만난다. 김명순이, 「고양이」나 「어셔가의 몰락」 등 포우의 대표작이 아닌 이 텍스트를 선택한 이유는 바로 여기에 있다고 볼 수 있다. 김명순의 문학적 주제 중 가장 중요한 것이 바로 '사랑'이기 때문이다.[52]

---

47 앙리 메쇼닉의 번역 이론은 조재룡, 『앙리 메쇼닉과 현대비평－시학・번역・주체』, 길, 2007 참조.

48 이러한 오역의 여지는 「헬렌에게」에서도 발견된다. 이는 이 학회 공동 발표자인 권오숙 선생님의 조언으로 얻은 결과이다.

49 이 부분은 2012년 10월 20일 서강대에서 개최된 '젠더와 번역, 여성 지(知)의 형성과 변전' 학술대회에서 본 발표문의 토론을 맡아주신 박숙자 선생님의 조언에 힘입은 바 크다. 이 자리를 빌어 꼼꼼하게 애정어린 지적을 해 주신 박숙자 선생님께 감사드린다（「젠더와 번역, 여성 지의 형성과 변전」 자료집 참조).

50 원작명은 *Assignation*（밀회의 약속으로 번역되기도 한다)이다. 한 연구자에 의하면 이 번역은 일본어 중역이라 한다(김현실, 앞의 글).

51 포우의 소설 목록에 의하면 포우는 1832년부터 소설 창작을 시작한다. 이 작품은 1834년에 창작된 것이다.

이미 여러 단편소설을 통해서 낭만적 사랑, 특히 남녀 간의 정신적 교감을 중시하는 '이상적 사랑'에 대한 열망을 드러냈던 김명순에게, '사랑'은 가부장제적 질서와 봉건적 윤리의 억압에서 탈피할 탈출구였다. 이 작품에서 그가 주목한 것도 바로 이러한 점이다.

　　김명순은 상징적인 언술로 가득 차 있어 번역하기 어렵다는 포우 소설 문체의 어감을, '단문'을 이용한 시적 배치를 통해 잘 살려내고자 한다.

　　　　나를 위하야 거긔 멈을러라.

　　　　내 반듯이 空虛한 溪間에서 그대와 相逢하리라.

　　　　「지제스타-의 僧正 헨리 · 킹이 그 妻의 臨終에 외인 誅詢」

　　　　兇한 運命을 바든 神秘한 사람이어! 네 자신의 상상의 光輝 가운대 눈 어두워서, 네 자신의 청춘의 불꼿 가운대 넘어진 사람이어! 再次 空想 가운데 나는 너를 본다! 또다시 네 모양은 내 압헤 나타나 보인다! ― 그대가 현재 잇는 것 갓지는 안코, 이를테면 悽凉한 谿間과 그림자 가운대서가 아니라, 그대가 잇섯슬 듯한, 즉 저 몽롱한 幻影의 市 ― 별의 사랑을 밧는 極樂 파라지오식 宮殿의 넓은 門窓들이 침묵하는 바다의 이상한 모든 비밀의 우에, 또 그대가, 깁흔, 쓴 意味의 눈찌를 던지고 잇든 그대 자신의 베니스에서, 莊嚴한 瞑想의 生涯를 보내고 잇든 그대의 모양이! 그러타!

　　　　Stay for me there! I will not fail

　　　　To meet thee in that hollow vale.

---

52 이미 김명순 소설에 나타난 연애 담론에 관한 연구는 여러 차례 진행된 바 있다(대표적으로 신혜수, 앞의 글 외 다수).

HENRY KING, Bishop of Chichester,

Exequy on the death of his wife

Ill-fated and mysterious man! — bewildered in the brilliancy of thine own imagination, and fallen in the flames of thine own youth! Again in fancy I behold thee! Once more thy form hath risen before me! — not — oh not as thou art — in the cold valley and shadow — but as thou shouldst be — squandering away a life of magnificent meditation in that city of dim visions, thine own Venice — which is a star-beloved Elysium of the sea, and the wide windows of whose Palladian palaces look down with a deep and bitter meaning upon the secrets of her silent waters.

— Edgar Allan Poe, "The Assignation" 전반부

번역 텍스트를 살펴보면, 여기서도 번역상의 오류가 보이기도 하는데[53] 이 역시 번역자 김명순이 텍스트 구문의 내용적 정확성보다는 이 텍스트에서 풍겨나오는 감각적인 정서를 잘 살리고자 시도했기 때문에 발생한 결과이다. 김명순은 적절한 감탄사를 활용하기도[54]하고, 운명, 광휘, 신비 등 관념적인 언어를 사용하여 이 텍스트의 철학적 감각을 살려내고자 노력했다.

또한 이 텍스트에는 많은 예술작품이 등장한다. 남성주인공의 아름다운 방에는 희랍의 미술품들이나 애급의 골동품들이 상호 이질적

---

53 김현실의 연구에 의하면 김명순의 번역은 현재와 과거의 동사 시제를 적절히 구분하지 않았으며 동시에 외국 작품이나 원작의 인용구가 제대로 번역되지 않았다고 한다(김현실, 앞의 글 참조).

54 테레사 현, 앞의 책, 98쪽 참조.

인 풍모를 뽐내며 부조화 속에 조화를 이루고 있고, 귀도의 진물眞物 '마돈나 데라 페다' 등이 전시되어 있다. 텍스트의 화자는 남성 주인공과 함께 이 작품들 보고 느끼는 감각적 전율을 공유하면서 예술적 향유의 순간이 가져다주는 순간적 초월의 경이로움을 묘사한다.

"나는 저가 輕함과 嚴함을 뒤석거서 찬찬히 이약이하는 저의 가슴 속에 어떤 혼란과 전율과 神經的 激情이 原因을 모를대서 일어나서 숨은 것가타야 무시무시하엿다"는 구절이 그 예이다. 이 소설에서 예술의 경지와 죽음, 그리고 사랑은 동급, 일체를 이루는 것이다. 이는 김명순이 추구했던 경지로, 바로 이러한 점 때문에 그가 이 텍스트를 번역하여 소개하게 한 것이다.

그런데 김명순의 전위성은 여기에서만 그치지 않는다. 그에게 창작은 문화번역이란 광의의 의미에서 볼 때, 또 하나의 번역 과정이기도 했다. 그의 작품에서는 투르게네프와 하우프트만 등의 영향이 보인다.[55] 김명순은 소설 「도라다 볼 째」에서 게르하르트 하우프트만Gerhart Huptmann의 희곡 〈Einsame Menschen(외로운 사람들)〉의 내용을 주요 모티브로 삼아 서사를 전개한다. 이를 통해 자신의 연애관을 피력하고 있으며, 이후 그 희곡 제목을 차용한 소설 「외로운 사람들」을 창작하기도 한다. 이외에도 소설 「손님」에서는 두 남녀 주인공이 이반 세르게비치 투르게네프Ivan Sergeevich Turgenev의 소설 「Nov'(처녀지)」의 예를 들어, 지식인이 가져야할 사회적 책임에 대해서 논한다. 이러한 점은 단

---

55 이외에도 김명순은 1926년 소설 「나는 사랑한다」에서 앙리 포앙카레Henri Poincaré의 *Eernieres Pensées*(만년의 사상)을 언급하고, 괴테Johann Wolfgang von Goethe의 시와 포앙카레의 「만년의 사상」을 다시 수필 「試筆」에서 다룬다. 루벤 다리오RubAn Darlo의 시가 부분 번역된 수필 「향수」 등도 있다(이상은 모두 신혜수의 연구 성과로 본 연구도 이 성과에 도움받은 바가 크다. 신혜수, 앞의 글 참조).

순히 영향 관계 이상인 '번역'이라는 층위의 설명이 필요한 대목이다.

독문학계의 연구에 의하면 식민지 시기에도 하우프트만, 입센, 스트린트베리 등 독일이나 북유럽 자연주의 작가의 작품이 비교적 활발하게 소개된다. 이는 당시 일본에 있는 한국 유학생들이 유럽에서 공부하고 돌아온 일본 연극인들을 통해 자연주의와 하우프트만에 경도되어 있었고, 독문학을 전공한 연극인(서항석, 조희순 등)의 대거 출현으로 독문학수용의 토대가 마련되었기 때문이다.[56]

당대 조선에서는 하우프트만의 대표작인 「직조공들」[57]이 번역되기도 하지만, 「외로운 사람들」에 대한 관심이 더 높았던 것으로 보인다. 우선 1918년 『청춘』 15호에 게재된 이상춘의 소설 「백운」에는 주인공이 정략결혼을 피하기 위해 "하우프트만의 희곡 〈적적한사람들〉 속의 주인공 요한네쓰로 예를 삼아" "나도 그와 가치 될 것처럼 말한 일도 잇다"[58]는 대목이 나온다. 또한 1923년에 형설회순회연극단螢雪會巡廻演劇團이라는 단체를 조직하여 공연을 한 고한승의 희곡 〈장구한

---

56 아울러 하우프트만의 노벨문학상 수상도 작가에 대한 특별한 관심을 불러일으킨 것으로 보인다. 하우프트만을 비롯한 자연주의 문학이 활발하게 소개되던 20년대의 일반적 경향 가운데서 『직조공』, 『한넬레의 승천』, 『침종』이 번역 혹은 번안되어 소개된다(노영돈, 「한국에서의 게르하르트 하우프트만 문학수용(1) — 공연을 통해 본 하우프트만 작품의 수용과정과 양상」, 『獨逸文學』 Vol.84, 2002; 「한국에서의 게르하르트 하우프트만 문학수용(2)」, 『뷔히너와 현대문학』 Vol.21, 2003 참조).

57 하우프트만의 작품 가운데서 가장 먼저 번안된 작품은 1920년 유무아兪無我에 의해 「온정주의」라는 제목으로 『공제』 2호에 실린 「직조공Die Weber」이다. 「온정주의」에서 유무아는 슐레지엔 직조공들의 참상과 비극을 한국 사회 저변층의 문제로 다루며 자본가와 노동자의 갈등을 그리고 있다. 「직조공」의 소개는 1912년 작가가 노벨상을 수상하는 계기가 된 대표적 작품이라는 점과 작품에서 다루고 있는 직조공의 참상과 비극이 한국 사회 저변층의 문제와도 많은 유사성을 지니고 있다는 점에 기인한 것으로 보인다. 1922년 김억은 『개벽』지에 실린 「자연주의, 신낭만주의」에서 자연주의와 하우프트만에 관해 소개하고 「직조공」이 빈민의 양심을 각성하기 위해 쓰인 작품이라며 한국 문학계에 사회 저변층에 대한 관심을 불러일으킨다(노영돈, 위의 글, 2002 참조).

58 이상춘, 「백운」, 『청춘』 15호, 1918.9, 51쪽 참조.

밤〉이 하우프트만의 〈외로운 사람들〉을 모방한 것이라고 전한다.[59]

그런데 이러한 점은 한국의 경우에만 한정된 것은 아닌 듯하다. 일본의 경우, 하우프트만의 〈외로운 사람들〉이 대표적인 사소설인 다야마 가타이田山花袋의 「蒲團(이불)」(1907)의 모태가 되기도 하였다.[60]

하우프트만의 〈외로운 사람들〉은 젊은 자연 과학자 '요하네스 폴 켈라트'가 자신의 이상적 학문(정신) 세계를 이해하지 못하는 속물적 세계관의 아내 '케테'의 몰이해에 지쳐 외로워하다가 마침 같이 살게 된 여대생 '안나 마르'와 정신적 사랑을 나누게 되는 이야기이다. 그러나 주변의 만류로 안나가 요하네스의 곁을 떠나게 되고, 이에 절망한 요하네스는 투신자살을 한다.

자연주의적 성향이 강한 하우프트만은 이상적인 철학적 정신세계를 추구하는 요하네스와 속물적 세계관의 대변자인 아내 케테와의 갈등을 통해서 점차 속물화되어가는 당대 세계를 비판하고자 한다. 한 줄기 구원으로 여겼던 안나와의 관계마저 좌절되자 죽음을 선택하게 되는 요하네스의 절망은 당대 세계의 악마성을 더욱 잘 부각시키기 위한 장치이다.

그런데 다야마 가타이의 「이불」에서는 이 작품에 드러난 사회성은 제대로 번역되지 않은 채, 남성 주인공의 사랑에 대한 갈망만이 여대생 제자에 대한 애욕적 사랑으로 치환되어 번역된다. 다야마 가타이의 「蒲團(이불)」은 철저히 남성 중심적 서사로 일관한 것이다.[61]

---

59 노영돈, 앞의 글, 2002, 132쪽 참조.

60 "바로 그 무렵 내 몸과 마음을 깊이 움직이고 있던 것은 게르하르트 하우프트만의 〈외로운 사람들〉이었다. 휘케라느의 고독은 나의 고독인 것 같은 기분이 들었다. (…중략…) 나는 나의 안나 마르를 쓰려고 결심했다." 다야마 가타이田山花袋, 「東京の三十年」, 1917.6(오경 역, 『한림신서 일본현대문학대표작선 3 - 이불』, 小花, 1998, 145쪽에서 재인용).

61 원작의 의도나 주제와 상관없는 20세기 초 메이지 남성지식인의 내면을 노골적으로 드러낸 작품이다. 이 소설의 주인공 '타케나가 토기오'의 '안나'로 설정된 '요코야마 요시코'는 비

식민지 조선의 경우도 이러한 번역 성향은 마찬가지였다. 우선 이상춘의 소설 「백운」은 구세대의 시선에서 신세대의 연애 서사를 비판하는 데 초점을 맞춘다.[62] 이상춘 역시 이 텍스트를 남성중심의 연애의 서사로만 판단했던 것이다. 반면 고한승의 희곡 〈장구한 밤〉의 경우는 오히려 사회적 성격을 강화시켜 번역된다고 한다.[63] 이는 요하네스의 좌절과 절망을 표현하고자 한 작가의 허무주의적 태도를 비판적으로 바라본 결과이다. 그렇다면 김명순의 경우는 어떠한가?

남성 작가들의 번역이 주로 요하네스의 입장에 투사되어 이루어지고 있다면 김명순의 경우는 이 텍스트를 '요하네스'와 '안나 마르', 두 사람 모두의 입장에서 번역한다. 소설 「돌아다볼 때」에서 주인공 소련은 안나 마르, 유부남인 효순은 요하네스의 분신이다. 이 작품은 『조선일보』에 연재했던 초간본과 단행본에 실린 개작본으로 존재한다. 초간본에서 안나 마르와 같은 신여성 소련은 효순을 동경하나 유부남이라는 조건에 포기하고 역시 유부남이었던 최병서와 마음에도 없는 사기 결혼을 당하고 나서 비극적인 최후를 맞게 된다. 소련과 효순은 하

주체적이고 어리석은 타자일 뿐, 하우프트만의 원작의 '안나'와는 거리가 멀다. '요코야마 요시코'가 신여성으로 설정된 표징이라고는 머리모양과 옷차림, 장식으로서의 지식 등 근대적 소비 주체로서의 면모뿐이다. 이는 남성 주인공과 대등하게 사상적, 지적 교류를 나누는 근대 여성지식인 '안나'와 차별되는 지점이다(신혜수, 앞의 글, 76쪽 참조).

62 김복순, 『1910년대 한국문학과 근대성』, 소명출판, 1999, 252쪽 참조.

63 1921년에 하우프트만의 〈외로운 사람들〉이 고한승의 각색으로 〈불쌍한 사람〉으로 송경학우회에 의해 개성좌에서, 23년에는 〈장구한 밤〉으로 동경형설회 순회연극단에 의해 동경 스루카다이駿河臺 불교회관에서 시연회를 갖고 7월 6일부터 8월 1일까지 부산에서 함흥까지 1개월 간 순회 공연되었다. 그러나 고한승의 〈장구한 밤〉에서의 신구세대 간의 갈등과 애정의 삼각관계 구도는 〈외로운 사람들〉과 유사하지만 일청생의 공연평이 지적하듯이 주인공 김병수가 빈민을 위하여 현 사회의 모순을 지적하고 사회의 여론을 불러일으키기 위하여 연설하는 점 등은 〈외로운 사람들〉의 나약하고 예민한 요하네스가 아니라 입센의 〈민중의 적〉의 주인공 스톡크만을 연상시킨다. 아울러 일청생이 「형설회의 극을 보고」에서 당시까지 발표된 창작각본 중 가장 위대한 작품이라 극찬한 점 등을 볼 때 〈장구한 밤〉은 일종의 모작으로 보는 것이 타당하다(노영돈, 앞의 글, 2002, 132~134쪽 참조).

우프트만의 〈외로운 사람들〉의 요하네스의 외로움에 자신들을 투사하여 "두사람이 헤여저잇지만은 한법측 아래에서 생활 한다는 것", "사랑하는 사람끼리는 늘생각이 갓고 말이 가트닛가 행동과 거지가 자연히 멀니 써러저 잇슬지라도 일치될 것이지요"[64]라고 정신적 사랑에 대한 대화를 나눈다. 그러나 현실에서는 이러한 이상이 이루어지기 힘들었다. 결국 이러한 이상적 사랑이 좌절된 후 소련은 〈외로운 사람들〉의 주인공 요하네스처럼, 좌절과 절망에 죽음을 선택하게 된다.

그러나 『생명의 과실』에 실린 개작본의 경우는 그 결말이 다르다. 소련은 최병서와 결혼을 하지만 효순은 부인과 불화하여 독신이 된다. 이 소설은 이를 알고 나서 고민하던 소련이 새로운 동지적 사랑을 꿈꾸며 그의 강연을 들으러 나가는 것으로 끝을 맺는다. 그리고 이러한 과정에서 소련과 효순이 하우프트만의 〈외로운 사람들〉에 대해 대화를 나누는 대목은 대폭 확대된다. 이는 그만큼 이 문제에 대한 번역자의 고민이 깊어졌다는 점을 반영하는 것이다. 다음은 소련과의 대화 중 효순의 마지막 대사이다.

소련씨 사람은 절대로 누구와든지 꼭 육신으로 결합해야만 살겟다고는 말 못할것입니다 그것은 정을류통식혀 보지못하고 이세상을 대항하야 발전이라는 것을 모르는 사람에게는 능할것이지만 우리는 한 대상을 알므로그주위에 모-든것까지 곱게보지안음닛가 단지 그대상으로 인해어든 생활의식이 분명한것만 다행하지요 하지만 여자의경우는, 오히려 요한네쓰에 갓가우리라고 해요. 더군다나 조선녀자는그럿치만 쩟은올흔 것은 못됨니다[65]

---

64 『김명순 문학 전집』, 302쪽.
65 위의 책, 362쪽.

"생활의식이 분명한, 한 대상을 알므로 그 주위에 모—든 것까지 곱게보는" 우리라는 관계, 올바른 정신세계를 갖추고 이에 대한 교감을 나누는 이상적 연애의 관계는 김명순이 추구한 낭만적 사랑의 이상형이다. 그런데 여기서 중요한 것은 오히려 봉건적 인습에 절망하여 자살하는 요하네스의 위치에 가까운 것이 조선의 여성이라는 김명순의 인식이다. 봉건적 인습이 더욱 여성에게 가혹한 것이라는 점을 김명순은 잘 알고 있었기 때문이다.

이는 번역자 다야마 가타이, 이상춘, 고한승, 더 나아가 원작자 하우프트만도 간과했던 문제이다. 이러한 현실성이 간과되었기에 이들의 번역이 남성중심적인 '관념'에 머물 수밖에 없었던 것이다. 그러나 김명순은 여성의 시각으로 이러한 현실주의적 관점에서 번역을 했던 것이다.

그래서 오히려 결말이 바뀐 것인지도 모른다. 여주인공 소련은 비록 효순과의 결합을 바라지만, 그것과 상관없이 그 다음날 "효순의 강연을드를것과 감동할 것은 당연한일이고 쏘 그렁튼지말든지 영원한 생명에어울너, 샘물이흐르듯이 신선하게사라나갈 것은 쩟쩟하겟다 보증된다"고 생각한다. 여기서 요하네스의 고통도, 안나 마리의 절망도 모두 극복되는 새로운 번역의 국면이 마련된다.

그런데 꼼꼼하게 그 창작 시기를 살펴보면, 「돌아다볼 째」 초간본과 「외로운 사람들」, 그리고 「돌아다볼째」 개작본은 연관된 텍스트이다. 「외로운 사람들」은 「돌아다볼째」 바로 다음에 창작되어[66] 마치 「도라다볼째」의 연작처럼 보인다. 하우프트만의 희곡과 동명의 제목인 소설 「외로운 사람들」에서는 요하네스가 순철이라는 주인공으로

---

66 작가 창작 연보에 의하면 소설 「외로운 사람들」은 「도라다볼째」의 연재가 끝난 날(1924. 4. 19), 그 지면(『조선일보』)에 이어서 4월 20일부터 연재된다(「작품연보」, 위의 책, 839쪽 참조).

번역된다. 마지막에 순철이 피를 토하는 장면은 요하네스가 자살하러 배를 타고 나가는 장면과 오버랩된다. 순철은 중국에서부터 자신을 따라온 몰락한 왕가의 처자 순영에 대한 감정 때문에 괴로워하는 인물이다. 그는 본처인 복순에 대한 죄책감에도 괴로워한다. 이러한 점은 안나 마리와의 이별에만 온갖 관심을 집중하고 있었던 요하네스의 태도와는 사뭇 다른 것이다.[67] 가부장적 인물로 형상화되는 남성 지식인상 대신 요하네스가 번역(변형)된 분신이라고도 볼 수 있는 순철은 번역자 김명순이 지향하는 인간상이었던 것이다.

이 소설에서 안나 마리의 형상은 남자의 약혼자를 자살이라는 파멸로 몰아가면서까지 애정도피를 했던 신여성 순희로 번역된다. 원작에서 안나 마리는 지식인 여성임에도 불구하고 봉건적 윤리에 무릎을 꿇고 사랑을 포기한다. 그러나 이 소설의 주인공 순희는 도피행각 속에서도 다른 남성에게 향하는 자신의 감정을 속이지 않는 자유연애주의자이다.

그리고 순희의 애인이었다가 버림받았던 사회주의자인 정택은 순희의 행동과 인식을 이해하고 또 다른 사랑을 찾는다. 그런데 그가 찾은 대상은 여자를 향락의 대상으로만 생각하는, 애인을 지고지순하게 기다리는 한 여인이다. 정택이 전영을 택한 이유는 그녀가 자신이 필요없었던 순희 대신, 맑은 심성으로 "순결하면서도 여러 가지 복잡한 경우와 그 성질로 인해서, 세상에 오해를 받게 되"어 자신의 보호가 필요해 보이기 때문이다.

여기서 순희와 전영은 작가 김명순의 두 개의 분신으로 보인다. 물론 지고지순한 성격에 주체성이 결여되어 있다고 볼 수도 있지만, 전

---

67 신혜수, 앞의 글, 67쪽.

영은 맑은 심성에도 불구하고 봉건적 제도 안에서 세상의 오해를 받고 살아가는 김명순 자신일 수도 있으며 늘 솔직하고 이상적인 연애를 꿈꾸는 신여성 순희 역시 작가 김명순이 추구하는 자기 형상일 수도 있다. 그리고 중요한 것은 이러한 형상들이 모두 정택에 의해서 이해받고 있다는 것이다. 순철과 정택이라는 긍정적인 남성 인물의 형상은 작가 김명순이 이상적으로 추구한 남성상인 것이다.

그러나 이 소설에서 순철과 순희 남매는 행복한 결말을 보여주지 않는다. 순영이 현실적 장벽에 고통스러워하다가 죽고 순희는 자신이 진실로 사랑하는 예술가가 불행한 것을 바라보며 고통스러워한다. 이런 상황에서는 모두들 '외로운 사람들', 모두 조선의 현실에 존재하는 번역된 요하네스들인 것이다.[68] 요하네스의 한계를 극복하고, 그가 놓여 있던 한계적 상황을 초월하려 했던 김명순의 「외로운 사람들」 번역은 여전히 비극으로 끝난 것이다.

앞서 연재한 초간본 「돌아다볼 째」의 소련 역시 자살하고야 말았다. 「돌아다볼째」와 「외로운 사람들」은 하우프트만의 비극적 회곡인 〈외로운 사람들〉의 두 가지 조선적 버전이었던 것이다. 그런데 24년에 연재가 끝난 후 『생명의 과실』에서 김명순은 또 다른 버전의 번역을 시도한다. 그것은 앞서 분석한 대로 바로 소련이 죽지않고 새로운 길을 찾아가는 것이었다. 그렇게 하우프트만 〈외로운 사람들〉 번역을 통해 김명순의 의식은 점차 변화하고 있었던 것이다. 김명순에게 번역은 정신적 수련의 장이자, 자기의식을 투사할 절실한 매개체였던 것이다.

한편, 김명순의 작품 「손님」에는 투르게네프의 「처녀지」가 인용되

---

68 위의 글, 67~68쪽 참조.

고 있다.[69] 주인공 삼순은 유명한 사회주의자 주인성을 만나 그의 사상에 동감하게 된다. 삼순이 그에게 기대했던 것은 "귀족이면서도 민중의 설움을 알고 시인이면서 시를 안 쓰고 다만 천지는 사라져도 사람의 속에 자유를 구하는 마음은 안 없어진다는 칸트의 말을 번역한 것 같은 말"을 하는 "조선의 소로민인 것 같"은 성품이다. 김명순은 투르게네프가 『처녀지』에서 혁명을 꿈꾸며 농민사회에 투신했으나 결국 민중이 되지 못하고 좌절하여 권총 자살한 급진적 혁명론자인 네지다노프 대신 평민 출신으로 온화하고 진실된 성품으로 점진적인 개혁을 실천해나가는 소로민을 선택했듯 소로민의 형상을 이상적 지식인상으로 여긴 것이다.

「외로운 사람들」에서 그랬듯이 이 작품에서도 삼순과 주인성, 이 두 남녀 주인공의 대화가 작가의 의도를 드러내는 중요한 장치이다. 이 대목에서 중요한 것은 삼순이 가지고 있는 당대 사회주의에 대한 관념이다.

> 선생님들께서 우리를 껑충 뛰어들고 싶게 번민시키리라는 것은 소비에트 이상국이겠지요. 선생님 거기는 제가 말한 조그만 적의와 감정상 그릇될 염려를 가지지 않은 사람들이라야 능하지 않을까요, 모든 불필요한 것을 헤아릴 줄 아는 사람, 모-든 부도덕이라고 말이 될는지요? 제가 말하는 도덕은 영원한 이상에 위반되지 않는 것을 가리킵니다. 즉 개인의 발전(아무도 해하지 않는 발전)을 방해 안할 만한 의지가 있는 사람이고…… 또 선생님께서 말씀하신 무식하지 않은 사람이라야 들어갈 자격도 있고 진정으로 공명할 것 아닙니까[70]

이를 볼 때 삼순이 지향하는 소비에트 사회는 "영원한 이상에 위반

---

69 위의 글 참조.
70 『김명순 문학 전집』, 548쪽.

되지 않는" 도덕 관념을 가진 사람이 건설해야 하는 이상국이다. 그랬을 때만이 삼순이도 이 사회의 건설에 뛰어들 수 있는 것이다.

여기에도 김명순의 개인적이고 경험적인 고통이 투사되어 있다. 삼순은 이전에 세상에 적이 되는 것은 "락담과, 외로움의 새이에서 생겨지는 유희적긔분과자포자기"와 "남을 해치는 것, 즉 엇떤 사람을 알지도 못하고 쪼 안다고 하지도 안으면서 거짓말로 그 사람을 음해해서 세상에 광고하는 것"이라고 한 바 있다. 그러므로 여기서 말하는 "조그만 적의와 감정상 그릇될 염려를 가지지 않는 사람"은 "남을 해치는 사람, 거짓말로 그 사람을 음해해서 세상에 광고하"지 않는 인격적 존재를 말하는 것이다.

김명순은 생애 전반에 걸쳐 여러 위악적 '소문'에 시달린 바 있다. 그러므로 '음해'받는 고통이 무엇인지 잘 알고 있었던 것이다. 그렇다고 할 때, 김명순이 바라는 세계는 이러한 소문과 음해가 난무하는 현재의 세상과는 정반대의 세상, "개인의 발전을 방해 안할 만한 의지가 있는 사람"이 만들어가는 세계인 것이다.

김명순이 소로민에게 경도되었던 것도 역시 인품을 경시하고 이념만을 숭앙하는 혁명가들보다 남을 배려하는 인품을 갖춘 인격자가 더 훌륭하다고 생각했기 때문이다. 어쩌면 이는 당대 남성지식인들을 겨냥한 비판적 언술이라고도 볼 수 있다. 삼순이(김명순)는 이렇게 인격적인 사람들이 함께 할 때만이 민중 속으로 들어갈 수 있다고 말하고 싶었던 것이다. 그래서 을순이 "그러면 너는 졸업하고 주 씨의 직조공장에 가서 여공 감독 노릇을 하겠니?"라고 물었을 때 "그보다 여공으로 그들의 동무가 될 테야 언니 ―"라고 대답할 수 있었던 것이다.

이 작품의 말미에는, 1925년 1월에 텍스트의 초고가 쓰였다고 적혀 있다. 이 시기는 카프KAPF가 결성되는 등(1925년 8월 결성) 문학계에서

서서히 사회주의 운동의 열풍이 불기 시작한 때이다. 그래서 김명순은 이 소설에서 "지금은 벌써 소로민의 시대가 아니고 훨씬 앞서서 직접 행동할 시대"라고 표현한 것이다.

이 지점에서 김명순은 자신의 나아갈 바를 여러 방면으로 고민했던 것으로 보인다. 물론 투르게네프의 소로민은 팔봉 김기진도 프로문학 초기 단계에서 경도되었던 인물상이다. 팔봉에게 있어서 투르게네프는 한국 프로문학 초기단계 문학이념 형성에 돌파구 역할을 수행하는데 중요한 몫을 한 것이다.[71]

김명순도 김기진과 같은 의식 경로를 겪고 있었던 것이다. 그러나 김기진이 사회주의로 급진화되었던 반면, 김명순은 그 길로 가지 않는다. 이는 "여공으로 그들의 동무가 될" 것이라고 결심했던 삼순의 형상은 이후 작가의 텍스트에 더 이상 등장하지 않는다. 김명순은 더 이상 여성 혁명가를 번역하지 않았다.

투르게네프가 급진적 혁명가 대신 소로민을 택했듯, 김명순 역시 투르게네프의 소로민을 이상적 인간형으로 번역해 내었다. 김명순은 이미 남성지식인들의 위선성을 너무 많이 경험했기 때문이다. 그래서 이 여성 작가는 남성 혁명가라는 대상을 더 이상 번역하고 싶지 않았는지도 모른다.

---

71 김팔봉, 「나의 문학청년시대―투르게네프냐 쏘로민이야」, 『신동아』, 1934.9.

2) 1930년대 : 저널리즘과 문학 번역, 그리고 『이화』의 문학소녀들

─김자혜와 여류문인

1920년대는 잘 알려진 대로 문학의 시대, 연애의 시대이다. 이를 반영하듯 1920년대 여성 번역사는 김명순이라는 여성 작가의 번역 작업으로 설명해 낼 수 있었다. 한국 번역문학사에서 1930년대는 '해외 문학'파의 등장이 말해주듯 양적으로나 질적으로 큰 발전을 이루어낸 시기이다. 1930년대는 『신가정』, 『여성』 등 거대 여성 교양 잡지의 등장으로 여성 기자 집단이 만들어지고 그 내부에서 여류 문단이 형성되었던 시기이기도 하다.[72]

그래서인지 1930년대 번역 텍스트는 주로 단행본보다는 신문 잡지와 같은 매체에 실렸다.[73] 매체의 양이 급증한 탓도 있지만, 번역서의 양이 급감한 이유는 당대 지식인들이 대개 일역판을 보아 굳이 번역본을 출판할 필요가 없었기 때문이다. 이러한 상황에서 사라 티즈데일 뿐 아니라 영국의 여류시인 크리스티나 로제티, 엘리자벳 브라우닝, 앨리스 메이넬 등 여성 작가들의 시가 번역된다. 버지니아 울프[74]와 모파상의 소설이 번역되고 사회주의 연애 담론이 번역되기도 한다. 잡지 『신가정』에서는 세계 여성 작가들을 소개하는 글이 기획되고,[75] 39년 『여성』에서는 「보봐리 부인」, 「카르멘」, 「대지」 등 명작의

---

72 이에 대해서는 대표적으로 심진경, 「문단의 '여류'와 '여류문단' ─ 식민지 시대 여성 작가의 형성과정」, 『상허학보』 13, 상허학회, 2004.8 참조.

73 김병철에 의하면 1930년대 번역문학은 그 수에 있어서 1920년대와 비교해 볼 때 잡지 게재분은 압도적으로 많으나, 단행본은 그와는 반대로 겨우 21편에 불과하다고 한다. 당대 독자들은 서적의 경우 주로 일역본을 보았던 것이다(김병철, 앞의 책, 1988, 692~693쪽 참조).

74 버지니아 울프, 석란생 역, 「벽의 오점」, 『신조선』 1권 6호, 1934.10.1; 버지이나 울프, 이철 역, 「성격묘사와 심리묘사론」, 『인문평론』 2권 7~8호, 1940.7~8.

75 대표적으로 함대훈, 「근대 로서아 여류문학에 대하야」, 『신가정』 1933.4; 조희순, 「독일문

여주인공에 관한 글이 실리기도 한다.[76] 번역 대상이 확대되고 그 대
상들에 대한 대중화 작업이 이루어지고 있었던 것이다. 이러한 상황
은 여성 기자들이 번역자로 활동할 수 있는 계기를 마련한다.[77]

　대표적인 경우가 『신가정』의 기자이자 문인이었던 김자혜이다. 김
자혜의 경우는 『동아일보』 기자로 재직하면서 『신가정』에 콜론타이
의 「적연赤戀」과 모파상의 「여자의 일생」 등을 번역하였다.[78] 이 작품
들은 당대 전유되던 명작의 전위적인 여성 주인공의 전형으로 『신가
정』에 「여주인공으로 된 명작경개」라는 시리즈 안에서 번역된 것이
다. 아쉽게도 원전이 명시되어 있지 않으므로 정확히 알 수는 없지만,
일본어 중역으로 추측된다. 원문을 크게 축약하여 줄거리만 남긴 경개
역의 번역 태도가 김자혜의 주체적인 행위인지, 이미 원본에서 줄거리
가 축약되어 있었던 것인지 알 수 없다. 다만 이 시리즈 「여자의 일
생」(1933.2), 「춘희」(1933.3), 「붉은 사랑」(1933.4) 텍스트의 축약된 번역 양
태를 통해서 김자혜의 번역 태도와 인식을 살펴볼 수 있을 따름이다.

　경개역으로 번역된 「여자의 일생」과 「춘희」 텍스트의 주요 주제는
'여성 수난사'이다. 「여자의 일생」은 순진한 주인공 잔느가 방탕한 남
성 줄리앙을 만나 일생 동안 고통받는 서사가 중심이다. 줄거리로만
보면 그다지 원작과 달라 보이지는 않지만 지나친 축약으로 인해서

학과 여류작가」, 『신가정』 1933.5 등이 그 예이다(테레사 현, 앞의 책, 76~83쪽 참조).

76　김내성, 「플로베르 작 『보봐리 부인』의 여주인공 「엠마」」; 춘성, 「레오 톨스토이 작 『안나,
　　가레니나』의 여주인공」; 이선희, 「메리메 작 『카르멘』의 여주인공의 생애」; 계용묵, 「모파
　　상 작 『여자의 일생』의 주인공 잔느―계용묵」; 이준숙, 「펄 벅 작 『어머니』의 여주인공 이
　　야기」, 이상 『여성』 4권 3호, 1939.3.

77　이는 1920년대 여성 잡지 『신여성』의 번역 텍스트가 주로 남성 번역가(필자)들에 의해서 생
　　산되었다는 점과 비교되는 것이다(이에 대한 자세한 사항은 본서 김윤선의 글 「번역 텍스
　　트의 젠더화와 여성의 모더니티」 참조).

78　이외에도 김자혜는 엘리자베스 링컨 오티스의 「만일 여자가」를 『삼천리』, 1933.4에 번역
　　발표한다(테레사 현, 앞의 책, 목록 참조).

모파상이 전하고자 하는 인간의 인생에 대한 비관주의적 인식, 폭력적 환경 속에 나약하게 파괴되어가는 인간 영혼에 대한 냉소적 시선 등 자연주의 작가의 서술 태도는 제대로 드러나지 않는다. 여성의 수난에 초점을 맞추어 번역되어, 서술 태도가 객관적이기보다는 주관적으로 보이고 , 정서적인 어조가 강하게 느껴지기도 하다. 그러면서 줄리앙은 물론 잔느에 대한 시선 역시 냉소적이었던 원작과 달리 번역본에서는 잔느나 춘희가 순결한 의식의 소유자로 형상화되고 이와 대조적으로 남성들은 탐욕과 이기심이 많은 옹졸한 존재로 형상화된다. 이러한 점 역시 여성 독자를 겨냥한 번역 태도에서 나온 결과라고 볼수 있다.

「붉은 사랑」에서는, 주인공 바실리사의 이념적 성향이 '캄뮤니스트', '평화주의자'로 명명되기는 하지만, 줄거리 정도로 축약된 탓인지 주인공이 혁명가로서의 벌이는 사업 내용과 이에 따르는 내면적 고뇌는 제대로 드러나지 않는다. 늘 부르주아적 삶을 꿈꾸는 남성 볼챠와 달리, 바실리사는 볼세비키 당원으로서의 의무감과 책임감을 중시한다. 하지만 "첫째 사업, 둘째 연애, 이런 생각 아레서 가장 사랑하는 연인인 볼챠를 멀리사업지로 떠나보내고 왓시릿사(바실리사)는 혁명을 위해서 그리고 당을 위해서 열심히 일하고 잇섯다"[79] 정도로 그 활동 상황과 의미를 축약하여 전한다. 그리고 번역 텍스트에서 긍정적으로 부각시킨 바실리사의 성품은 바람둥이 애인을 감싸 안는 포용력이다. 혁명 활동을 배신해도 볼챠가 바실리사의 곁에 머물기를 바란다면 그녀는 늘 그를 받아주곤 한다. 또한 원작에서 강조되고 있는 바실리사의 자유로운 연애관 역시 제대로 드러나지 않는다. 단지 "육체의

---

[79]   코론타이 여사, 김자혜 역술, 「붉은 사랑」, 『신가정』, 1933. 4, 202쪽 참조.

순결이 무슨 상관이란 말이오? 뿔조아 냄새나는 썩어진 사상을!"[80]이
란 한 마디의 말로 표현할 뿐이다.

그러나 이 번역에서 번역자가 놓치고 싶지 않았던 것은 번역 텍스
트의 말미에서나마 잘 드러난다. 바실리사는 볼챠의 또 다른 애인인
나나에게 질투를 느끼지만, 자신이 한 남성의 부인으로만 살 수 없다
는 것을 깨닫고 볼챠를 연인 나나에게 보내는 통큰 결단을 내린다. 그
리고 "화려한 집! 훌륭한 생활! 열정적인 우라지밀(볼챠)의 품을 박차
고", "온전한 해방과 함께 사업에 대한 희망"[81]을 갖고 공장사업을 위
해 고향으로 떠나온다. 번역자는 낭만적 사랑보다 혁명 사업을 선택
한 주체적인 여성의 모습은 포기하지 않았던 것이다.

물론 번역본에서 원본에서 강조하고 있는 바실리사의 활동과 이
념적 고뇌와 사랑관이 지나치게 생략된 것은 검열을 의식한 행위로
볼 수 있다. 당대는 이미 「붉은 연애」가 사회주의 여성들을 성적 방종
의 주체로 몰아가는 옐로우 저널리즘으로 포장되고 있었던 상황이었
다.[82] 사회주의 사상의 '레드(붉은)'와 성적 방종으로 치부된 '사랑' 모
두가 표현 불가능한 검열 상황[83]에서 이 텍스트가 번역될 수 있었던
것은 보편적 인류애로 치환된 포용력 있는 여성이라야만 이 텍스트가

---

80 위의 글, 209쪽.
81 위의 글, 209쪽.
82 이에 대해서는 이화형·유진월, 「서구 연애론의 유입과 수용 양상」, 『국제어문』 32, 2004.12;
　 홍창수, 「서구 페미니즘 사상의 근대적 수용 연구」, 『상허학보』 13, 상허학회, 2004.8; 김양
　 선, 「사회주의 여성해방론의 소설화와 그 한계－채만식의 『인형의 집을 나와서』를 중심으
　 로」, 『우리말글』 36, 2006.4 참조.
83 식민지 시대에는 이념이라는 '레드' 표상 이외에도 '핑크'라는 온전한 사랑조차 형상화하는
　 것이 불가능했다고 한다. 이는 식민지라는 검열 체제에서 문학이 가질 수밖에 없는 불구성
　 을 상징하는 것이다. 이에 대한 자세한 내용은 이혜령, 「두 가지 색 레드, 치안과 풍속－식
　 민지 검열의 추이와 식민지 섹슈얼리티의 재인식」, 동아시아학술원 국제학술회의 '근대검
　 열과 동아시아(2)', 2012.3.17(토) 자료집 참조.

혁명 투쟁의 정당성을 얻는다라는 보수적 번역 태도 때문이다.

물론 이러한 번역 태도는 당대 좌파 여성들이 갖고 있는, 적대적인 당대 상황에 반발하면서도 동시에 타협하는 이중적 양상을 보여주는 것이다. 그러나 그럼에도 불구하고 「붉은 연애」를, 바실리사의 주체성을 번역하고 싶었던 번역가 김자혜의 욕망과 의지가 중요하다. 여러 논자를 통해 소개되기는 하였지만 정작 번역된 바 없었던 당대에[84] 김자혜는 이 텍스트를 경개역으로라도 번역하고 싶었던 것이다. 검열과 봉건적 관념 때문인지 식민지 시대에는 이러한 번역 시도가 더 이상 이루어지지 않는다. 비슷한 기획이었던 1939년 『여성』의 여주인공 시리즈[85]에서는 더 이상 바실리사가 보이지 않는다.

이처럼 1930년대 저널리즘은 한국 여성지식인들에게 번역가라는 위치를 부여했으며, 이를 통해 주체들은 자신들의 목소리를 내기 시작한다. 이는 당대 저널리즘 시스템 내부에서 당대 여성 번역 주체가 어떠한 방식으로 존재했는가를 보여주는 것이다.

김자혜 등 기자 이외에 여성 번역 주체들이 가장 많이 등장하는 매체는 교지 『이화』이다. 식민지 시대 교지는 당대 최고의 인텔리 계층이었던 학생들의 지식 수준에 힘입어 아마추어 매체가 아닌, 지식인 매체로서의 역할을 수행하고 있었다. 교지 『이화』 역시 마찬가지이다. 당대 최고 여성지식인 특히 영문학 전공 이화여전 지식인들은 번역가이기도 한 김상용[86]의 지도 아래 텍스트를 번역했다고 한다.[87]

---

84 이러한 상황에 대해서는 홍창수, 앞의 글 참조.
85 주 75 참조.
86 김상용은 1928년부터 이화여전에 교수로 재직했다.
87 이에 대한 실증적 내용은 본서 강소영·윤정화의 글 「근대적 번역행위의 動因과 번역양상 ―이화여전 교지 『이화』를 중심으로」 참조.

테레사 현은 여성 번역가들의 공통점으로, 이화여전 출신이라는 점을 들었다. 최초의 여성 번역자인 박인덕, 여성 작가인 모윤숙, 노천명, 주수원, 최정림은 물론 기자이자 작가인 김자혜 그리고 최선화, 백국희, 등은 모두 이화여전 출신이다. 모두 교지에 번역 텍스트를 남긴 것은 아니지만 이들은 졸업 후에 여러 매체에서 번역 활동을 했다.[88] 이러한 점은 당대 번역행위와 인식이 보다 대중화되었다는 점을 증명해 주는 것이다. 여성지식인이 증가한 만큼 번역 주체 역시 많아질 수밖에 없는 것이다. 이처럼 번역 주체의 저변 확대라는 측면에서 이들 번역 활동의 1차적인 의미가 있는 것이다. 그리고 이들이 대개 영문학도였던 만큼 이들의 번역은 중역이 아닌 원어역이었다.[89] 다음은 교지 『이화』에 실린 번역기사 목록이다.

	호수	발간일	원작자	번역자	제목	장르
이화	1	1929.2.10	테니슨	메리	이낙아 든	시
이화	2	1929.12.21	쩬갈쓰	柳貞玉	機會	산문
이화	2	1929.12.21	미상	柳貞玉	그참새	산문
이화	2	1929.12.21	테니슨	이순영	레디 클레어	시
이화	3	1931.3.4	John McCrae		플랜더쓰 戰地에서	시
이화	3	1931.3.4	워즈워드	최선화	수선화	시
이화	4	1932.10.31	로벨트 슈만	김신복	젊은 音樂家게 드리는 忠告	논설
이화	4	1932.10.31	월트휫트맨	李順姬	오 船長! 나의 船長!	시
이화	4	1932.10.31	토마스후드	李順姬	샤쓰의 노래	시
이화	5	1934.5.20	워즈워드	金錦珠	고독한 수획자	시
이화	5	1934.5.20	롱펠로	金漢淑	비오는 날	시

---

88 이에 대해서는 테레사 현, 앞의 책, 부록 참조. 이화여전을 졸업한 후 일본 도시샤대학과 미국 미시건대와 예일대에서 영문학을 전공한 장영숙은 오 헨리의 단편소설과 퍼시 비시 셀리 등의 작품을 번역하였다. 최정림은 오스카 와일드와 제러드 맨리 홉킨스의 작품을 번역했다(김욱동, 앞의 책, 175쪽).

89 이에 대한 내용도 강소영·윤정화, 앞의 글 참조.

	호수	발간일	원작자	번역자	제목	장르
이화	5	1934.5.20	롱펠로	張起善	구진 비	시
이화	5	1934.5.20	Gerard Manley Hopkins	金漢淑	나는 가야하네	시
이화	5	1934.5.20	Byron	崔貞琳	잘 있거라 잘 있거라	시
이화	5	1934.5.20	Wordsworth	崔貞琳	들국화에게	시
이화	5	1934.5.20	로버트 번즈	崔貞琳	생쥐에게	시
이화	6	1936	조세프 켐벨	한충화	노부老婦	

이를 살펴보면 개별 호마다 한 두 작품씩 문학 번역 텍스트가 실렸던 것을 알 수 있다. 주로 테니슨, 워즈워드, 롱펠로, 휘트먼, 로버트 번즈, 바이런 등 영미 시인들의 시를 번역하였다. 번역 텍스트가 그다지 혁신적인 것으로 선정되지 않았고, 여성 필자 텍스트가 없는 것은 다소 아쉬운 일이다. 이는 이화여전 영문과의 커리큘럼과도 관련이 깊은 문제라고 볼 수밖에 없다. 또한 번역 태도가 아마추어적인 것도 아쉽다.

> 이것은 테니슨의 시를 닑고머리에 남은 긔억을 한니야기와 갓처썻슴으로 번역이라고 하기는 너무도 외람한 듯합니다.(기자)[90]

2호에 실린 테니슨의 장시 「레이디 클레어」의 경우는 테니슨의 시를 직역하지 않고 산문의 형식으로 바꾸어 그 내용을 서술한다. 번역이라기보다는 거의 각색에 가깝다. 새로운 형식 실험이라고도 볼 수 있지만 역량상의 문제이기도 하다. 여러 가지 추측이 가능한 가운데 번역 의식이 아쉬운 것은 사실이다.[91]

그러나 번역 텍스트에서는 여타의 기사(논설)에서는 볼 수 없는 주

---

90 이순영, 「레-듸 클레어Lady Clare」, 『이화』 2집, 1929.12.21, 139쪽.
91 그러나 반대로 번역이 어떠해야 하는지를 알고 있었기 때문에 이러한 '번역이라고 하기는 너무도 외람한 듯하다'는 언술도 가능하지 않았는가 추측할 수도 있다.

체에 대한 진지한 철학적 고민이 엿보인다는 점은 기억해야 할 것이다. 번역 텍스트에서는 삶의 희열에 대한 열망과 주체의 존재성에 대한 고민이 엿보인다.[92]

나는 인간의 운명을 좌우할 수 있는 주인이다. 나의 발자취 쎄여놓는 곳마다 찌돌든 행운은 나를 따르며 사랑은 나를 에워쌋는다. 쏘 이 산 저 산을 넘는 길엽헤 명성은 나를 긔다린다

사랑 행복 명성 이 모든 친구들과 싯업는 여행으로 못간 곳이나 가본곳이나 인간을 차저다니느라면 화려한 건축이 즐비한 도시 뭇새의 울음이 山野를 흔드는 한적한 전원에도 간다. 싯업는 침묵 속에서 한거름 쏘 한거름으로 어느덧 大海와 사막을 지나 쏘 한곳 차저가면 그곳은 窮村이라 오막사리집들이 둘너섯다. 쏘 이곳을 지나 상인의 외치는 소래가 들네이는 시장과 궁전에도 간다.

나는 이 여러곳으로 다니면서 문마다 쑤드리고 외치기를 '나는 긔회다'라고 한다. 잠드럿거든 쌔여라. 만약 잔채하거든 내 가기 전에 罷하여라. 지금은 네의 운명을 정하는 시간이다. 나를 짜르는 사람은 인간의 욕망하는 모든 지위에 오르고 쏘는 죽엄 외에는 모든 원수를 이길 터이다.

그러나 나를 의심환 저주하는 사람은 엇절수업시 실채에 붓들녀 비애와 빈궁에 싸진다.

나중에 공연히 나를 쓸때업시 차즈면 나는 대답 아니할 터이요 쏘다시 도라오지도 안을 터이다.[93]

위의 번역 시 텍스트는 행복한 삶에 대한 주체적 열망이 엿보이는

---

92 졸고, 「식민지 시대 교지 『이화』 연구─지식인 여성의 자기 표상과 지식 체계의 수용 양상」, 『여성문학연구』 16, 2006 참조.
93 쎈쌀쓰, 유정옥 역, 「긔회」, 『이화』 2집, 138쪽 참조.

작품이다. '사랑, 행복, 명성'을 만날 수 있는 '기회'를 잡고 운명의 주체가 되고자 하는 욕망이 투사되어 있다. 기회는 열심히 찾는 자에게만 온다. 기회를 기꺼이 찾는 사람은 '인간의 욕망하는 모든 지위에 오르고 또는 죽엄 외에는 모든 원수를 이길터'라는 희망은 늘 욕망을 억압해야 했던 당대 여성 모두가 바라는 바일 것이다. 이를 볼 때 때론 번역이 창작 텍스트 그 이상의 역할도 했던 것이다.

이외에도 지면상 다루기 힘들지만, 1940년대에는 모윤숙과 최정희, 그리고 노천명이 번역 활동을 한다.[94] 이들은 모두 기자 출신의 여류문인들[95]이다. 그러나 이 시기에 이들은 이미 여류문인으로서 입지를 다져가고 있었다. 이들이 번역 활동을 한 이 시기는 1930년대 후반 이후 전시체제로 검열이 강화되고 여러 매체가 폐간되는 등 더 이상 매체 활동 자체가 힘들어지는 때였다. 이러한 상황에서 번역 역시 전시체제하의 검열 통제에서 자유로울 수 없었다. 그나마 번역 텍스트의 게재가 가능했던 『삼천리』 1941년 12월호에 실린 「해외전쟁시집」 번역에 모윤숙과 노천명이 참여하고 있었던 것은 이 매체와 친연성을 갖고 있었던 문인기자였다는 이력이 작용했던 것이다.

여기서 모윤숙은 이탈리아 편에서 파오토·뿟쯔이의 시 「三色旗」를, 노천명은 여류시인 Winifred M. Letts의 「악쓰포드의 尖塔The Spires of Oxford」과 Thomas Hardy의 「늙은 말을 데리고—世界平和가 깨여지는 때」를 번역한다.

그런데 여기서 흥미로운 것은 같은 전쟁시임에도 불구하고 이 두

---

94 김병철의 목록에 의거할 때, 위의 두 시인 이외에 일제 말기 여성 번역 주체의 번역 텍스트는 최정희가 번역한 소군의 「사랑하는 까닭에」(『삼천리』, 1940.6.1)가 있다.

95 모윤숙과 최정희는 『삼천리』 등에서 근무한 기자 출신이고, 노천명 역시 『조선중앙일보』 등에서 기자로 근무한 적이 있다. 그리고 이러한 경력이 당대 문단에 여류문인으로서 인정받게 되는데 기여하게 된다(이에 대한 자세한 내용은 심진경, 앞의 글 참조).

여류시인이 번역한 텍스트의 성향이 다르다는 점이다. 모윤숙의 시 「삼색기」는 이탈리아 기인 삼색기가 상징하는 제국의 이념을 칭송하고 그 이념에 동화되어 가는 시이다.[96] 반면 노천명의 경우는 전쟁의 폭압성을 비판하는 시를 번역한다. 아래는 노천명이 쓴 역자 후기이다.

　이 시는 보통 우리가 戰爭詩에서 볼 수 있는 처참한 일이라든지 거기서 오는 슬픔이라든지 이런데서 떠나 같은 戰爭詩면서도 이 시인은 단순한 原始생활과 자연 ― 즉 밭을 갈고 씨를 뿌린다든가 걷우어 드린다든가 ― 또는 우리의 청춘이라든가 ― 사랑이라든가 ― 이런 것들을 인류사회에 전쟁이라는 것을 超越하여 어제도 오늘도 또 앞으로 영원히 계속되고 있으리라는 것을 노래한 점은 몹시 興味있다고 생각한다. ―譯者―

　본문이 말해주는 대로, 토마스 하디의 시에서는 전쟁의 역사보다, 자연과 함께 하는 평화로운 삶이 더 영원할 것이라는 주제를 강조한다. 즉 전쟁에 찬성하는 시, 참전을 독려하는 시가 아니라, '반전反戰이 주제인 시인 것이다.

　　끄덕거리는 늙은 말을 데리고
　　다만 혼자 밭을 갈고있는 사람이 있다
　　천천히 또 조용히
　　조으는 듯 한가롭게

---

96 「삼색기」 시 전문을 전하면 다음과 같다.
　『빨콘』에 듣는 微妙한 저鼓動 / 날개의 鼓動, 사랑의 鼓動 / 恍惚한 노래의 우렁참이여. // 그리고 소리, 가슴에 피가 끓는다 / 牧場의 봄의 千萬소리에 / 最初의 光明은 『꼬을』讚歌에 和하도다. // 그리하여 잠들면은, 오오, 三色旗여, / 多情하게도 / 나를 흔드는, 信憑했던 악마의 接吻으로부터 / 꿈에 보는 榮光의 신의 不滅의 季節.(『삼천리』, 1941.12.)

불꽃도 없는 희미한 연기

풀뎀이 속에서 가늘게 올라간다.

비록 한 세월은 지나가 버린다 해도

이 광경만은 변함없이 계속되고 있으리

저기 처녀와 또 그의 연인이

정답게 속삭이며 오나니

엉성한 역사는 없어저 버린다해도

인간의 저런 속삭임은 길이 있으리―

끄덕거리는 늙은 말을 데리고

다만 혼자 밭을 갈고있는 사람이 있다

천천히 또 조용히

조으는 듯 한가롭게

불꽃도 없는 희미한 연기

풀뎀이 속에서 가늘게 올라간다.

비록 한 세월은 지나가 버린다 해도

이 광경만은 변함없이 계속되고 있으리

저기 처녀와 또 그의 연인이

정답게 속삭이며 오나니

엉성한 역사는 없어저 버린다해도

인간의 저런 속삭임은 길이 있으리―[97]

바로 이러한 점은 모윤숙과 노천명, 이 두 시인이 전쟁을 대하는 태도가 달랐음을 말해주는 것이기도 하다. 물론 이즈음 노천명도 친일의 길을 걷는다.[98] 이러한 점은 노천명의 내면에 어느 정도 분열이 있었다는 점을 보여주는 것이다. 이처럼 번역은 새로운 양식 실험의 매개체이기도 했으며 때론 창작시가 보여줄 수 없는 주체의 내면을 투영해 주는 창이기도 한 것이다. 식민지 시대 여성 주체의 번역 역시 이러한 역할을 수행했다고 볼 수 있다.

3. 맺음말

현재 활발하게 활동하고 있는 여성 번역가들을 인터뷰해보면 지금은 여성 번역가들이 남성 번역가들보다 수적으로 많다고 한다. 이는 그만큼 여성지식인의 전문성이 보장되고 있다는 반가운 소식이기도 하지만 여전히 비정규직으로 소외된 번역가 직업군은 남성보다는 여성이 더 많이 수행한다는 안타까운 현실을 보여주는 것이기도 하다. 이러한 점은 여성 번역가들이 한국 지식사에서 소외된 여성지식

---

97 노천명, 「늙은 말을 데리고-世界平和가 깨여지는 때」, 『삼천리』, 1941.12. 이 시의 원제는 "In Time Of "The Breaking Of Nations" by Thomas Hardy"이다.

98 노천명의 친일 행위는 1941년 7월 용산 호국신사 근로봉사 참여와 같은 해 8월 조선문인협회 간사직을 시작으로 해방을 맞기까지 계속된다. 시와 산문을 포함한 친일작품 또한 1941년 7월 8일자 『매일신보』에 발표한 산문 「시국과 소하법」을 시작으로 30편에 달한다. 노천명의 친일 행각에 대해서는 박수연, 「노천명 시의 서정적 내면과 파시즘-노천명 일제 말기 시에 대해」, 『CPMPARATIVE KOREAN STUDIES』 17, 2009; 곽효환, 「노천명의 자의식과 친일·애국시 연구」, 한국근대문학회, 『한국 근대문학 연구』 24, 2011.10, 19쪽 참조.

인의 존재 양태를 살펴보는 하나의 기준점이 될 수도 있다는 점을 시사하는 것이기도 하다. 한국 근현대 여성 번역문학사를 살펴보니 이러한 현상이 증명된 듯하다.

박인덕에서 시작해서 김명순, 그리고 김자혜, 이화여전의 여성지식인들로 이어지는 식민지 시대 한국여성 번역가의 사적 계보는 척박한 여성 번역문학사를 여성 주체의 입장에서 재정립해 내고자 시도했던 결과였다.

근대 이후 여성 번역가에 대해서는 지금까지 한 번도 제대로 논구된 적이 없다. 이러한 점은 여성지식인 자체가 드물었던 근대 초기에서부터(김명순 등), 번역가가 아닌 수필가로 규정하고 업적보다는 센세이셔널한 일화를 내세워 여성 번역가의 존재성을 은폐시켰던 1960년대(전혜린)까지, 한국지식문화사에서 한국 여성지식인이 묵인되었던 과정과 무관한 일이 아니다. 더구나 '여성 번역가'는, '번역가'의 존재성을 단지 도구적인 언어 전달자의 위치로 파악했던 한국지식사의 인식 패러다임 안에서 더욱 그 존재성을 인정받기 힘들었다. 그러나 한국의 역사에서 번역이 지식 장을 연동시키는 주동적인 위치를 차지했던 근대 초기, 식민지 시기, 해방기, 한국전쟁 직후, 4·19혁명 이후 등의 시기에 번역가는 지식 전위부대로서 그 존재성을 인정해야 한다. 특히 여성 번역가는 비록 수적으로 열세라 하더라도 전위적 지식인으로서 남성과 동등하게 인정받고자 지속적으로 인정투쟁을 벌여 왔다. 그들은 때론 당대 남성들보다 먼저 첨단의 근대 이론을 번역하기도 하면서 전문성을 인정받고자 했으며 여성으로서 자신의 정체성을 걸고 여성해방이론을 번역하여 새로운 주체성을 구성하는 데 전력을 기울였다. 김명순의 에드가 알렌 포우, 보들레르 번역은 전자에 해당하는 것이며, 김자혜의 「붉은 연애赤戀」 번역은 후자에 해당하는 행위일 것이다.

또한 김명순은 창작이 곧 번역행위의 일환이었으며 그 과정이 곧 자신을 억압하는 제도나 편견과 싸워가는 과정이기도 했다. 이는 한국 근대문학사에서 진정한 의미의 문화 번역, 리디아 리우식으로 표현하면 '언어횡단적 실천'이 이루어지는 경지인 것이다.

번역가를 여타의 인식론적 경계를 넘나드는 경계인으로 볼 수 있다면 전위적 '여성지식인'이라는 소외된 정체성을 떠안고 있는 여성 번역가야말로, 지금까지 한국 지식문학·문화사 내부에서 위태로운 정체성을 안고 남성 / 여성, 제국 / 피식민의 경계를 횡단하는 전위적인 주체가 될 수밖에 없었던 것이다.

1부
—
젠더와 번역, 그리고 고전 여성 지식(문화)사

조선시대 규훈서閨訓書 번역과 여성의 문자문화

이지영

1. 머리말

조선시대 여성교육은 여성이 한 집안에서 아내, 며느리, 어머니로서 역할할 수 있도록 가르치는 것을 목적으로 하였다. 이런 점에서 당대 여성교육은 유가적 지배이데올로기를 내면화시키는 교화의 과정으로 인식되어왔다.[1] 그러나 선행연구에서도 지적되었듯이 여성교육의 교재로 사용된 규훈서를 통해 여성의 문자교육이 가능해졌다.[2] 여

---

[1] 이러한 방향의 논의로는 강명관, 『열녀의 탄생』, 소명출판, 2009가 대표적이다. 이밖에도 규훈서 학습을 이데올로기의 내면화로 파악한 논의는 다음과 같다. 김경미, 「열녀전 보급과 전개」, 『한국문화연구』 13, 이화여대 한국문화연구원, 2007; 김언순, 「조선여성의 유교적 여성상 내면화 연구」, 『페미니즘연구』 8권 1호, 한국여성연구소, 2008; 김훈식, 「15세기 한중내훈의 여성윤리」, 『역사와 경계』 79, 부산경남사학회, 2011.

성교육의 기본 목적은 유가적 교화였지만, 규훈서를 통해서 전파된 것이 윤리규범만은 아니었다. 여성의 문자교육도 이를 통해 확산되었다.

조선 초기부터 규훈서의 번역과 간행은 지속되었다. 국가에서 간행한 규훈서의 언해본에는 한글번역문뿐만 아니라 한문원문도 포함되어 있으며, 규훈서에 따라 원문을 제시하는 형식은 차이를 보인다. 여성교육을 목적으로 하면서도 한문원문이 존재하는 것으로 보아 한글과 한문, 여성과 한글 혹은 여성과 한문의 관계는 단순하지 않았다고 생각된다.

국가에서 간행하였던 규훈서의 간행본이 공식적인 여성교육서의 성격을 띠었다면, 필사본은 집안을 통해 편집되고 필사된 사적인 교육서의 성격을 지녔다. 간행본을 극히 제한된 계층의 여성만이 읽을 수 있었던 데 반해, 필사본은 여성교육서로서 보다 광범위하게 유포되었다. 당시 여성들은 주로 필사를 통해서 규훈서를 학습하였다. 그러므로 필사본은 규훈서 수용의 직접적인 흔적을 드러낸다고 할 수 있다.[3]

따라서 이 글에서는 간행본과 필사본의 내용 및 체제를 비교하고, 이를 통해서 규훈서가 여성의 문자문화를 확산시킨 문자교육서로서 존재한 맥락을 밝히고자 한다.

---

2 이경하, 「15세기 상층여성의 문식성과 읽기교재 『내훈』」, 『정신문화연구』 33, 한국학중앙연구원, 2010.

3 필사문화의 발달은 일차적으로는 간행본의 부족에서 비롯되었다고 할 수 있지만, 필사는 학습과 독서의 한 과정이기도 했다(이지영, 「한글 필사본에 나타난 한글 필사의 문화적 맥락」, 『한국 고전 여성문학연구』 17, 한국고전여성문학회, 2008).

2. 언해본의 간행과 여성의 문자교육

1) 언해본의 간행방식

조선시대 규훈서 중에서 가장 먼저 언해되어 나온 책은 1475년에 간행된 『내훈內訓』이고, 그 다음에 나온 언해서는 1481년에 간행된 『언문삼강행실도열녀도諺文三綱行實圖烈女圖』이다. 이 둘은 시기상 그리 멀지 않지만, 언해의 형식면에서는 차이를 보인다. 『내훈』은 구결이 있는 한문원문과 언해문으로 구성되어 있지만, 『삼강행실도』에는 그림이 들어가 있고 원문에 구결이 없다.

1434년에 처음 간행된 『삼강행실도三綱行實圖』에는 한문과 그림만 있었다. 이때는 훈민정음이 창제되기 이전이기에 언해문이 있을 수 없었다. 그러다가 1481년에 『언문삼강행실도열녀도』가 간행되었고 이를 간추려서 간행된 것이 『산정언해삼강행실도刪定諺解三綱行實圖』(1489년 간행)이다.[4] 1481년의 간행본은 현재 전해지지 않고 1489년의 산정본만이 전해지는데 산정본에는 그림이 전면에 있고 난상欄上에 언해문이 들어가 있으며 그림의 뒷면에는 구결 없는 한문원문이 들어 있다〈그림 1〉 참조).[5]

『내훈』에도 원문과 언해문이 공존하고 있지만, 한문원문에 구결이 달려 있다는 점에서 차이가 있다〈그림 2〉 참조). 『내훈』은 이후에 여

---

[4] 志部昭平,「諺解三綱行實圖の傳本とその系譜」,『동양학』19, 단국대 동양학연구소, 1989, 4쪽 참조.
[5] 원간본原刊本은 직접 보지 못했고 홍문각에서 영인한 후대의 중간본重刊本만 확인하였는데, 중간본의 체제는 모두 위의 설명과 같으며 언해본의 표기에서 방점이나 고유명사의 한자 병기 등에서 차이가 있을 뿐이다. 〈그림 1〉은 규장각 소장본으로『삼강행실도』, 홍문각, 1990에 영인된 것이다.

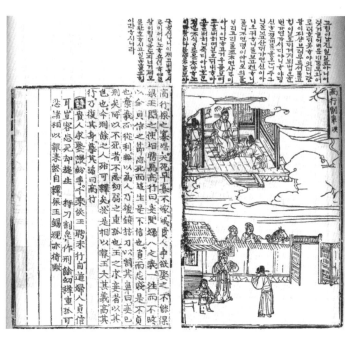

〈그림 1〉『산정언해삼강행실도』, 규장각 소장

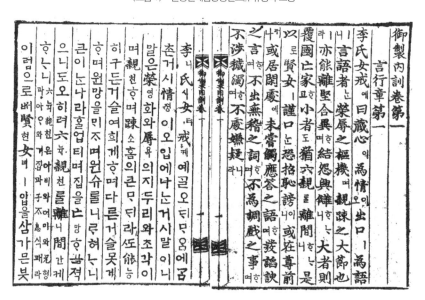

〈그림 2〉『내훈』, 국립중앙도서관 소장

러 차례 간행되면서 한자음과 언해문이 수정되기도 하였지만, 구결이 있는 한문원문과 언해문이 결합된 언해형식은 바뀌지 않았다.[6]

규훈서의 언해는 한글을 사용하는 여성을 위한 것이라는 점에서, 규훈서에 한문원문이 나란히 수록된 것은 언뜻 이해되지 않는다.『삼강행실도』의 경우 애초에 한문원문만 있다가 나중에 언해가 이루어졌으며 사족의 家長과 父老에게 보내어 부녀자와 아이들에게 가르치게 한다는『경국대전』의 조목[7]이 있어, 원문은 교화를 담당하는 사대부 남성을 대상으로 한 것으로 추정할 수 있다. 구결을 따로 달지 않았던 것도 이러한 맥락에서 이해할 수 있다.

그러나『내훈』의 한문원문에 구결이 달려 있는 것은『삼강행실도』와 달리 이해할 필요가 있다. 이에 대해 선행연구에서는 "이중언어체계의 권력관계 속에서 상층여성에게 한자와 한글 사용에 대한 접근 가능성을 높여"[8]주었다고 보았다. 그러나 한문을 전혀 모르는 여성이라면 구결이 있더라도 원문을 읽어내기가 쉽지 않았을 것이다. 그러므로 이들 규훈서의 한문원문이 한문을 전혀 모르는 여성을 위한 것이었다고 보기 어렵다.『내훈』이 궁중의 여성들을 대상으로 만들어졌다는 점을 고려한다면 독자는 한문을 알고 있었을 가능성이 높다. 상궁 조씨가『내훈』의 발문에서 "이어 언문으로 번역하여 쉽게 깨우칠 수 있게 하였다繼以諺譯, 使之易曉"고 한 것으로 보아, 소혜왕후는 먼저 한문으로 짓고 이 책이 쉽게 읽히도록 한글로도 번역한 것으로 이해된다.

---

6 『내훈』의 판본은 자구의 수정 이외에 체제 면에서 크게 변화는 없었던 듯하다(최연미,「소혜왕후 한씨『내훈』의 판본고」,『서지학 연구』22, 서지학회, 2001 참조).

7 "三綱行實, 飜以諺文, 今京外士族家長父老, 或其教授訓導等, 敎誨婦女小子, 使之曉解"(『경국대전-禮典』「獎勸」; 안병희,「훈민정음 사용에 관한 역사적 연구」,『동방학지』46~48, 연세대 국학자료원, 1985, 811쪽).

8 이경하, 앞의 글, 2010, 324쪽; 이경하,『내훈』, 한길사, 2011, 15쪽.

『내훈』의 언해방식은 간경도감에서 간행된 불경언해와도 동일하
다〈그림 3〉 참조). 간경도감판 불경언해는 『내훈』이 간행된 1475년 이
전까지 간행된 언해서의 절대다수를 차지하는데, 『내훈』을 편찬한 소
혜왕후가 간경도감의 불경언해사업에 동참하였다는 점을 상기하면[9]
간경도감판 불경언해의 형식이 『내훈』에 영향을 주었을 가능성이 높
다. 구결 달린 원문을 언해문과 함께 수록하는 불경언해의 형식에 대
해서는, 『영가집언해』 발문跋文의 "단지 선문의 형제가 말을 인하여 글
에 통달하고 글로 인하여 그 뜻을 얻고자 함이 아니다. 장사치나 부엌
의 아낙들도 모두 불조의 뜻을 얻고자 함이다非但禪門兄弟ㅣ 因言以達其文ㅎ
며 因文以得其義라. 以至販夫爨婦ㅣ 皆得佛祖之旨"[10]에서 그 의도를 짐작할 수 있

9 　위의 책, 7쪽.
10 　안병희, 앞의 글, 816쪽에서 재인용.

다. 언해문을 통해서 하층의 남성이나 여성도 불경의 뜻을 이해할 수 있다고 언급하고는 있지만, 일차적으로 불경언해의 언해는 '선문의 형제'가 '글', 즉 원문을 이해하는 수단이었음을 알 수 있다.

『내훈』이후 나온 언해서 중 의서醫書의 언해에서도 구결이 달린 한문원문이 언해문과 함께 제시된 사례가 발견된다.[11] 의서의 언해도 한문을 읽을 수 있는 식자층을 대상으로 하였지만, 한문만으로는 뜻을 정확히 이해하기 어렵기에 한글번역문이 필요하였던 것이다. 이 경우에도 언해는 한문을 이해하기 위한 보조적인 수단이 된다. 그렇다면 『내훈』의 경우에도 한문원문이 중심이고 이를 쉽게 이해하는 도구로서 언해문이 들어간 것이 아닐까 생각할 수 있다.

한편 16세기 초까지 한글 보급이 미미했을 것이라는 주장도 제기된 바 있다. 안병희는 15세기에 한글문헌이 지방에서 간행되지 않은 이유는 그때까지 한글 보급이 서울은 물론이고 지방에서도 보편적이지 않았기 때문이라고 하면서, 1527년 간행된 『훈몽자회』의 범례에서 "변두리 시골에 있는 사람들은 틀림없이 언문을 모르는 사람들이 많을 것이다凡在邊鄙下邑之人, 必多不解諺文"라고 한 데서도 이러한 상황을 확인할 수 있다고 하였다.[12] 이를 참조할 때 『내훈』이 간행되던 1470년대에는 한글을 아는 자가 많지 않았을 것으로 추정된다.[13] 따라서 『내훈』의 한문원문과 언해는 한글만 아는 독자를 대상으로 간행된 것으로 보기 힘들며, 한문의 완전한 해독을 위해서 언해문의 도움이 필요

---

11 이호권, 「조선시대 한글 문헌 간행의 시기별 경향과 특징」, 『한국어학』 41, 한국어학회, 2008 참조.
12 안병희, 앞의 글, 816~819쪽.
13 『내훈』보다 몇 십 년 뒤에 지방에서 간행된 『여씨향약언해』 및 『정속언해』(1518년 간행), 『경민편언해』(1519)의 한문원문에 한자를 이용한 차자구결이 사용된 이유도 한글보급의 정도와 관련이 있을 듯하다. 이들 문헌이 지방에서 간행되었다는 점을 고려한다면 16세기 초까지도 한글 구결은 익숙하지 않았을 것이다.

한 상층의 여성을 염두에 두고 간행되지 않았을까 한다.[14]

그러나 결과적으로 『내훈』은 한글이 독자적인 문자로 성장하는데 중요한 역할을 했다고 생각된다. 『내훈』이 상층여성에게 권장되면서 한문을 모르는 여성들은 한문원문보다는 언해문을 통해서 내용을 습득하였을 것이고, 이 과정에서 한글사용이 널리 확산되었으리라 짐작할 수 있다. 16세기 이후에 여성들의 한글편지가 성행하는 등 여성의 한글사용이 보편화 된 데는 아마도 『내훈』을 비롯한 규훈서의 간행이 적지 않은 영향을 미쳤을 것이다.

아울러 『내훈』을 통한 한글텍스트의 정착 과정도 주목된다. 『내훈』은 초간본 이후에 다섯 번 간행되면서 개역되고 표기가 수정되었다.[15] 실록에는 1660년 현종이 『내훈』을 교정하면서 향음鄕音을 일일이 고치라고 지시한 기록이 있는데,[16] 향음의 수정은 한글텍스트가 단지 구어를 그대로 받아 적는 것을 넘어서 표준화되고 추상화된 문자문화로 옮아가고 있음을 암시하고 있다. 다시 말해서 『내훈』의 거듭된 간행과 교정은 한글 문장이 규범적 글쓰기로 완성되어가는 과정의 일단이라고 할 수 있다.

그런데 『내훈』 이후에 간행된 『여훈언해』나 『여사서』는 『내훈』과는 다른 형식을 보이고 있다. 이들 규훈서에서도 언해문과 한문원문이 공존하고 있지만, 『여훈언해』(17세기경)와 『여사서』(1737년 간행)에서는

---

14 또한 이 시기까지 한글은 공식적인 문자로 인정받지 못했다는 점도 고려되어야 할 것이다. 정병설은 조선시대 비석문을 예로 들면서 한문이 공식적인 매체로서 기능하면서 한글이 문자로서 인정되지 못했다고 논한 바 있는데(「조선시대 한문과 한글의 위상과 성격에 대한 일고」, 『한국문화』 48, 서울대 규장각한국학구소, 2009), 조선 전기에 국가에서 간행된 언해본에 한문원문이 들어간 이유도 같은 맥락에서 이해할 수 있다.

15 1612년 『내훈』을 홍문관에서 교정했다는 기록이 있다. 『내훈』의 간행에 대해서는 최연미, 앞의 글 참조.

16 『현종개수실록』, 현종 1년 9월 5일.

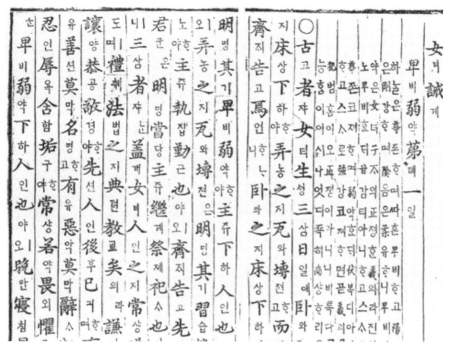

〈그림 4〉『여사서』, 국립중앙도서관 소장

『내훈』과 달리 원문에 구결 뿐 아니라 '독음讀音'도 달려있다.(〈그림 4〉
참조) 언해문과 함께 독음과 구결이 달린 원문을 수록하는 방식은『소
학언해』(1588년 간행) 및 『효경언해』(1588년 간행)와도 동일한데, 1585년
교정청이 설치된 후에 표준화된 경전언해방식이다.[17] 이러한 경전언
해는 초학자의 한문학습을 용이하게 하였다. 즉, 한문원문에 독음이
있었기에 한문을 잘 모르는 초학자들도 한문을 읽을 수 있었다.

『여훈언해』나『여사서』의 언해방식은 이처럼 16세기 말부터 보편
화된 경전언해의 형식을 따른 것이다. 이 점은『내훈』이 15세기까지
일반적이었던 간경도감 불경언해의 형식을 수용한 것과 비견되는데,

---

17 이호권, 앞의 글, 98~99쪽 참조.

한문원문에 구결만 달려 있을 때와는 달리 원문에 독음까지 달림으로써 한문에 대한 접근이 가능해졌다는 점에서 중요한 의미가 있다. 『내훈』의 언해형식으로는 한문을 모르는 여성이 한문원문을 읽는 것이 불가능하지만, 『여사서』처럼 독음이 있는 경우는 한문을 모르는 여성이라도 한문을 익힐 수 있기 때문이다.

따라서 『여훈언해』나 『여사서』가 사대부 남성의 경전언해와 동일한 형식으로 간행된 것은 조선 후기 문자체계의 변동을 유발했을 가능성이 있다. 조선시대에는 문자체계가 성별과 신분에 따라 이원화되었지만, 조선 후기에 와서는 상하남녀로 구별되었던 문자체계가 흔들리는 경향을 보인다. 간행자가 의도하였던 것은 아니겠지만, 『여훈언해』와 『여사서』는 여성이 한문을 익히는 방편이 됨으로써 그러한 변화에 일조하였을 것이다.

2) 규훈서를 통한 문자교육의 확대

조선시대 동안 규훈서는 꾸준히 간행되고 보급되었다. 이러한 규훈서의 보급은 흔히 유가이데올로기의 내면화과정으로 평가되었다.[18] 그러나 『내훈』과 『열녀전』을 즐겨 읽었던 여성의 사례를 보면, 당대의 규훈서는 표면적으로는 도덕교육서였지만 사실상 문자교육을 담당하고 있었던 것이 아닌가 한다. 다음은 조선시대 여성의 묘지명과 행장에서 뽑은 사례들이다.

---

18 일례로 김경미는 『열녀전』을 정절 이데올로기를 각인시킨 수신서로 평가하였으며(김경미, 앞의 글, 53쪽), 강명관은 여성의 『삼강행실도』 열녀편의 봉독이 곧 유가이데올로기의 의식화로 이어진다고 하였다(강명관, 앞의 책, 169쪽).

① 세상에 부녀로서 선비의 행실이 있다고 칭송받는 자는 집안일을 소홀히 경우가 많고 실과 삼을 살피는 자는 교훈에 몽매하다. 그러니 부인처럼 총명하고 꼼꼼하여 여공의 자잘한 일까지 못하는 것이 없는 자가 없다. 부인은 『내훈』과『열녀전』, 『소학』등을 일찍이 모두 섭렵하여 그 큰 뜻을 이해했다. (世之婦女稱有士行者, 多忽內事, 察絲枲者則矇訓法, 又未若宜人, 惟其聰慧, 所遇精敏, 女紅之屬, 無細不能. 至內訓, 列女傳, 小學等書, 皆嘗涉覽, 識其大義)

— 최립의 「宜人李氏墓碣銘」

② 현명하고 단정하며 빼어났으며 『내훈』과『열녀전』등을 읽기를 좋아하여 그 큰 뜻을 대략 파악하였으니 부모가 모두 특별히 사랑하였다. (明惠端秀, 好讀內訓, 列女傳等書, 略通大義, 父母皆奇愛之)

— 유성룡의 「金氏墓誌」

③ 부인은 덕이 있고 성실하고 사려 깊었으며 또한 『내훈』과『열녀전』에 능통하여 고금의 치란을 알고 사리를 분별하였으니 사군자의 기풍이 있었다. (夫人雅有德性, 一於塞淵, 又能通內訓列女傳, 識古今治亂, 辨事理, 綽有士君子風)

— 신익성의 「淑夫人金氏墓誌銘」

위의 예문에서는 규훈서를 열심히 읽어 통달한 여성이 총명한 여성으로 부각되고 있다. ③에서 신익성은 부인 김씨가 선비와 같은 풍모를 지녔다고 하였는데 이는 『내훈』이나『열녀전』을 통해서 지식을 넓힌 결과이다. 또한 ①에서 최립은 '사행士行이 있다'고 평가되는 여성들은 내사內事, 즉 집안일에 소홀하고 여성의 직분에 충실한 여성들은 무지몽매하다고 하면서, 의인 이씨는 여공을 빈틈없이 해내면서도 『내훈』이나『열녀전』, 『소학』을 널리 깨우쳤다고 하였다. 규훈서를 익히는 것이 여성의 지식과 교양을 넓히는 것으로 받아들여지고 있음을 알 수 있다.

이밖에 김수증의 「망실숙인조씨행장亡室淑人曺氏行狀」에서도 유사한 내용을 발견할 수 있다. 김수증의 부인은 『소학』과 『내훈』에 통달하였으면서도 여성으로 태어나 문장과 역사를 더 공부하지 못하는 것을 한스러워 하였고, 남편이 글을 읽으면 옆에서 이를 하나씩 깨달았다고 하였다.[19] 규훈서에 통달한 지적인 여성이 규범을 익히는 것을 넘어서서 남성과 대등한 수준의 지식을 얻고자 한 사례라고 할 수 있다.

또한 사대부 남성의 발언에서도 규훈서와 관련된 언급은 찾을 수 있다. 송명흠(1705~1768)은 당시 부녀자들이 배우지 않았기 때문에 도덕규범을 갖추지 못하였다고 개탄하고 있다.[20] 글을 통해 배워야 도덕적인 인간으로 성장한다는 그의 의식에서 도덕교육은 문자교육과 동일시되고 있다. 이러한 시각은 정범조(1723~1801)의 글에서도 확인된다. 정범조는 당시 풍속이 "잘못하는 일도 없고 잘한다고 나서는 일도 없이無非無儀"[21] 하라는 『시경』의 구절을 준신한 나머지 밥과 술, 방적에만 힘쓰게 하니 여성들이 제대로 배우지 못하는 폐단이 있다고 지적하고 있다.[22] 이러한 발언에서 여성의 도덕교육을 위해서는 문자교육이 필요하다는 인식을 확인할 수 있다.

그러나 규훈서가 문자교육의 수단이라는 점에서 규훈서를 비판적으로 바라보는 시각도 존재하였다. 성호 이익은 『성호사설』에서 다음과 같이 말하고 있다.[23]

---

19 정형지·김경미 역주, 『17세기 여성생활사 자료집』 2, 보고사, 2006, 262쪽.
20 "近世婦女, 專無教誨, 或爲兒, 便習妖媚巧黠, 錦繡金珠, 出入人家讌會, 以賭聲譽 …… 凡此數, 同歸於失德, 誠由古訓之不聞"(송명흠의 「규감서」.)
21 『시경』 「소아小雅─사간斯干」의 구절.
22 "近俗忌婦女讀書, 閨閤之秀, 壹束之酒食紡績之內, 而以無非儀爲擧, 固東人之陋也"(정범조의 「규감서」.)
23 한국고전번역원 한국고전종합DB 사이트의 자료(http://db.itkc.or.kr/itkcdb/mainIndexIframe.jsp,

①『내훈』과 『여계』 등은 만에 하나 도움이 될 수 있을 뿐, 이것만 오로지 탐독만 하면 역시 해롭다. 하물며 무익한 시율詩律을 공부하는 것은 더욱 말할 것도 없다. 이와 같이 하면 여공을 갖추지 못할 뿐 아니라 내면의 행실이 불순하다는 나무람까지 듣게 될 것이다. 이는 중이 술을 마시면 계율을 범하고, 용렬한 하인이 글을 알면 잘못을 저지른다는 것과 같은 예가 된다. 규방의 여성들은 마땅히 명심해야 한다.

— 이익, 『성호사설』「시문문詩文門 — 잡찬雜纂」

② 우리나라 풍속은 중국과 달라서 문자를 알려면 힘써 공부해야 하니, 부녀자가 처음부터 마음 둘 것이 아니다. 『소학』과 『내훈』의 등도 모두 남자가 익힐 일이니, 부녀자들은 묵묵히 연구하여 그 논설만을 알도록 그 때 그 때 훈계하면 된다. 부녀자가 만약 누에치고 길쌈하는 일을 소홀히 하고 먼저 시서에 힘쓴다면 옳은 일이겠는가?

— 이익, 『성호사설』「인사문人事門 — 부녀지교婦女之敎」

성호 이익은 ①에서 규훈서가 혹 행실에 도움이 되기도 하지만 탐독하면 해롭다고 하였고 또 ②에서는 여성의 교육은 말로써도 가능한데 굳이 글을 가르쳐서 누에치고 길쌈하는 일에 힘써야 할 여성이 책을 읽도록 하는 것은 마땅치 않다고 하였다. 주목되는 것은 '하인이 글을 알면 잘못을 저지른다'는 말이다. 성호는 여성의 문자 교육이 비록 '교화'를 목적으로 하더라도 결과적으로 여성과 남성의 성차性差와 위계를 약화시키게 될 것이라고 우려한 것이다. 성호 이익은 규훈서가 교화를 넘어서 문자교육의 수단임을 간파하고 있다. 이러한 성호의 생각은 그의 보수적인

최종방문일 : 2012.11.20)를 참조하되 부분적으로 수정하였다.

시각에서 나온 것이지만 규훈서의 기능을 정확히 파악한 것으로 보인다.

이러한 자료에서 『내훈』이나 『여사서』 등 규훈서의 번역과 간행이 사실상 여성의 문자습득에 영향을 미쳤음을 확인할 수 있다. 규훈서를 통해서 여성은 남성이 독점하였던 지식과 교양에 접근할 수 있었다. 규훈서의 내용은 여성과 남성을 구별하는 이데올로기를 바탕으로 하고 있지만, 규훈서의 학습은 그러한 차별을 약화시킬 수도 있는 '문자'를 익히는 수단과 방편이었던 것이다. 이 점에서 조선시대 규훈서는 도덕교과서인 동시에 어문교재였음을 다시 한 번 확인할 수 있다.

3. 필사본에 수용된 규훈서

1) 한글필사본의 표기방식

『내훈』이나 『열녀전』, 『여사서』 등 규훈서는 목판본 혹은 활자본으로도 존재하였지만, 손으로 베껴 쓴 필사본의 형태로도 존재하였다. 필사는 부족한 인쇄본을 대체하는 행위를 넘어서 독서의 한 과정이었으며, 학습의 수단이기도 했다.[24] 죽당 신유의 여동생 신씨가 『열녀전』을 베껴서 책으로 만들었다는 기록[25]이나 채제공의 아내가 『여사서』를 베껴 쓴 사례[26] 등 여성의 규훈서 필사에 관한 기록은 어렵지

---

24 이지영, 앞의 글, 2008 참조.

25 김경미, 앞의 글, 63~64쪽.

26 "嗚呼女四書一冊, 贈貞敬夫人同福吳氏手蹟也 (…중략…) 忽見諺書一卷顚倒几案之間, 卽夫人

않게 찾을 수 있다. 이러한 기록을 통해서 당대의 여성이 필사를 통해서 규훈서를 학습하였음을 짐작할 수 있다.

규훈서의 필사본 중 일부는 오늘날까지 전해지고 있는데, 국립중앙도서관, 서울대 규장각 및 서울대 중앙도서관, 한국학 중앙연구원 장서각만을 대상으로 조사한 결과 다음과 같은 10종의 규훈서 한글 필사본이 발견되었다.[27]

① 내칙(1권 1책, 서울대 중앙도서관 소장)

② 사소절(1권 1책, 서울대 규장각 소장)

③ 고금여범(1권 1책, 서울대 규장각 소장)

④ 여교(1권 1책, 서울대 규장각 소장)

⑤ 열녀전(2권 2책, 국립중앙도서관 소장)

⑥ 소학(1권 1책, 국립중앙도서관 소장)

⑦ 고열녀전(1권 1책, 국립중앙도서관 소장)

⑧ 여범(4권 4책, 동경대 소장·국립중앙도서관 복사본 소장)

⑨ 곤범(3권 3책, 한국학 중앙연구원 장서각 소장)

⑩ 여사서(1권 1책, 한국학 중앙연구원 장서각 소장)

위의 자료 중에서 ②·⑦·⑩은 기존 규훈서를 원문에 가깝게 번역하여 필사하거나 간행본의 언해문을 그대로 필사한 책들이다. ② 사소절은 이덕무의 『사소절』을 원문에 충실하게 번역하여 매우 단정한 궁체로 필사하였다. ⑦ 고열녀전 역시 원문에 충실하게 번역하였

所親書女四書而未及了者也. 字畫婉婉如見其人"(채제공, 「여사서서」.)

27　좀 더 세밀하게 조사하거나 여타의 대학도서관이나 개인소장본들까지 대상을 확대한다면 더 많은 규훈서의 한글필사본을 찾을 수 있을 것이다.

는데, 『열녀전』을 「식군부인息君夫人」까지만 필사하였으며 흘림이 없는 정자체이다. ⑩여사서는 간행본 『여사서』의 언해문만을 단정한 궁체로 필사하였다. '이왕가도서지장李王家圖書之章'이 찍혀 있는 것으로 보아 궁중에서 필사된 것으로 추정된다.

나머지 7종은 기존 규훈서를 부분 부분 발췌하여 필사한 것이다. ①내칙은 「내칙」, 「광명보감」, 「치가사」, 「여행가」, 「이혜랑후인전」, 「여계」, 「선고문정공행장」, 「정속언해」 등에서 발췌한 텍스트를 수록하고 있다. 맨 뒷장에 첨부된 '해평 윤씨'의 조상에 대한 간략한 족보를 참조하여 '해평 윤씨'가 필사자임을 알 수 있는데 「선고문정공행장」에 의하면 해평 윤씨는 조만원趙萬元의 둘째 며느리이다. 해평 윤씨가 윤정렬尹鼎烈의 딸임은 뒷장의 족보와 행장의 기록에서 나타난다. ③고금여범은 『열녀전』·『내훈』·『거가잡의』의 내용을 부분적으로 발췌하여 필사한 책이다. ④녀교는 '집덕'·'검신'·'독륜'·'법가'의 네 장으로 구성되어 있는데, 한글독음에 구결을 단 원문을 한글번역문과 함께 수록하고 있다는 점에서 독특하다. 원문이 한문인 규훈서를 번역한 것이 아닌가 한다. ⑤열녀전은 『방씨여교』,[28] 『여훈』·『열녀전』의 일부, 『내훈』과 『여계』의 일부, 「대명열녀설씨육부문답」을 필사하고 있다. ⑥소학은 『소학』의 일부와 「이대봉전」을 필사한 책이다. ⑧여범은 표지 뒷면에 "此四冊諺書, 卽莊獻世子私親宣禧宮映嬪李氏手蹟也"라는 기록으로 보아 사도세자의 어머니 영빈 이씨가 필사한 것임을 알 수 있다. 이 책은 『고금열녀전』을 재구성하여 필사한 책이다. ⑨곤범은 경전 및 역사서 등을 발췌하여 번역, 필사한 책으로

---

28 『방씨여교』는 현재 전해지지 않고 다만 『내훈』에 일부 인용되어 있다. 모두 10장으로 구성되어 있으며 『내훈』에 인용된 내용과 일치하는 것으로 보아 『방씨여교』의 한글필사본임을 알 수 있다.

단정한 궁체로 필사되어 있다.[29]

이들 규훈서 중에서 상당수는 그동안 제대로 소개조차 되지 않았던 자료들이다. 특히 ⑤열녀전, ⑥소학, ⑩여사서 등은 소장기관의 간략해제를 제외하면 주목받은 적이 없는 자료들이며, ①내칙은 해제 수준의 소개도 이루어진 바 없다. 이는 그동안 규훈서 연구가 주로 간행본에 한정되어 있었던 탓이다. 필사본 규훈서는 간행본을 베낀 것으로만 인식되어 그 가치를 인정받지 못하였다.[30]

그러나 규훈서의 필사본은 한자 없이 순한글로만 필사된다는 점에서부터 간행본과는 중요한 차이가 있다. 간행본의 경우 한문원문과 언해문이 공존하고 또한 언해문에 한자가 포함되어 있지만, 필사본에서는 원문이 생략되고 번역문만을 수록하고 있다. ④여교나 ⑨곤범은 원문을 제시하고는 있으나 한자는 사용하지 않고 구결이 달린 한글독음만 제시하고 있다.

한문원문을 한글독음과 구결로 바꾸어 필사하는 방식은 규훈서뿐만 아니라 여타의 한글필사본에서도 흔히 나타난다. 이에 대해 선행연구에서는 여성-한글 / 남성-한자의 어문생활 구조 안에서 해석했다. 즉, 이종묵은 여성의 문자생활이 한글로 전용된 결과라고 추정하였고,[31] 이경하는 "젠더 권력관계에 지배되는 기존의 어문생활구조를 파괴하지 않으면서도 어문생활의 영역을 확대해 간 자기검열의 결

---

29 『곤범』의 내용과 특징에 대해서는 허원기, 「『곤범』에 나타난 여성독서의 양상과 의미」, 『한국 고전 여성문학연구』 6, 한국고전여성문학회, 2003 참조.

30 위에서 소개한 10종의 규훈서 필사본 중에서 여성이 필사한 것으로 분명히 확인되는 자료는 ①과 ⑧이고 소장처와 필체로 보아 여성이 필사했을 것으로 추정되는 자료는 ⑨와 ⑩이다. 나머지는 여성이 필사했다고 볼 만한 단서가 뚜렷하지 않다. 그러나 모두 다 숙련된 필체로 필사되어 있다는 점과 규훈서 등의 내용을 발췌해서 필사하고 있는 점으로 보아 여성이 규훈서를 학습하는 과정에서 필사한 것으로 추정할 수 있다.

31 이종묵, 「조선시대 여성과 아동의 한시 향유와 이중언어체계」, 『진단학보』 104, 진단학회, 2007.

과"로 보았다.[32]

그런데 이 글에서는 한글필사본에서 한문원문을 한글로만 제시한 이유보다는 그 결과에 주목하고자 한다. 한글로만 필사된 '변형된 원문'은 여성이 한문을 우리말화해서 받아들인 텍스트라는 점에서 좀 더 적극적으로 평가되어야 한다. 한글로만 표현된 한문은 원문과는 결코 동일할 수 없기 때문이다. 다시 말해서, "학이시습지면 불역열호아"라는 소리를 들을 때 한문을 학습하였던 사대부 남성은 한문원문을 떠올리지만, 한문을 학습하지 않았던 여성은 구결을 통해서 우리말로 재조직된 형태로 받아들이게 된다. 그렇기 때문에 한문을 한자 없이 독음과 구결로만 기록한 텍스트는, 한문도 우리말도 아닌 '우리말로 재조직된 한문'이라고 할 수 있다. 이러한 형태를 통해서 여성은 한자를 알지 못하면서도 한문을 구송하여 수용할 수 있었고 구송된 것은 다시 한글로 기록할 수 있었다.

2) 필사를 통한 원문의 재구성

앞서도 언급되었듯이, 위의 필사본 가운데 7종에서는 기존의 규훈서를 그대로 필사하지 않고 선택과 배제에 의해 재편집하여 수용하고 있다. 특히 ⑤ 열녀전에서는 『여계』의 4장과 5장을 생략하면서 "ᄉ쟝 오쟝은 각별ᄒᆞᆫ 말이 업ᄉ니 더노라"(〈그림 5〉 참조)라고 하였다. 4장은 '부행婦行'으로 어자의 행실을 서술한 대목이고, 5장은 '전심專心'으로 남편에게 성심을 다할 것을 당부한 구절이다. 『내훈』에도 들어가 있는

---

32 이경하, 「여성문학사 서술의 문제점과 해결방향」, 서울대 박사논문, 2004, 121쪽.

두 장에 대해서 '각별한 말'이 없
다고 한 것은 필사자의 주관적 판
단이다. 규훈서의 필사자가 자신
의 판단에 따라 기존의 내용을 취
사선택하고 있음을 알 수 있다.

이 같은 선택과 배제의 성향 때
문에 동일한 책을 필사하였더라
도 지향이 다른 책이 되기도 하였
다. 예컨대 ⑤열녀전과 ⑧여범은
모두 『고금열녀전』에 수록된 역
대 여성의 기사를 취사선택하여
재구성한 책이지만, 선택한 기사
나 배열순서는 큰 차이를 보인다.

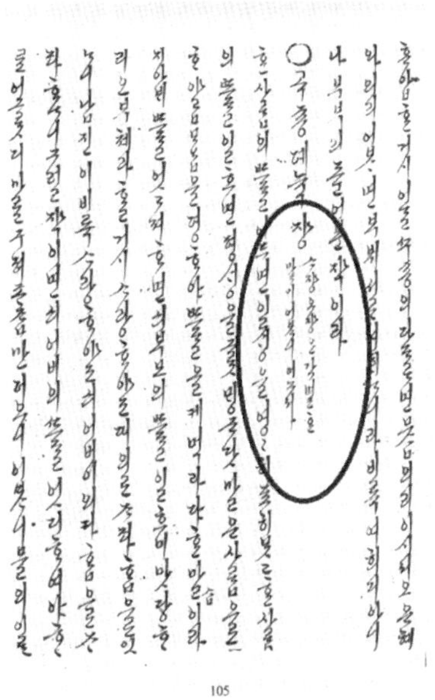

〈그림 5〉『열녀전』, 국립중앙도서관 소장

⑤열녀전은 열녀烈女로 볼 수 있는 사례가 많지 않은 반면에 ⑧여범
에서는 열녀의 사례가 한 권을 차지할 만큼 비중이 높다. ③고금여범
에도 『열녀전』의 몇 기사가 수록되어 있는데, 열녀로 볼 수 있는 여성
은 없고 현명한 여성의 사례만 10건 수록하고 있다. 이러한 양상은 ①
내칙과 ⑥소학에서도 나타나고 있다. ⑥소학은 『소학』을 발췌하여
필사하고 있는데 주로 『열녀전』과 『내칙』을 인용한 항목을 필사하였
다. 이처럼 필사본은 원본과는 다른 내용으로 재구성되고 있다.

선택과 배제의 경향은 텍스트 안에서도 나타난다. 『내훈』이나 『여
사서』, 『소학』 등 간행본의 언해서는 모두 원문에 충실하다. 그러나
필사본에서는 생략과 축약, 부연이 빈번하게 나타나고 있다. ⑧여범
의 경우 「주실삼모」에서 태사와 관련된 부분만 수록하였고 「추맹모」에
서는 맹자가 진퇴를 고민하는 대목은 생략하였으며, 「노희경강」에서

는 아들이 어머니의 길쌈을 말리자 어머니가 아들을 질책하는 장면만 필사하는 등 전반적으로 생략과 축약의 경향이 강하다.

그렇다고 축약만 나타나는 것은 아니다. 부연된 부분도 나타나는데, 한나라 경조윤 준불의^{雋不疑}의 어머니 항목에서는 다음과 같이 원문에는 없는 내용이 서술되어 있다. ⑧여범의 내용을『고금열녀전』의 원문과 비교해보자.

ㄱ 한나라 경조윤 한 준불의 어미는 성품이 순전하고 조심하여 가장 어질어 거가함에 정성되고 제자 가르치기를 법이 있어 **한번 밥 먹고 언소하기도 구차치 아니하더니 그 시의 한 나라가 아전 다스리기를 숭상하는 고로 관원이 엄하고 각박한 이 많더니 모 일오되 "엄하고 각박하기 백성의 목숨을 해함이라"하고 매양 깊이 슬퍼하더니**(⑧여범)³³

ㄴ 漢京兆尹 雋不疑之母也 仁而善敎(『고금열녀전』)

원문의 '仁'을 ⑧여범에서는 "성품이 순전하고 조심하여 가장 어질어 거가함에 정성되고"로 번역하였고 '善敎'를 '여러 아들 가르치기에 법도가 있다'로 옮기고 있으며, 그 다음의 강조 부분에서는 아예 원문에는 들어 있지 않는 내용을 부연하였다. 이 내용은 준불의가 경조윤이 되었을 때 어머니의 영향으로 각박한 관리가 되지 않았다는 그 다음 내용을 의식해서 부연된 것으로 보인다.

⑥소학에서도 역시 원문의 내용을 변형한 사례가 발견된다.『소학언해』간행본의 내용과 비교해보도록 한다.

---

33 이하 한글 번역문의 인용은 원문의 어휘를 살리되 표기만 현대어 표기로 바꾼다.

㉠ 여자는 열 살 먹거든 문에 나지 아니하며 방적과 의복 짓기를 가르치며 제사 차리는 법을 가르치고 열다섯 살 먹거든 비녀 꽂고 스무 살 먹거든 시집 가나니 만일 상유 되오면 스물 사이에 시집가느니라. (⑥ 소학)

㉡ 계집이 열해어든 나다니지 아니하며 스승어미 가르침을 유순히 들어 좇으며 삼과 뚝삼을 잡들며 실과 고치를 다스리며 명주깁 짜며 다회 짜며 계집의 일을 배워 써 衣服을 장만하며 祭祀에 보살펴 술과 촛물과 대그릇과 나무 그릇과 딤채와 젓을 들여 禮로 도와 벌이기를 도울지니라. 열이고 또 다섯해어든 비녀 꽂고 스물해어든 남편 붙을지니 연고 있거든 스물 세인 해에 남편 붙을지니라.[34] (『소학언해』)

⑥ 소학의 내용은 원문을 직역한 『소학언해』보다 훨씬 간략하다. 간행본에서는 "삼과 뚝삼을 잡들며 실과 고치를 다스리며 명주깁 짜며 다회 짜며"등 구체적으로 서술된 대목이 필사본에서는 "방적과 의복짓기"라고 축약하였다. 이러한 사례는 ⑥ 소학의 전반에 걸쳐서 발견되고 있다.

3) 필사과정에서 나타난 원문의 변형

기존의 간행본을 충실하게 필사한 필사본이라고 해서 원문의 변형이 나타나지 않는 것은 아니다. 장서각에 소장되어 있는 ⑩ 여사서

---

34 이 글에서 인용한 『소학언해』와 『내훈』, 『여사서』의 간행본의 내용은 대제각의 영인본에서 가져왔다.

는 간행본『여사서』의 언해부분만 옮겨 적은 필사본으로 간행본을 충실하게 필사하였지만, 부분적으로는 간행본과 다른 점이 발견된다. 간행본에서는『여계』의 서문 다음에 세주細註로 처리되었던 조대가에 대한 서술이 필사본에서는 서문에 앞서 본문과 동일한 크기의 글씨로 필사되었으며, 주석과 본문의 글자크기가 동일하게 필사하였다. 그리고『여사서』중에서『내훈』[35]은 주석을 빼고 본문만 필사하였는데, 유독 '사군장事君章'만은 본문의 글씨와 동일한 크기로 주석을 필사하였다〈그림 6〉참조). 궁중 여인의 처신에 관한 내용의 주석을 군이 필사하고 있는 것은 ⑩ 여사서가 궁중에서 소장되었던 것과 관련이 있을 것이다.

이 밖의 필사본에서도 원문에서는 본문과 주석이 행갈이 등으로 분리되어 있던 것이 필사과정에서 섞이거나 바뀌는 사례가 자주 나타난다. 예를 들어 ③ 고금여범의 뒷부분에서는 사마온공의 「거가잡의」를 발췌하여 필사하였는데, 그 중에 다음과 같은 대목이 있다〈그림 7〉참조).

㉠ 여자 칠 세거든 남녀 한 돗에 앉지 아니하며 한 그릇에 밥 먹지 아니하며 효경과 논어를 외우며 출입과 좌와에 어른에게 사양하여 후에 하며 중문 밖에 나지 아니하며 아홉 살이거든 효경과 논어와 열녀전 여계 같은 책을 외워 대강 뜻을 알게 할지니 **예 어진 계집이 글을 보아 스스로 닦으니 조대가 같은 이는 ─ 후한 반표의 딸이오 부풍 고을 조세숙의 처라 ─ 옛글을 익히 알고 의논이 밝고 정답이니 이제 사람은 딸자식을 노래춤과 글짓기를 가르치며 세속풍류 잡들게 하니 가장 마땅치 않은 일이라.** 계집 자식을 부드러우며 공손하기로써 가르치고(③ 고금여범)

---

[35] 여기서의『내훈』은 명나라 인효문황후가 편찬한 책으로 흔히 조선의 소혜왕후의 『내훈』과 구별하여 『황후내훈』이라고 한다.

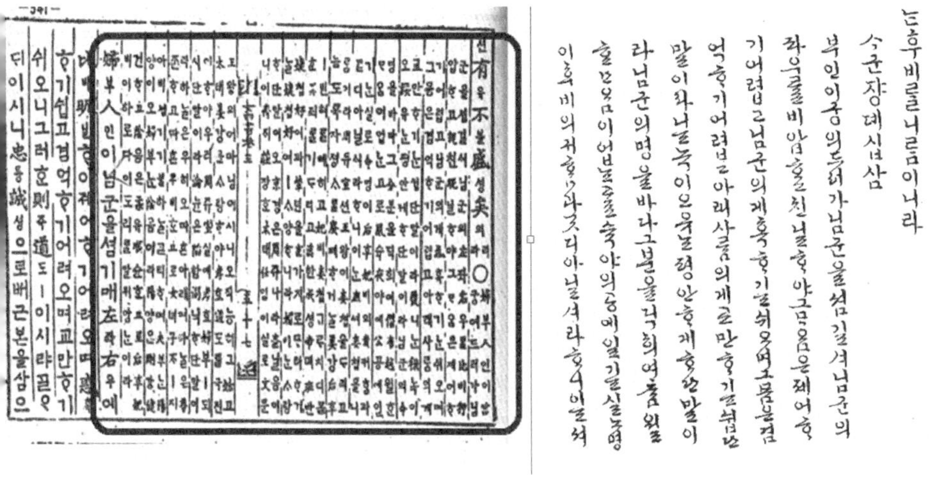

〈그림 6〉 (좌) 간행본 『여사서』, 대제각, 1985. (우) 필사본 『여사서』, 한국학중앙연구원 소장

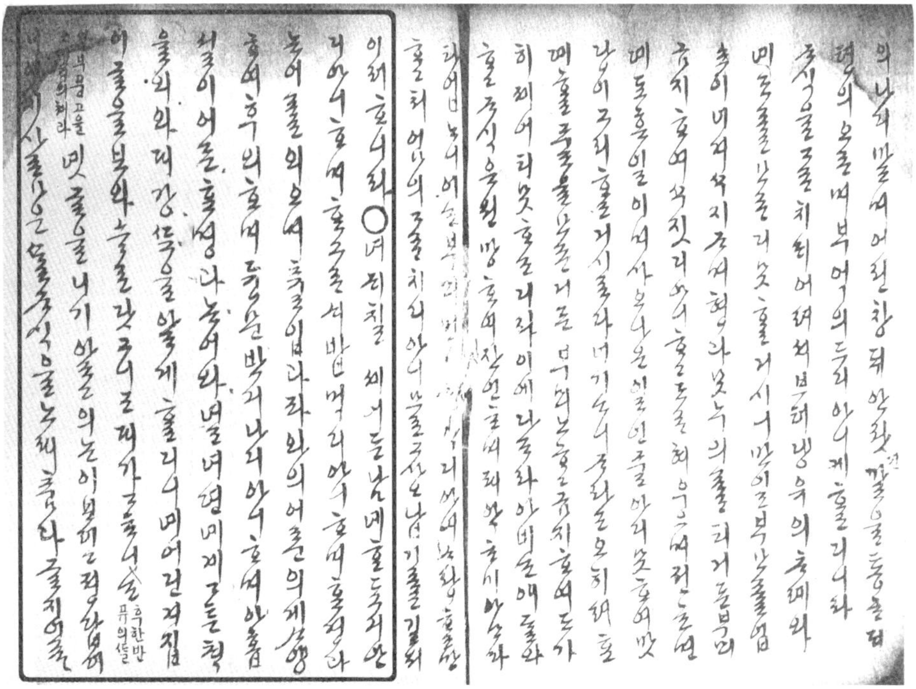

〈그림 7〉 『고금여범』, 서울대 규장각 소장

ⓛ 七歲男女不同席不共食 始誦孝經論語 雖女子亦宜誦之 自七歲以下謂之孺

子 早寢晏起食無時 八歲出入門戶 及卽席飮食必後長者 始教之以廉讓 男子誦尙

書 女子不出中門 九歲男子誦春秋及諸史 始爲之講解 使曉義理女子亦爲之 講解

論語孝經及列女傳女戒之類 略曉大意 十歲男子出就外傅居宿於外讀詩禮傳爲

之講解 使知仁義禮智信 自是以往可以讀孟荀楊子博觀羣書 凡所讀書必擇其精

要者而讀之 其異端非聖賢之書 傅宜禁之 勿使妄觀以惑亂其志 觀書皆通始可學

文辭 女子則教以婉婉聽從及女工之大者(사마온공, 「거가잡의」)

③고금여범의 인용 대목은 '사마온공 거가잡의'란 소제목하에 필
사되고 있지만, 그 내용이 원문과는 크게 다르다. 원문에서는 남성과
여성의 교육에 대해서 서술하고 있는데 ③고금여범에서는 남성과 관
련된 대목을 생략하고 여성교육에 관한 내용만 추려놓았다. 그리고
강조로 표시된 부분은 원문에는 들어 있지 않다. 혹 부연된 사례가 아
닐까 생각해 볼 수도 있지만, 「거가잡의」가 실려 있는 『가례』의 주석
과 내용이 동일하여[36] 주희의 주석이 본문에 섞여 들어간 것임을 알
수 있다. 이를 단순히 필사자의 부주의로 치부할 것은 아니다. 주석의
내용이 원문과 다른 지향을 가지고 있는 경우 이러한 필사방식은 원
문의 의미변화를 초래할 수 있기 때문이다.

⑨곤범에서는 주석의 내용을 수정한 예도 나타난다. ⑨곤범 권1
의 「시뎐」에서는 시경의 구절을 수록하고 있는데, 원문의 독음을 한
글로 적고 구결을 달았으며 원문에 대한 번역 없이 바로 이어서 주자
의 주석을 번역하여 실었다.

---

36 "古之賢女無不觀圖史以自鑒, 如曹大家之徒, 皆精通經術, 議論明正, 今人或教女子以作歌詩執俗
樂, 殊非所宜也".

㉠ 참치행채를 좌우유지로다. 요조숙녀를 오매구지로다. 구지부득이라 오매사복하여 유재유재라. 전전반측하노라.

흥야라

참치는 길고 짧은 것이 가지런치 못한 거동이고 행은 물나물이라. 좌우유지는 오른 편과 왼편을 물로 흘려가며 뜯는다 말이라. 오매구지는 깨어 잠에 구한다 말이고 복은 생각한다 말이고 전전은 뒤집어 눕다 말이고 반측은 돌이키다 말이니 다 누움에 돛이 편안치 않아 하는 뜻이니라. **위 대문은 태사의 덕을 이름이고 이 대문은 문왕이 태사를 얻지 못하신 때에 궁인이 위하여 이런 배필을 얻으시고져 하여 생각하고 구함이니 오매사복과 전전반측이 다 궁인이 그리하다 말이라.**(⑨ 곤범)

㉡ 參差荇菜, 左右流之. 窈窕淑女, 寤寐求之. 求之不得, 寤寐思服, 悠哉悠哉, 輾轉反側.

興也

參差, 長短不齊之貌. 荇接余也. 根生水底, 莖如釵股, 上靑下白, 葉紫赤圓, 徑寸餘, 浮在水面, 或左或右言無方也. 流順水之流而取之也. 或寤或寐, 言無時也. 服猶懷也. 悠長也. 輾者轉之半, 轉者輾之周, 反者輾之過, 側者轉之留, 皆臥不安席之意. ○此章本其未得而言. 彼參差之荇菜, 則當左右無方以流之矣. **此窈窕之淑女, 則當寤寐不忘以求之矣. 蓋此人此德, 世不常有, 求之不得, 則無以配君子, 而成其內治之美. 故其憂思之深, 不能自己, 至於如此也.**(『詩經集傳』)

⑨ 곤범의 주석 부분을 원문과 비교해 보면, 주희의 주를 그대로 번역하지 않고 축약하고 변형하였음을 알 수 있다. ⑨ 곤범의 강조 부분은 『시경집전詩經集傳』에서는 찾을 수 없다. 주자의 주석에서는 "이 사람과 이 덕은 세상에 흔히 없기에 구하여 얻지 못하면 군자가 짝을

지어 내치를 이룰 수 없는 고로 근심한 것이다"라고 하여 주 문왕이 근심한 것으로 해석하였지만 ⑨ 곤범에서는 "오매사복과 전전반측이 다 궁인이 그리 하다 말이라"고 하여 궁인이 근심한 것이라고 풀이하였다. 아마도 ⑨ 곤범의 편집자가 문왕이 여성을 사모하는 것이 마땅치 않다고 여겨 주석의 내용을 바꾸어 놓은 듯하다.

이상으로 규훈서의 한글필사본에 나타난 변이에 대해서 살펴보았다. 필사본에 나타난 이러한 변이가 규훈서에만 국한되는 것은 아니다. 가사나 한글소설의 경우에도 그대로 필사하기보다는 필사자에 의해 변형되는 경향이 강하게 나타난다. 필사를 하면서 독서의 과정 내지는 학습의 흔적을 적극적으로 반영하는 한글 문자문화의 특성이 반영된 것이라고 할 수 있다. 똑같은 필사본이라고 해도 한문본에서는 이러한 변이가 잘 나타나지 않는다. 한문본에서는 원텍스트에 대한 의식이 강하기 때문이다. 당대인들은 한글이 말과 가깝다는 점에서 '문자'로 인식하지 않았다. 한문을 '진서眞書'라고 하고 한글을 '언문諺文'이라 한 데에서도 이를 짐작할 수 있다. 비공식적인 문자였던 한글은 문자로서 한자와 같은 권위를 지니지 못했던 것이다. 그러나 이 때문에 한글은 구술적인 속성을 지니면서 한문텍스트에는 존재할 수 없었던 개방성을 보인다. 원문의 권위가 한문본만큼 강하게 작용하지 않았기에 원문의 변형이 비교적 용이했다고 할 수 있다.

4. 규훈서의 수용과 이탈

필사본 규훈서에서 발견된 변이는 규훈서가 수용되는 과정에서 원텍스트의 의미가 변화하였을 가능성을 보여주고 있다. 변화는 ⑧여범에서 열녀 관련 내용의 비중을 높인 것처럼 규범에 대한 보수성을 강화하는 방식으로 나타나기도 하지만, ⑤열녀전에서처럼 열녀烈女와 관련된 내용이 축소되고 현명한 여인상이 강조되는 방향으로 나타나기도 한다. 『곤범』에서는 주자의 주석이 변형되기도 하는데, 간행본을 통해서 경전언해가 표준화되었던 남성중심의 한자의 문화에서는 매우 드문 사례이다.

그렇다면 규훈서가 담고 있는 이데올로기가 원문 그대로 수용되었는지도 의심된다. ①내칙에서 『여계』의 '곡종曲從'이 언해되고 필사된 양상을 통해 이 점을 따져보기로 한다.

㉠ 시어미 그르다 이르거든 네 옳이여도 진실로 마땅히 슈을 좇을 것이며 시어미 옳다 이르거든 **네 글러 뵈어도** 오히려 마땅히 命을 순종하여 시러곰 是非를 違戾하며 曲直을 爭分치 말지니 이 곧 이른바 曲從이라. (간행본『여사서』)
㉡ 시어미 그르다 이르거든 네 옳이여도 진실로 마땅히 영을 좇을 것이며 시어미 옳다 이르거든 **글러 뵈어도** 오히려 마땅히 명을 순종하여 시러곰 시비를 위려하여 곡직을 쟁분치 말지니 이 곧 이른바 곡종함이라. (①내칙)

①내칙의 『여계』 대목은 표기만 다를 뿐 내용은 『여사서』 언해와 거의 동일하여 아마도 간행본을 보고 베낀 것으로 보인다. 그런데 ①내칙의 '곡종'은 『여계』의 다른 항목에서는 필사하지 않았던 주석까

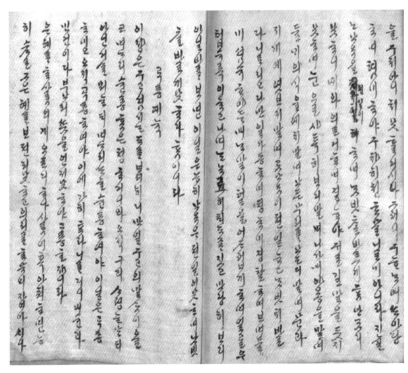

〈그림 8〉 서울대 도서관 소장 『내칙』

지도 모두 베끼고 있다는 점에서 주목된다. ①내칙에 필사된 주석의
내용은 다음과 같다〈그림 8〉 참조).

> 이 장은 구고 섬기는 도를 밝히니 만일 구고의 말씀이 옳고 며느리 순종함
> 은 정하거니와 오직 구고 사령함을 **도 아닌 것으로써 하되** 며느리 또한 순종하
> 여야 이 이른바 곡종함이오 오직 곡종하여야 이에 가히 효라 이를지니 대순
> 과 민건이 다 부모께 뜻을 얻지 못하여 곡종한 자니라.(①내칙)

주석에서는 설사 시부모가 잘못하더라도 무조건 따르라는 가르침
을 좀 더 상세하게 설명하고 있다. 본문에서는 '**시부모의 말이 옳지 않**

다고 판단되어도 따르라'는 말이 주석에서는 '**시부모가 도가 아닌 것을 명하더라도** 따르라' 말로 바뀌었다. 그리고 그 뒤에는 순임금과 민자건의 사례를 들고 있는데, 이러한 사례로 인해 시부모가 부도덕하거나 잘못 판단할 수 있음이 오히려 뚜렷해졌다. 본문에서 '며느리로서 시부모의 말씀에 시비를 다투지 말고 무조건 순종하라'고 하였을 때는 시부모의 판단이 옳고 그른가보다는 며느리가 시부모와 생각이 다른 경우에 어떻게 처신해야 하는지를 가르치고 있다. 그런데 주석에서는 '시부모가 옳지 않은 것을 명하더라도 따르라'고 함으로써 시부모가 판단의 오류로 '도가 아닌 것'을 명령할 수 있다는 사실이 오히려 부각된다. 그리고 이어 순임금과 민자건의 예를 들었는데, 순임금의 경우 아버지 고수의 명령에 항상 따르지는 않았다. 아버지 몰래 혼인을 하는 등 '그대로 순종'하는 것과는 다른 행동을 하였다. 맹자는 이를 '권도權道', 즉 임기응변의 도라고 두둔하였지만,[37] 순임금은 자식이 부모의 뜻을 항상 따르지 않을 수도 있다는 선례를 남겼다. 따라서 주석의 내용은 잘못된 명을 내리는 부모의 사례와 이를 그대로 따르지는 않았던 순임금의 사례를 통해 오히려 '곡종'의 부당함을 상기시킨다.

　　그렇다면 ① 내칙이 '곡종'장에서만 주석을 필사하고 있는 점은 간과할 수 없다. 필사자가 유독 '곡종'의 주석을 필사한 이유는 그 내용을 특히 강조하기 위한 것으로 볼 수도 있다. 그러나 주석이 필사됨으로써 시부모가 잘못된 판단을 할 수 있다는 점이 분명해졌다. 옳지 않은 일인 줄 알면서도 따르는 것은 어렵다. 따라서 주석의 내용으로 인해서 오히려 '곡종'의 문제점이 부각되고 있다.

　　이 대목은 ⑤열녀전에서도 필사되고 있는데, ⑤열녀전의 경우에도

37　"舜告焉則不得娶, 而終於無後矣. 告者, 禮也, 不告者, 權也."(『孟子』「離婁章上」.)

원문과 미묘한 차이를 보이고 있다. 해당 대목만 인용하면 다음과 같다.

시어머님이 그 일이 그렇지 않다 하여 그 일이 옳으면 총령하기 마땅하거니와 시어머님이 하라 하는 일이 **옳지 않아도** 좋음이 가하니라. 되다 옳다 하고 일을 어그릇지 말며 굽으며 곧으믈 다투어 분변치 말지니 이것이 굽혀 좋음이라.(⑤ 열녀전)

⑤ 열녀전에서는 원문의 '시부모의 말이 옳지 않다고 판단되어도 따르라'는 말이 '옳지 않아도 따르라'는 말로 바뀌었다. 옳지 않아도 따르라는 말은 표면적으로는 규범을 강조한 듯하지만, 시부모의 판단력과 권위를 부정하고 있다. 이러한 의식이 발전하면 순임금처럼 부모의 명을 어기는 경우를 정당화할 수도 있다. 이러한 사례는 규훈서의 수용과정에서 필사자의 의식이 개입된 증거로 볼 수 있다.

필사자의 문제의식에 관한 보다 뚜렷한 사례는 「대명열녀설씨육부문답」에서 찾을 수 있다. 이 글은 ⑤ 열녀전에서 『여계』 부분 바로 다음에 필사되어 있다. 내용은 명나라의 현명한 시어머니 설씨가 여섯 며느리들과 '여교'에 대해 주고받은 이야기이다.[38] 여섯 며느리들은 각각 "시비를 베풀어 이르지 말라", "부인은 안을 다스려 중문 밖을 나지 말라", "투기하지 말라", "남편이 하는 대로 따르라", "몸가짐을 엄숙하게 하면 잡말이 들어오지 않는다", "여자가 남자를 보고 병들어 죽는 행실은 더럽다" 등 일반적인 규훈서에 나오는 규범에 대해서 의문을 제기하고 있다. 이에 대해서 설씨는 상황에 따라 규훈서의 이러한 규범을 그대로 지킬 필요는 없다는 말로 답하고 있다. 이 중에서

---

38 여기에서 '여교'가 특정한 책 제목인지 일반적인 규훈서를 지칭하는지는 알 수 없다.

첫 번째 문답을 살펴보자.

> 맏며느리 영씨 묻자오되 "여교에 여편이 시비를 베풀어 이르지 말나 하였
> 으니 조각의 유익한 일이 있어 알아도 이르지 못 하리이가?" 설씨 이르되 "어
> 질고 슬기로워 진실로 희부기(僖負羈) 아내 ─죄라 하는 나라 태우 희부기 아내
> 남편을 가르쳐 진나라 임금 문공을 후대하게 하니 후에 복이 되니라 ─ 같으
> 며 양창의 아내 같으면 어찌 슬기롭기 해로우리오. 경계함은 어질지 못하고
> 슬기로운 양하여 여희 신생 죽임과 이후 고열왕 속임과 같음이 있을까 함이
> 니 **어진 조각의 경계를 겁하여 쓰지 아니하면 여교 없음만 같지 못하니라.** 경강
> 이 베틀을 인하여 치국을 종요를 이루니 공자 기려 계시니라.

설씨의 맏며느리가 '부인은 시비를 베풀어 이르지 말라'고 한 여교
의 가르침에 대해서 의문을 제기하면서 유익한 일을 알고 있어도 말
하지 말고 있어야 하느냐고 묻자, 설씨는『열녀전』에 나오는 슬기로
운 여성의 사례를 나열하면서 강조 부분과 같이 '어진 아내가 조언을
하지 못한다면 여교가 없느니만 못하다'고 하였다.

이 글은 명나라 때의 일인 듯 서술되고 있지만, "도미의 아내가 개로
왕과 더불어 밤에 말했으나 오히려 욕을 면하였으니 군자가 옳게 여겼"
다는 말이나, "중국에 여교가 없어 오직 사나이를 가르쳐 수신하며 제
가치국하여 평천하 하게 하니 백성이 각각 구소를 얻었다가, 중도에 계
집이 사나온 이가 있어 여교가 나오니 어진 계집이 부끄러워하였다. 요
사이 조선의 여행을 보니 그 풍속을 가히 알 만하다"라고 한 것으로 보
아 명나라의 일을 기록했다고 보기 어렵다. 「대명열녀설씨육부문답」은
규훈서의 내용에 대한 비판적 견해를 가탁한 것일 가능성이 높다.

특히 이 글이『여계』를 필사한 뒤에 바로 이어서 필사되고 있는 점

은 흥미롭다. 필사자가 이 글의 작자인지는 알 수 없지만, 필사자라고 해도 규훈서의 내용을 그대로 받아들였다면 『여계』에 바로 이어서 이런 내용의 글을 필사하지 않았을 것이다. 이 글에는 규훈서를 읽는 과정에서 나타날 수 있는 문제의식이 담겨 있기 때문이다. 이러한 문제의식은 여성이 규훈서를 무조건 내면화하지 않았다는 근거이다.

규범에 대한 문제의식은 규훈서 학습의 역설적 결과이다. 규훈서 학습은 표면적으로는 도덕교육을 표방하고 있지만, 정작 규훈서를 열심히 읽은 여성은 남성의 영역에 속한 지식과 교양에 접근할 수 있었다. 그리고 규훈서의 필사본에 나타난 변이는 규훈서 학습과정에서 원문에 대한 비판적 사유가 작동하였을 가능성을 암시하고 있다. 물론 필사본에 나타난 비판적 사유의 흔적이 과연 여성의 주체적인 사유인지 판단하려면 좀 더 정밀한 고찰이 필요하다.[39] 그러나 설사 남성이 개입한 결과라 하더라도, 규훈서가 수용되는 과정에서 지식과 이념이 재구성되고 있다는 점은 충분히 확인할 수 있다.

5. 맺음말

이상으로 규훈서의 번역과 확산이 여성의 문자문화에 미친 영향에 대해 살펴보았다. 규훈서의 언해 및 간행 목적은 여성교화이다. 국가에

---

39 「대명열녀설씨육부문답」은 여러 정황이나 내용으로 보아 여성의 창작물임이 분명하다고 생각되는데, 이에 대한 좀 더 자세한 분석은 후속 연구로 미룬다.

서는 규훈서를 간행하여 여성들의 수신교과서로 권장하였고, 여성들은 규훈서를 읽고 필사하면서 유가적 지배이데올로기를 학습하였다.

그러나 규훈서의 학습은 윤리적 측면보다는 여성의 어문생활에 더 큰 영향을 미친 듯하다. 성호 이익이 지적하였듯이 여성을 대상으로 한 윤리교육은 말을 통해서도 가능한 것이었다. 그럼에도 불구하고 교화를 이유로 문자학습이 강조되면서 여성의 문자학습을 정당화하였다. 최초로 간행된 규훈서인 『내훈』은 한글이 여성의 문자로 정착되는 데 중요한 역할을 하였다. 또한 경전언해와 동일한 형식으로 간행된 『여사서』는 여성도 한문을 익힐 수 있는 길을 열어 놓았다. 이런 점에서 규훈서는 여성의 문자생활의 근간을 마련하였다고 할 수 있다. 규훈서를 열심히 읽은 여성이 '여사女士'로 칭송되는 사례가 많다는 점에서도 짐작할 수 있다.

또한 필사본에서 확인되는 원문의 변형은 여성이 규훈서의 내용을 능동적으로 취사선택하였을 가능성을 보여주고 있다. 필사본 규훈서의 이러한 변형은 한글 고유의 개방성 및 유동성에서 기인하는데, 규훈서의 원문은 한글로 번역되고 필사되는 과정에서 원문과는 달라졌으며 때로는 원문과는 다른 지향을 보인다. 이러한 변형은 규범을 이탈하려는 조짐으로까지 발전되고 있다. 그러므로 규훈서의 학습을 곧 이데올로기의 내면화 과정으로 파악했던 기존의 견해는 재고되어야 할 것이다.

한글 고전 대하소설 속 번역 한시문과
교양 지식의 체험

서정민

1. 머리말

중세시기 우리나라는 말과 글이 일치하지 않았다. 이에 따른 문제점을 바로잡고자 1443년 한글이 창제되었지만 이후로도 문제는 완전히 해소되지 않았다. 한자와 한글은 조선의 기록문화 속에서 수직적 위계질서를 형성하며 독특한 이중문자 체계를 이루었다. 중세문화의 핵심이라 할 수 있는 문사철文史哲 뿐만 아니라 정치, 경제 등 공적 영역에서 한자는 여전히 핵심적인 문자 수단으로서의 위상을 굳건히 점하고 있었다. 이에 비해 한글은 언문, 암클, 아랫글이라 불리면서 한자에 비해 상대적으로 격이 낮은 문자로 취급되었다. 한글은 문화 중심의 범주들 속에서 그 역할을 부여받기보다 주변적 문화 범주들과 결합하며 나름의 역할을 수행하였다. 이처럼 한자와의 이중문자 체계 속에서 한글은 남성보다는 여성, 그리고 소설 중심의 서사문학과 보다 친연한 관계를 맺었다.

그러나 한자 중심의 문화와 한글 중심의 문화는 조선이라는 한 사회 안에서 완전히 별개로 존재할 수 없었다. 특히 상풍하속上風下俗의 일반적인 문화 흐름하에 여성을 포함한 피지배층에 대한 교화가 남성 사대부층의 주요한 사명이었으므로 이를 위한 한문 텍스트의 한글 번역은 한글이 창제된 직후부터 꾸준히 진행되었다. 삼강오륜을 담은 유교이념 텍스트가 15세기 이래 관의 주도로 조선 후기까지 지속되었던 점은 이러한 상황을 극명하게 보여준다.

그런데 이러한 양상은 17세기 중후반 발흥한 한글 대하소설을 통해 보다 다채로운 양상을 빚는다. 소설 중심의 서사문학이 문학 판도의 중심으로 부상했던 조선 후기, 한글 대하소설은 이러한 변화의 중심에 있었다. 한글 대하소설은 호한한 분량과 그에 걸맞은 서사적 편폭을 가졌다. 이러한 작품을 향유하기 위해서는 상당한 경제력과 시간적 여유가 뒷받침되어야 했고, 이러한 향유 조건에 부합하게 왕실을 포함한 상층벌열가 여성을 중심으로 향유되었다.

상층 여성이 한글 대하소설을 탐독할 수 있었던 배경으로 시간적, 경제적 여유만 필요했던 것은 아니었다. 그보다 더 필수적이고 선행되어야 했던 것은 사회 이념을 선도했던 지배 남성 사대부층의 용인이었다고 할 수 있다. 오늘날과는 달리 중세 사회 소설에 대한 시각은 기본적으로 부정적이었다. 소설은 그 허구적 진실의 가치를 인정받기에 앞서 오랜 시간 동안 사실이 아닌 거짓이라는 혐의로부터 자유로울 수 없었다. 따라서 지배 남성 사대부들은 소설이 거짓을 퍼뜨려 세상을 어지럽게 하는 몹쓸 글 나부랭이라는 인식을 가지고 있었고,

이러한 관점은 공식적으로 조선 후기까지도 달라지지 않았다.

공식적으로 소설에 던져졌던 부정의 시선 저편에서 소설은 조선 후기 문학계를 주도하는 신흥장르가 되었다. 이 같은 이율배반적 상황의 바탕에는 소설의 감흥력이 자리하고 있었다. 소설의 문학적 감흥력이 소설을 배척하는, 혹은 옹호하는 나름의 논거로 거론되면서 다기한 논의들이 제기되는 가운데, 한글 대하소설은 이 같은 소설의 영향력이 상층 여성에 대한 교화 목적과 결합함으로써 사회적으로 그 존재의 의의를 인정받을 수 있었다.

한글 대하소설은 발생 이래 지배 이념의 도덕적 교화를 가장 중요한 존재 의의로 인정받았다. 무수한 소설배격론 속에서도 대하소설이 그 외연을 확장하면서 지속될 수 있었던 것은 정서적 감응을 동반한 지배 이념의 교화 효과 때문인 것이다.[1] 지배 이념의 교화서敎化書로서 발흥한 장르답게 대하소설의 서사적 변천 또한 이념적 변모와 상응하여 왔음을 확인할 수 있다.

17세기『소현성록』은 선악에 대한 가치 판단에 절대성을 부여하며 지배이념의 준수에는 예외가 없음을, 그리고 여성에게 그것은 선택 사항이 아님을 강변한다. 윤리의 준수가 곧 절대선이라는 것이다.[2]

1　조선시대 소설론은 소설배격론이 기조를 이루는 가운데 소설긍정론은 교화론적 효용성에 입각해 그 논지의 발판을 마련했다(이문규,『고전소설비평사론』, 새문사, 2002, 48~52쪽 참고). 무수한 대하소설 작품이 창작된 17세기 중후반 이래 19세기말에 이르기까지 교화론적 효용성의 관점에서 소설긍정론을 펼친 논의들이 시종일관 대표적인 작품으로「사씨남정기」를 들고 있는데, 이는「사씨남정기」의 확대판이라 할 수 있는 대하소설이 이념적 교화를 수행하는 일종의 도덕교과서로 수용되었음을 이면적이지만 적나라하게 드러내는 현상이라 할 수 있다. 지배 이념을 교육할 도덕교과서는 이념을 가장 완전하게 형상화한 하나면 충분하기 때문이다.

2　『소현성록』(권1)에서 주인공 소현성의 둘째 누이 소교영의 失節과 이에 대해 친어머니가 사약을 내려 처단하는 양상은 이념 준수 여부에 따라 규정된 선악의 이분법적 논리와 그에 대한 가치 평가의 절대성을 극명하게 보여준다.

이에 비해 18세기 『완월회맹연』이나 『옥원재합기연』 등은 선악의 대립을 설정하고는 있지만 그에 못지않게 동일한 범주에 속하는 인물들의 다양한 양상들을 대비시킨다. 이에 더하여 정치적으로 대립된 가문을 인친 관계로 설정하여 17세기 소설이 제시한 단선적이고 절대적인 충간忠奸의 대결 구도에서 탈피한 보다 심화된 정치의식을 보여준다. 17세기 한글 대하소설이 이념적 이상을 제시한 것이라면, 18세기 한글 대하소설은 현실의 여러 국면에서 심화되는 이념의 양상을 드러낸 것이다.[3] 그런데 19세기 이래 한글 대하소설은 이 같은 이념적 모색과 심화의 흐름을 서사적 차원에서 발전적으로 계승하지 못한 것으로 보인다. 더 이상 새로운 이야기 유형이 마련되지 못하는 것이다.

1644년 명의 멸망, 이어지는 청의 건국 이후 조선에서는 "오랑캐에게는 백 년을 지탱할 운세가 없다"는 명분론적 전망에 따라 중원에서 세력을 잃은 청이 원래의 발상지 영고탑으로 되돌아가게 될 것이라는 '영고탑 회귀설'이 대두한다. 이는 중국에서 오삼계의 난을 비롯한 여러 내란의 소문이 전해지면서 숙종대 이후 폭넓게 받아들여졌다. 청이 대륙 정세를 조선에 드러내지 않는 가운데 영조대까지 조선은 청의 영고탑 회귀 시에 다시 일어날지도 모르는 전면전에 대비하는 모습을 견지한다.[4]

그러나 청나라가 내부적으로 안정되면서 조선의 연행사를 받아들이기 시작하고, 점차 연행사들의 북경 활동이 자유로워지면서 청의 실상을 파악하게 된 조선 조정은 청의 멸망이 현실적으로 가망 없는

---

3   송성욱, 「18세기 장편소설의 전형적 성격」, 『한국문학 연구』 4호, 고려대 민족문화연구원 한국문학연구소, 2003, 7～17쪽; 정병설, 『『완월회맹연』 연구』, 태학사, 1998, 146～157쪽; 이지하, 「『옥원재합기연』 연작 연구」, 서울대 박사논문, 2001, 59～66쪽.
4   배우성, 『조선 후기 국토관과 천하관의 변화』, 일지사, 1998, 64～124쪽.

것임을 깨닫는다. 이에 따라 18세기 후반 조선에서는 북벌론의 허구성에 대한 인식이 확산되고 본격적인 북학의 시대로 접어든다. 청이 건국된 지 1세기를 지나도록 청에 대한 제한된 접근하에 북벌론을 견지하던 조선은 중국문명의 세례 속에 문화국가로 성장한 청의 실상을 인정하게 된 것이다.

이러한 변화는 조선 학계에도 상당한 변화를 가져왔다. 성리학을 정학正學으로 규정하고 이를 심화하는데 진력하는 조류에 더하여 성리학을 비판적으로 수용하면서 독자적인 인식으로 나가려는 조류가 공존하던 조선 후기 학계에 명물名物·훈고訓詁의 분야에 장점을 보인 청의 고증학이 도입되었다. 경전 텍스트를 이해하는데 있어서 철학적 관심 이전 텍스트 자체에 대한 문자학이나 음운학, 혹은 훈고학적 측면에서의 정확한 이해가 필요하다는 점에서 출발한 고증학풍은 18세기 조선에 학문적 다양성과 생기를 불어넣었으나, 19세기는 이를 발전적으로 계승하지 못한다. 정치의식 없는 호고적好古的 박학풍博學風의 고증학은 새로운 질서의 모색으로는 나아가지 못했고, 정조의 죽음과 신유옥사로 출발한 19세기 세도정치의 독과점적 권력구조는 진보적 학술사상의 모색에 직접적인 제약을 가하며 사회전반의 경직을 가져왔다.[5] 이처럼 19세기는 전대 사회가 간직했던 이념적 유연성과 문화적 다양성 등을 발전적으로 계승하지 못했고, 이러한 점은 이념적 모색과 심화 과정 속에서 서사 창안의 동력을 구해온 한글 대하소설이 더 이상의 새로운 서사를 마련하지 못하게 된 원인의 한 가지였다.

그런데 새로운 서사를 창안하지 못하는 한계 상황 속에서도 한글 대하소설은 이후로 백여 년이 넘는 시간 동안 장르적 생명력을 유지하

---

5   임형택, 「문학사적 현상으로 본 19세기」·「18, 19세기 예술사의 성격」, 『한국문학사의 논리와 체계』, 창작과비평사, 2002.

며 독자들을 견인해 갔다. 이러한 상황은 이 시기 한글 대하소설이 독자들에게 새로운 흥밋거리를 제공한 덕분이었는데, 이는 바로 당대 상층의 문화 조류와 적극 호흡하면서 선택한 다양한 한시문 텍스트의 번역 수용에 있었다. 이하 2장에서 이에 대한 구체적인 양상을 살펴본다.

2. 한글 대하소설 속의 번역 한시문

1) 지리서의 번역 수용

19세기에 향유된 한글 대하소설 작품 가운데 『명행정의록』과 『삼강명행록』은 등장인물들의 공간 이동에 따른 지리 서술을 상당한 분량으로 서술한다. 『명행정의록』의 경우 중심가문의 세 아들이 차례로 지방 순무사가 되거나 대원수가 되어 중국 각지를 지나다닌다. 그런가 하면 치열한 처첩갈등 양상을 보이는 이월혜와 소예주는 그 과정에서 유배를 당하게 되어 외유를 경험한다. 등장인물들은 이처럼 낯선 곳에 이르러 일대 명승지나 산수를 찾아다니게 되는데, 이 과정에서 각 지역의 지리 서술이 상당한 분량을 차지하며 이루어지는 것이다.

『명행정의록』은 이처럼 방대한 지리 서술을 지리지 『해내기관海內奇觀』의 번역 수용으로 이루고 있다. 『해내기관』은 1609년 명나라 양이증楊爾曾이 편찬한 지리지로, 중국의 여러 명산名山과 명승지에 대한 상세한 설명과 판화도版畵圖로 구성되어 있다.[6] 그 범례에 의하면 양이증은 전대 여러 서적에서 해당 지역과 관련한 문인의 글이나 역사 기록들을 모아 책을 편찬하였다. 판화도는 각 명산을 한두 화면 안에서 잘 전달하기 위해 과감한 변형과 생략으로 화면을 구성하고 유명한 산이나 암자, 바위 등에는 이름을 써놓아 회화 작품이라기보다는 안내도 같은데, 이런 판도는 이전의 방지方志에서 취한 그림이 많다고 한다.[7]

『명행정의록』이 등장인물의 이동에 따라 작품 중에 서술하는 각지의 명산은 봉황산(권14), 천목산(권13~15), 뇌봉산(권16), 화산(권17), 천태산(권32), 태화산(권42), 무산(권47), 아미산(권47), 형산(권57), 호구산(권63), 부도산(권68) 등을 망라하고 있고, 이밖에도 금릉(권64)과 유양 일대(권66)를 비롯해 전당성중(권13~14)에 이르는 명승지가 두루 포함되어 있다. 이들 명산, 명승지를 묘사하고 그에 얽힌 역사나 일화 등을 서술하는데 있어 『명행정의록』은 『해내기관』의 해당 도설圖說을 번역 활용한다.[8] 이처럼 사건 진행 과정을 견지하는 가운데 『명행정의록』은 『해내기관』의 각 도설을 그대로 옮겨 서술하는가 하면, 작중 상황에 어울리도록 작중 인물의 대화로 옮기기도 하고, 부분부분 생략하면서 옮기기도 한다. 세부적으로 다양한 변이들이 포착되지만 전체적으로 『명행정의록』에 서술된 『해내기관』의 해당 대목을 따로 모으면 『해내기관』의 언해본을 이룰 수 있을 만큼 충실하게 번역 수용되고 있다.[9]

『해내기관』의 수용은 『삼강명행록』에서 보다 전면적이다.[10] 『삼

6　『海內奇觀』(『續修四庫全書－史部 地理類』권721, 上海古籍出版社, 1995;『중국고대판화총간 2편』제8집, 상해고적출판사, 1994).

7　고연희, 『조선 후기 산수기행예술연구』, 일지사, 2001, 75쪽.

8　『해내기관』이 전대의 여러 서적을 참고하여 편찬된 책이라는 점은 『명행정의록』이 작품 중에 보여준 지리 서술의 출처가 『해내기관』임을 의심하는 근거가 될 수도 있을 것이다. 그러나 『명행정의록』(권13)에서 『해내기관』의 편자 양이증이 그의 이름을 밝히며 쓴 『해내기관』의 대목을 확인할 수 있다.

9　이에 관한 보다 구체적인 분석은 졸고, 「『명행정의록』 연구」, 서울대 박사논문, 2006 참조.

강명행록』은 명나라 영락제의 건문제 황위 탈취를 역사적 배경으로 하여 건문제의 망명도생을 함께 한 정흡 일행이 그리는 여행과 정흡의 아내 사부인의 여행, 그리고 어머니를 찾아 나선 아들 정철의 여행이라는 세 가지 여로가 서사의 근간을 이룬다. 이 가운데 사부인의 여행은 전생에 예정된 바, 천하를 돌아본 후 여행의 체험을 모두 기록하여 부처님께 바치기로 한 약속이 그 배경으로 설정되어 있다. 사부인의 여행은 '팔만대장경'에 빠진 천하 경개를 기록해 부처님께 공을 드리기로 한 전생의 약속을 지키는 과정인 것이다. 이에 따라 『삼강명행록』은 사부인의 천하주유 동선을 빠짐없이 서술하는데, 이때 『해내기관』이 활용된다.

사부인의 여행은 천하의 한 산과 한 물도 남김없이 모두 겪어야 하는 원칙에 따라 중국 천하를 샅샅이 훑고 있다. 그 결과 『해내기관』전편이 작품 속에 수용된다. 『삼강명행록』역시 『명행정의록』과 마찬가지로 다양한 서사화 방식으로 『해내기관』을 수용한다. 비록 많은 부분 서술자에 의해 서술되지만, 『해내기관』에 기록된 해당 지역의 일화를 작중 사건으로 설정하기도 하고, 『해내기관』(권10) 말미에 부기되어 있는 동천복지洞天福地에 관한 서술을 선궁仙官이 내리는 천서天書로 설정하여 형상화하기도 한다. 이처럼 작중 서사 상황과의 유연한 관계 속에서 『해내기관』이 번역 수용됨으로써 『명행정의록』과 『삼강명행록』의 독자들은 소설의 서사가 주는 정서적 밀착력 속에서 『해내기관』을 체험할 수 있었을 것이다.

---

10 『삼강명행록』의 『해내기관』 번역 수용에 대한 상론은 졸고, 「『삼강명행록』의 창작방식과 그 의미」, 『국제어문』 35집, 국제어문학회, 2005 참조.

2) 한시의 번역 수용

『명행정의록』과 『삼강명행록』은 한시의 번역 수용에 있어서도 주목되는 작품이다. 『명행정의록』에는 총 177수, 『삼강명행록』에도 총 125수에 달하는 많은 한시 작품이 한글로 번역 수용되어 있다. 이들 한시의 서술 방식은 필사면을 상하단으로 나누어 상단에는 한글로 한시의 한글 음을 쓰고, 각 구 아래 해당 번역문을 쓴다. 번역의 수준은 축자역을 취하는 것이 조선시대 언해서의 전통이다. 축자역은 한자의 글자 자체를 충실히 새기는 것이므로 시적 의미 전달에는 오히려 불리한 경우가 있다. 때문에 필요에 따라 주석을 번역문 가운데나 말미에 부기한다. 여성을 독자로 했던 언해 한시집의 전형적인 서술 방식을 취하는 것이다.[11]

작중에 상당수의 한시 작품을 번역 수용하고 있는 『명행정의록』이나 『삼강명행록』의 경우, 이들 한시 작품 가운데 상당수는 기존의 유명 작품을 수용한 것으로 확인된다. 『명행정의록』의 경우 그 출처는 『산당사고山堂肆考』, 『성의백문집誠意伯文集』을 비롯해 『명시종明詩綜』이라는 당대 고급한 시선집詩選集 등이다. 현재까지 확인된 바로는 『명시종』

---

11 이종묵에 의하면 한시 원문의 음을 한글로 달고 이어 한글로만 번역한 것은 『국풍』이나 『곤범』, 『고문빅선』, 『호연지유고』, 『의유당유고』 등에서 확인되는 시문류 번역의 전형적인 서술방식이다(「조선시대 한시 번역의 전통과 양상」, 『장서각』 7, 한국학중앙연구원, 2002, 73쪽). 한편, 1737년 어유봉魚有鳳은 시집간 차녀의 청으로 『시경』 가운데 일부를 뽑아 번역하여 『풍아규송風雅閨誦』이라는 책을 엮었는데, 이종묵은 이 책에 대해 조선 후기 여성 독자를 위한 본격적인 한시번역서로서의 의미를 부여하였다(같은 글, 66쪽). 번역 한시가 그 자체 하나의 향유물로 소통되었을 가능성은 박무영에 의해서도 논의된 바 있다. 박무영은 『호연지유고』를 통해 18세기 전반에 이미 규방에서 언해서의 형태로 한시를 향유하는 관습이 일반적으로 정착되고 있었음을 추론하였다(박무영, 「『호연지유고』와 18세기 여성 문학」, 『열상고전연구』 16, 열상고전연구회, 2002). 『명행정의록』이나 『삼강명행록』이 한시를 대거 번역 수용한 것도 이러한 문화적 배경에 기반한 것이라 할 것이다.

소재 작품은 18수 정도이고, 성의백 유기의 작품이 1수, 양계성의 시 2수, 『산당사고』 소재 1수 등이고, 여기에 『산당사고』 소재 연구聯句와 송나라 한기韓琦의 시가 합성된 것이 1수 있다. 이밖에 등장인물의 수창 중에 쓰인 연구聯句로 『산당사고』 소재 기사를 수용한 사례도 있다.

『명시종』은 청 주이존朱彛尊(1629~1709)이 편찬한 명시 총집明詩總集으로 18세기 이래 조선 문인들 사이에서 널리 향유되었음을 볼 수 있다. 허난설헌의 시가 『명시종』에 수록되면서 그 호를 '경번당'으로 한 것이 오류임을 논하는 가운데 『명시종』이 거론되기도 하거니와[12] 이의현李宜顯(1669~1745)이 1720년 연행사로 간 길에 구입해 온 도서 목록 가운데 보이기도 한다.[13] 박지원朴趾源(1737~1805)의 「태학유관록」에도 대화 중 『명시종』을 가져와 빙석하고자 하는 대목이 보이고,[14] 서호수徐浩修(1736~1799)의 1790년 연행 기록 중에도 사연賜宴의 장소에서 『명시종』을 보았음이 적혀 있다.[15] 또한 정약용丁若鏞(1762~1836)이나 이덕무李德懋(1741~1793), 이규경李圭景(1788~?)도 『명시종』을 접했음을 확인할 수 있다.[16]

『산당사고』는 명 팽대익彭大翼이 편찬한 유서類書로, 1619년에 완성되었다. 이 또한 조선 후기 문인들 사이에서 널리 소통되던 정황을 확인할 수 있다. 김육金堉(1580~1658)은 『유원총보類苑叢寶』를 엮으면서 참고 서적의 하나로 언급하였고[17] 장유張維(1587~1638)는 「계곡만필谿谷漫

---

12 朴趾源, 「避暑錄」, 『熱河日記』(임기중 편, 『연행록 전집』 56권, 동국대 출판부, 2001, 382쪽); 이규경, 「景樊堂辨證說」, 『五洲衍文長箋散稿―經史篇6 論史類2』(민족문화추진회 편, 『오주연문장전산고』(국역분류) XX, 1997, 69쪽).

13 李宜顯, 「庚子燕行雜誌下」, 『陶谷集』 권30(민족문화추진회 편, 『한국문집총간』 181권, 502쪽).

14 朴趾源, 「太學留館錄」, 『熱河日記』(임기중 편, 『연행록 전집』 56권, 동국대 출판부, 2001, 104쪽).

15 徐浩修, 「起熱河至圓明園」, 『燕行紀』 권2(임기중 편, 『연행록 전집』 51권, 동국대 출판부, 2001, 56쪽).

16 丁若鏞, 「淇水三」, 『與猶堂全書』 6집(地理集 권8)(민족문화추진회 편, 『한국문집총간』 286권, 409쪽); 李德懋, 「李雨村」, 『靑莊館全書』 권19(민족문화추진회 편, 『한국문집총간』 257권, 268쪽); 李圭景, 「二十三代史及東國正史辨證說」, 『五洲衍文長箋散稿―經史篇4 史籍類1』(민족문화추진회 편, 『오주연문장전산고』(국역분류) XIX, 1997, 29쪽).

筆」에서 공자와 맹자의 생몰년월일을 전한 전대 여러 문헌들의 기록이 상이함을 논하는 가운데『산당사고』를 거론하였는데,[18] 이는 이규경李圭景 또한 마찬가지이다.[19] 이덕무李德懋는 전대 서적에 대한 그의 견해를 밝히는 중에『산당사고』를 거론한 바 있고, 유안기兪安期는『당류함唐類函』을 엮으면서 그 참고서적으로『산당사고』를 언급하였다.[20] 최한기崔漢綺(1803~1877)의「강관론講官論」중에도『산당사고』를 참조하였음을 볼 수 있다.[21]

이처럼 조선 후기 당대 일급 문인들 사이에서 향유되던 고급의 한시 텍스트를『명행정의록』은 작중 서사 문맥에 맞추어 수용하고 있다. 연작시를 작중 인물간의 화답시로 설정하기도 하고 시의詩意에 맞추어 작중 사건의 모티프를 마련하기도 한다. 그런가 하면 원래의 시가 창작된 배경 일화를 작중 사건으로 설정하여 인물 형상화를 보다 풍성하게 하면서 주제적 의미를 강화하기도 한다. 이런 면모는 작품 중에 수용된 한시가 단순히 한시 맛보기 정도의 차원에서 들여온 것이 아님을 의미한다.

작중 서사와 충분히 밀착된 삽입 한시들은 전후 서사 문맥과 함께 향유된다. 그 결과 원래의 시가 가진 의미나 품격이 시만 제시될 때보다 훨씬 쉽고, 또 깊이 있게 체험될 수 있다. 이런 점은 한글 음독과 번역구로만 제시되는 언해 한시의 경우 더욱이 중요한 것이라 할 수 있

---

17 金埴,「類苑叢寶序」,『잠곡유고』권9(민족문화추진회 편,『한국문집총간』86권, 168쪽).

18 張維,「谿谷漫筆 권1」,『谿谷集』(민족문화추진회 편,『한국문집총간』92권, 564쪽).

19 이규경,「孟子辨證說」,『五洲衍文長箋散稿』(經史篇6 論史類2)(민족문화추진회 편,『오주연문장전산고』(국역분류) XX, 1981, 200쪽).

20 이덕무,「瑣雅」,『嬰處雜稿』1,『靑莊館全書』권5(민족문화추진회 편,『한국문집총간』257권, 101쪽);「이목구심서5」,『靑莊館全書』권52(민족문화추진회 편,『한국문집총간』258권, 440쪽).

21 최한기,「講官論 권2」,『人政』(민족문화추진회 편,『고전국역총서 207 - 人政』5, 1982, 30쪽);「講官論 권3」, (같은 책, 44쪽);「講官論 권4」, (같은 책, 65쪽).

다. 한자 없이 제시되는 언해 한시의 형태로, 한문 해독 능력이 없는 독자들에게 시적 의미가 온전히 전달되고, 나아가 시가 가진 풍격이 전달되기란 쉽지 않다. 때문에 『명행정의록』에서와 같이 작중 서사 속에 녹아든 시를 접하는 것이 시가 지닌 의미와 그를 체감하기 위한 시적 상상력의 촉발에 훨씬 효과적임은 말할 나위 없다.

또한 작중 문맥 속에서 보다 직접적으로 삽입 한시를 설명할 수도 있다. 아래는 중심가문의 여성들이 매화를 두고 지은 작품들이고, 이어지는 것은 이 시들을 본 위연청의 감상을 서술한 것이다.

백부인 시

본시화중졔일홍   본더 이 곳 가온더 졔일 불그미니
막의안식문동풍   안식을 의심ᄒ여 동풍다려 뭇지 말나
인도면안죵인안   도화와 ᄌ고 힝화를 분변ᄒ미 사ᄅᆷ의 눈을 조ᄎ랴
간도묘화ᄌᆞ부동   고ᄅᆞ며 화훈 거슬 보아 니ᄅᆞ미 스스로 ᄌᆽ지 아니니라

이월혜 시

수정궁니옥진비   수정궁 안희 옥진비가
연파요더보월귀   잔치를 요더의 파ᄒ고 둘을 거러 도라오도다
힝도젹셩텬미효   힝ᄒ여 젹셩의 니르러 하늘이 새지 아냐시니
닝하비샹뉵슈의   찬 안긔 나라 뉵슈의의 올낫도다

소예주 시

쳥졔승방유령니   쳥졔가 긔를 타고 유령의 오니【쳥졔ᄂᆞᆫ 봄 신령이오 방
                  은 긔ᄌᆽ튼 신슈】[22]
동풍갈도여뇌희   동풍이 과갈ᄒ기를 뇌히 ᄌᆽ도다

일권나쥬힝춘녕　　흔 쥬머괴로 ᄡᅳ으러 봄녕의 머므러 힝ᄒᆞ니

방지빅화두샹기　　바야흐로 일빅 곳치 머리 우희 퓌엇도다

위혜주 시

경ᄌᆞ요질불염진　　경ᄌᆞ요질이 틋글의 무드지 아냐시니

녕월농연쳘골향　　돌에 비최고 니에 얽혀 ᄲᅢ의 스못게 향긔롭도다

환혐춘광능빅화　　도로혀 봄 빗출 혐의ᄒᆞ여 빅화를 업슈이 너기니

치슈홍ᄌᆞ독위방　　홍ᄌᆞ 죳기를 붓그려 홀노 곳다왓도다

(…중략…)

제공[諸公]이 다만 시격[詩格]의 쳥신[淸新]홈과 필법[筆法]의 찬란ᄒᆞᆷ믈 칭찬ᄒᆞ나 진공[秦公] 위연쳥]23은 시감[詩鑑]이 타인[他人]과 다른지라 즈긔 부인[백승셜]의 지조를 모로미 아니오 (…중략…) 그 ᄠᅳᆺ이 완곡심원[婉曲深遠]ᄒᆞ여 비흥[比興]흔 거시 삼빅시편[三百詩篇]의 올남 즉ᄒᆞ고 긔샹이 존귀ᄒᆞᄃᆡ ᄌᆞ연이 범뉴[凡類]의 소ᄉᆞ나믈 경탄ᄒᆞ여 ᄎᆞ마 놋치 못홀 ᄃᆞᆺ흔 ᄆᆞ옴이 잇더니

니쇼져[이월혜] 시룰 보미 표연츌속[飄然出俗]ᄒᆞ미 진이[塵埃] 밧게 버셔나 입신쳥결[入神淸潔]ᄒᆞ미 홍진[紅塵]의 의ᄉᆞ[意思] 젹으믈 보고 심니[心裏]의 탄왈 ᄎᆞ이[此兒] 긔샹이 너모 쳥월슈미[淸越秀美]ᄒᆞ미 연화[蓮花]의 ᄲᅱ여나니 풍화[風化]의 합[合]지 못ᄒᆞ믈 ᄭᅥ리더니 시격[詩格]이 ᄯᅩ 이러ᄒᆞ니 ᄆᆞ참ᄂᆡ 무비무의[無非無儀]에 부도[婦道]ᄂᆞᆫ 직희지 못ᄒᆞ리니 텬의[天意]를 가히 아지 못ᄒᆞ리로다

소쇼져[소예쥬] 글에 밋쳐는 만복쥬옥[滿腹珠玉]이오 일텬지졍[一千才情]이라 시의[詩意] 졍묘[精妙]흔 즁 ᄯᅳᆺ이 크고 의ᄉᆞ[意思] 교앙[驕昻]ᄒᆞ여 동군됴화[東君造化]로ᄡᅥ 비유ᄒᆞ미 졀묘흔 바의 은은이 쟝즁[掌中]의 봄 권을 독당[獨當]ᄒᆞ여 가연이 셰샹의

22　한시 인용문의 [ ]는 한시 번역구에 딸린 주석으로, 소설 본문 자체에 서술된 것이다. 이하 동일.

23　인용문의 [ ]는 작중 인물의 이름을 인용자가 부기한 것이다. 이하 동일.

웃듬될 무음을 곱초지 못홀지라

(…중략…)

녀애위혜쥬의 밋처는 놀나믈 씨듯지 못ᄒ니 이 시 비록 몽혹蒙學의 미셩未成훈 터 잇시나 묽고 놉ᄒ며 새롭고 향긔로와 쳥결훈 지조와 졍졍훈 ᄯᅳᆺ을 말 밧게 볼지라(권12)

시에 이어지는 위연청의 감상은 그의 내면에서 일어나는 느낌을 전지적으로 서술한 것이다. 차례로 이어지는 백승설과 이월혜, 소예주, 위혜주의 시에 대한 위연청의 감상은 곧 한시 작품에 대한 해설에 다름 아니다. 작가는 위연청의 시선을 빌어 시에 대한 상세한 해설을 더하고 있는 것이다. 이처럼 『명행정의록』의 삽입 한시는 작중 서사와 결합하여 작중 서사 맥락의 전달과 독자의 한시 체험 모두에 긍정적인 효과를 불러오는 상호 상승 작용을 보인다.

『명행정의록』은 당대 한시의 전범으로 삼을 만한 고급의 텍스트들을 작품 중에 수용한다. 그리고 이들 삽입 한시를 작중 서사와 충분히 밀착시키는 한편, 한시 자체에 대한 해설을 적절한 장면 설정을 통해 서술한다. 이러한 결과 『명행정의록』의 삽입 한시는 한시문 해독 능력이 없는 독자들도 보다 깊이 있게 한시를 체험하도록 한다. 이는 일반 언해 한시집에서 얻을 수 있는 한시 체험 이상이라 할 수 있다.

한편, 『삼강명행록』은 기존의 한시 작품을 수용하면서 그 원작 정보를 밝혀두고 있다. 주요 등장인물인 건문제를 비롯해 작품에 등장하는 여러 실존인물의 시가 삽입되는가 하면,[24] 작중 인물들의 대화

---

24 연왕이 건문제의 황위를 찬탈한 임오정난에 화를 입은 상서 철현의 두 딸이 敎坊에 配入되어 지은 시(권11, 영인본10, 155~157쪽)나, 방효유의 아우 방효우가 고문당할 때 지은 시(권

나 수창 장면에서 두보杜甫(712~770)나 소식蘇軾(1036~1101), 왕안석王安石(1021~1086) 등 유명 문인의 작품들이 서술되기도 한다.[25] 이런 경우 대부분 실제 작가와 작품을 밝히고 있다. 물론 다른 사람의 작품을 가져와 실존인물의 것으로 서술한 경우도 있고,[26] 기존 작품을 작중 인물의 소작이라고 한 경우도 있다.[27] 어떤 경우이든 『삼강명행록』에 삽입된 한시 가운데 상당 부분은 기존의 한시를 수용한 것임이 확인된다.[28]

『삼강명행록』은 『명행정의록』과 마찬가지로 많은 한시를 삽입하고 있지만, 원작의 정체를 대부분 밝혀두고 있다는 점에서 『명행정의록』과 변별된다. 『명행정의록』은 작중 삽입시를 철저히 작중 인물들의 것으로 설정한 반면, 『삼강명행록』은 원작가나 제목 등을 작중에 밝혀놓고 이를 인용하는 방식을 취하고 있다. 작품 밖 현실에서 소통되는 원작의 정보가 지속적으로 언급되는 것은 독자의 작중 서사 몰

3, 영인본7, 467~468쪽) 등이 해당된다.

25 두보의 시 「佳人」(권3, 영인본7, 543~546쪽)이나 왕안석 부녀의 화답시(권13, 영인본10, 404~406쪽) 등이 해당된다.

26 건문제가 사빈의 집 청원헌 앞 연못의 야경을 보고 지은 것으로 서술된 시(권3, 영인본7, 457면) 가운데 한 수 "옥섬비입슈졍궁(옥듯겁이 ᄂ라 슈졍궁의 드니), 만경뉴리피효풍(일만 이렁이나 혼 뉴리 새벽 ᄇ람의 헤쳣도다). 셩월운귀부디쳐(돌이 일고 구룸이 도라가매 곳을 아디 못ᄒ니), 단산녕낙유무듕(ᄯ쳐딘 뫼히 녕낙ᄒ여 이시락 업스락 ᄒ도다)"은 王銍의 '浮天閣' 가운데 한 수로 확인된다(玉蟾飛入水晶宮, 萬頃琉璃碎晚風, 詩就雲歸不知處, 斷山零落有無中). 한시와 『삼강명행록』에 실린 언해시 사이에는 자구 차착이 있다. 둘째구의 '碎晚風' → '피효풍', 셋째구의 '詩就' → '셩월'이 그것이다. 이 시는 『宋詩紀事』 권41 등에 수록되어 있는데, 이덕무의 「盎葉記」(『青莊館全書』 권55) 등에서 『宋詩紀事』의 향유를 확인할 수 있다.

27 『삼강명행록』 권14에는 작중 인물 정철이 안탕산 일대를 여행하는 대목에서 여러 곳 題詠한 시 8수가 삽입되어 있다. 그런데 이 시들은 모두 『삼강명행록』이 작중 지리 서술에 활용하고 있는 『헤내기관』의 권6, 「雁蕩山題詠」에 실린 시 10수 가운데 8수를 옮겨 적은 것이다. 『삼강명행록』은 이 가운데 寶冠寺와 石門寺를 읊은 시는 謝靈運(385~433)의 작품인 것으로 밝히고 나머지는 작중 인물인 정철 소작인 것으로 설정하고 있다. 한편 사령운의 작품인 것으로 서술한 시 가운데 寶冠寺 題詠은 宋 趙師秀의 작품이다(『欽定四庫全書』 「浙江通志 卷274」).

28 이에 대한 상론은 졸고, 「『삼강명행록』의 敎養書的 성격」, 『고전문학 연구』 28, 한국고전문학회, 2005 참조.

입을 상당히 방해한다. 그런 반면 작중 서사와는 별개로 삽입된 한시와 그에 관한 정보에는 보다 집중하게 한다.

『명행정의록』이 작중 서사 상황 속에 밀착된 한시를 보여준 것은 작중 서사와의 결합을 통해 한시 자체의 문학적 체험을 더 깊이 있게 하도록 하는 장점이 있다. 이에 비해 『삼강명행록』은 한시의 문학적 체험이라는 측면에서는 상대적으로 효과가 덜하지만 유명한 한시 작품에 대한 교양적 정보 습득에는 더 유리한 면이 있다. 『명행정의록』이 문예물 자체의 향유를 우선 목적으로 한 것이라면, 『삼강명행록』은 문예교양 지식의 습득을 우선한 것으로 변별된다 할 것이다. 대하소설이 한시를 삽입한 목적이 문예 교양의 향유로 포괄되는 가운데 작품에 따라 일정한 층위가 있음을 확인할 수 있는 지점이다.

3) 역사서의 번역 수용

한글 대하소설이 역사서를 번역 수용하는 양상은 『삼강명행록』과 『위씨오세삼난현행록』을 통해 볼 수 있다. 『삼강명행록』의 경우 주목되는 지점은 작중 핵심 서사를 이루는 세 가지 여행 가운데 하나인 건문제와 정흡 일행의 여행이다. 건문제와 그를 추종하는 주인공 정흡 일행의 여행은 그 서술 과정에서 상당히 구체적인 역사 시간이 밝혀져 있어 때로 연월일까지 서술되어 있을 정도이다. 이런 점은 건문제 일행의 여행 서술이 역사적 사실을 토대로 한 것 이상으로 역사 기록과의 긴밀한 관련하에 서술되었을 것임을 짐작하게 하는데, 주목되는 사례로 『명사기사본말明史紀事本末』(권17) 「건문손국建文遜國」의 기사를 볼 수 있다.

소설 속 건문제 일행의 여행은 「건문손국」을 근간으로 서술된다.

「건문손국」은 임오정난에 궁을 빠져 나온 후 건문제의 망명 여행을 구체적으로 기록하고 있다. 궁을 빠져 나오게 된 과정과 이때 수행한 충신들, 그 여정 등이 소상하다. 「건문손국」은 건문4년 연왕의 군대가 금천문을 뚫었음을 건문제가 알게 된 장면부터 시작된다. 신하 정제가 출망하기를 권하고, 왕월은 예전 고황제가 후일 난을 대비하여 미리 준비해 둔 도첩 등을 건문제에게 올린다. 이후 건문제는 승려의 복색으로 망명길에 오른다.

『삼강명행록』은 정제가 출망하기를 권하는 장면에서 「건문손국」에는 없는 여러 신하들의 논란을 장황하게 서술한다.[29] 사직을 버리고 도망할 수 없다는 건문을 설득하는 모습과 이런 현실을 망극해 하는 신하들의 충성어린 모습들이 이 과정에서 드러난다. 이후 망명도생이 결정되자 왕월이 고황제가 미리 준비해 둔 상자를 건문제에게 바치는 장면이 서술되는데, 「건문손국」의 해당 대목과 『삼강명행록』을 함께 보이면 다음과 같다.

少監王鉞跪進, 曰 "昔高帝升遐時, 有遺篋, 曰 '臨大難當發, 謹收藏奉先殿之左.'" 羣臣齊言, '急出之.' 俄而舁, 一紅篋至四圍俱固以鐵, 二鎖亦灌鐵, 帝見而大慟, **急命擧火焚大內, 皇后馬氏赴火死**. 程濟碎篋, 得度牒三張, 一名應文, 一名應能, 一名應賢, 袈裟帽鞋剃刀俱備, 白金十錠, 朱書篋內, '應文從鬼門出, 餘從水關御溝, 而行薄暮, 會于神樂觀之西房.' 帝曰, "數也."

쇼감 왕월이 궤주 왈 **일이 이에 니르러시니 신이 훈 알욀 말이 이셔이다** 고황뎨 **신으로써 근신타 흐샤 셩의빅 뉴긔로 더브러** 훈 샹ᄌᆞ를 봉흐야 봉션뎐 좟녁

---

29 『삼강명행록』 권3, 영인본7, 396~403쪽.

희 슈장ᄒ고 신을 맛디시고 닐오샤더 삼가 셩심도 누셜티 말나 다만 임오년의 대란이 폐하의 몸의 다닷거든 드리라 ᄒ시더니 금년이 임오요 폐해 딘퇴예 길히 임의 대란이 님ᄒ여 겨신고로 감히 알외ᄂ이다 뎨 크게 놀나 군신이 홈의 쓸니 가져오라 〃 ᄒ던 **한님이 주왈 가히 비밀이 아니티 못ᄒ리이다** 뎨 이에 댱낙뎐 심궁으로 한님과 뎡계만 드리고 드러가시니 아이오 왕월이 봉션뎐의 가 샹ᄌ를 메워다가 어뎐의 노ᄒ늘 뎨 보시니 한 낫 쥬홍샹ᄌ오 ᄉ면을 다 박텰ᄒ고 샹ᄌ 어귀를 두 금 ᄌ몰쇠로 줌가시더 굼글 구리로 녹여 부어 사롬이 여어보디 못ᄒ게 ᄒ엿더라 뎨 보시고 크게 셜워 **뉴톄왈 션뎨 불쵸를 위ᄒ야 셩의를 이러ᄐ시 허비ᄒ시도다** ᄒ시고 뎡계로 ᄒ여곰 샹ᄌ를 깨치고 보시니 각별 다른 거시 업고 즁의 도텹 셕댱과 가사 셋과 곳갈 세 낫과 초혜 셋과 머리 싹는 칼히 다 ᄌᆺ고 빅금 십뎡이 잇고 도텹 흔 댱은 일홈 일홈이 응문이오 ᄒ나흔 응능이오 ᄒ나흔 응텬이라 샹ᄌ 안희 블근 거술 뻐시더 응문은 귀문으로 조차 나가고 그 남으 ᄂᆞᆫ 슈관어귀로 조차 힝ᄒ야 져녁 째 신낙관 셧녁 방으로 다 모드라 ᄒ엿더라 뎨 탄식왈 이 쉬로다

——『삼강명행록』 권3, 영인본7, 408~411쪽

인용문은 「건문손국」의 번역이라 해도 무방할 정도이다. 「건문손국」에 보이지 않는 문장은 진하게 강조한 것 정도인데, 이들은 장면의 현장감을 고조시키는 정도의 변개라 할 것이다. 밑줄 부분은 작중 주인공 한림 정흡의 모습을 드러내는 문장이다. 사실史實 기록에 없는 주인공의 자리를 마련한 것이다.[30] 또한 「건문손국」의 인용문 강조 부분은 마황후 사적인데, 이는 장면화에 있어서 소설 속 군신의 대화 장

---

30 주인공 정흡은 실존인물로 건문의 망명 여행을 돕는 22인에는 들지만 건문을 직접 수행하는 신하에는 들지 않는다. 그런데『삼강명행록』은 건문을 직접 수행하는 신하로 정흡을 형상화한다.

면과는 구별해서 형상화되어야 하는 것이므로 따로 장면을 설정하는 것이 당연하다. 이하 『삼강명행록』의 견문 일행 여행은 「견문손국」의 기록을 서사 진행 과정에 따라 일정 크기로 나누어 번역, 서술하고 중간 중간 적절한 소설적 장면을 형상화하는 방식으로 서술된다.

한글 대하소설이 이처럼 역사 기록을 번역 수용하는 또 다른 사례로 『위씨오세삼난현행록』을 보자. 총 27권 27책 분량의 『위씨오세삼난현행록』에는 장장 두 권(권21, 22)에 걸쳐 서술되는 진작연進爵宴 장면이 주목을 요한다. 일반적으로 대하소설에서 주요 인물의 혼인이나 집안 어른의 수연壽宴 같은 장면이 장황하게 서술되는 것은 그리 드물지 않다. 이 같은 확대 서술대목은 일차적으로는 잔치의 성대함을 드러내고, 이를 통해 그 같은 성대한 잔치를 치르는 주인공의 영광이나 가문의 위세를 드러낸다. 따라서 직접적으로 서사를 추동하는 것은 아니지만 넓은 의미에서 볼 때 작품이 형상화하고 있는 주제적 의미를 뒷받침한다.

그러나 『위씨오세삼난현행록』의 진작연 서술에서 광의의 차원에서나마 작중 서사와의 관련을 인정할 수 있는 서술은 권21의 초반 극히 일부분에 불과하고, 이하는 역사서의 기록을 두 권에 걸쳐 번역하면서 잔치의 진행 과정 등을 소상히 보여준다.

> 이날 연석宴席의 절초節次는 쏘흔 가히 일일이 드 긔록지 못ᄒ나 드믄 그 의 절儀節의 만분지일萬分之一을 긔록ᄒ염 죽ᄒ지라
>
> 기일其日 명('쳥'의 오자 ― 인용자)신淸晨의 녀관女官이 티황티후大皇太后 어좌御座롤 진셜陳設홀 시 북벽남향北壁南向ᄒ고 황티후皇太后 어좌御座는 동벽셔향東壁西向ᄒ고 황뎨皇帝 어좌御座는 황티후皇太后 좌편左便이오 황후皇后 어좌御座는

황티후皇太后 우편右便이며 향안香案은 단지丹墀 남녁히 베풀고 그날 녀관女官이 의장儀仗을 단폐丹陛 동셔東西와 단지丹墀 동셔東西의 난화 비셜排設ᄒ고 녀관女官의 밧들며 집ᄉ執事ᄒᄂ 쟈ᄂ者ᄂ 어좌御座 좌우左右의 셔고 녀악女樂을 단폐丹陛 동셔東西의 진陳ᄒ디 북향北向ᄒ고 전안奠案을 젼殿 동문 밧긔 셜ᄒ고

— 『위씨오세삼난현행록』 권21

인용문은 황제가 세 태후들께 올리는 진작연進爵宴 진행의 한 부분이다. 이 대목은 작중 주인공에게 전혀 초점이 맞추어지지 않은 객관적 기록의 성격을 그대로 드러낸다. 진작연에 대한 서술이 장장 두 권에 걸쳐 서술되지만 이와 같은 방식으로 행사 참여자들의 자리 배치와 진행 요원의 동선에 따른 예식의 과정, 거기에 등장하는 각종 기물과 이들의 사용처, 공연된 무용과 악장의 이름, 구체적인 가사 등이 상세하게 서술된다.

① 악장 곡됴 물읫 스물 여덟이니
만슈지곡은 굴와시더
농비졍만방 ᄒ실시   농의 나는 것과 ᄀ치 만방을 졍ᄒ실시
슈텬명진긔강 ᄒ시니   텬명을 바드샤 긔강을 떨치시니
이륜유셔ᄉ희강 ᄒ야   이륜이 펴이논의 ᄉ히 평안ᄒ야
보텬솔토진니왕 이라   보텬지ᄒ와 솔토지빈이 ᄃ 와 근왕ᄒᄂ도다
신민무도 ᄒ야   신민이 무도ᄒ야
슝호지양 ᄒ고   호슝ᄒᄆ를 이의 날이고
친왕봉요황 ᄒ니   쟌을 칭ᄒ야 우리 황샹긔 밧드니
셩슈쳔쟝 ᄒ쇼셔   셩쉬 ᄒ늘ᄀ치 기ᄅ쇼셔

앙텬은지곡은 굴와시더

황텬권셩명 ᄒᆞ샤　　　황텬이 셩명지셰롤 권권이 도ᄅᆞ보샤

오신슌ᄉ형령 ᄒᆞ고　　　ᄃᆞᆺ 별이 슈ᄒᆞ며 네 바ᄃᆞ히 평안ᄒᆞ고

풍됴우슌빅곡등 ᄒᆞ니　　바롬이 고ᄅᆞ며 비 슌ᄒᆞ야 빅곡이 풍등ᄒᆞ니

신민고무낙퇴평 이라　　신민이 고동ᄒᆞ야 춤츄며 퇴평을 즐기ᄂᆞᆫ도다

현냥지위 ᄒᆞ야　　　　현냥ᄒᆞᆫ 신히 벼술위의 이셔

방가영졍 ᄒᆞ며　　　　나라히 기리 샹셰 되며

오황앙홍은 ᄒᆞ샤　　　우리 님군이 하ᄂᆞᆯ 너븐 은혜롤 우러샤

슉야존셩 ᄒᆞ실시　　　슉야의 디월ᄒᆞᄂᆞᆫ 졍셩을 두실시

쥬황동빅슈　　　　　황구의 아희며 빅발의 ᄒᆞ아비

고복구가승응 이러라　　비롤 두ᄃᆞ리며 노ᄅᆡ 불너 셔ᄅᆞ 니어 응ᄒᆞ믈 쥬ᄒᆞ더라[31]

②一奏上萬壽之曲, 龍飛定萬方, 受天命振紀綱, 彝倫攸叙四海康, 普天率土盡來王. 臣民舞蹈, 嵩呼載揚, 稱觴奉吾皇, 聖壽天長.

(…중략…)

二奏仰天恩之曲, 皇天眷聖明, 五辰順四海寧, 風調雨順百穀登, 臣民鼓舞樂太平. 賢良在位, 邦家永禎, 吾皇仰洪恩, 夙夜存誠, 奏黃童白叟 鼓腹謳歌承應.

앞의 인용문 ①은 『위씨오세삼난현행록』의 한 부분이고, ②는 『명회전明會典』(권72)의 기록이다.[32] 『위씨오세삼난현행록』에서는 무용과

31　이하 ᄉᆞ변졍, 두염황, 괄지풍, 감지덕지곡, 과문ᄌᆞ, 발히영, 신슈령, 슈션ᄌᆞ, 민낙셩지곡, 감황은지곡, 경퇴평, 무ᄉᆞ환, 곤슈구, 진진영, 득승회, 쇼낭쥬, 경션화, 칙뎐ᄋ, 경풍년시곡, 집졍응곡, 영황도지곡, 낙퇴평지곡, 쇼쟝군, 뎐젼화, 슈룡음, 만셰지곡이 서술된다.

32　『명회전』은 명나라 홍치 연간 황명에 의해 편찬된 책이다. 총 180권에 달하는 것으로 명나라의 각종 체제와 사회 제도를 이부, 예부 등 부서별 관장 분야에 따라 기술하였다. 178권까지는 文事와 관련한 기록이고, 뒤의 2권은 武事와 관련한 기록이다.

악장을 나누어 서술한데 비해『명회전』에서는 공연의 절차에 따라 무佾와 그때 연주되는 악곡을 함께 서술하고 있다. 또 세부적으로는『위씨오세삼난현행록』이 악장 '소장군', '경풍년', '전전화', '과문자', '경풍년지곡', '영황도지곡' 등에 있어 1장과 2장 혹은 4장까지 서술한 반면,『명회전』인용 부분에서는 그 가운데 한 장만 기록된 차이가 있고, '감황은지곡'의 경우는『위씨오세삼난현행록』과 다른 가사가 기록되어 있다. 명나라의 공식적인 의례에 관해서는 여러 문헌에 기록되어 있는데, 같은 악장 제목이더라도 의식의 진행 과정 어디에서 연주되는가에 따라 그 가사를 달리한다는 사실을『명회전』이나『명사明史』의 예악 관련 기록에서 확인할 수 있다.[33]

이처럼 역사 기록을 수용하여 예식의 전 과정을 구체적이고 사실적으로 서술하는 양상은『위씨오세삼난현행록』이 빙물聘物 매개에 의한 혼사담을 반복 설정하였으나, 빙물의 유전 과정을 구체적으로 형상화하지 않고 '여차여차한 일'로 약술해 버린 것과 대조적인 서술 태도이다. 주제적 의미 형상화에 있어 반드시 필요한 사건의 전개 과정조차 구체적으로 형상화하지 않았던 반면, 기존 한문 텍스트를 수용하여 사실적 정보를 제시하는 데 치중하고 있는 것이다.『위씨오세삼난현행록』의 작가는 독자를 견인할 작품의 흥미소를 작중 서사에 두기보다는 한문 텍스트의 번역 수용에 따른 것으로 삼고 있는 것이다.[34] 이는『삼강명행록』이 작중 서사보다 작품 외부 텍스트의 번역 수용을 통한

---

33 예를 들어『명사』(권63, 樂3)의 "嘉靖間續定慶成宴樂章" 중 '迎膳曲'에서『위씨오세삼난현행록』에 서술된 '수룡음' 1장을, 이어 '進膳曲'에서『위씨오세삼난현행록』의 '수룡음' 2장을 확인할 수 있다.

34 『위씨오세삼난현행록』의 서사 전개 과정에서의 특징과 한문 텍스트 수용에 관한 구체적인 논의는 졸고, 「『위씨오세삼난현행록』의 서술방식을 통한 향유의식 연구」(『국문학 연구』9집, 국문학회, 2003) 참고.

교양 지식의 제공에 치중한 것과 상통하는 경향이라 할 수 있다.

『명행정의록』을 비롯해 19세기 향유 작품인 『삼강명행록』이나 『위씨오세삼난현행록』은 그 주제적 의미와 형상화 수준에 차이가 있다. 그러나 그와는 별개로 세 작품은 모두 대하소설의 서사적 전통이 더 이상 창신創新을 이루지 못함을 보여주는 작품들이라 할 수 있다. 이들 작품은 기존의 대하소설이 보여준 서사적 유형을 반복, 변주하고 있기 때문이다. 그러면서 이 같은 서사 창안의 한계를 대신할 대하소설의 새로운 향유소享有素를 기존 한시문 텍스트의 수용을 통해 마련하는 공통점을 보인다.

3. 한시문 번역 수용의 배경과 의미

앞서 서술한 바와 같이 한글 대하소설 속 한시문의 번역 수용은 대하소설 장르 내적 측면에서 19세기 더 이상 새로운 서사 유형을 마련하지 못하는 대하소설의 서사적 한계 상황 속에서 모색된 양식적 변모의 일환이다. 이런 점은 당대 한글 대하소설의 전문 독자라 할 수 있는 홍희복의 발언을 통해 그 배경을 볼 수 있다.

대체 그 지은 뜻과 베푼 말을 볼진디 대동쇼이大同小異ᄒ야 사롬의 셩명姓名을 고쳐시나 스실事實은 흡ᄉ恰似ᄒ고 션악善惡이 닉도ᄒᄂ 계교計巧는 ᄒᄀ지라 (…중략…) 즁간 혼인ᄒ고 평성 부귀공명ᄒᄃᆫ 말 뿐이니 그 즁 스단事端인

즉 부디 そ녀子女롤 실산失散ᄒ야 오린 후 ᄎ긋거ᄂ 혼인에 ᄆ쟝魔障이 잇셔 간신이 연분緣分을 닐우거ᄂ 쳐쳡妻妾이 싀투猜妬ᄒ야 가정家庭이 어즈러워 변괴빅츌變怪百出ᄒ다가 늣긋야 화락ᄒ거ᄂ 일즉 궁곤窮困이 そ심滋甚ᄐ가 죵년부귀終年富貴 극진ᄒ거ᄂ 환로宦路의 풍파風波룰 만ᄂ 만리萬里의 귀향가고 일죠一朝의 형벌을 당ᄒ다가 ᄆ춤ᄂ 신원셜치伸寃雪恥ᄒ거ᄂ 그 환란고초患亂苦楚룰 말ᄒ디 부디 죽기에 니르도록 ᄒ고 그 신통긔이神通奇異ᄒ 바롤 말ᄒ면 필경 부쳐아 귀신을 일커롤 ᄲᅮᆫ이니[35]

홍희복이 19세기 당시 시중에 유통되는 조선의 한글 소설들을 통람하고 그 서사적 상투성을 비판한 대목이다. 새로운 서사가 창출되지 못했던 당대의 정황을 신랄하게 꼬집은 것이다. 새로운 서사의 창안이 불가능한 상황에서 독자들은 서사적 상투성을 이처럼 구체적으로 지적하고 불만을 제기한다. 이제 대하소설은 전과는 다른 것을 모색하지 않고서는 더 이상 장르적 생명력을 지속할 수 없는 절체절명의 상황에 놓인 것으로 보인다.

이러한 지적과 함께 홍희복은 당대 소설에 대한 독자의 지향을 보여준다.

우연이 근셰 즁국 션비 지은 바 쇼셜을 보더니 (…중략…) ①경셔經書와 ᄉ긔史記롤 인증引證ᄒ고 긔문벽셔奇文僻書롤 샹고詳考ᄒ야 신션의 허무ᄒ 바롤 말ᄒ되 곳곳이 빙게憑據 잇고 외국에 괴괴怪怪ᄒ 바롤 말ᄒ되 낫낫치 ᄂ역리 이셔 경셔롤 의논ᄒ면 의리義理롤 분셕ᄒ고 ᄉ긔史記롤 문답ᄒ면 시비是非롤 질졍質正ᄒ야 쳔문지리天文地理와 의약복셔醫藥卜筮로 잡기방슐雜技方術에 니르히 각 〃 그 묘妙롤 말ᄒ

35 홍희복, 박재연・정규복 교주, 「제일기언서」, 『제일기언』, 국학자료원, 2001, 22쪽. 이 대목은 그간 고전소설의 유형성을 비판하는 것으로 여러 연구자들에 의해 지적된 바 있다.

고 법法을 붉히니 이 진짓 쇼셜에 대방가요 박남博覽호기의 웃듬이라 (…중략…)
긴 밤과 한가훈 아춤예 노친을 뫼시고 병쳐와 ᄌᆞ부녀ᄋᆞ롤 거ᄂᆞ려 ②훈 번 보고
두 번 닑어 그 강개상쾌훈 곳의 다ᄃᆞ라ᄂᆞ 셔로 일커러 탄샹ᄒᆞ고 그 담쇼회해훈 곳
에 다ᄃᆞ라ᄂᆞ 쏘훈 일쟝환쇼ᄒᆞ면 이 죡히 쓰인다 홀 거시니[36]

당시 한글 소설에 대한 비판 뒤에 이어지는 홍희복의 청나라 소설
『경화연鏡花緣』에 대한 고평 대목이다. ①은 경서 사기, 기문벽서를 참
고하여 소설 내용의 내역을 갖추라는 것인데, 이는 결국 홍희복이 당
시 우리 소설에 요구한 바라 할 수 있다. 소설을 그저 허무맹랑하게
지어내지 말고 갖은 전적典籍들을 통해 소설 내용의 근거를 갖추라는
것은 실제 있었던 사실을 요구하는 전통적인 시각에서 나아가 많은
서적에 대한 교양에 근거를 두라는 의미로 주목된다.[37] 소설의 독서
가 박람博覽의 효과가 있기를 원한 것이다.

이런 요구는 ②에서 보이는 소설 향유의 방식에 주의를 기울일 때
이해된다. 즉 소설은 한 번 보고 마는 일회적 향유물이 아니라, 두고
두고 반복해서 읽고 보는 것이다. 이런 대하소설 향유 방식은 윤백영
의 "같은 책을 수십 번 수백 번에 걸쳐 읽는다"는 인터뷰에서도 확인
된다.[38] 이 같은 반복 읽기는 결국 향유자들의 관심이 작품의 서사에
만 집중된 것이 아님을 의미한다.

『경화연』은 홍희복이 적시한 것처럼 작가 이여진李汝珍(1763~1830)의

---

36 위의 책, 23쪽.

37 서경희, 「『옥선몽』 연구—19세기 소설의 정체성과 소설론의 향방」, 이화여대 박사논문,
2004, 78쪽.

38 『중앙일보』, 1966.8.25, 5면. 한편 윤백영과 마찬가지로 대하소설 마지막 독자라 할 일군의
독자들 역시 자기가 읽은 작품을 거의 외울 정도로 반복해서 읽었음을 말하고 있다(이원주,
「고전소설 독자의 성향」, 『한국학논집』 3집, 계명대 한국학연구소, 1975).

박학博學을 고스란히 담고 있다. 『경화연』의 제재로는 경전經典에서부터 구류방기九流方技는 물론, 신화, 전설, 의약醫藥, 음운학, 훈고학에 각종 소화笑話와 속담, 유희遊戱 등이 망라되어 있다.[39] 이런 점에서『경화연』은 일찍이 청대 재학소설才學小說의 하나로 규정되었다.[40] 다방면의 교양과 전문 지식을 통해 작가의 학문과 문장에 대한 과시가 두드러지는 '재학소설'이 당시 한글 소설이 보인 서사적 유형성과의 대조 속에서 호평되는 것은 이와 같은 재학소설적 경향의 작품에 대한 독자들의 수요가 조선에서도 없지 않았음을 보여준다. 박람의 욕구를 가진 독자들이 한 작품을 수십 번씩 반복하는 당대 소설 향유 환경은 서사 창안의 한계 속에서 다방면에 걸친 교양적 지식 제공에 소설 작가가 주의를 기울이도록 하기에 충분한 배경이 되었을 것이라 여겨진다.

이처럼 19세기 한글 대하소설이 직면한 서사 창안의 한계, 더불어 박람의 욕구를 지닌 당대 대하소설 독자들의 요구 아래 다양한 한시문 텍스트를 번역 수용한 것은 전통적인 '규범서'로서의 성격보다는 '교양서'로서의 변신을 시도한 것이라 여겨진다. 그리고 이러한 교양서로서의 지향에 있어 가장 중요하게 고려된 것은 상층으로서의 교양과 당대 문화적 유행이었다.

『명행정의록』과『삼강명행록』이 그 언해본을 마련하고 있다고 할 만큼 전면적으로 수용했던 지리서『해내기관』은 17세기 후반 서울에서 널리 향유되었고, 18세기 후반에는 경북 안동과 문경 일대에서도 향유되었음이 확인된다. 남학명南鶴鳴(1654~?)이 조속趙涑(1595~1668)의 금강산 그림을『해내기관』의 그림과 비교한 사례나, 김창흡金昌翕(1653

---

39 정영호, 「이여진의『경화연』연구」, 전남대 박사논문, 1997.
40 노신, 조관희 역주, 『중국소설사략』, 살림, 1998.

~1722)이 설악산 기행 중 보문암에 이르러『해내기관』의 〈황산도黃山圖〉와 그 풍경을 비교하고, 험한 산세를 당해서는 화산 창룡암華山 蒼龍嶺에 비견한 것 등은 17세기 후반 서울의 문인들 사이에서『해내기관』이 널리 향유되던 저간의 사정을 보여준다.[41]『해내기관』이 18세기 후반 경북 안동, 문경 일대에서까지 향유되던 정황은 이종악李宗岳(1726~1773)을 통해 알 수 있다.[42]

17세기 후반 이래 경향京鄕에서『해내기관』이 향유되던 배경에는 공통적으로 산수 유람의 문화가 자리하고 있었다. 김창흡이『해내기관』을 읽었음을 구체적으로 보여주는 것은 그의 금강산 유람을 기록한 글이고, 정선의 진경산수 역시『해내기관』의 독서 경험과 금강산을 비롯한 산수 유람의 경험이 함께 작용한 결과이다.[43] 18세기 후반

---

41 고연희,『조선 후기 산수기행예술연구』, 일지사, 2001, 76~83쪽.

42 고려대도서관 소장본『해내기관』은 李象靖(1710~1781)이 1770년 하지에 쓴 서문과 책의 소장자였던 李宗岳(1726~1773)이 쓴 발문이 있어 그 유전 경위 등을 알 수 있다. 그에 따르면 이『해내기관』은 高用厚(1577~?)가 명나라 사신으로 다녀오면서 구해와 鄭蘊(1569~1641)에게 선사한 것이다. 이후 그 후손 鄭璞으로부터 4권 낙질을 얻은 이종악은 鄭穤으로부터 그 姻親 문경 申別檢家에 전하던『해내기관』을 빌려 보완, 총 6권을 이루었으나 '匡廬 峨眉 九鯉胡 等' 十餘圖說은 제목만 달아놓고 완성하지 못했다.

반면 이종악은 책의 성격과 어울릴 만한 내용을 자신이 가려 넣기도 했다.『해내기관』에 없는 '朱子九曲咏'이 권8에 부기되어 있고, '首陽 磻溪 姑蘇 鳳凰諸臺' 圖說도 원래『해내기관』에는 없는 것을 이종악이 보충하여 그림도 그려 넣었다. 그런데 이 부분의 그림은 그 구도로 보아『삼재도회』의 것과 비슷하고 설명 역시『삼재도회』를 보고 쓴 듯 내용에 별 차이가 없다. 이종악이 소장했던『해내기관』의 '磻溪圖說'과『삼재도회』의 것을 차례로 보이면 다음과 같다. "磻溪在寶溪縣, 東南八十里, 卽太公釣魚處, 石上有兩膝所著之痕, 谷中石壁深邃, 林木修阻, 東南隅有石室, 盖太公所居, 其水淸冷神異, 北流洼滑, 東坡 詩曰 '夜入磻溪如入峽, 照人炬火落驚猿, 山頭孤月耿猶在, 石上寒波曉更喧.' 又曰 '聞道磻溪石, 猶在渭水頭, 蒼厓如有迹, 大釣本無鉤.'"(고려대 도서관 소장『해내기관』권10), "磻溪在鳳翔 寶雞縣, 東南八十里, 卽周太公釣處, 石上有兩膝所著之跡, 其谷中石壁深邃, 林木修阻, 東南隅有石室, 盖太公所居, 其水淸冷神異, 北流注滑, 蘇軾有味磻溪詩云, '夜入磻溪如入峽, 照人炬火落驚猿, 山頭孤月耿猶在, 石上寒波曉更喧.' 又有味石詩, '聞道磻溪石, 猶在渭水頭, 蒼崖如有跡, 大釣本無鉤.'"(『三才圖會』지리권8,『續修四庫全書』권1233, 上海古籍出版社, 1995).

43 고연희, 앞의 책, 76~83쪽; 최완수, 「겸재 정선과 진경산수화풍」,『진경시대』, 돌베개, 1998.

『해내기관』을 향유한 이종악 역시 주유벽舟遊癖이 있다고 일컬어질 만큼 명승지를 찾아다니는 풍류를 즐겼던 인물로 그는 만년에 경북 안동 일대를 선유한 경험을 직접 그림으로 남기기도 하였다.[44]

산수 유람에 대한 기록은 일찍이 임춘의 「동행기東行記」를 비롯하여 이인로, 이규보 등 고려 중엽부터 나타나기 시작한다. 그러던 것이 조선 후기로 접어들면서 상당한 장편으로, 또 총집 형태로 나타나기도 하고, 그림과 시를 함께 모은 『관동십경關東十境』의 사례도 있어 그 형태가 매우 다양해진 것을 볼 수 있다.[45] 뿐만 아니라 그 내용이나 서술 방식에 있어서도 일정한 변화가 보인다. 일기체로 노정路程에 따라 견문한 사실을 설명하거나 묘사하면서 간간이 설리적說理的 문자를 넣어 산수 자연을 즐기는 중에도 인간의 일을 되돌아보던 전통적인 방식에서 벗어난 산수기들이 등장하는 것이다. 여행의 내용을 작은 단위로 나누어 절목화節目化하여 기술하거나, 일기체의 시간 순서를 따르지 않고 주요 풍경점을 선정하여 토막토막 짧은 글을 이어놓기도 한다. 때로는 지도를 보고 설명하듯 이수里數까지 세밀하게 기술하기도 하고, 법률

---

44 이종악은 안동 固城李氏家 李善慶과 聞韶金氏 소생으로 壬午禍變(1762, 영조 38년)을 계기로 出仕를 단념하고 안동에서 문학과 예술로 자오하는 일생을 보냈다. 글씨와 그림, 음악에 두루 조예가 깊었던 이종악은 특히 篆書에 능하였고, 印刻에 남다른 관심이 있어 「虛舟印章」(고려대 도서관 소장)에는 300여 개에 달하는 인장의 印文이 날인되어 있기도 하다. 이종악은 『해내기관』을 접하면서 18세기 실경산수화가의 한 사람으로 성장하게 되었는데, 그가 소장했던 『해내기관』(고려대 도서관 소장)에는 채색을 더하여 그린 것까지 남아 있어 그림에 대한 그의 관심을 엿볼 수 있다. 이러한 이종악의 화가로서의 진면목은 〈虛舟府君山水遺帖〉을 통해 확인할 수 있다. 이밖에도 이종악의 사돈이었던 柳道源은 이종악에게 五癖이 있다 하여 古書癖, 彈琴癖, 花卉癖, 書畵癖, 舟遊癖을 들고 있어 그의 풍모를 짐작하게 한다(김학수, 「安東 선비 李宗岳의 山水畵帖에 관한 문헌 검토」, 『장서각』 3집, 한국정신문화연구원, 2000; 이종악, 『허주 이종악의 산수유첩』, 한국정신문화연구원 서화명품특선①, 이회, 2003, 34~39쪽).

45 박희병, 「韓國山水記 硏究—장르적 특성을 중심으로」, 『고전문학 연구』 8집, 한국고전문학회, 1993; 이종묵, 「遊山의 풍속과 遊記類의 전통」, 『고전문학 연구』 12집, 한국고전문학회, 1997 참고.

조문이나 사무 기록 문서 같은 방식을 차용하여 서술하기도 한다.[46]

이처럼 조선 후기 산수기가 그 형태나 내용, 서술방식 등에서 한층 다양한 양상을 보이는 것과 정선으로 대표되는 진경산수의 완성 등은 산수 유람이 크게 성행한 결과인데, 이러한 산수 향유의 또 다른 양상으로 와유문화臥遊文化가 있다. 일찍이 이규보에서 확인되는 와유 의식은 16~17세기로 접어들어 보다 뚜렷한 문화적 풍조를 이룬다. 최현(1563~1640)이나 한성우(1633~1710) 등은 유람 때 지은 시문을 병풍으로 만들어 훗날의 와유 자료로 삼는가 하면, 많은 산수기 작자들이 유람의 경험을 기록하여 와유 자료로 삼을 것임을 잊지 않고 밝히고 있다. 산수기가 작자 자신은 물론 다른 사람에게도 와유의 자료로 애용되면서, 17세기 이래 산수기 창작은 엄청난 양적 팽창을 보이게 된다.[47]

이처럼 산수 자연에 대한 관심은 중국문학에 대한 독서 경험과 맞물리면서 중국 산수 지리에 대한 관심으로 확대된다. 16~17세기 조선 문인들 사이에 일어난 중국 서호西湖에 대한 동경과 관심은 명나라 전여성田汝成이 편찬한 『서호지西湖志』를 읽고, 서호도西湖圖를 벽에 걸어두는 유행을 낳는다.[48] 이러한 관심이 점차 중국 전역으로 확대되면서 중국의 산수유기 총서류들이 수입되었는데,[49] 『해내기관』의 수입 역시 이러한 중국 지리에 대한 관심의 결과라고 할 수 있을 것이다.

『해내기관』은 순수 산수기와는 성격을 달리한다. 그러나 산수기에서 일반적으로 볼 수 있는 내용과 크게 다르지 않다.[50] 『해내기관』이 중

---

46 정민, 「18세기 山水遊記의 새로운 경향」, 『18세기연구』 4집, 한국18세기학회, 2001.
47 이종묵, 「조신시대 臥遊 文化 研究」, 『진단하보』 98집, 진단학회, 2004.
48 정민, 「16,7세기 조선 문인지식인층의 강남열과 서호도」, 『고전문학 연구』 22집, 한국고전문학회, 2002.
49 이종묵, 앞의 글, 2004.
50 산수기에는 일반적으로 자연 경관과 그 일대의 연혁을 서술하고, 勝景과 역사 유석지에서는 문사의 시를 인용하는 한편, 다양한 전설, 일화 등을 소개하고 특정한 문제에 대해서는

국의 산수유기와 동일한 차원에서 하나의 독서물로 읽힐 수 있었던 것도 이런 유사성 때문으로 보인다. 더불어 『해내기관』의 편찬자 양이증이 '와유도인臥遊道人'이라는 호를 사용한 것에서 알 수 있듯이 『해내기관』의 편찬 동기에도 이상의 와유 문화가 자리하고 있음을 볼 수 있다.

『명행정의록』과 『삼강명행록』이 중국 산수 지리에 관한 서술을 확대한 것은 바로 당대 산수 지리에 대한 관심의 고조와 와유 문화의 유행을 작품 속에 구현한 것이라 할 수 있다. 산수화와 산수유기가 와유의 자료로 널리 애용되는 상황 속에서 『명행정의록』 등은 소설이 또하나의 와유 자료가 될 수 있음을 보여주고 있다. 독자가 산수 지리서술에 쉽게 몰입할 수 있는 또 하나의 방법으로 서사와의 결합이 고안된 것이다. 소설 서사와 결합된 『해내기관』을 읽는 것이 『해내기관』을 읽을 때보다 훨씬 더 구체화된 실감과 효율적인 몰입을 경험할수 있다. 소설 서사와 『해내기관』의 결합이 더 강력한 문학 체험을 가져오는 것이다.

그런가 하면 한시와 역사서의 번역 수용은 한글 대하소설의 주된향유층으로서 한시문 해독력이 없었던 상층 여성에게 상층으로서 겸비해야 하는 교양 지식을 제공하는 역할을 수행한 것이라 여겨진다. 18세기 언해 한시집을 통한 여성의 한시 향유가 어느 정도 보편화 되었지만 한자 없이, 한시에 대한 선행 학습 없이 이루어지는 언해 한시의 체험이 얼마만큼의 문학적 깊이를 담보할 수 있었을 것인가에 대해서는 회의적일 수밖에 없다. 이런 점에서 『명행정의록』이 보여준

진위를 고증한다. 또 자질구레한 사실 정보들이 포함되어 있다. 그래서 다음의 유람자에게 안내서 같은 역할을 하기도 한다(이종묵, 앞의 글, 1997). 이런 점은 서술 대상 지역에 대한 자연 지리적 정보는 물론 그곳에 관련된 온갖 인문 지리적 정보를 망라하고 있는 『해내기관』의 성격과 상통한다.

바, 작중 서사와 밀착된 언해 한시는 보다 깊이 있는 시적 체험을 가능하게 한다. 물론 원작의 정보를 충실하게 제공하고 있는『삼강명행록』은 그 나름 한시 관련 기초 교양 지식의 제공에 기여한다.

또한 상층 여성의 역사 지식에 대한 수요는 이전부터 꾸준하였다. 여성의 책읽기를 부정하는 일반적인 인식 속에서도 상층 여성이 최소한의 역사 지식을 갖추어야 한다는 지적은 드물지 않다. 이런 상황에서 중국 연의소설은 이중적 잣대로 거론된다. 즉 남성 사대부들이 정통 한문 역사서를 읽지 않고 연의소설로 역사 지식을 체득하는 것을 비판하는 한편, 한문으로 된 정통 역사서를 읽을 수 없는 상층 여성에게는 번역된 중국 연의소설이라도 유익하다는 것이다. 이러한 정황을 감안하면 한글 대하소설이 작중에 역사서를 번역 수용한 맥락은 한시의 번역 수용과 동궤에 있음을 알 수 있다.[51]

4. 맺음말

한글 창제 이래 이중문자 체계를 유지해온 조선 시대, 한글은 한자와의 수직적 위계질서 아래에서 여성, 소설이라는 또 다른 주변적 문화 범주들과 결합하면서 나름의 역할을 수행하였다. 이러한 점은 조선 후기 크게 유행했던 한글 대하소설이 다양한 한시문 텍스트를 번

---

51 본고에서 논의한 세 작품이 번역 수용한 한시문 텍스트는 본고에서 거론된 것 이상으로 다양하다. 이들에 대한 구체적인 상황은 앞서 밝힌 졸고들을 통해 볼 수 있다. 다만 이러한 여러 텍스트들이 상층의 교양 지식과 당대 문화 조류에 호응하는 동일한 흐름 안에 있음을 밝혀둔다.

역 수용하는 양상을 통해 구체적으로 확인할 수 있다.

한글 대하소설은 상층에 속하면서도 지배와 교화의 대상이었던 여성들이 주된 향유층이었다. 이에 따라 당대 소설에 대한 부정적 인식 속에서도 이들 여성에 대한 이념적 교화의 명목으로 그 존재 의의를 인정받으면서 발흥할 수 있었다. 그리고 대하소설은 지배층의 이념적 모색과 심화 과정에 발맞추어 새로운 서사 유형을 창안해 갈 수 있었다. 그러나 19세기 정치 사회적 경색과 이어지는 문화적 경직은 대하소설이 더 이상 새로운 유형의 서사를 마련하지 못하는 걸림돌이 된다.

이러한 상황 속에서 대하소설은 상층 여성에 대한 이념적 교화서로서의 성격에서 한 발 옮겨와 상층의 문화적 교양을 제공하는 교양서로서의 변모를 시도한다. 상층으로서 갖추어야 하는 한시, 역사 등의 교양 지식을 제공하는 텍스트와 당대 상층에서 광풍처럼 불었던 문화적 유행을 반영한 다양한 한시문 텍스트들을 작중에 번역 수용한다. 이로써 한문 해독력이 없었던 대부분의 상층 여성들에게 한글 대하소설은 단순한 즐길 거리 이상의 교양서적이 되었다.

이 지점에서 한글 대하소설이 보여주는 한시문 텍스트의 번역 수용이 가지는 의의를 얼마만큼 부여할 것인가에 대해서는 아직 유보적이라 할 수밖에 없을 듯하다. 한문 해독력 없이는 불가능했을 당대 문화 중심 영역들에 대한 체험을 보다 많은 상층 여성들이 할 수 있게 되었다는 점은 분명하지만, 그것이 여성들의 의식적 고양으로 귀결되었다고 단언하기는 아직 시기상조인 듯하다. 기본적으로 당대 문화 주변부를 이루었던 한글, 소설, 여성이 한자, 한문학, 남성들이 구가하던 문화 중심에 좀 더 본격적으로 다가간 결과가 일방적인 수용 이상의 어떠한 창조적 교섭을 담당했는지에 대해서는 더 많은 고찰이 필요한 까닭이다.

중국소설 번안에 나타나는 여성형상 변개의 일양상

정숙·정조의 강화

박상석

1. 머리말

민족, 지역, 언어 등에 따라 형성되는 문학 공동체는 저마다의 독특한 문학적 관습을 지니고 있다. 이 문학적 관습은 매우 견고한 것이며 작품의 내용, 구성, 표현 등에 늘 영향을 미치게 된다. 외국소설의 번안 작품은 한 나라의 문학적 관습을 잘 보여 준다. 번안소설은 원작의 주제, 구성, 인물 형상, 사건, 배경 등을 자국의 문학적 관습에 맞춰 일정한 형태로 변형하기 때문이다.

본고는 명^明나라 말기의 소설 세 편과 이를 번안한 조선조 및 1910년대의 한국 작품들을 대상으로 여성 주인공의 형상이 어떻게 바뀌었는지를 살피고자 한다. 이를 통해 한국소설에서 여성 인물을 형상화하는 관습이 어떠한지를 알아보려고 한다. 대상 작품은 중국『今古奇觀』중의 「王嬌鸞百年長恨」을 번안한 한국의『百年恨』, 중국『今古奇觀』중의 「蔡小姐忍辱報仇」를 번안한 한국의『明月亭』, 중국『型世言』중의 「胡總制巧用華棣卿 王翠翹死報徐明山」을 번안한 한국『형셰언』중의 「왕취요년」이다.

이들은 모두 여성 수난형 소설이라 할 수 있다. 이 소설들의 주인 공은 모두 혼인 전의 젊은 여성으로 원작에서는 여주인공들이 한 남성에게 배신을 당하거나, 여러 남성에게 성적 유린을 당한다. 이처럼 수난당하는 여성을 다룬 중국과 한국의 원작 및 번안작은 여성을 형상화하는 각국의 문학적 관습을 잘 드러낼 것이다.

2. 중국소설과 한국 번안작의 여성형상 비교

1) 「왕교란백년장한」과 『백년한』의 비교

「왕교란백년장한王嬌鸞百年長恨」은 명明나라 말기의 소설집인『금고기관今古奇觀』[1]의 35회 작품이다. 이 작품은 명조明朝 천순天順 연간(1457~1464)

---

1 『금고기관』을 엮은 이는 포옹노인抱甕老人이라고 전해지고, 편찬 연대는 명말明末인 1632년에서 1644년 사이로 추정된다. 이 책에는 의화본擬話本 소설 40편이 실려 있다. 이는 삼언三言, 이박二拍으로 불리는 명말의 의화본 소설집에서 각각 29편, 10편을 가려 뽑고 「염친사효녀장아念親思孝女藏兒」라는 1편을 추가한 것이다. 여기서 삼언三言이란 명明의 풍몽룡馮夢龍이 엮은『유세명언喩世名言』,『경세통언警世通言』,『성세항언醒世恒言』을 통칭하는 것으로, 이들은 송宋의 화본話本과 원元ㆍ명明의 의화본擬話本을 모아 놓은 것이다. 작품 편수는 각각 40편

을 배경으로 한다. 주정장周廷章은 담이 터진 사이로 왕교란王嬌鸞의 모습을 보고 반하게 된다. 정장은 교란이 떨어뜨리고 간 비단 손수건을 줍게 되며, 이를 이용해 교란의 시비侍婢 명하明霞를 사이에 두고 교란과 시를 주고받는다. 정장은 공부할 장소가 적당치 않다는 핑계로 부친에게 부탁하여 교란의 집 안뜰에 있는 서재를 빌려 거처하게 된다. 정장과 교란은 자유로이 만나며 운우지락雲雨之樂을 즐기기에 이른다. 그렇게 지내던 중 정장의 부친이 병이 들어 정장이 고향으로 돌아가게 된다. 그는 곧 돌아와 혼례를 이루겠다는 약속을 하고 떠났으나, 집에 가 보니 부친이 이웃의 위씨魏氏 여인과 혼약을 해 놓은 상태였다. 정장은 그녀의 부富와 미모에 혹해 결혼을 하고 만다. 교란은 괴로움 속에 정장을 기다리다가 삼 년 후에야 정장의 배신을 확실히 알게 된다. 그리고 그녀는 정장이 사는 오강吳江의 관리에게 편지를 써서 정장의 악행을 고발하고 자살하고 만다. 편지를 본 오강의 관리는 정장을 잡아다가 매질을 하여 죽인다.

「왕교란백년장한」이 한국에서 1913년에 활판본 소설 『백년한百年恨』[2]으로 번안되었다. 그리고 같은 해인 1913년에 나온 활판본 소설 『추풍감별곡』[3]은 「왕교란백년장한」 도입부의 서사를 수용하였다.[4] 아래에

씩이며, 편찬 연대는 각각 1621년, 1624년, 1627년이다. 또 이박二拍이란 명明의 능몽초凌濛初가 편찬한 『초각박안경기初刻拍案驚奇』와 『이각박안경기二刻拍案驚奇』를 통칭하는 것으로, 여기에 실린 이야기 중 많은 수는 능몽초가 창작한 것이다. 작품 편수는 각각 40편씩이며, 편찬 연대는 각각 1627년, 1632년이다. 『금고기관』 35회의 「왕교란백년장한」은 삼언三言 중 하나인 『경세통언警世通言』의 34회 작품을 가져온 것으로, 두 작품을 비교해 보면 제목과 내용이 똑같고 글자와 시의 구절에 조금 차이가 있을 뿐이다. 따라서 한국 번안작의 대본이 되는 「왕교란백년장한」이 『금고기관』의 것인지, 『경세통언』의 것인지 확실히 알 수 없으며, 또 그것을 밝히는 것에 별 의미가 없다. 다만 중국에서도 삼언·이박에 비해 『금고기관』이 후대에까지 널리 읽혔고, 우리나라에서도 『금고기관』의 필사본이 많이 발견된다는 점에서 『금고기관』의 「왕교란백년장한」이 한국 번안작의 대본이 되었을 가능성이 훨씬 크다고 하겠다. 따라서 이하 논의에서는 『금고기관』의 「왕교란백년장한」을 기준으로 하겠다.

2 紹雲, 『빅년한百年恨』, 滙東書館, 1913.11.24. 이하 출처 표기는 『백년한』, 쪽수로 한다.

서 「왕교란백년장한」과 『백년한』에서 여주인공의 형상이 어떻게 다른
지를 비교해 보고,[5] 참고로 『추풍감별곡』도 함께 비교해 보기로 한다.

먼저, 원작 「왕교란백년장한」에서는 교란이 이모, 시비와 함께 후
원에서 추천鞦韆을 하며 떠들썩하게 놀다가 정장의 눈에 띄는 것으로
되어 있다. 그러나 『백년한』에서는 교란이 이모, 시비와 함께 다만 완
완히 산보를 하는 것으로 바꾸었다. 이 점은 『추풍감별곡』도 마찬가
지이다. 한국의 작품들은 여주인공에게 보다 조신한 태도를 부여한
것이다. 밑의 인용문에서 내용을 확인해 보기로 한다.

① 「왕교란백년장한」

하루는 청명절淸明節을 맞아, 교란이 이모 조씨와 시아侍兒와 함께 후원으로
가서 그네를 뛰었는데, 바로 그 시끌벅적한 때에 ······.

一日淸明節屆, 嬌鸞和曹姨及侍兒往後園, 打鞦韆耍子. 正在鬧熱之際 ······.[6]

② 『백년한』

이씨 왕소제 슘츈가졀을 당ᄒ여 젹막ᄒ 심화와 울울ᄒ 흥검을 상활케 ᄒ기
위ᄒ야 조부인과 시녀 명하로 화원에 일을러 츈식을 완상ᄒ며 완완히 산보를
ᄒ여 가슴에 츙만ᄒ 실음을 유슈와 부운에 붓쳐 보니고 꼿향긔와 나뷔 츔을
ᄯᅡ라 질겁고 깃분 마음이 신션이 영부봉닉에 한가홈 갓더니[7]

---

3 池松旭(著作兼發行者), 『츄풍감별곡秋風感別曲』, 新舊書林, 1913. 10. 16. 이하 출처 표기는 『추
   풍감별곡』, 쪽수로 한다.
4 김기동, 「『彩鳳感別曲』의 比較文學的 考察」, 『동국대 논문집』 1, 동국대, 1964.
5 두 작품에 대한 전반적인 비교는 필자의 다음 논문 참조. 박상석, 「번안소설 『백년한百年恨』
   연구」, 『淵民學志』 12, 연민학회, 2009. 본고 2절 1항의 내용은 여기서 발췌하였다.
6 抱甕老人 編, 『今古奇觀』, 風華出版事業公司, 1991, 508쪽. 이하 출처 표기는 『今古奇觀』(연
   도), 쪽수로 한다.
7 『백년한』, 5쪽. 이하 원문의 띄어쓰기 및 문장부호는 인용자.

③『추풍감별곡』

흐로는 숨월 열를게를 당흐야 뒤ㅅ동산에 쳥〃흔 양류는 유록장을 드린듯 흔데 황금 갓흔 쇠고리는 양류간으로 왕리흐고 금수병錦繡屛을 펼칫듯흔 꼿스이로 나뷔가 쌍〃이 나라드는지라. 쳐봉이 춘흥을 못 이기여 추향이를 다리고 동산에 올나 춘식을 구경흘싱[8]

『백년한』 및 『추풍감별곡』이 여주인공을 보다 조신하고 정숙한 인물로 바꾸는 양상을 다음에도 계속 확인할 수 있다. 원작에서는 교란이 그저 정장의 외양을 보고서 마음에 들어 할 뿐인데, 『백년한』과 『추풍감별곡』에는 모두 남자주인공에게 인물에 걸맞은 '문학'이 있기를 바란다는 여주인공의 독백이 첨가되어 있다.

①「왕교란백년장한」

한편, 교란 소저는 그 미소년美少年을 보고 잠깐은 부끄러운 생각이 들었지만, 도리어 그리움으로 마음이 흔들려서 입 밖에는 내지 않으나 마음속으로 주저하며 말했다. '참 빼어난 낭군이로다! 만약 저분에게 시집을 간다면, 한평생 내 총명聰明함을 흐리지 않겠네.'

話說嬌鸞小姐自見了那美少年, 雖則一時慚愧, 卻也挑動個情字, 口中不語, 心下躊躇道 : "好個俊俏郎君! 若嫁得此人, 也不枉聰明一世."[9]

②『백년한』

교란 소졔 화원에서 소년 신ᄉ를 보고 잠시 붓글럽기는 흐여스나 문득 졍즈가 도동흔 비 되어스므로 입으로는 말을 아니ᄒ나 마음으로 쥬져를 ᄒ며

---

8 『추풍감별곡』, 3쪽.
9 『今古奇觀』(1991), 509쪽.

스량을 ㅎ되, '가히 알름다온 소년도 잇도다. 그 스롬이 쏘 학문이 잇고 보면 세상에 쌍이 업도다 ㅎ리니 만약 지녀로 그 스롬의게 시집을 가게 되고 보면 한 세상 총명을 헛되이 보너지 아니ㅎ리로다.'[10]

③『추풍감별곡』

규즁 처녀로 외간 남즈에 말ㅎ는 거슨 온당치 못ㅎ지마는 그 쇼년이 누구 넌지는 모르되 남즈 즁에도 그런 인물이 난다. 그와 갓치 된 인물로 문학이 유여ㅎ면 가위 금상첨화라 ㅎ깃지마는 만일 문학이 업고 보면 일은바 청보에 기ㅅ쏭이라. 그 인물이 악갑지 안이ㅎ랴.[11]

원작에서는 교란이 정장의 편지를 받고 아무 망설임 없이 바로 답장을 써서 보낸다. 그러나『백년한』에서는 교란이 답장을 쓰고는 긴 망설임 끝에 이것이 여성의 정조貞操에 불가하다고 여겨 편지를 연갑硯匣 속에 넣어두었는데, 시비의 권유로 인해 답장을 보내게 되는 것으로 고쳤다. 여주인공은 사려 깊고 신중한 인물로 그리고, 잘못된 판단을 내리는 원인은 주변 인물에게 전가하고 있는 것이다.

① 「왕교란백년장한」

(교란이) 역시 설도전薛濤箋을 가져다 답시答詩 팔구八句를 적으니 …….

(嬌鸞 — 인용자)亦取薛濤箋答詩八句 …….[12]

②『백년한』

---

10 『백년한』, 12쪽.
11 『추풍감별곡』, 9쪽.
12 『今古奇觀』(1991), 509쪽.

'니 명문거족의 녀즈로 정정흔 졀조를 직히지 못호고 일시 쥰초 남즈를 스모호는 마음을 억졔치 못호다가 니 몸에 취명만 밋칠 뿐이 아니라 가문에 욕이 도라올가 두리느니 영히 단렴호여 졀힝을 온젼이 호리라.'

싱각이 이에 밋치미 침음호기를 반향이나 호다가 한슘 한 번을 길게 쉬고 썻든 글을 졉어 연갑 속에다 너코 망연히 목우인 갓치 안져스니 (…중략…)

소졔 탄식을 호고 이로디,

"하류 쳔인의 녀지라도 스졍을 연연홈이 올치 아니호거늘 후문의 쳐자의 몸이 되어 시스로 외인의 글을 화답호는 모양이 엇지 졍조에 불가혼 비 안일리오." (…중략…)

명히 디답호되,

"소비가 보건디 그 상공이 아즉 취실치 아니호신 것 갓습건이와 만약 그 일이 의심이 나시거든 한 번 다시 무러보시고 글로 빅년를 언약호신 후 노야게 고호시고 미파를 보니셔 졍혼를 호셔 광명 졍디호게 셩혼을 호시면 누가 불가를 호기스며 쏘 무슴 예졀에 구익되오미 잇스올잇가?"[13]

원작에서는 교란이 정장의 두 번째 편지에도 바로 답장을 해 주고, 이후 편지의 왕래가 끊이지 않는 것으로 되어 있다. 그러나 『백년한』에서는 정장의 두 번째 편지가 점잖지 못함을 보고 경계하는 답장을 써 주되, 교란이 시비 명하를 호되게 꾸짖어 다시는 편지를 받아 오지 못하도록 하며, 이후 잠시 편지를 통한 교제가 끊기는 것으로 바꾸었다.

① 「왕교란백년장한」

(교란이) 다시금 설도전薛濤箋을 내놓고 팔구八句의 시를 지으니 (…중략…)

___
13 『백년한』, 16~19쪽.

그 다음부터는 한 사람이 시를 읊으면 한 사람이 화답하고, 점점 정情이 뜨
거워져, 주고받는 것이 끊이지 않았다.

(嬌鸞 ─ 인용자) 再取薛箋題詩八句 (…중략…)

自此, 一倡一和, 漸漸情熟, 往來不絶.[14]

② 『백년한』

(교란이) 명하로 쥬셩의게 젼ᄒ라 ᄒ며 이로되, "네 이후는 다시 화원에 가
셔 그 스롬으로 면졉ᄒ여 글을 바다 오지 말나. 만약 노야와 부인이 아시는 지
경이 되면 즁죄를 면치 못ᄒ리니 명심ᄒ라." (…중략…) 쥬셩이 날마다 동아
화원에 와 소져의 소식을 듯고져 ᄒ여 ᄒ가 지도록 빅회ᄒ며 기디리되 명하
의 잣최도 묘연ᄒ여 젹젹ᄒ 빈동산에 바람이 부는더로 나무입히 흔들리는 그
림ᄌ와 조작의 지져귀는 소리 쑨이라.[15]

원작에서는 교란과 정장이 처음 운우지정雲雨之情을 맺은 다음, 교란
이 정장에게 두 편의 시를 보낸다. 이본 중에는 이 시에 대담한 성애性
愛 표현이 담긴 것이 있다. 그러한 시는 율시律詩로 되어 있으나 노골적
인 표현의 연聯이 빠져 절구絶句로 된 이본도 있고,[16] 중국에서 근래 나
온 책에서는 외설적인 시어詩語나 시구詩句를 다른 말로 바꾸기도 하였
다.[17] 성애 표현이 가장 적나라한 이본[18]의 시를 보이면 아래와 같다.

지난 밤 그대와 함께 즐거운 일을 좇으니

14 『今古奇觀』(1991), 510쪽.

15 『백년한』, 30~32쪽.

16 曲園老人 鑑定, 『大字足本 今古奇觀』, 上海大成書局, 1906(中國 石版本).

17 抱甕老人 編, 『今古奇觀』, 風華出版事業公司, 1991.

18 曲園老人, 『改良繪圖 今古奇觀』, 上海書局出版, 1912(中國 石版本).

부용장芙蓉帳은 따뜻하고 말씀은 은근하네

가슴을 맞대고 다리를 얽으니 정분情分은 좋기만 하고

비와 구름 다스려 흥興은 차차 깊어가네

한 베갯머리에서 봉란鳳鸞 소리 속삭이고

반창半窓에는 꽃과 달의 그림자가 짙어가네

새벽 되어 일어나 원앙침鴛鴦衾을 바라보니

무수히 흩어진 홍색 점점이 수繡를 놓았네

昨夜同君喜事從, 芙蓉帳暖語從容

貼胸交股情偏好, 撥雨撩雲興轉濃

一枕鳳鸞聲細細, 半窗花月影重重

曉來起視鴛鴦被, 無數飛紅點繡絨 (其一)

이불이 뒤척이고 붉은 물결 일어나며 얼키설키 얽어지고

문득 그대의 허리 끌어안으니 분외分外의 설레임

달 휘영청 밝은 때에 꽃이 만개하고

구름 처음 흩어지는 곳에 비가 처음 모여드네

한 아름 은애恩愛는 하늘로부터 내려오고

만 가지 정회情懷는 절로 말미암네

나그네에게 말 붙이는 가운데 밤이 깊어가고

잠시도 자지 않고 견우를 바라보네

衾翻紅浪效綢繆, 乍抱郎腰分外羞

月正圓時花正放, 雲初散處雨初收

一團恩愛從天降, 萬種情懷得自由

寄語客商中夜生, 不須倚枕看牽牛 (其二)

원작에는 남녀 주인공이 주고받는 시를 비롯해 총 31편의 시가 나
오고, 『백년한』은 그 모두를 충실하게 번역하였다. 단, 『백년한』은 오
직 위의 시 두 편만을 삭제하였다. 그 이유는 역시 교란의 정숙한 인
상을 훼손하지 않기 위함이다.

이상 중국의 원작「왕교란백년장한」과 한국에서 이 작품 전체를
번안한『백년한』, 일부를 번안한『추풍감별곡』을 비교하며 여주인공
의 형상을 어떻게 바꾸었는지 살펴보았다. 이를 통해 두 편의 한국 번
안작은 일관된 태도로 원작에 비해 여주인공을 보다 조신하고 정숙한
인물로 고쳤음을 확인하였다.

2)「채소저인욕보구」와『명월정』의 비교

「채소저인욕보구蔡小姐忍辱報仇」는『금고기관』제26화이다.[19] 이 소
설의 주인공 채서홍蔡瑞虹이라는 여인이 십오 세 된 해에 부친이 도임
하는 배 위에서 수적水賊을 만나 서홍을 뺀 온 가족이 살해된다. 수적
의 두목 진소사陳小四가 서홍을 겁탈한다. 그리고 후환이 두려워 서홍
을 죽이고자 목을 조르고 달아나나, 서홍이 죽지 않고 살아난다. 배를
타고 근처를 지나던 변복卞福이라는 상인이 서홍을 구해 준다. 변복이
서홍 부모의 원수를 갚아 주겠다고 약속하고 자신이 홀몸이라고 속여
서홍을 아내로 맞는다. 후에 변복의 처가 서홍을 창가娼家에 팔아 버린

---

19 같은 작품이 앞서『성세항언醒世恒言』에도「蔡瑞虹忍辱報仇」라는 제목으로 제36화에 실려
있다.『금고기관』과『성세항언』의 두 작품 간에는 역시 간혹 글자가 다른 차이만 있을 뿐이
다. 서대석,「新小說『明月亭』의 飜案 樣相」,『比較文學 및 比較文化』1, 한국비교문학회, 1977,
46~47쪽.

다. 그러나 서홍이 끝내 손님을 받으려 들지 않자 창가의 주인이 서홍을 호열胡悅이라는 사내에게 팔아 버린다. 호열은 가졌던 돈을 다 잃게 되자 서홍을 자기의 누이동생이라고 속여 주원朱源에게 판다. 서홍은 주원의 사람됨을 알아보고 자신의 사정을 털어놓는다. 주원은 서홍에게서 아들을 얻고, 과거에 급제하여 서홍과 함께 부임하게 된다. 그 도중에 주원이 진소사와 그 일당을 잡아 서홍의 원수를 갚는다. 서홍은 후에 비장한 유서를 남기고 자결한다. 이처럼 「채소저인욕보구」는 여성유전형女性流轉型 소설이다. 서홍은 진소저, 변복, 호열 등의 사내를 거치면서 성적 유린을 당하게 된다.

한국의 『명월정明月亭』[20]은 「채소저인욕보구」를 번안한 1912년도의 활판본 소설로, 신소설의 범주에 드는 작품이다. 작품이 출판된 당시를 시대배경으로 하여 기차·여자학교·경찰서·법원 등의 신문물과 신제도를 등장시키며, 나중 사건을 도입부에 먼저 제시하고 그에 이르기까지의 과정을 보여 주는 시간의 역전逆轉 기법을 활용하고 있다. 『명월정』은 작품 내용 및 서사의 구성, 배경, 인물명 등을 일부 고쳐 놓았다.[21] 『명월정』에서 바꾼 내용 가운데 본고에서 주목하는 부분은 여주인공 차채홍이 끝내 정조貞操를 잃지 않도록 하였다는 점이다. 『명월정』의 채홍도 원작의 진소사, 변복에 각각 해당하는 진치보와 변시복을 거치게 되지만 원작과 달리 이들에게 성적 유린을 당하지 않으며 끝내 정조를 지킨다. 아래에서 원작의 채서홍이 정조를 훼손당하는 장면과 『명월정』의 해당 부분에서 채홍이 정조를 잃지 않게끔 고쳐 놓은 내용을 차례로 비교해 보기로 한다.

먼저, 원작 「채소저인욕보구」에서는 채홍 부친의 도임 차 일가一家

---

20 朴頤陽, 『명월정明月亭』, 唯一書館, 1912.7.30. 이하 출처 표기는 『명월정』, 쪽수로 한다.
21 서대석, 앞의 글.

가 배를 타고 가다가 강도로 돌변한 뱃사람들에게 몰살을 당하고, 서홍만 살려져 도적 두목 진소사에게 두 차례나 겁탈을 당한다. 그러나 『명월정』에서는 채홍이 부모의 상을 당한 날에 관계를 할 수 없다는 말로 도적 두목 진치보를 달래니 그도 사리가 당연하다고 받아들여 겁간을 모면하는 것으로 바꾸었다.

① 「채소저인욕보구」

(진소사가) 서홍을 안고 등불을 들고 뒤쪽 선실로 들어갔다. 서홍을 내려놓고 선실의 문을 걸어 잠그더니 서홍의 옷을 벗겼다. 이때 서홍은 몸이 자유롭지 못하고 옷이 벗겨져 알몸이 되니, 진소사가 침상으로 안고 가서 마음대로 즐겼다. 슬프다, 천금千金 같은 소저가 강도 놈의 손에 떨어지고 말았구나.

(陳小四 — 인용자) 抱起瑞虹, 取了灯火, 徑入後艙. 放下瑞虹, 掩上艙門, 便來與他解衣. 那時瑞虹身不由主, 被他解脫干淨, 抱向床中, 任情取樂, 可惜千金小姐, 落在强徒之手.[22]

(진소사가) 큰 도끼를 들고 뒤 선실로 들어갔다. 서홍은 아직도 침상에서 울고 있어 만면에 눈물 자국이 있었으나 오히려 더 아리따워 보였다. 저 도적이 그 모습을 보고 마음이 혼미하고 힘이 쭉 빠져서는 살기殺氣가 순식간에 녹아버렸다. 도끼를 땅에 툭 놔 버리고 또다시 서홍의 몸에 올라 타 능욕하였다. 가엾다, 어여쁜 꽃술과 아름다운 꽃이 어찌 미친바람과 몰아치는 비를 당해 낼 수 있으랴.

(陳小四 — 인용자) 提起一柄板斧, 搶入後艙. 瑞虹還在床上啼哭, 雖則泪痕満面, 愈覺千嬌百媚. 那賊徒看了, 神蕩魂迷, 臂垂手軟, 把殺人腸子, 頓時熔化, 一柄板斧

---

22 (明) 抱瓮老人, 『中國禁毁小說百部 — 今古奇觀 下冊』, 中國戲劇出版社, 2000.6, 517쪽.

扑秃的落在地下, 又腾身上去, 捧瑞虹淫媾. 可怜嫩蕊娇花, 怎当得风狂雨骤.[23]

②『명월정』

치보놈은 너장으로 드러와 달녀들거늘 치홍이 쳔연혼 말노, "여보, 이럿케 마시오. 내가 오날 밤은 부모상을 당혼 날이오. 임즈도 나의게 장가들즈 ᄒ면 피츠간에 됴흔 낫흐로 ᄒ여야 둇치 안소. 스이지츠不已至此ᄒ니 내가 아니 ᄒ려도 홀 수 업소. 이 밤은 지나셔 리일은 임즈 맘디로 ᄒ구료. 쏘는 여러분 중에 임즈만 이리 ᄒ라구 둘 니가 업슬 것이오 쏘 다른 사룸이 욕보이면 임즈의 게는 흔 계집이 되지 안소. 너장에서 잘 직히고 잇구료" ᄒ니 이는 붉는 날에 류디만 당ᄒ면 엇지 모계를 쓰던지 몸을 쎄칠 작뎡이라. 치보놈의 싱각에도 그 렴녀가 업지 안코 스리가 당연홈으로 억지로 아니ᄒ고 지쳬ᄒ는 동안에 술긔운을 이긔지 못ᄒ여 쓰러져 코골더라.[24]

원작에서는 변복이 강도들이 버리고 간 배에 남겨진 서홍을 구하면서 혼인을 요구하고, 서홍이 부모의 원수를 갚으려는 생각으로 싫은 맘을 참고 이를 승낙하여 그날 밤으로 두 사람이 부부의 관계를 맺는다. 이에 반해『명월정』에서는 변시복이 채홍을 친척의 집에 숨겨 두고 나중에 택일성례擇日成禮하려 했으나 변시복의 처가 채홍을 그대로 기생조합에 팔아넘기는 것으로 바꾸었다.

①「채소저인욕보구」

"이 변복이 만약 아가씨를 위해 원수를 갚고 치욕을 씻어 주지 못한다면 강에 뛰어들어 죽겠습니다." 말을 마치고 일어서서, 수부水夫에게 분부하였다.

---

23 『今古奇觀』(2000), 519쪽.
24 『명월정』, 56쪽.

"진촌鎭村으로 가서 배를 대고 생선과 고기, 과일들을 사서 배 위의 사람들이 다 함께 축하의 술을 마시자." 그리고 밤이 되어 부부의 관계를 맺었다.

"卜福若不與小姐報仇雪恥, 翻江而死." 道罷起來, 分付水手: "就前途村鎭停泊, 買邊魚肉果品之類, 合船吃杯喜酒." 到晚成就好事.[25]

② 『명월정』

(변) "사내ㅈ식이 일구이언 一口二言홀 리가 잇셔. 내가 만일 밍셰혼 말과 갓치 원수를 갑지 못홀 디경이면 이 강물에 싼져 죽지" ㅎ며 회식이 만면ㅎ여 졔물포에 도박珠泊ㅎ니라. 시복이 본러 그 쳐를 두려워ㅎ는 고로 그 친쳑의 집에 숨겨두고 퇵일셩례ㅎ려 ㅎ엿더니[26]

이후 『명월정』의 채홍은 기생조합에 팔려 넘겨졌으나 끝내 객客을 받아들이지 않는다. 이렇게 하여 채홍은 진실한 남성인 허원을 만나 그의 첩이 될 때까지 정조를 지키게 되었다. 『명월정』에서는 강포한 도적 진치보가 육욕을 달래는 채홍의 말에 순순히 물러서며, 불량한 마음을 먹고[27] 채홍과 부부의 연을 맺기로 한 변시복이 당장에 관계를 가지려 들지 않는 억지스러운 상황을 설정해 가면서 채홍의 정조를 지키고 있다. 원작에서는 서홍이 호열이라는 사내에게도 넘겨지지만 『명월정』에서는 호열과 관련된 이야기를 뺐다. 그 이유는 아마도 서홍과 호열이 지낸 기간이 퍽 오래여서 호열과 관련한 이야기를

---

25 『今古奇觀』(2000), 522쪽.
26 『명월정』, 63∼64쪽.
27 쪼 일위 녀학싱이 슬피 울며 구원ㅎ야 달나 ㅎ눈터 뎌(변시복 ─ 인용자)는 **불량혼 맘을 먹고** 외면치례로 디강 짓거린 것이지 실상은 원통홈을 신원케 혼다던지 원수를 갑하준다던지 이 수단과 의ㅅ는 업지마는 위로ㅎ누라니 이 말 뎌 말 ㅎ야 우름을 긋친 후에 치홍을 힝하야 싼 수작을 혼다. 『명월정』, 61∼62쪽. 강조는 인용자.

채홍이 정조를 지키는 쪽으로 바꾸기가 어려웠기 때문일 것이다.[28] 이처럼 『명월정』은 여주인공의 정조에 대한 강박관념을 보이고 있다.

3) 「호총제교용화체경 왕취교사보서명산」과 「왕취요전」의 비교

「호총제교용화체경 왕취교사보서명산胡總制巧用華棟卿 王翠翹死報徐明山」(이하 王翠翹傳으로 약칭)은 명말明末의 소설집인 『型世言』의 제7회 작품이다. 「왕취교전」 역시 여성유전소설女性流轉小說이다. 왕취교王翠翹의 아버지가 광적창대사廣積倉大使라는 벼슬을 하다가 곡창에 불이 나 배상을 해야 하게 된다. 그러나 돈을 구할 길이 없어 딸 취교를 망교莽嬌라는 이의 첩으로 준다. 얼마 후 망교가 횡령의 혐의를 입어 옥에 갇혔다가죽는다. 망교의 본처는 모든 죄를 취교에게 뒤집어씌우고, 관가에서는 본처의 말을 듣고 취교를 청루에 팔아 버린다. 이때 부유한 선비화악華萼이 취교를 불쌍히 여겨 속량시키고 따로 살도록 해 준다. 얼마후 취교가 해적 두령인 서해徐海에게 붙잡혀 그의 부인이 된다. 화악이호총제胡總制의 명으로 서해에게 항복을 권유하러 오고, 서해가 화악을 죽이려 하자 취교가 이를 만류한다. 취교가 화악의 말을 믿고 서해를 위하는 마음에서 그에게 항복을 권유한다. 서해가 항복을 하나 호총제의 계략으로 서해가 죽고, 취교도 호총제 편에 잡힌다. 취교는 얼마 후에 강물에 뛰어들어 서해에 대한 신의를 지킨다.

한국의 낙선재본樂善齋本『型世言』은 중국의 『型世言』을 번역한 것으로 18세기 중엽에 처음 번역된 것이 19세기에 전사傳寫된 것으로 추정

---

28 서대석, 앞의 글, 54쪽.

된다.[29] 낙선재본『형세언』의 5권에 「왕취요뎐」이 실려 있으며, 이것이 중국 「왕취교전」의 번역 작품이다.[30] 한국의 「왕취요뎐」은 중국의 「왕취교전」과 기본 줄거리가 같다. 그런데 여기에서도 원본에서는 취교가 유전流轉을 겪으며 정조를 훼손당한 사실을 서술하고 있으나, 번안작에서는 이러한 서술을 생략하였다. 아래의 예문 비교를 통해 이를 확인할 수 있다. 원본에서는 청루에 팔린 취교가 여러 손들의 성적 노리개가 된 사실을 묘사하고 있으나, 번안작은 이러한 서술을 뺐다. 또 원작에서는 취교가 은인인 화악을 모셨음을 간접적으로 밝히고 있으나 번안작에서는 이 서술 역시 뺐다.

① 「왕취교전」

가엾은 교翹儿가 한 집에 들어가자마자 손님을 받도록 강요하였다. 처음에는 수치스러워 어찌 괴롭지 않았겠는가마는, 차차 낯을 들고 차와 술을 시중들게 되었다. 끝내 뇌물을 내 놔도 손님을 붙들지 않았으나 또한 남다른 습성이 있었으니, 글하는 이들을 보게 되면 그와 더불어 담소도 나누고 서로 뜻이

---

29 박재연, 「『형세언』연구」, 『중국학논총』4, 한국중국문화학회, 1995, 99~101・158쪽.
30 중국에서 명말明末 가정嘉靖 연간부터 실존 인물인 서해徐海, 호종헌胡宗憲(胡總制), 그리고 실존 인물일 가능성이 높은 왕취교王翠翹에 대한 이야기가 다양한 형태로 만들어졌다. 역사기록인 『紀剿徐海本末』(茅坤 作), 문언소설文言小說인 「王翠翹故事」(謝胡老人 作), 「王翠兒傳」(王世貞 作), 「王翠翹傳」(余懷 作), 백화단편소설白話短篇小說인 『型世言』수록 「胡總制巧用華棣卿 王翠翹死報徐明山」(陸人龍 作), 전기傳奇인 「兩香丸」(著者 未詳), 「秋虎丘」(王鑨 作), 재자가인소설才子佳人小說인 『金雲翹傳』(靑心才人 作) 등이 그것이다. 조선에서는 完山 李氏가 쓴 『中國小說繪模本』의 서문序文에서 중국소설을 거론하는 가운데 「王翠翹傳」을 언급했으며, 「胡總制巧用華棣卿 王翠翹死報徐明山」이 수록된 『型世言』이 서울대 내 규장각奎章閣에 유일본으로 남아 있다(최용철, 「王翠翹故事의 변천과 『金雲翹傳』의 작품 분석」, 『中國語文論叢』16, 中國語文研究會, 1999). 따라서 낙선재본 『型世言』에 수록된 「왕취요뎐」이 중국에서 전래된 여러 가지 왕취교 관련 이야기로부터도 영향을 받았을 가능성이 있으나, 현재로서는 이것이 중국의 『型世言』에 수록된 「胡總制巧用華棣卿 王翠翹死報徐明山」을 번역한 것이라고 보는 것이 자연스럽다.

맞을 때면 시를 짓기도 하였다. 만약 변변찮은 놈들이 술이나 마시고 오입이나 할 줄 알면 삼전, 오전의 은자를 내버렸다. 술을 마시면서 껴안고, 노래 부르라 하고, 손이며 다리며 주무르기도 했다. 밤이 되면 엎치락뒤치락 몸을 요동쳐 가며 쉬지를 못하게 해도 교태를 부리지 않을 수 없었고, 밉고 싫어도 상대를 대접했다. 저가 오입에 응해 주면 미움을 받지 않았으나 싫어서 오입에 응해 주지 않으면 성질을 내고 뭐라 해 대며 다른 집으로 가서 돈을 써버렸다. (…중략…) 화악이 그녀를 위해 한적하고 조용한 집 하나를 구해서 세간도 들여놓아 주었다. 교는 스스로 취교翠翹라고 이름을 고쳤다. 그리고 은인인 화체경華棣卿(체경은 화악의 字 — 인용자) 말고는 그 밖의 시정잡배 손들은 모두 다 사절하였다. 다만 글 하는 선비들과 더불어 시 짓는 모임을 갖고, 바둑 두고, 거문고 타고, 산수 간에 방랑하였으며, 때로는 풍류자제들과 더불어 노래 부르고, 퉁소 불고, 장단을 맞추며 풍월을 즐겼다.

可憐翹儿一到門戶人家, 就逼他見客. 起初羞得不奈煩, 漸漸也閃了臉, 陪茶陪酒, 終是初出行貨, 不會捉客, 又有癖性, 見些文人, 他也還與他說些趣話, 相得時也做首詩儿; 若是那些蠢東西, 只會得酣酒行房, 舍了這三, 五錢銀子, 吃酒時樓抱, 要歌要唱, 摸手摸脚. 夜間顚倒騰挪不得安息, 不免撒些嬌痴, 倚懶撒懶待他. 那在行的不取厭, 取厭的不在行, 便使性或出些言語, 另到別家撒漫. (…중략…) (華萼 — 인용자) 爲他尋了一所僻靜房儿, 置邊家伙. 這次翹儿方得自做主張, 改號翠翹. 除華棣卿是他恩人, 其余客商俗子盡皆謝絶. 但只與些文墨之士. 聯詩社, 彈棋鼓琴, 放浪山水, 或時與些風流子弟淸歌短唱, 吹簫拍板, 嘲弄風月.[31]

② 「왕취요전」

현관이 그 말을 고디 드러 요ᄋ롤 창가의 ᄑ니 요ᄋ는 본디 냥가 녀지라. 이

---

31 (明) 陸人龍, 『中國禁毁小說百部－型世言 上冊』, 中國戱劇出版社, 2000, 101~102쪽.

에 니르러 비록 븟그럽고 셜으믈 견디디 못ᄒ나 ᄯ 훈마디 못ᄒ야 강잉ᄒ야 손을 ᄃ접ᄒ나, 글ᄒᄂ 사ᄅᆷ을 됴히 너겨 혹 문인지ᄌᆯ 만나면 술을 사 권ᄒ야 취케 ᄒ며, 그 지은 글을 ᄒ번 드르믈 구ᄒ고 혹 호협훈 사ᄅᆷ을 만나면 그 ᄯᄃ들 펼가 ᄇ라더라. (…중략…) (화악이 — 인용자) 요ᄋᆡ 일을 ᄌ셔이 듯고 그 ᄉᄃ우의 녀진 줄을 알고 즉시 빅금을 ᄲ 쇽신ᄒ야 드려가 훈 안졍훈 집을 어더 주어 잇게 ᄒ니, 요이 ᄇ야흐로 일홈을 고텨 취외라 ᄒ고 잡사ᄅᆷ을 긋고 다만 글 ᄒᄂ 션ᄇᆡ와 풍뉴 ᄌ데로 더브러 혹 글도 지으며 바둑 두고 거믄고 ᄐ며 놀애 브르고 퉁쇼 부러 산슈 간의 우유ᄒ연디 훈 히나 맛더니[32]

중국 「왕취교전」과 한국 「왕취요전」 간의 이러한 차이는 앞에서 확인한 「채소저인욕보구」─『명월정』 간의 차이와 유사하다. 한국의 「왕취요전」은 여성유전소설인 중국의 「왕취교전」을 번역하면서 원작과 달리 여주인공이 정조를 훼손당한 데 대한 직접적인 서술을 회피하고 있다.

중국의 왕취교 이야기는 베트남에서도 19세기 초엽에 『취교전翠翹傳』으로 번안되어, 베트남의 대표적인 고전소설이 되었다. 베트남『취교전』의 원작은 명말청초明末淸初에 청심재인靑心才人이라는 이가 왕취교 고사故事를 재자가인소설才子佳人小說로 엮은 「김운교전金雲翹傳」이다. 베트남의 문인 완유阮攸가 청나라에 사신으로 파견되었다가 1813년에 귀국하면서 이 「김운교전」을 가져가 여기에 새로운 인물과 사건을 추가해 가며 번안하여 『취교전』을 만들었다.[33]

베트남『취교전』에서 중국 「왕취교전」의 망교에 대응되는 인물은 마감생馬監生이다. 베트남의 『취교전』에서 마감생은 악인으로 형상화

---

32 낙선재본 『형셰언』 5권, 13뒤~14앞. 장서각 인터넷 사이트에서 제공하는 원문 참고. 원본은 장서각 소장.
33 최용철, 앞의 글.

되어 취교를 첩으로 삼는 것으로 속여 자신이 먼저 취교를 취한 다음 그녀를 청루에 넘긴다. 이후 취교는 청루를 전전輾轉하며 몸을 팔게 된다. 베트남『취교전』은 중국의 원작과 마찬가지로 여주인공이 정조를 빼앗기는 것에 대해 분명히 언급하고 있다. 베트남『취교전』에서 취교가 마감생에게 정조를 잃는 장면을 묘사한 대목을 예로 보자.

> 가련하구나! 한 떨기 도미荼縻[34]
> 벌이 드나드는 길을 열었구나![35]
> 한바탕 거센 풍우風雨[36]가 지났으나,
> [마감생에게는 — 인용자] 옥玉이 가련할 게 뭐며 향香이 애석할 게 뭔가!
> 몽롱한 꿈결인 듯 운우雲雨가 다하자,
> 화촉華燭은 밝혀 둔 채 취교를 홀로 누워있게 두네.[37]

여주인공 취교가 남성에게 정조를 훼손당하는 것에 대한 언급을 회피하고 있는 것은 중국의 원작이나 베트남의 번안작과 구별되는, 한국「취요전」만의 독특한 현상이다.

---

34 도미 : 황매화나무 꽃. 취교를 비유한 말.
35 취교가 처녀성을 빼앗겼다는 말.
36 풍우 : 흉포한 음욕淫慾을 비유한 말.
37 완유阮攸, 최귀묵 역, 『취교전翠翹傳』, 소명출판, 2004, 92쪽. 인용문에 대한 위 각주도 같은 책 참조.

3. 여성형상 변개의 배경

앞에서 중국 명말明末의 여성 수난형 소설 세 편을 한국에서 번안하면서 여성의 형상을 어떻게 바꾸었는지를 살펴보았다. 한국의 번안 작품은 여주인공을 보다 정숙하게 만들었다. 여주인공이 유전을 겪더라도 끝까지 정조를 지키는 것으로 고치거나, 원작과 달리 여주인공이 정조를 잃는 것에 관한 서술을 회피하였다.

그렇다면 여주인공의 정숙·정조를 고수하는 조선소설의 문학 현상은 어디에서 비롯한 것일까. 자연스럽게 이러한 질문이 따르게 되는데, 이에 앞서 문학과 사회의 관계에 대해 생각해 볼 필요가 있다. 문학은 분명 사회로부터 영향을 받으나, 그것을 곧이곧대로 수용하는 것이 아니라 자기 나름대로 굴절시켜 수용한다.[38] 따라서 문학의 성격이 그것이 속한 사회를 통해 모두 설명되리라고 기대해서는 안 된다. 중국소설에서는 여주인공의 정절 훼손을 허용한 반면에서 조선에서는 그렇지가 않았다. 그러나 중국사회가 조선사회보다 여성의 정절을 덜 강조해서 그랬다고 보기는 어렵다.[39] 여성의 정절에 대한 의식이 중국의 원작에서는 미약하고 한국의 번안작에서는 강하기 때문에 여주인공의 형상에 이 같은 차이가 나타난 것도 아니다. 중국과 한국의 작품들은 모두 여성의 정절을 주제로 내세우고 있다.[40] 다만

---

38 미하일 바흐친, 이득재 역, 『문예학의 형식적 방법』, 문예출판사, 1992, 27쪽. 그밖에 이 책의 여러 부분에서 문학이 이데올로기의 반영과 굴절이라는 점을 강조하고 있다.

39 열녀 의식을 강조하는 「열녀전烈女傳」도 본래 중국에서 만들어져 조선에 수용된 것이다.

40 중국의 「채소저인욕보구」에서도 여성의 정절을 매우 강조하고 있음을 다음 예문에서 확인할 수 있다. "'천첩 서홍은 삼가 상공께 말씀 올립니다. 저는 무가武家의 출생으로 마음에 규훈을 배워 익혔습니다. 사내의 덕은 의義에 있고, 계집의 덕은 절節에 있습니다. 여자로서 정

그 주제를 다른 방식으로 표현했을 뿐이다. 문학은 사회로부터 영향을 받되 자체적인 관습을 형성한다. 여주인공의 정숙·정조를 절대적으로 고수한 것도 우선은 그것이 조선소설 고유의 관습이었다고 이해해야 한다.[41] 이러한 관습이 조선조 이래 개화기에 이르기까지 한국의 대중소설에서 굳게 지켜져 온 것이다.[42]

절이 없다면 금수와 무엇이 다르리까? (…중략…) 정절을 잃고 살기를 바라 가문을 더럽혔으니 저는 죽어 지하에서 채씨 일문에 사죄하려 합니다.' 서홍이 낳은 아들은 이름이 주무木舞로, 소년 등과하여 생모 채서홍이 일생에 겪은 고난을 상소하여 정표旌表를 내려 주기를 청하였다. 천자는 상주문을 재가하여 특별히 정절 효녀를 기리는 정문旌門을 세우도록 했다('賤妾瑞虹百拜相公台下: 虹身出武家, 心嫻閨訓, 男德在義, 女德在節; 女而不節, 禽行何別? (…중략…) 失節倫生, 眈玷閨閫, 妾且就死, 以謝蔡氏之宗于地下.' 瑞虹所生之子, 名曰朱懋, 少年登第, 上疏表陳生母蔡瑞虹一生之苦, 乞賜旌表. 聖旨准奏, 特建節孝坊, 至今犹在)."(『今古奇觀』(2000), 537~538쪽) 이는 「채소저인욕보구」의 결말 부분으로 작은따옴표(' ') 안은 서홍이 부모의 원수를 갚은 다음에 정절을 지키지 못했다는 이유로 자결을 하면서 남긴 편지의 내용이다. 작은따옴표 다음은 나라에서 서홍의 절효를 기려 정문旌門을 세웠다는 내용이다.

41 앞서 최윤희도 중국소설 『쌍미기봉雙美奇逢』의 조선 번안작인 「주춘원소사駐春園小史」의 번안 양상을 고찰하는 가운데 여주인공을 더욱 조신한 인물로 고친 현상을 지적하며 이를 문학적 관습으로 이해했다. 최윤희, 「『쌍미기봉雙美奇逢』의 번안 양상 연구」, 『古小說 硏究』 11, 한국고소설학회, 2001.

42 관련 논의로, 『하진양문록』이나 『현씨양웅쌍린기』의 여주인공들이 성적 쾌락을 즐기지 않는 인물로 그려졌음이 거론된 바 있다. 이경하, 「하옥주론 ─ 『河陳兩門錄』 남녀주인공의 氣質 연구(1)」, 『국문학 연구』 6, 국문학회, 2001, 235~238쪽; 주형예, 「매체와 서사의 연관성으로 본 19세기 대중소설 시장의 성격」, 『古小說 硏究』 27, 한국고소설학회, 2009, 212~213쪽. 여주인공이 유전을 겪으면서도 끝내 정절을 잃지 않는 예를 들어 본다면, 우선 「이진사전」의 김경패는 액운을 피하려는 방편으로 집을 나선 이옥린을 찾아 삭발위승하고 유리流離하다가 아전 방종직에게 납치를 당한다. 그리고 「옥루몽」에서는 양창곡이 출정한 사이에 집안으로 들어온 벽성선이 황부인의 모함을 받아 내쫓기고 유리하던 중 탕아蕩兒 우격의 습격을 받아 위험에 처한다. 김경패, 벽성선 모두 이진사, 양창곡을 우연히 만나 무사히 구출된다. 또 1913년에 활판본으로 출판된 『천연정天然亭』(池松旭(著作兼發行者), 신구서림, 1913.10.16)도 여성유전소설이다. 주인공인 기생 홍련은 자청하여 탕아 심화순의 아내가 된다. 화순이 공부를 게을리 하자 홍련이 그를 경동警動하기 위해 집을 나온다. 그리고 홍련이 여러 남자에게 성적 유린을 당할 뻔하지만 모두 모면한다. 「쌍미기봉」은 본고에서 다룬 작품들과 같이 조선에서 중국소설을 번안하며 여주인공의 정숙함을 더욱 강조한 예이다. 여주인공이 한 남자와 사사로이 정을 나누었다가 다른 혼처에 시집가게 되자 원작인 중국소설 「주춘원소사」에서는 여주인공이 그 남자와 야반도주를 하는 반면, 이에 대한 번안 작품인 조선소설 「쌍미기봉」에서는 여주인공이 다만 남복을 개착하고 하녀와 함께 집에서 도망친다. 최윤희, 앞의 글.

한 가지 유의할 것은 여주인공의 정숙·정조를 강조하는 것이 조선소설의 일반적인 관습이긴 하나 조선소설 안에서도 그 정도의 차이는 있다는 것이다. 예컨대 「남원고사」의 춘향도 열烈의 화신이지만, 그녀는 몽룡과 처음 만난 그날 밤에 자유분방하게 그와 육체적 사랑을 나눈다. 「지봉전芝峯傳」의 백옥白玉은 유부녀인데 남편의 허락까지 받고 지조 굳은 이수광李晬光을 훼절시키는 모의에 가담하여 끝내 그와 잠자리를 함께 한다. 그럼에도 불구하고 그녀는 임금에 대한 충심과 애향심이 깊으며, 당당하고 배포 있는 인물로 묘사된다.

그럼 어떤 소설에서는 여주인공의 정숙·정조가 극단적으로 강조되고, 어떤 소설에서는 덜 그러한가. 이것을 단순한 구도로 말할 수는 없겠으나, 분명한 것은 작품 내용이 특히 선악이야기일 때에는 반드시 여주인공의 정숙·정조가 극도로 강조된다는 점이다. 선악이야기란 선인과 악인을 상정하고, 선인이 악인에게 패배하는 중간 과정을 거쳐, 결국은 선인이 악인에게 승리하는 결과로 이어지는 이야기라 할 수 있다. 선악이야기에서는 선善이 작품 내의 최고 가치가 되며, 작품 내의 모든 것은 선 혹은 그와 대립되는 악의 가치로 수렴된다. 남녀 주인공의 인물 형상, 그들 간의 애정 문제에 관한 것도 그렇다. 이런 이야기에서 선인인 여주인공은 정숙·정조의 화신이 되어야만 한다. 선악이야기에서 여주인공이 온전한 정숙과 정조를 갖춰야 한다는 명제는 관습의 차원을 넘어 강제적인 규정으로 작용하고 있기 때문에 이를 하나의 '서사규범'이라 말해도 무방하다. 춘향이나 백옥이 완고한 정숙이나 정조의 틀에서 얼마간 벗어날 수 있었던 것은 이들이 활동하는 무대가 이분법적인 선·악의 가치가 전제적인 영향력을 발휘하는 작품이 아니라 남녀 간의 자연스러운 애정이 그보다 상위 가치로서 자리 잡고 있는 작품이라는 점과 밀접히 관련되어 있다.[43]

그런데 조선소설 중에는 선악이야기로 구성된 작품이 줄잡아도 반수가량이나 되니 여성의 정숙·정조를 매우 강조하는 것이 조선소설의 일반적인 현상이라고 말하는 데에 무리가 없다.[44]

선악이야기에서는 작품 내의 모든 가치가 이분법적인 선·악으로 귀결되기 때문에 선인인 여주인공의 정숙·정조가 더욱 강조된다고 말했다. 그렇다면 선악이야기 속 악녀의 경우는 어떨까. 추론해 본다면 악녀는 여주인공과 반대로 음란하고 문란하지 않을까. 반드시 그런 것은 아니지만,[45] 그러한 경우가 많이 있다. 선악이야기로 이루어진 조선소설 속의 악녀는 음녀로 묘사되는 경우가 많다. 「사씨남정기」에서 악녀 교씨가 동청, 냉진으로 상대를 바꿔 가면 갖은 음행을 저지른 것을 떠올려 볼 수 있겠다. 또한 「쌍선기」에서는 악녀 호씨가 도적들에게 윤간을 당하고 회임한 것으로 되어 있다.[46] 여성이 악인의 겁간 위협으로부터 어떻게든 벗어나야 한다는 법칙성도 악녀인 호씨에게는 적용되지 않은 것이다. 그러므로 혹여 조선소설이 여성의 성애, 겁간 등에 대한 묘사 자체를 터부시했다고 오해해서는 안 되겠다. 그보다는 많은 조선소설이 선악이야기로 작품을 구성하는 가운

---

43 「춘향전」은 춘향과 몽룡이 애정을 나누는 전반부의 사랑이야기와 춘향과 변사또가 대결하는 후반부의 선악이야기로 구분할 수 있다. 여기서는 「춘향전」의 전반부에 초점을 두어 말한 것이다.

44 '선악이야기 서사규범'의 개념을 통한 여주인공의 정절에 대한 논의는 필자의 다음 논문에서 자세히 이뤄졌다. 박상석, 「고소설 선악이야기의 서사규범 연구」, 연세대 박사논문, 2012. 여기서는 그 논의를 요약적으로 제시했다.

45 악녀의 악성惡性이 음란이 아닌 투기로만 표출되는 경우도 많다.

46 일 〃 는 〃더엽난 도젹 슈십 여인이 집을 에우고 혹 인명도 상히오며 혹 지물도 노략헐셰, 추시 여아의 나히 십수 셰여날 모다 그 즈식을 흠모허여 가마니 호씨를 잇그러 암실의 드러가 추례로 간음허고 그일시 유졍홈을 익겨 그 잔명을 용셔험으로 비록 외인의 아는 지 업스나 은근이 회잉 흐미, 그 슈십 인 즁 언의 스룸의 혈쇽인 쥴 아지 못헐 비리니……『쌍션긔』권2 「득심이진츙보공즈 호씨가힝악희공쥬」(김기동 편, 『필사본고소설전집 8−夢玉雙鳳緣錄·雙仙記』, 아세아문화사, 1980, 404쪽).

데 정숙·정조를 '여주인공'이 반드시 갖추어야 할 '선성善性'으로 여겨 이를 고수했다고 보는 편이 보다 정확한 이해이다.[47]

앞서 말한 대로 문학은 사회의 영향을 받으면서도 자율적인 관습을 형성한다고 보아야 한다. 이 점을 전제로 한 상태에서, 다음에는 여성의 정숙·정조를 강조하는 소설적 관습에 조선사회가 어떤 영향을 미쳤는가 하는 점을 생각해 보고자 한다.

조선조 이래 한국 사회는 여성의 정절을 매우 강조해 왔다. 조선사회는 국가적 차원에서 여성의 열행烈行을 권장했다. 조선사회는 초기부터 『소학小學』, 『삼강행실도三綱行實圖』의 열녀편烈女篇, 『내훈內訓』 등을 만들어 열녀의 상象을 제시하고 이를 여성들에게 널리 읽혔다. 그리고 열녀를 선발하여 정려旌閭와 복호復戶를 내리면서 열행을 적극 장려하였다. 이러한 '열녀 정책'의 결과 특히 임진왜란을 당해 수많은 여성이 정조를 지키기 위해 자결하였다. 조선 후기가 되면 열녀의 자결이 아주 많아져 조정에서 표창 대상을 선발하는 일이 매우 번거로운 일이 되었으며, 그 과정에 부정이 개입되기도 하였다. 19세기 말 20세기 초에 오면 나라에서 돈을 받고 열녀의 정문을 내려 주는 지경이 되었다.[48] 이처럼 정조를 여성의 지상至上 가치로 내세워 온 조선사회의 관념이 여성 인물의 정조를 강박적으로 고수하는 소설적 관습의 배경이 되었다고 할 수 있다.

조선에서 소설은 주로 부정적인 평가를 주로 받아왔다. 문文의 교화적 가치를 중시하는 전통적 사고 속에서 소설은 인심과 풍속을 저해하는 음란한 글로 간주되곤 하였다. 소설에 대한 이 같은 부정적 시각은 1900년대에 들어서도 여전히 지배적이었다. 한국소설이 강박관

---

47 박상석, 앞의 글, 2012, 36쪽.
48 강명관, 『열녀의 탄생』, 돌베개, 2009 참조.

넘을 갖고 여주인공의 정조를 고수한 것은 소설에 관한 사회의 이 같은 부정적인 관념에 대한 대응이기도 하다. 부정적인 평가를 받아 온 한국소설은 사회 속에서 자신의 존재 가치를 인정받기 위해 사회의 보편적인 가치관에 영합하지 않을 수 없었던 것이다. 조선조 이래 개화기에 이르기까지 여성의 정조는 한국 사회가 거의 절대적인 것으로 여겨 온 가치인 만큼, 한국소설은 이에 편승하면서 여성 정조의 중요성을 적극적으로 표방하고 여성 인물의 형상에 이를 반영하는 전략을 택한 것이라 할 수 있다.

요컨대 조선소설, 특히 선악이야기를 중심으로 하는 작품은 여주인공의 정숙·정조를 절대적으로 고수하는 특유의 문학적 관습을 형성하고 전승해 왔다. 그리고 이러한 현상의 배후에는 여성의 정절을 중시하고 소설을 배척하는 사회적 관념이 작용했다.

4. 맺음말

본고는 중국 명나라 말기의 소설 세 편과 이를 번안한 한국의 작품들에서 여성의 형상이 어떻게 달라지는지를 살펴보았다. 한국의 번안 작품들은 중국의 원작에 비해 여주인공을 보다 정숙한 인물로 고치고, 정조를 끝까지 지켜 내는 인물로 바꾸었다.

여주인공의 정숙과 정조를 고수하는 것은 조선시대 이래 개화기까지 굳게 지켜져 온 한국소설의 관습으로, 이러한 관습이 중국소설의 번안에도 작용한 것이다. 이 같은 문학적 관습은 특히 선악이야기에서 두드러진 현상이다. 선악이야기에서는 작품 내의 모든 요소가 이분법적인 선과 악의 가치로 수렴되며, 정숙·정조는 여주인공이 갖춰야 할 선성으로 간주된다. 이런 구도하에서 여주인공은 선의 화신으로서 정숙·정조에 투철해야만 한다.

여성 정조를 절대적인 가치로 여기는 조선조 이래 한국의 사회적 관념이 이러한 문학적 관습을 형성한 중요한 배경이다. 조선조 이래 개화기에 이르기까지 한국 사회에는 소설에 대한 부정적인 시각이 지배적이었다. 이에 대한 대응으로 소설이 사회의 강력한 가치관인 여성 정조 관념에 편승하여 이를 적극적으로 표방한 것도 이 같은 문학적 관습이 이루어진 중요한 배경이 된다.

본고에서는 조선소설에서 여주인공의 정숙·정조를 강조한 현상을 하나의 문학적 관습으로 이해했고, 이것은 작품을 구성하는 플롯이 선악이야기인 것과 특히 밀접한 관련이 있다고 보았다. 이는 그러한 문학적 관습을 시대적·사회적인 배경에 앞서 작품 내적인 원리와 결부시켜 본 것이다. 소위 막장드라마라고 하는 방송 드라마가 매우 유행하는 요즘이다. 대개 전형적인 선인과 악인이 갈려 서로 대결을 벌이는 막장드라마는 현대사회의 대표적인 선악이야기라고 할 수 있겠다. 그렇다면 시대의 차이와 상관없이 이 막장드라마에서도 여성의 정숙·정조를 강조하는 관습이 발현되고 있지 않을까. 적으나마 필자가 요즘의 방송 드라마를 시청한 경험으로는 그러하다고 생각된다. 여기에서 논의한 바를 현대사회의 서사에 적용하여 여주인공의 정숙·정조를 강조하는 문학적 관습의 보편성을 논의해 보는 것이 본고의 후속 과제가 될 수 있겠다.

2부

—

젠더와 번역, 그리고 근대 여성 지식(문화)사

'가정소설'의 번역과 젠더의 기획

여성 번역문학사 정립을 위한 시론

김연숙

1. 번역과 젠더

'번역'이란 단순히 한 언어로 쓰인 글을 다른 언어로 옮기는 기술적 작업 이상의 의미가 있다. 물론 번역행위는 기본적으로 원천언어에서 목표언어로 이동하는 과정이다. 하지만 원천언어 / 목표언어 혹은 원본 / 번역본이라는 틀을 근본적인 것이라고 간주해버리면, 번역은 늘 원본에 미달하는 부수적이고 파생적인 모사품으로 해석될 수밖에 없다. 그래서 서로 다른 두 언어 사이에 '의미의 등가성'이 어떻게 성립할 수 있는가 등의 문제는 번역 연구에서 해묵은 논쟁거리이기도 하다. 예를 들자면 원본 / 번역본의 관계를 '주인언어host language' / '손님언어guest language'의 관계로 치환시키자는 논의,[1] 원본의 '번역가능성'을 되묻는 논의[2]를 비롯해서 최근 활발하게 제기되고 있는 '문화번역' 등의 연구가 행해져 왔다.

이들 논의의 공통점은 '수용' 즉 이식성을 기반으로 논의되어왔던 '번역' 과정을 상호소통과 구성이라는 관점에서 바라보자는 것이다. 이러한 관점을 받아들이게 된다면, 번역을 내셔널리즘의 경계를 넘어서는 언어 소통의 어떤 것, 내셔널리즘에 강박된 닫힌 주체가 아니라 이 경계를 넘어선 열린 주체를 만드는데 기여하는 활동으로 의미부여하는 데까지 확장이 가능하다.[3] 이때의 '번역'은 원본과 번역본이라는 텍스트에 국한되지 않고, 원본과 번역본을 둘러싼 담론과 그 현실적인 토대를 문제 삼는 일이다. 텍스트의 번역이라는 1차적 사실로부터, 이후 어떻게 다른 담론의 변화가 생겨났는지, 그래서 현실적인 토대(사회)에서는 어떤 의미 변화들이 일어났는지를 살펴보자는 것이다.

바로 이러한 맥락을 고려했을 때 우리는 여성 번역문학사의 가능성과 의미를 가늠해볼 수 있다. 우리에게 '여성'이란 그 자체가 근대 번역의 산물로 구성된 존재이다. 이를 전제로 한국문학에서 어떤 여성들이 번역경험을 하였는지, 여성에게 번역이란 어떤 의미의 활동이었는지, 여성을 다룬 텍스트들이 어떻게 번역되었는지, 그 텍스트는

---

1   리디아 리우, 민정기 역, 『언어횡단적 실천』, 소명출판, 2005.

2   발터 벤야민은 번역은 원문을 이해하지 못하는 독자들을 위한 것이냐, 그렇다면 번역가는 정보—예술의 영역에서 비본질적인 것이라 할—를 전달하는 것이 번역가의 과제냐고 질문한다. 만약 그렇다면 예술의 영역에서 원문과 번역이 서야 할 서열의 차이는 이미 확고하다. 그러나 벤야민은 원본의 '번역가능성'을 가늠하면서, 이미 원본의 의미가 전적으로 원본 자체 '내부에' 존재한다고 가정할 수도 없음을 지적한다. 또 번역 또한 만약 그것이 원문과의 유사성을 추구하는 것이라면 그 본질상 이루어질 수 없는 성질의 것임이 입증될 터인데 왜냐하면 원문은 원문이 갖는 지속적인 삶 속에서 변화를 겪기 때문이다. 그렇기 때문에, 그는 어떤 작품에 구비된 본질적 성질로서의 '번역가능성' 즉, 원본의 생명은 '번역'에서 늘 새로워지는 가장 풍부한 마지막 개화의 의미를 주장한다(「번역가의 과제」, 『발터 벤야민의 문예이론』, 민음사, 1992).

3   사카이 나오키, 후지이 다케시 역, 『번역과 주체』, 이산, 2005, 251~259쪽 참조.

누가 번역하고 누가 읽었는지, 번역 텍스트에 대한 여성들의 독서경험은 어떠했는지 등등을 문제삼을 수 있다. 따라서 번역 과정을 통해 어떻게 여성적 경험이 생성되고 의미가 도출되었는지를 살펴보는 일이 여성 번역문학사의 주요 과제일 것이다. 이는 기존 문학사에 젠더 관점을 도입함으로써 문학사적 지평을 넓히고, 새로운 의미망을 창출했던 여성문학사의 방법론과 그 궤를 같이하는 작업이다. 여성문학사는 여성 작가·여성 독자와 같이 그동안 간과되었던 요소들을 추가하는 것뿐만 아니라, 기존 문학에 대한 '다시 보기re-vision'를 통해 문학사의 의미망을 새롭게 만들어내는 것이다. 마찬가지로 여성 번역문학사란, '번역'에 젠더적인 관점이 접합되었을 때 어떤 다른 지점이 생산되는지가 중요한 문제다.

이 글은 번역문학을 연구하는데 젠더 관점을 도입하는 것이 가능한지, 번역 과정을 통해 발생하는 여성적 경험의 생성과 의미에 대해 생각해보고자 한다. 이를 위해 근대문학 초기, 번역/번안문학의 시대를 주도해나갔던 일본 가정소설의 번역/번안 과정을 살펴볼 것이다. 그 중에서도 많은 연구자들에 의해 최초의 시발점으로 주목받아온『호토토기스不如歸』(도쿠토미 로카德富蘆花, 1898~1899)의 번역/번안 과정을 구체적인 사례로 삼아 분석하고자 한다. 이때 번안/번역의 일반적인 용례를 인정하되, 그 둘의 차이보다는 원작으로부터 번역/번안 과정과 그 이후 조선사회에서 어떤 유의미한 변화가 드러났는지에 주목하고자 한다. 이를 통해 제국에서 식민이라는 관계, 근대와 전근대의 관계가 어떻게 번역/번안의 과정에서 드러나는지를 살펴볼 수 있을 것이다. 나아가『호토토기스』의 번역/번안을 젠더의 관점에서 '다시 보기re-vision'를 행했을 때, 어떤 유용한 의미들이 도출되는지를 살펴보고자 한다.

2. 『호토토기스』의 번역 / 번안 과정

　근대문학 초기의 일본 가정소설의 번역 / 번안은 얼핏 여성 번역문
학사의 주제에서 다루기에는 난감해 보인다. 왜냐하면 가정소설의
번역 / 번안의 주체는 남성이었을 뿐만 아니라, 그 수용자가 여성 독
자들을 대상으로 한 것이었는지도 확증하기에 어렵기 때문이다. 그
러나 이 글에서 주목하고자 하는 것은 여성 번역문학 주체의 문제뿐
만 아니라, 어떻게 여성적인 것이 번역되었는지의 문제이다. 애초 가
정소설의 주제가 국가(일본 국민국가)와 가족을 결합시키는 문제였으며,
그것이 식민지 조선에서는 여성성 / 여성적인 감성의 창출과 깊은 관
련이 있다는 것이 이 글의 출발점이다. 아울러 그러한 번역-수용과정
자체가 단일한 의미를 구성하는 근대 / 이성 / 주체의 관계망에서 벗
어나는 탈근대 / 타자의 맥락을 시사한다.

　한국 근대문학 형성기에 번역은 신문물의 수용이라는 긍정적인
측면과 동시에 식민지적 이식이라는 부정적인 측면도 있다. 후자의
경우, 제국에 의해 중심과 주변이 위계화되는, 대단히 보편적인 식민
지전략이지만 한국의 경우에는 다소 예외적이면서도 복잡하다. 제국
일본과 식민지 조선의 관계에는 일반적으로 '번역'에 내재되어 있는
원본-번역본의 위계 외에도, 서양과 동양이라는 관계가 얽혀 있기 때
문이다. 즉 조선이 행했던 일본문물의 번역은 서양을 원텍스트로 하
는 중역의 과정이었다. 식민지적 이식을 통해서 신문물을 수용한다
는, 부정과 긍정이 동시에 성립되는 이중적 상황이었던 셈이다.

　한편 한일 강제병합 이후 조선과 일본 사이에서 '번역'이란 논리적
으로는 성립되지 않는 모순이었다. 실제 언어 현실과는 차이가 있겠

지만, 당대에서는 '국어상용자 / 국어비상용자'[4]의 구별처럼 국어로써 일본어를 사용하는가 아니면 조선어를 사용하는가의 문제만이 논리적으로 성립 가능했다. 그래서 종주국 일본에서 번역 / 번안은 국어(일본어)의 문제와 관계하지만 식민지 조선의 대다수 번안은, 일본어 번안의 '동일성'을 복제하는 관계에서 일본 제국 안의 식민화된 신민으로서 종속시키는 식민지 주체 형성의 기제로서 번역의 원본의 문제를 재인식하게 한다.[5] 이러한 사정 때문에 식민지 조선에서는 번역과 번안의 구별이 출판-저작권 등의 현실적 차원에서는 문제시되지만, 그 당시 원텍스트의 변환과정에서 번역과 번안의 차이를 의식하거나, 이를 구별하기란 난감하다. 오히려 일본문물을 원텍스트로 하는 경우, 번역이든 번안이든 '조선적인 것'으로 수용하는 현지화·대중화 과정일 뿐이었을 것이다.

일반적으로 번안소설이란 원작을 바탕으로 하되 등장인물이나 배경을 번안하는 곳의 상황에 걸맞게 바꾸어 옮기는 방식을 말한다. 그런데 한국의 1910년대 번안소설을 살펴보면 적잖은 편차가 드러난다.[6] 원작을 의도적으로 과감하게 변형시키는가 하면, 최소한의 고유명사만 바꾸는 경우도 있다. 그 차이란 번역과 번안의 거리 못지않게 현격하다. 또 조선적인 특수성뿐만 아니라, 원칙적으로 번역과 번안을 구별하는 일도 만만치 않다. 번역의 다양한 스펙트럼 가운데 하나로 번안을 꼽기는 어렵지 않지만 둘 사이의 경계는 분명치 않다는 것

4　1911년 8월 조선교육령의 발포를 계기로, 조선에서는 일본어를 '국어'로 한글은 조선어의 지위를 갖는 위계가 구축되었다. 이에 따라 보통학교에서는 조선어 과목을 제외하고는 일본어로 수업이 이루어졌으며, 관공서와 법률문서 등 공공의 영역에서는 일본어, 생활의 영역에서는 한글이 사용되는 이중적인 언어상황에 놓였다.

5　권정희, 『호토토기스의 변용』, 소명출판, 2011, 343쪽.

6　이하 1910년대 번안소설의 편차에 대해서는 박진영(『번역과 번안의 시대』, 소명출판, 2011, 32~42쪽)의 논의를 요약했다.

이 일반적이며[7] 한국의 번역 및 번안 소설사의 맥락을 고려한다면 번안을 상위 개념으로 삼고 원작에 대한 완역과 직역을 특수한 형태로 지적하자는 주장이[8] 훨씬 설득력 있다.

『호토토기스』는 메이지시대 최고의 베스트셀러이자 연극 흥행작이다. 『호토토기스』는 1898년 11월 11일부터 이듬해 5월 24일까지 『고쿠민신분國民新聞』에 연재되었으며 1900년 1월 민유샤民友社에서 단행본으로 출판되었다. 이후 1904년에 『나미코Namiko』로 영역된 것을 시작으로 폴란드어, 스페인어, 포르투갈어, 이탈리아어, 스웨덴어, 러시아어, 프랑스어, 독일어, 중국어로도 번역되었다.[9] 또 『호토토기스』는 단행본으로 출판된 이듬해인 1901년 2월에 처음 공연된 이래 꾸준히 연극무대에 올랐고, 조선에서도 조선 거주 일본인을 위한 일본 극단의 내한공연 가운데 가장 높은 빈도를 보였다. 이후 1912년 3월 조중환에 의해 극단 문수성 창립공연으로 처음 무대에 올랐던 『불여귀』는 1910년 내내 인기있는 레퍼토리로 꼽혔다.[10]

이후 『호토토기스』는 1912년 2월과 9월에 선우일에 의해 『두견

---

7 이재선, 『한국 개화기소설 연구』, 일조각, 1990, 311~336쪽. 이에 더해 박진영은 구체적인 번역이나 번안의 실상이란 늘 완역과 초역, 직역과 의역 사이의 어느 한 국면으로만 실현될 수 있을 따름이어서 번역 및 번안의 수위를 계량하는 일은 곤란하거나 설사 가능하더라도 소모적인 일이 되기 십상이라고 지적한다(박진영, 앞의 책, 39쪽). 이에 비해 '번안은 번역과 창작의 중간 형태를 띠는 것'으로 '외국문학을 도입하는 초기과정에 있어서의 어쩔 수 없는 기형적인 도입방편에 불과'하므로 '본격적인 번역이 행해지기 전에 요구된 시대적인 산물'이라는 부정적인 시각도 있으며, 이처럼 번안을 번역 초기에 발생하는 과도기적 현상으로 파악하는 난세론적인 인식은 위의 견해들보다 더 앞선 논의로 기존 문학사에서 전통적인 시각이었다. 그러나 최근에 이르러 번역에 대해 소위 '번역불가능성'과 같은 인식이 대두하면서, 번역과 번안의 차이에 대한 인식변화가 가능해졌다고 판단된다.
8 박진영, 위의 책, 39쪽.
9 신근재, 「한·일 번안소설의 실상」, 『일본근대문학』 3, 한국일본근대문학학회, 2004, 37~38쪽.
10 양승국, 「1910년대 한국 신파극의 레퍼터리연구」, 『한국극예술연구』 8, 한국극예술학회, 1998.

성』으로 번안되어 전2권으로 출판되고, 같은 해 8월 조중환에 의해
『불여귀』로 번역되어 전2권으로 출판되었다. 역시 같은 해 9월 김우
진은 원작의 주요 모티프를 활용해서 『유화우』를 내놓았다. 기존 연
구자들은 문학사에서는 1912년이라는 한 해에 번역, 번안, 개작[11]이
라는 세 갈래 다른 방식으로, 또 일간지 연재를 거치지 않은 채 단행본
으로 곧장 출판되었다는 특징적인 면모를 이미 지적한 바 있다.

원작 『호토토기스』는 상편19회, 중편24회, 하편29회, 총72회의 전
체 3편으로 구성되어 있다.[12] 이에 비해 조중환의 『불여귀』는 상편이
35회, 하편 37회, 총 72회의 전체 2부이며, 선우일의 『두견성』은 상편
이 35회, 하편 37회, 121쪽으로 총 60회, 총 281쪽이다. 『불여귀』와 『두
견성』이 2부 구성으로 바뀌어서 원작 『호토토기스』의 중편(7의 1)에 해
당하는 장면에서 하편을 시작하는 외에는 구성상의 대폭적인 첨가와
삭제는 거의 없다. 이에 비해 『유화우』는 장절의 단위가 모두 제거된
채 상편과 하편으로만 구분되었으며, 단권으로 출판된 단행본이다.
『호토토기스』의 주요 모티프를 공유한 것은 확실하지만, 후반부에 이
르면 부분적인 첨삭이 아니라 전혀 다른 후일담의 구조가 삽입되어 구
성자체를 변주한 개작이다.[13] 특히 원작과 번역 / 번안작의 실질적인
비교·대조를 낱낱이 가하고 있는 권정희에 따르면, 『호토토기스』와
『두견성』–『불여귀』의 번역 / 번안에서 가장 큰 특색은 등가교환이다.[14]

---

11 논자에 따라서는 『유화우』를 번안소설로 혹은 개작소설, 신소설로 규정하는 차이가 있으나,
    대체로 『불여귀』, 『두견성』에 비해 원작의 변용정도가 가장 크다는 데에는 이견이 없다.
12 원본과 번역본의 구성에 대해서는 권정희의 각 작품별 구성대조표(『호토토기스의 변용』,
    소명출판, 2011, 432~433쪽)의 도움을 받아, 재정리한 것이다.
13 박진영, 앞의 책, 285쪽. 이 글에서는 『유화우』가 번역소설을 시리즈로 기획한 동양서원의
    '소설총서'에 속해 있었다는 점은 고려하지만, 비교기준의 일관성을 마련하기 어려운 점을
    감안해 『호토토기스』–『불여귀』–『두견성』을 중심으로 비교·대조하며, 일대일 대응이 어
    려운 『유화우』는 본격적인 분석대상에서는 제외한다.

『호토토기스』는 청일전쟁을 배경으로 다케오와 나미코라는 신혼 부부가 남녀주인공으로 등장하여 남편은 청일전쟁에 해군장교로 파견되어 나라를 위해 싸우고, 전쟁에 나간 남편을 기다리는 아내는 결핵에 걸리고, 시어머니의 구박을 받다 결국 병으로 죽고 만다는 내용이다. 『두견성』-『불여귀』에서도 전체 내용은 거의 변화가 없다. 다만 언어구사의 차이나,[15] 식민지 조선의 현실적 상황을 감안해 청일전쟁 배경이 러일전쟁으로 바뀌거나, 전쟁서사가 대폭 축소되는 등의 차이가 있다.[16]

14　권정희, 「도쿠토미 로카『호토토키스』의 번역과 번안」, 『민족문학연구』, 2003.

15　권정희는 『호토토기스』라는 동일한 원작이『두견성』과『불여귀』의 서사로 분기된 사실을 언어적인 측면에서 고찰하고 있다. 1912년의『두견성』과『불여귀』는 한자・한문에서 한글로 언어가 전환되는 과정에서 서로 다른 서사를 구축했다는 것이다. 『두견성』은 한자・한문의 교양과 친숙한 독자를 대상으로, 『불여귀』는 한자・한문의 소양과는 다른 새로운 교양의 지식인과 대중 독자를 대상으로 순한글의 언어감각을 표출했다는 것이다. 또『두견성』과『불여귀』는 한국어의 특성상, 여성어・남성어의 구분없이 사용되고 있다는 점도 지적한다(권정희, 앞의 책, 6장 참조).

16　이 글에서는 여성 번역문학사의 가능성을 진단하는 사례로『호토토기스』의 번역／번안 과정을 살펴보는 바, 개별 작품연구사의 세세한 비판은 생략하고, 전체 연구경향만을 짚어보기로 하겠다. 『호토토기스』의 번역／번안 과정과『불여귀』, 『두견성』, 『유화우』에 대한 연구는 이미 상당한 양이 축적되어 있다. 특히 1990년대 이후 근대문학사에서 번역문학을 본격적으로 논의하면서 양적으로나 질적으로 의미있는 연구성과들이 나왔다. 종합적인 연구로는 권정희(『호토토기스의 변용』, 소명출판, 2011), 박진영(『번역과 번안의 시대』, 소명출판, 2011), 최태원(「일재 조중환의 번안소설연구」, 서울대 박사논문, 2010) 등이 있으며 그 외『대한매일신보』, 신문관, 동양서원 등과 같이 번역과 번안이 이루어지는 매체 등의 제도 차원의 연구(권두연, 「신문관 단행본 번역소설 연구」, 『사이間SAI』제5호, 국제한국문학문화학회, 2008.11; 한기형, 「근대어의 형성과 매체의 언어전략」, 『역사비평』71호, 역사비평사, 2005), 실제 번역／번안의 언어적 차이(권정희, 「도쿠토미 로카의『호토토키스』의 번역과 번안」, 『민족문학사연구』22호, 2003; 전은경, 「1910년대 번안소설연구」, 경북대박사논문, 2006), 근대소설사적 맥락의 연구(권보드래, 「죄・눈물・회개-1910년대 번안소설의 감성구조와 서사형식」, 『한국 근대문학 연구』제16호, 한국근대문학회, 2007.10), 번역가와 수용상황에 대한 연구, 연극・영화화된 사례 연구, 텍스트 자체 분석(박진영, 「1910년대 번안소설과 '실패한 연애'의 시대」, 『민족문학사연구』26호, 민족문학사학회, 2004; 박진영, 「일재 조중환과 번안소설의 시대」『민족문학사연구』26호, 민족문학사학회, 2004), 비교문학사적인 차원의 연구(신근재, 『한일근대문학의 비교연구』, 일조각, 1995, 홍선영, 「'통속'에 관한 이설異說」, 『일본문화연구』29집, 2009) 등 다양한 주제의 연구들이 이루어졌다.

『호토토기스』의 번역 / 번안 과정에서 좀 더 흥미로운 것은 번역 / 번안 과정을 둘러싼 원작의 세계와 번역의 세계의 차이이다. 제국의 전쟁서사, 근대 가정과 여성담론을 배경으로 한『호토토기스』가 이제 막 식민지로 호출되어버린 조선에서, 또 아직 담론에서조차 근대적인 가정과 여성의 의미나 형상이 만들어지지 않은 조선에서 번역 / 번안 되어버린 그 현실적인 격차가 엄연히 실재했기 때문이다. 이 글에서 는『호토토기스』의 번역 / 번안이라는 1차적 사실로부터, 이후 어떻 게 다른 담론상의 변화가 생겨났는지, 이후 식민지 조선에서 일어난 변화들로부터 어떤 의미들을 읽어낼 수 있는지를 살펴보고자 한다.

3. 가정소설의 번역과 감정의 성별화

1910년대 번역 / 번안소설에 대한 관례화된 평가는 값싼 눈물과 낡은 취향으로 위장된 신파조라는 비판이다. 나아가 번안소설은 식민당 국의 대변인 노릇을 맡은『매일신보』를 빌려 자행된 저열하고 기만적 인 통속성의 이식이자 재생산에 불과하며, 전근대적인 이데올로기의 부활과 승리를 위해 앞장선 장본이라고까지 신랄하게 비판한다. 이러 한 평가는 1910년대 번역 / 번안소설에 대해 일반적이면서도 강력한 통 념으로 끊임없이 되풀이되어왔다.[17] 그래서 『호토토기스』-『불여 귀』-『두견성』은 식민지적 감성이라 일컫는 '눈물'의 정서를, 그와 비슷

---

17 박진영, 앞의 책, 333쪽.

한 '한(恨)'의 정서, 애상성과 감상성, 멜로드라마 혹은 신파의 원조라는 것이다. 그리고 이런 감정의 서사는 여성적인 것으로 규정짓는다.[18]

한편 1910년대 번안소설의 감성구조의 특징을 '동정'과 '눈물'의 감성구조, '죄'와 '회개'의 메커니즘이라고 지적한 연구는[19] 이 글의 논의 전개에 중요한 단서를 제공해주고 있다. 그에 따르면, 1900년대 신소설을 읽는데 있어 핵심적인 요소가 '재미'였다면 1910년대에 신소설을 거치면서 텍스트를 향유하는 관습으로 '동정'과 '눈물'이 추가된 것이다. 나아가『눈물』(이상협,『매일신보』, 1913.7.16~1914.1.21)처럼 여성 주인공의 멜로드라마와 거리가 먼 소설에서도 눈물과 회개의 메커니즘이 전면적으로 드러나 있다고 지적한다. 따라서 번안소설류를 통해 활성화된 '동정'과 '눈물'을 통해 '1910년대적인' 감성구조와 서사형식을 전형적으로 살펴볼 수 있다는 것이다. 이상의 논의에서처럼 번역 / 번안소설의 새로운 감성으로 '눈물'의 서사가 특징적으로 드러나는 것이지만, 그것이 성별에 따라 구별되지는 않는다는 점이 명확하게 파악된다.[20] 그렇다면 번역 / 번안소설='눈물'의 서사=신파 / 멜로=여성으로 범주화되는 일반적 통념은 어떻게 이해해야 하는 것일까.

---

18 사실 '눈물'이 식민지적 감성이라거나, 우리는 '한'의 민족이라는 말들은 별다른 논리적 설득력이 없는 그야말로 감정적인 수사일 뿐이다. 예컨대 식민지 조선의 대중가요에서 가장 많이 나타났다는 '슬픔'의 정조는 그당시 일본 대중가요와 비교해서 별 차이가 없었고, 눈물의 과잉만큼이나 당대 대중문화에서 웃음과 유머, 코미디 등의 요소도 넘쳐나고 있었다. 마찬가지로 슬픔의 정서와 여성적인 취향을 함께 묶을 근거도 또한 모호하다. 오히려 이들을 감정의 문제가 아니라 '무의식을 포함한 시대의 지적·심리적 풍토'와 관련시키는 망탈리테mentalite의 관점에서, 왜 이들이 지배적인 감성으로 인식되었으며, 그것이 여성의 것으로 규정되었는지를 논의하는 것이 훨씬 유의미할 것이다.

19 권보드래,「죄·눈물·회개-1910년대 번안소설의 감성구조와 서사형식」,『한국 근대문학 연구』제16호, 한국근대문학회, 2007, 10, 23~29쪽.

20 그러나 이와 같은 논의(권보드래, 위의 글)는 1910년대의 독특한 감성구조를 밝히고, 그것을 1900년대의 신소설과 다음 시기인『무정』의 시대까지 문학사적인 맥락을 짚어주는 의의가 있는 반면, 젠더적 관점과 평가는 고려하지 않고 있다.

우선『호토토기스』-『불여귀』-『두견성』에 등장하는 '눈물'의 서사를 실증적으로 살펴보자.『호토토기스』의 경우, 기존 연구에서 공통적으로 밝히고 있는 것처럼 근대 국민국가의 형성에서 요청되는 국민의 연대감과 감정의 생성에 기여한 일본의 국민문학이다. 따라서 작품 내에서 드러나는 '눈물'은 명백히 개인의 것이지만, 공동체의 일원으로서의 소속감과 공감을 불러일으키는 무성별의 것에 가깝다. 이에 비해 기존 연구에서 확인된 것처럼[21]『불여귀』와『두견성』은 식민지라는 상황적 특수성 때문에 원작의 전쟁서사가 상당부분 축소되고, 애정서사가 확장된 만큼 국민적인 연대나 국가구성원으로서의 정체성 확인 등은 현저히 약화되어 있다. 그런데 흥미로운 것은 전체 줄거리로부터 추출되는 비극적인 상황—여성인물의 초년 고생, 결핵, 고부갈등, 남성인물의 전쟁시련, 부부이별, 병사病死—과는 별개의 문제로 실제 텍스트에서 나타나는 '눈물'에 대한 서술이다.『불여귀』와『두견성』의 '눈물'도『호토토기스』만큼이나 남/녀의 성별 차이가 없다. 즉 여성인물과 남성인물이 드러내는 '눈물'과 슬픔/비애 감정을 질적·양적으로 구별하기가 어렵다는 것이다. 또 이들을 눈물의 과잉, 감정의 과잉이라는 맥락에서 해석하기에도 무리가 있다.

『호토토기스』-『불여귀』-『두견성』세 작품 모두 초반부에서는 여성인물—나미코/혜경—이 어린 시절, 계모의 구박으로 서러워서 눈물을 흘리는 장면이 나올 뿐, 별다른 눈물의 서사가 없다. 예를 들면, 어린 시절의 나미코는 계모의 구박으로 서러워서 눈물을 흘린

---

21 『호토토기스』에는 애정서사와 전쟁서사의 비중의 거의 비슷하지만, 식민지 조선에서는 전쟁의 주체인 국가가 부재하는 상황 때문에, 번역/번안 과정을 거치며 전쟁이 의미 있는 역할을 하지 못하고 비극적인 부부애(『두견성』)로 경사되었다고 지적한다(권보드래, 「한국·중국·일본의 근대적 문학개념 및 문학어의 형성—소설『불여귀』의 창작 및 번역·번안 양상을 중심으로」,『대동문화연구』42집, 2003, 391~399쪽).

다. "나 한 몸만 나무람이 아니라 돌아가신 모친까지 어울러서 욕을 먹이니 참고 참던 어린 마음이 일시에 섫고 야속하여 목이 메어 나오는 울음은 아니 울려고 (…중략…) 문 뒤에 비켜서서 남모르게 비죽비죽 울기도 한두 번이 아니러라."[22] 이후 나미코 / 혜경의 폐병이 심해지면서 본격적으로 최루성 장면들이 다수 등장한다. 이때의 눈물은 대체로 가련한 여성인물에 대한 '동정'의 눈물이자, 병病에 대응하는 인간의 자연스러운 슬픔 표출이다. 그래서 나미코 / 혜경 ─ 다케오 / 붕남의 '눈물' 사이에 별다른 차이가 없고, 군인이자 남성인물인 다케오 / 붕남도 '뜨거운 눈물', '더운 눈물'을 빈번히 흘리고 있다.

나미코 / 혜경의 결핵 발병 사실을 알고 나서, 서로의 부부애를 확인하는 장면을 살펴보자. 『불여귀』에서는 이즈해변에서 병이 나으리라는 믿음을 가지고, 부부사랑으로 병을 이겨내자며, 남편 다케오가 아내 나미코의 손을 끌어다 입에 대는 장면이 나온다. 이때 나미코의 손에 "다케오가 보낸 보석반지가 찬란"하게 빛나고, "눈앞으로 흰 돛단배 한 척이 흐르는 듯이" 지나가는 아름다운 풍경이 묘사된다. 나미코는 "눈에 눈물을 머금고 다시 웃음"을 띠며 살고 싶다는 희망을 강하게 드러내면서, "죽거든 우리 둘이 한가지로" 죽을 것을 바란다. 『두견성』에서도 여성인물인 '혜경'이 과잉된 눈물을 보이기보다는 "눈물이 핑그르르 돈 눈에 웃는빗을 씌오며"라는 정도로만 나타난다.[23] 또 눈물을 가득 담은 채로 미소를 보이며, 삶과 죽음을 가로지르는 아내를 보는 남편은 결국 눈물을 흘리고야 만다. "다케오는 방울방울 떨어지는 눈물을 뿌리"고, 아내도 "남편의 손을 두 손으로 꽉 쥐며 남편의 몸

---

22 조중환·박진영 편, 『불여귀』, 보고사, 2006, 25~26쪽. 이하 작품 인용 시에는 쪽수만 명기한다.
23 선우일, 『두견성』 상권, 보급서원, 1912, 110쪽. 이하 작품 인용 시에는 상권, 하권의 구별과 쪽수만 명기한다.

에 실리고 더운 눈물을 뚝뚝 떨어트린다."(『불여귀』, 128쪽) 『두견성』에
서도 "붕남은 눈물을 씻고 혜경의 머리를 쓰다듬으며"(상권, 110쪽), "혜
경은 붕남의 손을 두 손으로 밧삭 쓸어쥐며 몸을 턱―의지홀 쎄에 더
운 눈물이 붕남의 무릅우흐로 쎠러지며"(상권, 111쪽) 슬퍼하는 모습을
보인다.

　나미코/혜경은 작품 초반부에서부터 가냘프고 여성적인 이미지
로 형상화되어 있고, 더구나 지금은 결핵이라는 불가항력적인 비극을
겪고 있는 슬픔의 주인공이다. 그래서 시시때때로 죽음을 예감하고 남
편과의 이별을 두려워하는 채로 일상을 보낼 수밖에 없다. 얼핏 비련
의 여주인공의 전형적인 모습처럼 여겨지는 나미코/혜경과, 그런 아
내를 동정하고 부부이별을 슬퍼하는 남편의 눈물은, 그러나 실제 텍스
트에서는 질적·양적으로 별반 차이가 없다. 오히려 위 장면에서는 아
내는 눈물을 머금고 있거나(『불여귀』) 눈물이 맺힌 채(『두견성』) 자신의
비극을 체념하고 있다면, 남편은 눈물을 뚝뚝 흘리고(『불여귀』, 『두견
성』), 그를 보며 아내마저 함께 눈물을 터뜨리고 있다. 작품 전체에서도
남성인물의 경우, 슬픔을 드러내거나 눈물을 흘리는데 아무 거리낌이
없고, 그 정도와 빈도가 여성인물과 별반 다르지 않으며, 위 장면에서
처럼 경우에 따라서는 여성보다 더 과도한 눈물표현도 나타난다.

　본격적인 부부이별이 예고되는 부분에서도 이러한 현상은 마찬가
지다. 아내와 헤어질 것을 강요하는 어머니 앞에서 "인정에야 남녀가
무슨 다른 것"이 있냐면서 거절하는 "다케오는 두 눈으로 눈물이 뚝뚝
떨어져서 옷깃을 적신다"(『불여귀』, 144쪽)[24] 원작 『호토토기스』에서도
이 부분은 다케오가 "뜨거운 눈물"을 떨어뜨리는 모습(武男は思わず熱き涙

24　德富蘆花, 『小說不如歸』(民友社, 1900), 岩波文庫, 1938, 115쪽. 이하 작품 인용시에는 이와나
　미문고판의 쪽수만 명기한다.

をはらはらと疊に落としつ。)으로 나타나고, 『두견성』에서도 마찬가지로 "붕남은 부지불각에 더운 눈물이 옷깃에 써러지더라"(상권, 127쪽)고 서술하고 있다. 이후 계속되는 어머니의 채근에 다케오는 계속 눈물을 흘리고, 아내의 처지를 동정해서 또 눈물을 흘린다. 이 부분을 각 판본 별로 비교해보면, 『호토토기스』에서 다케오가 흘리는 눈물이나(思えば心の臟をむしらるる心地して、武男はしばし門外に涙をぬぐいぬ, 117~118쪽), 『불여귀』에서 다케오가 "먹먹히 앉아 눈물만 흘리며"(145쪽) "생각이 날 때에 가슴이 찢어지는 듯이 심사가 비창하여 다케오는 곧 대문을 들어가지 못하고 한참 동안이나 문외에 서서 하염없이 흐르는 눈물을 억제하고"(『불여귀』, 147쪽) 있는 모습, 『두견성』에서 붕남이가 "입살을 닥어물고 더운 눈물을 흘니"(상권, 128쪽)고, "일변 싱각흔즉 쎠가녹는듯ㅎ야 붕남은 문밧게셔 눈물을 씻고 드러가"(상권, 130쪽)는 모습은 서술표현상의 차이가 있을 뿐 슬픈 감정을 드러내는 정도나 빈도는 거의 비슷하다.

이후 나미코 / 혜경은 표면상으로는 치료를 위해서라고 하지만, 실질적으로는 거의 소박맞다시피 쫓겨난다. 그런 아내에 대해서 다케오 / 붕남은 아무것도 할 수가 없다. 지금 급박한 일은 전쟁에서 군인의 임무를 다하는 것이기 때문이다. 따라서 "나미코는 이 세상에 없는 사람으로 문득문득 생각날 제마다 슬픈 마음을 진정키 어렵다. 이때 다자키가 와서 집의 소식을 전하므로 다케오는 그 모친의 안부를 살폈으며 겸하여 나미코의 근일 동정도 대강들었더라. 그러나 다케오는 나미코의 소식을 들으매 눈물이 옷깃을 적신다"(『불여귀』, 207쪽) 『두견성』에는 이 부분이 없고, "혜경은 아마 이 세상을 써낫스려니 싱각홀 쎠마다 가을밤 들밧게셔 슬픈노리를 듯는 것과 갓히 한가지 슬픈 회포가 싱기는것을 즈연히 금지치 못홀네라"로 마무리하고 있다(하권, 63쪽).

이별한 나미코의 편지가 도착했을 때 다케오의 반응은 슬픔의 절

정을 보여준다. 원작 『호토토기스』에서 다케오의 그치지 않는 눈물을 강조한 장면은(武男は泣きに泣きぬ, 173쪽) 『불여귀』, 『두견성』에 이르러 더욱더 극적인 슬픔으로 묘사된다.

다케오는 유지를 받아 가지고 필적을 이리저리 들여다보더니 홀연 흥격이 막혀 말을 이루지 못한다.

그 여자로다, 그 여자로다. 그 여자 곧 아니면 누가 있으리오. 이 옷 지은 것을 보건대 솔기마다 일천 줄기 피눈물의 흔적이며 병을 억제하고 붓을 쥐었으므로 글씨의 획이 모두 떨렸도다.

하인 나가기를 기다리지 못하고 샘솟듯 하는 눈물이 드디어 소리질러 통곡에 이르렀다.(『불여귀』, 209쪽)

쌌든 죠희를 들고 니일홈 쓴 필젹을 봄이 홀연히 가슴이 막히고 목이 메이니 붕남은 그 필젹을 아는것이라.

"혜경이로고나 혜경이로고나 혜경이가안이고야 누가 그리힛스리오 그 옷을호아나간 바늘 자국마다 비록 흔적은 업슬지라도 일천줄기 일만줄기의 눈물이 완연ᄒ지 안이혼가 그 병즁에 근신히 쓴 글ᄼᄌᄂᆞ 연약혼 손에 슈젼ᄉ증이 나셔 쓴 것이 안인가"

사롬이 다 나가기를 기다려셔 붕남은 눈물이 심암솟듯(하권, 65쪽)

이에 비해 여성인물 나미코 / 혜경의 눈물은 남편에 비해 주로 자신의 신세한탄에 집중되어 있다는 차이가 있을 뿐이다. 예를 들면 다케오 / 붕남이 전쟁터에서 부상을 당했다는 소식을 들은 나미코는 남편을 위해 아무 것도 할 수 없다는 자신의 무력함과 남편을 향한 그리움, 이별에 대한 애틋함으로 눈물을 흘린다. 병들어서 외로운 자신에 대한 신세한탄도 이 슬픔을 가중시키는 원인이 된다. "정을 두고도 내 마음대로 못하는 이 근심과 이 원망에 애꿎은 눈물만 솟아나며 가슴만 터지는도다. (…중략…) 나미코는 이 편지를 붙들고 눈물이 비 오듯 한다."(『불여귀』, 216쪽) "홀슈가 업서 심ᄉᆞ를 진뎡치 못ᄒᆞ더니 (…중략…) 혜경은 그 편지의 것봉만 보고도 ᄒᆞ염업시 눈물이 나오더라"(하권, 72~73쪽) 또 돌아가신 어머니에 대한 그리움, 병든 자신에 대한 자기원망, 남편과 이별에 대한 서러움 등이 나미코 / 혜경이 흘리는 '눈물'의 이유다.

우리 어머니가 살아계시면 이런 괴로움과 저런 설움도 원정을 하며 이 약한 몸에 가볍지 안니한 짐을 서로 나눠 질까 하였더니 무슨 연고로 나를 버리고 먼저 돌아가셨노 하는 생각이 날 제마다 솟아나오는 눈물은 사진 바라보는 눈을 가려 몽롱하게 만든다.(『불여귀』, 217쪽)

만일 도라가신 어머니가 이썬ᄉᆞ지 안져계시드면 이고싱도 말슴ᄒᆞ고 이 셜은것도 하소ᄒᆞ야 이러케 연약ᄒᆞᆫ 몸에 지고 남은 무거운 짐도 얼마큼 가븨여질것인디 웨 나를 ᄇᆞ리고 가셧노ᄒᆞ고 싱각ᄒᆞᄂᆞᆫ 동시에 더운 눈물이 저절로 소ᄉᆞ나 샤진은 안ᄀᆡ속으로 보ᄂᆞᆫ듯이 희미ᄒᆞ게 되더라(하권, 73~74쪽)

어찌하면 이 세상은 이와같이 부정한고. 이 몸은 낭군을 그리워 목숨이 조석에 달렸고 낭군은 이 몸을 또한 그와 같이 생각하거늘 어쩐 연고로 이 부처 두 사람의 인연을 긇었는고. 낭군의 지극히 사랑하는 마음이 이 편지 가운데 나타났도다. (…중략…) 나미코는 두 손으로 얼굴을 가리고 느끼며 우는데 수척한 두 손 사이로 흐르는 눈물은 바위 위에 뚝뚝 떨어진다. (…중략…) 흐르는 눈물을 씻을 생각도 아니 하고 나미코는 맥없이 바다만 바라본다(『불여귀』, 219~221쪽)

엇지면 셰상이 이러케 마음ᄃᆡ로 되지 안는고 나는 ᄇᆞᆼ남을 싱각ᄒᆞ고 싱각ᄒᆞ

다가 병보다 싱각으로 죽을 디경이오 붕남이도 이러케 싱각ᄒ는 것을 엇지타
가 부쳐의 연분이 쯘어졋는고 붕남의 마음은 피보다 붉은 눈물이 이 편지를
믈드리지 안이ᄒ얏는가 (…중략…) 혜경은 얼골을 가리우고 목이메엿는더
상긋ᄊᄊ한 손가락사이로 ᄉ여나오는 눈물은 바외로 쑥ᄊ써러지더라. (…중
략…) 시암솟듯ᄒ는 눈물을 밋쳐 씻지못ᄒ고 혜경은 바닷물을 바라다보더라
(하권, 76~78쪽)

그 외 작품에 등장하는 주변 인물들의 눈물도 남녀 별반 다를 바가
없다. 주로 나미코 / 혜경의 조력자 역할을 하는 인물들 — 가토부인 /
권부인, 유모, 친정아버지인 가다오카중장 / 왕부장 — 은 나미코 / 혜
경에 대해 동정과 공감의 눈물을 흘린다. 자신이 친정으로 쫓겨가는
줄도 모르고 간단하게 짐을 싸려는 나미코를 보면서, 그 속사정을 다
알고 있는 가토부인이 동정의 눈물을 흘리는 장면이 나오는데, 『불여
귀』에서는 "이때 가토부인은 이 경광을 보고 참지 못하여 뚝뚝 떨어
지는 눈물을 우산으로 남 못 보게 가린다"(170쪽)로, 『두견성』에서는
"권부인은 참기 어려워서 련히 써러지는 눈물을 양산으로 가리여 숨
기더라"라고 형상화한다.(하권, 22쪽) 또 다른 인물들의 눈물도 '동정'의
성격인 것은 마찬가지이다. 친정집에서 자신이 쫓겨났다는 내막을
알게 된 나미코가 벌벌 떨면서 어찌할 바를 모르니, "모두 집안 사람
은 눈물이 옷깃을 적신다"(『불여귀』, 172쪽) / "왼 집안이 다 눈물이라"(하
권, 25쪽)면서 모두가 '동정'의 눈물을 흘리는 장면을 묘사한다.
그리하여 마침내 나미코 / 혜경의 병이 점점 위중해져서, 임종을
맞이하자, "뚝뚝 떨어지는 눈물을 안경 밑으로 흘리면서 가토부인은
그 편지를 받아 얼풋 품속에 간수하고" 유언을 하는 나미코도 "목이
메어 말을 못하고 한참 있다가" "가토 부인은 막혀 나오는 눈물에 말

을 이루지 못하고 고개만 끄덕거린다." 모든 일을 다 잘 처리하겠다며 가토부인이 안심시키자 "뜨거운 눈물을 흘리며" 한숨을 내쉰다. "아이고, 아······아주머니, 나는 후세에는 다시 여편네로는 아니 태어날 테야요 ······아이고······"(『불여귀』, 248~249쪽) 『두견성』의 표현도 이와 유사하다. "시로 소스나오는 눈물을 억져ㅎ고 권부인은 다만 고기를 쓰덱〃〃ㅎ는디 혜경은 눈을 감엇다가 죠곰잇더니 쏘 눈을 번쩍 쓰며 (···중략···) 홀연히 외꼿같은 얼골이 붉으레ㅎ게 되며 더운 눈물이 쏘다지고 기인 한숨 한번을 쉬더니 "에그 사롬 죽깃네 에그 원통히 다시는 — 다시는 계집이 되어나지 안을터이야 — 아아아 —"(하권, 115~116쪽) 이후, 중장 / 왕부장(아버지)나, 친구들 / 함께 공부하던 숙녀들, 유모 등 "수건을 아니적시는 자 없더라"는 『두견성』(하권, 119쪽)의 표현처럼 모두가 다 눈물을 터뜨리는 최루성 장면이 등장한다. 여성인물의 죽음 앞에서 모든 등장인물이 다 우는 것처럼, 뒤늦게 아내의 죽음을 알고 무덤을 찾은 다케오 / 붕남은 마찬가지로 눈물을 터뜨리는데, 그의 눈물은 여타 인물보다 더욱더 비장하고 거대한 '통곡'(『불여귀』, 『두견성』 모두 마찬가지이다)으로 표현된다.

널리 알려져 있다시피 원래 '눈물'과 '비애'는 고독한 영웅이라는 것을 나타내는 징표로 남성적인 감정으로 분류된다. 그러나 근대 이후, 눈물은 여성적인 감정으로 의미화되는데, 식민지 조선에서도 신파-눈물-여성이라는 감정구조는 거의 공식화되다시피 한다. 이는 그동안 『호토토기스』-『불여귀』-『두견성』를 설명할 때도 마찬가지였다. 그러나 실제 작품에서 다케오 / 붕남이 보여주는 '눈물'은 남자, 군인임에도 불구하고 절제한다든가 감춘다든가하는 것은 없다. 그는 아내의 병-이별-죽음이라는 슬픔 앞에서, "털석 간쟝이 다 녹아서" "단장지정"의 눈물을 터뜨리고, "하염없이 흐르는 눈물", "뜨거운 눈물"을 쉴새없이 "뚝뚝" 떨어뜨리고, "옷깃을 적시고", 나아가 "일쟝통곡 / 통곡"을 하는데 주저함이 없다.

이런 사실은 다른 번안소설에서도 마찬가지로 확인할 수 있다. 예를 들어 신파-눈물의 절정이라고 평가받는 『장한몽』은 여성인물 심순애만큼이나 남성인물 이수일의 눈물이 엄청난 양을 차지한다. 여성-남성 가릴 것 없이 모두가 울고 또 우는 것이 『장한몽』에 등장하는 눈물의 서사다. 한편 『쌍옥루』의 경우, 그야말로 비극적인 스토리 전개에도 불구하고, 전체 작품에서 눈물은 별로 등장하지 않는다. 후반부에서(29장 이후) '옥남'과 '정남'이라는 어린아이들이 한꺼번에 죽는 비극적인 사건 이후에야 본격적으로 눈물이 등장하기 시작한다. 따라서 1910년대 일본가정소설이 번역 / 번안된 작품을 구체적으로 살펴본다면, 그 단계에서는 눈물-신파-여성의 등가화는 성립되기가 어렵다는 결론이 도출될 수밖에 없다.

한편 눈물의 서사를 이야기할 때 자주 등장하는 것은 신파와 멜로적인 요소다.[25] 기존 연구에 따르면[26] 근대 한국 사회에서 신파는 재현의 가장 대표적인 양식으로 기능해왔고, 이는 근대한국이라는 특정한 시공간성의 산물이다. 또한 신파는 서구의 멜로드라마적인 것과

---

25 신파는 주로 극장르에서 멜로는 드라마장르에서 중요하게 다루어지는데, 이는 이 글의 주된 논의와는 다소 벗어나는 바, 차후 연구과제에서 확대논의하기로 한다. 신파의 경우, 식민지근대로부터 시작된 한국대중예술사의 시작에서부터 지금까지 지속적으로 쓰여왔던 복잡한 함의를 담고 있다. 그것은 특정한 공연 관행을 지닌 연극 양식으로서의 신파극의 의미에서 출발하여, 그에 영향받아 동질적 성격의 구조와 정서를 지닌 극영화와 방송극 등을 지칭하는 말로 쓰이기도 하며, 과장된 특정 억양과 움직임 등의 연기 경향, 혹은 과도한 비애를 드러내는 최루적 경향을 지칭하기도 하며, 어색하고 낡은 질감으로 진지함과 비극성을 유난히 드러내는 경향을 지칭하는 말로 쓰여서,(이영미, 「신파양식의, 세상에 대한 태도」, 『대중서사연구』 9, 대중서사학회, 2005, 7쪽) 이를 1910년대 번역 / 번안의 과정과 관련시키는 것은 별개로 탐구되어야 할 것으로 보인다.

26 이호걸, 「자유주의와 신파양식」, 『한국극예술연구』 26집, 2007, 316~317쪽.

상동 관계를 가지지만, 이와 구분되는 특수한 차이 중 하나는 감상성의 과도함, 즉 눈물이라고 지적한다. 나아가 멜로드라마적인 것에서도 눈물은 중요한 요소로 기능하지만 신파의 경우와 같이 최종적인 차원은 아니라는 것이다. 이때 눈물은 개인과 세계의 조우에서 발생하는 것이다.

근대 초기, 공감의 표현으로서 '눈물'이 재현되는 것은 민족국가 형성기에 빈번히 드러나는 일이다. 애국계몽기의 열렬한 눈물의 서사는 비장미의 정점에 있었다는 사실은 널리 알려진 바 있다. 이에 비해 1910년대 번역 / 번안소설에 등장하는 눈물의 서사는 개인의 비극적 운명에 국한된다. 특히 일본 가정소설의 배경인 국가건설프로젝트가 번역 과정에서 배제될 수밖에 없었기 때문에, 식민지 조선에서는 개인의 눈물이라는 특성은 더욱더 강력하다. 또 『불여귀』―『두견성』을 비롯한 번역 / 번안소설에서 빈번한 눈물의 재현을 지적할 수는 있지만, 이를 '과잉된 눈물과 탄식'[27]으로까지 평가하기에는 충분치 않다.

감정은 단순한 생물학적 반응이나 심리적 소여가 아니라 인간이 역사적으로 세계와 관계 맺는 가장 본원적 차원이며 집합적 체험의 구조이다. 그것은 언어·몸짓·표정·육체적 감각 등을 통해 부분적으로 표현되거나 드러나지만 이것들로 환원되지 않는 강렬하고 효과적인 의사소통적 실천이다.[28] 이런 점에서 감정은 '사회적 의미를 담

---

27 이영미는 '신파 양식'의 핵심적이고 변별적인 8가지 특성을 지적하면서, 신파 양식은 자학과 자기 연민이 뒤범벅된 정서를 발생하고 있는데, 이를 과잉된 눈물과 탄식으로 표현한다고 설명한다(이영미, 앞의 글, 16쪽).

28 제인 톰킨스는 문학작품을 비롯한 문화텍스트는 한 문화가 자신에 대해 사유하는 방식이라고 규정하면서, 이러한 의미에서 문학작품은 특정한 방식으로 사람들이 생각하고 행동하기를 바라고, 그래서 독자들에게 '기획design'을 행사하고 있다고 설명한다(Jennifer Harding, "Emotional Subjects", *Emotions : A Cultural Studies Reader*, eds. Jennifer Harding and Deidre Pribram, New York : Routledge, 2009, p.268).

고 있는 해석적 활동이자 문화적 실천'이며, '감정이란 무엇인가'라는 존재론적 질문보다는 '특정한 사회에서 감정은 무엇을 행하는가' 즉 일종의 '수행적 실천performative practice'을 탐색해야 한다.

따라서 이 글에서는 다음과 같은 가설을 시도하고자 한다. 우리가 1910년대 가정소설의 번역/번안으로부터 성별화된 감정을 읽어내는 익숙한 통념은 텍스트나 당대의 감정 경험이 아니다. 번역/번안 텍스트가 식민지 조선이라는 특정한 사회에서 수용·확산되는 과정에서 눈물=슬픔의 감정이 드러내는 방식이 규정되었으며, 따라서 그것은 당대적인 의미라기보다 후대로부터 사후결정된 것이다. 앞에서 언급했던 것처럼 애국계몽기는 '공감'과 '동정'을 중심으로 '눈물'의 공통감각을 형성하면서 주체와 사회 간의 바람직한 관계를 조율하는 감정의 정치가 성행했다. 1910년대 가정소설의 번역 이후, '눈물'로 표상되는 슬픔의 감정은 식민지적 감성으로 문학/문화현상에서 재현·고정된다. 이후 '통속/신파-여성-비극'이라는 일반화된 고정관념의 계보를 형성되고, 소위 순수문학과 대중문학의 분기점이 갈라지는 지점이 형성된다.[29] 이런 가설에 기초한다면, 1920~30년대 여성잡지에서 유행했던 '애화' '비화'의 기획,[30] 식민지 전 기간 동안 유행했던 『불여귀』, 『장한몽』, 『쌍옥루』로 대표되는 신파-통속-여성적인 서사물의 문화향유현상 등을 가정소설의 번역/번안으로부터 맥락화시키는 것도 가능해질 것이다.

---

29 물론 이 논의는 여성 번역문학사를 위한 하나의 시론일 따름이다. 이는 번역/번안의 또다른 한 축인 신파극을 중심으로 한 연극논의와도 결합시켜야하며, 1920년대 이후의 식민지라는 현실, 3·1운동의 실패 등의 역사적 사건, 1920년대 동인지 문학 등과의 관계망을 고려해서 다시 분석되어야 할 차후 과제로 남겨놓는다.

30 졸고, 「근대 주체 형성과 '감정'의 서사-'애화哀話'·'비화悲話'에 나타난 '슬픔'의 구조를 중심으로」, 『현대문학이론연구』, 현대문학이론학회, 2006.12.

4. 가정소설의 번역과 여성의 형성

일본 가정소설은 근대 '가정'의 성립과 그로 인한 메이지 가족국가 이데올로기의 접합점에서 출발한 것이다. 기존 연구자들이 지적한 바와 같이 『호토토기스』는 청일전쟁에 대한 소설적 표상, 즉 전쟁 때문에 포기해야했던 사랑이 있고, 열강 때문에 반환해야했던 할양지割讓地가 있으며, 그 모든 것에도 불구하고 나아가야 할 제국의 앞길에 대한 서사다.[31] "'어찌할 수 없는' 운명과도 같은" 제국의 전진을 식민지 조선의 지식인들이 어떻게 번역해낼 수 있었을까. 『불여귀』나 『두견성』은 보기 드물 정도로 충실한 번역과 번안을 시도했지만 근대 국가 일본 자체를 번역해낼 수는 없었고, 거의 새로운 창작이나 다름없는 『유화우』도 그러한 서사를 포용할 수는 없었다.

그렇다면 근대 '가정'의 성립과 남녀 간의 운명적인 사랑의 서사는 어떠할까. 『호토토기스』-『불여귀』-『두견성』에서 시어머니로 표상되는 전근대적 가족체계와 대립각을 세우는 부부 중심의 신가정은 근대 가족의 표상이다. 식민지 조선의 경우, 1910년대라는 시대적 상황에서 '가정'의 형성은 사회적으로는 논의가 시작되기도 전이며, 1920년대에 들어서야만 부부중심의 핵가족 형태의 '스윗 홈'에 대한 구체적인 담론들이 등장하기 시작한다. 따라서 번역/번안소설의 시대는 아직 가정으로 진입하지 못한 '개인'의 '자유연애'의 시대다. 그러나 더 엄밀히 말하면 이때 '연애'는 현실적 존재가 아닌, 담론상의 기표로

---

31 권보드래, 앞의 글, 2003, 401쪽; 코모리 요이치, 정선태 역, 『일본어의 근대』, 소명출판, 2003, 251~254쪽 참조.

번역 / 번안소설의 텍스트 내에서나 존재하는 것이었다.[32] 1912년 『매일신보』에 연재된 번안소설 『쌍옥루』에서 "청년 남녀의 연애라 하는 것이 극히 신성한 일이라고 가르쳐주"는 재봉교사가 등장했고, 조중환은 1913년 『장한몽』을 번안하면서 "연애라 하는 것은 신성한 물건"이라고 말한다. 그 이후 1910년대에 가끔 등장하는 '연애'라는 말이 등장해서 조선의 사례가 아닌 외국의 소문이나 사건사고들을 지칭할 때 쓰였으며, 1910년대 말 이후가 되어서야 '연애'라는 말이 일반화된다.[33] 또 여성담론을 거론할 수 있는, 근대 여성잡지는 1917년 12월에 동경여자유학생친목회가 만든 『여자계』(여자계사)가 시초이지만,[34] 1923년 9월에 발간된 『신여성』(개벽사, 1923~1934. 최대 76호, 최소 70호 발행으로 추측)에 이르러서야 비로소 본격적인 잡지로서의 면모를 찾아볼 수 있다.

제국의 전쟁서사, 근대 가정과 여성담론을 배경으로 한 『호토토기스』가, 식민지로 호출되어버린 조선에서 그것도 담론에서조차 근대적인 가정과 여성의 의미나 형상이 만들어지지 않은 조선에서 번역 / 번안되어버린 사건 사이에는 현실적인 격차가 엄연히 실재했다.[35] 따라서 전근대 / 근대적 가치들이 불균등하게 혼재되어 있는 식민지 조

---

32 권보드래, 『연애의 시대』, 현실문화연구, 2003, 12~17쪽.

33 위의 책, 13쪽.

34 『여자계』는 여성 스스로 문제의식을 가지고 자신들의 소리를 최초로 공적 매체를 통해 유포했다는 의의에도 불구하고, 일본에서 발간되었다는 점으로 미루어 그 영향력이 크지 않았을 것으로 추측된다. 그 다음으로 1920년 3월, 일엽 김원주를 주축으로 한 일본 유학생 출신의 여성들이 펴낸 『신여자』(신여자사)를 통해 비로소 사회개조를 위한 가정개조의 여성 책임을 강조하는 담론이 등장하기 시작한다. 이후 1922년 6월 『부인』(개벽사)이 나오기도 했지만, 대부분 시대를 앞서는 극소수 엘리트 여성들의 전유물이거나(『여자계』, 『신여자』), 남성필자들이 여성계몽의 일환으로 시도한 기획(『부인』)이었으며, 경제적 어려움 등으로 대여섯 호 정도의 발행에 그치는 수준이다.

35 이 때문에 권정희는 1910년대 초 『불여귀』의 취향이 대중의 취미로 향유되기에는 아직 이른 시기라고 지적하면서, 전파미디어가 보급되는 1926년을 전후로 한 시기에 이르러 현실의 대중의 취향으로 전유될 수 있었다고 지적하기도 한다(권정희, 앞의 책, 360쪽).

선에서, 서구문물을 전제로 한 일본 가정소설의 번역 / 번안은 일대일 텍스트번역이라는 충실한 대응에도 불구하고 의미의 균열과 격차를 드러낼 수밖에 없었다. 앞 장에서 살펴보았던 것처럼 초기 텍스트 번역에서는 의미화되지 않았던 감정의 젠더적인 성별화 / 위계화가 후대의 수용과정에서 다시 재의미화되었고, 이후 식민지적 감정으로 접합되었다. 식민지 조선에서 번역 / 번안은 텍스트 수용에서 그쳐지는 것이 아니라, 이후 사회적 · 역사적 의미를 획득하면서 재규정되며, 새롭게 생성된 의미들이 텍스트를 다시금 의미규정하는 반복을 되풀이했던 것이다. 따라서 일본 가정문학의 번역 / 번안은 어떻게 문학텍스트가 수용대중과의 소통구조에 의해 의미를 생산하는가를 보여주는 과정이다.

나아가 이는 앞서 언급했던 '번역'의 성격, 즉 '발신자와 수신자의 최초의 불연속을 연속시키고 인지하게 하는 실천'으로서의 '번역'이 이루어진 이후에 번역될 수 없는 '번역불가능성'의 영역이 등장하게 된다는 사실을 다시금 문제 삼게 해준다.[36] 결국 『호토토기스』를 둘러싼 식민지조선의 번역 / 번안은 비교될 수 없는 것들이 어떻게 동질 언어적인 발화로 재연되는지, 거기서 생기는 번역할 수 없는 것들에 대한 차이에 대한 이해를 가능하게 해준다. 그 이해의 방식은 여성적인 것의 의미생성에 따라, 기존의 체계(여기서는 '눈물'이라는 감정)가 성별화되는, 그리하여 중심과 주변으로 재배치되는 방식이다. 따라서 여성 번역문학사의 사례로 살펴본 일본가정소설의 번역 / 번안 과정은, 결국 번역이란 텍스트의 언어교환이 아니라 원본과 번역본의 세계 사이에서 새로운 '사이' 세계가 만들어지는, 끊임없는 의미생성의

---

36 정종현, 「'사랑의 삼각형'과 계몽 서사의 결합」, 『한국문학 연구』 26집, 동국대 한국문학연구소, 2003, 276~277쪽.

과정임을 입증하고 있다. 가정소설의 번역으로 인한 감정의 성별화
는 번역을 통해 여성이 형성되는 과정을 오롯이 보여주고 있었기 때
문이다.

아일랜드 번역과 민족문학 상상의 젠더

김복순

1. 아일랜드의 호명과 탈식민 전략으로서의 '차이'

1920년대 초 『동아일보』를 비롯한 『조선일보』는 거의 매일 한 건 이상 아일랜드에 관한 기사를 보도하였다. 그 내용들은 자치, 독립, 영국과의 전쟁, 내전에 관한 것이었지만,[1] 아일랜드는 당시의 지면을 기록한 기타의 여러 외국들과는 다른, 외국 이상의 의미를 지니고 있었다. 식민지 조선의 아일랜드 호명은 '주변'의 '또 다른 주변'의 호명 이라는 점에서 일본 미국 영국 독일 러시아 등을 호명하는 것과 질적 으로 다른 것이었으며, '동양의 주변'이 '서양의 주변'을 호명하는 것이

---

[1] Sung-Eul Cho, "Mutual Understanding between Ireland and Korea in the Early 1920s", *The First Academic Conference of Korean Studies in ireland*, 2010, pp.1~5.

었다는 점에서 동양 / 서양, 주변의 주변 / 주변이라는 중첩성을 띤다.

일반 정치 기사가 1920~1923년에 가장 활발하게 소개된 데 비해 아일랜드 문학은 그보다 좀 늦게, 주로 자유국의 성립Free State(1921) 이후 나타나기 시작한다. 한국에서 아일랜드 문학이 간헐적으로나마 처음 번역·소개되는 것은 1910년대의 버나드 쇼, 예이츠, 오스카 와일드를 필두로, 1920년대 특히 1923년 예이츠의 노벨상 수상을 전후하여 더욱 빈번히 이루어졌다.[2] 당시 조선은 어떤 태도와 입장에서 아

---

2 1910년대에 번역된 작품 수는 쇼가 4건, 예이츠가 3건, 와일드가 1건이었고, 1920년대부터는 던세이니 경의 희곡을 비롯하여 위 작가의 번역 작품 수가 5배 이상 증가한다. 1930년대에는 싱, 오케이시도 이입되며 제임스 조이스는 1920년대 말부터 1930년대 중반에 집중적으로 소개·번역되기 시작한다(김병철, 『서양문학번역논저연표』, 을유문화사, 1977, 참조). 아일랜드 문학에 대한 비평문은 1910년대 『태서문예신보』에 오스카 와일드가 상징주의와 함께 빈번히 소개된 바 있으며, 1920년대에만 25건 이상의 평론이 소개되었다. 일부는 단일 작가론의 형태로 쓰이기도 하였다. 영국문인으로 소개(김병철의 분류에서)된 문인 32명 중 논문으로 가장 많이 논의된 작가는 영국의 셰익스피어(10건)였지만, 2위는 8건으로 버나드 쇼, 예이츠는 3건으로 9위, 오스카 와일드는 15위였다. 1930년대에는 버나드 쇼가 셰익스피어를 누르고 1위로 소개되며, 예이츠 역시 5위로 소개가 빈번해진다. 그 외 제임스 조이스, 존 미들턴 싱, 숀 오케이시, 레이디 그레고리가 소개되기 시작하며, 1920년대와 마찬가지로 논의되는 빈도수가 전체 영국 포함 작가 중 상위권에 위치하였다(김병철, 『한국 근대서양문학이입사 연구』 상, 을유문화사, 1980; 『한국 근대서양문학이입사 연구』 하, 을유문화사, 1982, 참조).

그밖에 김우진은 동경유학 시절 어네스트 보이드Ernest Boyd의 「애란인으로서의 버나드 쇼」 등을 번역하여 아일랜드 문학을 소개한다. 제목에서도 드러나는 바, 이 글은 영국 작가가 아닌 아일랜드 작가로서의 버나드 쇼를 호명한다. 당대의 논의들이 직역인지 중역인지, 또는 번역의 경우도 단일 논문의 번역인지 여러 글의 조합인지 세세히 밝히기는 어렵다. 다만 번역된 여러 글의 조합이라 해도 나름대로 드러내고 있는 논지로써 번역자 또는 전신자의 태도는 충분히 확인할 수 있다고 판단한다.

당시 일본은 식민 통치와 관련하여 영국의 대 아일랜드 정책 및 아일랜드에 대해 상당히 높은 관심을 보이고 있었으며, 연구서도 상당수 출판되었다. 조선에도 이러한 연구서들이 수입되었는데, 당시 조선에 수입된 아일랜드 관련 서적은 다음과 같다. 『三つの王冠－愛蘭土』(博文館, 1921), 『世界童話大系－愛蘭』(世界童話大系刊行會, 1925), 『神話傳說大系－愛蘭』(近代社 編, 1929), 『愛蘭及埃及問題就テ』(吉村源太郎, 拓植社, 1922), 『愛蘭問題』(時永浦三, 朝鮮總督府, 1921), 『愛蘭文學史』(勝田孝興, 生活社, 1941), 『愛蘭情調』(野口米次郎, 第一書房, 1926), 『愛蘭革命史』(下田將美, 二松堂, 1923), 『愛蘭革命派とボルシェビキ』(拓務局 編, 1921), 『英吉利及愛蘭戱曲集』(新造社, 1928), 『愛蘭敎育現況』(朝鮮總督府, 1920).

일랜드 문학을 인식하고 수용하였는가. 아일랜드 문학은 '신생의 근대문학' 또는 '세계문학'으로 주목받았으며, 논자에 따라 '전근대적'이거나 '근대적'인 것으로, 또는 '반근대적'인 것으로까지 인식되기도 하였다. 이는 아일랜드 문학이 다양한 관점에서 수용, 담론화 되었음을 의미한다. 기왕의 연구는 이러한 점에 별로 주목하지 못하였다.

주지하다시피 각 나라가 자국의 정체성을 만들어 가는 과정은 근대 내셔널리티 구축과 밀접한 연관을 지닌다. 각국 문학이 자신들의 문학적 정체성을 구성하는 방식 역시 민족문학 건설 과정이라는 담론화 과정을 거쳐 이루어진다. 여태까지는 이 담론화 과정을 '식민지'라는 키워드로, 일방적 회로에 넣어 처리하였다. 즉 일본 제국주의-'식민성'이라는 단일한 관계로만 민족문학 건설 과정을 설명하였다. 이럴 때 피식민지 간 또는 피식민 내부의 여러 차이들은 배제되어 설명되지 않는다. 근대 내셔널리티 구축 및 민족문학의 상상·건설 과정에서도 여러 차이들은 매우 중요하다. 피식민지의 경우에도 각 나라마다 특수성이 존재할 수 있으며, 그 내부에서도 계급·성·인종 등의 여러 '차이'들이 의미화의 요소로 작동할 수 있다. 차이는 탈식민 전략에서 일종의 '방법적 기능'을 담당한다는 점에서 그것이 배제되어서는 제국주의 및 식민주의 극복을 위한 '구체적' 방법을 마련하기 어렵다.

식민지 조선에서 아일랜드 문학의 호명은 식민지 조선의 민족문학 상상·건설의 문제와 직접적으로 결부된다. 기존의 연구에서는, 초기에는 아일랜드와 식민지 조선을 동일시하거나, 동일화를 전제로 하여 작품론이나 여타의 담론을 전개하였다.[3] 더 나아가서는 동일시

---

3   아일랜드 문학과의 연관은 초기에 주로 극운동과 관련하여 언급되었는데, 극예술연구회와 연관된 근대극운동에 관한 연구에서 아일랜드 극의 역할은 주로 동일시의 관점에서 이루

과정에 주목하여 아일랜드라는 타자가 '우리'의 구축과정에서 어떻게 접합되었는지를 검토하거나[4] 영국과 일본, 아일랜드와 조선의 마주보기를 통해 쌍방적 주체화의 길을 모색해 보고자 하였다.[5] 하지만 이러한 연구에서 '동일시'는 유력한 전제사항인 반면 '차이'는 거의 인지되지도, 확인되지도 않았다. 오히려 차이는 배제되고 지워져서 진정한 탈식민 전략을 방해하였다. 앞서 언급한 바 아일랜드는 '서양이면서도 '식민지'였다. 즉 '서구 근대' 이면서도 그의 '타자'였다. 이러한 모순된 이중성 및 '차이'가 서양을 참조하려는 동양의 식민지에 어떻게 해석, 수용되었을까. 아일랜드 문학은 러시아나 독일, 프랑스의 문학과 동일하게 외국문학이라는 차원에서 해석되고 이해되었을까. 식민지 조선의 작가들은 아일랜드 문학을 어떻게 참조하면서 자신들의 문학적 정체성을 구축해 나갔는지, '서양-식민지'인 아일랜드의 문학은 제국주의적 정전의 문제와 구체적으로 어떻게 연관되는지 면밀히 검토해 볼 필요가 있다. 한편으로는 시대상황과 조우하면서 다른 한편으로는 식민지적 제 차이를 자신의 문학 및 문학론, 민족문학 건설

어졌으며(서연호, 『한국 근대희곡사 연구』, 고려대 민족문화연구소, 1982; 양승국, 『한국 근대연극비평사 연구』, 태학사, 1996), 거의 외국문학 전공자들에 의한 것이었다.

4   이승희 「조선문학의 내셔널리티와 아일랜드」, 민족문학사연구소 기초학문연구단 편, 『탈식민의 역학』, 소명출판, 2006, 280~307쪽; 박지향, 『슬픈 아일랜드』, 기파랑, 2008. 유사성의 측면은 분단국, 정서, 자국 역사에 대한 인식, 맹목적 애국심 등의 공통점에 기초하여 거론되었다.

5   이태숙, 「조선·한국은 아일랜드와 닮았다?—야나이하라 타다오의 아일랜드와 조선에 관한 논설」, 『역사학보』182집, 2004.6, 97~122쪽; 김모란, 「'아일랜드'의 전유, 그 욕망의 이동을 따라서」, 『사이』7호, 2009, 235~272쪽. 이 두 글에서는 일본과 조선, 영국과 아일랜드의 상호 연관 속에서 식민지 조선의 문제를 바라볼 것을 요청한다. 앞의 글에서는 '일본 식민학의 개척자' 야나이하라 타다오의 "조선은 우리나라의 아일랜드다"라고 한 발언이 아일랜드와 조선을 동류화 하는 인식의 기원이라 말하면서, 하지만 이는 실상 여러 종류의 아일랜드 연관을 단순화 하는 것이라 비판한다. 뒤의 글에서는 일본과 조선의 영국, 아일랜드 접합이 어느 한 쪽의 주체화에 의한 것이라기보다 이 둘의 상호작용이라 본다. 하지만 이러한 접근방법은 제국주의 또는 식민주의를 기본적으로 용인하는 시각이라는 점에서 세심한 검토를 요한다.

에 어떻게 대응하려 했는지도 아울러 검토해 보아야 한다.

아일랜드가 조선과 동일한 제국주의의 타자였는지 아니면 조선이란 타자의 또 다른 타자로 기능했는지, 민족문학을 상상하는 과정은 젠더와 구체적으로 어떤 연관을 맺고 있는지 등을 검토하여 식민지 조선의 민족문학 상상과정을 젠더와의 연관하에 검토해 볼 것이다. 젠더는 근대의 특수성 중 하나이고, 식민성이 근대성의 이면이라는 점에서 '차이' 범주의 분석적용은 모종의 탈식민적 전략을 마련해 줄 수 있다. 특히 여기서는 식민성과 근대성의 상호 경합·포섭 관계를 살펴볼 것이다. 기존 연구에서는 식민성과 근대성을 동일시하였다. 즉 근대의 극복이 이루어지면 식민성은 자연히 극복되는 것으로 이해하였다. 하지만 이 둘은 동전의 양면이지만 지향점이 서로 다르다. 식민성은 근대 극복이 이루어지면 자연 해결되는 것도 아니며, 반대로 근대성 역시 식민성이 해소되면 자연 성취되는 것이 아니다. 식민성과 근대성 중 어느 것이 우선성을 갖느냐에 따라 식민지 상황 및 그 극복 방법은 다르게 설정될 수 있다. 식민지 조선의 민족문학 상상과정에서 아일랜드 문학의 수용은 식민성/근대성의 복잡한 대립·지양을 '차이'라는 지점에서 포착케 해 줌으로써 구체적인 탈식민 전략의 한 방법을 제공해 줄 수 있다. 아일랜드 문학을 참조하는 식민지 조선의 민족문학 상상은 서양이 아닌 동양이, 즉 타자가 또 다른 타자를 이론화 하는 방식을 알려줄 것인지, 본고는 이러한 문제의식으로부터 출발한다.

2. 아일랜드 문학에 대한 네 가지 번역 방식

1) 문예부흥운동 – '민족' 중심의 전유, 젠더화된 인식방법

식민지 조선은 아일랜드 문학을 크게 네 가지 방식으로 전유하였다. 첫 번째는 문예부흥운동과 관련된 것으로 아일랜드 문학 소개에서 단연 압도적인 비중을 차지한다. 이러한 이해방식은 1920년대 중반에서 1930년대 중반까지 지속되었다. 아일랜드 문예부흥운동[6]은 1890년대부터 1920년대에 걸쳐 일어났던 운동으로서 영국계 아일랜드인Anglo-Irish들이 중심이 되어 켈트의 신화와 전설에서 '켈트성'을 찾아 새롭게 규정하고 이를 아일랜드의 정체성으로 확립하고자 한 운동이었다. 19세기 중반의 르낭과 아놀드의 켈트론[7]에 주목하여 아일랜드의 정체성 규명에 적용하려 하였다.

식민지 조선은 문예부흥운동을 '민족' 범주 중심으로 해석하여 이 운동이 아일랜드의 민족국가 건설 및 민족문학 건설에 크게 공헌하였

---

[6] 이에 대한 명명은 'Irish Celtic Revival', 'Irish Celtic Literary Movement', 'Literary Revival' 등 여러 가지가 있다. 첫 번째는 문예부흥운동을 포함한 전 사회적인 차원의 다양한 운동이었음을 강조하고자 할 때 쓰이며, 두 번째와 세 번째는 이 운동의 성격을 문예부흥 중심으로 보고자 하는 것으로서, 앞의 것은 켈트적 요소를 더 강조하는 것이다. 이하 문예부흥운동으로 소략화 하여 표기한다.

[7] 르낭의 『켈트인종의 시가』(1850), 매슈 아놀드의 『켈트문학 연구』(1867)는 켈트주의에 불을 지핀 대표적인 저작으로서, 아일랜드를 포섭하려는 전략에서 저술되었다. 이들 켈트론은 오그레이디의 『아일랜드의 역사 ― 영웅시대』로 이어졌고, 이 책은 아일랜드 작가와 민족주의자, 특히 문예부흥운동을 주도한 예이츠나 레이디 그레고리에게 일종의 성서로 여겨졌다. 예이츠는 오그레이디가 재발견한 인물들 즉, 어쉰, 쿠홀렌, 핀, 데어드라 등을 자신의 극의 주제로 삼았다. J. Allison, "Yeats and Politics", Marjorie Howes and John Kelly ed., *The Cambridge Companion to W.B. Yeats*, Cambridge Univ. Press, 2006, pp.185~206.

다고 보았으며, 이를 식민지 조선에 적용하고자 하였다. 예이츠를 호명하는 경우 대부분 문예부흥운동과 연관 지어 해석하면서, 문예부흥운동과 동일시하는 입장을 보여 준다.

예이츠의 활동은 전기와 후기로 나누어진다. 전기에는 이질적인 영국계 아일랜드인의 문화와 토착 아일랜드인의 문화를 융합시켜 새로운 아일랜드 문화를 창조하고자 하였으며, 켈트의 신화와 전설을 수집하고 이를 문학적으로 형상화 하는 작업에 몰두하였다. 반면 후기에는 극운동에 집중하면서 영국계 아일랜드인으로서의 자각과 아울러 고립과 소외의 상태에 이르게 된다.[8] 전체적으로 볼 때 예이츠는 문예부흥운동을 주도한 작가 중 예술의 대 사회적 기능보다 예술의 자율성을 더 강조한 작가[9]라 할 수 있다. 식민지 조선은 예이츠를 수용하면서 반대로 예술의 대 사회적 기능면에서 해석하였으며, 문예부흥운동을 전적으로 민족국가 건설과 결부시켰다.

1922년의 필자미상의 「애란의 문예부흥운동」(『동명』 2권 16호)은 아일랜드 문예부흥운동에 대해 최초로 상세하게 소개한 글이다. 문예부흥운동이 국어인 게일어의 수호 및 부활, 자국의 독특한 전설과 풍취를 기초로 국민문학을 일으켰다고 평가하였다. 예이츠는 식민지 조선에서 줄곧 문예부흥운동 및 애국시인, 국민문학 등과 연관 지어진다. 하지만 처음부터 영어사용을 포기하지 않은 예이츠를 '국어'인 '게일어 수호의 효장'이라 지적한 것은 민족 범주 중심의 이해방식이 낳은 오류에 속한다. 또 신석연은 「대전이후 각국 극단 발전과정 ─애란편」(『동아일보』, 1929. 1. 23~24)에서 아일랜드 문예부흥운동을 자세히 소개하면서 이것이 '예술로부터 생활로의 전환과정'이었음을 언급한다. 이는 문예부흥운동

---

8   *Ibid.*
9   윤정묵, 『예이츠와 아일랜드』, 전남대 출판부, 1994, 68쪽.

의 대 사회적 기여, 국가적 기여를 긍정적으로 평가하는 것이다.

1930년대에 이르면 문예부흥운동에 관한 언급은 보다 구체적이고 전문성을 띠어 간다. 김종은 「애란문학개관」(『신생』 3권 2호, 1930.2.1)에서 1892년 애란문예협회The Irish Literary Society, 애란국민문예협회The Irish National Literary Society 창립과 더불어 일어난 문예부흥운동이 '국민문학의 수립'과 '신흥작가 육성'에 주력했다고 언급한다. 이하윤도 「현대시인연구—애란편」,[10]에서 문예부흥운동이 켈트인의 애국심 발양과 극단 혁신의 이중적 목적을 달성했다고 평가한다. 또 장기제는 그레고리 부인이 문예부흥운동의 주역이었음을 밝히면서 그의 「옥문」이 '민속극 전설극의 세계로 애란인의 감정을 부여'한 작품이라 평가하였다.[11] 또 안용순은 던세이니L. Dunsanny론을 펼치면서, 애란극의 특징은 민족고유의 정신에 치중하여 풍부하고 선명한 지방색을 발휘하는 것이라면서, 국민적인 동시에 향토적인 특색을 구현한 애란극이 문예부흥운동의 성과임을 확인시켜 주었다.[12] 김광섭은 「민족극의 수립」이란 글에서 애비극장The Abbey Theatre이 '극이라는 다른 형태의 독립의 길'이라고까지 언급하면서, 애란 문예운동의 제1의 성과는 애비좌 중심의 애란민족극이라 하였다.[13] 김광섭은 문예부흥운동이 '문학을 통해 현실생활의 전제에 대항'한다고 강조하였고, 「건설기의 민족문학」이란 글에 이르면 문예부흥운동이 '애란독립운동의 일환'이라 못 박기에 이른다.[14] 또 「애란문예부흥개관」(『삼천리』 8권 1호, 1936.1.1)에서는

---

10 『동아일보』, 1930.12.3~9.
11 장기제, 「옥문」, 『동아일보』, 1932.7.8
12 안용순, 「애란 현대 극작가 던세이니론」(12회), 『조선일보』, 1933.5.13~27.
13 김광섭, 『민족극의 수립』, 『동아일보』, 1935.1.3.
14 김광섭, 「건설기의 민족문학—애란편」, 『동아일보』, 1935.3.6~9.

애란 민족은 켈트족의 본념을 그 특질을 문학에서 찾으려 하였다. 여기에서 정치운동에 종속되었든 문학운동은 한 민족의 생존의 길에 대한 독자성을 발견하게 됨으로써 재래의 정치적 국민주의와는 별개의 문학적 국민주의에 입각된 새로운 문학에의 의식이 형성되야 정치적 승리 이외에 엇던 의미에서의 민족문학의 완성에 달하게 되엿다. 그것은 다시 말하면 고대 켈트족의 정신적 문화적 전통의 계승에서 창조된 애란민족의식의 문학이었다 (…중략…) 그러므로 애란민족에 잇서서는 문학은 (…중략…) 한 개인이나 민족의 사명을 영원히 변동시키는 오히려 정치 이상의 힘을 갖춘 자이다. (46쪽)

라고 함으로써, '민족의식의 문학', '정치 이상의 힘'으로 인식되었다. 이상의 내용에 비추어 볼 때, 식민지 조선에서 아일랜드 문예부흥운동은 켈틱 신화를 부활시켜 아일랜드 민족정신의 근원으로 삼고자 한 운동으로 인식되면서 아일랜드에 전해 내려오던 신화 전설 민담 등을 수집하여 민족정신의 기초로 삼는 한편 문학작품을 통해 켈틱 정신의 부활을 도모하면서 분열된 아일랜드를 통합하고[15] 아일랜드 고유의 민족문학을 수립하고자 한 운동으로 파악되었다.

그런데 이 운동에서 주도적인 역할을 한 작가는 예이츠, 그레고리 부인Lady Gregory, 싱Synge 등으로서, 이들은 모두 영국계 아일랜드인이었다. 이 부분에 대해서는 좀 더 세심하게 접근할 필요가 있다. 이 운동은 19세기 중반 모란David Moran의 '아일랜드인의 아일랜드Irish Ireland'로 불리는 '게일 민족주의' '가톨릭 민족주의'가 부활하면서 위기감을 느낀 영국계 아일랜드인들이 자신들 중심의 민족문화 부활, 내셔널리티 구축이라는 욕망을 드러낸 사건이었다. 영국계 아일랜드인들은 18

---

15 문예부흥운동의 중심인물들은 무질서의 요인으로서의 아일랜드의 다양한 문화를 '통합'의 요인으로 제시한 것으로서, 이는 매슈 아놀드와 다르다고 할 수 있다.

세기 이래 지배층으로 위치하고 있었으며, 계급적으로는 중상류층이었고, 종교적으로는 토착 아일랜드인들의 가톨릭과 달리 신교를 믿고 있었으며, 언어 역시 토착 게일어가 아닌 영어를 사용하고 있었다.[16] 즉 문예부흥운동의 주역들은 인종, 계급, 종교, 언어에 있어 토착 아일랜드인들과 '차이'가 있었다. 보다 핵심은 그들이 '영국계'라는 정체성을 버리지 않았다는 점이다. 오히려 모든 영국적 요소를 내면적 우월성으로 삼고 있었으며, 식민 모국인 영국과 자신들을 동일시하고 있었다. 실제로 예이츠는 민족주의 운동의 대중적 사회기반이라 할 수 있는 가톨릭 중산층을 철저히 회피하였으며,[17] 농민연맹이 주도한 농민저항운동에 대해 거부입장을 취한 존 올리어리John O'Leary에 동조하고 있었다.[18] 이는 영국계 아일랜드인들의 sub-colonial적 요소를 확인시켜 준다.

이들의 통합론은, 영어를 버리지 않음으로써, 영국계 아일랜드인들이 아일랜드인들과 기실 '하나'가 '아니'라는 사실을 반증해 준다. 다시 말하자면 문예부흥운동은 위기에 봉착한 영국계 아일랜드인이 그들 중심의 내셔널리티를 구축하고자 한 헤게모니 획득과정이었으며, 아일랜드성Irishness 및 잉글랜드성Englishness을 재정의하는 작업이었다. 영국계 아일랜드인의 아일랜드성에는 아일랜드 농민계급 및 가톨릭은 배제되어 있었으며, 재정의된 잉글랜드성에는 여전히 식민자의 우월성이 내면적으로 포함되어 있었다. 다시 말하자면 흔히 언급되는 영국계 아일랜드인의 이중성이 초기 '통합'의 시기에는 '민족

---

16 S. J. Connolly, *Oxford Companion to Irish History*, Oxford Univ. Press, 2007(1998), p.334.
17 T. Eagleton, *Criticism and ideology : A Study in Marxist Literary Theory*, London, 1976, p.152.
18 1920년대 이후 예이츠의 정치사상은 점점 권위주의적인 경향을 보이면서 아일랜드 파시즘 운동에도 참여하게 된다.

문제'에 감추어져 있다가 후기에는 지배적 본성으로 노출되기에 이른 것이다.

물론 결과적으로 볼 때 문예부흥운동을 통해 아일랜드성이 만들어지고 게일적 민족주의의 기반이 마련된 긍정적 측면도 없지 않다. 하지만 토착 아일랜드인들은 과거에 지배층이었고 또 식민 모국의 생산수단 및 경제적 토대를 지녔으며 sub-colonial 적인 영국계 아일랜드인들의 이 같은 운동을 액면 그대로 받아들이지 않았다. 싱과 오케이시O'Casey의 연극 공연에서 보듯 거센 항의에 부딪치고 폭동을 유발하였다.[19]

혹 조선의 문학자들이 아일랜드의 인종 및 언어, 종교 등에 내재해 있는 복잡성, 혼종성에 대해 무지했던 것이 아닌가 반문할 수 있다. 하지만 1920년 김우진이 번역한 어네스트 보이드Ernest Boyd의 「애란인으로서의 버나드 쇼」[20]를 보면 이미 예이츠를 비롯한 문예부흥운동의 주역이 영국계 아일랜드임을 강조하고 있어 이에 대해 무지했다고는 볼 수 없다.[21]

식민지 조선은 문예부흥운동에 복잡하게 얽혀 있는 다양한 문제를 면밀히 검토하지 않고 문예부흥운동의 대 식민 관계, 즉 민족문제

---

19 싱의 〈서부 세계의 플레이보이the Playboy of the Western World〉와 오케이시의 〈쟁기와 별The Plough and the Stars〉이 대표적인 사례에 속한다. 전자에 대해 일부 민족주의자들은 아일랜드인을 감정에 치우치고 현실적이지 못한 인물로 묘사하였다면서 아일랜드 국민을 무시하는 극이라고 강하게 항의한 바 있으며, 후자는 독립운동 이면의 부정적인 면을 파헤쳤다는 점에서 역시 민족주의자들로부터 강한 반발에 직면하였다. 오케이시는 이를 조국으로부터의 추방이라 생각하고 영국으로 건너가 사망할 때까지 다시 아일랜드에 돌아오지 않았다.

20 서연호·홍창수 편, 『김우진 전집』 2, 연극과인간, 2000, 15~29쪽.

21 아일랜드의 희곡이 번역, 상연되기 시작한 것은 1921년부터였다. 1921년 『개벽』에 그레고리 부인의 〈The Rising of the Moon〉이 〈달뜰때〉로 번역된 것이 처음이었으며, 상연의 경우 1921년 동우회 극단이 던세이니의 〈The glittering Gate〉를 〈잔잔한 문〉(김우진 번역, 연출)으로 상연한 것이 처음이다.

만 전유하였다. 즉 문예부흥운동에 내포된 인종, 계급, 종교, 언어의 차이는 소거하는 단순성을 노출시켰으며, 문예부흥운동에서의 중심과 주변, 지배 / 피지배, 억압(종속) / 저항의 관계성을 거의 포착하지 못하였다. 아일랜드 문학에 관해, 특히 문예부흥운동에 관한 가장 많은 글을 남긴 김광섭이 1936년 「애란 근대시의 현황」에 이르면 인종문제, 계급문제를 포함시켜 영국 / 아일랜드, 게일 / 영국계 아일랜드의 대립이 문예부흥운동에 어떻게 개입되어 있는지 언급하지만 이는 예외적인 경우였다.

이러한 양상은 특히 번역의 경우 자심해서, 번역 작가의 선별기준 및 선호도, 의도적 오역 과정에서 더욱 확실히 포착된다. 던세이니가 가장 대표적인 예인데, 던세이니는 문예부흥운동의 중요작가도 아니었고 아일랜드 내의 평가도 부정적인 편이었다. 판타지 작가이고, 그의 작품들이 사회적인 문제와 별 연관이 없다는 것이었다. 하지만 식민지 조선의 작가들은 던세이니를 예이츠의 후계자라 인지[22]하였고, '아일랜드의 신화나 전설과는 전혀 관련이 없는 개인적 상상의 산물'이며 '판타지라는 형식을 사용하여 근대문화를 공박하려는 의도'를 지닐 뿐인 던세이니의 희곡을 '지배세력 및 집권층(일본 제국 및 친일세력)에 대한 간접적 공격으로 이해하였다. 즉 영국 식민정부에 대해 가장 강력한 문화적 무기로서 하나의 정치적 알레고리로 기능한다고 보았다.[23] 1920~30년대에 번역된 17편의 아일랜드 희곡 중 4편이 던세이니의 작품이었고, 같은 시기에 상연된 10편의 희곡 중 5편이 던세이니의 것이었음을 볼 때 던세이니의 극에 대한 식민지 조선의 열광은 가히 짐작되고도 남는다. 문예부흥운동에 참여한 적도 없고, 예이츠

---

22 장원재, 「아일랜드 희곡의 수용과 문화적 오해」, 『국제어문』 제30집, 2004, 355쪽.
23 위의 글, 349쪽.

와는 전혀 다른 신비극을 썼음에도 단지 신비극이란 점에 주목하여 민족문제에 초점을 맞추어 해석, 수용한 것이다. 이는 더블린 하층민의 생활을 사실적으로 다룬 오케이시의 희곡이 단 한 차례의 상연허가도 받지 못한 점, 또 『동아일보』에 오스카 와일드에 대한 기사가 거의 실리지 않은 점과 대비된다.

최정우에 의해 번역된 그레고리 부인의 「옥문」도 '시어머니의 명분론과 며느리의 현실적 태도 간에 벌어지는 미묘한 대립과 갈등을 형상화'[24] 한 것이었음에도 정치극으로 간주되어 번역·수용되었다. 정치적 불평등과 탄압 때문에 빚어진 두 여인의 비극적 상황을 그린 것으로 완전히 재해석되었다. 던세이니 희곡의 채택 및 아일랜드의 극의 번역은 식민지 조선의 근대극 운동자들에 의해 '민족문제' 우선성으로 재해석되어 재배치되었던 것이다. 이는 1920년대의 연극이 일종의 민족운동의 성격을 띤 계몽운동으로 전개되었던 사실과도 연결된다.[25]

그런데 이 과정에서 아일랜드 문학의 특색 및 아일랜드인의 특질이 젠더화 되어 설명된다는 점을 주목할 필요가 있다. 「애란시인의 서전 경성 기행」(『동아일보』, 1926.5.9)은 아일랜드 문학의 특색을 '정과 신비'로 보면서 '신비주의' '낭만적'이라 규정한다. 이성적 분석에서 떠나서 '정'에서 우주를 볼 때 신비와 종교와 로맨스가 생긴다고 함으로써 아일랜드 문학의 정체성을 여성적으로 젠더화 하고 있다. 즉 '이성 / 정'이라는 이항대립이 적용되고 있다. 김억도 「예이츠의 연애시」(『조선문단』 10, 1925.7.1)란 글에서 '아일랜드 켈트족 고유의 감정의 격동이 예이츠라

---

24 장원재, 「레이디 그레고리 작 「옥문」의 한국수용사 연구」, 서연호 편, 『한국연극의 쟁점과 새로운 탐구』, 연극과인간, 2001, 265~297쪽.

25 서연호, 앞의 책, 1982, 95쪽.

는 천재시인의 머리를 통하여 우러나온 것'이라 하여 아일랜드 켈트족의 특질을 '감정'과 연관지어 해석한다. 애란적 시혼은 신비주의, 정, 감성 등과 연결되고, '원시 켈트의 단순 명백함'으로 평가되었다. 여기서 감정, 감성, 정 신비주의, 낭만성 등은 아일랜드 민족성, 즉 아일랜드성을 구성하는 핵심이 된다. 그런데 이러한 아일랜드(인)의 기질 및 민족성은 아놀드의 저작에서도 확인되는 바, 명백히 여성성으로 규정되었다. 아일랜드 작가들도 자국의 문학을 젠더화 하여 표현하는 경향을 가지고 있었지만, 민족주의자들도 습관적으로 아일랜드를 여성으로 상상하고 묘사하여, 죽음을 무릅쓰고 사랑을 구하는 여인 또는 희생의 어머니로 젠더화 하였다. 문예부흥운동의 주역인 그레고리 부인도 아일랜드를 "잔인한 지배자에 의해 처녀성을 강탈당한 가련한 여인"으로 묘사[26]한 바 있다. 어머니 아일랜드, 캐슬린 니 훌리안, 검은 로잘린 등이 아일랜드의 또 다른 이름이라는 사실은 아일랜드(인, 문학)가 여성적으로 젠더화 되어 있음을 알려 준다. 싱의 아란섬을 주제로 한 작품들[27]도 신비, 시골, 야만, 순수 등을 한편으로는 모성과 운명으로 규정하면서 그것이 아일랜드 민족성임을 설파한다.

이성 / 감성, 과학 / 비과학, 객관 / 주관, 문명 / 야만, 서양 / 동양, 지성(주지) / 신비의 이항대립을 통해 식민 모국 / 식민지, 남성 / 여성의 유비로 우 / 열을 규정하는 인식방법은 서구 중심주의적이다. 이는 서구 중심주의가 만들어낸 근대성 지표의 주요 요소이다. 서구 중심

---

26 영국은 식민 지배를 정당화 하기 위해 성적 메타포를 사용하였지만, 두 나라 여러 민족들 간의 융합을 유도하지는 않았다. 오히려 이들의 각기 다른 성적 정체성은 뚜렷한 성적인 경계선sexual boundary이 되어 융합을 방해했다. 최석무, 「성적 경계선을 통한 민족정체성 형성 담론」, 『영어영문학』 제53권 4호, 2007, 583~584쪽.

27 〈바다로 가는 기수들Riders to the Sea〉, 〈서부세계의 플레이보이The Playboy of the Western World〉 등이 있다.

적 근대는 후자를 전자의 '부재' 또는 '차이'라는 이유로 열등한 것으로 간주하였으며, 이를 후자에 대한 지배(식민)의 정당성으로 논리화 하였다. 오랜 세기 동안 아일랜드(인)은 서구로부터 야만의 표상으로 형상화되고 인식되어 왔다. 영국은 아일랜드 사람들을 게으르고 술독에 빠져 있는, 도저히 구제할 수 없는 '하얀 깜둥이' '하얀 침팬지'라 하였다. 영국의 보수당 지도자였던 디즈레일리는 아일랜드인들을 '거칠고, 무모하고, 게으르고 부정확하며, 미신적인 이 인종'이라 표현한 바 있으며,[28] 『켈트문학 연구The Study of Celtic Literature』(1867)라는 저서로 예이츠의 문예부흥운동의 이론적 기원 역할을 한 매슈 아놀드도 켈트의 특징으로 '극도의 섬세함과 상상력'을 들면서 켈트의 여성젠더화를 구축한 바 있다. 켈트의 본성을 대표하는 특질로 '감상, 감정, 센티멘탈, 언제나 사실의 전제에 반항하려는 것'이라 주장하였다. 심지어 마르크스와 엥겔스조차도 초기에는 아일랜드인의 민족성이 '게으르고, 영악하며, 경솔하고, 참을성이 없으며 (…중략…) 모욕에 대해서 둔감한' 것으로 묘사하고 있으며, '감정과 열정이 지배적이고 이성은 그 아래에 굽히고 들어가는' 특성을 갖고 있다고 보았다.[29]

아일랜드(인)의 이미지는 특히 잉글랜드 역사의 특수한 한 시점에서 잉글랜드에 의해 만들어진 것[30]으로서, 유럽의 식민주의가 갖는 서구 중심주의에서 부재와 차이, 타자라는 맥락에서 규정되었다. 아일랜

---

28 김기순, 「아일랜드 자치법안과 지식인들—잡지 논설에 나타난 반응」, 『영국연구』 12, 2004, 141~171쪽.

29 F. Engels, "The Condition of the Working-Class in England", *I.I.Q*, 1844, p.41. 하지만 1870년대에 이르면 마르크스와 엥겔스는 '아일랜드인들은 성격면에서 영국인들보다 격정적이고 혁명적이다'라고 말함으로써 아일랜드인의 민족성에 대해 긍정적 측면을 부각시키고자 전환한다. F. Engels, "The Preparatory Material, For the 'History of Ireland'", *I.I.Q*, p.211; 임지현, 「마르크스, 엥겔스와 아일랜드 민족문제」, 『서양사론』 29권 1호, 1988, 259~262쪽.

30 Declan Kiberd, *Inventing Ireland*, Harvard Univ. Press, 1996, p.87.

드에 대한 '야만의 표상'이 제국주의, 식민주의가 후진 사회에 적용하는 '방법'이라는 점에서, 유럽의 식민주의에 의해 동양적 후진성으로 언명되었고, 일본의 식민지라는 점에서 타자 중의 타자인 식민지 조선이 자신과 같은 처지의 식민지 아일랜드를 서구 제국주의의 방식대로 타자화 하여 인식한다는 것은 식민지 조선이 모순된 타자임을 역설적으로 알려 준다. 이는 식민주의와 매우 닮은, 오리엔탈리즘의 구체 사례에 해당된다고 할 수 있다. 타자화에 대항해야 할 식민지 조선이 한편으로는 문예부흥운동을 민족 문제 중심으로 해석·수용하여 식민성 극복의 한 지표로 삼고자 하였으면서도 다른 한편으로는 유럽의 제국주의, 식민주의가 행한 방식으로 아일랜드를 타자화 하면서, 이를 여성의 열등성으로 유비화함으로써 젠더화 하는 모순된 이중성을 드러내고 있었다. 이러한 논의에서 민족과 젠더는 양립 불가능하다. 식민성을 지닌 젠더는 극복되어야 할 타자성인 동시에 식민성을 극복하기 위한 도구로 요청되고 있기 때문이다. 즉 젠더는 '민족'의 식민성 극복을 위해(민족) 자신의 식민성을 유지해야 하는 모순적 존재였다.

2) 사회주의적 전유 - 근대성의 식민성으로의 치환

두 번째 유형에서는 아일랜드의 문제를 민족문제로 환원하는 입장을 거부하고, 아일랜드의 현실을 직시할 것을 주장하였다. 이러한 주장들은 1절과 마찬가지로 1920년대부터 1930년대 중반까지 지속되며, 그 이후에는 거의 확인할 수 없다. 여기서는 민족 문제 외에 계급, 인종 등의 요소가 시선에 포착되면서 이러한 다양성, 혼종성, 복잡성을 보이는 아일랜드를 직시해야 한다고 강조한다. 즉 아일랜드를 단순히 민족 범주로 환원시켜 보지 않으면서, 추상적인 민족문제를 거론하기보다 당대 사회의 여러 모순들을 묘파하는 것, 다시 말하자면 계급 범주를 문제삼는 것이 문학의 임무라는 주장이다.

안자산은 버나드 쇼B. Shaw를 조선에 최초로 상세히 소개하면서(「세계문학관의 하나」, 『아성』 1권 2호, 1921.5.15) 쇼의 문학적 목적은 사회를 혁신코자 함에 있으며, 그러한 이상이 있음으로써 독자로 하여금 일도의 활로를 열어주고 있다고 긍정적으로 평가하였다. 안자산은 이 글에서 쇼가 순예술, 운명설을 거부하는 국가사회주의자라고 언명함으로써 기존의 문학풍토에 대한 거부의사를 분명히 표하고 있다. 최학송도 「애란문학의 발흥」이란 장에서 버나드 쇼가 오스카 와일드 등의 예술지상주의를 거부하고 인생을 위한 예술주의를 제창했다고 긍정적으로 평가하면서, 확실한 철리의 위에서 만인공존을 위하여 사회개조의 큰 이상을 가졌다고 보았다.[31] 여기서 최학송이 말하는 개조되어야 할 사회란 '비합리한' '결함 만흔' 식민지 아일랜드이며 동시에 식민지 조선이었다. 사회를 개조하려면 계급모순의 이 결함많은 사회를 부수어야 하는데, 이때의 파괴란 무희망의 파괴가 아니다. 최학송이 결함 많은 사회의 비합리의 예로 든 것은 버나드 쇼의 「위렌부인의 직업」이다. 그는 식민지-여성 가운데에서도 매춘부의 삶을 통렬히 풍자함으로써 아일랜드-여성-하층민의 '차이'를 분명히 보여 준다. 이는 아일랜드-여성-매춘부의 경우 단순히 민족문제로 환원되지 않는 차이가 존재함을 역설하는 것이며, 민족문제보다 계급문제로 접근하는 방법적 차이를 드러낸다. 또한 계급문제의 직접적 담지자로서 여성젠더를 제시함으로써 여성젠더가 '주변의 또다른 주변'임을 명백

31　최학송, 「근대영미문학개관(제8장)」, 『조선문단』 4호, 1925.1.11.

히 지시하고 있다.

최학송의 글에서 더욱 이채를 발하는 부분은 아일랜드인의 기질을 긍정적, 진취적으로 '보고' 있다는 점이다. 앞장에서 언급한 바와 같이 아일랜드(인)은 그간 서구 중심주의 시선에 의해 부정적으로 언급되어 왔다. 하지만 최학송은 여성-매춘부의 경우를 통해 아일랜드인의 기질을 '용진勇進적·도전적'이라 언급함으로써 기존의 이미지화를 거부함과 동시에 젠더화된 서구 중심적 인식방법을 수정한다. 주변의 주변, 식민지의 여성성을 긍정적이고 적극적으로 해석함으로써 식민성의 극복을 도모하고 있다. 즉 계급모순의 예로 최하층 여성을 위치시키고 여성성을 적극적으로 해석하여 계급모순을 타파하는 동시에 젠더화된 서구 중심적 인식방법을 넘어서려 하는 것이다.[32] 이는 앞의 민족문제 중심의 방법에서는 확인할 수 없었던 인식이다.

『신민』20호의 필자 미상의 글에서도 버나드 쇼를 '협의로의 인생비평인 동시에 휘비안 사회주의의 선전'임을 언급함으로써 쇼의 문학을 해석하고자 하였다. 여기서도 아일랜드인인 쇼가 '이지적인' 사람으로 '세계 제일'이라고 함으로써 종래의 아일랜드인의 기질로 언급되던 '감상성'이 부정되고 있다.[33] 정인섭은 「쇼오 극의 작품과 사상」(『해외문학』1권 2호, 1927.7.4)에서 쇼의 사회주의적 경향에 대해 언급하면서 빈민굴의 실상을 표현하고 자본가의 악폐를 역설함으로써 문학의 나아갈 길을 제시하고 있다. 1920년대의 쇼에 관한 논문으로 가장 우수하다는 김진섭의 「버나드 쇼-그의 사회주의와 민주주의」란 글에서도 쇼가 개개인의 진보보다 전체에 있어서의 인간적 진보를 목표로

---

32 마르크스와 엥겔스도 후기로 가면 아일랜드를 부정적으로 보았던 자신들의 초기 입장을 수정하여 긍정적으로 변화시킨다. 임지현, 앞의 글 참조.

33 미상, 「노벨상과 버나드 쇼」, 『신민』 20, 1926.12.1.

삼는다고 언급하면서, 경제적 부패가 바로 지배계급의 관조세계라 비판하였다. 따라서 청교도의 애란인 쇼는 사회주의자가 될 수밖에 없었다고 말한다. 이어 그는 국가의 존재의의와 관련하여, '영국이 국가 속에 사회적으로 하나가 된 개인의 이익을 가능적으로 잘 인지하기 위하여' 하나의 유효한 제도를 준비하였고, 쇼는 '창조를 즐기는 개인의 생명발현이 목적이고 국가는 오직 이 목적에 봉사하는 한에 있어서 필요하고 합당하다'고 함으로써 '국가는 필요악'이며 '민주주의의 형식을 취할 때 이 필요악이 가장 적어진다'고 주장하였다.[34] 레위손의 번역인 「버넛 쇼오」도 빈궁, 전쟁, 사랑에 대한 사회주의적이고 이상주의적인 쇼의 생각을 잘 드러낸다. 쇼는 '빈궁의 죄악과 더러움을 사회에서 구축하지 않고는 인류의 여하한 노력과 이상도 조화되지 않는다'고 함으로써 식민지 아일랜드의 '빈궁과 전쟁, 노예상태의 오욕과 불안을 제거해야 보다 높은 세계를 창조할 것'을 역설하고 있다고 평가하였다.[35] 막킬MacGill의 「사지死地의 자子」에 대한 강성주의 분석은 작가가 바로 박명계급의 동지로서, 그 계급의 훌륭한 대변자임을 지적하면서 이 소설을 통해 작가 막킬의 진실성 뿐 아니라 당대 농민층의 진실성이 확인된다고 함으로써 작가가 무산계급의 대변자여야 함을 주장하고 있다.[36]

이상의 글들은 사회주의적 시선으로 아일랜드 문학을 전유하는 것이다. 특히 쇼에 대한 비평문의 대부분은 아일랜드의 계급모순과 연관되어 해석되고 있으며, 주변의 주변인 여성젠더를 통해 식민성 극복 및 근대성의 성취를 언급하고 있다. 마르크스와 엥겔스도 계급

---

34   김진섭, 『조선일보』, 1927.7.10~17.
35   레위손, 장기제 역, 「버넛 쇼오」, 『자력』 1권 4호, 1928.8.23.
36   강성주, 「사지死地의 자子」, 『동아일보』, 1929.12.3~7.

문제를 해결하기 위해 민족문제를 먼저 해결해야 한다[37]는 입장을 보인 바 있지만, 이 계열의 문학가들은 아일랜드 문학을 사회주의적으로 해석함으로써 식민지 조선의 민족문학을 정초하고자 하였다. 민족문제로 환원되지 않는 부분들 즉 계급, 성 등을 괄호 안에 넣어서는 진정한 민족문학이 수립되지 않는다는 입장이었다.

이는 버나드 쇼가 '민족주의라는 환상에서 벗어나 국제주의의 권리를 택하자'[38]는 주장과 상통하면서도 다르다.[39] 버나드 쇼는 민족주의(문학)에서 벗어나는 것이었는데, 식민지 조선의 평론가들은 민족문학으로서의 사회주의 문학을 주장하고 있다. 여기에서는 앞 절에서와 달리 식민성의 극복이 '민족 범주' 아닌 '계급 범주'에 착목할 때 가능하다고 보고 있으며, 식민성의 정점은 여성젠더이다. 그런데 버나드 쇼가 국제주의의 권리를 주장함으로써 식민성 자체에 착목하기보다 근대성에 착목한 반면, 즉 식민성보다 '근대성'을 우선성으로 설정하였다면, 식민지 조선은 이를 왜곡, 수용하여 단지 식민성의 극복으로 이해하였다. 전자에서는 근대성이 우선성으로 작동하면서 식민성이 근대성의 하위범주로 종속되어 있다면, 후자에서는 근대성이 식민성의 하위범주이거나 아예 배제된 채 인지되지 않았다는 점에서 여기에서도 아일랜드 문학은 식민성 중심으로 전유되었다. 다시 말하자면 근대성이 식민성으로 치환된 것이다.

---

37 F. Engels, op.cit.
38 버나드 쇼, 「자연법 11」, 아일랜드 드라마연구회, 『아일랜드, 아일랜드』, 이화여대 출판부, 2008, 236쪽에서 재인용.
39 버나드 쇼는 '아일랜드인들의 아일랜드'를 주장하는 게일 민족주의의 편협성에 대해 반대했다. '영어의 주인이 세계의 주인'이라고 생각하여 영어의 배척과 게일어의 보급을 경계했다. 그는 또 대부분의 아일랜드 민족주의자가 민족성에 대한 명확한 의식없이 '아일랜드인이 되는 대신에 잉글랜드인을 혐오하게 된 사람들' 즉 잉글랜드에 대한 적대감 외에 아일랜드적인 것을 갖지 못한 사람들로 판단했다. 박지향, 앞의 책, 336쪽.

3) 세계문학으로의 전유 — 은폐되는 식민성·여성성

아일랜드 문학은 1910년대에 처음 소개될 때 아일랜드 문학이 아니었다. 그것은 영국문학이었지 아일랜드 문학이란 정체성을 지니고 있지 못하였다. 1910년대에 아일랜드 문학은 아일랜드라는 이름이 지워진 채 영국문학이라는 이름으로 세계문학이란 차원에서 소개되고 있었다. 아일랜드 문학이 소개되는 방식에는 세 가지가 있다. 첫째는 아일랜드가 가려지고 영국 문학으로 소개되는 경우, 둘째는 영국문학 안에 지역문학 또는 식민지 문학으로 소개되는 경우, 셋째는 '아일랜드'라는 정체성을 분명히 유표화 하여 식민지 문학으로 소개되는 경우이다. 이는 스코트랜드(소격란) 문학[40]이 영국의 한 지역문학으로 인식되었지 식민지 문학으로 인식되지 않은 것과 비교된다.

이처럼 아일랜드 문학과 영국 문학 또는 세계문학을 이론화 하는 방법에는 동일시 방식과 분리 방식이 있다. 동일시 방식이란 아일랜드 작가를 영국 작가와 동일시하여 일부 작가만을 세계적인 대문호로 호명하는 방식이며, 분리 방식이란 아일랜드 작가들을 식민 모국에서 분리하여 식민지 작가로 호명하는 방식이다. 동일시 방식은 초기인 1910년대 『태서문예신보』에서부터 사용된 방식으로서, 세계문학 도입의 차원에서 식민지 시대 내내 하나의 흐름을 유지하고 있었고 특히 오스카 와일드와 제임스 조이스의 경우가 대표적인 예에 해당된다. 동일시 방식의 경우에도 위에서 살펴 본 바, 아일랜드라는 기표가 완전히 상실된 단계와 아일랜드라는 기표의 유의미성이 유지되는 두 가지가 있었는데, 후자의 경우 아일랜드 작가는 영국 문학의 범주로

---

40 이 시기 빈번히 소개되었던 칼라일은 스코트랜드인이다.

배치되어 '영국과 다른'이란 기의를 획득한다.

식민지 조선에서 와일드와 조이스는 아일랜드 작가 중 특히 세계 문학의 차원에서 인용되고 논의된 작가였다. 이들이 아일랜드를 떠나 영국을 비롯한 외국에 살았다는 것도 그 한 이유가 될 수 있고, 생전에 스스로 아일랜드와의 연결고리를 만들고자 하지 않았던 것도 또한 이유가 될 수 있다. 하지만 조이스만 하더라도『더블린 사람들』외의 여러 작품에서 아일랜드인을 비롯한 아일랜드 역사를 다루고 있듯이 이들의 문학이 아일랜드와 무관한 것은 아니다. 그럼에도 영국작가로 분류했다는 것은 재삼 검토의 필요를 느끼게 한다.

식민지 조선에서 와일드는 세계문학 사조로서 유미주의 상징주의와 함께 언급되었고, 조이스는 신심리주의, 의식의 흐름 수법과 관련하여 논의되었다. 이들의 출신이 애란 시인, 애란 작가로 언급되는 경우에도 '애란성'과 관련된 논의는 거의 없었다. 임노월이 「와일드의 예술론」에서 와일드 예술론의 3단계를 언급하고,[41] 이조영이 「탐미파의 사도 오스카 와일드」에서 당시까지의 부정적인 와일드론을 벗어나 긍정적인 논의를 펼쳐 보이지만[42] '애란'과 연관된 부분은 없었다. 1932년 안동삭이 「유미주의의 효장 오스카 와일드」란 글에서 유미주의를 해설하면서 와일드의 유미주의가 '일종의 사회개조의 색채를 띠었다'고 언급하고 있지만[43] 이 역시 유미주의 이론과 사회와의 관련성에 대한 해설일 뿐 '애란성' 또는 아일랜드의 제 모순과의 연결고리는 찾을 수 없다.

1930년대에 들어 본격적으로 논의되기 시작하는 조이스의 경우도

---

41 임노월, 「와일드의 예술론」, 『개벽』 28, 1922.10.1.
42 이조영, 「탐미파의 사도 오스카 와일드」, 『중외일보』, 1930.8.8~12.
43 안동삭, 「유미주의의 효장 오스카 와일드」, 『백악』 1권 2호, 1932.3.19.

이와 마찬가지이다. 마르크스적 입장에서 조이스가 분석될 때조차 '애란'과 결부된 내용은 부차적이거나 극복의 계기로서였다. 백철의 「조이스에 관한 노트」는 마르크스적 입장에서 조이스를 분석하면서 극도의 심리주의, 현대의 말기적 특징이 반영되어 있다고 함으로써[44] '근대(성)'의 모순을 언급할 뿐 애란과의 관련은 일체 드러내지 않는다. 조이스의 내면적 독백, 의식의 흐름 수법은 자본주의 사회의 적당한 반영이며 유일의 취할 태도라 보았다. 이어지는 러시아 비평가 티에르 밀스키의 글을 번역한 「조이스와 애란문학」에서 백철은 조이스의 문학이 '서구의 몰락하는 부르주아 문화의 문학을 가장 잘 대표하는 존재'라 전제하면서 애란 자유국에서 신세력을 장악한 중류 부르주아에 대립되었던 소부르주아 계급의 문학을 대표한다고 보았다. 밀스키는 이어 '애란의 문인들은 자기들의 계급에 염증을 느껴 애란의 신화 속으로 또는 편협한 언어학적 편향 속으로 도피하거나 런던과 유럽으로 도피했'고 함으로써 조이스의 문학이 '특별한 세계주의' 문학이라고 주장하였다.[45] 즉 애란의 수동성을 띤 문학에서 벗어나 세계문학의 차원으로 변모했다고 보고 있으며, 앞에서 다룬 문예부흥운동을 '민족(성)'으로의 '도피'로 부정적으로 평가한다. 김광섭도 「영문학의 금후 진전 ―사회주의 문학은 어데로 가나」에서 오늘의 구주의 정신계가 맑시즘과 프로이디즘이라면서 영국의 주조는 보수적인 후자이며 조이스가 그 대표자라 주장한다.[46] 이 글 역시 조이스의 세계문학적 요소를 언급하는 것이지 애란 작가로 설명하는 것은 아니다. 이같이 와일드와 조이스는 '아일랜드성'에서보다 '세계문학성'의 차원에서 논의되었다.

---

44 백철, 「조이스에 관한 노트」, 『형상』 1권 1호, 1934.2.6.
45 티에르 밀스키, 백철 역, 「조이스와 애란문학」, 『조선일보』, 1934.8.10~17.
46 김광섭, 「영문학의 금후진전―사회주의문학은 어데로 가나」, 『조선일보』, 1935.1.1~3.

백철의 밀스키 소개는 좀 더 검토해 볼 필요가 있다. 여기서 애란 문학의 '민족문학성'은 부정적인 것으로서 조이스의 도피의 '계기'로 설명되어 있다. 즉 아일랜드 문학은 지방 문학 또는 세계문학의 대타성으로 언급되어 있다. 아일랜드 문학은 '지방주의'로서 조이스의 '세계주의'와 대비되어 있으며, 이때 민족적인 것으로서의 '아일랜드성'은 세계적인 것과 대립된다. 다시 말하자면 '현대의 말기적 특징', '소부르주아 문학' 등이 근대 극복의 문제와 함께 거론되고 있으며, 아일랜드 문학을 세계문학으로 호명함으로써 식민성의 극복보다 근대성의 차원에서 언급한다. 백철의 이러한 소개방법은 식민지 조선의 민족문학을 '세계문학의 대타성'으로 상상하고 있음을 확인시킨다.

당대에도 민족(국민)문학과 세계문학에 대한 여러 논의가 있었지만, 크게 대분해 볼 때 민족(국민)문학을 통해 세계문학의 조류로 들어가는 방법과 민족(국민)문학의 대타성으로서의 세계문학을 상정한 두 가지로 나누어 볼 수 있다. 즉 세계문학 개념을 규정하는 두 가지 방식이 있는데, 하나는 민족문학을 부정하면서 민족적 특징인 개성이 지양되는 차원에서의 세계문학 개념이고, 다른 하나는 민족문학 내지 민족적 특징이 최대한 발휘되는 가운데 보편성을 획득하면서 성립하는 세계문학 개념이다. 식민지 조선의 이해방식은, 민족문학과 세계문학이 일원적으로 포섭되지 않고, 자국 / 세계라는 배타적이고 이분법적인 시각에 의해 분리되어 있으며, '민족문학의 지양ㅡ확대 발전'으로서의 세계문학이 아니라 '민족문학의 부정'으로서의 세계문학이란 개념을 사용하고 있었다.[47] 식민지 조선은 민족문학과 세계문학을 상호보완적인 포섭 관계가 아니라 배타적인 관계로 설정하였다.

---

47 1930년대 식민지 조선에서 성립된 '조선학'이 하나의 '지방' 또는 '향토'로서 제국 일본에 포섭되는 것과는 다른 방법이다.

이는 당시 유행하던 괴테의 세계문학 개념과 다르고 또 후기 낭만주의가 유럽중심적 문학사 서술에서 정립한 보편성의 유산을 민족중심적 서술로 전환시켰던 경향과도 뚜렷하게 대조된다.[48] 괴테는 민족문학과 세계문학을 대립적으로 보지 않고 민족문학 내지 민족적 특징이 유지되는 가운데 도달하는 것으로 보았다. 노년의 괴테에 이해 다듬어진 '세계문학' 개념은 근대화의 주역인 부르주아 계급이 자신들의 정치적 목적을 민족문학의 고착화로 관철하려 했던 '시대정신에 대한 저항'의 성격을 띤다.[49] 따라서 이 개념에 입각할 경우 민족성을 지양함으로써 아일랜드(문학)성이 은폐되지 않으면서 '근대(성) 극복'이라는 긍정적인 면을 확보할 수 있다. 일국적 기반에서 벗어나 세계적으로 자기를 형성함으로써 식민지를 돌파할 수 있는 여지를 확보할 수 있기 때문이다. 즉 식민지라는 일국적 기반에서 벗어나 세계라는 보편에의 지향을 통해 식민성을 부정하고 돌파할 수 있는 것이다. 식민지가 '보편'으로 나아갈 때 억압 / 피억압, 종속 / 해방, 지배 / 피지배의 배치로부터 벗어날 수 있는 길이 열리기 때문이다. 식민지라는 특수를 은폐하고 세계라는 보편으로 나아감으로써, 또 세계라는 보편의 중심으로 위치지음으로써 식민지라는 열등성에서 벗어날 수 있기 때문이다. 1920~30년대의 이헌구, 정인섭 등 해외문학파의 외국문학 번역이 '세계성이라는 모더니티의 추구'로 이해되는 것도 이러한 이유에서이다.[50]

하지만 식민지 조선의 전유방식은 아일랜드의 식민성을 포착하기보다 그를 은폐하고자 하였다. 이러한 은폐에의 욕망은 근대라는 '보

---

48 김규창, 「괴테의 세계문학 개념과 그 한국적 수용」, 『독일어문학』 16집, 2001, 8쪽.
49 위의 글.
50 당시 해외문학파의 외국문학 번역은 '안이한 딜레땅디즘' '전문가적 위치의 미확보' 등으로 부정적으로 평가되기도 하였지만, '조선문학과 조선어'에 대한 인식을 심화시켰다고 긍정적으로 평가되기도 하였다. 김병철, 『한국 근대번역문학사 연구』, 을유문화사, 1975, 755~766쪽.

편'에 포함되고자 하는 식민주의의 욕망과 다름이 없다.

백대진은 1916년 「20세기 초두 구주 제대문학가를 추억함」이란 글에서 아일랜드의 예이츠, 싱, 쇼 등이 영국문단을 풍미한다고 언급함으로써[51] 이들을 영국작가로 보는 시각을 수정하고 있고, 1918년의 「최근의 태서문단」에서는 아일랜드가 영국 극계의 중심지대가 되었다고 함으로써 아일랜드 극단이 세계적인 수준임을 강조하고 있다.[52] 아일랜드 문학이 세계적 가치가 있는 '보편'임을 강조함으로써 조선 문학 역시 '보편'이 될 수 있음을 확인시켜 주는 것이다.

민족문학의 대타성으로서의 세계문학이란 개념의 설정은 서구 제국주의, 식민주의를 '보편'으로 승인하는 또 다른 식민주의라는 혐의에서 자유롭지 못하다. 서구 중심적 개념에 고스란히 포착되어 있으며, 따라서 이러한 개념이 제3세계 문학의 가능성을 언급하는 차원으로까지 진전되기는 어려웠다. 다시 말하자면 아일랜드 문학을 세계문학으로 전유함으로써 드러나는 조선의 근대성 성취의 욕망은 아일랜드의 식민성을 은폐함으로써 가능했다. 동양의 타자인 식민지 조선은 서양 타자인 식민지 아일랜드를 이중타자화 하는 역설적 방법을 동원하여 근대성을 성취하려 하였고, 그 결과 서구 중심주의로 재편입되는 결과를 초래하였다.

또 여기서의 세계성은 남성성이다. 세계문학 개념에서 일컫는 '보편성'은 '남성 중심적 보편성'이다. 즉 근대(성) 개념에서와 같이 세계문학 개념에서도 여성성은 은폐된 채 '생략'되어 있었다. 민족문학의 부정으로서의 세계문학이건, 확대로서의 세계문학이건 여성성이 위치할 공간은 '당연스레' 없었다. 즉 세계문학 개념으로 새로운 민족문

---

51 백대진, 「20세기 초두 구주 제대문학가를 추억함」, 『신문계』 4권 5호, 1916. 5.
52 백대진, 「최근의 태서문단」, 『태서문예신보』 4, 1918. 10. 26.

학을 상상하려던 식민지 조선의 구상은 아이러니컬하게도 '민족문학의 부정', '서구 제국주의 및 식민주의 정전의 수용'이라는 결과를 낳았으며, 이때 식민성과 여성성은 은폐되었다.

4) 민족어로의 전유—부정되는 아일랜드 문학

아일랜드 문학을 다시 보아야 한다는 주장은 1930년대 중반 언어와 민족문학의 관계에서 집중적으로 노출되었다. 이러한 논의들은 학교 등의 제도권에서 사용되는 언어가 일어가 되고 조선어 사용이 금지되어 가는 가운데 특히 1931년 일본 제국주의의 만주 침략 이후 조선어와 조선문학의 정체성에 대한 진단이 시작되면서 나오기 시작한다. 1930년대 중반에 이르면 일본어=국어, 조선어=방언의 이항대립적 위계화가 뚜렷이 정착되고 있었고, 일본어에 의해 식민지 조선이 전반적으로 재배치되는 상황이었다. 즉 조선어를 국어로 설정할 수 없는 이중언어의 상황이 또 다른 이중언어국인 식민지 아일랜드를 분석대상으로 호명하면서 민족문학의 개념 및 정의를 재요청하였던 것이다.

조선어의 위기가 조선문학의 위기라는 인식이 확산되면서 민족어의 재발견 문제를 민족문학 속에 반영해야 한다는 요구가 거세게 일어났다. 즉 민족문학은 조선어 문학인가, 조선인 문학인가와 관련하여 문학자 뿐 아니라 어학자들 사이에도 여러 차례 논쟁이 벌어졌으며,[53] 이때 식민 모국의 언어인 영어를 사용하는 아일랜드 문학은 이

---

53 홍기문, 「조선문학의 양의兩義—민족문학에 대한 두 의문점」, 『조선일보』, 1934.11.1. 이 시기를 전후로 민족문학에 대한 논의가 활발하게 진행된다. 대표적인 것으로 『동아일보』의 「건설기의 민족문학 특집—범례를 각국에 찾어라」(1935.1.3~8)를 들 수 있다. 프랑스와 아

전 시기와 달리 '지양' 및 '부정'의 대상으로 재배치된다.

조선문학에 대한 올바른 정의가 시급함을 보여주는 예로 1936년 8월 잡지 『삼천리』에서 마련한 「조선문학 이렇게 정의한다」는 좌담회를 들 수 있다. 여기에는 이광수, 박영희, 염상섭, 김광섭, 장혁주, 이병기, 임화, 이태준 등이 참석했는데, 조선문학이란 '무엇'을 가지고, '누가', '누구'에게 즉, 어떤 내용을, 어떤 작가가, 어떤 독자에게 말하는 것이 조선문학인가 하는 점을 묻고 있다. 이때 식민지 경험의 국가들인 아일랜드 인도 노르웨이 스웨덴 등이 비교 대상으로 인용된다. 참석자들의 대부분은 조선문학이란 조선글로, 조선 사람이 조선사람에게 읽히우기 위해 쓴 것이지만 근대 이전의 한문학과 일본어로 된 조선인의 문학은 조선문학인가 아닌가를 놓고 첨예한 논쟁을 벌이게 된다. 대다수의 참석자들은 게일어가 거의 사멸화 된 아일랜드와 조선어가 아직 생생하게 살아 있는 조선은 다른 상황임을 강조하면서 낙관론을 펼쳤다. 물론 김동환처럼 독자층을 고려하여 아일랜드 문학을 폄훼하지 않는 경우도 있었다. 김동환은 게일어가 거의 사라지고 없는 아일랜드에서 영어로 발표하지 않을 경우 독자가 없을 것이라는 이유를 들어 아일랜드 문학과 조선문학의 차이를 역설하면서 폄훼하지 않으려 하였다. 장혁주는 노르웨이나 스웨덴이 덴마크의 식민지였던 동안 향토어가 거의 사멸했지만 그후 부활했음을 들어 비관론의 우려를 불식시키고자 하였다. 이러한 낙관론은 결국 식민주의를 내재화 하는 것으로서 곧 반론에 부딪치게 된다.[54]

일랜드가 대표적인 예로 제시되어 있으며, 「자국어의 옹호」(이헌구), 「민족극의 수립」(김광섭), 「국민적 신화전설과 원시농민에의 재인식」(김광섭), 「부흥기에 있어서의 모어 부활운동」(김광섭), 「아-베좌의 성립과 그 민족적 기여에 대하야」 등이 실려 있다.

54 일본인 국지관은 다음과 같이 말하였다. 조선청년이 일본어를 가지고 , 새로운 조선문학을 일으켜 일본문학을 압도하는 것도 당신들에게 있어서 회심의 일임에 틀림없다 (…중략…) 조

이광수는 언어와 민족이 완전한 일치를 보여야 한다면서 속어중심주의를 주장하였지만, '근대어로서의 조선어' 수립에 주된 목적이 있는 임화는 한 민족 내부에서도 다른 언어를 사용하는 계층과 계급이 존재함을 인정하였다. 임화에 의하면 민족은 프롤레타리아와 부르주아라는 두 계급으로 구성된 자본주의 사회 공동체이며, 따라서 민족문학도 프롤레타리아 민족문학과 부르주아 민족문학이라는 두 개의 민족문학을 가질 수 있다. 민족문학은 민족어를 수단으로 하는 민족형식과 프롤레타리아 계급 및 부르주아 계급의 계급적 내용으로 규정된다고 하였다. 이처럼 조선어는 민족문학의 형식을 구성하는 핵심요인이다. 그는 '민족어'를 중시하여 "정확한 자기표현의 가장 적응하는 최대한의 요건은 위선 민족의 말이다. 세익스피어는 영어로 말했고 괴테는 독일어로 말했다. (…중략…) 혹자는 애란 문학이 영어로 말했다는 사실을 들어 이 사실에 이의를 신입할지 모르나 그 자는 싱과 세익스피어를 동렬에 놓는 우자라고 나는 생각한다"라고 말하면서 "이러한 우자에게 애란은 어떤 나라인가 애란인은 얼마나 행복한가"라고 반문한다.

애란인이 영어로 사유하고 문학적으로 이야기하는 것은 결코 애란문화가 아니라, 그 민족문화가 아니며, 영국문화의 일부분임에 불과할 뿐이다.
이 영역에서 우리는 사어 고어를 나열하는 복고주의와 더불어 문학어 상의 외화주의와 격렬히 대립한다. 이들은 조선어를 외국어의 노예로 만들려는 모던 보이들이다.[55]

선과 일본의 관계는, 앞으로 애란과 영국의 그것과 닮아 갈 것이라 생각된다. 춘해, 「해외문예소식—국지관 씨의 조선문학평」, 『조선문단』 2호, 1924. 10, 77쪽의 원문과 대조한 내용이다.
55   임화, 「조선어와 위기하의 조선문학」, 신두원 편, 『임화 전집—평론 1』, 소명출판, 2009, 604쪽.

위에서 보듯 임화는 영어는 아일랜드 문화도 아일랜드 언어도 아니며 영국문화일 뿐임을 분명히 하면서, 이어 '조선문학을 애란문학과 비교하는 파렴치한'을 상대로 논의하고 싶지 않다고 일갈하였다. 임화는 아일랜드의 경우를 긍정적으로 볼 수 없었던 것이다. 이처럼 임화는 속문주의에서 크게 벗어나지 않았다.[56]

따라서 민족문제 중심으로 해석되던 아일랜드 문예부흥운동도 이 시기에 이르면 다르게 평가되기에 이른다. 문예부흥운동을 가장 열정적으로 소개했던 김광섭조차 '제한적인 의미'에서만 예이츠의 작품을 아일랜드 문학으로 규정하였다. 초기에 긍정적 모방의 대상으로 참조되었던 아일랜드 문학이 언어문제에 부딪쳐 부정의 대상으로 변경된 것이다.

1930년대 중반의 이 논쟁에서 살펴보아야 할 것은 속어 중심주의 또는 속문주의이다. 속어 중심주의와 속문주의는 조선어라는 '언어'를 '우선성'으로 인식하는 것이다. 이때 조선어는 민족의 생명이요 정수로서 민족정신의 발로이며, 민족과 해방의 상징, 핍박과 저항의 상징이 된다. 이러한 입장에서는 조선어의 존망이 민족문학의 주요 목적기반이 된다. 조선어는 단순한 '문화'의 위치가 아니라 '민족'의 위치로 부각되고 조선어 운동은 강력한 정치운동이 된다. 즉 민족 국가성 nation-statehood이 '민족정신'보다 '민족어'라는 '언어의 우선성'에 기초해 구성되는 것이다. 식민지 조선은 '국어'(일본어)에 대립하는 '조선어'(민족어)를 언어공동체로 삼아 식민성을 극복하고자 하였다. 국어(일본어)=근대=문명 / 조선어(민족어)=전근대=야만이라는 이항대립 속에서 '민

---

56 임화의 민족어 주장이 민족 본질주의에 기반하는 지의 여부는 좀 더 검토해 보아야 한다. 일본어 창작이 본격화 된 1939년 이후 임화는 '언어는 국경표지가 아니다'고 언급하면서 민족=언어, 국가=국어의 틀을 벗어나고자 하였다. 윤대석, 「1940년을 전후한 조선의 언어상황과 문학자」, 『한국 근대문학 연구』 제4권 3호, 2003, 164~166쪽 참조.

족어'라는 이념은 국어(일본어)를 대타항으로 설정함으로써 완성될 수 있었으며, '민족정신'과 결합하지 않고도 그 자체로 성립하는 명확한 이데올로기였다.[57] 이때 민족어는 국어(일본어)라는 규범 외에 또 하나의 자율성을 지닌, 새로운 규범어의 지위를 부여 받는 '준 국어'의 위치로 자리매김 된다. 이는 제국주의라는 외부 조건보다 민족(어)라는 내부조건을 중심으로 사고하는 특징[58]과 연결되어 있다.

여기서 속문주의는 기본적으로 민족어를 단일하고 순수한 무엇으로 간주하는 언어 순결주의에 기초해 있다. 민족과 국가의 존망을 조선어 내지 민족어의 존망과 일치시키면서 민족정신을 '단일하고 순수한' '무엇'으로 환원한다. 이때 다양한 지역적 계급(층)적 문화적 변이는 거세된다. 이러한 순결주의는 식민지 조선에서 민족적 순결성, 여성의 순결성과 유비 관계를 형성하며[59] 여성성을 동원하여 젠더화 되었다. 이는 민족이 위기에 처할 때마다 민족적 순결성이 강조되면서 여성성이 동원되었던 여러 경우와 상동적이다. 민족어 역시 네이션이란 상상의 정치공동체와 마찬가지로 정신적 통합의 상징이었으며, 이때 '민족어'의 젠더는 여성이었다. 민족어는 서양 / 동양, 열강 / 제3세계, 남성 / 여성의 은유체계 속에서 여성과 유비되고 있었으며,[60] '모'(국)어의 개념[61]이 지닌 여성젠더성 외에 또 다른 젠더적 인식이 부가되어 중첩성을 드러내고 있었다.

---

57 일본의 경우는 조선과 다르다고 연구되었다. '국어'는 '일본정신'과 '일본어'의 결합을 표현하는 궁극의 개념이었다. 이연숙, 고영진 · 임경화 역, 『국어라는 사상』, 소명출판, 2006, 15～23쪽.

58 김하수, 「제국주의와 한국어 문제」, 미우라 노부타카 · 가스야 게이스케 편, 이연숙 · 고영진 · 조태린 역, 『언어제국주의란 무엇인가』, 돌베개, 2005, 489쪽.

59 J. Valenti, *The Purity Mith*, Seal, 2010, pp.17～40.

60 D. Cameron, *The Feminist Critique of Language : A Reader*, Routledge, 1999.

61 모어mother tongue의 개념은 독일 낭만주의에서 유래한다. 미우라 노부타카 · 가스야 세이스케 편, 앞의 책, 36쪽.

3. 맺음말

기존 연구에서 아일랜드 문제는 주로 '동일시'의 측면에서 검토되었으며, 피식민지 간의 '차이', 피식민 내부의 '차이들'은 삭제된 채 언급되지 못하였다. '차이'는 탈식민 전략에서 일종의 '방법적 기능'을 담당한다는 점에서 그것이 배제되어서는 제국주의 및 식민주의 극복을 위한 '구체적' 방법을 마련하기 어렵다. 본고에서는 이러한 차이를 복원하여 그것이 담당하는 탈식민적 기능 및 양상을 검토하였고, 그 결과 근대성의 이면이라 언급되는 식민성이 오히려 근대성과 경합, 길항하는 양상을 포착할 수 있었다.

식민지 조선에서 아일랜드 문학은 민족문학 건설과 관련하여 네 가지 방법으로 전유되었다. 첫째는 민족 문제 중심으로 전유하는 것으로서, 특히 예이츠를 비롯한 문예부흥운동 논의에 집중되었다. 켈트성 부활, 게일어 수호 등을 통해 아일랜드를 통합하고 고유의 민족문학을 수립하고자 한 운동으로 소개되었다. 하지만 이 운동의 주역은 영국계 아일랜드인들로서, '게일 민족주의' '가톨릭 민족주의'가 부활하면서 위기감을 느낀 그들이 자신들 중심의 민족문화 부활, 내셔널리티 구축이라는 욕망을 드러낸 사건이었다. 식민지 조선은 문예부흥운동의 인종, 계급, 종교, 언어의 차이는 배제한 채 식민성 극복의 코드로만 문예부흥운동을 전유하였다. 인종, 계급 범주가 소거되어 있었고 젠더화 된 인식방법이 확인되었다. 이러한 인식에서 민족과 젠더는 양립 불가능한 것이었다.

둘째는 사회주의 시선으로 아일랜드 문학을 전유하는 것으로서 '민족 범주'가 아닌 '계급 범주'에 착목할 때 식민성의 극복이 가능하다고 보았으며, 식민성의 정점은 여성젠더로 인식되었다. 하지만 여기서의 주 논의대상이었던 버나드 쇼가 국제주의의 권리를 주장함으로써 식민성에 착목하기보다 근대성에 착목하였던 반면, 즉 식민성보다 '근대성'을 우선성으로 설정하였다면, 식민지 조선은 이를 왜곡, 수용하여 단지 식민성의 극복 방안으로 이해하였다. 즉 식민성이 근대성과 경합하면서 우선성을 획득하고 있었다.

셋째는 아일랜드 문학을 세계문학으로 규정, 전유하면서 '세계성' '근대성'을 성취하고자 하였다. 민족적인 것으로서의 '아일랜드성'이 '세계성'과 대립되는 것으로 이해되면서, 동궤에서 식민지 조선의 민족문학을 '세계문학의 대타성'으로 상상하였다. 세계라는 보편을 지향함으로써 근대성을 성취할 수 있다고 보았지만 이러한 상상은 '민족문학의 부정', '서구 제국주의 및 식민주의 정전의 수용'이라는 역설적 결과를 낳았으며, 아일랜드를 이중 타자화 하는 것이었다. 이때 식민성과 여성성은 은폐되었다.

넷째는 1930년대 중반 조선어의 위기가 조선문학의 위기라는 인식이 확산되면서 민족어의 재발견 문제를 민족문학 속에 반영해야 한다는 요구가 거세게 일어난 시대상황과 연결되어 있다. 이때 아일랜드 문학은 식민 모국의 언어인 영어를 사용한다는 점에서 이전과 달리 '부정'의 대상으로 재배치되었다. 아일랜드 문학은 오로지 '민족어'의 문제로 전유되었다. 민족어-속문주의에 내포된 순결주의는 식민지 조선에서 서양 / 동양, 열강 / 제3세계, 남성 / 여성의 은유체계 속에서 여성과 유비되고 있었다. 민족어 역시 네이션이란 상상의 정치공동체와 마찬가지로 정신적 통합의 상징이었으며, 이때 '민족어'의 젠더는 여성이었다.

이처럼 아일랜드 문학은 식민지 조선의 민족문학 건설 과정에서 특정하게 전유되어 민족문학 건설의 방법으로 상상되었으며, 각 단계마다 젠더화의 양상을 노출시켰다. 1930년대 중반까지는 탈식민 전략상 중요한 참조대상이었지만 1930년대 중반 이후에는 민족어의 문제와 관련하여 부정의 대상으로 폄하되었다.

첫 번째에서는 아일랜드와 식민지 조선이라는 피식민지 간의 차이 또는 피식민 내부의 차이가 인지되지 않았으며, 두 번째에서는 근대성을 인지하지 못하였거나 식민성으로 치환하였고, 세 번째에서는 식민성이 은폐되기조차 하였다. 민족문학 건설과정에서 근대성과 식민성은 상호 연관에서보다 독립변수로, 개별적인 것으로 인식되었다. 즉 식민성 극복이 근대성의 성취로 인식되지 않았으며, 세계-보편의 획득이라는 근대성 확보가 식민성 극복과 별 연관을 보이지 못하였다.

첫째부터 셋째까지는 1920년대부터 1930년대 중반까지라는 동일한 시기를 대상으로 삼고 있었으며, 넷째는 1930년대 중반부터 1940년 전후까지에 해당된다. 셋째의 경우 1910년대부터 나타난다는 점에서 대상시기의 폭은 가장 넓지만 당시 외국문학에 대한 논의 자체가 드물었다는 점을 고려한다면 같다고 보아도 무방하다. 전유의 양상 중 가장 높은 빈도수를 차지하는 것은 셋째이며, 첫째는 셋째와 비슷하거나 약간 적은 정도이다. 즉 아일랜드 문학을 수용하는 과정에서 드러난 식민지 조선의 민족문학 상상은 식민성 중심이었지 근대성 중심이 아니었다.

아일랜드 번역에 나타난 식민지 조선의 민족문학 상상과정은, 식민주의와 매우 유사한 오리엔탈리즘의 구체화 사례를 보여 주다가 후기에 이를 극복 지양하는 인식을 보여주지만, 후기의 민족어 단계에서도 속문주의에 그침으로써 민족의 '밖'을 상상하는 지점에까지 이르지는 못하였다. 아일랜드 문학의 참조가 식민성 중심일 수밖에 없었던 것은 식민지라는 조선의 '특수'를 드러내며, 각 유형에서의 젠더화 양상은 서구 중심적 근대(성), 민족(국가)가 지닌 '보편'을 확인시킨다는 점에서 식민지 조선의 민족문학 상상은 '특수'이면서도 '보편'이었다.

전유의 각 유형에서 드러나는 젠더 연관 문제는 '근대', '민족' 범주를 새롭게 상상하지 않는 한 여성성이 부정적으로 담보되거나 배제될 수밖에 없음을 역설적으로 반증해 주었다.

앞으로 남은 문제가 있다면 식민지를 경험한 인도, 대만, 오키나와 등의 문학을 식민지 조선이 어떻게 이해하고 수용했는지를 비교 검토하는 한편, 아울러 이들의 문학에서 근대성과 식민성이 어떤 관련을 보이는지 고찰하는 일이다. 각 공통점과 차이를 구체적으로 폭넓게 살필 필요가 있다. 또한 제2차 세계대전 후 신식민지 / 독립국으로 전환된 이후 식민성의 문제가 어떤 방향으로 전개되었는지를 검토하는 것도 탈식민적 연구가 감당해야 할 몫이다.

'노라'의 조선적 수용 양상과 그 의미

채만식의 『인형의 집을 나와서』를 중심으로

김양선

1. 문제제기 — 식민 현실과 여성 현실의 접점 찾기

채만식의 첫 번째 장편소설인 『인형의 집을 나와서』는 1933년 5월 27일부터 11월 14일까지 『조선일보』에 연재되었다.[1] 여러 연구자들이 지적한 바와 같이 채만식은 『탁류』, 『여자의 일생』, 그리고 그것을

---

1 『채만식 전집』 1(창작사, 1987)에 실린 '해제'에 따르면 작가는 단행본 간행 시 『조선일보』 연재본에 장 제목을 붙이고, 간간이 삭제하기도 하고 곳에 따라 내용을 추가하여 원고지 70매가량의 분량을 퇴고했다고 한다. 퇴고본에서는 검열을 우려했는지 연재본에서 확연하게 드러나는 일본의 식민정책에 대한 날카로운 비판이 상당부분 완화되어 있거나 빠져 있다. 한편 김사이는 창작사에서 밝힌 연재 횟수가 140회인 것과는 달리 본인이 확인한 바에 따르면 150회라고 밝히고 있다. 본고는 앞으로 작품 인용 시 『채만식 전집』 1을 대상으로 그 쪽수만 표기하되, 퇴고본에서 빠져 있는 『조선일보』 연재본과 관련된 논의는 김사이의 논문을 참고할 것이다. 김사이, 「채만식의 『인형의 집을 나와서』 연구」, 상명대 대학원, 2000, 6쪽 참고.

친일적 색채로 개작한『여인전기女人戰記』등 일련의 장편소설을 통해 전근대적 유제와 식민지 근대의 파행성이라는 이중적 구속으로 인해 고통받는 여성의 처지에 각별한 관심을 보여왔다.『인형의 집을 나와서』는 이처럼 여성 문제에 대한 작가 의식의 출발점에 해당하고, 여성 문제가 개체적 실존의 문제가 아니라 당대 사회의 구조적 모순과 관련되어 있음을 분명히 한 작품이라는 점에서 그 의미가 자못 크다.

그런데『인형의 집을 나와서』가 당대 사회에 대해 사실주의 기율과 풍자의 기법을 적절히 활용하며 날카로운 비판의식을 견지했던 채만식 문학세계의 본령과 어떻게 맞닿아 있는지, "여성문제에 관해 1930년대의 한국 남성작가로는 괄목할 정도의 인식을 지녔다"[2]는 평가가 과연 타당한 것인지를 엄정하게 따져보기 위해서는 몇 가지 전제되어야 할 사항들이 있다. 첫 번째는 작가가『탁류』,『여자의 일생』등의 작품들에서 식민지 자본주의의 파행성과 그 이면에 강고하게 자리한 전근대적인 가부장제의 폭력성을 비판하기 위한 서사적 장치로 여성의 수난을 전기傳記적 틀에 담아 형상화했다는 점이다. 그 때문에 채만식 문학에서도 '여성'은 식민지 조선의 부정적 현실을 효과적으로 보여주기 위한 '민족'의 알레고리로 전용되었으며, 주체가 되지 못한 채 '남성 주체의 그늘진 타자'로만 존재한다는 지적[3]이 제기된 바 있다. 그렇다면『인형의 집을 나와서』의 경우에도 이와 같은 지적이 타당한지를 따져 보아야 할 것은 물론이거니와 이에 앞서 이 소설에서 그려진 여성의 현실은 무엇이고, 식민지 조선의 현실을 우회적으로 드러

---

2 한지현,「채만식의『인형의 집을 나와서』에 나타난 여성문제 인식」,『민족문학사연구』제9호, 민족문학사연구소, 1996, 114쪽.
3 심진경,「채만식 문학과 여성―『인형의 집을 나와서』와『여인전기』를 중심으로」,『한국근대문학 연구』7호, 한국근대문학회, 2003, 54쪽.

내기 위한 장치이자 주제로서 적합한지를 먼저 밝혀야 할 것이다.

두 번째는 채만식이 비판적 사실주의의 틀을 고수하면서도 '조선적' 현실을 담기 위해 양식이나 기법면에서 패러디를 적극적으로 차용했다는 점이다. 『인형의 집을 나와서』 역시 입센의 희곡 〈인형의 집〉(1879)을 서사의 발단부에서 적극적으로 차용하고 있다. 이채로운 점은 채만식의 이후 소설들과는 달리 전통적인 주제와 양식이 아닌 서구의 희곡을 차용했다는 것이다. 이와 같은 차용에 모종의 의도가 개입해 있음은 작가 스스로도 밝힌 바 있다.

> 이 작은 성공보다는 실패에 더 많이 가까운 작이라는 나는 스스로 잘 알고 있다. 그러므로 친지라든가 혹은 평단에서 흠을 잡아내어 구박을 하는데도 별로 이의가 없다. 그러나 비록 실패는 하였을지언정 이름을 『인형의 집을 나와서』라고 붙이고 쓴 의도만은 그래도 짐작하는 이가 많이(읽는 사람 가운데) 있으리라고 생각하여 왔었다.[4]

채만식은 이 작품이 실패작이라는 점을 일정 정도 인정하면서도 왜 작품의 제목을 그렇게 붙였는지, 작품을 쓴 의도가 무엇인지는 독자들이 알 것이라고 주장한다. 이와 같은 주장은 서구 문학이라든가 여성해방사상이 식민지 근대 초창기에 이입되는 과정에서 입센의 〈인형의 집〉, 그리고 이 작품의 주인공 노라가 일반 독자들이 알 정도로 광범위하게 향수되고, 당시 문화적 맥락 속에 상징적으로 위치했음을 반증한다. 또 하나 유념할 점은 서구 문학을 이입하면서도 본령인 '조선적' 현실과의 접맥 가능성을 얼마만큼 실현했는가 여부이다.

---

4 채만식, 「문예잡감」, 『채만식 전집』 10, 창작사, 1987, 61쪽.

이와 같은 문제를 해결하기 위해서는 한국 근대문학에서 '노라'가 어떤 상징적 의미를 지녔는지, 채만식의 소설은 이와 같은 '노라'의 조선적 수용 양상과 관련하여 어떤 의미가 있는지 밝혀야 할 것이다. 따라서 필자는 입센의 〈인형의 집〉의 수용 양상과 '노라'라는 인물이 지닌 상징성을 간략하게 살핀 후, 〈인형의 집〉의 후일담에 해당하는 이 소설이 식민지 조선의 현실과 여성의 현실을 어떻게 유기적으로 관련지어 형상화했는지를 구체적으로 규명하고자 한다.

채만식은 『인형의 집을 나와서』를 창작한 동기를 밝히면서 "부인해방은 중류가정의 한 안해가 집을 버리고 맨손으로 뛰어나오는 것으로는 그것이 단계는 될지언정 완성은 아"니며, "소뿌르의 의식을 청산하고 진정한 해방의 길을 발견"해야 한다고 주장하였다.[5] 다시 말해 채만식의 관심은 '노라'의 가출을 여성 개인의 근대적 자각과 관련하여 바라보았던 이전의 나혜석, 김일엽 류의 시각에서 더 나아가 그것을 사회문제 내지 계급의 문제로 확장하는데 있었다. 따라서 이 작품의 공과를 엄정하게 따지기 위해서는 노라의 정체성 형성과정이 당대 식민지 사회의 모순들을 포괄하고 있는지, 여성문제와 계급문제의 동시적 해결이라는 과제를 설득력있게 형상화했는지를 살펴보아야 한다. 본고는 3절과 4절에서 노라가 식민지 근대의 모순을 체험해가는 과정을 어떻게 서사 전개나 구조에서 배치했는지, 성과와 한계는 무엇인지를 논할 것이다.

---

5   채만식, 「『인형의 집을 나와서』를 쓰면서」, 『삼천리』, 1933.9, 669쪽.

2. 〈인형의 집〉의 수용상황과 조선의 '노라'

〈인형의 집〉은 1921년 1월 25일부터 4월 3일까지 『매일신보』에 양백화와 박계강의 합역으로 연재되면서 우리 근대문학에 처음으로 소개되었다. 곧이어 1922년 양백화가 번역한 『노라』(영창서관, 1922.6.25)[6]와 이상수가 번역한 『인형의 가』(한성도서, 1922.11.15)가 각각 단행본으로 출판되었다. 헨릭 입센이 언급되기 시작한 것은 1910년대부터였지만,[7] 1920년대부터 외국문예에 대한 문단의 관심이 급증하면서 입센과 『인형의 집』은 근대적 자아의 실현과 개성의 발현 문제, 그리고 여성해방과 관련하여 여러 문사들에 의해 적극적으로 평가되기 시작한다.[8] 즉 〈인형의 집〉은 한편으로는 입센의 노라를 '자아혁명의 모델'로 보는 염상섭의 입장에서 드러나듯 개인의 자각이라든가 사회계몽의 차원에서 수용되었고, 다른 한편으로는 나혜석의 시 「노라」에서처럼 신여성 담론의 맥락에서 수용되었다.[9] 〈인형의 집〉은 비서구 식민

---

6 이 작품집에는 나혜석 작사, 백우용 곡이 붙여진 악보, 김정진의 「서(序)」, 이광수의 「노라야」, 김일엽의 「발(跋)」 등 당대 명망가의 글들이 함께 실렸다. 그만큼 『인형의 집』이 당대 사회, 문화에 미친 파장이 컸음을 반증한다.

7 나혜석이 「이상적 부인」(『학지광』 3호(1914.12))에서 서양 문학작품에 대한 독서체험에 근거해 역할 모델로 삼을 만한 이상적 부인들을 열거하면서 "眞의 연애로 이상을 삼은 노라 부인"을 언급한 것을 들 수 있다.

8 현철, 「근대문예와 입센」, 『개벽』, 1921.1; 양건식, 「〈인형의 家〉에 대하여」, 『매일신보』, 1921.4.9; 염상섭, 「지상선을 위하야」, 『신생활』, 1922.7의 글들이 대표적이다.

9 김연수, 「번역과 근대적 문화전이―입센의 〈인형의 집〉 수용양상 비교를 중심으로」, 『독일어문학』 제59집, 한국독일어문학회, 2012, 16~23쪽.
   이승희 역시 '노라'는 여성문제를 함축하되 각성된 자아와 개성 발현의 문제와 결부되어 있는 상징성을 지닌다고 보았다. 특히 1920년대 번역 주체들이 입센의 작품과 노라를 해석하는 상황에 내재된 성정치에 주목하여 노라가 식민 현실 속의 '조선인'으로, 즉 상상된 내이선으로 동일시되면서 탈식민적 기획의 면모를 지녔지만, 번역 주체가 대부분 남성이었기에 근대적 여성상으로서의 노라를 비판, 억압하는 이중성을 띠었다고 분석한다. 이승희,

지의 근대성과 젠더의 번역 양상을 단적으로 보여주는 바로미터라 할
수 있다.

〈인형의 집〉이 번역 소개된 이후 작품의 여주인공 '노라'는 1920～
30년대 잡지와 신문, 문학작품에 수다하게 출몰한다. '노라'는 해방된
신여성, 개인의 자아실현을 추구하는 근대적 주체를 가리키는 일종의
대명사로 쓰였다. 하지만 나혜석, 김일엽 등 제1세대 여성운동가 및
문학인들이 '노라'를 긍정적인 기의를 내포한 존재로 호명했던 것은
극히 부분적인 현상에 불과하다. 대중적인 매체와 문학작품에 의해
호명된 '노라'는 집밖을 떠도는 여성, 허울뿐인 개화에 들뜬 부박한 신
여성, 이념을 한갓 유행으로 여기는 마르크스 걸, 자기 욕망을 실현하
기 위해 남성을 곤경에 빠뜨리는 위험한 여성 등을 지칭하였다. '노라'
는 그야말로 다양한 기의를 가진, 하지만 그 다양성 때문에 오히려 정
체를 알 수 없는 모호한 존재, 이제 막 근대적 욕망을 펼치기 시작한
여성들을 의혹에 찬 시선으로 바라보는 남성들의 무의식이 투영된 이
름이었다.[10] 가령 염상섭은 『너희들은 무엇을 어덧느냐』(1923)에서 학
생첩이 된 덕순의 행적을 '노라의 자유사상'에 빗대어 조롱하는가 하
면, 『삼대』의 홍경애 역시 '노라'로 지칭한 바 있다.[11]

「번역의 성 정치학과 내셔널리티」, 민족문학사연구소 기초학문연구단, 『한국 근대문학의
형성과 문학 장의 재발견』, 소명출판, 2004, 216・219～228쪽.

10 가령 이광수는 "노라야 너는 이리하여 남자와 꼭 같이 되는 것으로 네 목적을 삼느냐. 이제
머리를 깎고 남복을 입고 권련을 피어물고 술이 취해 비틀거리며 大道上으로 다니게 될 때
에 너는 비로소 네 개성의 해방을 완성하였다고 개가를 부르려느냐'라고 하면서 "너는 아직
남자의 노예니 네가 사람이란 자각 담에 계집이란 안해란 어미란 자각을 얻어 계집으로 안
해로 어미의 직분을 다하"라고 훈계한다. 공적 영역에 진출한 '노라'형 신여성을 경계하
면서 이들을 '아내'와 '어머니'라는 사적 영역으로 소환하는 남성중심적 시각을 단적으로 보
여준다. 이광수, 양백화 역, 「노라야」, 『노라』, 영창서관, 1922, 5～6쪽.

11 안미영에 따르면 〈인형의 집〉과 '노라'가 소개되면서 1920년대 이후 우리 근대소설에 등장
하는 여성 인물의 행동반경은 그 이전과는 비교가 안될 정도로 확장된다. 근대적 개인 / 여
성의 출현은 당대 지적 풍토를 바꿔놓고, 1920년대 이후 근대 소설의 주제를 바꾸기도 했다

채만식이 이와 같은 당대 사회 문화적 담론의 향방에 무심했을 리 없다. 그런데 그는 이 지점에서 다른 작가들과는 전혀 판이한 길을 택한다. 원작인 〈인형의 집〉의 내용은 소설의 제1장 '인형의 집을 나온 연유'에서 과감하게 압축해서 제시하고, 제2장부터는 '집을 나온 노라는 어떻게 되었는가'라는 후일담의 형식을 취한 것이다. 제1장은 인물의 설정이라든가 사건의 전개에서 〈인형의 집〉의 설정을 그대로 가져오고 있다. 가령 여주인공 노라와 남편 현석준은 원작의 노라와 헬머에 해당하며, 고리대금업자인 구가와 노라의 친구인 혜경은 크로스탓과 린덴에, 남의사는 링거에 해당한다. 구체적인 상황 및 사건제시 역시 원작과 차이가 없다. 앞서 작가 자신이 한 말을 상기하자면 채만식은 당대 독자들이 〈인형의 집〉의 내용을 숙지하고 있음을 전제로 한 후 입센의 길과는 다른 조선적 현실에, 집을 나온 임노라의 후일담에 오히려 중점을 두고자 했음을 미루어 짐작할 수 있다. 이와 같은 제1장의 설정에 대해 한지현은 "입센 희곡의 결말을 자신의 출발점으로 삼겠다는 저자의 '신호'에 해당"하므로, "제1장의 이야기 자체가 얼마나 실감이 나는지를 제2장 이하와 동일한 기준으로 평가하는 것은 그러한 신호를 무시하는 셈"라고 주장한다.[12] 작가는 이 소설의 독자 정도라면 원작을 읽거나 적어도 대략적인 내용은 인지하고 있을 것이라는 전제하에, 즉 자기 소설의 수용층을 나름대로 설정한 채 새로운 서사를 기획하고 있다.

그렇다면 왜 후일담의 형식을 취했을까. 작가 스스로 이유를 밝힌

는 것이다. 필자 역시 이런 견해에 동의한다. 덧붙여서 우리 근대문학 작품을 보면 여성인물을 '노라'로 지칭하거나 빗대어 표현하는 경우가 많은데 이런 작품들에 대한 본격적인 서지 작업 및 주제론적 논의가 이루어진다면 근대문학 텍스트에 내재한 성정치의 이데올로기를 밝히는 데 기여할 수 있으리라 생각한다. 안미영, 「한국 근대소설에서 헨릭 입센의 〈인형의 집〉 수용」, 『비교문학』 30권, 한국비교문학회, 2003, 109~110쪽 참고.

12 한지현, 앞의 글, 98쪽.

적은 없지만 입센의 차용에 모종의 의도가 개입해 있음은 다음 두 예문을 비교해 보면 어렵지 않게 추측할 수 있다.

① 노라를 위해서는 돈 ― 고상한 말로 하면 경제인데 그것이 가장 중요합니다. 물론 자유는 돈으로 살 수 있는 것이 아닙니다. 그러나 돈을 위해 팔 수는 있습니다. 첫째로 가정 안에서 먼저 남녀균등의 분배를 획득하는 일, 둘째로 사회에서는 남녀평등의 힘을 획득하는 일이 필요합니다. 하지만 유감스럽게도 그 힘을 어떻게 하면 획득할 수 있느냐는 것을 나는 모릅니다. 그 또한 투쟁해서 얻을 수밖에 없다는 것을 알고 있을 뿐입니다. 그리고 그렇게 하기 위해선 참정권을 요구하는 일보다도 훨씬 격렬한 투쟁이 필요할 것이라는 생각이 듭니다. 부인이 참정권을 주장하더라도 정면으로 반대를 받지는 않겠지만 만약 경제의 균등한 분배를 요구한다면 그 순간에 적과 부닥칠지도 모릅니다.[13]

② 나는 안해를 인형으로 여기고 여자를 노예로 생각하는 남편으로부터 노예가 아니요 한 자유의 인간이 되기 위하여 가정을 나왔소. 그것은 혜경이도 잘 알고 있지요?

그리하여 나는 자유를 얻기는 하였소. 임노라라고 하는 여자는 아무것도 거리낌이 없이 살아갈 수 있는 자유의 인간이 되었었소. 그러나 이 자유를 얻은 대신 나는 어떠한 대상代償을 치르었소?

얻은 첫날부터 오늘날 이 시간까지 다만 몸뚱이 하나를 거두어가기 위하여서만 급급하였었소. (…중략…) 배고픈 자유, 외로운 자유, 먹기 위하여 노예가 될 자유, 먹기 위하여 웃음과 아양과 정조를 파는 자유, 그리고 천륜을 짓밟는 자유. (…중략…) 노예가 되는 자유, 웃음과 아양과 정조를 파는 자유, 그렇

---

13 루쉰, 「노라는 집을 나간 후 어떻게 되었는가」, 한무희 역, 『노신문집』 3권, 일월서각, 1987, 63쪽(한지현, 앞의 글, 100쪽에서 재인용).

지 아니하면 굶어죽는 자유, 또 그렇지 아니하면 자살을 해버리는 자유[14]

　채만식에 앞서 중국의 루쉰은 「노라는 집을 나간 후 어떻게 되었는가」라는 강연에서 집을 나간 노라가 택할 길은 굶어죽거나, 타락하든가, 그렇지 않으면 집으로 돌아가든가 밖에 없다고 말했다. 그러면서 그는 예문 ①에서처럼 여성해방의 전제조건이 참정권이 아니라 경제권임을 강조한다. 예문 ②는 『인형의 집을 나와서』에서 노라가 가정교사, 화장품외판원, 카페 여급 등 여러 직업을 전전한 끝에 정조를 유린당한 후 자살을 결심하고 혜경에게 남긴 유서의 일부이다. 이 인용문에서 눈에 띄는 대목은 "노예가 되는 자유, 웃음과 아양과 정조를 파는 자유, 굶어죽는 자유"라는 구절이다. "노예가 되는 자유"가 남편의 '완롱물'에 그쳤던 결혼생활을 일컫는 것이라면, "웃음과 아양과 정조를 파는 자유"와 "굶어죽는 자유"는 루쉰이 말했던 '타락하든가 굶어죽든가'에 정확히 대응한다. 채만식이 루쉰의 글을 접했는지는 직접 밝힌 바 없다. 하지만 근대 시민 국가의 형성 과정을 순조롭게 밟아 온 원작의 배경과는 무관하게 비서구 지식인이 공통적으로 집을 나간 근대 여성의 운명에 관심을 가졌다는 점, 여성의 경제적 자립을 여성해방의 전제조건으로 들고 있는 점에 주목할 필요가 있다. 비서구의 파행적 근대화 과정 속에서, 더욱이 물적 근거가 허약한 식민지 경제체제하에서 사회적 모순과 여성에게 가해지는 성적 모순을 동시에 탐색하는 것이 작가의 진정한 창작 의도인 셈이다.
　이 작품이 원작의 틀만 빌려왔을 뿐 전혀 새로운 서사를 기획하고 있음은 예문 ②의 "천륜을 짓밟는 자유, 자살을 해버리는 자유"라는

14　채만식, 『채만식 전집』 1, 창작사, 1987, 259~261쪽.

대목에서도 유추해 볼 수 있다. "천륜을 짓밟는 자유"란 노라의 모성적 윤리 내지 책임감과 관련이 있고, "자살을 해버리는 자유"는 노라가 계급적 주체로 거듭나기 위한 일종의 상징적 죽음에 해당한다. 그런데 이 '(의사)자살'과 '재생'이라는 모티프는 신소설이나 이광수의 『무정』 이후 우리 문학에서 흔히 볼 수 있는 서사적 설정이다. '모성' 역시 여성 고유의 영역이지만 '조선적' 현실에서 더 문제가 된다. 이와 같은 정황들을 고려한다면 『인형의 집을 나와서』는 원작의 배경인 서구와도, 또 중국과도 다른 식민지 조선의 현실에 깊이 뿌리내리고 있음을 알 수 있다.[15]

3. 집밖의 노라, 식민지 자본주의의 모순을 몸으로 경험하다

『인형의 집을 나와서』에서 중산층 여성이었던 임노라는 '집밖'으로 지칭되는 자본주의 근대의 마성에 노출되면서 그 질서를 몸으로 체험한다. 또한 이 작품은 노라가 경제적 자립을 위해 직업을 찾아나서는 일련의 과정을 통해 1930년대 당시 여성이 택할 수 있었던 직업들에 대한 사실적인 정보를 제공하고, 사회주의 운동의 향방을 서사

---

15 정선태는 입센주의가 일본과 중국, 한국에서 비균질적으로 수용되는 양상을 통해 한중일 3국 근대문학의 정신사적 의의를 재구성할 수 있다고 보았다. 그는 『인형의 집을 나와서』가 경제적 불안정과 모성과 관련된 정서적 불안을 함께 다루었고, 남편-아내의 대결 구도에서 노동자-자본가의 대결 구도로의 전환을 꾀한 것을 식민지 조선, 그리고 채만식의 독자적 수용양상으로 파악하였다. 정선태, 「『인형의 집을 나와서』-입센주의의 수용과 그 변용」, 『한국 근대문학 연구』 6호, 한국근대문학회, 2002, 28쪽.

에 적극 끌어들임으로써 일상적·문화적·운동사적 의의를 확보하고 있다.

먼저 소설의 발단에 해당하는 3장 '옛 얼굴들'과 4장 '지나친 객기'는 노라가 식민지 자본주의 현실과 전근대적 가부장제의 폐해와 처음으로 맞닥뜨리는 장으로서 소설 전체를 관통하는 작가의 문제의식을 예비적으로 보여준다는 점에서 의미가 있다. 3장과 4장은 농촌에까지 밀어닥친 식민지 자본주의의 모순을 여러 각도에서 그리고 있다. 먼저 고향마을에 돌아온 날 밤 노라와 어머니는 일본의 식민정책의 하나로 시행된 '색복장려'에 대해 이야기를 주고 받는다. "빌어먹을 놈들이 허다허다 못허닝개 옷 입는 것까지 참견을 하고, 고무신을 못 신게하니, 짚신을 심어 삼고, 그러니 못 심어 신는 사람들은 사 신을라니께 돈이 더 들고"(38쪽)라는 어머니의 말에서 알 수 있듯 일본의 식민지 정책은 의복과 같은 대중의 일상적인 국면까지 세세하게 통제한다. 다음 날 아침 노라가 제일 먼저 목도한 것은 농촌공동체의 상징인 '사정'이 없어진 것, 그리고 "동리를 좌우로 뚫고" 난 새 길이다. 이 새로 난 길을 통해 자본주의적 근대의 산물들이 밀려 들어와 피폐한 농촌공동체를 잠식할 것임을 작가는 우회적으로 말하고 있는 것이다.

일본의 식민지 경제수탈정책은 사회주의자 병택의 형의 이력을 통해 제시된다. "큰 재산이라고 할 수는 없으나 그다지 군색치 아니한 살림살이"를 하던 병택의 집안은 형이 "토지 전부를 은행에 저당한 돈"을 '군산 미두시장'에서 없애면서 몰락했다. 지금은 일본의 금융자본을 대표하는 금융조합에 논과 밭을 잡혀 받은 돈으로 농민들을 상대로 돈놀이를 하는 지경이다. 일본 식민지배체제가 금융조합을 설립한 이유는 자금대부를 통해서 농민을 지배체제 내부로 포섭하고 이를 통해 식민지 농업금융과 농업생산을 지배하고자 했기 때문이다.[16]

이 점을 상기한다면 병택 집안의 몰락은 식민지 농업정책의 폐해와 긴밀한 연관이 있는 셈이다.

서울로 올라 온 후 노라는 직업을 구하는 과정에서 여러 어려움에 직면하는데, 이와 같은 어려움은 자본주의화 과정을 단계적으로 밟지 못한 식민지 경제구조의 기형성에서 말미암는다. 그런데 이 기형성은 여성에게 좀 더 차별적인 형태로 작용한다. 소설에서 노라는 근대적인 교육을 받은 신여성으로 설정되어 있다. 그런데 정작 그녀가 자신의 지식이나 노동력으로 돈을 벌 수 있는 영역이 가정교사, 화장품 외판원, 카페 여급이라는 것은 의미심장하다. 더욱이 노라는 "취직전선에 나서기에 불리한 조건"에 있는 것으로 설정되어 있다.

인물이 잘나서 화장을 잘하고 나서면 스물여섯이라지만 네 살은 어리어 보인다.

그러나 아무래도 중년을 바라보는 여자로, 따라서 백화점의 여점원이라든가는 도저히 바랄 수가 없는 것이다.

그밖에 은행이나 회사같은 데는 전문의 지식이 없으니 길이 트일 수가 없다. 훨씬 방향을 돌리어 버스걸이나 제재직공이 되자 해도 — 아직까지 노라에게 그러한 생각은 없었지만 — 역시 연령 관계로 자격 상실이다.(175쪽)

신여성인 노라가 '전문의 지식'이 없다는 것은 식민지 시대 여성의

---

16 김호범, 「일제하의 금융조합과 농민층 분해」, 『부산상대논집』 71집, 부산대, 2000.6, 394쪽. 일제 시대 금융조합은 1905년 설립되었고, 1907년에는 농촌구제와 지방 및 농촌지역의 금융완화라는 명분하에 지방금융조합이 설립되었다. 1918년 금융조합령이 제정된 후 금융업무가 금융조합의 중심 사업으로 정착되었다. 1920년대에는 대출업무가 급증하였지만 주로 중농 이상의 농민에게 대부되었고, 소작농을 비롯한 영세농민들은 자금을 받았더라도 고금리로 인하여 토지를 상실할 수밖에 없었다. 따라서 금융조합은 농민층 분해를 촉진하고, 식민지 자본주의의 형성에 기여했다고 볼 수 있다(김호범, 같은 글, 414쪽).

고등교육이 공적 영역에서 자신의 능력을 발휘할 수 있는 기본적인 자질을 갖추게 하기보다는 오히려 근대적인 의미의 현모양처를 양성하는 데 초점이 맞춰져 있음을 뜻한다. 때문에 근대적 모성이나 현모양처를 포기한 집밖의 노라는 나이나 전문적 지식 등 공적 영역에서 교환되는 상품으로서의 경쟁력을 갖추지 못한 탓에 전락을 거듭할 수밖에 없다. 가정교사, 화장품외판원, 카페여급, 그리고 백화점 여직원 등은 여성이 공적 영역에서 택할 수 있었던 근대적 직업들이지만 안정적인 위치와 수입을 보장하지는 못한다. 이와 같은 노동의 영역은 식민지 경제구조의 파행성이 젠더 위계 체제에 근거해 있음을 단적으로 보여준다. 더욱이 노라가 "연령 관계로 자격 상실"인 직종이 많다는 데서 알 수 있듯 여성의 경우 젊거나 아름다워야 한다는, 즉 자신의 섹슈얼리티를 매개로 해서 살아갈 수밖에 없는 상황에 처해 있다.

노라 주변의 여성들은 그들에게 노예상태를 강요하는 전근대적, 근대적 모순의 중층성을 분담해서 보여준다. 가령 옥순이는 '묵은 도덕의 노예'이며, 성희는 "돈에 얽매어 돈이 시키는 대로 몸을 굴리는 상품경제 시대의 노예"(149쪽)로 제시된다. 성희는 전당국 고리대금업을 하는 서가에게 한 달에 돈 백 원에 '팔려온' 존재이고, 정원이는 옥순의 남편을 유혹하여 첩이 되고 그 대가로 일본 유학을 떠난다. 노라는 옥순이의 자유는 "자살을 하는 자유", 성희의 자유는 "밥 대신 정조를 양식삼는 자유", 정원의 자유는 "돈에 몸을 파는 자유"라고 결론짓는다. 그녀는 당시 조선의 현실에서는 근대 여성이 자신의 몸을 버리거나(자살), 자신의 몸을 상품화(소극적 의미의 매춘)해야 하는 극단적 상황에 처해 있음을 깨닫게 되는 것이다.

여성이 '상품경제시대의 노예'로 식민지 자본주의 사회에 포획되어 살아갈 수밖에 없는 근본적인 이유는 앞서도 말한 바와 같이 식민지 자본주의의 파행성 때문인데, 소설은 정당한 노동의 대가로는 자본(돈)의 축적이 불가능한 상황을 돈에 대한 노라의 공상이 현실에서 좌절되는 양상을 반복해서 기술함으로써 효과적으로 드러낸다.

① 쌀을 서 말만 사고, 그러면 그것이 육 원쯤 될 것이고, 나무를 솔가지로 한 바리만 사자면 이원 오십 전, 그고리 하루에 이십 전 평균을 쳐서 한 달 반찬값으로 육 원 — 이렇게 하여 십오 원이면 한 달은 살아갈 것이고, 팔 원으로는 전당잡힌 것을 찾고, 그리고 나머지 십오육 원 되는 것으로는 …… ?(111쪽)

② 저녁에 노라는 자리에 누워서 큰 공상을 그리어 보았다. 일 원어치를 팔면 오십 전이 남는다. 그러니까 잘만 재빨리 서둘러서 매일 오 원어치씩만 판다면 하루의 이익이 이원 오십 전, 한 달이면 칠십오 원이다. 그 중에서 이십오 원만 쓸 요량을 하고 오십 원씩 저금을 한다면 일 년이면 육백 원이다. 삼 년만 하면 이천 원은 된다.(214쪽)

③ 그는 어젯밤 집에 돌아가 여러 가지 감정이 오고가는 동안에도 화장품 장사로 이천 원을 모으려다가 실패한 계획을 여급 생활로써 다시 만회시킬 결심을 하였다. 하룻밤에 줄잡아서 평균 오 원을 번다면 한 달에 일백오십 원 …… 이 일백 오십 원 가운데 의복과 밥값으로 오십 원쯤 제하고 백 원씩 저금을 하면 일 년이면 일천이백 원, 이태면 이천사백 원, 그리고 일 년만 더하면 사천 원 가까운 돈이 수중에 들어온다.(224쪽)

예문 ①은 노라가 가정교사를 해서 "독립한 자유인으로서 노력에 대한 보수"로 번 돈 40원을 놓고 쓸 곳을 벼르는 장면이다. 예문 ②는 화장품 장사를 나선 첫 날, ③은 카페 여급으로 나선 첫 날, 얼마간의 수입을 얻은 후 집에 돌아와 어떻게 돈을 모을지 공상하는 장면이다. 하지만 "삼 년 동안에 사천 원을 잡겠다는 꿈도 화장품 장사로 이천

원을 모으겠다던 꿈과 한가지로 깨어지고"(238쪽) 만다.

그렇다면 작가는 왜 이처럼 현실적으로 불가능한 '공상' 장면을 반복적으로 제시한 것일까. 노라가 돈을 욕망하는 것, 그리고 그것의 좌절은 염상섭의 소설이나 채만식의 다른 소설 『태평천하』, 『탁류』에 나오는 신흥 부르주아들이 돈 그 자체를 욕망하는 것이나, 김유정 소설의 하층민들이 일확천금의 꿈을 꾸는 것과는 다르다. 돈을 향한 노라의 욕망은 자신의 개체적 실존을 확보할 수 있는 최소한의 경제적 여건, 아이와 함께 살 수 있는 조건을 확보하기 위한 것이므로 그 자체로 타당하다. 노라의 공상 역시 정상적인 자본주의 단계를 거친 나라들에서라면 실현불가능한 것이 아니다. 따라서 노라의 욕망이 좌절되는 이유는 "노라 개인의 성격이 워낙 몽상적이어서"도, "'인형'의 생활을 너무 오래 해온 여성들의 일반적 속성이 드러난"[17] 때문도 아니고, 축재의 방법이 비정상적, 비윤리적이어서도 아니다. 정상적인 방법을 통한 정상적인 돈의 획득이 식민지 현실에서는 불가능하기 때문이다. 다시 말해 위의 장면들은 노라가 공적 영역에 진입한 후 비로소 식민지 근대, 자본주의의 모순을 식민지인이자 여성으로서 체험하는 상황에 놓여 있음을 보여주는 징표이다. 또한 노라가 결국 자신을 여성노동자로 위치 짓고 계급적 인식을 선취하게 되는 결말의 당위성을 서사적으로 보증해 주는 역할을 하기도 한다.

한편 이 작품은 식민지 여성교육의 허구성과 함께 식민지 근대의

---

17 한지현, 앞의 글, 103쪽. 정홍섭 역시 한지현의 견해에 반대하면서, 그와는 다른 견해를 제시하고 있다. 사회적으로 무기력할 수밖에 없는 인물과 그들이 놓인 절망적 상황을 설정하기 위해 채만식이 빈번하게 쓰는 창작방법 중 하나가 '공상 모티프'라는 것이다. 하지만 이 작품의 경우 이와 같은 공상과 그것의 좌절이 새로운 직업 선택 단계마다 반복제시되는 점에 유념할 필요가 있다. 즉 단순한 모티프의 문제가 아니라 노라가 자신이 겪는 경제적 어려움을 개인의 문제에서 사회의 문제로 파악하는 단계로 나아가는데 서사적 필연성을 부여하기 위한 장치인 것이다. 정홍섭, 『채만식─문학과 풍자의 정신』, 역락, 2004, 106쪽 참고.

규율체제를 뒷받침하는 법률 체계 역시 여성에게 억압적이라는 점을 날카롭게 지적하고 있다. 노라의 남편인 현석준이 노라의 이혼 요구를 들어주지 않는 연유를 밝히는 다음 대목을 보자.

지금 법률이 남의 남편이 다른 여자를 얻을 수는 있게 되었지만 남의 안해로 있는 여자가 다른 남자와 동거를 하거나 그런 짓은 못합니다. 했다가는 싫어도 형무소에를 가야지요. 형무소에 갔다가 나와서도 남편이 이혼을 아니하면 여전히 그 사람의 안해로 있습니다. 그러니까 이 앞으로 임노라라는 계집이 사내를 얻는다는 것은 형무소를 현주소로 정하는 것입니다.(192쪽)

현은 지금은 은행가이지만 전에는 식민지 법률체제를 실질적으로 운용하는 변호사였다. 그는 변호사나 은행가와 같은 직업을 가지고, 양관에서 풍족한 삶을 사는 등 근대적 지식과 삶을 영위하는 존재이다. 하지만 이와 같은 면모들은 오히려 그가 지닌 가부장적 의식을 강화하는데 일조한다. 그는 전근대성과 근대성의 양면성을 적절히 활용하여 타자를 억압하는 식민지 근대 지배층의 모습을 단적으로 보여준다.

이처럼 『인형의 집을 나와서』는 근대적 교육을 받은 신여성의 눈에 비친, 그녀가 몸으로 체험한 식민지 자본주의의 모순, 그리고 그것을 제도적으로 뒷받침하는 교육이나 법률의 식민성, 반여성성을 형상화하고 있다. 따라서 서사 구성에서 비약이 심하다거나 노라의 행동 역시 서사적 개연성 없이 돌출적이어서 설득력이 없다는 기존의 일부 평가들은 수정될 필요가 있다. 특히 소설 결말부에서 노라가 계급적 주체로 전화하는 과정에 비약이 많은 것은 사실이지만 적어도 이와 같은 사상적 전회를 뒷받침할 밑그림은 충분히 그리고 있다는 게 필자의 생각이다.

4. 사회주의 여성해방론의 소설화와 그 한계

—성적 주체와 계급적 주체의 이원화

『인형의 집을 나와서』에는 노라가 베벨의 『부인론』을 읽는 대목이 작품의 발단과 결말 부분, 두 번에 걸쳐 나온다.

> ① 『부인론』 …… 베벨의 『부인론』 …… 많이 듣던 이름 같았다.
>
> 책장을 훌훌 넘기면서 보니 군데군데 붉은 연필로 언더라인 치어 있다. 목차를 훑어보니 꼭 보고 싶은 것들이다. 그리하여 우선 서문을 보기 시작하였다. 그러나 첫머리를 조금 보는데 글자는 알아도 뜻은 모를 말이 많았다.
>
> 한 페이지 가량 보는데 삼십 분은 걸리는 것 같다. 그리고도 의미를 이해할 수가 없다. 싫증이 나서 내던졌다가도 잘 보아가지고 잘 알았으면 좋겠다는 생각은 간절하였다. 미련이 생겨서 내던졌던 것을 도로 집어 중간을 펴놓고 보았다.
>
> 더 알 수가 없다. 다뿍 식욕은 생기는데 먹을 줄을 몰라 먹지 못하는 것같이 안타까왔다. (57쪽)
>
> ② 잠자리를 차리고 누웠던 노라는 문득 짐을 뒤지어 올봄에 병택이가 가져다 준 베벨의 『부인론』을 찾아내었다. 그때 보려다가 어려워서 못 보고 내던져 둔 채 지금껏 손도 대지 아니하고 짐 속에서 굴러다닌 것이다.
>
> 노라는 서문을 위선 펴가지고 어려운 대로 애써애써 읽어내려가기 시작하였다. 그러다가 몇 줄째에서 눈이 번쩍 뜨이게 머리로 들어오는 한 구절을 발견하였다. 노라에게 있어서 크나큰 소득이었었다. (295쪽)

예문 ①을 보면 노라는 『부인론』을 이름 정도는 들어보았지만 그 의미를 이해하지는 못한다. 하지만 공적 영역에서 사회적 모순들을 다양하게 접하고, 남식을 통해 계급투쟁의 필요성을 어느 정도 인지한 후인 예문 ②에서는 "어려운 대로 애써 읽어내려가"고 "눈이 번쩍 뜨이게 머리로 들어오는 한 구절을 발견"[18]하는 단계에 이른다. 베벨의 『부인론』은 계급문제와 여성문제가 연관되어 있고, 여성문제에 앞서 계급문제가 먼저 해결되어야 한다는 사회주의 여성해방론의 주장을 담은 대표적인 저서이다. 우리 사회에 1920년대 중반 이후 본격적인 마르크스주의 저작들이 읽히기 시작하고, 1928~1929년경 사회주의 서적 수용은 절정에 이르렀다.[19] 베벨의 저서 역시 비슷한 시기에 번역, 출간[20]되었다. 그의 책은 콜론타이나 엘렌 케이, 입센만큼 엄청난 영향력을 미치지는 못했지만 1920년대 중반 이후 사회주의 사상과 여성해방의 결합을 모색했던 이들에게 일정 정도 영향을 미쳤을 것으

---

18 퇴고본을 저본으로 삼은 창작사본에는 빠져 있지만 신문연재본 149회에는 『부인론』의 대목이 다음과 같이 그대로 인용되어 있다. 즉 부인이 그 재능과 역량을 각 방면으로 전개시켜 모든 것에 평등한 권리를 누리면서 인류사회의 완전한 그리고 유용한 조직성원이 되자면 그들은 현대사회조직에 있어서 어떠한 지위를 점령해야 되겠느냐는 것이 문제가 된다. 우리의 입장에서 말한다면 이 문제는 여러 가지 형태의 빈곤과 궁핍 대신으로 개인과 사회와의 생리적 또는 사회적 진전이 현실되기 위해서는 인류사회는 마침내 어떠한 형태의 조직을 취하지 아니하니, 아니되느냐 하는 다른 문제와 합치된다. 여기서 우리에게는 부인문제는 지금 바야흐로 사고력을 갖춘 모든 사람의 두뇌를 점령하고 모든 정신을 동요시키고 있는 일반적 사회문제의 한 국면에 지나지 못한다(『조선일보』, 1933.11.12). 김사이, 앞의 글, 54~55쪽에서 재인용.

19 천정환, 『근대의 책읽기』, 푸른역사, 2003, 213쪽.

20 『동아일보』 1925년 11월 9일자에는 배성룡이 번역한 베벨의 『부인해방과 현실생활』(조선지광사)이 출간되었다는 신간 소개 기사가 실려 있다. 또한 『여인』 5호(1932.10)에 실린 「조선여성에 대한 제씨의 의견」을 보면 조선여성에게 읽히고 싶은 책이 무엇이냐는 질문에 대해 남성응답자 8명 중 3명이 베벨의 『부인론』이라고 답했다. 참고로 『부인론』의 원제는 『여성과 사회주의』이고, 배성룡이 번역한 책 역시 『부인론』을 제목만 달리한 것이다. 홍창수, 「서구 페미니즘 사상의 근대적 수용 연구」, 민족문학사연구소 기초학문연구단, 『한국 근대문학의 형성과 문학 장의 재발견』, 소명출판, 2004, 393쪽 참고.

로 짐작된다. 따라서 노라가 베벨의 『부인론』에서 한 구절을 발견했다는 것은 그녀가 자유와 근대적 자아의 실현이라는 개인적 욕망이 지닌 한계를 깨닫고, 이를 뛰어넘어 자신이 처한 문제를 사회적·계급적으로 해결할 수 있는 모종의 전망을 이 책에서 발견했음을 뜻한다. 그 전망이 '부인문제'를 '사회문제의 한 국면'으로 파악하고, 그것을 조직적으로 해결하려는 사회주의 및 사회주의 여성해방론과 연관되어 있음은 『조선일보』 연재본에서 확인되는 바이다.

이 책을 노라에게 전해주는 매개자인 병택이 급진적인 사회주의자로 제시된 것 역시 이와 같은 추측을 뒷받침해 준다. 오병택은 "제×차 조선×××당 사건에 연좌되어 경성 서대문형무소에서 사 년간 복역"을 한 경력이 있고, 출옥 후 다시 조선공산당 재건운동의 핵심분자로 체포되는 인물이다. 그는 노라가 성적, 계급적으로 자기정체성을 확보해 가는데 조력자 역할을 일정부분 담당하고 있다. 그렇다고 해서 "노라는 곧 실현 여부가 불투명해진 병택의 좌절된 욕망을 투사하고 그것을 허구적인 방식으로나마 대리 실현하는 존재"이자 "상실된 남성 주체성을 일시적, 허구적으로 통합하기 위해 동원되는 상상적 장치"로 기능[21]한다고 보는 견해는 아무리 텍스트의 심층논리를 따진다 하더라도 서사에서 오병택이 차지하는 비중을 생각한다면 지나친 해석이다. 작가는 노라가 식민지 근대의 모순을 점진적으로 깨닫는 과정과 여성으로서의 성적 정체성을 확립해가는 과정이 끊임없이 맞물려 있음을 놓치지 않고 있다.

오히려 이 작품의 한계는 여성문제와 계급문제를 연관 짓고자 하는 의도가 과한 나머지, 좀 더 정확하게는 계급문제의 틀 속에 여성문

---

21 심진경, 앞의 글, 63쪽.

제를 귀속시키려는 의도가 과한 나머지 서사가 이원화된 데 있다.

노라는 자기 역시 남성과 "다 같은 사람"이라는 "내 자신에 대한 의무"를 이행하기 위해 집을 나서지만 집을 나간 그녀에게 "맨 처음에 오는 것"은 '조선총독부 군수 훈오등 육급의 군수'가 그녀를 '노류장화'로 취급하는 것이다. 다시 말해 그녀는 집 나간 여성을 창녀로 취급하는 남성적 시선, 군수라는 일본의 식민지 권력의 대행자라는 점을 이용해 여성을 희롱하는 비윤리성과 최초로 마주친다.

처음에 그녀는 신여성으로 대표되는 중산층 여성의 한계, 이 계층이 추구했던 자유주의 여성해방론의 틀을 벗어나지 못한다. 작가는 신여성에 대한 부정적 인식을 타 계층과의 이질감을 조장하는 노라의 외양이라든가, 야학에서 설익은 여성해방 이념을 설파하는 대목을 통해 드러낸다.[22]

노라의 고향마을은 "트레머리하고 뾰족한 구두를 신은 신여성이라고는 보통학교의 여선생 하나밖에는 없"을 정도로 근대적 문물하고는 거리가 먼 공간이다. "그들에게는 신여성이라는 것은 저 서울이나 적어도 도회지에서 돈 있고 학문 있고 지위 있는 사람을 남편으로 두고 놀고 팔자 좋게 사는 한 딴 부류의 여자"로 여겨지기에 노라의 출현은 "마치 궁녀가 바구니를 끼고 구멍가게로 움파 한 단을 사러 나온 것처럼"(42쪽) 이질적인 것으로 비춰진다. 문제는 노라 역시 이 토착민 여성들을 자신의 여성해방 이념을 구현하기 위한 대상으로 여긴다는 데 있다. 노라는 "구 가정부인의 부덕을 비판하는" 이야기를 좀 더 급진적으로 밀고 나간다. "지금은 세상이 바뀌었다. 여자도 당당하

22　그렇지만 작가의 부정적 인식은 신여성을 타락의 온상, 민족의 동질성을 위협하는 위험한 여성으로 취급하던 당대 다른 남성 작가들의 시각과는 달리 현실적인 맥락에 기반하고 있기에 설득력이 있다.

게 한 사람이다. 그러니까 여자도 한 사람으로서 살아가자면 마땅히 그러한 남편과 그러한 가정을 버리고 뛰어나서야 할 것이다"(60쪽)라고 주장한다. 이와 같은 그녀의 주장은 여자도 사람이라는 자유주의 여성해방론의 틀을 벗어나지 못한 것으로 성적·민족적·계급적으로 열등한 위치에 있는 식민지 여성의 복합적 현실을 몰각한 것이다. 그녀가 여성 억압의 근원을 제대로 파악하지 못하는 미자각 단계에 머물러 있음은 다음 대목에서도 알 수 있다.

> 노라는 새로운 삶을 하여 새로운 인생을 발견하려고 가정과 남편과 어린아이들을 버리고 나온 것이다. 무엇이 새로운 삶이요, 어떻게 해야 새로운 인생을 발견한다는 것은 노라 자신도 아직 생각하여보지 아니하였다. 그러나 집을 나온 지금까지 몇 달 동안은 너무도 몽롱하게 지내왔다.(71쪽)

이 대목은 노라의 가출이 준비된 것이 아님을 보여주는, 그래서 오히려 그녀의 가출이 지닌 정당성이랄지 사회적 의미를 반감시키는 것으로 여겨질 수도 있다. 하지만 다시 한 번 생각해 보면 노라의 가출이 사회적 의미를 얻기 위해서는 '조선적 현실'에서 자신을 "실험대에 올려놓고 연구를" 해야 한다.

상경 후 그녀가 노동자이자 자기 욕망과 모성을 지닌 여성으로서 겪는 어려움들은 바로 자신을 '실험대에 올려놓는' 행위에 해당된다. 앞 장에서 살펴 본 바와 같이 노라는 한편으로는 갖가지 직업을 전전하면서 현실적 어려움을 겪고 또 다른 한편으로는 옥순, 성희, 정원 등 주변 여성들이 상품 경제 시대의 노예로 전락하는 광경을 목도하면서 성적·계급적으로 의식의 성장을 이룬다.

이와 관련하여 서사의 분기점을 이루는 것이 '13장 자유의 대가'이다. 노라가 카페 여급을 그만두라는 혜경과 결별하고, 이주사에게 정조를 유린당하고, 자살을 하는 등 정체성의 위기를 심각하게 겪는 여러 사건들이 발생하는 장이 13장이다. 병택이 노라의 정신적·사상적 원조자였다면, 혜경 역시 노라를 물질적·정신적으로 돕는 여성적 윤리를 실천하는 인물이다. 이미 12장에서 병택이 체포되었다는 점은 밝혀졌고, 혜경마저 노라를 떠난 상황, 즉 이 둘의 부재 혹은 헤어짐은 역설적으로 그녀가 이제야 비로소 자립적 주체로서 설 수 있는지를 실험할 장이 마련되었음을 뜻한다. 그런데 그녀가 주체로 서기 위해서는 자신의 '가출'이 지닌 개인적, 사회적 의미를 본격적으로 재검토해야 한다. 노라가 자살을 감행하기 전 쓰는 유서는 그녀가 이전의 '몽롱한' 미자각 상태에서 벗어나 성적인 훼손이라는 심각한 정체성의 위기까지 경험한 후 비로소 자각 상태에 접어들었음을 보여주는 서사적 장치인 것이다.

앞 절에서 필자는 노라가 '자살을 하는 자유'를 택한 것이 서구나 중국과는 다른 '조선적 현실'을 염두에 둔 것이라고 말했다. 그녀의 자살은 이후의 재생을 예비하고 있다는 점에서 서사진행상 필연적이다. 우리 문학사에서 이와 같이 재생을 예비하기 위한 서사적 동기로서의 자살 모티프는 이미 이광수의 『무정』에서 시도된 바 있다. 마치 영채가 구여성에서 신여성으로 거듭나기 위해, 개인에서 민족의 미래를 이끌어 갈 민족적 주체로 거듭나기 위해 성적인 훼손 후에 자살을 감행하듯이, 노라가 계급적 주체로 태어나기 위해서는 죽음에 육박하는 체험을 거쳐야 한다. 노라의 자살 시도는 이처럼 계급적 주체라는 공적 자아를 예비하는 의미를 담고 있다. 자살 시도 후 깨어난 그녀는 "돈이 없으니까 자유가 자유가 아니구" 또 다른 속박에 불과하다는 것을 깨닫는데, 이는 계급적 주체로서의 행보를 예비하는 진술이라 할 수 있다.

그녀는 '인쇄소 제본 직공'이라는 노동자가 되면서, 베벨의 책으로 대표되는 사회주의 사상을 접하면서 계급적 주체로 서게 된다. 문제는 이전에 노라가 성적 주체로서 자신을 자각하고, 그것을 식민지 조선의 현실 속에서 파악하는 과정이 부분적인 돌출성에도 불구하고 비교적 소상하게 그려진 데 반해 후반부에서 본격적으로 계급적 주체로서 정체성을 확립하는 과정은 소략하게 다뤄진 데 있다. 게다가 전자의 경우 노라가 체험으로 얻은 것인 데 반해 후자는 "인쇄소의 제본 직공이 된 노라는 그새까지 보지 못한 세상을 보았고 듣지 못하던 말 몇 마디를 들어 그것이 급격하게 그의 심경에 변화를 일으키었다"(293쪽)와 같은 몇 마디 작가주석적 언술로 처리되거나 여성노동자 남수의 입을 통해 일방적으로 진술된다.

이 같은 난점은 노라와 남편 현사이의 부부 갈등을 노동자와 자본가 사이의 계층적 갈등과 무리하게 등치시킨 결론에서 극적으로 드러난다.

> 내가 당신의 가정에서 당신 한 사람의 노예질을 싫다고 벗어져 나왔다가 …… 인제 다시 또 당신한테 매인 몸이 되었소. 그걸 보고 당신은 승리나 헌 듯이 통쾌하게 여기겠지만, 그러나 당신허구 나허구 싸움은 인제부터요. 내가 아직은 잘 알지 못허우만은 이 세상은 (…중략…) 싸움이라구 헙디다. 아마 그게 옳은 말인가 싶소. 그러니 지금부터 정말로 우리 싸워봅시다.(297쪽)

위 예문에서처럼 노라와 현석준의 대립은 이제 사적인 부부 갈등을 넘어서서 계급 간의 갈등이라는 대표성을 띠게 된다. 하지만 위와 같은 노라의 발언이 나오기 위해서는 노라가 계급적 정체성을 확보하게 되는 과정이 설득력있게 형상화되어야 한다. 그렇지 않을 경우 여성문제의 탐구가 계급운동의 일환으로 흡수[23]되어 버리는 결과를 낳을 수 있기 때문이다.

그렇다면 이처럼 서사구조가 소설 후반부에 접어들면서 이원화된 까닭은 무엇일까. 첫 번째는 작가가 사회주의 여성해방론의 대의에는 공감하되 이를 소설적으로 형상화하는 데에는 실패한 데서 그 원인을 찾을 수 있다. 여성문제와 계급문제를 동시적으로 해결하되, 계급문제에 선차성을 부여하는 사회주의 여성해방론의 이념적 지향성이 결말 부분에서 생경하게 노출되면서, 그 이전까지 유지했던 두 항목 간의 균형 내지 관련성이 깨지고 만 것이다. 두 번째, '기계실에서 기계 도는 소리'와 '노라의 혈관을 도는 더운 피'를 비유적으로 연결시키는 대목에서 언뜻 엿볼 수 있듯 이 작품의 결말 부분은 사회주의 리얼리즘 계열의 혁명적 낭만성에서 크게 벗어나지 않고 있다. 주지하다시피 1933년은 카프가 제2차 검거사건을 겪으면서 급속도로 와해되기 시작한 시점이지만, 같은 해에 이기영의 『고향』이 발표된 것에서도 알 수 있듯 그 여파가 작품 창작에 실제로 영향을 미치기까지는 좀 더 시일이 걸렸다. 이 소설이 스스로 동반자 작가를 자처했던 채만식의 첫 장편이라는 점을 염두에 둔다면 작가가 이 작품을 자신이 지향했던 (사회주의) 리얼리즘의 실험장으로 삼았으리라는 추측도 가능하다.

---

23 서경석, 「채만식의 『인형의 집을 나와서』론」, 『문예미학』 5호, 문예미학회, 1999, 33쪽.

5. 맺음말

강경애와 박화성의 경우에서 볼 수 있듯 1930년대 여성 문제와 계급 문제 간의 유기적 연관성을 포착한 작품들은 대개 하층 계급 여성의 현실에서부터 서사를 풀어나갔다. 그런데 채만식은 신여성이 하층 계급, 노동자 계급 여성으로 존재를 이전해 간다는 독특한 방식을 택한다. 당시 신여성들이 계층적으로 전락한다 하더라도 대개 제2부인이나 카페 여급이 되는 경우가 많았다는 점을 상기한다면 채만식의 서사적 실험은 단연 이채롭다. 게다가 '집을 나간 노라는 어떻게 되었을까'라는 문제를 식민지 조선의 현실에 착목해 그린 것 역시 당시 서구문학이나 여성해방사상의 이입 현상을 주체적으로 전유했다는 점에서 그 의미가 자못 크다.

본고는 『인형의 집을 나와서』가 성취한 문학사적 의미를 식민지 근대 여성의 정체성 형성과정을 사회적 맥락에서 포착한 것으로 보고, 나아가 사회주의 여성해방론의 소설적 형상화가 지닌 의미와 한계를 짚어보았다. 『인형의 집을 나와서』는 근대적 교육을 받은 신여성의 눈에 비친, 그녀가 몸으로 경험한 식민지 자본주의의 모순을 경제, 교육이나 법률 등 제도적 영역을 두루 포괄하면서 형상화함으로써 성, 계급, 민족 간의 관련성을 탐색하였다. 그 과정에서 우리는 개인의 실존 차원을 넘어서 계급적으로 투쟁하는 새로운 '노라'를 만날 수 있게 되었다.

하지만 작가가 여성문제 및 계급문제의 동시적 해결을 위해 설정한 사회주의 여성해방론이 결말 부분에 이르러 오히려 핍진성을 해치는 기제로 작용한 것은 못내 아쉽다. 작가의 말대로 노라가 "소뿌르의 의식을 청산"하고 계급의식으로 무장하는 단계로 나아가기 위해서는 여성 노동자 간의 연대라든가 계급적 정체성을 심각하게 위협하는 모종의 사건 등이 배치되는 중간 단계가 필요하다. 이 중간 단계가 빠져 있기에 노라의 문제는 더 이상 식민지 근대를 살아가는 하층 계급 여성 일반의 문제로까지 확산되지 않고, 다시금 개인의 문제로 환원되는 것이다.

이와 같은 서사적 결함을 작가의 탓으로만 돌릴 것인가에 대해서는 필자 역시 유보적이다. 식민지 시기 폭발적으로 이입되었던 다른 사회사상이라든가 문학 이념과 마찬가지로 이 땅에 들어온 진보적 사회주의 여성해방론 역시 충분히 현실에 뿌리내릴 토양을 마련하지 못한 채 미완으로 끝났기 때문이다.

그럼에도 불구하고 이 작품은 사회주의 여성해방론을 서사적으로 실험하고 역사적 공과를 확인하는 장을 마련했다는 점에서 문학사적 의의가 있다. 더욱이 당시 '노라'를 번역 수용한 남성 주체들의 부정적 시각과는 달리 전근대와 근대의 이중 구속 문제를 젠더의 관점에서 집요하게 파헤치고, 식민지 조선의 '노라'가 처한 상황을 핍진하게 형상화했다는 점은 이 작가의 본령이 비판적 사실주의에 있음을 역설적으로 확인해 주는 증거이다.

번역 텍스트의 젠더화와 여성의 모더니티

『신여성』을 중심으로

김윤선

1. 머리말

한국에서 번역에 대한 본격적인 학문적 연구는 1975년 김병철의 『한국 근대번역문학사 연구』부터라 할 수 있다. 1998년 같은 저자의 『한국 현대번역문학 연구』로 이어졌지만 번역에 대한 논의는 오랫동안 활발하지 않았으며, 통·번역자들을 중심으로 외국어 및 외국 문학 전공자들 사이에서 진행되었다. 이들 뿐 아니라 한국 근현대문학 연구에서 번역에 대한 논의가 활성화된 것은 2000년대 이후, 특히 2010년 전후이다. 번역에 대한 학문적 관심이 증가한 데는 기존 연구 축적에 따른 결과이기도 하겠지만 무엇보다 탈식민주의의 유입으로 인한 '번역'에 대한 인식의 전환 때문이다. 탈식민주의에서 번역은 '언어'적 차원에서만 논의하면 되는 영역이 아니다. 이는 번역 활동이나 통역 활동에 참여하는 사람들 뿐 아니라 다른 분야의 인문사회학 연구자들이 번역에 대한 논의에 참여할 수 있는 영역의 확장을 가져왔다. 또한 번역이 실제적인 번역 활동 뿐 아니라 '번역학'이라는 독자적인 학문 영역을 구축하는 이론적 배경이 되었다.

한국 근현대문학 연구에서 번역에 대한 논의는 임화의 이식문학사론이나 백철의 『신문예사조사』가 보여주는 것처럼 그 형성기에서부터 쟁점이 되어야 했다.[1] 외국 문학 유입을 바탕으로 한국 근현대문학이 전개되었다는 주장의 근거로 혹은 그 주장의 반대근거로라도 외국문학과 한국문학 사이에 그 매개가 되었을 '번역'을 통과하지 않으면 안 되기 때문이다. 그럼에도 불구하고 한국 근대문학 연구에서 '번역'에 대한 논의가 활발하지 못했다는 것 역시 '문제적'이다. 번역에 대한 논의는 이 같은 기존의 한국 근대문학의 연구풍토에 대한 문제제기를 포함하여, 번역을 통해 한국 근대문학의 기원과 전개를 재검토하고, 번역을 중심으로 한 각각의 주제론으로 전개되고 있다.[2] 최근에서야 본격적인 논의가 시작된 한국 근대문학 연구 안에서 번역의 문제를 '젠더적 입장'에서 고찰한 연구는 더욱 찾기 어렵다. 식민지 시기 근대 여성의 문제를 고찰한 대부분의 논의들이 실제로는 당시 번

---

[1] 고전 문학 연구에서 번역의 문제는 본고에서는 일단 논외로 하겠다. 연구 대상인 대부분의 텍스트가 한문인 고전 문학의 경우 번역은 주석과 해석 및 각 주제론을 위해 근현대문학에서와는 다른 연구 기반을 확보하고 있다고 할 수 있기 때문이다.

[2] 구인모, 「베를렌느, 김억, 그리고 가와지 류코 - 김억의 베를렌느 시 원전 비교연구」, 『비교문학』, 한국비교문학회, 2007; 구인모, 「한국 근대여성의 서양인식, 선양체험과 문학 - 한일 근대문학과 엘렌 케이」, 『여성문학연구』, 한국여성문학학회, 2004; 장정희, 「1920년대 타고르 시의 수용과 소파 방정환의 위치」, 『인문연구』 63호, 2011.
외래어를 포함한 신어 수용에 대해서는 이지영, 「1910년 전후의 신어 수용 양상」, 『돈암어문학』 23, 2010; 김윤희, 『한국 근대 신어연구(1920~1936년) - 일상문화적 맥락을 중심으로』, 2010 여름 국어사학회 전국학술대회 발표문이 있다.

역된 텍스트에 기반한 연구들이었음에도 불구하고 번역 그 자체를 젠
더적 입장에서 재고하고자 하는 문제제기가 없었던 것이다. 여성해
방사상이나 서구 연애론의 유입 경로 등의 연구가 있기는 했으나 번
역 보다는 유입된 사상과 작품 내용에 기반한 주제 분석과 원전 비교
연구였으며 그나마 대부분 특정 작가나 사상에 집중되었다.[3] 이후 여
성 번역가를 중심으로 한 논의들이 시작되었지만 자료 분석의 어려움
때문인지 근대 초에 대한 연구는 테레사 현의 논의 외에는 이렇다 할
성과가 없는 형편이다.

테레사 현의『번역과 창작-한국 근대 여성 작가를 중심으로』(이화
여대 출판부, 2004)는 여성 번역가들과 번역물을 소개함으로써 한국 근
대문학에서 여성문학가들을 발굴했다는 점에서 의의가 있다. 그런데
자료에 대한 철저한 고증이나 검증이 미약한 채 대부분의 논의들이
김병철과 김욱동 등 초기 번역 연구자들의 연구 성과를 중심으로 재
서술하고 그 안에서 일반화하는 한계를 보여줬다. 더구나 번역 연구
에 있어서 기존 남성 연구자들의 논의를 반복하고 있다는 점, 더 근본
적인 문제로 젠더적 고려 없이 여성주의적 연구 목표에 도달하고자
했다는 점이 한계이다. 그녀는 1920년대 다수의 여성 번역가들이 이
화여자전문학교의 외국인 선교사들로부터 영미 작품을 원작에서 직
접 번역하는 것을 배웠으며 이러한 이들의 활동이 한국의 번역 방식
을 바꾸는 데 중추적 역할을 하였다고 지적한다.[4] 해외문학파의 등장

---

3   이는 다음과 같은 연구들이 있다. 이승희, 「입센의 번역과 성 정치학」, 『여성문학연구』 12,
     한국여성문학학회, 2004; 안미영, 「한국 근대소설에서 헨리 입센의 〈인형의 집〉 수용」, 『비
     교문학』 30, 한국비교문학회, 2003; 이화형·유진월, 「서구 연애론의 유입과 수용 양상」, 국
     제어문 32, 국제어문학회, 2004; 서정자, 「콜론타이즘의 이입과 신여성 기획─지식인 여성
     노동자 등장과 주의자연애를 중심으로」, 『여성문학연구』, 한국여성문학학회, 2004.
4   테레사 현, 『번역과 창작』, 이화여대 출판부, 2004, 121쪽.

으로 중역에서 직역으로의 번역 방식의 변화를 가져왔다는 기존의 논의와는 다른 견해다. 더불어 테레사 현은 이러한 여성 번역가의 출현이 중역에서 직역으로의 번역 풍토의 변화 뿐 아니라 번역문의 문체 변화를 이끌었다고 주장한다. 즉 간결한 구어체를 구사함으로써 글쓰기 형식의 간격을 좁혔으며, 새로운 외래어 어휘를 만들었다고 여성 번역가의 활동을 적극적으로 의미화[5]하지만 이에 대한 타당한 근거가 제시되지 않아 설득력이 약하다.[6] 과연 테레사 현의 주장처럼 식민지 시기 1920~30년대 여성들이 주체적으로 번역 활동에 참여할 수 있었을까? 그 시기 여성들에게 소개되었던 '번역된' 여성의 실체는 무엇이었을까? 이를 통해 여성들은 어떻게 자신의 정체성을 규정해가고 기존 질서에 저항할 수 있는 균열의 흠집을 만들 수 있었을까? 이러한 의문에 대한 근본적인 문제제기와 그에 따른 분석이 선행되어야 할 것이다. 이를 위해 분석할 수 있는 텍스트가 『신여성』에 수록된 번역 텍스트이다.

『신여성』은 1920~30년대를 대표하는 여성을 위한 잡지였으며 가장 영향력 있던 여성 종합지이기도 했다.[7] 당연히 가장 많은 번역 텍스트들이 산재해 있다. 이에 본고에서는 『신여성』 수록 번역 텍스트를 중심으로 당시 여성들, 특히 신여성들의 모더니티를 위해 작동한 번역의 방식과 실체를 분석해보고자 한다. 즉 본고는 번역이 한국의 새로운 근대 여성을 기획하는 데 어떻게 작동하였는가를 『신여성』에

---

5 김명순의 키스와 망토, 김금주의 바이올렛과 김자혜의 로맨스, 신백희의 댄스, 버터, 케익, 장영숙이 사용한 페이브먼트와 주수원의 멜로디 등의 외래어를 그 예로 들고 있다.
6 이화여전 중심으로 한 여성 번역가들의 활동과 실제 번역 텍스트를 실증적으로 제시함으로써 주장의 근거를 삼았다면 훨씬 의미 있는 연구로 남았을 것이다.
7 본고에서는 『신여성』에 대한 기존 논의는 정리하지 않겠다. 『신여성』이 여성 문학에 갖는 영향과 의의에 대해서는 기왕의 논저를 참고할 것.

수록된 번역 텍스트들 안에 기획된 젠더적 전략과 양상을 통해 살펴볼 것이다. 과연 여성 젠더의 번역이 어떤 방식으로 담론화 되었으며 여기에서 나타나는 균열의 지점을 어떻게 논리화할 수 있을까? 이러한 문제제기에 대한 논의는 결국 여성주의 문학 연구의 목표이며, 번역과 젠더 연구에 있어서도 그 목표는 다를 수 없기 때문이다. 다만 본고는 『신여성』을 중심으로 한 여성젠더와 번역에 대한 하나의 시론적 논의임을 미리 밝히는 바이다. 이에 대해서는 다음 장에서 번역과 젠더 연구 방법론에 대한 문제기와 그 해결안에 대한 모색을 통해 구체적으로 기술하고자 한다. 1920년대와 1930년대를 중심으로 한 한국 문학 연구에서 젠더적 입장을 견지한 번역 연구를 어떻게 진행해야 할까? 그 연구방법론에 대한 전제가 필요하다.

2. 번역 텍스트의 젠더화

한국 근대문학 연구에서 번역 텍스트의 중요성에 동의하면서도 그간 번역에 대한 연구가 부족했던 이유 중 하나는 당시 연구 대상이 되는 텍스트 자체의 문제 때문이다. 식민지 시기의 경우 해당 번역 텍스트의 원전이나 번역의 경로 등을 분명히 알 수 없는 경우가 대부분이어서 원전과 번역 경로를 검증할 수 없다는 것이 연구 착수를 위한 첫 번째 난제였다. 이러한 문제는 『신여성』 번역 텍스트의 경우도 예외가 되지 않는다. 『신여성』 번역 연구 역시 실증적인 작업이 선행 혹은 병행되어야 한다. 그것은 무엇보다도 당대 『신여성』 편집인들이 참고하였을 일본 매체에 대한 검토 및 『신여성』 번역물들의 대다수가 중역이 되었다는 것을 전제했을 경우, 원전과 일본어판, 그리고 신여성의 번역을 대조하는 작업이다. 이들 텍스트들 사이에 드러나는 담론의 차이를 통해 당시 『신여성』 번역 담론에 나타나는 젠더적 차이와 전략을 분명하게 읽어낼 수 있을 것이다. 그러나 이것은 원론적인 방법이며, 이 방법을 지향한다 하더라도 이 방법론 외의 다른 연구 방법론에 대한 모색이 없다면 『신여성』 번역 연구는 더 이상의 논의 전개를 진전시킬 수 없다. 본고 역시 이 같은 문제의식을 전제하면서, 차후 일본 매체들과의 상호 교섭 양상과 조선어 번역 과정에서의 차이를 실증적으로 밝히는 작업을 남은 과제로 두고 『신여성』 매체 내에서 찾을 수 있는 번역의 특성과 전략을 고찰하는 것을 목표로 한다. 그렇다면 어떻게 『신여성』의 번역 전략을 분석할 수 있을까? 여기서 논의의 출발로 삼아야 하는 것이 번역에 대한 개념 규정이며, 젠더로서의 번역담론 고찰을 위한 연구 방법론이다. 이것 없이는 본고의 논의 자체가 연구의 타당성을 확보하기 어렵기 때문이다.

번역이란 기점 언어와 목표 언어 사이에서 일어나는 일종의 상호작용이며 '기점언어'로 된 텍스트를 '목표언어'로 옮기는 과정[8]이다. 때문에 기점 언어가 번역 논의에서 그 출발이 되어야 하는데, 이는 특히 번역을 실천할 때 즉 텍스트의 번역행위를 할 때 더욱 그렇다. 『신여성』 번역물의 경우 기점 언어 상태의 원전 텍스트를 찾기 어렵다. 더구나 『신여성』 번역의 경우 번역의 경로는 당대 다른 번역 텍스트들과 마찬가지로 기점언어(원전)에서 일본어로서의 목표언어(중간본), 다시 여기에서 조선어로서의 목표 언어라는 중역의 과정을 거쳤을 터

---

8 김욱동, 『번역과 한국의 근대』, 소명출판, 2010, 67·261쪽.

인데, 마지막 최종 목표 언어만을 가지고 번역론을 전개하는 것 자체가 이 같은 번역 개념에서는 연구의 타당성을 확보하기 어렵다. 그러나 이는 식민지 조선의 상황 고려할 때 유연하게 받아들일 필요가 있다. 오히려 이러한 제한을 당시 번역 및 번역 연구의 특성으로 전제하면서 가시화된 자료를 중심으로 번역 논의의 출발을 삼는 것도 필요하다. 기점 언어에서 시작해야 하는 것이 번역행위라면, 목표 언어에서 시작할 수 있는 것이 번역 연구일 수도 있기 때문이다. 더구나 번역은 한 단어에서 다른 단어로, 한 문장에서 다른 문장으로 '현지화'[9]되는 것만을 의미하지 않으며, 한 문화에서 다른 문화로의 이동 및 교섭의 측면도 내재하고 있다. 따라서 본고에서는 문화 번역, 제도 번역의 차원에서 기점 텍스트의 문화적 제도적 담론으로서의 내용과 목표 텍스트에서의 문화 및 제도적 차원에서의 논의로 식민지 시기 여성 젠더 번역론의 방법론을 제기하고자 한다. 이에 본고는 『신여성』 번역 텍스트 목표 언어 즉 발표된 번역 텍스트들에서 시작하여 이들의 기점 작품들의 정보들을 추적하고 이 과정에서 젠더적 시각으로 교섭 양상을 분석하여 『신여성』에 나타나는 번역행위에 내재된 번역 전략과 그 의미를 찾을 것이다. 그것은 17세기 이후 번역이라는 개념이 국민국가라는 정체성을 구성하고 그 범주경계를 공고히 하기 위해 생긴 규율적 개념으로 작동했으며, 언어 간의 이동만이 아닌 다양한 차원의 이동과 변화, 혼종의 과정으로 이해해야한다[10]는 주장에 동의하면서도 국민국가만이 아니라 번역은 근대 주체로 부상하게 되는 식민지

---

9 번역론에서 흔히 사용되는 용어인 '현지화'나 '이국화'라는 개념은 목표 언어의 독자에게 충실할 것인가, 기점언어의 작가에게 충실할 것인가에 따른 구분이라 할 수 있으며 현지화에 충실한 번역을 의역이라고 할 수 있고, 이국화에 충실한 번역을 직역이라 할 수 있다.

10 박선주, 「(부)적절한 만남─번역의 젠더, 젠더의 번역」, 영미문학연구회, 『안과 밖』 Vol.32, 2012, 305쪽.

조선의 여성에게도 마찬가지로 적용될 수 있음을 밝힐 것이다. 즉 본고는 1920년대와 30년대 『신여성』에 발표된 번역들이 그 시대가 요구했던 새로운 여성의 모더니티를 규정하고 근대 여성, 구체적으로는 신여성의 정체성의 범주를 공고히 하는 데 영향을 준 모종의 전략적 지점이었음을 증명하고자 한다.

페미니즘 번역가가 자신의 번역 활동에서 젠더적 의식으로 번역 텍스트에 자신의 흔적을 남기려고 하는 것처럼, 여성 문학 연구 안에서 번역에 대한 연구 역시 기왕의 번역 텍스트와 그 맥락 안에서 젠더적 시각으로 번역된 텍스트를 재규정하는 활동이 되어야 할 것이다. 때문에 젠더적 입장에서 번역을 연구하기 위해서 해결해야 하는 목표 중의 하나는 젠더로서의 번역 연구의 방법론 개발이다. 방법론 자체가 젠더적 고려하에서 진행되어야 하며, 젠더적 시각에서의 번역 연구 방법론을 찾아나가야 할 것이다.[11] 본고 역시 이를 위한 시도이다. 본고는 목표 텍스트였던 한글 번역에서 시작하여 기점 텍스트를 찾고 그것이 갖는 문화적·담론적 성격을 규명할 것이다. 또한 목표 언어로 가시화 된 번역 텍스트에서 나타나는 젠더적 특성을 규명하는 방식으로 논의를 진행할 것이다. 이것을 본고는 번역 연구에 있어서 번역 텍스트의 '젠더화'라고 명명하고자 한다. 그리고 이러한 번역 텍스트의 젠더화로 규정된 연구 방법론에서 주목하는 내용은 『신여성』에 수록된 번역 텍스트를 누가 선택하고 번역하였는지에 관련된 번역의 주체의 문제, 이들이 여성의 모더니티라는 새로운 정체성 형성을 위

---

11 최근 이러한 시각에서 여성주의 문학 연구에서 젠더와 번역이라는 관점에서 주목하는 연구는 여성 번역가 발굴과 그들의 번역 텍스트 연구라 할 수 있다. 현재 여성주의에서 번역 연구는 무엇보다도 그동안 번역 연구에서 소외되어 왔던 여성 번역가 발굴과 그녀들과 관련된 연구에서 출발한다.

해 선택한 번역 텍스트의 장르와 내용, 마지막으로 이러한 번역 텍스트에 드러나는 전략을 중심으로 과연 『신여성』의 번역 텍스트들이 당시 한국의 여성 모더니티를 위해 담론화하였던 근대 지식담론은 무엇이며 그 공과를 어떻게 여성주의적 입장에서 평가할 수 있는가에 대한 논의로 전개될 것이다.

3. 엇갈린 주체, 선택된 젠더

『신여성』의 시대 즉 1920년대에서 1930년대 식민지 조선의 시대적 목표는 두 개였다. 조선이 '서구처럼' 근대화되고 독립하는 것! 여기에 1923년 창간되어 1934년 폐간될 때까지 여학생, 신여성이라는 독자를 위해 발행된 『신여성』의 독자이자 새로운 아이콘으로 등장했던 여학생, 혹은 신여성에게는 자신들도 '남성처럼' 근대의 주체가 되어야 한다는 목표가 하나 더 부여되었다. 그러나 그 목표는 표면적으로는 '남성처럼'이라는 분명한 지향이 있었던 것처럼 보이지만 내면적으로는 어떤 여성이 되어야 할 것이냐에 대한 각론들 사이에서 다양한 모색과 탐구가 진행되었다. 때문에 갈등과 균열이 남성보다 여성이 더 심한 양상을 보여주었다. 봉건사회와 근대사회, 과거와 현재, 동양과 서양, 가정과 사회, 전통과 혁신이 혼재하던 장이 여성 근대화 담론의 장이었다. 이를 잘 보여주는 텍스트가 『신여성』의 번역 담론이기도 하다. 번역 담론은 '서구처럼'과 '남성처럼'이라는 목표에 도달하기 위한 서구의 담론들을 소개하는 주요한 통로가 되었으며 이 담론들을 통해 여성 독자들은 남성처럼 근대의 주체가 될 수 있는 방법과 모델을 배울 수 있었다.

『신여성』의 번역 텍스트들을 구체적으로 조망해보면, 『신여성』의 번역 텍스트는 약 100여 편 정도이다.[12] 『신여성』이 73호까지 발행되었다는 것을 전제한다면 평균 한 호에 한 편 이상의 번역물이 소개되었고, 실제 1호에서부터 폐간될 때까지 '역'이라는 명시하에 지속된다. 일단 『신여성』 번역 텍스트가 당대 다른 매체나 단행본에 소개된 번역물과 구분되는 점이 있다면 여성 독자를 전제하고 선택된 기점 텍스트, 즉 원전들이라는 점에서 출발한다. 『신여성』은 천도교의 부인개조운동의 일환으로 기획된 개벽사의 여성 잡지 『부인』의 뒤를 이어 발행되었으며, 여성잡지의 대중화를 도모하고 장수한 최초의 여성지였다.[13] 이미 발행되었던 『신여자』나 『여자계』가 여성 자신들의 목소리로 여성의 문제를 스스로 공론화하고자 했던 매체였으며 필진이 모두 여성이었던 반면 『신여성』은 김기진, 이돈화, 방정환 등의 편집인을 중심으로 박달성, 차상찬, 김명호, 김경재, 이정호, 손진태, 고한승, 윤석중, 정인섭 등 다양한 필자들이 참여한다. 『신여성』이 여성잡지임에도 불구하고 『신여성』에 글을 발표한 여성 필자의 비율은 20% 정도에 지나지 않았고, 후반으로 갈수록 이 비율은 더욱 줄어든다. 김

---

12 본고는 『신여성』 총 73호 중 영인본으로 묶인 43호와 연세대 도서관 소장 영인본 중 영인본에서 제외된 15호를 더해 총 63호를 대상으로 조사했다. 현재 조사한 바에 의하면 중역을 포함하여 편수로 110개이다. 같은 제목으로 몇 호에 걸쳐 연재한 경우의 수도 포함하였다. 때문에 작품 수로 따지면 이보다 적다. 『신여성』에 수록된 번역 텍스트들은 번역임을 분명히 밝힌 경우도 있으나 내용으로 추측해야 하는 경우도 있다. 이에 따라 번역 텍스트의 수는 유동적이 될 수 있다. 본고는 『신여성』의 번역 텍스트 중에서 번역으로 추측되는 글보다는 번역이 확실한 텍스트를 중심으로 논의를 전개하였다. 때문에 추후 실증적인 작업이 보완된다면 『신여성』의 번역 텍스트의 수는 더 늘어닐 수 있다.

13 연구공간 수유+너머 근대매체연구팀, 「부록 1 ─ 신여성의 탄생」, 『신여성』, 한겨레신문사, 2005.

원주, 허정숙, 나혜석, 김명순, 신알벨트, 주세죽, 황신덕, 조백추 등이 여성필자로 활약한 인물들인데, 남녀 주요 필진들이 모두 유학파 혹은 전문학교 출신의 인텔리들이었으며, 독자도 보통학교 이상의 학력으로 여고보를 졸업했거나 재학 중인 여성이 대부분이었다.[14] 발행인 및 필자가 천도교를 중심으로 한 남성지식인 위주였다는 점은 『신여성』이 여성 주체의 잡지가 아니라 여성을 대상으로 한 계몽지였다는 근거가 될 수 있다.

번역 텍스트의 경우 이는 더욱 노골적으로 드러난다.[15] 번역이라는 것 자체가 기점 언어를 잘 아는 번역자가 기점 언어를 모르는 독자를 대상으로 한다. 번역행위는 번역자의 입장에서는 노골적으로 계몽의 시선이 작동할 수 있는 장이기도 하다. 이를 증명하듯이 실제 『신여성』 번역 텍스트 중 필진을 확인할 수 있는 글에서 『신여성』 전체 필진의 여성 비율보다도 여성 역자의 비율이 훨씬 적다. 즉 『신여성』의 번역은 『신여성』의 남성 편집인들을 중심으로 기획되고 발표되었던 것이다. 그런데 테레사 현의 연구에 따르면 1920년대에서 1930년대 번역 활동에 참여한 여성들의 수는 40여 명에 이른다. 김명순, 모윤숙, 노천명, 김자혜를 비롯하여 장기선 장영숙 조정순, 최정림, 최선화, 전유덕, 주수원, 한충화, 김한숙, 김금주, 김견신, 김메리, 김영애, 규선, 노재숙, 백안자, 백국희, 박도은, 박인덕, 박경숙, 신백희, 서아가다, 서은숙, 석란, 이경숙, 이선희, 이순희, 이선영, 이원희, 연갑순, 유형숙, 유정옥 등의 신여성들과 매리힐먼, 노턴, 언더우드

---

14 「부록 4」, 위의 책. 신여성의 필자.
15 『여자계』나 『신여자』에서의 번역의 양상도 『신여성』의 번역 담론의 분석을 위해서 뿐 아니라 당대 번역들의 젠더적 특성을 분석하기 위해서 함께 연구되어야 할 것이나 본 연구는 연구의 범위를 『신여성』으로 한정했다.

등 선교사 부인들이 모두 당시에 번역을 발표했다.[16] 그러나 이들 번역자의 이름을 『신여성』에서 찾을 수가 없다. 신여성에서 여성 번역자로 확실한 인물은 김란정, 김수임, 박혜숙 정도다. 번역자의 이름이나 필명을 확인할 수 있는 65개 이상의 글에서 여성 번역자를 3~4명이라고 한다면[17] 전체 필자를 기준으로 6% 정도이며 이는 10%도 되지 않는 비율이다. 게다가 김란정과 박혜숙은 '세계여류운동자 프로필-소녀 혁명가 전소란'(1931.11)과 '여대장 대신 야코브레와 여사'(1932.4)를 소개하였고, 김수임만이 문학 작품을 번역한 여성 번역가로 확인된다.

김수임은 로제티의 시 「세 그림자」(1932.4)를 번역하여 소개하였는데, 그녀는 모윤숙의 친구로 이화여전 영문과 출신의 여학생이었다. 1911년 출생하여 1950년 간첩 사건으로 총살형에 처해진 김수임은 이화여전을 졸업한 미모의 인텔리여성으로 영어회화에 뛰어났으며, 세브란스 병원에서 미국인의 통역을 맡을 당시 공산주의자 이강국을 알게 되어 연인 사이가 되었고, 이후 미국대사관 통역가로 활동하면서 사교계의 여왕으로 부상하였지만, 1947년 이강국의 월북과 이후 남로당 빨치산 이중업을 월북시키는 등 간첩활동이 발각되어 결국 총살당하는 비운의 여성이었다. 그녀가 22살의 나이에 『신여성』에 소개한 「세 그림자」라는 시는 단테 가브리엘 로세티(1828~1882)의 작품으로 낭만적인 사랑의 마음을 읊은 시이다. 시의 원저자인 단테 가브리엘 로세티는 영국의 시인이자 화가로 라파엘 전파의 공동 창립자이기도 하다. 아내의 죽음 후 로세티는 주로 아름다운 여인들의 모습을 심미적이고 육감적으로 노래한 시인으로 유명하며, 그의 작품은 유럽의 상

---

16 테레사 현, 앞의 책, 89~106쪽.
17 필명으로 '거울꽃'이 있는데 꽃이라는 이름이 상기하는 성별을 여성으로 가정하다면 여성 번역자로 확인되는 인물은 4명 정도다.

징주의 운동에 영향을 끼쳤다. 「세 그림자」 역시 나무그늘과 흐르는 시냇물, 그리고 깊고 푸른 바다와 같은 '그대'라고 호명되는 여인의 아름다움과 사랑을 주제로 한 시다. 개벽사의 또 다른 종합교양지 『개벽』의 경우 시 번역은 모두 시인이 직접 했다. 『개벽』에서 시는 36편이 소개되었다. 이는 문학 작품 전체 번역 수 72편의 절반이 되는 수로 번역 중 가장 많은 비중을 차지한다. 그리고 이 시들의 번역은 김억, 김명순, 양주동, 효로, 유완희 다섯 시인이 담당하였으며, 이 중에서 김명순이 번역한 시편은 9편으로 전체 시편 중에서 25%를 차지한다.[18] 이에 비해 여성 잡지를 표방한 『신여성』에서는 오히려 여성 번역가의 번역 시가 거의 없다. 『개벽』이 발행되던 시대보다 교육받은 신여성들이 더 많이 활동할 수 있었던 시대임에도 불구하고 여성 번역가의 참여가 소극적이었던 『신여성』은 번역 텍스트의 선정에서부터 번역에 이르기까지 남성 발행인과 필진들에 의해 진행되었던 것이다. 번역 활동의 주체가 될 수 없었던 『신여성』 속의 여성은 결국 여성 주체로서 보다는 '독자'라는 이름으로 포장된 계몽되어야 할 대상에 지나지 않았다.

이처럼 『신여성』의 번역 전략이 독자로서의 여성의 역할에 국한되었다는 것은 『신여성』에 수록된 번역 원작 선택에 있어서 더 노골적으로 전략화 된다. 신여성에 게재된 글의 종류를 보자. 『신여성』에서 소개된 번역물들은 크게 문예물과 비문예물로 나뉜다. 이러한 글의 종류는 『개벽』과 다르지 않다. 그런데 각각 문예물과 비문예물에 실린 개별 글들의 종류를 보면 『신여성』 번역 글들의 차별성이 드러난다. 『신여성』에 수록된 번역 중에서 비문예물의 경우, 내용을 중심으

---

18 한기형, 「중역되는 사상, 직역되는 문학」, 『아세아연구』 54권 4호, 2011, 83~84쪽에서 부록으로 제시된 『개벽』의 번역문학과 목록(비평과 작품)을 참고하여 비율을 계산하였다.

로 여성 시인이나 작가 및 여성 활동가를 소개하는 글, 사랑과 연애에 대한 글, 육아와 모성에 대한 글로 구분할 수 있다. 대부분 원작의 출처나 번역자가 제대로 소개되지 않은 글이라 번역의 경계가 분명하지 않지만 내용으로 보았을 때 당대 다른 매체들에서 나타나는 것과 같이 일본을 통해 중역된 글들로 판단된다.[19] 여성을 계몽시키고 문명화시키고자 했던 『신여성』에서 편집인들이 선택한 번역 텍스트의 장르와 분야는 역사나 철학, 정치 사회와 자연과학은 제외되었다. 번역 텍스트 중 비문예물의 경우 『신여성』 편집인들이 선택한 여성 관련 텍스트는 사랑과 자유연애, 결혼, 육아 및 여성 활동가들에 관한 내용이 전부이다. 이러한 내용만이 여성에게 필요하다는 편집인들의 판단 때문이었을 것이다. 그리고 이와 관련해서 조선 여성에게는 낯선 사회제도 및 문화와 경험을 소개하는 데 있어서 번역은 『신여성』 안에서 유용한 도구로 활용될 수 있었다.

〈표 1-1〉 『신여성』에 소개된 번역의 종류

비문예물	문예물
① 사랑과 자유연애, 자유결혼	⑥ 시
② 여성 시인 및 작가, 여성 활동가 소개	⑦ 소설
③ 육아 및 모성 관련 기사	⑧ 문학 강좌
④ 신어사전류	⑨ 서양예술 소개(서양음악, 서양미술, 영화[21] 등)
⑤ 광고[20]	

---

19 이에 대해서는 앞서 밝혔듯이 당대 일본 매체와의 비교 연구를 통해 실증적인 연구가 병행되어야 할 것이다. 본고는 이 부분에 대해서는 논외로 함을 밝힌다.
20 광고의 경우 일본의 광고를 거의 그대로 실은 것들이 대부분이어서 번역이기 이전에 베끼기의 차원으로 전달된 것들이 많다. 일부를 번역하거나 혹은 일부를 일본어 광고에서 그대로 따다 옮겨오는 식, 또는 광고의 대상이 되는 물건에 대한 소개 글을 통해 광고에서도 번

이러한 경향성은 근대 계몽기의 번역 내용과도 구분된다. 김욱동에 의하면 계몽기 한국의 서양 문헌 번역은 체계적으로 일관성 있게 번역되었기 보다는 그때그때의 필요에 따라 임시방편적으로 이루어지지만 크게 다음과 같은 여섯 가지로 구분된다. 첫째 자주독립과 번역, 둘째 지리상의 발견과 번역, 셋째 서구문학의 번역, 넷째 국사소설과 조국의 운명, 다섯째 문학 작품의 번역, 여섯째 문명번역이다.[22] 이들 번역에서 여성과 관련된 번역은 1907년 5월부터 7월까지 『대한매일신보』에 연재되다 8월에 출간된 여성 영웅을 소개한 『라란부인전』[23] 정도다. 이는 여성들까지도 국가의 자주독립을 위해 행동해야 한다는 당시 구국영웅을 소개하는 차원에서 번역된 것이다. 이에 비하여 『신여성』에 소개된 번역들은 그 내용이나 종류가 훨씬 다양하다. 여성을 위한 번역인 동시에 여성에게 필요하다고 생각되는 서양의 지(知)를 다양하게 소개했다는 점에서 『신여성』의 번역은 애국 계몽기의 번역보다 여성주의적으로 긍정적이라 평할 수 있다. 그럼에도 불구하고 서양의 지(知)에서 계몽기 번역에서나 『개벽』에서 활발하게 소개되었던 역사, 철학, 정치, 자연과학과 관련된 서양의 지(知)가 제외된 채 사랑과 결혼에 치중되었다는 점은 반드시 긍정적이라고만은 할 수 없을 것이다.

역 혹은 베끼기 활동이 이어지는데, 본고에서는 광고에서의 번역 논의는 생략한다. 『신여성』의 광고 역시 소비자 여성을 대상으로 여성에게 필요하다고 생각되는 약품, 식품 위주의 광고가 지배적이다. 이에 대해서는 김윤선, 「근대 여성 매체『신여성』에 나타난 여성의 소비문화」, 『동양학』, 단국대 출판부, 2009를 참조할 것.

21 영화에 대한 소개글이 나오는데, 이 역시 번역이었을 가능성도 높으나 번역임을 분명히 밝히지 않았고 기왕의 연구가 있어 본고에서는 분석에서 제외하였다. 신여성에 소개된 영화 관련 내용은 김윤선, 「멜로영화와 여성성 –『신여성』을 중심으로」, 『여성문학연구』, 한국여성문학학회, 2006을 참조할 것.

22 김욱동, 『번역과 한국의 근대』, 소명출판, 2010, 179~257쪽.

23 위의 책, 201~202쪽.

이와 같은 편향성은 서양의 신어를 번역하여 사전처럼 소개한 코너인 「신어사전」에서도 그대로 반영되어 있다. 「신어사전」에 소개되어 수록된 단어 역시 여성과 관련된 어휘들로 구성되어 있다.[24] 글의 종류는 다를지 모르지만 어떤 종류의 글이든 기준은 동일하다. 성과 사랑, 가족과 결혼, 모성이다. 그나마 1920년대 번역 텍스트에서는 등장했던 적극적인 여성, 활동가로서의 여성 관련 번역 내용은 1930년대 『신여성』 번역에서 사라진다. 여성의 자주성을 강조하면서 세상을 변혁할 수 있었던 여성 활동가들의 소개를 통해 적극적이고 능동적인 여성상을 소개했던 『신여성』은 1930년대 이후에는 오히려 소극적이고 근대 가부장질서에 수렴될 수 있는 여성의 자질들과 관련된 내용이 강화된다. 전체적으로 『신여성』 번역에서는 모던한 여성 즉 근대적인 여성의 정체성 확립과 여성의 자주성 확립을 위한 텍스트라고 보기 어려운 글들과 오히려 반여성주의적인 내용도 빈번하다. 여성 변혁을 위한 성과 사랑, 연애와 결혼 관련 번역들도 표면적으로는 성적 변화와 해방을 통한 여성의 변화를 주도하고자 한 담론이었으나 그 내용상으로는 오히려 전근대적이라 할 수 있는 수동적이고 가부장

---

24 다음은 『신여성』 1931년 1월부터 「신어사전」, 「모던 유행어 사전」에 실린 신어로 명명된 어휘 목록이다. 대부분이 서양어에서 온 외래어들이다. 『별건곤』의 신어사전이 가나다순으로 근대 문명과 관련된 어휘들로 구성된 반면 『신여성』의 신어사전 기술은 여성들에 관련된 어휘들로 선택되었고, 이 어휘들에 대한 설명으로 기술되는데 그 내용이 현재의 관점에서 여성폄하적인 내용이 등장하기도 한다. 이에 대한 논의는 차후의 연구로 이어가겠다. 다만 『신여성』에 수록된 신어사전 목록을 제시하면 다음과 같다.
모던 걸, 마네킹 걸, 스택기 걸, 에로틱, 코젯트, 윙크, 오피스 와이프, 몬 아미, 쎄컨 핸, 그류, 오버 워크, 세샤, 미듸네트, 마티네, 보드빌, 레뷰, 쇼, 싸이드 푸레이어, 악팅, 오웍션, 윙크, 스테트먼트, 룸펜 부르조아, 온 페라이드, 헤게모니, 페트러나쥬, 잇트, 푸레이밍 업, 좌익소아병, 후리란써, 깽, 콘트, 암파스껄, 싸루-ㄴ, 스포트라이트, 코쿄, 아라도데, 오버월크, 쎄샤, 에네르깃쉬, 드라이, 웨트, 따메, 빠겐세일, 미듸드네트, 자본주의 3기, 프랍퍼, 뻬뎀, 포리스 가젤, 애드벤튜어, 납프, 네온 싸인, 테제, 뉴저니러즘, 저너리즘, 데마, 인푸레-슌, 데푸레-슌, 모라토리움, 하우스 오간, 싸이렌.

적 질서에 순응하는 여성상이 제시됨으로써 『신여성』이 번역을 통해 계몽의 목표점으로 제시하고자 했던 여성상이 과연 여성주의적으로 타당한 모델이 될 수 있었는지 의심스럽다. 그 예를 보자.

아래는 체호프의 「여자와 연애와 결혼과 기타─체호프의 수첩에서」(1924.9)라고 소개된 번역 텍스트이다.

- 총명한 부인 아니 지식계급에 속하는 부인이라는 것은 거짓말을 잘하는 점에서 남보다 출중하다.
- 련애 그것은 전에 굉장햇섯든 무엇의 쇠퇴한 찍걱지거나 혹은 미래에 장차 굉장하게 될 무엇의 일부분이다 그러나 그것이 현재에 잇서서는 결코 차지지 안는 것이다. 그것은 기대이든 십분의 일도 엇지 못하는 것이다.
- 명됴貞操가 쌋긋하지 못한 여자는 아모도 손을 대지 않는 오래된 고기 반찬이다. 왜 그런고 하니 다른 누구가 한번은 씹다가 던진 것인 까닭이다.
- 만일 그대가 고독을 실혀하거던 결코 결혼하지 말라.
- 그들은 모다 금주회원이다. 그러나 갓금 한잔씩 한다.
- 사람이 목이 말를 때에는 큰 바다라도 다 드리 마실것 갓해 보인다. 그것은 신앙이다. 그러나 먹기 시작해본즉 겨우 두 그릇밧게 먹지 못한다. 이것은 과학이다.
- 그 녀자는 낫븐사람이다. 그러나 그 아들에게는 착한 것만 가르켯다.

─『신여성』, 1924.9, 32〜35쪽

1924년 9월호(2권 6호)에 소개된 「체호프의 수첩」은 체호프가 본격적으로 단편소설을 쓰기 전에 필명으로 활동했던 시절의 글이다.[25]

---

25 『신여성』에 처음으로 '譯'으로 소개된 글 역시 체호프의 작품이다. 체호프의 단편소설 「人子와 猫子」(1권 1호, 1923.10)로 김석송金石松이 번역하여 소개한다. 그 내용은 두 남매는 어

체호프의 글이기는 하지만 본격적인 문학작품이라고는 보기 어려운 작품이기도 하다. 이 작품의 원작은 1,000단어로 쓰는 짧은 희극적인 글로 유머잡지의 일화작가 시절의 체호프 작품이다. 당시 이 글들은 수준 낮은 대중들에게 읽히기 위한 글로 체호프의 문학적 작품성을 인정받은 대표작은 아니다. 그런데 「체호프의 수첩」으로 소개된 이 번역은 「체호프의 수첩」 전체를 번역한 것이 아니라 그 중에서 발췌하여 소개한 글이다. 이 글들은 작품에 나타나는 대중의 흥미를 끌 수 있는 유머적인 요소가 짙다. 체호프의 수첩에 실린 글 중 '여성과 관련된 글'을 선택하여 번역한 이 글은 내용면에서는 오히려 여성들을 희화화하는 반주체적이고 반여성주의적인 글들이다. 지식 계급의 여성을 폄하한다든가 연애를 '찌꺼기'로, 정조를 '손을 대지 않은 오래된 고기반찬'으로 비유하고, 여자는 나빠도 어머니는 착한 위선적인 태도를 희화화 한 이 내용이 여성 독자에게 어떻게 읽혔을까? 여성의 자존감과 주체성을 고양시키기 보다는 여성을 조롱의 대상으로 격하시키지 않았을까? 그럼에도 불구하고 그 비난의 화살은 번역자 보다는 체호프에게 돌아갈 수 있었다는 점 역시 간과되어서는 안 될 것이다. 이것이 바로 체호프의 명성을 이용한 번역의 효과이기도 하다. 체호프의 번역이기 때문에 번역 텍스트는 그 권위를 확보하는 동시에 이를 비판적으로 독해할 독자들로부터 받을 비난의 여지도 번역자보다는 체호프에게 돌릴 수 있었다. 하지만 이를 통해 이상적인 여성상을 분열시키는 『신여성』의 번역 전략은 번역자와 발행인들의 젠더 의식의 한계와 여전히 열등하고 비천한 희화의 대상으로서 존재했던 여성

미 고양이와 새끼들에게 천진하고 선량을 관심을 갖고 지켜보지만, 결국 개에게 그 새끼들이 먹혀버린다는 내용이다. 여기서 대조적으로 나타나는 것은 이를 안타까워하는 누 남매와 어미 고양이, 이에 반해 무시하고 냉정하게 묘사되는 어른들, 아버지와 어머니이다.

성을 보여주었으며, 『신여성』이 지향한 '근대적 여성', '신여성'이 남성 주체에 의해 선택된 젠더였으며 그에 따른 한계를 지닌 모순적인 여성 정체성을 보여주었음을 알 수 있다.

아드 킨쓰의 글로 소개된 「자유의지로 결혼하려는 처녀에게」(1924.6)라는 글 역시 『신여성』이 선택한 여성젠더를 드러내 주는 번역이다. '처녀성을 닐허버릴 때의 감격', '남자를 한번 더 조사해보십시오', '産兒는 優生으로 하도록', '남녀평등의 우정', '결혼기는 짧은 것이 可', '생활을 잘 알고서', '결혼신청을 거절해야 할 남자', '허영은 무용', '둘이서 맛매는 사랑의 실', '이혼은 악이 아니다', '결혼의 목적을 니저버리면'으로 이어지는 소제목이 보여주는 것처럼 이 번역은 이국적인 서구 저자의 글을 통해 여성들에게 조목조목 자유연애와 결혼을 위한 정보를 제공해주고 있지만 이 내용들이 여성 정체성의 확립과 여성의 주체 형성에 기여하기 보다는 남성이 원하는 여성의 규범을 이입시키는 통로였다. 남편 될 사람의 성격과 육체와 지력을 조사해야 하며, 검약가인지 근면가인지 그의 습성과 즐겨하는 것을 조사해 보라든가, 남편의 인형이나 귀염둥이가 아니라 평등한 우정을 만들어가야 한다든지, 남편 될 사람이 아내를 필요한 물건이나 '색욕을 채우는 안전기安全器' 혹은 '법률이 허락하는 종'으로 아는 사람인지 등을 경계해야 하며, 허영을 금하고 수입 내에서 생활할 것, 이혼을 나쁘다고만 생각지 말되 둘이서 함께 엮어가는 사랑의 길에 대한 찬미는 당시 유행하던 근대적 결혼과 연애관을 뒷받침해줄 수 있는 생생한 서구 사람들의 목소리고 전달된다. 그리고 부모나 가족, 남성에 의해 강요된 결혼이 아닌 결혼의 주체자로서 부상한 여성의 지위와 이에 따라 지녀야 할 자질을 보여주었다는 점에서 변화된 여성, 변화되어야 할 여성의 모습을 보여주는 여성주의적인 글이기도 하다.[26] 그러나 한계가 없는 것은 아니다. 특히 '정조'나 '육아 및 출산'에 대한 견해는 문제적이다. '처녀가 혼인날브터 아조 처녀생활을 쩌날 째에는 엇더한 감격感激을 늣김니다. 그 고흔 색씨가 이째까지 귀엽게 직혀온 존귀한 비밀秘密을 자긔가 선택한 한 남자에게 앗김업시내여 밧칠 째의 미묘한 심리에서 니러나는 이상한 감격임니다. 그리고 이 감격은 정당한 결혼에서쑨 어더 늣길 수 잇는 것임은 물론임니다'라거나 연애나 결혼의 목적이 요 꽃이 '어린 아가의 열매에 의하야 점점더 충실해질 것'이라는 주장에 이르면 이 글이 자유연애와 결혼을 위해 여성들이 갖춰야 할 정보를 제공하는 동시에 여전히 가부장적인 순결과 출산 및 육아에 대한 이데올로기를 강화하기 위해 남성 주체들이 바라는 즉,『신여성』편집인들과 번역자들이 희망한 여성 젠더를 드러내는 텍스트였음을 확인할 수 있다. 그것이 당시『신여성』의 독자인 신여성들이 따라야 할 근대의 모럴이자 생활 방식이었고 남성 주체가 선택한 여성 젠더였던 것이다.

이 외에도 여성 시인, 여성 작가, 여성 활동가들을 소개한 글들이 있는데 원저자나 원작품을 확인할 수 없는 글들로 내용상 대부분 중역이라고 볼 수 있는 글들이다. 특히『신여성』의 발행인과 편집인들이『개벽』의 경우와 같은 인물이 많았다는 것을 고려할 때,『신여성』의 번역 전략 중 일부도『개벽』의 번역 전략과 유사했을 가능성이 높다. 즉『개벽』에서 확인할 수 있었던 것처럼『신여성』에서도 번역 텍스트에 대한 이중적인 기준을 세워 문예물과 비문예물로 나누되 비문예물의 경우 일본을 통한 중역의 흔적을 지웠을 수 있다.[27] 이에 대

---

26 이 외에도 여성해방사상 및 자유연애에 대한 번역물로는 七寶山人의『카펜터의 연애관─자유 없는 곳에 사랑이 없다 : 위인의 연애관─카펜타, 칼맑스, 에렌케이, 톨스토이, 빠구닝』(1926.1)이 있다. 역자는 소개되어 있지 않다.

한 실증적 검토가 있어야겠지만 다만 이러한 글들을 중역으로 인정할 때 이 번역 텍스트에서 소개되고 있는 여성들이 인도의 여류시인 사로지니 나이두 여사(1925.9 · 1931.11), 병신학자 헬렌 케라(1924.9) 여성의 혁신생활, 세계 여류 운동자들로 로자 룩센부르크, 소녀 혁명가 전소란(1931.11), 중국의 잔다르크 청말의 추근 여사(1932.10), 현대 불란서 여류작가들(1932.10)과, 여성은 아니지만 입센의 여성주의(1926.1)로 『신여성』의 번역 텍스트들이 지향했던 당시 여성상은 현실 변혁의 의지와 행동을 보여준 투사와 창작활동에 참여하는 예술가로 모델화되었음을 알 수 있다. 여성 인물과는 별도로 서양의 예술가인 르느와르(1925.1)와 밀레(1925.2)가 소개되었는데, 르누와르는 '천박하다는 여자를 일평생 모델로 삼았다는 점'에서, 밀레는 '성녀 같은 그의 할머니가 큰 영향을 주었다'는 점에서 남성 예술가이지만 여성 인물과의 연계성 속에서 소개된다. 천박하지만 남성 예술가의 손에 의해 아름다운 여성으로 창조될 수 있었던 르누와르 그림 속의 여성이나 훌륭한 예술가를 위해 성녀 같은 희생과 사랑으로 보살펴주는 인물로 할머니에 대한 언급은 모두 남성적인 시선에 의해 선택된 여성인물인 동시에 당대 남성이 원하는 여성상이기도 했다.

이상과 같이 『신여성』에 소개된 번역 중에서 비문예물의 경우 서구 근대 여성 젠더를 통해 조선의 전근대적인 여성을 계몽하기 위한 것이라는 표면적인 목적과는 달리 남성적 시선과 여성을 바라보는 전통이나 전근대적 시선이 잔존했던 당시 조선의 현실이 투사되고 남성에 의해 선택된 젠더로서의 여성상을 보여주었음을 알 수 있다. 『신여성』에서 비문예물의 번역인 경우 중역된 텍스트가 많았으며, 이 번

---

27 한기형은 『개벽』의 경우 사상과 관련된 텍스트는 중역을 따르고 문학 번역은 직역을 고수하는 이원화 전략을 썼다고 주장한다. 한기형, 앞의 글 참조.

역물들은 활동적이고 적극적인 새로운 여성상과 봉건적이고 희생적인 구시대적인 여성상이 혼재해 있는 텍스트이기도 했다. 그리고 그것을 선택할 수 있었던 주체는 주로 여성 자신이 아니었으며 남성들에 의해 선택된 전통적 혹은 전근대적이며 반여성주의적인 내용이 포함된 서구의 여성상이 번역 소개되었다는 점에서 엇갈린 주체, 선택된 젠더이기도 했다.

〈표 1-2〉『신여성』 비문예물 번역(추정 포함, 번역임을 대부분 명시 안함)[28]

발행일	필명	본명	원저자	제목
1924.3	一記者			불란서의 여학생 생활
1924.5	李亭雨			五月女王 (소개 및 번역)
1924.6			킨쓰	자유의지로 결혼하려는 처녀에게 (아드·킨쓰)
1924.8	一記者			세계유일의 신병학자 헬렌·캐라 여사
1925.1	金東漢			露西亞남녀의 정월노리
1925.2	安			전원화가 밀레
1925.2	SJ			부인해방운동사 (1) - 부인운동의 조류
1925.8			에로센코	나의 盲학교 생활
1925.9	曉路		小川未明	두 가지의 견문에서
1926.1	七寶山人			위인의 연애관 - 카페타, 칼 맑스, 에렌케이, 톨스토이, 빠구닝
1926.1	劉禹相			여성의 혁신생활 - 입센의 여성주의
1926.3	栢烽		에로센코	호랑이의 꿈 (1)
1926.3	梁明			유물사관으로 본 부녀의 사회적 지위(1) - 부녀의 사회적 지위
1926.4	梁明			유물사관으로 본 부녀의 사회적 지위(2) - 남녀 관계의 역사적 변천
1926.5	燕京學人			미래 사회의 남녀 관계 - 유물사관으로 본 부녀의 사회적 지위(3)
1926.6	外觀生			여권운동의 어머니인 '엘렌케이' 여사에 대하여
1931.1				모던 신어사전
1931.1	雙S生			여류운동가 墨스타-傳

---

28 『신여성』 번역 목록을 만드는 과정에서 한국여성문학학회 세미나팀의 도움이 컸다. 이 팀과 함께 한 공동 작업이 없었다면 이러한 자료 정리 작업은 더욱 힘들었을 것이다. 때문에 이 목록화 작업은 세미나팀의 결과물을 반영한 것이며 이에 이곳을 빌어 감사의 마음을 밝힌다.

발행일	필명	본명	원저자	제목
1931.4	蛾眉		슈니첼	제로니모와 그의 형
1931.11	金蘭汀			세계 여류운동자 프로필 – 소녀혁명가 田少蘭
1931.11	金河星			세계 여류운동자 프로필 – 로-자·룩셈브르크
1931.11	柳小悌			세계 여류운동자 프로필 – 사로지니 나이두 여사
1932.1			古川綠波	撮影所의 一日
1932.4	朴惠淑			여대장 大臣 야-코브레와 여사
1932.4				신어사전
1932.5				신어사전
1932.6	黎曉生			세계동향
1932.6				신어사전
1932.6			佐藤得齊述	부인상식 – 부인병이란 어떠한 것이며 그 결과는 엇지되나
1932.7			佐藤得齊述	부인병이란 어떠한 것이며 그 결과는 엇지되나
1932.7				신어사전
1932.8				신어사전
1932.9				신어사전
1932.10	丁來東			중국의 짠다크 청말의 秋瑾여사
1933.1			岡邊一夫	왜 조혼가
1933.01			柳せい子	남편업는 동안 폐렴가다루로 지극히 고생한 나머지
1933.01			岩佐幸三	불치라고 탄식한 폐결핵이 경쾌되기까지의 신요법
1933.3			加賀다쓰	임산부 필독의 安産실화
1933.8			仁志緒澄子	명랑한 생활을
1933.9			岩木信江	모유부족과 상습 변비가 낫고
1933.9			萩野芳子	늑막염을 고친 이야기
1933.12			小田美穗	미와 젊음을 뺏는 腸 자가중독담
1933.12			짜드뷕	전기광고 (폴·짜드뷕)
1933.12			細野尚是	모유를 먹여 조흔 어머니의 병과 그러찬은 병
1934.1			細野尚是	냉증의 치료
1934.1			小田美穗	영양불량한 아기는 학교성적까지 불량
1934.3			佐佐木照子	늑막염이 악화하야 유서까지

4. 왜곡된 젠더, 젠더의 번역화

『신여성』에서 번역은 문예물 번역에 가장 적극적으로 활용된다. 『신여성』에 소개된 최초의 번역이 문예물이었던 것처럼[29] 문예물은 원작자와 번역자의 이름을 분명히 밝혀 다른 번역 텍스트와 차별화하였다. 문예물의 경우 대부분 해당 작품의 저자와 번역자를 소개한 직역의 형태로 제시되고 번역자의 의견이 번역 글 서두나 말미에 기록됨으로써 번역자를 적극적으로 가시화하기도 한다. 사실『신여성』에서 번역이 확실한 글은 문학 작품 번역의 경우이다. 문학 작품의 번역을 통해 여성 독자에게 서구 근대 사회에 대한 교양과 지식을 전달할 뿐 아니라 작품 감상을 통한 효과를 배가시킬 수 있었다. 즉『신여성』에서 서구 문학 작품의 번역은 작품에 등장하는 여성상을 독자들에게 환기시킴으로써 한국 근대 여성젠더의 정체성 형성에 기여하고자 했다. 이런 의도는 작품 선별에서 드러난다.『신여성』에 문예물은 모파상, 체호프, 하이네의 작품들이 집중적으로 소개되었는데 이들은 여성의 문제를 주로 다룬 작가이거나 낭만적인 시를 쓴 시인이다. 이들 외에도 웨그네르, 폴 모랑, 타고르, 푸쉬킨의 작품이 소개되었고, 주제별로는 사랑과 연애에 관한 작품이 가장 많았다. 사랑과 연애를 주제로 하지 않은 작품에서도 이와 관련된 내용이 있거나 특히 여성 인물들이 주인공이거나 문제적인 작품이 대다수였다. 다음에 제시한 〈표 2-1〉, 〈표 2-2〉, 〈표 2-3〉에서 보는 바와 같이 문학 작품의 번역인

---

29 주 25에서 밝힌 바와 같이『신여성』에 치옴으로 '譯'으로 소개된 글 역시 체호프의 작품이다. 이에 대한 내용은 주 26을 참조할 것.

경우 독일, 프랑스, 영국 등이 가장 많았고, 동양권 소설은 없다. 당시 지향해야 할 가치가 서구였음을 분명하게 보여주는 장르이다. 작품들은 대개 직역의 형태로 번역된 것처럼 보이지만 이 역시 일본의 중역이었을 가능성이 높다.[30] 대개가 줄거리 위주로 요약된 형태였지만, '역'이라는 분명히 밝힌다. 심지어 작품 서두에 '역자의 변'을 게시하여 역자를 적극적으로 가시화하고 역자의 역할을 강조하기도 한다. 번역자의 변은 한 단락 이상으로 긴 내용이 소개되어 있다. 작품의 내용을 소개하거나 주제를 밝힌 글로 그 예를 하나 제시하면 다음과 같다.

"어느 누가 자기의 운명을 지배할 수 있으랴?" 섹스피어는 유명한 「오델로」의 비극에서 이렇게 말했습니다. "사람은 때로 운명의 주인이 될 수 있다." 또한 섹스피어는 「쥬리어스・시ㅣ저」에서 이렇게도 말했습니다. 여기에 두 개의 原子―영아嬰兒가 있습니다. 그길을 누가 선견先見할 수 있습니까? 그러나 그 앞에 ×연한 것은 사회제도입니다. 공평은 무시되었습니다.

제도의 양극단에 있는 두 영아! 이 중간계급에 대한 책임을 우리는 영아자신에게 부담시켜야 하겠습니까? 그야말로 타고난 운명이라고 하여야 할까요. 그것이 피안시되는 조그마하고 크나큰 암시가 여기 있답니다. (역자)[31]

이처럼 문예물의 경우 번역자는 번역인지 아닌지, 번역인 경우에도 역자에 대해 분명히 밝히지 않은 비문예물과는 대비된다. 이는 앞

---

30 번역의 이원화와 중역의 가능성은 『개벽』과 『신여성』이 같은 개벽사에서 발행되었고 같은 편집인들이 참여하였기 때문에 『신여성』 역시 일본을 거쳐 중역되었을 가능성이 크다. 그러나 직역과 의역이라는 번역 논쟁이 해외문학파에서 있었던 것을 고려한다면 1930년대 이후의 번역인 경우 직역의 원칙을 고수하려고 했을 수도 있다. 이에 대해서는 추후 실증적 연구를 통해 보완되어야 할 것이다.

31 존 골스워ㅣ여, 김광섭 역, 「(소설)두 왕국의 왕」, 『신여성』 1933.6, 88쪽.

서 밝힌 바와 같이 문예물인 경우 번역임을 분명히 밝히고 원저자와 번역자의 역할을 구분함으로써 원작과 번역의 권위를 인정하고자 한 태도이다. 또한『신여성』에서 번역을 명시하지 않은 대부분의 비문예물 기사와도 구분된다.

「라인美話―로레라이」(1924.7)[32]는 로렐라이 노래로도 유명한 작품이다. 일본에서는 1890년에 '명치창가'에 '해로海路'라는 제목으로 처음 소개되었으며 이후 우리나라에도 전해져 불렸다. 실제 독일에서도 C. 브렌외도(1778~1842)가 설화시로 발표한 것을 1822년 하이네의 로레라이로, 다시 1837년 독일민요 로렐라이로 정착한다. 노래로 알려진 로렐라이와 관련된 이야기를 라인전설이라는 내용으로 소개하고 있는데, 슬픈 로렐라이 전설에 바탕을 두면서도『신여성』에 傳說奇話로 번역 소개된「라인미화」는 계급을 초월한 독일 남녀의 아름다운 사랑이야기이다. '라인강의 전설! 라인의 슬픈 이야기! 여기에 얼마나 많은 청년남녀가 애타는 가슴을 조리엿스며 얼마나 만흔 눈물과 한숨과 깁붐을 뿌리엿겠습니까? 멀고 먼 독일 나라이지마은 너모도 깨끗하고 아름다움으로 한아씩한아씩 번역해서 여러분앞헤 듸리려고 합니다. 쓸쓸하고 위안이 적은 우리네 생활 가운데 혹 조고만 위로라도 될가 함이외다―譯者'[33]라는 역자의 소개로 시작된다. 이 이야기의 주인공 베루나는 라인강 여신의 도움으로 사랑을 호소하게 되고, 그 사랑의 호소는 결국 명문가의 딸 말가레트의 마음을 얻지만 두 남녀는 말가레트 아버지의 반대로 이별한다. 그러나 명문거족의 아들로부터 온 청혼을 거절하지만 '젊은남녀의 사랑에 동정을 표할만큼 깨인 사람이 못되'는 성주 아버지 때문에 고통당하는 말가레트와 실연의 상

---

32 이후 작품명 옆에 작품이 나와 있는 연월은 해당『신여성』의 게재연월이다.
33 고한승 역,「라인미화」,『신여성』, 1924.7(여름 특별호), 84쪽.

처로 정처 없이 유랑의 길을 떠난 베루나는 훗날 우연히 이태리 여행에서 만나게 되고 이 사연을 알게 된 로마법왕의 도움으로 결혼식을 하게 된다는 해피엔딩이다. 본격 소설이 아닌 전설로 소개된 내용이지만 1920년대 자유연애와 자유결혼을 주창했던『신여성』의 다른 기사 내용과 합치하는 자유연애사상을 담은 주제다. 선남선녀의 등장, 운명적인 사랑과 첫눈에 반함, 아버지의 반대, 실연의 상처로 죽어가는 남녀, 은인의 도움으로 결혼 성공이라는 낭만적 사랑 이야기는 우연적 요소가 없었던 것은 아니지만『신여성』의 독자층인 여성들에게 자유연애와 결혼에 대한 아름다운 이야기로 전달되었을 뿐 아니라 서구 독일 사회의 문명화된 이야기로도 읽혔을 것이다.

이들 작품 외에도 산문소설로 소개된「실연한 남녀」(1925.7)는 주 서사는 연애 실패담이지만 결말에 극적으로 해피엔딩으로 끝나는 작품이다. 독일을 배경으로 한 슬픈 애사에서 극적으로 해피엔딩으로 끝나는「실연한 남녀」에서 여주인공은 적극적이지 못한 행동으로 사랑하는 남자를 떠나보낸 후 슬픈 삶을 살다가 한 은사에게 자신은 죽겠다고 고백한다. 그런데 그 남자가 알고 보니 자신이 찾던 사랑하는 남자, 에드윈이었음이 밝혀지면서 해피엔딩으로 끝난다. 그러나 여자의 비애, 그 비애로부터 구원해주는 은사로서의 남자라는 구조는 근대적이기 보다는 오히려 전근대적으로도 읽힌다. 다만 이 모든 작품들에 등장하는 여인들이 미녀로 묘사되고 있고 그 미녀들의 이야기가 사랑의 서사로 전개된다는 점은 정형화되어 있는 설정이며 결말에 다소 차이가 있더라도 사랑의 중요성을 강조했으며 사랑의 승리, 해피엔딩이 주조를 이룬다는 점은 1920년대 초『신여성』에 번역 소개된 사랑과 관련된 서사의 공통점이다.

또 한 편의 라인강의 전설로 소개되는「사랑과 맹세」(1929.10) 역시

어여쁜 소녀가 등장한다. 그런데 같은 라인강의 전설을 소재로 한 이야기이지만 그 결말은 「라인미화」와 다르다. 한 무사가 깊은 산속에서 이 소녀를 알게 되어 결혼을 하게 되고 그녀가 준 마력으로 전쟁에 나가 승리한다. 그러나 일신상의 영광을 위해 그녀를 배신하고 대장의 딸의 청혼을 받아 이를 승낙하여 결혼을 하였지만 결혼식 날 신랑 신부 모두가 급류에 빠져 죽게 된다. 그리고 대개의 전설이 그러한 것처럼 후일담으로 지금도 대폭풍우가 부는 날에는 원망스럽게 우는 여인의 소리와 불쌍한 어린 아이의 소리가 들린다는 내용이 덧붙여져 있다. 「사랑과 맹세」는 「라인미화」와 결말은 다르지만 사랑을 주제로 했다는 것에는 일치한다. 그 사랑을 배반했을 때 따라오는 비극적 결말은 그만큼 독자들에게 사랑의 위대함과 중요함을 설파하기에 부족함이 없었을 것이다. 이처럼 초기 서구의 작품을 번역한 문예물인 경우 사랑을 주제로 한 자유연애와 결혼이었다. 이는 1920년대 여성 모더니티의 주제와도 일치하며, 1920년대 『신여성』에서 번역의 주를 이루었던 비문예물의 주제와도 일치한다.

그러나 1930년대 이후 같은 사랑의 문예물은 1920년대 번역물과는 다른 양상을 나타낸다.[34] 가장 중요한 특징이 사랑의 새드엔딩이다. 노인이 되어 어린 시절에 이루지 못했던 사랑하는 사람을 만나 함께 산책을 한다는 내용의 「추억」(1931.1)이나 푸쉬킨의 대표작으로 엇갈린 운명과 불행한 사건으로 헤어진 두 연인이 훗날 재회하지만 다시

---

34 「사랑과 맹세」는 새드엔딩이기는 하지만 그 주제는 사랑의 중요성을 다룬 작품이라 할 수 있다. 그러나 이미 1926년 번역 작품인 「새로운 동무」(1926.2)에서부터 『신여성』의 사랑 이야기는 해피엔딩보다는 새드엔딩의 서사가 주를 이룬다. 「새로운 동무」는 폴이라는 한 남자가 파리에서 자신과 이름이 비슷한 폴라라는 여자를 사랑하게 되어 그녀를 만찬에 초대하지만 다른 여자인 아늬에스가 나온다는 이야기로 폴의 사랑은 결실을 이루지 못한다. 이처럼 사랑의 새드엔딩은 1930년대 번역 작품에서부터는 대거 등장하고 문예물의 주요서사가 된다. 이에 대해서는 이어지는 본문을 참고할 것.

이별한다는 내용의 「예브게니 아녜긴」(1933.8), 아픈 아내에게 라디오를 사주기 위해 불리한 게임을 한 복싱선수의 아내사랑이야기인 「느진 가을」(1933.12), 다른 남자의 첩 이름과 자신의 아내의 이름이 동일하여 아내를 의심하게 된 의처증 남편의 이야기인 「거리의 삽화」(1933.12) 등 대부분의 사랑의 서사로 번역된 작품들이 실연이나 이별로 끝나는 새드엔딩이다. 그러나 이야기의 대부분이 실연한 남녀의 상처 입은 마음과 비애를 다루고 있어 『신여성』에서 번역한 사랑의 서사물들이 당시 『신여성』을 비롯한 근대적인 매체와 글을 통해 강조했던 자유연애와 결혼이라는 주장과는 모순적이기도 했다. 제재에서는 사랑과 연애를 다루고 있지만 그 서사의 결말과 내용은 슬픔과 애상의 정조가 우세했던 것이다. 그리고 자연스럽게 이 이야기들에 등장하는 여성 젠더는 사랑에 실패한 나약하고 슬픈 여성들이었다.

사랑의 서사 이외의 번역된 소설들에서도 아름답지만 비운의 삶을 살거나 파멸하는 여성 인물들은 계속 된다. 아버지를 진심으로 사랑하는 셋째 딸 코델리아가 두 딸에게 속아 죽을 운명에 처한 아버지를 구하려다 결국은 죽고 마는 「리어왕」(1924.8) 속의 코델리아, 질투심에 언니의 애인을 죽게 만든 여동생이 임종을 하면서 언니에게 자신의 죄를 고백하고 용서를 받게 된다는 모파상의 「고백」(1925.1)에서의 여동생 말크릿트, 서로 사이가 좋지 않은 가문의 아들과 딸이라 이루지 못한 사랑을 하고, 그 후 혼자 남은 여자는 북쪽 성으로 가는 길을 짓기 시작하지만 떨어지는 별을 붙잡으려다 실족한다는 에로센코의 「떠러지령으로 쌋는 탑」(1926.1)의 여주인공, 인어공주로 알려진 「영혼 바든 인어」(1926.8)의 여주인공 인어, 병사들의 만행으로 성폭행을 당하는 「조고만 대비극」(1933.12)의 아내 마르다 등 대부분의 여성 인물들은 아름답지만 비운의 삶을 살아가는 슬픈 운명의 인물이다.

이것이 『신여성』 편집인들의 분명한 기획이었는지는 확인할 수는 없지만 유럽 문학을 중심으로 세계 문학을 소개하고 있다는 점에서도 일본의 영향이 컸던 것으로 판단된다.[35] 이는 텍스트의 직역 문제라 기보다는 작품 선별 국가와 내용 선택의 문제에서 그렇다. 왜냐하면 문예물의 경우 표면적으로는 『신여성』의 번역은 『개벽』과 마찬가지로 서구 문학의 직접 번역을 강조했지만 실제 당시 일본의 경우 번역 활동 자체가 유럽 중심으로 진행되었기 때문이며 일본의 경우 번역 과정에서 수동적인 여성 인물들이 빈번하게 등장한다. 때문에 일본의 매개가 직접적으로 드러나지는 않았지만 이 역시 일본을 통한 『신여성』 번역 문예물의 현상의 가능성을 배제할 수 없다. 또한 일본이 선택했던 문학 작품을 다시 번역하는 과정에서조차도 『신여성』의 번역 문학작품들은 여성 젠더의 주체적인 인물들을 소개하거나 재창조하지는 못한다. 단지 아름답지만 비운의 삶을 살아가는 비극의 주인공으로의 여성 인물의 설정과 비극적이고 낭만적인 분위기 속에서 문학 텍스트를 통해 이국적인 정서를 체험하고 서구 여인들을 만날 수 있었다는 것, 그 여인들의 비운에 함께 공감할 수 있었다는 것이 『신여성』에서 번역된 여성 인물들이 독자에게 줄 수 있었던 새로운 경험이었다. 이것은 『신여성』 편집 및 번역자에 의해 '왜곡된' 젠더의 모습

---

35 한기형은 『개벽』의 문학 작품 번역의 경우 대부분 중역의 가능성이 있었음에도 불구하고 그 내용을 기록하지 않아 서구문학의 조선적 수용은 무매개적 직접성으로 표상되며 이는 억압된 사상을 대신해서 문학을 통해 근대 주체를 수립하려는 시도였으며, 일본어 번역 문학과 조선어 번역 문학을 독립적으로 인식하게 만다는 계기로 문학에서만큼은 제국을 매개하지 않으려는 식민지인의 심층심리가 드러난 것으로 분석한다. 이는 설득력 있는 설명이기는 하지만 그의 논의를 인정할 때, 조선의 문학은 중역임을 속이면서 얻은 독립성이라 할 수 있다. 본고는 이에 대한 긍정적 평가가 앞서기 보다는 실증적 검토를 통해 그 이식성을 분명히 밝히는 작업도 필요하다고 본다. 한계에 대한 인식과 확인 없이는 제국으로부터 녹립적인 한국의 근대문학, 제대로 된 번역 문학 모두 아직도 요원한 것은 아닐까?(한기형, 앞의 글, 79~80쪽 참조.)

이 식민지 조선 여성들에게 고통과 슬픔이라는 정조로 그들과 동화될 수 있었던 기회를 제공하였을 수도 있다. 그러나『신여성』을 통해 조선 여성 독자들에게 번역되어 소개된 서구 여성 인물들의 새로움은 서구의 여성이라는 지역성에서 보장되었을 뿐,『신여성』이 표방했던 계몽의 주체로서의 여성 주체를 형상화하는 데는 충분하지 못한 나약한 인물들이었다. 이는『신여성』의 다른 기사에서 활동적이고 적극적인 인물들을 긍정적으로 보여줬던 내용과는 상충되지만 한편으로는 여성을 계몽의 주체가 아닌 계몽의 대상으로서의 여겼던『신여성』발행인 및 편집인의 젠더 의식을 보여주는 당연한 전략 및 성의식의 결과였다고 할 수 있다.

〈표 2-1〉 소설-사랑과 연애

날짜	제목	저자	역자	국가	종류
1924.7	라인 美話-로레라이		고한승	독일	傳說奇話
1925.7	실연한 남녀 Edwin and Angelina	골드 스미스	방생	독일	산문소설
1926.2	새로운 동무	폴 모랑	이상화	프랑스	
1933.8	예브게니 아녜긴	푸쉬킨			운문소설
1929.10	라인전설-사랑과 맹세			독일	헨벨크의 전설
1931.1	추억 IMME SEE	슈트롬	겨울꽃	독일	
1931.8	예브게니 아녜긴	푸쉬킨	함대훈	러시아	운문소설
1933.12	느진 가을	타나 뻐넷트	사우춘	오스트리아[36]	현대인기작가단편집
1933.12	거리의 삽화	듀발노아			

〈표 2-2〉 사랑과 연애 외

날짜	제목	저자	역자	국가	종류/기타
1923.10	인자와 묘자	체호프	김형원	러시아	
1924.3	기적	뻴튼 글라인	주요섭		

---

36 국가가 분명하게 제시되지 않지만 본문 중에 화폐단위로 '실링'을 쓰고 있는 것으로 오스트리아나 독일로 판단된다.

날짜	제목	저자	역자	국가	종류/기타
1924.3	잠자는 여왕				
1924.8	리어왕	섹스피어		영국	여학생극
1924.11	볼라의 꽃가지	지리코프	고한승		
1924.12	로-자의 희생		포우		
1924.12	코코, 코코, 시원한 코코입니다.	모파상	박영희		
1924.12	로자의 희생—불국미담, 파리의 화		포우		사실담
1925.1	고백	모파상			
1925.1	단장	와싱톤 어빙	이상화		
1925.8	월야	모파상	회산		
1925.1	호민관 리엔지	왁네르(바그너)	이은상		(가극)
1925.10	문어지려 쌋는 탑	에코센코	박영희	러시아	
1926.1	떠러지령으로 쌋는 탑	에코센코	박영희	러시아	
1926.1	파리의 밤	폴 모랑	이상화	프랑스	
1926.8	영혼 바든 인어		고월		
1931.5	제로니모와 그의 형	슈니첼	아미	오스트리아	세계명작순례
1933.12	전기광고	폴 짜드뷕			탐정소설
1933.12	조고만 대비극	쩰라테스 푸로레스	남강춘		
1933.6	두 왕국의 딸	죤 골스워여	김광섭		
1933.6·9·10·12 1934.1·3·4	아기가 본 세상	웩네르 (웨그네르)	이헌구	독일	
1933.12	거리의 삽화	H. 듀발노아			
1935.10	아이다의 꽃little Ida's Flowers	안데르센		독일	

〈표 2-3〉 시 번역

날짜	작품명	시인	역자	국가	기타
1925.11	무덤의 사랑	하이네	금원	독일	
1931.4	투르게네프 시6편—기도, 싸호자, 내일! 내일!, 늙은이, 만족, 거지	투르게네프	김안서		
1931.5	사월의 노래	서라 퇴즈데인 여사	이하윤		
1931.5	바다가에서	에브게니아 마르스 여사	김안서		
1932.4	세 그림자	로세티	김수임	영국	

1932.4	플랜더-쓰 전지戰地	맥클레이	박길래	미국	
1933.3	동정, 종이배, 챔파꽃(3편)	타고아	윤석중	인도(영국)	영문동시집, 초생달The Cresent Moon에서 번역

표2-4) 외국 문학 강좌

날짜	번역 기사명	지은이	역자
1925.8	나의 盲학교 시절	에코센코	
1932.10	현대 블란서 여류작가 군상		이헌구
1933. 3	외국 문학 강좌-올리-뷔 꼴드 스미스		박상엽(서울 프레스사)

5. 맺음말 - 남은 과제

　본고는 『신여성』 매체 내에서 찾을 수 있는 번역의 특성과 전략을 젠더적 관점에서 고찰하는 것을 목표로 1920년대와 1930년대 『신여성』에 실린 번역들이 그 시대가 요구했던 새로운 여성의 모더니티를 규정하고 근대 여성, 구체적으로는 신여성의 정체성의 범주를 공고히 하는 데 영향을 준 모종의 전략적 지점이었음을 분석하였다. 『신여성』에 소개된 번역들은 그 내용이나 종류가 당대 다른 매체에 비해 훨씬 다양하다. 여성을 위한 번역인 동시에 여성에게 필요하다고 생각되는 서양의 지知를 다양하게 소개했다는 점에서 『신여성』의 번역은 애국 계몽기의 번역보다 여성주의적으로 긍정적이라 평할 수 있다. 그럼에도 불구하고 서양의 지知에서 계몽기 번역에서나 『개벽』에서 활발하게 소개되었던 역사, 철학, 정치, 자연과학과 관련된 서양의 지知가 제외된 채 사랑과 결혼에 치중되었다는 점은 반드시 긍정적이라고만은 할 수 없을 것이다. 『신여성』의 번역은 표면적으로는 주체적인 여성 자아, 근대적 여성의 실현을 가능하게 하는 서구 여성 젠더를 통한 근대 지식의 통로였다는 점에서 근대 여성 모더니티 형성에 기여했다. 그러나 여성이 번역의 주체로 설 수 없었으며 남성에 의해 선택되고 담론화 되어 이입된 여성의 현지화로서의 번역이라는 한계를 지니기도 했다. 즉 『신여성』의 번역은 여성을 또 다른 근대적 규율과 가부장질서 속에 적응시키고자 한 이데올로기 과정의 징후도 보여주었다. 그런 면에서 여성주의적 관점에서 『신여성』의 번역은 여성 젠더에게는 모더니티 형성이라는 긍정적 역할 뿐 아니라 근대적 규율과 가부장 질서의 존속에 대응하고자 했던 비판과 저항의 텍스트가 되어야 했다. 때문에 일방적인 독해의 수동적 독자로서가 아니라 텍스트를 통해 이해하고 비판하고 현실에 재적용할 수 있는 여성 독자들의 능동적 역할을 요구한 매체가 『신여성』이기도 했다. 그리고 이를 규명할 수 있을 때, 『신여성』에 수록된 번역은 여성 모더니티 형성을 위해 가장 혁신적인 텍스트로서의 가능성을 증명하게 될 것이다.

　서양의 여성, 서양의 근대 문물로 여성을 계몽하고 여성의 모더니티를 전달하고자 했으나 『신여성』의 번역 담론은 제국의 언어를 조선의 언어로 바꾸는 과정에서, 또 남성에 의해 다시 선택 배제 창조되는 과정에서 중층의 '번역된' 여성의 텍스트로 변하였으며, 그런 면에서 『신여성』의 번역 담론은 주체로 설 수 없었던 여성, 제국의 시선으로 굴절된 여성, 남성에 의해 다시 왜곡된 여성 안에서 균열되는 여성성을 내재하였다. 이는 특히 『신여성』 매체 안에서 여성 필자가 점할 수 있었던 위치와 역할에 기인한 결과이기도 했다. 그렇다면 『신여성』과 비교될 수 있는 다른 매체나 각각의 번역 텍스트들에서 번역은 여성의 근대적 자아 형성과 모더니티에 어떤 영향을 미쳤을까? 즉 『신여성』을 전후한 시기의 여성 잡지와 여성 번역가들의 번역을 통해 본고의 결론은 다시 보완되어야 할 것이다. 또한 이 시기를 비롯한 번역 텍스트 안에서의 젠더론의 활성화와 연구 방법 개발을 통해 언어와 문화가 서로 동등하게 교환될 수 있다는 번역의 허구적 인식에서 벗어나 언어 문화 간의 불균형한 권력관계로부터 젠더적 가치를 협상하고 창출해내는 여성주의 번역 및 번역 연구로 나아갈 수 있어야하겠다. 젠더 불평등, 언어 불평등 안에서 원천 텍스트의 남성중심적인 권위를 부정하고 번역 주체로서 여성이 활동할 수 있을 때『신여성』이 표면적으로 표방했던 주체적인 여성 자아, 근대적 여성의 실현이 가능할 것이기 때문이다.

번역이 여성들에게도 주체적인 행위로 이어질 수 있을 때, 즉 여성 번역가와 여성 독자가 타자화 되지 않고 기점텍스트와 목표텍스트 사이의 번역의 자장 안에서 기존 가부장질서의 틈새를 확보하고 그 안에서 텍스트의 주체이자 저항하는 주체가 될 수 있을 때, 그런 여성이야말로 여성주의가 지향하는 여성 주체가 될 수 있다. 번역과 젠더에 대한 논의 역시 이러한 여성문학의 궁극적인 목표에서 벗어나지 않는다. 때문에 앞으로 당대 여성 번역가에 대한 논의를 비롯하여 번역이 여성에게 미쳤을 여성 독자 분석 연구와 실증적인 논의들이 보완되어야 할 것이다. 동시에 여성주의 사상이 반드시 서구에 의해서만 이입되었는지, 혹은 여성의 모더니티는 조선의 현실 내에서 자생적인 가능성을 포착할 수는 없었는지에 대한 천착을 위해 고전문학과의 연계 연구를 통한 우리 안에 여성주의에 대한 논의도 이어갈 필요가 있다. 이 과정에서 고전 문학에서 중국고전을 언문으로 번역한 과정과 서양어나 일어를 한글로 옮겨오는 과정에서 파생된 언어의 변화와 문명의 변화는 무엇인지에 대한 젠더적 관점에서의 고찰도 필요하다. 언문이니 암말이니 하며 여성의 문자로 폄하되던 한글이 민족 공동체를 형성하고 대표하는 공식 언어로 자리하게 된다는 점에서 식민지 시기 한글의 변화는 여성주의 연구자들에게도 관심의 대상이 아닐 수 없다. 번역이 한글을 민족의 문자이자 국가의 언어로, 사상과 근대를 담을 수 있는 그릇으로 정착하게 되는 과정을 젠더적 관점에서 고찰하는 것을 남은 과제로 남겨 놓으며 이러한 젠더와 번역 연구가 페미니즘 번역 활동과 여성 지(知)의 발전 및 여성해방에 기여할 수 있기를 기대한다.

근대적 번역행위의 동인動因과 번역양상

이화여전 교지 『이화』를 중심으로

강소영 · 윤정화

1. 머리말

우리의 근대는 번역과 함께 시작되었고 외래문물의 유입으로 근대국가의 이데올로기적 발판을 마련하고 민중들을 계몽할 초석을 다져나갔다. 번역이 가진 중요함은 선행 연구에도 고스란히 반영되어 김병철,[1] 김욱동[2] 등의 저작이 나오기도 했다. 그러나 지금까지 한국 번역문학사에서 여성 번역가에 대한 논의는 제대로 정리된 적이 없다. 최근에야 번역관련 학술대회에서 젠더와 번역 연구의 중요성이 제기되고 있다. 그러나 김명순, 전혜린의 연구 사이를 채워줄 1930년대

---

[1] 김병철, 『한국 근대번역문학사 연구』, 을유문화사, 1975.
[2] 김욱동, 『번역과 한국의 근대』, 소명출판, 2010.

의 여성 번역자 연구는 깊이 있는 연구가 많지 않다. 김병철, 김욱동의 저작 외에는 제대로 된 번역문학사가 존재하지 않은 상황에서 여성 번역문학사의 기술은 필수적이며, 이를 완성해 나가기 위해 이화여전 학생들의 번역행위가 갖는 의미에 대한 지금까지의 평가를 재고할 필요가 있다.

『이화』의 발간시기인 1929년에는 이미 1927년 도쿄에서 해외문학파의 잡지 『해외문학』이 창간되어 나왔고 그들의 번역행위를 둘러싼 논의가 진전 중이었다. 양주동은 "직역과 당대 조선어에는 없는 비어俚語가 많아 문체가 경문硬文이고, 외국어를 그대로 사용하는 점"을 들어 비판하였지만, 이하윤, 김진섭은 "조선어가 발달하지 않고 세분화되어 있지 않은 상황에서의 비어 사용은 불가피한 일이며, 외래어의 차용과 신조어의 사용은 자국어에 없는 것을 보충하기 위한 필연적인 과정"[3]이라며 반박 의견을 표명하였다.

자국어에 없는 것, 불가피한 과정으로 받아들인 외래어의 사용 문제는 바이올렛(김금주), 로맨스(김자혜), 댄스, 버터, 케익(신백희), 페이브먼트(장영숙), 멜로디(주수원)와 같은 새로운 어휘를 만들어 적극 유포하고자 했던[4] 이화여전 출신들의 번역행위를 다시금 떠올리게 한다. 그녀들은 조선에 없었던 것에 대해 어떻게 대응했는지, 그리고 그 대응을 통해 이들의 인식 지평이 넓어지는 결과가 있었는지가 궁금해진다. 본고는 그들의 번역행위가 이루어진 처음, 즉 이화여전의 교지 『이화』의 글로 돌아가 이 문제를 살피려 하는데, 지금까지 『이화』에

---

3 양주동의 글은 「文壇如是我觀(2)」(『신민』 26호, 1927, 94쪽)을 통해 추정하였으며, 이하윤, 김진섭의 글은 「해외문학독자—양주동 씨에게」(『동아일보』, 1927. 3. 19 · 20), 「기괴한 비평현상」(『동아일보』 1927. 3. 22~26)에서 뽑았다.

4 테레사 현, 『번역과 창작』, 이화여대 출판부, 2004, 121쪽.

대한 연구는 박지영[5]과 정경은[6]이 대표적이다. 박지영은 식민지 시대 지식인 여성의 지식 체계의 수용과정에 있어서의 여성 주체성 형성의 대사회적 갈등을 살펴보았으나, 교지 『이화』의 번역 작품에 대한 논의는 다루지 않았다. 정경은[7]에 이르러서 교지 『이화』의 여성 번역 주체에 대한 실증적·사적 연구 작업이 시도되었으나 담론과 그 의의를 추출하는 데에 있어서는 다소의 한계가 있음을 토로했다.

근대 이후 번역은 새로운 근대 지식을 수용하는 통로였기 때문에 여성들 역시 번역을 통해 자신들의 욕구를 충족시켜 나갔을 것이라고 본다. 이화여전의 교지 『이화』는 매 호마다 번역 작품을 싣고 학생들의 창작의지를 선보였는데, 본고에서 교지 『이화』의 번역 작업에 주목하는 이유는 1915년 9월 창간된 『숭실학보』, 1922년 5월 창간호가 발행된 『연희』, 1922년부터 시작된 『배재』 그리고 이화여전 교지 『이화』 모두 문예지적 성격이 강한 것은 유사하지만 번역행위를 살펴 볼 수 있는 지면이 『이화』가 상대적으로 많다는 점 때문이다. 따라서 여성 번역사의 기술에서 『이화』지의 존재는 반드시 의미를 부여해야 할 대상이며, 그 안에서 살아 숨 쉬는 번역 작가들의 번역태도를 짚어보는 것은 해외문학파를 중심으로 이루어진 문학사 기술의 균형을 잡는 데에도 도움이 될 수 있을 것이다.

따라서 본고는 『이화』에 실린 각종 글을 분석하고 이를 통해 초기 이화여전의 여성지식인에게 영향을 끼쳤던 근대 지식에는 어떠한 것이 있으며, 외국문학을 접촉하고 수용하면서 왜 번역이라는 행위를

---

5 박지영, 「번역의 시대, 번역의 문화정치」, 『대동문화연구』 71, 2010; 박지영, 「위태로운 정체성, 횡단하는 경계인 -'여성 번역가 / 번역' 연구를 위하여」, 『여성문학연구』 28, 한국여성문학학회, 2012.

6 정경은, 「이화여전 교지 『이화』의 외국문학 수용에 관한 고찰」, 『한국학 연구』 31, 2009.

7 위의 글.

수행했는지, 그리고 번역을 하면서 어떠한 인식을 했는지, 그리고 그 가운데 구축해 나가게 된 번역 주체로서의 의식을 포착하고자 한다. 이러한 작업 속에서 그들이 욕망하였던 바가 무엇이었는지를 밝혀나가는 일은 당시 여성지식인의 자기 정체성과 근대적 지식인 되기에 이르는 과정을 살펴보는 작업이 될 것이다.

2. 근대 지식과의 조우 —1920~30년대 여성 번역인의 장, 『이화』

교지 『이화』는 이화여전 학생들이 지식인으로 성장해가는 대학생활의 수업과 학업과정을 증명하는 장이었다. 연희전문학교 학생들의 교지였던 『연희』가 신지식을 보급, 파급, 교도하는 장으로서 전문적인 필진의 정보성이 요구되어 상업적인 성격을 지녔던 것과는 다소 차이를 보인다.

물론 『이화』나 『연희』 그 외 여타 교지들이 모두 학생들의 문학실력을 선보이고 그들의 근대 지식에 대한 갈망을 만족시켜 주는 장이었음은 동일하다. 『이화』지가 문예동인지였음은 잡지 안에 실린 글의 현황을 조사하면 자명하게 드러난다. 다음 표는 『이화』지에 실린 글의 분포를 조사한 것으로, 전체 지면에서 문학작품이 차지하는 비중을 보기 위해 단순히 몇 편인지의 여부를 기준으로 하는 것이 아니라 몇 쪽을 차지하였는지를 따져 정리하였다.

전체에서 신지식을 전파하기 위한 내용은 38%, 문학적 감수성을 뽐내는 장은 53%를 차지하였다. 각각의 문집별 추세를 보아도 문학작품은 40~50%대를 유지하고 있어,『이화』지는 학생들의 문학적 능력을 선보이는 장이라 할 수 있다. 물론 학생들의 글이기 때문에 전문 직업작가들만큼의 깊이가 없을 수도 있으며, 대중에게 상업용으로 판매하기 위해 발간된 종합지나『연희』와는 독자층이 달랐기 때문에 그만큼의 전문성을 확보하지 않았지만, 이화여전 학생들에게『이화』지는 근대문학을 향유하는 장으로 작용했을 것이다. 따라서『연희』가 교지라는 형식과 공적 담론의 장에 진출하려는 의도의 불협화음을 낳을 수 있었던 데 비해[8] 『이화』는 자연스럽게 예비 작가를 위한 습작의 실험장이 될 수 있었을 것이다. 물론 7집 이후 잡지의 내용을 알 수 없으므로 그들의 방향이 어느 곳으로 향하였는지를 알 수는 없으나, 근대적 언어양식으로 포장된 문학을 세상에 내놓기를 열망하는 그녀들의 속마음이 발현된 장이라 평가를 내릴 수 있을 것이다.

		1집(190)	2집(168)	3집(194)	4집(228)	5집(105)	6집(124)	7집(180)
신지식	설명문	33	39	50 1/2	64	23	27	69
	논설문	19	43 1/2	16 1/2	26	15	18	14
총 쪽수		52(27%)	82 1/2(48%)	67(34.5%)	90(39.4%)	38(36%)	45(36%)	83(46%)
문예란	수필	64	41	38	33	10 1/2	45	40
	시	31 1/2	22	30	9	16 1/2	11	20
	소설	28	9 1/2	50 1/2	89	15	3	11
	유머	2					11	
	번역 작품	시1, 소설3	시1, 소설3	시2, 일어시9	시2	시4	시1	일어시2
총 쪽수		125(65.7%)	77 1/2(45.8%)	119(61.3%)	131(57.4%)	42(40%)	71(57%)	71(39%)
기타		13	8	8	6	10	19	26

8　박헌호, 「근대문학의 향유와 창조」, 박헌호 외,『작가의 탄생과 근대문학의 재생산제도』, 소명출판, 2008, 580쪽.

1) 교지『이화』번역행위의 동인

(1) 여성지식인으로서의 성장

『이화』지 전권에서 강조되고 있는 여성지식인의 양성[9]은 이화에서 내건 교육목표와 일치한다. 이화의 교육목표는 첫째, 국권회복을 위한 여성교육에 충실하고자 하여, 한국인을 보다 나은 한국인으로 만듦으로써 한국적인 것에 대한 긍지를 가지게 되기를 희망하였고(1988) 둘째, 전근대적인 구습개혁을 위한 여성교육을 지향하였다(1892). 셋째, 사회인으로의 활동을 가능케 해주는 교육을 목표로 하였다(1892). 특히 셋째 교육목표의 달성을 위해 로드 와일러 당장(당시 총장)은 '우리 여학교에 무엇을 가르칠 것인가'란 연설에서 "참된 가정을 만들고 유지하는 데 있어 조력자가 되고 우리 학교의 교사가 되며 기숙학교의 조수가 되고 의료사업에 있어 간호부나 조수가 되게 하려는 데 있다"고 강조하였다.[10] 이처럼 구습의 억압에서 해방시켜 여성 지도자로서 살아나가도록 양성하려는 교육목표에 맞게 이화여전 출신들의 사회진출은 활발하였다. 『이화』7집까지 실린 졸업생 현황을 중심으로, 당시 이화여전 출신들의 사회진출경로를 보면 다음과 같다.

---

9 이화여전의 교육내용은 게재된 논설문과 설명문에서 자세하게 논의되어 있고, 교육받은 여성으로서의 역할, 의식, 소회와 다짐을 나타내는 글은 주로 수필과 시를 통해 술회하고 있다. 『이화』7집에서 김활란은 「콜롬보국제여성회합의출석단감」(14쪽)에서 세계여성으로서의 책임감을 강조하고 그러한 여성으로 살아갈 수 있음에 대한 믿음을 나타내고 있다. 특히 이때의 여성은 "가정과 사회 모두의 책임감에 위치해 있다"고 말하고 있다. 그 외 김옥순, 「내가 생각하는 신여성의 책임」(7집, 62쪽), YCH의 「조선여자의 각성」(3집, 59쪽)에서도 가정과 사회에서의 여성의 책임을 다하는 여성이 진정한 신여성임을 피력하고 있다.

10 이화여대 한국여성연구원, 『한국 근대사회의 발전과 이화인의 역할』, 이화여대 출판부, 1995, 5쪽.

	유학	교원	결혼	사무	기자	농촌	없음
문과	16	46	22	3	2	2	22
음과	3	36	11				11
가사과	1	15	5	1			5

교직 42.5%, 결혼 16%, 유학 12%, 사무 6.4%, 농촌사업 1.3%, 기자 0.9%순으로 나타나, 교직에서 가장 많은 활동을 했음을 알 수 있다. 그들의 결혼은 기재되지 않은 학생들까지 포함하면 상당수의 후보자들이 있으나, 비율도 높지 않은데다가 결혼에 별 관심이 없는 여자들이 많았음을 괴이하게 보도한 당시 신문구절들을 보건대 그다지 높지 않았음을 알 수 있다. 대신 교직[11]과 유학을 합하면 절반이 넘는 학생들이 사회활동에 매진하고 있었음을 알 수 있다. 그들에게 학교는 제2의 인생을 열어주는 통로였는데, 이러한 분위기는 잡지의 주된 내용을 차지하고 있다. 일례로 교지『이화』에서 傳형식으로 소개되고 있는 인물들이 당대 주요 교지에서도 그랬던 바와 같이 주로 역경을 이겨내고 새로운 세계를 연 인물들이라는 점을 들 수 있다. 이러한 위인들은 문예부분에서도 혁명적 실천을 수행했던 인물들, 빠이론(바이런), 베토벤, 박너(바그너), 로버트 번즈, 슈베르트 등이다.

학교의 근대 교육을 내면화하면서 가정과 사회에서 '배운 여자'로서 살아가야 함에 대한 감정적 술회는 자연적 대상물에 자신을 투사하는 비유를 통해 표현되고 있다. 『이화』 1집의 「등대」라는 시에서 "달도 별도 업는 밤. 시커먼 물결 (…중략…) 등대가 한밤을 밝히고 잇

---

11 1912년 이화학당의 교육제도에 보면, 학칙규칙에 등록금에 대한 부담 없이 교육을 받을 수 있도록 해준 일종의 수업료 면제 혜택이 있었는데, 이를 졸업 후 교직생활을 의무적으로 하면서 상환토록 했다. 이러한 제도적 뒷받침에 의해 교사로 사회에 진출한 학생들이 숫자가 많았다. 물론 1928년 2월 문과와 음악과 졸업생들이 총독부로부터 사립여자고등보통학교 교원자격을 인정받게 되었던 것도 영향이 있었다. 위의 책.

습네다"라는 표현에서 자신들이 이 나라의 '등대'가 되어야 한다는 소명의식을 살펴 볼 수 있다.

그러나 여성지식인으로서 소명의식을 갖게 된 동시에 이들은 현실에서 좌절과 갈등 또한 경험하는데, 이는 농활이나 학교 밖 사람들의 시선 속에서 경험되는 것으로 나타난다. 『이화』 1집의 김애다 시 「바다는 끗치업서이다」(152쪽)[12]에서도 드러나고 있듯이 신여성으로서의 자각은 있으되 방향을 잃은 것과 같은 막막한 자신의 처지를 "망망대해의 적은 배"라는 비유를 통해 드러내고 있다. 이는 물론 식민지 조선이라는 땅에서, 여성으로 살아가야 하기 때문에 부딪치는 한계적 상황이다. 교육받은 이상과 현실의 간극과 거기에서 파생되는 좌절감으로 인해 이들은 서구세계로의 탈주를 더욱 꿈꾸게 된다.

(2) 세계에의 호기심과 개척적 쾌감

근대적 교육을 받는 동안 근대적 세계를 실제적으로 체험하고 싶은 욕망은 더욱 강해지게 된다. 이러한 서양세계에 대한 호기심과 근대 교육체험에의 열망은 사실 이화여전의 교육에서 자극받은 바 크다. 이화학당에 대학과가 설치된 1914년부터 1925년까지 모두 29명의 졸업생이 배출됐는데, 그 중 13명 정도가 유학을 마쳤을 정도로 유학생 비율이 높았던 것을 고려하면, 그녀들의 신지식에 대한 열망과 신세계에 대한 동경 그리고 여성지식인으로서의 확고한 위치를 점하려는 의식의 각성은 짐작할 수 있다.

---

12 괄호 안의 숫자는 해당 작품이 실린 잡지의 쪽수를 뜻한다. 이하 동일.

英詩도 중요한 과목으로 배정되어 있는데 주로 古代 것을 가르친다. **英詩는 文科에서 날마다 드러가는 科目으로 英文學 공부의 中心을 詩에 두는데 역사적 차례대로 체계를 밝어가면서 최근에 이르기까지 넉넉히 배울 기회를 준다.** 학생들이 가장 흥미를 갖이기는 라벗, 번즈나, 쉘리, 빠이론, 킷츠 諸詩人 시대에 이르러서인가 한다. 흔이 뻔즈의 小曲 같은 것은 소제를 하면서 혹은 食堂番이 되여 그릇을 床우에 옴기는 때에도 입으로 외이는 것이다. **其外 英文學史를 純英語로 英國 女光生이 맡어 가르키는대 英文學者들의 生活記에 많은 興味를 두게 된다.**

圖書館에는 文藝書籍을 상당히 많이 갖우워 놓아서 學生들이 불만을 갖이지 않는다. 요새 들어서 文科學生들의 讀書傾向은 데쓰, 지-드드르게넬호 등 諸氏의 작품을 많이 파들어 가는 듯하다. 지-드, 혹은 아놀드 프란쓰의 작품을 좋와하는 것이 결코 그들이 宗敎氣分내에 사는 탓 만도 아니고 **현대적 文壇에서 뚜렷한 무엇을 찾고저 하는 경향이 아닌가 한다.**

—『삼천리』 1집, 1938.1.1, 186쪽. 강조는 인용자

도서관의 풍부한 도서자료와 최신의 영문학을 공부하고자 하는 학생들의 경향, 그리고 교수진에 대한 위의 기록을 보아서도 알 수 있듯이, 이화여전 학생들은 독서경험과 교육경험을 통하여서 근대적 세계를 경험해 나갔다. 근대적 세계 체험에 대한 열망의 강도는 책 속에 자주 구현되고 있는데, 예를 들어 『이화』 7집 정충양의 「꿈을 안고서」(153쪽)라는 글을 보면, 동생이 가져온 잡지에서 「이극노씨의 구주여행기」라는 기사를 읽다가 헤어진 아버지가 런던에 계시다는 것을 알게 된다. 이 기사를 읽자마자 자신들은 아버지를 만날 기쁨보다는 영국에 갈 생각에 더 부풀어하고 있다. 『이화』 1집 「흐름」(153쪽)이라는 시에서도 이순영은 자연의 순환됨을 보면서 "달은 (…중략…) 끚없는 나라를 탐험한다"라며 탐험에의 갈망을 표현한다. 그리고 같은

라지 않을 수 없었다. 그래 잡지에 눈을 옮겻드니 글을 李克魯氏의 歐洲旅行記다. 한줄 읽어가다가 鄭氏라는 글자에 빗작 긴장이 된다.

「내가 歐洲에 와서 처음 朝鮮飮食을 먹게되였는데 돈에 있는 그집夫人은 歐洲大戰當時에 西比利亞를 거처 온 咸鏡道 鄭氏의 家庭이라」한다. 나는 雜誌를 껴안고 前後를 돌아보지않고 울었다. 기쁨의 우름도 끊이니 恐怖가 내가슴한 구석에 구름장 같이 일어난다. 나의 아버지만 咸鏡道 사람인가? 나의 아버지만 鄭氏인가? 찬불을 끼언듯이 마튼이 병병해진다. 나는 나의 끼뿔한구석에 不安과 恐怖를 억제할수 없었다.

동생은 벼 大學가고 누넘도나하고 같은 大學에가면 좋지 않엇다? 나는 나도모르게 「아이고 나도 가서 英語를 배우겟구나」하니 아버지 만나는 기쁨보다 더 컸다. 어쩌면 론돈에게 시면서 아버지깨서 편지한장도없어 담, 하니 아버지가 무한히 원망스러웠다. 나는 임따까지 아버지를 思慕하고 想像에 그려는 보았어도 한번도, 원망해본 적이 없다. 그리다가 정작 아버지가 게

정충양, 「꿈을 안고서」 일부(『이화』 7집, 150쪽)

『이화』 1집, 114쪽에서 S. E.라는 이름의 학생도 「꿈」이라는 시를 통하여 "나는 끗업는 바다로 적은배 잡어타고 멀니로 멀니로 끗업시 가보앗스면 第一흘것갓해"라고 같은 소망을 피력한다. 여성에게 근대는 지식, 독서, 교육을 통해 수용하고 접촉하는 대상으로 설정되고 있지만 그러한 세계를 대면할수록 간접적으로서가 아니라 그 세계를 직접 체험하기를 갈망하게 된다.

출판의 발달로, 해외서적이라는 것을 대면하고 그것을 해독할 수 있도록 외국어를 학습하게 된 상황에서 그 해독의 열쇠인 외국어 실력으로 직접 번역을 한다는 것은 직접 세계와 대면하는 즐거움을 주었을 것이라 가정해 볼 수 있다. 이것이 특히 교지 『이화』에서 번역 작업이 비교적, 상대적으로 활발하게 진행되었던 이유 중 하나를 구성한다고 본다.

또한 미번역된 해외시를 먼저 번역해보거나 장문의 서사시를 번

역해보는 등, 번역 텍스트를 과감하게 선택한 것 또한 이화여전의 번역 수업의 특징인데, 이는 당시 '동시대성'을 확보하고 있는 명작과 아직 소개되지 않은 글을 번역하는 데에서 오는 개척적 쾌감을 향유할 수 있었을 것으로 추정된다.

(3) 창작수업으로서의 번역수업

이화여전 학생들은 번역을 학교 수업과 제도적 측면에서 철저히 학습하였다. 그들의 번역 작업은 다른 학교의 학생들보다 전문적이었다. 이화여전의 수업과정을 보면, 3, 4학년에 번역이 과목으로 설정되어 있고 3학년 때는 일어번역이, 4학년 때는 영어 번역이 행해졌다. 따라서 일어시의 번역과 영어시의 번역이 행해질 수 있었으며, 이에는 외국인 교사의 직접 지도와 외국 유학을 다녀온 선생님들의 열성적인 지도가 뒷받침되었다. "당시 이화여전은 유일하게 문학강좌가 개설된 여학교였으며 한국과 외국인 교수들은 학생들에게 테니슨 같은 작가들의 작품을 읽고 외우도록 장려"[13]하였음이 이를 입증한다. 학생들은 교수진인 김상용, 이태준, 이희승 등의 해외유학파 출신의 번역 지도를 받으며 번역에 임하였으며, 『이화』 2집에 실린 변영로의 '비근한 주의'로 미루어 보건대, 간결한 문장, 중복을 피함으로써 다채로운 변화를 주는 문장을 추구하였을 것으로 짐작된다.

다른 학교 학생들보다 번역에 관한 전문성을 확보하는 동시에 학생들은 번역 이외에 신시, 소설, 수필 등의 다양한 영역에서 작품 활동을 이어갔다. 이화여전 학생들은 학생시절의 습작을 졸업 후에도

---

13 테레사 현, 앞의 책, 95~96쪽.

연재하였으며, 이들의 글쓰기는 향후 소설가, 시인, 수필가, 번역가 등 여류문단의 명단에 이름이 오르내릴 정도로 향상되었고, 때론 연극 무대를 통해 그들의 번역 실력이 공표[14]되곤 했다.

『이화』 1-7집이 발표되던 시기에 한 잡지에 실린 이화여전 출신의 문인들의 명단과 『동아일보』 졸업생 소개란에 실린 이화여전 출신들에 대한 세간의 평을 들어보면 다음과 같다.

最近 雜誌界의 活況을 따라 女人文筆家가 많이 새로 나는 中에 朝鮮의 唯一한 女子專門學校인 梨花專門 出身이 擡頭하는 現狀이 잇다. 女流詩人 毛允淑 氏를 비롯하야 「新東亞」 記者 金慈惠 氏 「批判」에 暫間 잇든 孫楚岳 氏 「女論」을 筆陣으로 한 洪惠道, 趙賢景, 朴恩惠, 崔以權, 朱壽元 等 諸氏며 「東光」과 暫間 因緣지엇든 朴吉來 氏 等이다. 梨專出身이며 그 外에 金英義 盧大命 氏 等의 글도 散見하니 實로 多士濟濟하다 하겟거니와 그 中에서 참으로 出衆한 作家가 많이 나오기를 바란다.

— '월간풍경', 『동광』 제39호, 1932.11.1

「校門 나서는 才媛巡訪記, 專門學校篇(三)」, 『동아일보』 1938.2.1, 3면

14 '梨花女專基靑 劇의 夕開催 十一月 一日밤 公會堂에서에서 세익스피어 베니스의 상인을 공연한다'는 기사(1929.10.27)나 '劇하는밤」, 「벗꽃동산」, 「체홉」 作 全四幕 主催梨花女高基靑文學部(1930.11.26), '「梨花演劇의 밤」, 日字順字變更 「貧窮」 一幕의 檢閱不通過 때문에 톨스토이 사람은 무엇으로 사는가, 클레이작─두 개만 한다'(1933.9.29)는 기사, '이화전문 영어극 대회(女學校通信)에서 졸업생들이 공작부인을 공연한다'는 기사(1935.2.16) 등이 연이어진 것을 보면, 그들의 번역 작업이 연극무대를 통해서도 지속적으로 행해지고 있음을 알 수 있다.

이화전문 출신들의 소개란에서 번역이 자주 나오는 것은 이들의
번역행위가 당시 사회에서도 유의미한 작업으로 인정하고 있었다는
말이기도 하다. 결국 이들의 번역수업은 글쓰기를 자신의 전문영역
으로 삼은 이들을 배출해 내는 작문수업이기도 하였는데, 졸업 후 대
거『조선일보』,『동아일보』,『신생』,『신가정』등에 번역시를 게재, 번
역가로 활동함이 이를 입증한다.[15]

「校門을 나오는 새 일꾼을 찾어서(五)―梨花專門文科」,『동아일보』, 1936.2.13, 4면

---

15 테레사 현의『번역과 창작』에 실린 여성 번역가 목록에서 김견신, 김금주, 김메리, 김영애,
김자혜, 김한숙, 노천명, 모윤숙, 박도은, 박인덕, 백극희, 서은숙, 신백희, 연갑순, 유정옥,
이경숙, 이선희, 이순영, 이순희, 장기선, 장덕조, 장영숙, 전숙희, 조정순, 주수원, 최선화,
최정림, 한충화의 명단이 확인된다. 이는 전체 여성 번역자의 절반 이상을 차지하는 숫자다.

이 외에도 詩作을 넘어서 번역, 창작에서 두드러진 실력을 보인다는 박마리아, 시에서 두드러진 백국희, 소설에서 이미 유명하여 기성 문인 같다고 평을 받은 장영숙[16] 등이 『이화』지에 소설, 신시, 시조, 동시 등 문학 활동에 참여한 학생들로 나와 있다. 따라서 창작문인이 되어서 번역경험에서 내면화한 서구의 지식을 문학적으로도 형상화 하는 데에 성공을 거두었음을 확인할 수 있다.

2) 교지 『이화』 번역의 실제와 번역창작의 경계

(1) 교지 『이화』 번역의 실제

① 시제 / 어미의 번역 ─이상향의 염원과 선구자 의식

영어와 우리말의 가장 큰 차이는 어순이 다르다는 것과 시제와 상의 범주가 달리 설정된다는 것이다. 어순의 차이는 원시의 행에 맞추어 자연스러운 우리말 어순을 따라 번역해 나감으로써 극복되지만, 시제와 상의 범주는 무에서 유를 창조해 나가야 하는 작업이므로 새로운 시각이 개입될 여지가 많다.

우선 우리말에 없는 완료형을 번역자에 따라 서로 다르게 번역한 경우를 들 수 있다. 최정림과 김한숙이 제라드 맨리 홉킨즈의 "Heaven-

---

16 박마리아는 「금춘졸업재원今春卒業才媛들(2) ─이화전문과 박마리아 양」, 동아일보, 1928. 3. 7, 3면에, 장영숙은 「校門을 나오는 새 일꾼을 찾어서(五) ─梨花專門文科」, 동아일보, 1936. 2. 13, 4면에 실린 내용이다. 이들 이외에도 『신여성』을 펴낸 김원주, 영어연극번역에 김갑순, 수필가 김일순, 김창덕, 「에덴동상」을 저술한 김플린, 연극전문인 박노경, 아동잡지 편집장 박은혜, 여류문단의 재원이라 평가받던 서성자, 「반딧불」의 시인 이봉순, 평론, 수필 등의 정충량, 조경희, 조계영이 논문, 신문, 잡지 등에 실린 여류삭가 명단에 들어 있다. 물론 이는 『이화』 7집까지 글이 실린 이들을 기준으로 하여 뽑은 내역이다.

Haven"을 『신가정』(1933.8, 129쪽)과 『이화』 5집(56~57쪽)에서 번역한 것이 그 예인데, 정경은[17]은 "최정림이 과거시제로 표현한 것에 비해 김한숙은 현재시제로 표현하려고 했으며 이를 긴급한 느낌을 주기 위해서"라고 언급하였다. 그러나 긴급성보다는 과거와 현재를 택한 그들의 선택에서 그들 나름대로의 번역관을 엿볼 수 있다.

Heaven-Haven

I have desired to go
    Where springs not fail,
To fields where flies no sharp and hail
    And a few lilies blow.

And I have asked to be
    Where no storms come,
Where the green swell is in the havens dumb,
    And out of the swing of the sea.

나는 가려하엿네

나는 가려하엿네
봄이 늙을줄 모르는 곳
사나운 우박 나리지 않고
다만 백합 몇송이 피어 잇는 들
나는 그런곳 가려 하였네.

폭풍우 못오고
큰 바다 성난 물결도 멀었는데
푸르른 노리만이 웃고 잇는
그런곳 잇어지라 나는 빌엇네.

— 최정림 역, 『신가정』, 1933.8, 129쪽

최정림의 「나는 가려하엿네」는 과거형으로 번역되었다. 그리고 자신의 상념 속에 존재하는 이상향 "그런 곳"을 삽입함으로써 이곳도 아니며 저곳도 아닌 바로 '그곳'임을 강조한다. 지시어 '그'는 "어제 갓던 그곳(이곳/저곳)이 생각이 안 나"와 같이 현장이나 문맥 속에서 지시대상을 찾는 것이 아닌, 화자의 기억 속에 내재한 곳임을 의미한다. 따라서 원래의 시에 없는 "그런(곳)"은 기억 속에서만 존재하는 이상향을 표현하기 위해 들여온 어휘이다.

"그런곳 잇어지라 나는 빌엇네"는 "I have asked to be"를 번역한 것

---

17 정경은, 앞의 글, 2009, 113쪽.

으로, '-어지라'의 사용이 돋보인다. '인기 있어지다'는 '인기를 막 얻어서 뜨기 시작했다', '재미있어지다'는 재미가 없었는데, 재미가 생겨나기 시작했다'는 의미를 가진다. 상태의 변화로 기동상의 의미를 가진 '-어지다'이다. 무언가 없었던 것이 생겨나기 시작했다는 의미를 가진 것은 '명사 + 있어지다'의 꼴로 쓰이기 때문에 제약이 많으며, 따라서 잘 쓰지 않는다. 그런데도 이 구문을 사용한 것은 '-어지다'의 진취적 의미 때문이다. '-어지-'가 동사에 연결될 때는 남수경[18]에서 언급되었듯 '어려움의 극복'을 통한 가능성의 의미를 가지게 된다. 따라서 '있다'에 결합한 '-어지-'는 '상태변화'와 '어려움을 극복한 가능성'의 의미를 지니게 되며, 결국 '있어지라'로 번역한 것은 어려움을 극복해 내고 이상향에 이르고자 하는 화자의 목소리를 읽은 최정림의 진취적 의도가 포착된다. 현재완료를 과거로 번역하고 이에 더해 이상향의 출현을 적극적으로 빌어 원작의 의미를 잘 살리고 있는 것이다.

이에 반해 김한숙의 번역시 「나는 가랴하네」는 직역보다는 새로운 시를 써내려간 것처럼 매우 다르다.

나는 가랴하네	나는 가랴하네 (부분발췌)
나는 가랴하네 진눈개비 날리지 않는 돌 　두어 포기 白合花 피어 　　봄이 끝나지 않는 　　　그 나라로 가랴하네. 풍랑잠들고 　港口 잔잔하야	나는 가랴하네 집업는 산길 인적도 끊어진 곳으로 恨없이 내 孤獨 찾아가랴하네 나는 가랴하네 路費는 무엇하나 行具 또한 무엇하나

18　남수경, 「'-어지다' 의미고찰에 대한 시론」, 『어문연구』 39-3, 2011.

물결도 꿈꾸는 그바다에
　아! 나는 가있을수없을가?
　　　— 김한숙 역, 『이화』 5집, 56쪽

오랴는 이 물리치고
한없이 내 혼자 가랴하네
　　　— 김한숙, 『이화』 5집, 57쪽

먼저 왼쪽 번역시는 원시의 현재완료형을 현재형으로 바꾸었다. 한국어에는 현재 완료형이 존재하지 않기 때문에 우리말에 대응시킬 정확한 어휘를 설정하기 어렵다. 따라서 번역자의 고민이 시작될 수 있는 지점이며, 동시에 번역자의 창의성과 주체적 의지가 개입될 수 있다. 김한숙은 현재형으로 바꾼 뒤 '장차 어떤 행동을 하고자 하는 의도'를 나타내는 연결어미 '-려'를 사용하여 주체의 의도를 부각시킨다. 물론 아직 도달하지 않은 이상향은 다음 구절 "봄이 끝나지 않는 그 나라로"로 설정되었다. 그리고 마지막 자신의 의도를 강조하기 위해 감탄사와 자탄의 의문형 어미를 개발하여, "아! 나는 가 있을 수 없을가?"로 번역하였다. 이로써 자신이 소망하고 바라는 그 나라로의 여행이 이루어지지 않은 현재 자신의 처지에 대한 연민까지 토로한다. 시제를 현재로 바꾸었으며, 동시에 감탄형을 끌어들여 자신의 현재 이상형을 향한 염원을 전달해 내도록 번역한 시로, 번역자의 창의적인 개입이 엿보인다. 따라서 그녀는 이 원시의 패러디 작품(오른쪽 작품)까지 생산하게 된다.

두 번째로 다루는 번역시 「다리놋난노인」(『이화』 1집)역시 단순 과거시제를 우리말의 독특한 회상의 선어말어미로 처리하여 번역한 경우이다.

다리놋난노인

외로운길가든白髮老人이
칩고도 어두운하로저녁에
깁고도 넓은 한江을다다라

The Bridge Builder

An old man, going a lone highway,
Came, at the evening, cold and gray,
To a chasm, vast, and deep, and wide,

勇氣를쎕내여그江을건넌후
험악한물결을 정복한老人은
저편언덕에 平安히이르러
다리를놋더라
— 무명씨 역, 『이화』1집, 154쪽

Through which was flowing a sullen tide.
The old man crossed **in the twilight dim;**
The sullen stream had no fears for him;
But he turned, **when** safe on the other side,
And **built** a bridge to span the tide.

Will Allen Dromgoole의 「다리 놋난 노인」 원시에서는 'turned, built'와 같이 과거로 쓰인 부분을 '-더-'로 번역하였다. 이는 역자의 시선에 의해 재구성된 '다리 놓는 노인'이다. 회상시제선어말어미 '-더-'는 경험한 사건에 대해 회상, 보고의 의미를 가지고 있다. 화자가 관찰자적 입장에 서서 독자에게 자신이 경험하였던 사건을 회상의 방식을 통해 전달한다. 따라서 단순 과거로 처리한 '놓았다'와 비교하여 보건대, 화자의 의식 속에서 재구성된 시간의 흐름이 1연에 놓임으로써 다리 놓는 노인의 풍경 자체가 화자의 자기 고백적 언술 속에서 흘러나오게 되는 효과를 가진다.

원시와는 달리 이 시에서는 1연에서의 노인을 후반부로 가면서 두려워하지 않고 "勇氣를 쎕내여" 적극적으로 험난한 물결을 건넌 노인으로 형상화한다. 인생의 굴곡을 겪고 황혼의 어스름에 서 있는 인물이 아니라 유망한 청년과의 대비에서도 뒤지지 않고 어려움을 뚫고 이겨낸 강한 정복자로서의 이미지로 표상되는 것이다. 이때 노인은 험하고 거센 물결을 뚫고 이겨낸 인물로 먼저 강을 건너간 선각자의 상징을 획득한다.

미래의 이상향에의 지향, 선각자의 상징을 통해 표현하고자 하는 번역의 태도에서 거친 세계를 향해 나아가는 근대여성지식인으로서의 사명감을 읽을 수 있다. 교지 『이화』에서의 번역은 교수의 지도아래 이루어진 훈련과정이지만, 많은 문학작품들을 배우면서 자신들의 의지나 자신들의 현재적 정체성에 대한 의사를 피력하는 데에 좀 더 효과적인 작품을 선택하였을 것으로 보인다. 교지『이화』에 번역된 작품을 보면 이 「다리 놋난 노인」의 시에서와 같이 세계를 이끌어나가려는 여성지식인으로서의 자각을 보여주는 작품이 다수 들어있다. 이는 여성 근대 지식인의 선각자로서의 사명감이 번역 작품의 선택, 그리고 시제와 표상에 영향을 미친 것으로 파악할 수 있다.

② 감정적이고 묘사적인 수식어구—여성 번역 주체의 감정 투사

이화여전의 번역 활동에서 번역자들은 자신의 감정을 시적 화자와 대상물에 투사하고 있다. 원시에 없는 감정적 수식어를 시에 첨가하는 주체적 선택에서 우리는 이화여전의 번역행위가 단지 번역 그 자체에서 끝나지 않고 창작행위로 연결될 수 있는 지점을 읽어낼 수 있다.

O CAPTAIN! my Captain! our fearful trip is done
The ship has weather'd every rack, the prize we sought is won
The port is near, the bells I hear, the people all exulting
While follow eyes the steady keel, the vessel grim and daring.

오 船長! 나의 船長!
두려운 旅行은 마치고
저배는 가즌 風波艱難을 무릅써
우리가 찾든상금은 얻엇어요
浦口는 가까워 종소래 들녀오고
든든한龍骨 거칠고 勇敢한배 바라보며
모든 사람들 즐거워뛰외다
—이순희 역, 『이화』 4집, 101쪽

사공이여 우리사공이여 사납은 길 다와서
온갖 고생 겪고 나서 개선하는 이 마당에
항구에 종소리 요란하고 사람들은
우엄 잇게 들어 닿는 우리 배를 맞는데
—주요한 역, 『연희』 8집, 54쪽

Walt Whitman의 "O Captain! My Captain!"를 번역한 이순희의 「오船長! 나의船長」에서 "our fearful trip"의 fearful을 '두려움'이라는 감정으로 번역하고 있다. 그러나 같은 시를 번역한 당대 시인인 주요한의

번역은 그 여행의 과정이 순탄치 않았음을 밝히는 "사납은"으로 번역하고 있다. 즉, 이순희는 여정에 대해 감정적 어휘를 선택하고 있고 주요한은 여행 과정의 구체적 성격을 드러내고 있다.

그리고 "with mournful tread"에 대한 번역을 이순희는 "슬픈 거름 옴기고 잇다"로, 주요한은 "나는 홀로 / 울면서 것는다, 울면서 것는다"로 행위 중심적으로 번역하고 있다. 또한 "the people all exulting"에 대한 번역에서 주요한은 'exulting'이라는 감정적인 동요가 나타나는 어구를 아예 삭제해 버리는데, 이순희의 경우에는 "모든 사람들 즐거워 뛰외다"라고 번역을 하면서 사람들의 감정적 반응을 전달하고자 했다.

여기에 소개하지 않은 나머지 행의 번역에서도 "their eager faces turning"의 번역을 주요한은 'eager'에 대한 번역을 삭제한 데 비해, 이순희는 "**간절한** 얼골로"라고 번역함으로써 대중의 감정을 드러내고자 하는 일관된 선택을 보이고 있다. "dear father!"의 번역에 있어서도 주요한은 단순히 '아버지여!'라고 했지만, 이순희는 '**사랑하는** 아버지여!'로 번역하고 있다.

주요한과 이순희의 동일시 번역을 정리해 볼 때, 이순희는 선장의 죽음을 접하는 다수의 정서적 반응을 전달하고자 하였다면, 주요한은 선장의 죽음 그 자체의 충격을 강화하여 전달하기 위하여 감정적인 어구 사용을 절제하고 행위 중심적으로 전달하고자 했음을 알 수 있다.

다른 시의 예로, William Wordsworth의 시를 번역한 최선화의 「수선화」와 이하윤의 번역시 「수선화」[19]를 비교해 보아도 전술한 감정적 어휘의 선택이 발견된다. '쾌활하게, 자유롭게' 등으로 수선화를 수식하면서 자신이 염원하는 자유로움, 감정의 솔직한 표출 등을 표현한다.

---

19 조영식, 「연포 이하윤의 번역시 고찰—실향의 회원을 중심으로」, 『인문학 연구』 제4호, 2000, 230쪽.

수식 어구를 선택함에 있어 번역자의 감정이 개입되고 있는 것이다.

The waves beside them danced, but they Out-did the sparkling waves in glee :
깃브게 뛰노는 물결 아름답것만 그 옆에서 물살이 춤을 추지만(최선화)
水仙花의나부낌 그에 지난다 수선화보다야 나을 수 없어(이하윤)

또한, 워즈워드의 "The Solitary Reaper"를 번역한 김금주의 「孤獨한 收穫者」의 시에서 추수하는 처녀의 고독이 시적 정서를 지배함을 살펴 볼 수 있다.

孤獨한 收穫者	The Solitary Reaper	들 가운데 홀로
보라 저 넓은 들가온대	Behold her, single in the field,	가을하며 노래하는
고적한 山家의 **處女하나이!**	Yon solitary Highland Lass!	시골 처녀를 보아라
거두고 노래하네 **다만혼자서**	Reaping and singing by herself;	걸음을 멈추거나 고요히 지나가라
멈출가 돌아설가 곱게지날가	Stop here, or gently pass!	베어 단을 묶으면
處女는**홀로** 비고묶네.	Alone she cuts and binds the grain,	고독한 노래를 **홀로**부른다
처량한노래 곱게부르네	And sings a melancholy strain;	―곽용오 역, 『연희』 8집, 80~81쪽
―김금주역, 『이화』 5집, 56~57쪽		

김금주의 번역에서 "處女하나이 / 거두고 노래하네 다만혼자서"에서 원시에 없는 '홀로'라는 단어를 첨가하는데 비해, 연희전문의 교지 『연희』 8호에 나오는 곽용오의 번역시에서는 한 문장으로 완결되는 3행까지 '홀로'는 한 번만 나오고 있다. 고독감을 혼잣말로 중얼거리는 듯한 김금주의 종결방식('-네')과 달리 곽용오는 독자의 행동을 이끌어내는 선동적 어구('-어라')로 끝내고 있다. 김금주의 시는 운율을 살려가면서도 대상화되고 있는 '처녀'의 상태를 '홀로'라고 묘사함으로써, 처녀가 느낄 것이라는 가정하에 고독함과 처량함을 강조하고

있다. 이는 고독한 수확자인 처녀에 여성인 자신의 감정을 투사하여 시를 번역하고 있는 것이다.

이렇듯 번역시의 대상물에 자신의 감정을 투사하여 첨부하는 번역행위는 교지 『이화』의 창작시와 수필에서도 발견된다. 이는 당시 낭만주의의 영향이라고도 할 수 있겠는데 이러한 사고의 연장선상에서 그들에게 번역 작업은 단순히 서구문학의 소개에서 그치는 것이 아니라 자신을 표현하는 문학행위의 하나[20]로 자리 잡고 진행되었음을 알 수 있다.

"문학 독서는 독자에게 '문학경험'으로서 존재한다."[21] 이화여전 학생들에게 낭만주의 영미문학 독서와 번역 작업은 이를테면 사건이며 기존의 나에서 탈주하는 기획이 된다. 원시에 없는 감정어를 개입하는 행위는 수동적 수용과정에서 벗어나 번역 주체로서의 정체성이 생성되는 작업이라 할 수 있다.

한편, 대체적으로 이화여전 학생들은 시구를 번역함에 있어서 매우 구체적이며 묘사적인 수식어구를 사용하고 있다. "O Captain! My Captain!"에서 선장의 주검을 묘사할 때도, 주요한은 "Fallen cold and dead / Where on the deck my Captain lies"을 "사공의 죽은 몸 / 뱃전에 누엇고나"라고 번역하였는데, 이순희는 "나의 선장이 뻣뻣하게 / 죽어서 누은 저 뱃널에"라고 번역함으로써, 주검의 상태를 정밀하게 묘사한다. John McCrae의 시를 번역한 「쯸랜더-쓰戰地에서」에서도 "felt dawn, saw sunset glow"를 "새벽의 神聖한빗을感觸하엿고 / 지는 해의

---

20 「최활, 英詩壇史的 小考 – 빅토리아 조를 중심으로」, 『연희』 8호, 18~24쪽에서도 알 수 있듯, 전문적인 서구근대문예의 경향을 정리하여 전달하려고 한다. 이러한 글들은 당시 '교양주의'에 경도되어 있는 식자층 수용자들의 구미를 자극했을 것으로 보인다.
21 이지영, 「잠복된 문학 독서의 발현 양상에 대한 연구」, 『독서연구』 제25호, 2011, 319쪽.

타오르는 마즈막 광선을 바라보며"로 번역하고 있다. 이는 시 전체 분위기를 살리기 위해, "sunset glow"라는 단어를 "타오르는"이라는 묘사적 어휘를 삽입하여 번역한 것이다.

이러한 구체적이며 묘사적인 번역을 하게 된 것은 전술한 이화여전 수업에 의한 결과라고 할 수 있다.

> 小說部에 **李泰俊氏가 맡어보시는데** 그는 主로 感想的으로 文字를 느러놓는 것이 글짓는 本意가 아니라하여 **恒常 描寫하는 法을 가르키는데** 손 하나를 놓고 한수일식 描寫하도록 학생들을 연단식힌다 한다.
>
> ―『삼천리』 1집, 1938.1.1

위 기사는 번역 수업에서 소설가 이태준이 학생들에게 다채로운 묘사를 하도록 이끌었다는 기록이다. 그런데 교수자들이 이런 지침을 가지고 지도했다 하더라도 묘사적 어휘를 선택하는 주체는 이화여전 학생들이다. 이들은 외국어를 번역하면서 고유어를 선택하고 삭제, 첨부함으로써 자신이 내면화한 근대적 세계를 재현하고 있는 것이다. 그들에게 번역 과정은 시세계 속에 자신을 위치시켜 내는 행위가 되었을 것이라고 추정해 볼 수 있다. 이때의 선택이라는 것에 자발적인 주체성이 개입되지 않을 수 없었을 것이기 때문이다. 선택되는 어휘들은 이화여전 학생들의 의식의 지향성을 드러내는 것이 된다. 그러므로 묘사적이며 감정적인 번역어를 들여다보면, 거기에서 당시 이화여전 학생들의 내면의 풍경을 발견하게 된다.

(2) 번역과 번역창작의 경계-직역과 의역의 경계를 가로지르다

번역을 통해 원본을 반복, 모방, 전유하는 가운데 번역자의 창조적 사고행위가 형성된다. 번역을 함으로써, 지금 여기의 세계관(시간, 공간, 정체성)에 대한 재사유를 하지 않을 수 없기 때문이다. 이때 새롭게 개입하여 번역 공간에 기입되는 여성지식인의 의지와 해석행위는 번역행위로써 재구축되는 새로운 여성성의 공간이다. 이 행위 내에서 새롭게 각인되고 전복되고 창출되는 새로운 공간과 차이의 틈새가 바로 '창발적 틈새initiatory interstice'이다.[22]

같은 시를 번역하여도 번역자의 번역에 대한 의식 차이로 인해 다른 번역이 되는 지점이 바로 이 창발적 틈새 공간이다. 이와 같이 이화여전 학생들은 번역과 번역창작의 경계를 가로지르면서 전문적인 문인으로 성장하게 된다.

이화여전 학생들의 번역 작업은 일반 독자로서가 아니라 전문 독자로서 근대 지식을 향유하는 행위였다. 이때 전문 독자란 원문을 독해할 수 있을 정도의 출발어 능력을 가진 자를 말한다. 전문독자로서의 이화여전 학생들은 창작과 번역의 경계에 대한 의식을 갖고 번역에 임하였으며 작품의 번역을 통해서 문학 생산 주체로서 거듭나는 체험을 했다. 따라서 "번역에 종사하는 자는 적극적으로 글을 창조하는 '만듦'을 수행하는 자"[23]라는 정의에 부합하는 인물이라 할 수 있다.

『이화』지에 실린 시 번역 작품의 다수가 그러했던 것은 아니지만, 앞서 제시한 김한숙의 번역시에서처럼 시 자체를 과감하게 재배치하거나 새롭게 구조화하는 창의적인 활동을 시도한 것으로 보인다. 이

22　태혜숙, '비교와 번역' 포럼 발표문, 이화인문과학원, 2012, 11쪽.
23　조재룡, 『번역의 유령들』, 문학과지성사, 2011, 277쪽.

러한 시도의 자연스러운 결과로, 학교를 졸업한 후 번역전문가의 시에서 찾아볼 수 있는 과감한 생략이나 시를 이끌고 가는 속도감, 그리고 구조적 완결성이 그들의 시에서 자연스럽게 드러나고 있다.

전문번역작가가 번역을 할 때 가장 중요한 행위는 선택이다. "번역에서는 뭔가를 택하고 뭔가를 지키기 위해서는 뭔가를 버리지 않으면 안 된다. 취사선택이라는 말은 번역 작업의 근간에 있는 개념"[24]이기 때문이다. 시 번역의 출발점에서 번역창작으로 가로지르는 창조적 선택은 자신감이 수반되어야 가능하다. 그리고 이러한 창의적 개입은 시 장르의 특성상 운율의 조화로운 통일성과 구조적 완결성, 그리고 시어의 선택에서 발견된다.

『이화』6집에 한충화의 번역과 『경향신문』에 장영숙의 번역으로 실려 있는 Joseph Campbell의 시 "The Old Women"에서 전문번역가로서의 면모를 살펴볼 수 있다. 두 사람의 번역은 어려운 시간을 보내고 홀로 남은 늙은 여인의 아름다움을 형상화했다는 점에서는 동일하다. 이 두 시를 비교할 때 교지 『이화』에서 활동하는 이화여전 학생과 대중매체에서 활동하는 전문번역가로서의 이행 과정, 번역을 가로질러 번역창작의 경계로 들어가는 번역 주체의 창조적 개입을 살펴볼 수 있다.

노부	The Old Woman	노부
聖所祭壇에 하얀촛불같이	As a white candle In a holy place,	흰 燭 붙인양 늙은 얼골은
주름진얼굴의 아름다움이어	So is the beauty Of an aged face.	아름답다
겨울날지는해의 피곤한햇발같이	As the spent radiance	겨울 해의

24　무라카미 하루키, 김진욱 역, 『슬픈 외국어』, 문학사상사, 1996, 164~165쪽. 위의 책에서 재인용.

힘껏고난에지친 늙은女人어	Of the winter sun, So is a woman With her travail done.	쇠잔한 빛인양 여인은 辛苦를 다했다
외로이남은몸 마음마저고요해 소리끊인물방아 그와도같음이어 　— 한충화 역, 『이화』 6집, 49쪽	Her brood gone from her, And her thought as still As the waters Under a ruined mill. 　　　— Joseph Campbell	아이들 품을 떠낫고 문허진 방아 밑 흐르는 물인양 생각은 고요타 　— 장영숙 역, 『경향신문』, 1946.10.24, 4면

　시어에 있어서 원시와 두 작품은 모두 '하얀 촛불과 겨울날 햇빛, 무너진 물방아'로 연결되는 시각적 감각으로 노부老婦의 이미지를 획득하고 있다. 특히 한충화는 '늙은 얼굴'이라고 번역한 장영숙에 비해서 '주름진 얼굴'이라는 어휘를 선택했다는 점에서 훨씬 더 시각적 감각에 집중했다고 볼 수 있다. 물론 이는 번역 수업에서 지도받은 묘사적 어휘 선택 수행의 결과이기도 하다. 그런데 원시에서의 "As the spent radiance / Of the winter sun"을 한충화와 장영숙은 여인이 겪은 신산한 삶을 "피곤한"과, "쇠잔한"으로 햇빛을 수식하는 어구에 선택적으로 부가하여 기입함으로써, 시적 대상인 老婦의 심리 상태를 비유적으로 묘사해 내는 데에 성공하고 있다.

　형태적으로는 두 작품 모두 '-같이', '-이어' / '-ㄴ 양', '-다'로 운율을 맞추면서 비유적으로 노부老婦의 현재를 평가하는 것은 동일하다. 그런데 장영숙의 시에 대해서는 형태적으로 좀 더 정리되었다는 평가를 할 수 있을 것이다. 우선 기존에 반복해서 쓰던 '-어요 / -아요' 사용을 벗어나 종결어미 '-다'로 통일성을 이루고 있다는 점과, 한충화의 번역에서 3연이 '-같이' '-이어'의 운율을 깨고 있는 데 비해 장영숙의 번역시에서는 '-ㄴ 양','-다', '-타'라는 동일한 패턴을 유지하고 있다는 점이 그러하다.

　이 시의 마지막 연은 "as the waters"로 시작되는 앞의 두 연과는 달리 구조적, 음운적으로 변칙적인 문장인 "Her brood gone from her"로 시작하고 있다. 변칙적 시작은 종결을 예비하고 시의 전체적 의미의 흐름을 마감할 준비를 하게 한다.[25] 장영숙의 번역시도 원시와 같이 "아이들 품을 떠났고"처럼 변칙적으로 시작하였지만 곧이어 다음에 나오는 "무너진 (…중략…) 물인양"에서 볼 수 있듯이, 앞의 연과 동일한 수미상관 구조를 취한 번역문으로 안정감을 획득한다. 의미구조에 있어서도 시적 대상을 묘사하는 화자의 목소리 또한 "흐르는 물소리처럼" 잦아들면서 노부가 스스로의 삶을 관조적으로 마감하는 모습을 드러내며 수렴적 종결구조로 향하게 된다. 이 부분에서 시의 전체적 흐름에서 형성된 감정과 의미의 내적리듬이 안정적으로 정리되며 곁에 아무도 남지 않은 늙은 여인의 외로움이 고요하게 잦아든 소리라는 청각적 감각으로 더욱 절실하게 전달된다.

　이상의 이화여전 출신 여성들의 번역은 사실 전문적 기성시인들의 번역에서 보이는 "번역창작"에 가까운 행위라고 할 수 있다. 시라는 장르의 특성상 중요한 시의 운율을 고려하여 시어를 선택하면서도 시 의미의 구조적 완결성을 획득하기 위해 원시를 번역가가 새롭게 다듬는 번역의 양태를 보이고 있기 때문이다. 즉 '시인으로서 시를 잘 알면서 번역'[26]하는 문인의 경지에 이르고자 하는 의도가 포착된다.

　번역시선집 『실향의 화원』을 선보인 시인 이하윤은 '직역이나 축자역보다는 의역이 합당하며, 시의 경우에는 시행에 맞게 번역되어야 한다'[27]고 주장하였다. 번역의 창의적인 면을 중요시 여겨 "번역창

25　윤의섭, 「한국 현대시의 종결 방식 연구」, 『한국언어문학』 제65집, 2008, 328쪽.
26　조영식, 앞의 글, 232쪽.

작"[28]이라는 용어를 언급한 김억의 번역관에 비추어 보아도 이화여전 출신의 여성 번역 주체들은 번역을 가로질러 "번역창작"의 장으로 이입하고 있음을 확인할 수 있다. 물론 이러한 위치에 이르기 위한 과정적 노력에 이화여전 교지 『이화』에서의 번역행위가 기여한 바는 매우 자명한 것이었다.

3. 맺음말–번역창작 주체로서의 여성의 발견

식민지하에서 언론에 글을 쓰는 행위는 자신을 사회적인 주체로 표상하는 행위였다.[29] 전술했다시피 당시 여성들의 문단 진출은 쉽지 않았다. 이 시대 대부분의 매체는 남성지식인이 장악하고 있었고 따라서 여성들의 글쓰기는 사실상 보이지 않는 벽에 가로막혀 있는 상태였다. 이러한 상황에서 교지 『이화』라는 매체가 존재한다는 것이 여성들에게 어떤 의미였는지 짐작이 되고도 남는다. 이화여전 학생들에게 교지에 글을 싣는다는 것은 자신을 표방하는 행위이며 사회적으로 공인받는 행위가 되는 것이다. 번역 또한 지식인으로서의 여성이

---

27 "오로지 原義를 尊重하야 우리시로서의 律格을 내깐에는 힘껏 가초아보려고 애쓴 것이 사실인 것만을 알어주시면 할 따름이외다." 이하윤, 「序」, 『失鄕의 花園』, 시문학사, 1933, 3~4쪽.

28 "시의 번역이라는 것은 번역이 아닙니다. 창작입니다. 나는 창작보다 더한 정력드는 일이라합니다. 시가는 옴길 수 잇는 것이 아니라하면 시가의 번역은 더욱 창작이상의 힘드는 일이라하지아니할 수가 업습니다." 박경수 편, 『안서 김억 전집』 5, 한국문화사, 1987, 447쪽.

29 박헌호, 「식민시 조선에서 작가가 된나는 것」, 상허학회, 『한국 근내문학의 작가의식』, 깊은샘, 2006, 135쪽.

사회에 진출하기 위해 가능한 조건이 되는 행위였다. 이화여전 학생들의 외국어 번역 수업은 사회진출의 조력적 조건으로 기능한 것이다.

그들에게 번역은 시나 소설을 창작하기 위한 도구였으며, 서구의 근대문학을 받아들이는 통로였기 때문에 나타난 현상이기도 하다. 이들의 번역관은 원시의 충실함을 다소 다르게 바라보는 차이점을 가지지만 결국은 역자의 개성이 개입되는 창작의 역량을 중요시했던 이하윤과 김억의 번역관과도 통하는 점이 있다. 근대 지식인으로서의 성장을 모토로 한 그들의 대학교육은 「다리놓난 노인」의 의역을 통해 드러내었듯이 온갖 역경을 뚫고 선지자로서 당당히 선 선배들을 양산하였으며, 따라서 근대 지식인으로서의 역량을 살릴 수 있는 직업군, 특히 여류 문단의 대다수를 점한 문인으로의 성장을 낳았다.

본고는 1920년대와 1930년대 번역을 둘러싸고 직역과 의역 사이의 혼란스러움을 겪고 있었던 문단의 흐름을 염두에 두고 이화여전 학생들의 번역 작품을 살펴보았다. 이들의 번역에 대해서는 오역에 대한 논란의 여지가 있다. 그러나 오역의 시비를 가리는 것도 중요하지만 이들의 창의적 번역이 함의하고 있는 작품성과 문학성에 대한 논의가 필요하다고 본다.

서구의 문학, 시를 대면한다는 것은 세계와 직접 대면한다는 것이며, 이때 선택되는 고유어란 자신이 선택한 자신의 언어이다. 그리고 시제와 어미, 수식어구를 선택하면서 자신의 감정이 투사되고, 이 감정적인 어휘를 대상에 투사하는 순간, 드러나는 것은 자기 자신이다. 이화여전 학생들에게 번역이라는 글쓰기 행위는 외국어를 고유어로 선택하고 조탁하고 배치하면서 나타나는 자신을 발견하는 행위가 되는 것이다.

결론적으로, 번역을 하면서 근대 여성지식인은 자기 발견에 이르게 되는 것이며, 이때 교지 『이화』는 그러한 체험을 할 수 있도록 펼쳐진 조력의 장이었다. 이화여전의 졸업생들은 이러한 장을 통해 수업과정에서 습득한 번역행위를 시도해 보았으며, 여기에서 얻은 자신감으로 문단의 전문 시인들이 제시한 과감한 삭제, 새로운 배치, 구조적 완결성이라는 번역창작의 수준에까지 이르기 위하여 다시 진일보하게 된다. 따라서 본고는 교지 『이화』에서의 번역행위와 작품발표 활동은 그들이 근대 여성지식인으로서 성장하는 데 큰 밑거름이 되었을 것이란 가정을 증명할 수 있었다.

3부
—
젠더와 번역, 그리고 현대 여성 지식(문화)사

해방기 펄 벅Pearl S. Buck 수용과 남한여성의 입지

류진희

1. 머리말

제국·식민지 체제의 조선여성이 어떻게 국제·지역 구도의 남한여성이 되는가. 이 글은 펄 벅Pearl S. Buck의 참조 및 번역을 통해서 해방기 여성의 정치적 행보를 더듬고자 한다. 탈식민의 격랑 속에서 제국 일본의 여성은 더 이상 근대적 규준이 될 수 없었다. 여기에서 펄 벅은 어느 세계의 어떠한 여성을 모델로 삼을지, 그 변화하는 인식의 와중에 존재하고 있었다. 아시아의 완전한 독립과 그에 대한 실질적 원조를 주장했던 펄 벅의 발언은 남한만의 정부수립과 계몽적 여성정책을 지지하도록 참조되었다. 그리고 소설 역시도 노벨상 수상 대표작『대지The Good Earth』가 아니라 아시아와 서구의 위계적 관계를 보여주는 낯선 단편들 위주로 번역되고 있었다. 결론부터 말하자면 해방기 펄 벅의 수용은 38선이 그어지고 점차 남북분단이 실정화되면서 사회주의 여성해방이론이 아메리카 인도주의로 전치되는 과정에 다름없다. 이 글은 펄 벅을 통해 해방기 여성운동의 좌우분기와 우익여성의 문화정치가 전개되면서, 미국질서의 세계에 남한여성이 드러나는 순간을 포착하게 될 것이다.

바야흐로 식민주의가 도덕적으로 파산하고 독립국가로 이루어진 세계구상이 내세워진 이때, 여성이 어떻게 민족국가의 일원이면서 세계시민의 자격을 갖출 수 있을지가 화제였다. 1945년 8월 15일 급작스런 소위 '옥음방송玉音放送'이 있자, 조선은 잠깐의 숨죽임 후 해방의 아우성에 휩싸였다. 그리고 건국부녀동맹(이후 조선부녀총동맹으로 개칭), 여자국민당, 애국부인회, 여성청년동맹 등 여성의 정체성을 앞세운 단체들이 발 빠르게 여성해방과 남녀동권을 들고 조직된다.[1] 그리고 다시금 형성된 해방기 언론장에서 여성관련 소식은 단신에서뿐 아니라, 사설을 비롯해 기획기사와 고정코너 등으로 비중 있게 다루어지기 시작했다. 여성관련 일간지가 전무후무하게 5개나 발간되는 등 해방기 여성은 정치적으로 가장 가시화된 집단이었다.[2]

---

1 좌우를 비교하여 해방기 여성운동을 조망한 연구로는 문경란, 「미군정기 한국여성운동에 관한 연구」, 이화여대 석사논문, 1989이 선구적이다. 또한 우익단체 위주의 여성운동 회고 일별에 대응해, 해방 직후 여성의 정치적 결사 및 활동을 우선 좌파적 과점에서 재구한 연구는 이승희, 「한국여성운동사 연구-미군정기 여성운동을 중심으로」, 이화여대 박사논문, 1991이 있다. 해방기 변화한 여성의 생활 및 의식에 대해서는 다음 연구들을 참조할 수 있다. 이배용, 「미군정기 여성생활의 변모와 여성의식, 1945~1948」, 『역사학보』 150, 1996; 이배용 외, 「한국여성사 정립을 위한 여성인물 유형연구 Ⅵ(1945~1948)」, 『여성학논집』 13, 1999; 이배용·조경원, 「해방이후 여성교육정책의 변화와 여성의 사회진출 양상-미군정기(1945)~제1공화국 시기(1960)」, 『한국교육사학』 22, 한국교육사학회, 2000.
2 해방기 여성일간지 『가정신문』, 『부녀신문』, 『부녀일보』, 『부인신문』, 『부인신보』의 구체적인 서지사항 및 각 신문이 다룬 여성관련 논설에 관해서는 박용규, 「미군정기 여성신문과 여성운동」, 『한국언론정보학보』 19, 한국언론정보학회, 2002 가을 참조.

이러한 여성의 공적인 부상에 당시 언론은 복잡한 심경을 드러냈다. 예를 들어 다음의 시사만평이 그러하다.[3] "아기 울면서 왈ㅂ, 식구마다 정치운동, 집에서 나 봐줄 사람 누구요?"라는 문구에, ××당, ○○동맹 등으로 대표되는 남성과 더불어 여성해방을 치맛자락에 써넣은 여성이 아기로부터 등을 돌리고 서있다. 너도나도 정치에 뛰어들 때 일어날 수 있는 현실적 곤란을 유독 보육으로 환원하며, 부인참정을 말하는 여성이 문제인 듯 보이게 하고 있다. 여기서 보이는 사회적 규범의 불평등 문제는 차치하고, 그보다 여성이 정치적으로 중요한 주체로 상정되고 있음이 더욱 주목할 만하다. 다시 말해 '가두의 여성'이라는 새 풍기에 "서구화도 좋지만, 조선미를 지키자Westernization is O.K. But let's keep the beauty of old korea!"[4]라는 호소가 간곡했던 것이다. 그러나 균질한 국민의 창출이 기반인 독립국가 형성에 여성은 필수불가결한 정치적 존재였다. 문명국 프랑스도, 패전국 일본도 모두 여성에게 선거권을 부여하고 있다는 소식이 연일 전해졌다.[5] 따라서 조선의 해방 없이는 여성의 해방이 없고, 여성의 해방 없이 조선의 해방도 없다는 데 토를 다는 이는 없었다.

이 글은 전후 도래한 민주주의 확대의 흐름 속에서 여성의 참정권이 보편적으로 요구되고 있을 이때, 서구중심의 전후처리에 대항해

---

3 「시사만화」, 『자유신문』, 1945.10.31.
4 『The Seoul Times』, 1945.10.4(『격동의 해방3년』, 한림대 아시아문화연구소, 1996, 56쪽에서 재인용).
5 1945년 10월 즈음이 되면, 패전 일본에서부터 '민주주의 정치건립의 제1보'로 여성참정권이 부여되었다는 소식이 들려온다. 또한 12월에는 프랑스에서 공산당 측 17명을 포함하여 총 32명의 여대의사가 선출되었다고 보도된다. 관련기사는 「여자에 선거권, 일본에서 실시」, 『매일신보』, 1945.10.15; 「여대의원 32명. 불란서 국회의 성관盛觀」, 『서울신문』, 1945.12.17 등 참조. 이러한 전세계적인 변화는 북조선인민위원회에서 남녀평등권을 먼저 선포하고(1946.7.21), 뒤이어 조선인민공화국 역시 '부인의 완전한 해방과 남녀동권'을 시정방침으로 적시하는 데(1946.9.18) 직접 반영될 터였다.

아시아의 특수성과 그의 자주독립을 주장하고 있었던 펄 벅의 정치적 활동 및 발언들을 살펴보는 것으로 시작해보고자 한다. 왜냐하면 당대 서구사회를 향했던 아시아 관련 펄 벅의 비판적 주장들이, 해방기 조선에서는 좌우갈등 속에서 한쪽 여성의 입장을 지지하는 방식으로 미묘하게 조정되고 있기 때문이다. 전술한 바 이는 분명 해방기 일단의 조선여성이 어떻게 남한여성으로 자신의 입지를 변화시키고 있는지와 관련될 것이다.

2. 해방기 동서東西, 두 세계의 펄 벅

주지하듯 펄 벅은 『대지』의 노벨상 수상을 통해 세계문학의 신성으로 떠올랐다. 그리고 1930년대 후반, 일본의 만주 침략과 진주만 공격으로 인한 아시아의 사건 및 형세에 쏠린 미국의 관심을 충족시켜주는 자문가로 명망을 떨쳤다. 그러나 일본이 패망하자, 역설적으로 미국 내에서 아시아는 더 이상 뉴스거리가 되지 못하고 일반의 관심에서 흐릿해져갔다. 그리고 펄 벅 역시 동서협회 운영 등 관련 활동에서 위축될 수밖에 없었다. 오히려 펄 벅이 식민지의 전후 처리와 관련한 발언을 할 때마다 당국은 불편한 기색을 보내왔다. 그리고 냉전의 전야前夜에서 레드퍼지red purge가 일어나면서 공산주의자 혐의에 내내 시달렸다.[6] 그런데 흥미롭게도 펄 벅에 대한 이 같은 입장 변화는 조

---

6 펄 벅이 공산당 전위 조직에 관련하고 있다는 등 근거 없는 주장에, 연방 수사국은 실제로

선에서는 완전히 반대로 일어난다.

　다시 말해 『대지』는 식민지 "조선에서는 너무도 비참한 농민의 생활은 일반 교화에 미치는 영향이 좋지 못하다는 이유"로 검열의 대상이었지만,[7] 해방기 펄 벅은 해외인물 중 누구보다 빈번히 언급되기 시작한다는 것이다. 그런데 이때 펄 벅은 노벨문학상 수상의 이유였던 동양의 가치를 구현한 작가로서가 아니라, 조선의 자주독립 주장을 대변하는 명망가로 주목받고 있었다. 전술했듯 강대국 중심의 세계 재편에 대항해 펄 벅이 주장한 약소민족의 권리라는 것이, 무엇보다 신탁통치 좌우논란 속에서 남한만의 정부를 수립하자는 우익 측의 주장과 동궤에서 이해되었던 것이다. 그렇다면 우선 당시 펄 벅이 구체적으로 어떻게 언급되고 있는지 살펴보도록 하자.

　펄 벅이 해방기 조선의 언론장에 모습을 드러내는 때는 1945년 11월 무렵이다. 같은 달 10일에 그는 루즈벨트 호텔에서 한국인 사업가 유일한을 환영하는 동서협회 만찬을 주재하고 있었다. 이 자리에서 있었던 그의 발언은 이후 반복되는 펄 벅 인용의 원형이라 할 만하다. "조선인은 탁월한 조직자이며 기타방면에 있어서도 자치의 능력을 가진 것을 증명하였음으로 완전한 독립을 부여하여야 한다"는 연설의 내용이 며칠 간격을 두고 먼저 조선에 전해지는 것이다.[8] 그리고 약 한 달 뒤인 12월 13일 인도차이나와 인도네시아 문제를 해결하기

　10년 동안 그의 뒤를 따라다녔다고 한다. 전후 미국을 위시한 서구에서 변화하는 펄 벅의 지위와 활동에 대해서는 피터 콘, 이한음 역, 『펄 벅 평전』, 은행나무, 2006, 475~482쪽 참조.

7　「『대지』 조선에선 연극상연금지」, 『동아일보』, 1938.4.7. 펄 벅의 『대지』는 1937년 폴 무니 Paul Muni, 루이즈 라이너Luise Rainer 주연으로 영화화되어, 미국에서의 성공에 이어 조선뿐 아니라 먼저 중국의 외국인 조계 등지에서 상연되고 있었다. 그러나 역시 "지나 농민의 궁핍을 가혹히 묘사하여 실정과 훨씬 거리가 먼 개소個所가 많아" 상연은 금지되었다. 「영화 〈대지〉와 〈대전大戰 간첩망〉 북경서 상연금지. 묘사가 가혹타는 이유로」, 『동아일보』, 1938.2.19.

8　「완전한 독립을 부여하라, 펄 벅 여사 조선을 찬양」, 『신조선보』, 1945.11.15.

위해 미국인도연맹 제8회 정례회의가 열렸을 때, 이제 조선 대부분의 언론이 즉시 펄 벅의 다음 주장을 동시에 보도하기에 이른다.

 "우리들은 전 인류의 자유와 모-든 제국을 없애버리기 위하야 감투敢鬪하기를 제의한다. 아세아의 모-든 나라에는 봉화가 일어나고 있다. 이 모-든 혁명의 봉화는 동일한 근원과 원인을 가지고 있다. 전全아세아의 민중들은 자기네들의 독립정권을 절망하고 있다. 그들이 관심하고 있는 것은 조혼 정부의 문제가 아니라 자주정부의 문제인 것이다."[9] 그런데 이때 이 펄 벅의 목소리는 묘하게도 곧 있을 모스크바 삼상회의에 대한 우익 측의 입장과 그대로 겹쳐지는 듯 보인다. 주지하듯 신탁통치를 전제로 열린 삼상회의였고, 미국이 먼저 제의한 신탁통치였지만, 미군정하의 남한에서는 우익이 반탁, 즉 즉시독립의 입장을 선취하고 있었던 것이다. 그런데 펄 벅이 말한 아시아의 독립 주장이 가능한 지역에서의 선거, 다시 말해 남한만의 정부수립으로 전환하는 이 과정은, 또 한편 번역과 젠더라는 측면에서 해방의 무대에 등장하는 조선여성의 모델로 여성명망가가 여성혁명가들의 자리를 대체하는 변화와 정확히 함께 하고 있었다.

 이와 관련해서, 1946년 1월 1일 신년특집호『자유신문』이 "1천 5백만 여성문제의 해결 여하가 진보적 민주주의 국가를 건설하고 건국 후에 국가발전상 중대한 관건이 될 것"이라는 문제의식 아래, 안미생과 고명자를 초청해 진행한 정담鼎談으로 잠시 눈을 돌려보자.[10] 당시

---

9 「전 아시아 민족의 숙원은 자주 정부의 수립, 작가 펄 벅 여사 강조」, 『서울신문』, 1945.12.15; 「全아시아 민족은 독립 갈망. 작가 펄 벅 여사가 강조」, 『조선일보』, 1945.12.15; 「아세아의 민족은 자주독립을 절망. 펄 벅 여사 강조」, 『신조선보』, 1945.12.15; 「아세아 민족은 독립 절망, 작가 펄 벅 녀사가 강조(뉴욕)」, 『동아일보』, 1945.12.16 등등.

10 실제 좌담은 사유신문사측 1명이 사회자로 배식하여 1945년 12월 16일에 진행되었다. 「건국도상 중대한 과제인 천오백만 여성의 나갈 길」, 『자유신문』, 1946.1.1.

고명자는 조선부녀총동맹(이하 부총으로 표기) 위원이자 조선인민공화국 서울시인민위원이었고, 안미생은 홍일점 비서 자격으로 김구 입국 시 동행했다고 시선을 모으고 있었다. 그런데 흥미롭게도 조선공산당의 여성 트로이카로 식민지기부터 널리 알려진 고명자보다, 방금 귀국한 안미생에게 "중국의 여성들은 어떠한지" 더욱 자주 조언이 구해지고 있다. 물론 여기에는 안중근의 조카이면서 김구의 며느리라는 임정臨政의 적통嫡統 인식이 없다고는 할 수 없을 것이다. 그러나 그보다 해방 직후 식민지기 검열로 인해 공식적으로 알 수 없었던 국외의 정황이, 그러니까 중국여성이나 중국에서 일했던 여성 독립운동가의 활약에 더욱 목마른 정황이 짐작된다. 이무렵 조선여성은 "근방 중국과 소련의 모든 혁명적 역할을 한 변혁기 여성들에 대하여 부끄럽지 아니한 공과를 남기었다고 할 수 있을까"[11]라고 빈번히 추궁되고 있었다.

그리고 이는 해방 직후 무엇보다 전체 출판시장에서 좌파 서적이 우세했고, 1946년까지는 콜론타이, 베벨, 엥겔스 등의 여성해방이론이 가장 활발하게 소개되고 있었던 까닭일 것이다.[12] 아니나 다를까 1946년 1월 출판되어 나오기 시작했던 여성잡지들, 즉 『여학원』, 『여성공론』, 『생활문화』 등은 거의 모두 중국 혹은 소련의 여성에 관한 글을

---

11 「사설 부인운동에 기대한다」, 『자유신문』, 1945.11.2.
12 콜론타이, 조소심 역, 「삼대의 연애」, 『문화창조』 1권 1호, 1945.12; 아우구스트 베벨, 「현대의 부인」, 『여성문화』 1, 1945.12; 아우구스트 베벨, 『부인론』 상, 민중서관, 1946.5.30; 아우구스트 베벨, 『부인론』 하, 민중서관, 1946.6.25. 한편, 1926년에 출간되었던 사카이 도시히코堺利彦와 야마가와 기쿠에山川菊榮의 공저, 『사회주의의 부인관 급 남녀 관계의 진화』(맑레출판사, 1946.1.30)도 새삼 발간되었다. 박지영은 해방기 번역이 당대 이념적 선전활동의 주요 매개체였으며, 또한 당대의 지식이 번역의 정치성을 통해 재구축되고 있었다고 논구했다. 관련논의는 「해방기 지식장의 재편과 '번역'의 정치학」, 『대동문화연구』 68, 2009 참고. 대략적인 번역 관련 서지는 다음을 참조했다. 김병철 편, 『세계문학 번역서지 목록 총람—1895～1987』, 국학자료원, 2002; 오영식 편, 『해방기 간행도서 총목록—1945～1950』, 소명출판, 2009.

싣고 있다.[13] 그리고 세계대전의 종결과 더불어 가능해진 혁명적 이념의 현실화를 눈앞에 둔 보고문학의 홍성에 따라,[14] 로자 룩셈부르크와 반다 바실레프스카야 등 사회주의 혁명 관련 여성들의 기사 및 소설도 쏟아져 나왔다. 특히 에드가 스노우가 취재한 소련 및 중국여성에 대한 기사는 반복적으로 게재되고 있었다.[15] 그러나 이러한 사회주의 여성해방이론을 기저로 한 다양한 지역의 여성혁명가들에 관한 논의들은 곧 미군정의 지원 및 아메리카라는 문명의 영향 아래 특정한 여성명망가들의 국제적 활약에 대한 보도로 바뀌게 될 것이었다.

1946년 1월부터 "4천 년 역사를 자랑하는 조선에 있어 여자로는 처음으로 외국에 공식사절로" 고황경이 포함된 조선인외교정책 사절단의 파견결정이 나고,[16] 2월에는 김활란이 세계여자기독교청년대회YMCA와 세계여자선교사대회의 초빙을 받아 서울을 떠나게 된다.[17] 다시말해 다수의 혁명여성들에 대한 소개가 단독의 여성명망가에 관한 보도로 바뀔 이 무렵, 좌우합작의 통일전선이었던 부총에서 우익 측 여성

---

13 정래동, 「중국의 여학생」, 『여학원』 1, 1946.1; 이정아, 「소볫 동맹 여성들의 생활」, 『여성공론』 1, 1946.1; 이명선, 「중국의 여성해방」, 『생활문화』 1, 1946.1.

14 한국 근대번역문학 연구의 선구인 김병철은 1945년에서 1950년까지를 '혼란과 범람'의 시대로, 특히 저널리스트 입장에서의 시사적이고 계몽적인 보고문학이 중역, 초역, 오역 등으로 번역·생산되었다고 특징짓는다. 『한국 근대번역문학사 연구』 하, 을유문화사, 1975, 825쪽.

15 로자 룩셈부르크의 임종을 그린 기사(「로-자 룩셈부루크의 임종 부인공산당원 1919년 1월 15일 死」, 『신세대』 1, 1946.3)나 폴란드 출신의 러시아 망명작가 반다 바실레프스카야Wanda L'vovna Vasilevskaya의 소설 「공화국」(이응호 역, 『민성』 2권 13호, 1946.12.1)이 그것이다. 그리고 에드가 스노우의 글은 「모스크바 결혼」과 「스몰렌스크의 세 처녀」(에드가 스노, 왕명 역, 『민주주의의 승리 – 대전 중 소련, 중국, 몽고여행기』, 수문당, 1946; 왕명 역, 「스몰렌스크의 세 처녀」, 『민성』 2권 2호, 1946.2; 왕명 역, 「모스크바 결혼」, 『민성』 2권 3호, 1946.3)가 있다. 이밖에 이후 펄 벅의 수용에도 관여하는 채정근이 번역한 폴란드 좌익 여자의용병에 대한 「총 멘 처녀 스테냐」(『민성』 6, 1946.5) 등이 발견된다.

16 「남녀동등권 획득이 사명, 방미의 여인사절 고황경 박사 활약」, 『자유신문』 1946.5.1.

17 「기정家庭 초대도 김활란씨 노미」, 『자유신문』, 1946.2.14; 「김활란씨 도미, 세계기독대회참가에」, 『서울신문』, 1946.2.15; 「김활란 박사 작일 도미」, 『동아일보』 1946.2.17.

들이 이탈하기 시작하는 것이다. 그리고 탁치반대를 명분으로 독촉
부인단이 창립되어,[18] 해방 후 처음 맞는 1946년 3월 8일 국제부인의
날이 각기 따로 기념되기까지 한다.

부총이 "민족투쟁 기념인 3월 1일과 국제부인의 날인 3월 8일의 뜻
깊은 두 명절을 맞이하여", "1천 5백만 부녀의 정치적 각성과 정치의
식의 계몽향상을 꾀하고자 1일부터 8일까지"[19] 정한 부녀해방투쟁기
념주간의 열기는, 독립촉성부인단이 애국부인회(이후 독립촉성애국부인
회로 통합), 그리고 여자국민당과 함께 먼저 열었던 3월 2일 '기미순국
부인추도식'의 엄숙에 압도되었다.[20] 국제부인데이 축하식은 세계여
성에 버금가는 조선여성의 현재적 지위 향상을 의도했지만, 순국부인
추도식은 피압박 체험의 하나였던 3월 1일이라는 민족적 희생을 내세
우고 있었다. 다시 말해 중국 및 소련, 그리고 세계 각국의 혁명여성
들에게 얻은 여성해방의 영감은, 3·1운동이 대표하는 토착적 궐기와
물리적 탄압의 기억으로 바뀌게 될 것이었다. 그리고 곧 미국여성이

---

18 양동숙은 해방 후 여성단체 연구가 대체로 좌익에 초점을 맞추어 진행되어 왔다고 지적하
   고, 국가기구와의 유착 및 그에 의한 동원을 해명하기 위하여 독촉부인회를 비롯한 우익 여
   성단체 및 여성 국가기구에 관한 연구가 필요하다고 지적한다. 관련 연구로는 양동숙, 「해
   방 후 독립촉성애국부인회의 조직과 활동 연구」, 『한국민족운동사연구』 62, 한국민족운동
   사학회, 2010.3; 양동숙, 「대한부인회의 결성과 활동연구」, 『한국학논총』 34, 국민대 한국학
   연구소, 2010.8 참조. 정현주 역시 해방부터 이승만의 제1공화국이 끝나는 4·19 기간까지
   의 여성단체들의 성격과 활동을 정리하여 이때가 '여성운동의 암흑기'가 아니라 오히려 모
   권보호 및 가정생활에 초점을 두고 역동적으로 활약했던 시기라고 주장했다. 관련내용은
   정현주, 「해방 후부터 1950년대까지의 여성단체의 성격과 활동내용—현대여성단체의 기
   원」, 『유관순 연구』 5, 백석대 유관순연구소, 2005.12 참조.
19 「부녀해방투쟁기념주간」, 『자유신문』, 1946.2.24; 「부총 해방투쟁 기념주간, 부총서 3월 1
   일부터 다채한 행사」, 『서울신문』, 1946.2.25; 「국제부인기념일, 부총서 다채한 행사준비」,
   『서울신문』, 1946.3.4; 「부녀해방투쟁의 날, 작일 국제부인데—축하식 행사」, 『서울신문』,
   1946.3.9; 「국제부인일 기념」, 『자유신문』, 1946.3.9.
20 「부녀들도 '피' 뿌렸다. 조국광복에」, 『동아일보』, 1946.3.3; 「어제 기미순국부녀추도회를 집
   행」, 『동아일보』, 1946.3.3; 「3·1운동에 참가한 여투사들의 감회록」, 『동아일보』, 1946.3.3.

중심이 되는 세계부인들의 국제적 무대로 그 시선을 옮기게 될 것이었다. 이제 부총 및 북조선여맹이 모스크바의 국제민주여성연맹에 참석했다는 소식 등은 단신 외에 찾아보기 어렵게 되었다.

이 전환은 미군정 당국에 가장 유용했다. 주지하듯 조선에 대한 절대적인 정보부족으로 미군정은 식민지기 인사들을 활용할 수밖에 없었다. 그리고 사회주의와 결합한 대중봉기의 가능성 앞에서, 민주주의적 진전의 표시로 여성들이 등용되기 시작했다. 이때 여성명망가는 다소의 친일혐의에도, 점령의 상황보다 해방의 기대를 더욱 환기시킬 존재들이었다. 의미심장하게 펄 벅은 바로 이 순간, 다시 언론에 등장하고 있다. 그리고 이때 옮겨진 펄 벅의 발언은 이전처럼 아시아의 주체적 역능에 관한 것이 아니라, 전세계 여성들의 자유신장에 기여하는 미국여성의 역할에 대한 것이었다. 그리고 1946년 5월, 펄 벅의 동서협회가 주최한 범미부인협회 식장에는 마침 도미 중인 김활란도 실제로 조선대표로 참가하고 있었다. 이제 조선의 여성명망가는 "더욱 합리적이고 안락한 세계의 건설을 위하여 많은 공헌을 할 것"[21]이라고 펄 벅이 장담한 국제부인들과 실제로 만나게 되었던 것이다.

1946년 8월 고황경과 김활란의 귀국 기사가 연일 게재될 때, 한편으로는 임영신의 미국행이 발표된다. 그리고 여자국민당이 대대적으로 준비한 송별회에서는, 루스벨트 부인과 트루만 부인 등 이들 국제부인들에게 보낼 기념품까지 공개적으로 의논되기 시작한다.[22] 짙어가는 냉전의 기운 속에서 아시아를 알아야 한다가 아니라 아시아를 도와야 한다고 태도를 일면 수정하면서 펄 벅이 취한 이러한 아메리카 인도주의Humanitarianism는 한편으로는 전후 민주주의 확장에서 여성

---

21 「여성의 사회건설에 초석되라. 펄 벅 여사 국제부인회합서 열변(뉴욕)」, 『동아일보』, 1946.5.26.
22 「여자국민당 중집中執」, 『자유신문』, 1946.8.5.

에게 적극적으로 주어졌던 역할이기도 했다. 다시 말해 식민지를 착취해 진행된 강대국들 간의 대전 수습의 일환으로 민족자결, 자유민주 등의 논리를 구현할 초국가적 기구로 국제연합의 역할이 강조되고, 더불어 그 내부에서 여성인권의 증진을 담당할 기구 역시 독자적으로 설치되어야한다고 주장되었던 것이다.[23] 이 과정에서 루즈벨트의 부인 엘리노어와 장개석의 부인 송미령이 세계 10걸에 선정되기도 하는 등,[24] 그야말로 국제적으로 활약하는 부인들이 적극적으로 세계무대에 등장하게 되었다. 그리고 펄 벅도 미국 정부를 향한 비판적 조언자에서 일국을 넘는 국제문제 해결의 담당자로 UN, 그리고 특히 여성을 국가와 지역의 이익을 넘는 주체로 재발견했던 것이다.

주지하듯 펄 벅은 미국 내에서는 국수주의에 대항하여 아시아의 입장과 동서화합의 주장을 대변했으나, 조선에서는 신탁통치는 무조건 반대라는 주장과 일단 남한만의 정부라도 수립하자는 입장에서 참조되었다. 그리고 더 나아가 적대적 반공이 아니라, 실질적 지원으로 세계대전을 방지하자는 펄 벅의 인도주의적 발언도, 해방 직후 한동안 동면기에 있었던 우익여성들이 활동할 논리를 제공했다. 고등교육을 받은 이들 여성명망가들은, 특출한 외국어 및 세련된 매너로 남

---

23 「남녀동등을 주장 UN부 소의회서」, 『조선일보』, 1946.5.13. 유엔의 6개 조직의 하나인 경제사회이사회가 1946년 2월 인권위원회 내에 여성지위와 관련한 소위원회 설립을 가결하였지만, 인권위원회와 동등하면서도 완전히 독립된 기구가 필요하다는 판단 아래 1946년 6월 여성지위위원회 설립이 결정되었다. 관련내용은 변화순・김은경, 『유엔여성지위위원회 50년과 한국 활동 10년』, 한국여성개발원, 1997.12, 10~17쪽 참조.

24 「미국서 본 세계 10걸」, 『자유신문』, 1946.6.20. "지금 살고 잇는 사람 중에서 당신은 누구를 가장 숭배합니까?"라는 질문에 미국인들이 꼽은 세계 10걸의 순위에서 엘리노어 루즈벨트가 맥아더, 아이젠하워, 트루맨의 뒤를 따르고 있으며, 송미령도 10위 명단에 포함되어 있다고 소개되고 있다. 채정근 역시 "정치무대에서 활약한 여성으로는 누구보다도 서의 미국 루즈벨트 여사와 동의 송미령 여사를 들지 않을 수 없다"고 『세계무대의 여성군상』에서 꼽는다. 채정근, 「가정과 부인―세계무대의 여성군상」, 『경향신문』, 1946.10.7.

성 민족주의자들이 처리하지 못했던 사안을 해결해나갔다. '새로운 공적 영역의 일부'가 되려는 그들의 욕망은 38선의 실정화와 더불어 형체가 또렷해지는 남한에 미증유의 정치활력이 될 것이었다.[25]

그리고 멀지 않아 최초의 여성대상 정책기구인 부녀국이 신설되고,[26] 한미수호종합잡지 『아미리가亞美理駕』가 창간될 무렵,[27] UN에 파견된 임영신은 식량 문제 및 전쟁 가능성 등 인도주의에 호소하는 전략으로 조선을 세계에 이슈화시켰다. 1946년 말부터 1947년 내내 임영신의 활동은 성공적 외교의 일환으로 신문 1면에 보도되었다. 사회면이 아닌 정치면에 지속적으로 노출되었던 여성인물은 당시로서는 임영신이 유일했다. 물론 "루즈벨트 대통령 부인 에레나 여사의 주선에 의하여 10월 24일 처음으로 UN에 민주의원 대표로 비공식으로 참석"[28]할 수 있었다는 내용도 빠지지 않고 선전되었다. 이런 과정 속에

---

25 공임순은 미군정의 우파세력과 결합한 이승만 정부가 대표적으로 모윤숙의 사교클럽 등을 활용하여 미국의 반공 전초기지로서의 지역적 국민국가 남한-대한민국을 성립시킬 수 있었다고 논구한 바 있다. 관련내용은 공임순, 『스캔들과 반공국가주의 ─ 식민의 역사와 탈식민의 좌절된 기획들』, 앨피, 2010.1 참조. 한편 김은실 · 권김현영은 신생국가건설 과정에서 여성들은 공적으로 동원되었거나, 반대로 사적이익만 추구했다고 주장되었다고 한다. 따라서 오히려 당시 여성들이 민족적이고 사회적인 가치를 어떻게 자유와 남녀평등의 요구와 결합시킬지 분투했는지를 살펴봐야한다고 지적한다. 특히 제1공화국 여성지도자들의 사회정치적 비전이 이후 이성애적 스캔들로 재현되었다고 지적하면서, 이는 '새로운 공적영역의 일부'가 되려는 그들의 욕망을 이승만을 위시한 남성지도자들이 적극적으로 활용한 이후 제도적으로 배제한 역사적 효과에 다름 아니라고 했다. 관련해서는 김은실 · 김현영, 「1950년대 1공화국 국가건설기 공적영역의 형성과 젠더정치」, 『여성학 논집』 제29집 1호, 2012, 42~43쪽 참조.

26 부녀국은 1946년 9월 최초 여성담당 행정조직으로 미군정 법령 제107호로 설치되어 1988년 정무 제2장관실이 신설되기까지 무려 40년간 비슷한 골격으로 유지되었다. 여성 관련 업무가 국가 조직 내에서 어떻게 분장되고 있는지에 관해서는 황정미, 「해방 후 초기 국가기구의 형성과 여성(1946~1960)」, 『한국학보』 190, 2002 참조.

27 잡지 『아미리가』는 '한미친선지도韓美親善之道'를 내걸고 1946년 9월 창간된다. 여기에서 박인덕과 임영신이 민주주의하의 여성들의 권리 등을 소개하고 조선도 무식을 떨치고 신생활로 나아가야한다는 등의 주장을 선개하고 있다.

28 「본사특파원 임영신 여사 뉴욕 UN총회 참석」, 『동아일보』, 1946.11.1; 「임영신의 미소양군

서 조선독립의 문제는 이제 정부의 승인과 UN의 가입이라는 차원으로 축소되고 있었다.

그리고 마침내 조선은 남한과 북조선으로 달리 인식되기 시작한다. 남한의 8개 여성단체가 전국여성단체총연맹으로 집결하고, 좌익의 부총은 북한과의 일체를 근거한 '남조선'민주여성동맹(이후 '남조선' 노동당의 부녀부)으로 편입된다. 주목할 것은 바로 이때 펄 벅의 발언이 전달되는 게 아니라 작품들이 번역된다는 것이다. 이 낯선 단편소설들은 「백인녀와 황인남」(1948.5.1), 「정복자의 처녀」(1948.8.1)인데, 다음에서는 이 작품들이 당시 변화하는 남한여성의 입지와 순차적으로 어떻게 관련될 수 있는지 논의해보도록 하겠다.

3. 펄 벅 번역과 남한여성의 인도주의

해방기 펄 벅은 노벨문학상 수상작가라기보다 우선은 아시아문제 관련 여성명망가로 받아들여졌다고 했다. 그런데 작가로서는 다소 늦게 논의된 펄 벅도 이전처럼 "규수작가로서 이처럼 스케일이 큰 작품을 착수하고 구성할 수 있을까" 혹은 "오란과 같이 잘 그려진 동양여성을 읽지 못하였다"[29]로는 번역되지는 않았다. 다시 말해 이때 펄

철퇴요구 UN을 통해 국제 보도기구에 제시 결정」, 『조선일보』, 1946.11.4; 「재미 중 임영신, 민의民議 의장 리승만에 보낸 전문 공개」, 『조선일보』, 1946.11.5; 「임여사 UN 비공식 참가」, 『자유신문』, 1946.11.7 등등.

29 김성칠, 「펄-벅과 동양적 성격」, 인문사, 1940. 펄 벅은 1936년 심훈에 의해 『사해공론』에 최초로 번역되었다. 그가 장티푸스로 타계하는 바람에 연재는 6회로 중단된다.

벽은 "지나 대륙을 그린 최고의 문학"이라는 대표작 『대지』 등의 유명 장편이 아니라 완전히 생소한 단편소설들로 번역되고 있었던 것이다. 물론 해방기 가장 먼저 소개되는 펄 벅의 단편은 1940년 『인문평론』 1월호 노벨상 작가선의 하나로 간략히 소개된 「피난군」이다. 그렇다고 하더라도 1946년 7월에 발간된 『세계단편선집』에 실린 이 소설은, 펄 벅 소설의 특장이던 식민지기의 동양적 현실 뿐 아니라 해방기의 인도적 주장에 더욱 닿아있다고 할만하다.[30] 뒤쪽 작가소개에는 "1931년 양자강이 범람하여 피해가 있었을 때에는 몸소 단편소설을 신문과 잡지에 게재하여 구조기금에 찬조"하기 위해 집필되었다고 강조되어 있는 것이다. 이후 번역된 다음 펄 벅의 작품들은 식민주의 아래에서의 인종 간 위계와 그에 대한 반대를 드러내는 데에서, 국제연합 체제에서의 동서양 여성의 만남과 그로 인한 연대를 주장하는 것으로 초점이 옮겨가고 있다.[31]

먼저 1947년에 들어서면서 펄 벅이 광범위한 국제적 활동과 관련

---

30 펄 벅, 임학수 역, 「피난군」, 『세계단편선집』, 1946.7. 이 소설은 천재지변으로 몰려든 피난군에 생계를 위협받는다던 도시인들의 생각과는 달리, "형제여, 나는 당신께 동정을 구하지는 않았외다"라고 말하는 한 노인이 죽음 앞에서도 손자를 돌보고 땅으로 돌아갈 날을 위해 씨를 준비하는 모습을 그리고 있다. 동일한 임학수 번역으로 1948년 10월 『세계문화』 창간호에 한번 더 실린다.

31 펄 벅 재단을 위시해 펄 벅이 한국에 미친 영향을 생각하면, 그의 생애와 문학을 동태적으로 이해하거나 학문적으로 정리한 연구는 소략한 듯하다. 김효원이 펄 벅이 중국에 대한 관심과 애정으로 동서의 정신적 가교를 맺고자 했고, 그것이 작품에 세계정신으로 드러난다고 주장한 이래, 심상욱은 1950~60년대 매카시즘의 영향 및 남성중심의 문학에서 삭제된 펄 벅을 다시 도래한 국제적인 환경 속에서 재고할 필요를 말하고 있다. 관련해서는 김효원, 「펄 벅의 문학작품에 나타난 세계정신」, 『영어영문학』 19, 한국강원영어영문학회, 2000; 심상욱, 「펄 벅에 대한 재고」, 『2006년 가을 정기학술대회 발표논문집』, 대한영어영문학회, 2006; 심상욱, 「동서융합의 관점에서 본 펄 벅의 페미니즘」, 『동서비교문학저널』, 동서비교문학학회, 2006; 심상욱, 「동-서 양쪽에서 재조명되는 펄 벅」, 『신영어영문학』, 신영어영문학회, 2007; 김길수, 「펄 벅의 『동풍서풍』-여성억압과 가부장직 지배구조의 해체」, 『영어영문학 연구』 37권 2호, 대한영어영문학회, 2011.5 참조.

되어, 애국심에 의심이 간다고 주시되었던 정황을 주목할 필요가 있다. 이때 펄 벅은 아시아의 해방을 전반적으로 주장하는 데 그치지 않았다. 소련에 대한 강경책이 필리핀과 조선에 있어서 진정한 민주주의화의 계획을 실현시키지 못하고 있다고 냉전적 사고에 기반한 미국 당국의 세계구상 자체를 강경하게 비판했던 것이다. 그 맥락에서 펄 벅은 "공산주의나 자본주의에 가담하지 않는 동시에 여하한 정부에도 관계하지 않는" 세계의 조정자가 필요하다고 하여, 다름 아닌 UN을 그 담당자로 지목하고 있다.[32] 아시아의 가치에서 시작한 그의 주장이 최종적으로 UN의 역할로 낙착되는 이 변화에 민첩히 반응한 것은 다름 아닌 남한에서 새로운 입지를 모색했던 우익여성들이었다.

1948년 2월, 해방기 대표적인 종합지 『신천지』에 실린 펄 벅의 「미·소협조의 길」에서 이 미묘한 조응이 감지된다. '어떻게 소련을 이해할 것인가'라는 부제하에 펄 벅은 하루아침에 혁명을 달성하라고 강압적으로 인민을 기계처럼 닦달하는 공산주의 인텔리를 분명 비판하고 있는 것이다. 그러나 동시에 부패한 토착정부를 지원하여 일반 민중으로부터 외면 받는 미국정부도 문제시한다. 그래서 펄 벅은 인민으로 향하는 직접적 원조, 즉 "인민들이 그 종류의 여하를 불문하고 안락하게 생활할 수 있게끔 확보하여야 될 몇 가지 기본적 공여에 관해서 세계적 관리기구"[33]를 주장하는 것이다. 펄 벅이 발표한 수많은 글들 중 하필이 글이 선택되어 번역된 것은 분명 UN이 미국을 넘어서는 보편적 조직으로 부각될 필요를 배경으로 한다. 이는 정확히 조선의 문제를 UN에 상정했던 바로 당시 미국의 입장과 동일하다. 그러나 펄 벅의 인식과 달리, 미국의 국수주의와 UN의 인도주의는 전후 아메리카니즘을

---

32 「신전쟁방지자는 리 UN 총장과 월레스씨뿐 펄 벅 여사 갈파」, 『경향신문』, 1947. 3. 25.
33 펄 S. 벅, 「미소협조의 길 ─ 어떻게 소련을 이해할 것인가」, 『신천지』 3권 2호, 1948. 2.

형성하는 뫼비우스 띠의 안과 밖이었다. 그리고 이제 남한에서 이 두 면은 하나가 될 것이었다. 바야흐로 봉쇄를 본격화하는 미군정하에서 조선이 38선을 기준으로 각기 폐색되어갈 때, 오히려 남한여성들은 UN 체제 아래 펼쳐진 국제무대에 본격적으로 등장하게 되었다.

바로 1948년에 번역된 펄 벅의 두 작품 「백인녀와 황인남」[34]과 「정복자의 처녀」[35]는 미국의 국수주의와 그에 대항하는 아시아독립에의 주장이, UN을 중심으로 하는 여성명망가들의 인도주의적인 활약과 또한편 38선의 설정에 따른 남한여성의 활약이 교차되는 정황을 보여준다. 우선 「백인녀와 황인남」은 "여사의 단편 중에서도, 흥미있고, 무게 있는 역작"으로, "특히 백인과 황인의 감정의 논리와, 마음을 찌르는 바 있어" 소개한다고 역자가 밝히고 있다. 이야기는 저가에 옷을 지으려는 백인 부인과 조카의 죽음으로 장례를 치를 돈이 필요한 중국 의공(衣工) 사이에서 하루 동안 일어난 일에 대한 것이다. 토박이 의공을 잘 다루려면 거칠게 딱딱거려야한다는 친구의 조언을 따르는 부인에게, 의공은 막 임종한 조카의 죽은 체취가 자신이 지은 옷에 배여 더 이상 주문을 못 받으면 어쩌나 전전긍긍하고 있다. 이 소설은 옷 한 벌을 더 지어 조카의 관을 마련하려는 의공의 바람이 좌절되고, 백인부인이 프릴이 얌전히 달린 옷을 단 5불에 지어 만족한다는 데서 끝난다. 적은 임금에 토착 노동을 착취하려는 백인의 뻔뻔함, 그리고 그에 항거하지 못하는 황인의 비굴함이 시종일관 음습하고 암울하게 그려지고 있다. 이는 명백히 반식민주의를 드러내는 것으로, 전후 식민지 처리가 독립국가 형성으로 직결되지 못하는 당시에 대한 비관이라 읽힐 만하다.

3개월 뒤 소개되는 「정복자의 처녀」는 반대로 미군 텟드와 일본여

---

34 퍼얼 S. 뻑, 이호근 역, 「백인녀와 황인남」, 『민성』 4권 5호, 1948. 5.
35 펄 뻑 여사, 채정근 역, 「정복자의 처녀」, 『부인』 3권 3호, 1948. 8.

인 에쯔 사이의 언어와 문화의 차이에서 오는 오해를 시종 건전하고 밝은 분위기로 전달한다. 예를 들어 미국군인 텟드가 일본여인 에쯔의 오비帶를 쿠션이라고 한다던가, 에쯔가 "사슴, 배고파요deer, hungry"라고 한 것을 텟드가 "여보, 배고파요dear, hungry"로 이해한다던가 하는 식이다. 이즈음 미국의 군사훈련안을 반대하고,[36] 또 미국의 일본재건 정책을 비판하던 펄 벅을 생각한다면, 이 같은 서술은 번역자 채정근이 "일본주둔 미병사와 일녀의 문제를 취체"했으면서도 "인기작가적 안이에 떨어진 듯하다"[37]고 한 혹평이 무색치 않을 정도로 한가한 듯하다. 그러나 이 글은 번역자가 소개한 의도였던 "소위 풍기문제에 대한 어떤 윤리관" 때문이 아니라, 미국 주도의 세계에서 동양과 서양의 여성이 만나는 한 방식을 정경화 한다는 데 더욱 의미가 있다고 주장될 만하다. 한 마디로 이 소설은 에쯔가 지금 만나고 있는 미군 텟드가 아니라 그의 여자친구, 즉 멀리 떨어져 있는 미국여성 수를 인식하는 이야기에 다름없다는 것이다. 텟드는 미군정의 이질적이고 억압적인 정복자의 법을 상기시키는 반면, 수는 인종주의를 넘어 모두 같은 인간이라는 휴머니즘적 자각을 일깨우는 존재다. 여기에서 에쯔는 텟드가 아니라 수에게 어떤 희구의 감정을 느낀다. 먼저 구체적인 줄거리를 통해 이 관계설정이 남한여성에게 어떻게 받아들여졌을지 짐작해보자.

모두들 정복자 미군을 즐겁게 하려고 애를 쓰는 어떤 도시에, 아름다운 에쯔와 키 큰 텟드가 산책을 한다. 이 사이는 여러 명이 따라다니는 것보다 한 명과 만나는 것이 안전하리라는 에쯔의 부모에 의해 용인되고 있다. 그러나 텟드와 에쯔 사이에 시간이 지나며 자연스레

---

36 「동서화평방해, 펄 벅 여사, 미 대일정책에 일시一矢」, 『서울신문』, 1948.7.16.
37 채정근, 「만추 여류작가 특집 — 현존한 세계여류작가들」, 『경향신문』, 1946.10.24.

형성되는 호감은, '음식'으로 상정되는 이 두 체계간의 근본적이고 현실적인 자원의 불평등 때문에 깨어지게 된다. 그러니까 텟드가 제공한 음식에 에쯔는 '정조'밖에는 대가가 될 수 없다고 의례히 생각했던 것이다. 에쯔가 텟드를 자기 집으로 데리고 가서 이러한 상황을 부모에게 탄로하는 소설의 마지막은 분명 풍기의 문제로 범박하게 말해지던 해방기 민족과 인종 사이에 놓인 갈등을 단박에 떠올리게 한다. 동양식 좌식에 다리가 저려 "이렇게 하고 오래 있을 수는 없소"라고 얼굴을 찡그렸을 뿐인데, 텟드의 이 표정은 천황 폐하도 항복했다는 정복자의 요구로 읽혀진다. 그러나 풍기는 민족의 문제이지만, 동시에 여성만의 상황이기도 했다. 어쩔 수 없이 더 이상 자신들의 딸은 존재하지 않는다고 선언하며 부모가 물러나자, 이제 에쯔는 혼자가 된다.

그 누구의 보호 없이 혼자인 이 동양여성이 선의를 가지고 있기는 하나 원초적 장면에서는 여전히 정복자일 수밖에 없는 서구남성을 어떻게 대할 수 있는지, 펄 벅의 이 소설은 예측과는 다른 결말을 제시한다. 그러니까 완전히 항복한 인형같이 에쯔가 앉아있다. 그런데 수는 텟드가 그를 안으려하는 그때 비로소 등장하는 것이다. 텟드의 가슴에서 에쯔가 낚아챈 지갑 속에는 바로 수의 사진이 들어있다. 수는 텟드의 약혼자이며, 바로 이 때문에 능욕의 순간은 순식간에 무화된다. 더 나아가 텟드와 에쯔는 서로를 자기와 똑같은 인간으로 느낄 수 있다. 바로 이 둘이 모두 가족이 있는 소중한 존재라는 감각이 텟드를 정복자가 아닌, 그리고 에쯔를 애욕의 대상이 아닌 관계로 만드는 것이다. 그리고 이 휴머니즘적 감각은 순전히 멀리 미국에 있는 수라는 여성에 의해 가능해진다. 여기서 주목할 것은 침탈당할 뻔한 정조의 보존이 아니라, 어쩌면 수에게서 보는 에쯔의 미래, 즉 빨간 꽃이 그려진 기모노와 오비가 수가 상기시키는 하얀 페이트의 파란 잔디 집으로 교차되는 양상일 것이다. 다시 말해 "굿나잇, 나이스" 인사 후 텟드는 재빨리 빗장을 걸어 내몰아졌던 데 비해, 금발의 여인 수는 오히려 내내 에쯔의 머리 속에 남아있게 된다.

이 서구의 여성이 불러일으키는 휴머니즘에 기반한 자각은 펄 벅이 곧 진행하게 될 인도주의에 의거한 사업들을 떠올리게 한다. 이즈음 펄 벅은 더 이상 중국을 대표로 하는 아시아 문명의 생명력이 아니라, 혼혈아 문제 등 일본 혹은 조선에서 일어나는 미군정책의 부정적 결과에 대한 해결을 강조하기 시작한다. 그런데 이러한 UN에서의 활약을 포함해 인도주의에 기반한 서구여성들의 조직적 지원은 아메리카 스윗홈의 이데올로기처럼 남한에서는 도덕주의를 강화하는 여성정책들로 수렴되어갔다.[38] 대표적으로 부총에서 먼저 주장했던 폐창의 주장은 이즈음 우익여성단체 모두의 주력사업이 되었고, 이때 폐업공창구제연맹장으로 활약한 김말봉은 이후 '한국의 펄 벅'으로 자리매김하게 될 것이었다.[39] 미군정이 물러나고 대한민국R.O.K이 들어선 이후 남한여성은 그러한 계몽적 여성정책에 대한 기여로 더욱 자신의 입지를 다질 수 있었다. 다시 말해 펄 벅이 주장한 인도주의가 민중 스스로 자신이 원하는 방향으로 계속 행진하게 두어야한다는 입

---

38 또한 해방기에 여성운동에 있어 가장 성과를 내었던 것은 역시 참정권의 획득과 의회로의 진출이었다. 그러나 여성들의 투표권 획득과 일련의 제도적 성취는 종종 사회주의 위협에 대항하는 부르주아 입헌주의를 공고히 하는 데 기여하기도 한다. 이때 법적인 테두리에서 실현되는 여성관련정책들은 도덕주의적 프레임에 한정되어 우선적으로 진행되는 경향을 보인다. 관련해서는 윤정은, 「해방 후 국가건설과정에서 우익진영 여성들의 의회진출운동」, 『역사문화연구』 24, 2006.6 참조.

39 물론 한국의 펄 벅이라는 명칭은, 대중소설의 성취와 문학에서의 여성지위 등과도 관련이 있겠지만, 직접적으로 폐창운동을 소재로 했던 소설 『화려한 지옥』 발표 등과 더불어 김말봉이 해방기 폐업공창구제연맹장으로 활약한 때문이었을 것이다. 『화려한 지옥』은 최지현이 논구한 바, 여성국민화의 일환으로 진행된 공창폐지연대와 같은 사회구제활동이 정화를 통한 가정 복귀라는 형식에 한해서는 일련의 여성연대를 만들어내는 데 성공하기도 했다. 관련해서는 최지현, 「해방기 공창폐지운동과 여성연대solidarity 연구」, 『여성문학연구』 19, 2008.

장이었다면, 남한여성이 실천한 인도주의는 공창폐지와 더불어 이후 진행될 축첩금지, 신생활 운동 등에서 보듯 계몽적인 정책으로 구현되어가는 것이다.

4. 맺음말

이 글은 펄 벅을 중심으로 해방기 세계부인의 모델이 아메리카 인도주의를 보여주는 여성명망가로 낙착되는 과정을 살펴보았다. 이는 강대국 중심의 전후처리에 맞서 약소민족의 자주독립을 말했던 펄 벅이 UN을 내세운 인도주의에 경도되어 갔던 과정과도 맞물린다. 그리고 더 중요하게는 나름대로 서구 세계, 그리고 미국 국내에서 비판적 입지를 견지하고자 했던 펄 벅과 달리, 38선의 실정화와 더불어 활약하기 시작했던 남한여성들은 이러한 펄 벅의 보편적 인도주의를 계몽적 정책활동의 논리로 사용했다는 것이다. 남한이 아직 대한민국이 되기 전, 이들 여성들은 미국 주도의 UN이라는 국제무대에서 조선민족을 대표하면서, 또 한편 그들 세계부인과 유사평등의 관계를 전시했다.

1948년 번역된 펄 벅의 단편소설은 이 전환의 순간을 짐작하게 하는데, 특히 「정복자의 처녀」는 해방기 번역된 수많은 세계부인론들이 결국 한 편의 서구, 특히 태평양을 두고 마주한 미국여성에 대한 동경으로 안착되었다는 것을 제시한다. 에쯔는 마지막에 "서로 바다 건너 있는 두 여자 (…중략…) 에쯔는 생각을 하였다. 나를 구하여 준 나의 언니. '수- 언니!' 소리내어 불러보았다"고 했다. 전후 민주주의의 확장이라는 의미에서 UN 주도로 제기되었던 여성평등에 대한 국제적 표준은 장기적으로 긍정적인 효과를 의도하고 있지만, 그러나 현실적으로 이들 동서 여성명망가들의 연대는 어쩔 수 없이 소위 문명화의 정도를 두고 위계적일 수밖에 없었다. 그리고 이러한 계층적 인도주의는 오랫동안 이들 동서여성이 맺는 관계의 주된 방식이었다.

요컨대 승전과 해방의 열기가 걷히고, 생활이 더욱 그 무게를 더해올 당시, 펄 벅의 인도주의로의 호소는 미국 내의 보수적 안정추구에 대한 비판이 아니라, 남한에서 사회주의 여성해방이론을 치환한 계몽주의 여성정책으로 수용되었다. 그리고 해방과 전쟁을 지나, 새로운 공적 영역의 일부가 되기를 원했던 여성들의 활약도 이후 종종 정치적 전략이 아닌 탈이념의 방식으로 읽혀질 것이었다. 그리고 주지하듯 무엇보다 해방기를 지나 1950년대가 되면 펄 벅 역시도 다시『대지』의 어머니 작가로 재해석된다.[40] 그리고 1960년대 이후, 전집이 간행된 대표적인 서구의 여류작가로서 펄 벅은 소사희망원(현 펄 벅 재단)의 개관에서 보듯 숭고한 인도주의자로 미국보다 먼저, 그리고 더 오래 한국에서 기념되었다. 그리고 해방기 참조되고 번역되었던 펄 벅의 비판적 발언과 과도기적 작품들은 기억 속에서 사라져갔다.

---

40 이후에는 다시 『대지』가 단행본으로 재차 발간되기 시작한다. 펄 벅, 김성칠 역,『대지』(일부), 학림사, 1949; 펄 벅, 노춘성 역,『대지』, 학림사, 1949 등. 그리고 1950~60년대, 펄 벅은 유교적인 동양문화의 가치를 긍정하고 가족주의와 모성을 높이 평가하는 '자애로운 어머니'로 호명되기에 이른다. 이는 미국식 자유주의에 대한 매혹과 공포를 상쇄하는 국가형성기 대한민국의 문화적 이데올로기 장치의 성과로 볼 수 있다. 관련 내용은 김윤경,「1950~60년대 펄 벅 수용과 미국」,『한국문학이론과 비평』58, 한국문학이론과비평학회, 2013.3 참조.

번역을 통한 근대 지성의 유통과 젠더 담론

『여원』을 중심으로

장미영

1. 머리말

이 연구는 월간 여성잡지 『여원』에 실린 번역을 통해, 다양한 차원의 시공간을 대상으로 수행된 '번역'이 그 이질성과 차이를 봉합하며 대중적으로 유통되고 수용되는 소통의 역학을 젠더적 관점으로 고찰하는 데 목적을 둔다. 『여원』에 수록된 번역은 크게 소설, 수기, 위인전기, 동화 등으로 구분할 수 있는데 주로 미국, 영국을 비롯하여 프랑스, 독일, 덴마크, 이탈리아, 스페인, 포르투갈, 러시아[1] 등 유럽 국적의 작가와 과테말라, 브라질, 칠레 등 남미 출신 작가, 그리고 중국,

---

1   이 글에 등장하는 국가명, 문학작품명, 저자명 등은 『여원』에 표기된 그대로임.

일본 등 아시아 국적 작가의 작품들로 채워져 있다.

　이들 번역은 17C 중국의 청나라 때 작품으로부터 『여원』이 발행되던 1950~70년대 당대 작품에 이르기까지, 전 세계에 걸친 다채로운 국적만큼이나 광범위한 시대에 걸쳐 있다. 『여원』에 수록된 번역은 대개 한 호에 한두 편 정도이지만 가끔은 네다섯 편을 넘어설 때도 있었다. 이처럼 『여원』에 수록된 번역은 시대뿐만 아니라 국가 간 번역의 측면에서 볼 때, 매우 넓은 시공간에 걸쳐 있어 그 사이에서 정보의 이동과 변화, 혼종이 활발하게 일어났을 것으로 짐작할 수 있는 바, 본고는 『여원』이 도시 공간의 여성 교양 또는 근대 지성의 구체적 장으로서 가지는 역동적 함의를 밝히고자 한다.

　『여원』은 1955년 10월, 창간호에서 "여성들의 지적 향상을 꾀함과 아울러 부드럽고 향기로운 정서를 부어 드리며, 새로운 시대사조를 소개·제공코자 하는 데에 그 미의微意가 있다"는 취지를 밝힘으로써, 여성 독자를 주 타깃으로 삼고 있음을 분명히 했다. 『여원』은 『신여성』(1923.9~1934.4, 통권 38호, 개벽사 발행), 『신가정』(1933.1~1936.9, 통권 45호, 동아일보사 발행), 『여성』(1936.4~1940.12, 통권 57호, 조선일보사 발행) 등의 뒤를 이어 여성 독자를 겨냥한 본격적 상업지로 출발했다. 창간 초기에는 발행인 김익달, 주간 김명엽으로 학원사에서 간행되었다. 창간 이듬해인 1956년 6월에는 주간이자 학원사 부사장이었던 김명엽이 독립하여 여원사를 창립한 이후 잡지명을 바꾸지 않았기에, 그대로 『여원』이라는 이름이 계승된 채 속간되었다. 처음 국판 180쪽 내외로 출발했던 『여원』은 1967년에 이르러 4·6배판 200쪽 내외의 증보가 이루어질 정도로 성장했다. 이후 『여원』은 『여성동아』(『신가정』을 이어 속간, 1967.11~2013.10 현재, 동아일보사 발행), 『주부생활』(1965.4~2013.10 현재, 학원사), 『여성중앙』(1970.1~2013.10 현재, 중앙일보사) 등과의 판매 경쟁으로 인해 경영난에 빠져 1970년 4월, 통권 176호로 종간을 맞을 때까지 줄기차게 번역을 수록했다. 번역자는 박태진, 이한, 이진섭, 박인환, 오석천, 양태준, 독규남, 심연섭, 이영호, 박태민, 김한영, 장남준, 이규태, 이세열, 박환덕, 오기방, 권희철, 장왕록, 안동림, 유경환, 김태율, 김세영, 민희식, 염무웅, 임명방, 조갑동, 김창수, 조용국, 유영, 박재삼 등 남성이 주축을 이루고 있다.

『여원』은 잡지의 대상 독자층이 인구의 절반에 지나지 않는 여성으로만 한정되어 있음에도 불구하고, 1960년대 초에 3만 부가 팔리면서 대한민국에서 출판되는 모든 잡지 중 판매부수 제2위를 차지할 정도로 대중의 인기를 끌었다. 당시의 유력 중앙 일간지 『동아일보』 1962년 10월 31일자 「참고 서적이 으뜸」이라는 기사에 의하면, 특별히 성별에 따라 독자를 구분하지 않았던 일반 지식인 대상 『사상계』가 약 5만 부의 판매부수를 기록하며 잡지류 중 제1위의 자리를 차지했고, 제2위 『여원』에 이어 3위는 영어학습지인 『시사영어』, 4위는 월간 대중잡지였던 『아리랑』, 5위는 월간 문예지인 『현대문학』으로 드러났다.

『여원』의 인기는 1954년부터 도서관 주도로 시행된 '독서 주간' 행사와 1957년부터 문교부와 도서관협회가 공동으로 주체하게 된 계몽적 독서 운동의 시행으로 인해 독자들의 책 구매 욕구가 증가하는 현상과 밀접한 상관성을 가진다.[2] 이러한 계몽적 독서 운동에 힘입어, 『여원』은 전적으로 독자들의 구매에 의존하는 본격적인 상업지이자 대중지임에도 불구하고 대중의 시선을 붙잡기 쉬운 선정적인 읽을거리 대신 사회적으로 용인되면서도 중등학교 이상의 학력이 요구되는

---

2   윤금선, 「해방 이후 독서 대중화 운동」, 『국어교육연구』 17집, 서울대 국어교육연구소, 2006, 335~338쪽.

수준 있는 '양서良書'의 품위를 지켜나갈 수 있었다. 이로써 『여원』은 대중잡지이면서도 고학력의 여유 있는 생활이 가능한 중산층 이상의 여성 독자를 위한 교양서적이자 일종의 여성 필독서로 간주되기도 했다.

본고는 이처럼 한국 사회에서 비중 있는 위치를 차지했던 『여원』이 어떠한 방식으로 한국 '여성'의 정치 · 사회 · 문화적 약진躍進에 대한 발전적 모색을 추구했는지를 살피고자 한다. 이러한 작업은 한국 사회에 수입된 외부의 젠더 문화가, 전후戰後 재건과 함께 근대 국민국가로 발돋움하려는 한국 사회의 성장 지향적 기획과 어떠한 연관성이 있는지를 밝히는 것이기도 하다.

2. 번역소설과 이상적 젠더 기획

『여원』에 가장 빈번히 나타나면서 가장 많은 지면을 차지하는 번역은 소설이다. 『여원』은 1955년 10월 창간호부터 1970년 4월 종간호에 이르기까지 외국소설을 줄기차게 번역 · 소개했다. 주로 특정 작가의 특정 단편소설이 번역되었는데, 때로는 개별 작품 대신 '올해의 노벨상 수상 작가의 작품 세계'를 개관하는 형태나 특정 작가를 소개하는 정도로 대신하기도 했다.

번역된 소설 작품은 이미 세계 문학공간의 차원에서 다루어진 작품의 평판에 따라 다양한 수식어가 붙어 있다. 이를 구체적으로 밝히면 다음과 같다.

① 명작 그림 이야기

- 루이 에몽(프랑스), 이봉구李鳳九 역, 1955.10.[3]
- 퍼얼 벅(미국), 박인환朴寅煥 초역抄譯, 「자랑스러운 마음」, 1956.2.

② 세계단편소설 콩쿨 제1위 당선 작품(『헤랄드・트리뷴』지 주최)

- 노라 버-크(영국), 이진섭李眞燮 역, 「형兄님Brother」, 1956.1.

③ 본지 독점 전재全栽 F.싸강 제3작 소설

- F. 싸강(프랑스), 역자 미상, 「달이 가고 해가 가면」, 1957.12.
- F. 싸강(프랑스), 홍순민洪淳旻 역, 「한 달 후에 일 년 후에」, 1957.12.

④ 불란서佛蘭西 대장편大長篇

- 안누마리 세린코(오스트리아, 안네마리 셀린코), 심연섭沈鍊燮 역, 「나포레옹의 첫사랑 – 데지레Desiree의 일기日記」, 1958.2.

⑤ 추리소설推理小說

- 마이크 부렡, 이영호李英鎬 역, 「붉은 복수復讐」, 1958.9.
- 하-바이트 해리스, 박태민朴泰民 역, 「리디아의 무덤」, 1958.9.

⑥ 해외여류작가작품선海外女流作家作品選

- A. 슈닛츠러, 장남준張南駿 역, 「감상感傷의 사나이」, 1958.12.
- 윌리암 싸로얀, 김한영金漢泳 역, 「유전流轉」(원명原名「열차列車」), 1959.2.

---

3 『여원』, 1955년 10월호 원문을 구하지 못했다. 따라서 목차만 확인했을 뿐, 루이 에몽의 어떤 작품인지는 알 수 없었다.
   이 글에 인용한 번역 작품들의 제목과 저자명은 『여원』에 표기된 그대로임.

- 반인목潘人木, 권희철權熙哲 역, 「옥玉(언)이 되어 부서지리」, 1963.8.
- 필리스 로버어츠, 안동림安東林 역, 「영웅英雄」, 1961.12.
- 필 S. 벅, 장왕록張旺錄 역, 「큰 파도波濤」, 1963.12.
- 카아슨 백컬러즈, 안동림安東林 역, 「나무・바위・구름」, 1963.8.
- 세도우찌 하루미瀬戸内晴美, 정인영鄭麟永 역, 「이 여름 다 가고」, 1963.8.

⑦ 어린이를 주인공으로 한 전후戰後 명작 다이제스트
- 그레이엄 그린, 역자 미상, 「파-티는 끝났건만」, 1959.7.

⑧ 해외단편소설
- 헤르만 헤세, 박환덕朴煥德 역, 「오이겐・지이겔」, 1959.9.
- 쟌 스태포드, 오기방吳基芳 역, 「러브 스토리」, 1959.9.

⑨ 자유중국명작단편自由中國名作短篇
- 사빙영謝氷瑩, 권희철權熙哲 역, 「언니」, 1960.3.
- 기군琦君, 권희철權熙哲 역, 「화채」, 1964.9.
- 오숭란吳崇蘭, 권희철權熙哲 역, 「구슬 빽」, 1964.11.
- 임해음林海音, 권희철權熙哲 역, 「일기책」, 1964.12.

⑩ 세계의 명작 다이제스트
- 아나톨 프랑스, 역자 미상, 「다이스」, 1960.11.
- 졸쥬 상드, 역자 미상, 「마魔의 늪」, 1960.12.

⑪ 해외여류단편소설
가. 해외여류단편소설・일본 편

• 세도우찌 하루미瀨戶內晴美, 박재삼朴在森 역, 「딸의 환영幻影」, 1963.8.

나. 해외여류단편소설・영국 편
• 마르셀 에메, 민희식閔憙植 역, 「난쟁이」, 1969.1.
• 메아리 러빈, 유영柳玲 역, 「갸륵한 마음씨」, 1969.11.

다. 독일대표여류작가獨逸代表女流作家의 단편소설短篇小說
• 루이제 린자, 염무웅廉武雄 역, 「빨간 고양이」, 1969.3.

라. 이태리의 대표적 명상단편冥想短篇
• 애래나 보노, 임명방林明芳 역, 「마지막 한 마디 말이라도」, 1969.3.

마. 스페인의 대표적 중편소설中篇小說
• 까르멘 라휘렛, 장선영張鮮影 역, 「피아노 이야기」, 1969.7.

바. 포르트갈의 근대 단편소설
• 일스로사, 조갑동趙甲東 역, 「미스 수제트와 나」, 1969.8.

사. 브라질 여류작가女流作家의 단편소설
• 라셀 데 께이로스, 김창수金昌洙 역, 「가뭄」, 1969.9.

아. 칠레 여류작가의 단편소설
• 마리아 루이사 봄발, 조용국趙鏞國 역, 「나무」, 1969.10.

⑫ **다이제스트 세계의 명작**

- 1967년도 노벨문학상 수상 작품 : 미겔 안헬 아스투리아스, 안동림安東林 역, 「대통령 각하」, 1968. 1.

⑬ 문제작 다이제스트
- 프랑스 편 : 마르셀 에메, 안동림安東林 역편譯編, 「'사비느'들」, 1968. 3.

⑭ 5분간 미스테리
- 글로리아 픽스, 김태일金泰逸 역, 「고양이 사탄」, 1968. 5.

⑮ 해외신작海外新作 소개
- 스잔 손타그, 김세영金世永 역, 「인조인간人造人間」, 1968. 11.

⑯ 납량추리소설특선納凉推理小說特選
- 찰즈 딕킨즈, 역자 미상, 「선로간수線路看守」, 1969. 8.
- 윌리엄 텔, 역자 미상, 「십삼층十三層」, 1969. 8.
- 글로우리어 빅스, 역자 미상, 「불경기不景氣」, 1968. 5.
- 로버트 세크리, 역자 미상, 「고양이가 싫어」, 1969. 8.

이상에서 살핀 것처럼 『여원』은 번역소설 앞에 '세계', '해외'라는 명칭을 붙임으로써 외국의 낯선 문학을 소개한다는 프레임을 분명하게 내세우고 있다. 게다가 '콩쿨 당선작', '여류작가 작품', '전후戰後 명작', '명상 단편소설', '근대 단편소설', '대표적 중편소설', '추리소설', '신작 소설', '대장편소설' 등의 시대 구분, 장르 구분, 길이 구분, 작가 구분을 의식하게 하는 관형어는 『여원』의 번역소설 기획자가 '세계' 또는 '해외' 문학의 범주와 정전에 대한 분명한 자각을 가지고 있었다는 증거이다. 더 나아가 이러한 기획자들은 번역소설을 읽게 될 새로운 성격의 독자를 비교적 확실하게 예측·설정하고 있었고 그들의 지적 욕구까지도 정확하게 포착해냈다고 볼 수 있다. 이처럼『여원』은 소비자, 즉 독자의 욕구 파악이 제대로 되었기에 그러한 욕구에 걸맞은 기획을 할 수 있었고, 그것은『여원』의 판매 부수를 높이는 데에도 적지 않은 영향을 끼쳤을 것으로 판단된다.

번역소설에서『여원』은 '세계' 또는 '해외'라는 지리적 언명 외에도, '명작'이라거나 '문제작' 또는 '~나라 대표', '대표작' 등의 관념적 수식어를 내세우면서 해외의 작품을 선별한 후, 짧게는 1회, 길게는 7~8회 정도로 같은 테마를 이끌어가는 기획력을 구체적인 작품으로 보여줌으로써 해외문학에 대한 깊은 안목과 풍부한 식견을 갖추었다는 느낌을 준다. 이러한 기획은 번역 작품 전반을 꿰뚫는 일관된 기준에 따라 계통에 맞게 선별하고 체계적으로 배열한 것과 같은 인상을 남긴다.

이처럼 다양한 기준으로 범주화 된 관념적 수식어하에『여원』이 구체적으로 선택한 번역 대상 소설은, 해외에서 높이 평가 받거나 인기 있는 여성 소설가의 작품이거나 여성 주인공을 다룬 이야기들이다. 『여원』이 번역 대상으로 삼았던 작품은 미국, 영국, 프랑스, 독일, 러시아 등 주로 서구 제국주의 열강에서 인정하고 칭송하는 작가의 것이거나 비교적 소통과 교류가 용이한 중국과 일본 작가의 것으로 국한된다. 이후 번역 대상 작가들에 대한 정보를 비롯하여 이들 작가들이 소속된 국가에 대한 지식 여부는 당대에 교양의 수준, 즉 교양의 높낮이를 가늠하는 척도였고 교양인의 실력을 측정하는 준거이기도 했다.

『여원』은 특별히 '여류 단편'이나 '여류작가'를 내세운 작품들을 두드러지게 특화하는 편성을 보이고 있는데, 이는 여성 독자를 대상으로 하는『여원』의 정체성을 더욱 확고하게 굳히려는 태도로 읽힌다.

그러면서도 『여원』은 주로 유럽과 미국에서 유명세를 타고 있는 프랑스의 '포올 베르레에느', 영국의 '앙드레 모로와', '조나단 스위프트', '찰스 디킨스, 독일의 '헤르만 헤세', 러시아의 '톨스토이', 덴마크의 '안데르센', 스페인의 '세르반테스' 등 이미 문명文名이 높은 남성 작가를 소홀히 다루지 않았다. 『여원』에 수록된 이들 남성 작가의 작품들은 이들의 대표작이라 할 만한 것도 있지만 비교적 널리 알려지지 않은 단편소설을 실음으로써 굳이 대표작에 연연하지 않은 것처럼 보인다. 이러한 양상은 짐작컨대, 제한된 지면을 의식해서 지면의 할당을 줄이면서도 효과를 높일 수 있는 방안을 모색한 결과일 것으로 판단된다.

『여원』은 번역소설을 실을 때, 원작의 작가와 수록 작품에 대한 세계문학공간의 평가를 짧게 소개하면서 간단하지만 독서 지침이 될 만한 가이드를 같이 제공하고 있다. 『여원』 발행 초기인 1956년에는 미국의 소설가 펄 벅 여사의 단편소설 「자랑스러운 마음」처럼 한 여성이 '여류' 조각가로서 성공하는 삶을 다룬 작품, 즉 일반 여성들에게 다분히 귀감이 될 만한 자립적이고 자주적인 근대적 여주인공을 다룬 작품을 수록하는가 하면, 또 미국의 여류소설가 노라 버크의 「형님」처럼 죽음을 불사하는 희생적 주인공 이야기도 수록하였다.

1957년부터 1959년까지는 싸강의 「달이 가고 해가 가면」이나 「한 달 후에 일 년 후에」, 안누마리 세린코의 「나폴레옹의 첫사랑」, 하-바아트 해리스의 「리디아의 무덤」, 쟌 스태포드의 「러브 스토리」 등이 번역·수록되었는데 이 작품들은 대개 연인들의 열정이나, 삼각관계, 불륜 등 남녀 간의 연애와 사랑을 다루고 있다. 이러한 작품들은 여성이 자신을 아내나 어머니로서보다는 성적 욕망을 가진 한 개체로서의 독립적 여성을 지향하는 근대적 젠더 의식을 담고 있다. 그럼에도 불구하고 작품의 줄거리는 사회 질서를 거스르고 그에 저항하는 적극적

대항 담론의 성격을 띠기보다는 가해자 남성, 희생자 여성의 구도를 크게 벗어나지 못하고 있다.

1960년 3월에는 '구식사회의 희생자'가 된 여주인공을 다룬 자유중국의 여류소설가 사빙형의 「언니」가 번역·수록되었다. 사빙형의 작품은 근대적 젠더 의식의 관점에서 쓰인 것이지만, 당대 한국 사회의 통념을 넘어설 정도로 크게 진보적인 내용을 담고 있는 작품은 아니다.

나는 언니가 시집에서 겪고 있는 고통스런 생활 (…중략…) 형부조차 한상에서 밥을 안 먹고, 계집종 식모까지도 멸시하는 까닭에 언니는 식구들이 다먹고 난 다음에서야 겨우 찌꺼기를 먹는 (…중략…) 내가 한 열흘 동안 본 일을 하나도 빼놓지 않고 이야기하였다. 이 말을 들은 어머니는 노여움으로 눈물이 그칠 줄 몰랐다.

"아이구 저런! 불쌍한지구. 어쩌면 한번도 나헌테 말을 안했담. 그리고서 삼 년 동안이나 참고 지내다니. 그런데 왜 그렇게 네 형을 구박하는 줄 너는 모르겠니?"

"처음엔 언니 혼수가 너무 초라했던 까닭인가 봐요. 그집 딸이 시집갈 때에는 굉장했대요. 다른건 몰라두 비단 금침이 스무채나 되고, 장롱 세간 그릇들은 기술자를 상해上海 한구漢口에 까지 보내서 사온 거래요. 시골서 보는 것처럼 거칠고 보기 싫은 것이 아닌 (…중략…) 우린 언니 혼수로 그릇을 서른여섯 벌 이부자리를 열여덟 채 보낸 것만 가지고도 너무 많게 여기지 않았어요? 그런데도 그집에선 거지 딸의 혼수로 밖에 안보고 아니꼬와 했다니. 어머니 무엇 때문에 그런 망할 집에다가 시집보냈우?"

"너희 아버지하고 그집 시아버지가 서울로 과거보러 갔을 때 서로 배안의 걸 가지고 정혼했던 것인데 설마 이렇게까지 재산만 알고 사람을 무시하는 안달뱅이 세도집인 줄 누가 알았겠니? 아이참! 그저 제 명이 박한 탓이겠지."[4]

위에 인용된 작품인 「언니」는 가부장제로부터 비롯되는 성별 불평등과 며느리 노릇, 아내 노릇, 어머니 노릇에만 갇혀 평생을 가족이라는 경계 안에서 비참하게 복종의 삶을 살았던 봉건적 여성 이야기를 그려내고 있다. 이 이야기를 통해 작가는 여성의 지위를 향상시켜야 하는 동시에 구시대의 젠더 담론을 변화시켜야한다는 저항성 짙은 메시지를 담아내고 있다. 이처럼 1955년부터 1960년에 걸쳐 『여원』에 수록된 번역소설은 여성이 남성에 비해 열등한 존재로 취급되는 젠더 위계를 무너뜨려야 '가련한 여성', '당하는 여성'이 되지 않는다는 주장을 역설적으로 전달한다.

그런데 1961년 4월호에 실린 세르반테스의 「돈키호테」로부터 1961년 12월호의 「영웅」, 1962년 6월호의 「어떤 한국의 여병사」, 1963년 2월호의 「큰 파도」, 1968년 1월호의 「대통령 각하」에 이르는 작품들은 남·여를 가리지 않고 영웅적 행위나 의사pseudo-영웅 행위에 주목하는 이야기이다. 특히 「대통령 각하」는 과테말라의 작가인 아스투리아스Miguel Angel Asturias 작품으로, 20세기 초 20년 동안 과테말라를 통치했던 독재자 마누엘 에스트라다 카브레라를 강력하게 비난한 소설이다. '다이제스트 세계의 명작'으로 소개된 「대통령 각하」는 67년도 노벨문학상 수상 작품으로, 가상의 국가를 배경으로 삼았지만 국민을 노예 상태에 방치해 둔 채 정권장악을 위해서는 어떠한 악랄한 수단방법도 서슴지 않는 악덕 정상배들을 신랄하고도 리얼하게 부각시켜 출간되자마자 대번에 16개 국어로 번역되었고 세계적인 호평을 받았다고 소개되고 있다.

---

4   사빙형, 권회철 역, 「언니」, 『여원』, 1960. 3, 359~360쪽.

「대통령 각하」의 주요 장면 중 하나는 카르바할 변호사의 부인이, 남편이 갇힌 감옥 벽에 귀를 갖다 대고 서서 그렇게 서 있으면 남편을 총살시키기가 불가능할 것이라고 생각하는 대목이다. 그녀의 생각으로는, "총알을 발사해서 그와 같이 눈이 있고, 입이 있고, 손이 있고, 머리카락이 있고, 손에 손톱이 있고, 입에 이빨이 있고, 혀가 있고 목적이 있는 사람을 죽일 수는 없을 것 같았다. 그러나 부인의 간절하고도 안타까운 염원에도 불구하고 무고한 카르바할 변호사는 형장의 이슬로 사라졌다"는 내용이다.

이어 같은 해인 1968년 11월에는 스잔 손타그 원작, 김세영金世永 역, 「인조인간人造人間」이 수록되었는데, 이 작품은 아무리 각박한 현대사회라도 진정한 사랑만 있으면 행복한 생활, 참다운 생활을 할 수 있으며 기계인간조차도 인간인 고로 감정이 있고 따라서 정열과 사랑을 맛볼 수 있다는 내용이다.

1969년 3월에 수록된 루이제 린자 원작, 염무웅廉武雄 역, 「빨간 고양이」는 2차 대전이 끝나고 폐허가 된 독일에 어머니와 어린 두 동생과 살아가는 13세의 소년이 있었는데, 소년은 어느 날 느닷없이 집에 들어온 빼쩍 마른 새끼 고양이가 가족의 먹을 것을 나눠 가지는 것에 분노하여, 고양이를 사랑하는 어머니와 동생들 몰래, 고양이를 죽이고 집으로 돌아온다는 이야기이다. 『여원』은 이 작품을 '현실 속에서 생생하게 부딪치는 여러 갈등과 곤경을 통해서 일관된 삶의 의미, 즉 모랄을 추구하면서 전후적 현실을 강력하게 환기시키는 동시에 삶에의 치열한 긍정을 담고 있다'고 소개하고 있다.

같은 호인 1969년 3월, 애래나 보노 원작, 임명방林明芳 역, 「마지막 한 마디 말이라도」는 사회적으로 성공한 한 중년 인물의 고독한 죽음을 그림으로써 가정과 사회에서의 소외감을 주제로 삼고 있다고 소개되고 있다. 1969년 7월에 수록된 까르멘 라훠렛 원작, 장선영張鮮影 역, 「피아노 이야기」는 작품에 나타나는 여주인공을 통해 여자의 지상의 행복은 가정에 있다는 극히 소박한 전통적 도덕관을 강렬하게 부각시키고 있는 작품이라는 평가가 내려졌다.

또, 1969년 9월에 수록된 라셀 데 께이로스 원작, 김창수金昌洙 역, 「가뭄」은 "어려운 자연환경 속에서도 강인한 정신으로 버티어 보려는 인간의 몸부림을 잘 묘사해 준 작품으로 남녀의 애정행각이나 연인들의 포옹장면을 기대하기는 어렵고, 어디까지나 사회생활의 밑바닥을 파헤쳐 주면서도 여성의 지혜로서만 주워 모을 수 있는 정담을 독자에게 들려준다"고 소개된다.

1969년 10월에 수록된 마리아 루이사 봄발 원작, 조용국趙鏞國 역, 「나무」는 주인공 "보리하다가 자기의 비극적인 과거를 성실하게 다시 한 번 걸어보게 되는데, 이는 나무가 쓰러졌을 때 느낀 적나라함을 주인공이 독자에게 말해 주려는 바로 적나성인 것이다"라 하여 독서 가이드가 될 만한 내용이 '적나라함'이라고 부가되어 있다.

1969년 11월에 수록된 메아리 러빈 원작, 유영柳玲 역, 「갸륵한 마음씨」는 "유창한 문장과 섬세한 심리 묘사를 통한 애틋한 순정탐구로써 진하고 비단결같이 고운 맘씨의 심층구조를 파헤쳐 가면서도 지루하지가 않고 사건 진전의 템포도 능란히 구사해 놓고 있다"라고 소개하고 있고, 같은 호인 1969년 11월, 세도우찌 하루미瀬戸內晴美 원작 , 박재삼朴在森 역, 「딸의 환영幻影」은 "자전적 요소의 작풍作風으로 여자가 겪는 사랑의 아픔과 후회가 중후한 필치에 의해 추구되고 있다는 호평을 받았다"고 소개하고 있다. 특히 이 작품은 원제가 「꿩」으로, "어미 꿩은 들판이 타면 자기 몸을 태우더라도 새끼를 살리고, 두루미는 추운 밤에 그 날개로 새끼를 따뜻하게 한다"는 일본 속담이 있는데, 어머니의 애정, 즉 모성성을 강하게 드러내는 것으로 평가되고 있다.

위에 정리해 놓은 번역소설들은 일반적으로 여성의 자아실현이나 자기 개발 또는 여성의 섹슈얼리티를 다룰 때조차도, 여성의 아내로서 또는 어머니로서의 '희생'이나 인고에 대한 언급을 빠뜨리지 않고 있다. 특히 1969년 이후의 번역소설에 등장하는 여성 중 가족을 위해 '절제'하거나 생활을 위해 우선적으로 노력하는 인물은 강한 긍정의 대상으로 소개된다.

이처럼 의미에 치중한 번역은 인간의 내밀한 욕망과 본능적인 감정에 충실한 문학 본연의 예술미보다 작중 인물로부터 냉철한 이성에 기초한 이타적 지성을 추출하고 그것을 강조함으로써 번역의 자국화 domesticating를 도모하는 번역 방식이다. 번역은 크게 외국화와 자국화로 구분할 수 있는데, 외국화foreignizing는 A라는 언어를 B라는 언어로 옮길 때 A, 즉 출발어에 가깝게 번역함으로써 독자를 저자에게 데려가는 형태이고, 자국화domesticating는 B, 즉 도착어에 더 친숙하게 번역함으로써 저자를 독자에게 데려가는 형태이다.

『여원』이 발행되던 전후戰後의 한국 사회는 미국을 비롯하여 일명 선진국으로 인정된 국가들을 모델로 한 체제 개선과 근대화가 지상 목표였다. 그런 만큼 번역 작업 또한 그 시작은 모방 지향적 기획이었다고 할 수 있다. 따라서 번역소설은 소위 '위험한 여성'으로 호명될 만큼 아방가르드적인 성향을 가진 아프레게르aprèesguerre 이야기나 급진적 페미니즘으로 불릴만한 이야기들을 배제함으로써 이국적이거나 이질적인 것에 대한 공포나 증오로부터 발생하는 내적 저항을 가능한 최소화하고 세계의 문학공간에서 우월한 평가를 받고 있으면서도 한국 사회에서 큰 거부감 없이 받아들일 수 있는 무난한 작품을 선택함으로써 다분히 보수적인 성향을 띠고 있다.

『여원』은 번역소설에서 억압에 대한 저항의식과 지혜로움, 고운 맘씨, 사랑, 모랄, 따뜻한 가정의 필요성 등의 주제를 추출하여 특별히 작품 소개나 작가 소개의 형태를 통해서 더욱 강조하는 태도를 취하고 있다. 이와 같이 번역소설에서 중점을 둔 작품의 주제들은 일반적으로, 냉철한 이성에 기반을 둔 이상적인 젠더 역할의 결과로 귀결되는 스토리 라인을 중심으로 작품을 해석할 때 가능한 것이다.

『여원』의 번역은 당대 미국 중심의 세계질서 안에서 경시받기 쉬운 우리 민족의 정체성을 새롭게 자리매김하기 위한 길을 찾으려는 노력의 일환이기도 했다. 즉 당시 『여원』을 만들어내는 지식인들은 전란 이후 땅에 떨어진 국가의 위신과 혼란에 빠진 도덕의식을 외국 작품에 기대어 이성적인 각성을 촉구하는 것으로써 바로잡으려 했던 것이다.

『여원』이 발행되던 1950~70년대는 번역소설의 주요 대상이 되었던 미국, 영국, 프랑스, 독일 등 특히 서구에서 페미니즘이 확산되고 그로 인해 여성의 지위에 많은 변화가 있던 시기였다. 그런데 『여원』의 번역소설에는 여전히 '희생되는 여성' 내지 '희생하는 여성'이거나 '인내하는 여성'의 모습이 더 두드러지게 드러난다. 이는 번역소설이 당대에 논의가 분분했던 페미니즘feminism, 즉 인간 해방을 궁극적 목표로 하는 여권확장론이나 남녀동권론의 진보적인 사상을 수입하여 전파하면서도 여전히 전통적인 여성의 역할을 긍정하고 그러한 여성관을 현대에도 계승해야 한다는 보수적 관점을 드러냄으로써 가부장적 이데올로기를 온존시키는데 필요한 기존의 문화적·사회적 개념틀을 크게 벗어나지 못하는 것이었다.

『여원』 소재 번역소설을 통해 알 수 있는 바, 번역의 실천은 여성으로 하여금 어떻게 하면 전근대적인 구태에서 벗어나면서도 기존의 가족 질서, 사회 질서와 공모하면서 효과적인 공존의 방향으로 나아갈 것인지에 대한 이상적인 방법의 모색이기도 했던 것이다. 결과적으로 『여원』이 번역소설을 통해 추구한 것은 서구식의 도시화되고 근대적인 개체적 행복을 추구하면서도 동시에 개인의 희생을 요하는 전통적인 가족주의를 지혜롭게 결합시켜 불행하지 않은 원만한 인생을 만들어 나갈 수 있는 이상적 가능성을 보여주려 했던 것이라 판단할 수 있다.

3. 번역수기에 의한 코스모폴리터니즘적 정체성 추구

『여원』에 수록된 수기는 4편 정도이다. 이를 구체적으로 거론하면 다음과 같다.

- 청淸 심복沈復, 오석천吳皙泉 역, 중국 고전中國古典 「부생육기浮生六記」, 1956.4
  ~1956.12.
- 아그네스 데이비스 김金 원작, 양태준梁泰俊 역, 「나는 코리안의 아내I Married
  a Korean」, 1957.7~1957.11.
- 펄 S. 벅 원작, 이세열李世烈 역, 「자라지 않는 아이」, 1959.8~9.
- 사빙영謝氷瑩 작, 권희철權熙哲 역, 「어떤 한국의 여병사女兵士」, 1962.6.

번역수기는 1956년부터 1957년, 1959년, 1962년에 간헐적으로 나타날 뿐만 아니라 작품 수도 많지 않다.

위에 언급한 수기를 그 내용을 중심으로 자세히 밝히자면, 「부생육기浮生六記」는 중국 청대 건륭乾隆, 가경嘉慶 연간에 활약했던 수필가이자 화가였던 문인 심복沈復이 자신의 일생을 기록한 자서전으로, 주인공인 부생浮生에 대한 여섯 가지 이야기가 수록되어 있다. 첫 번째 이야기는 '규방기악閨房記樂'으로 심복沈復이 그의 아내 운芸과의 삶과 함께 그녀에 대한 그리움과 추억을 그리고 있다. 운芸은 아침마다 남편에게 향기로운 연꽃차를 내주었다. 당시 연꽃차는 값비싼 고급차로, 말단 관리였던 운芸의 남편 심복沈復의 수입으로는 끓일 수 없는 것이었다. 그러나 운芸은 지혜를 발휘하여 저녁나절 수련의 꽃송이가 꽃심을 오므릴 때 비단 주머니 속에 차를 넣고 꽃심에 놓았다가 차를 품은 수련이 밤새 별빛과 달빛 이슬을 맞으며 차의 향을 촉촉한 수련향으로 만들어 버리면 아침 일찍 수련의 꽃봉오리가 입을 벌릴 때 그 비단 주머니를 꺼내 이 차로 차를 달여 아침마다 남편에게 독특하고 은은한 차를 내주었다. 이 같은 멋을 남편인 심복沈復은 아내 운芸이 떠난 후에 알게 되어 회한의 눈물로 아내와의 추억을 그릴 수밖에 없게 되었다는 이야기다. 대만의 유명한 중국 고전 번역가였던 임어당은 『생활의 발견』에서, 「부생육기浮生六記」의 여주인공 '운芸'을 시대를 초월하여 중국 역사상 가장 아름답고 지혜로운 여인이라 찬탄했다. 임어당의 이 글로 인하여 「부생육기浮生六記」는 중국에서 뿐만 아니라 우리나라에도 널리 알려지게 되었다.

「나는 코리안의 아내」는 미국 출신 데이비스 아그네스 김'이 쓴 장편 수기로 원제는 "I Married a Korean"이다. 이 작품은 '한국 남자와 결혼한 미국 여성의 장편 수기'라는 소개와 함께 『여원』의 「장편수기」란에 총 10회에 걸쳐 연재된 글이다. '인지가 발달한 나라 미국 출신 데이비스는 한국인 유학생 데이비드 김(김주항金周恒)과 교제 끝에 한국에 와서 결혼식을 올린 후 남편의 나라인 한국의 원시적 생활에 많은 고난을 겪어 가면서 오로지 그의 사랑과 지성, 인내와 노력, 그리고 신앙으로써 견뎌냈다. 이들 부부는 "원시적인 한국의 생활 방식 개선을 위해 농촌생활의 개량과 계몽에 힘썼고 병들어 신음하는 한국인들을 돌보는 한편 아저귀(아마亞麻)를 재배하여 소득을 올리는 등 한국의 미개한 생활문화를 근대적인 문화생활로 바꾸어 놓으려고 혼심을 다했다"는 이야기다.

「자라지 않는 아이」는 펄 벅이 정신지체를 가진 그녀의 딸과 함께 살아가는 이야기라고 소개되고 있다. 펄 벅은 딸 캐롤 벅의 탄생으로부터 그 딸이 정신지체라는 것을 알게 되기까지의 과정과 그러한 사실을 받아들이기까지의 방황을 포함하여 만족스럽지 못한 현실이지만 딸과 함께 살아가면서 느끼게 되는 행복감에 대해 그려내고 있다. 이 작품은 정신적·신체적 장애를 가진 아이들의 부모와 가족을 위해 쓰인 이야기로 장애아에게도 삶의 권리가 있고, 행복해질 권리가 있음을 일깨워 주며, 부모, 특히 엄마가 그러한 자녀의 행복을 찾아주는 주체적인 역할을 수행해야 한다고 강조한다.

「어떤 한국의 여병사女兵士」는 중국의 유명 여류소설가 사빙영謝冰瑩이 중국에서 만난 한국 여자 유학생 이양李穰을 소개하는 작품이다. 이 작품에서 사빙영은, 이양이 딸을 팔지 않으면 안 될 정도로 가난한 부모 때문에 유학 생활을 중단하고 마음에도 없는 결혼을 했다는 것과 남한에서 용감무쌍한 혁명투사로 전쟁에 종군從軍하고 있다는 소식을 듣고 동병상련의 아픔을 느끼면서, 중국의 적마赤魔 크레므린의 주구 모택동 떼를 불살라 버려야 한다는 뜻을 다진다. 이 작품은 다른 수기가 여러 회에 걸쳐 연재된 것과 달리 1회 분량 체험기로 내용이 빈약하고 짧아, 다른 수기에 비해 중요성이 덜하다.

이상의 번역수기 중 「나는 코리안의 아내」와 「부생육기浮生六記」는 각각 10회 또는 7회로 나누어 연재된 장편수기로, 잡지사 측에서 야심차게 기획한 작품으로 보인다. 두 편의 번역수기 모두, 아주 어렵고 힘든 현실 속에서도 남편을 신뢰하고 존중하는 여인의 모습과 아내로서의 활약상을 두드러지게 보여준다. 이러한 번역수기는 봉건적인 삶을 영위했던 옛날부터 자율적인 개체적 삶을 희구하는 당대에 이르기까지, 게다가 동양의 중국에서건 서양의 미국에서건 문화권이 다름에도 불구하고 여성의 의무와 역할은 언제 어느 곳에서나 보편적이고 동일한 것이라는 인식을 유도한다. 이는 '현모양처'라는 한국식 젠더 개념이 전 지구적 동질성의 차원에서 논의될 수 있음을 입증하는 근거로 작동하면서 여성의 아내로서의 역할, 엄마로서의 역할은 국가나 민족을 넘어서는 돌봄 역할, 즉 정서적 역할과 여성의 정체성을 동일시하는 양상으로 나타나고 있다.

「부생육기浮生六記」가 젠더 역할을 '일하는 남성, 돌보는 여성'으로 구분하고 여성의 활동 영역을 집안의 가족으로만 한정하여 기술했다면, 「자라지 않는 아이」나 「나는 코리안의 아내」는 여성의 돌봄 역할을 가족 밖의 공공의 영역에까지 확장함으로써 근대적 시티즌십을 느끼게 한다. 시티즌십citizenship은 시민으로서 갖는 권리뿐만 아니라 책임과 의무, 그리고 그에 걸맞은 바람직한 덕성을 의미한다. 따라서 진정한 의미의 시티즌십은 공익 달성을 위해 사익 추구를 절제하고 갈등 관계에 있던 집단과도 협력하려는 태도를 갖는 것이다.

특히 「자라지 않는 아이」는 어머니로서의 여성 역할을 시티즌십citizenship으로부터 더 나아가 여성의 코스모폴리터니즘적 역할 가능성까지 내보이는 실사례로 제시된다. 펄 벅의 「자라지 않는 아이」는 지적 장애를 가진 딸을 둔 엄마 이야기를 담은 최초의 장애아 부모의 수기이다. 노벨 문학상 수상자이자 『대지』의 작가로 세상에 이름을 떨치고 있었던 펄 벅은 자신의 사적인 아픔을 수기 형태를 통해 세상에 공개적으로 드러냄으로써 당대의 사회가 정신 장애인을 어떻게 바라보고 있는지, 그리고 장애를 가진 자녀를 둔 부모의 마음이 어떤지, 그래서 부모나 사회가 장애아를 어떻게 대해야 하는지 등 자신의 소견을 널리 알림으로써 부모로서 뿐만 아니라 한 사회인으로서도 장애아에 대해 책임을 감당해야한다는 의식을 전파하고 있다.

『여원』은 3쪽 1/4 정도의 상당한 지면을 따로 할애하여 「자라지 않는 아이」에 대한 "역자譯者의 말"을 비중 있게 수록하고 있다. "역자譯者의 말"에 따르면, "역자는 1955년 5월에 처음으로 펄 벅 여사를 그의 댁으로 찾아가 직접 만났고 그녀의 집에 3일간 묵으면서 그녀로부터 「자라지 않는 아이」의 주인공인 장애인 딸 외에도 아들 삼형제와 딸 셋을 입양하고 있다"는 말을 들었다고 쓰고 있다. 더구나 "입양한 여섯 아이들은 출신 국적과 피부색이 다르다"는 것이다. 이와 같이 종교와 인종차별을 초월한 펄 벅이 최근에는 동서양 사이에 다리를 놓고 저 '환영의 집' 사업을 시작했다는 것이다. 역자가 목격한 바, "펄 벅의 이웃에는 아시아계의 아이들이 그들 양부모 밑에서 살고 있고 온 종일 펄 벅 여사 댁에 드나드는데, 이에 펄 벅 여사는 아침 5시에 일어나 손수 그 여러 식구들의 식사바라지를 하는가하면 집 주위에 동양에서 이식한 많은 꽃들을 가꾸고 마을 사람들의 상담까지 친절히 응하고 있더라"는 것이다. 이에 역자는 "원숙하고 위대한 인간 펄 벅이 말없이 적셔주는 무한히 흐뭇한 만족에 취했었고 그 이상 뭘 더 바랄 것도 없을 상 싶었다"고 극찬하면서, 「자라지 않는 아이」가 "너무나도 피맺힌 것인 탓에 이 얘기를 남에게 알리는 것이 여사에게 죄스러운 일 같이만 여겨진다"라는 소회를 밝히고 있다.[5]

이처럼 "역자譯者의 말"에서 드러나는 펄 벅의 코스모폴리터니즘적 정체성은 한국여성을 위한 이상적 삶의 본보기로서 제시되고 있다. '세계주의' 또는 '사해동포주의四海同胞主義'라고 번역할 수 있는 코스모폴리터니즘적cosmopolitanism 세계관은 한 국가나 한 민족 또는 한 지방에 대한 편협된 애정이나 종족적인 편견을 초월하여 모든 인류를 같은 동포로 생각하고 개인을 단위로 한 세계사회의 실현을 이상으로 하는 이념이다. 『여원』은 위에서 언급한 펄 벅의 번역수기를 통해 여성의 돌봄 역할을, 편협된 인종적 우월의식을 타파하고 철학적 바탕 위에서 한 개인을 전체 세계의 시민으로 보는 세계시민주의와 유사한 차원으로까지 끌어올리고 있는 것이다.

『여원』에 수록된 번역수기는, 동서양의 작품을 막론하고, 국민국가를 건설하고 그것을 통제하고자 하는 남성들의 투쟁에서 가장 유용하게 사용되었던 민족주의적 논리 대신, 인류 전체로 확장될 수 있고 확장되어야 하는 보편성 있는 논리를 바탕에 깔고 있다. 번역수기는 모든 사람이 하나의 공통된 이성을 갖고 있으며 한 개인이 한 국가를 구성하는 개체로서만이 아니라 전체 세계의 시민이기 때문에 한국인과 중국인의 구별도 없고, 장애인과 비장애인의 구별이나 청나라 사람 명나라 사람이라는 시대적 차이도 없다는 식의 보편성을 바탕에 깐, 글로벌한 젠더 인식을 드러내고 있는 것이다. 즉 번역수기에서 '여성'이라는 기표는 남녀 성별을 구별하는 생물학적 차원이거나 스스로를 주체화시키고자 욕망하는 이기적 유전자를 가진 실존적 차원이 아니라 신의 섭리에 의해 지배되고 있는 우주적 존재의 이상적 차원으로 끌어올려진 것이다. 이러한 이상적 이념을 발산하는 번역수기는 결과적으로 여성을 해방시키는 단계로 나아가지 못하고 여성, 특히

---

5   펄 벅, 이세열 역, 「자라지 않는 아이」, 『여원』, 1959.8, 124~127쪽.

모성을 국제적 내지 우주적 넓이를 가진 초월적 존재로 신화화하는 인식적 오류에 갇히게 만든다.

4. 동화와 위인전기를 통한 젠더 질서의 상징화

『여원』에 실린 번역동화는 크게 두 가지 형태로 구분되어 있다. 이를 구체적으로 거론하면 다음과 같다.

① 엄마가 아가에게 들려주는 이야기

- 톨스토이, 역자 미상, 「속이 빈 북」, 1960.6.
- 스위프트, 역자 미상, 「걸리버 여행기 — 소인국 편, 대인국 편」, 1960.10 ~ 1960.11.
- 찰스 디켄즈, 역자 미상, 「크리스마스 캐롤」, 1960.12.
- 셀반테스, 최영림崔榮林 화畵, 「동·키호테」, 1961.4.
- 안델젠, 최영림崔榮林 화畵, 「장미꽃 꼬마사람」, 1961.7.
- 솔로 구우브, 최영림崔榮林 그림, 「무더운 여름밤의 일곱 가지 이야기 — 약한 어린이, 설탕 과자, 오해는 이렇게 해서, 자갈의 모험, 두 개의 열쇠, 길과 불빛, 날개」, 1961.12.

② 최신외국동화

- 모린 둔, 유경환 역, 「기린과 목도리」, 1968.1.
- 앤 램프, 유경환 역, 정준용 그림, 「염소의 소동」, 1968.2.

번역동화는 작품 수도 적고 내용이 길지 않아 지면도 많이 할애되지 않았다. 동화에서 특기할 점은, 번역물을 수록하는 타이틀부터 '엄마가 아가에게 들려주는 이야기'라 하여, '교양 있는 여성' 특히 자녀를 둔 어머니로서의 여성은 아이에게 책을 읽어 주어야 할 의무가 있고 또 읽어 줄 수 있어야 한다는 의미를 발산하고 있다는 것이다.

원래 아이들에게 어른이 책을 읽어주는 독서문화는 그리스 문화로부터 시작되어 최근에 이르기까지 변치 않는 전형적인 서양문화의 하나다. 『여원』은 이러한 서양문화를 차용하여 '아이에게 책 읽어주기'를 마치 여성, 특히 어머니의 의무인 양 소개함으로써 기존의 현모양처 개념을 확장하는 계몽적인 의미를 담아내고 있다.

한국 사회에서 전통적으로 자녀의 교육과 육아는 주로 여성들의 몫으로 인식되어 왔다. 그런데 여기에 서양문화에서 차용한 '아이에게 책 읽어주기'가 자녀 교육과 육아의 일환으로 간주되면서 '책 읽어주기'도 중요한 어머니 역할로 편입된 것이다. 이러한 현상은 『여원』이 발간되던 1950~70년대에 비해 남녀 양성평등의식이 현격하게 높아진 2000년 이후의 현재까지 계속되고 있다. 2008년 호서대에서 실시한 '가정에서의 책 읽어주기' 조사에 따르면, 유아기 자녀를 둔 가정에서 '아이에게 책 읽어주기'는 어머니의 역할로 인식되어 있어 아버지들의 '아이에게 책 읽어주기'에 대한 참여가 희박한 것은 물론이려니와 참여에 대한 인식도 무척 낮게 나타나고 있다. 게다가 아버지들은 가정에서 '아이에게 책 읽어주기'의 중요성에 대해서도 인식이 낮은 것으로 조사되었다.[6]

서양의 경우에는 보통, 저녁 잠자리 들기 전, 자녀들에게 책을 읽어

---

6 이문정, 「가정에서의 책 읽어주기 및 아버지 참여에 대한 아버지 인식」, 『한국심리학회 연차학술발표논문집』, 한국심리학회, 2008, 102~103쪽.

주는 문화를 가지고 있다. 서양의 '자녀에게 책 읽어주기'는 어머니만의 의무로 간주되지 않는다. 그런데 『여원』에서는 '엄마가 아가에게 들려주는 이야기'라 하여 가정에서 '아이에게 책 읽어주기'를 여성의 역할로 고착화시키는 분위기를 조성하는데 일조했다고 할 수 있겠다.

한편 번역전기는 총 2편으로, 앙드레 모로아 원작, 이한李漢 역, 「두 여성과 괴테의 운명」(1956.1)과 쟈넷트 이-튼 원작, 편집부 역, 「수줍은 '에리노어'The Story of Eleanor Roosevlet」(1958.12~1959.7)가 그것이다. 「두 여성과 괴테의 운명」은 독일의 대문호 괴테의 일생을 특별히 여성과의 관계에 초점을 맞춰 쓴 위인전기이고, 「수줍은 '에리노어'The Story of Eleanor Roosevlet」는 미국 최초의 4선 대통령이었던 제32대 루스벨트 대통령 부인의 전기이다.

괴테의 전기는 여성이 남성에게 창조력을 샘솟게 하는 원동력이자 남성의 인도자요 동시에 정신과 영혼의 가장 숭고한 노력의 구심점이라는 주제를 담고 있다. 루스벨트 대통령 부인의 전기 또한 '교양 있는 여성'이라는 정체성을 기존 권력의 조력자요 동반자로서 구성하고 그 범주의 경계를 공고히 하는 계몽적이고 규율적인 의미를 담고 있다.

5. 맺음말

『여원』이 발행되는 1950~70년대는 전쟁의 피해를 복구하려는 전후의 재건 활동이 필요불가결 했던 시기였다. 재건의 필요성이 대두되면서 새로운 국가 건설에 대한 희망은 세계를 향한 다양한 정보 입수에 대한 욕망을 부추겼다. 민족의 전통적인 문화와 가치관이 더 이상 '역할 모델'이나 '삶의 정향이 되지 못하는 와중에, 『여원』이 기획하고 실천했던 '번역'은 전통에서 근대로, 토착적인 것에서 외래적인 것으로의 변화가 생산되기를 바라는 기대 심리를 불러 일으켰다.

번역이란 널리 알려진 대로, '타자의 언어, 행동양식, 가치관 등에 내재된 문화적 의미를 파악하여 자신의 '맥락'에 맞게 새로운 의미를 만들어내는 행위이다. 번역은 원작the original을 다른 언어로 옮기는 행위지만, 정작 옮김의 대상이 되는 것은 언어 그 자체가 아니라 원작 속에 잠재되어 있는 가능성이다. 따라서 번역 발신 텍스트의 이국성과 이질성은 번역을 통해 이러한 문제적 국면을 넘어 상호 교통과 교류를 견인해낼 수 있는 새로운 소통 모델의 개발로 나아감으로써 해소가 가능하다.

이러한 관점에서 『여원』을 바라보자면, 『여원』에 수록된 번역문학은 원본 속에 잠재되어 있는 역사적 가능성을 찾아 해방의 길을 모색하는 새로운 소통 모델의 개발로 나아가지 못했다고 평가할 수 있다. 오히려 『여원』은 번역을 통해 기존의 사회질서와 의미질서에 현대적인 외피를 입혀 더욱 세련되게 공고히 함으로써 잔여태로 존재하도록 인도하는 역할을 담당했다고 할 수 있겠다.

『여원』 발간 초기에는 개체적 존재로서의 여성의 삶에 주목하는 듯 했으나 점차 회를 거듭할수록, 미혼 또는 비혼 여성과 결혼한 여성을 구분 지으면서, 특히 결혼한 여성은 아내와 어머니라는 상징적 역할을 소홀히 하지 않아야 한다는 의미를 더 많이 발산하고 있다. 이로써 여성은 스스로 아름답게 갈고 다듬거나 쾌락을 향유하는 존재로서보다 남성이나 가정, 육아를 위해서 지원되고 마모되어야 하는 기능적인 존재로 이해되고 있음이 드러난다. 이는 『여원』이 발간되던 당대 한국 사회가, 이전시대보다는 덜하지만, 여성으로서의 삶이 여전히 탈신체화되고 상징화되는 길을 선택했을 때 보다 더 긍정적인 인정을 받을 수 있다는 것을 알 수 있다. 『여원』의 이러한 보수성은 역으로 '현명한 아내', '희생의 어머니'라는 기존의 가부장적 관념에 길들여진 대다수의 많은 당대의 한국여성들에게 여태껏 자신을 안전하게 유지시켜주었던 전근대적인 심리적 보호막을 여전히 지켜갈 수 있다는 안정감을 줌으로써 외상적 박탈 없이 낯선 이국성과 편안히 조우할 수 있는 유용한 길잡이가 되기도 했다.

이상에서 언급한 번역소설, 번역수기, 번역위인전기, 번역동화의 게재 상황을 정리하여 도표로 제시하면 다음과 같다.

『여원』 소재 번역 목록[7]

연도	호수	제목	원작자	번역자
1955.10	창간호	명작 그림 이야기	루이 에몽	이봉구
1955.12	3호	서러운 걸음	(프) 포올 베르레에느	박태진
1956.1	1호	두 여성과 괴테의 운명	앙드레 모로아	이한
1956.1	1호	형님	노라 버크	이진섭
1956.2	2호	자랑스러운 마음	퍼얼벅	박인환(초역)
1956.4	3호	중국고전 부생육기浮生六記 1회	淸 沈復	오석천
1956.5	4호	중국고전 부생육기浮生六記 2회	청 심복	오석천
1956.7	6호	중국고전 부생육기浮生六記 3회	청 심복	오석천
1956.8	7호	중국고전 부생육기浮生六記 4회	청 심복	오석천
1956.11	11호	중국고전 부생육기浮生六記 6회	청 심복	오석천
1956.12	12호	중국고전 부생육기浮生六記 7회	청 심복	오석천

7   빈칸은 원작자나 번역자가 표시되지 않은 경우이다. 이 도표는 필자가 확인한 번역 작품만 정리한 것이다. 잡지 『여원』 중 일부는 도서관에 정리된 복차만으로 번역이라는 추정이 가능한 글도 있었으나 정작 본문이 유실되거나 파손되어 확인이 어려웠다.

연도	호수	제목	원작자	번역자
1957.7	7호	나는 코리안의 아내 2회	아그네스 데이비스 김	양태준
1957.8	8호	나는 코리안의 아내 3회	아그네스 데이비스 김	양태준
1957.8	8호	다시 만날 때	어윈 쇼	독규남
1957.9	9호	나는 코리안의 아내 4회	아그네스 데이비스 김	양태준
1957.11	11호	나는 코리안의 아내 6회	아그네스 데이비스 김	양태준
1957.12	12호	달이 가고 해가 가면	사강	
1957.12	12호	한 달 후에 일 년 후에	F. 싸강	홍순민
1957.12	12호	나는 코리안의 아내 7회	아그네스 데이비스 김	양태준
1958.1	1호	나는 코리안의 아내 8회	아그네스 데이비스 김	양태준
1958.2	2호	나폴레옹의 첫사랑	안누마리 세린코	심연섭
1958.3	3호	나는 코리안의 아내 完	아그네스 데이비스 김	양태준
1958.9	9호	붉은 복수	마이크 부랠	이영호
1958.9	9호	리디아의 무덤	하-바아트 해리스	박태민
1958.11	11호	서염	어스킨 콜드웰	김한영
1958.12	12호	수줍은 「에리노어」 1회	쟈넷트 이튼	편집부
1958.12	12호	감상의 사나이	A. 슈닛츠러	장남준
1959.1	1호	수줍은 「에리노어」 3회	쟈넷트 이튼	편집부
1959.2	2호	유전	윌리암 싸로얀	김한영
1959.5	5호	수줍은 「에리노어」 6회	쟈넷트 이튼	편집부
1959.7	7호	수줍은 「에리노어」 7회	쟈넷트 이튼	편집부
1959.7	7호	파티는 끝났건만	그레이엄 그린	이규태
1959.8	8호	수줍은 「에리노어」 8회	쟈넷트 이튼	편집부
1959.8	8호	자라지 않는 아이	펄 S. 벅	이세열
1959.9	9호	자라지 않는 아이	펄 S. 벅	이세열
1959.9	9호	오이겐 지이겔	헤르만 헤세	박환덕
1959.9	9호	러브스토리	쟌 스태포드	오기방
1960.3	3호	언니	사빙형	권희철
1960.6	6호	속이 빈 북	톨스토이	
1960.10	10호	걸리버 여행기	스위프트	
1960.11	11호	걸리버 여행기	스위프트	
1960.11	11호	다이스	아나톨 프랑스	
1960.12	12호	마의 늪	졸쥬상드	
1960.12	12호	크리스마스캐롤	찰스디킨즈	

연도	호수	제목	원작자	번역자
1961.4	4호	동키호테(상)	세르반테스	최영림
1961.7	7호	장미꽃 꼬마사람	안델센	최영림
1961.11	11호	무더운 여름밤의 일곱 가지 이야기	솔로 구우브	최영림
1961.12	12호	영웅	필리스 로버어츠	안동림
1962.6	6호	어떤 한국의 여병사	사빙형	권희철
1963.2	2호	큰 파도	펄 S. 벅	장왕록
1963.8	8호	옥이 되어 부서지리	반인목	권희철
1963.8	8호	이 여름 다 가고	세도우찌 하루미	정인영
1963.8	8호	나무 · 바위 · 구름	카아슨 백컬러즈	안동림
1964.9	9호	화채	기군	권희철
1964.11	11호	구슬 뺙	오수란	권희철
1964.12	12호	일기책	임해음	권희철
1968.1	1호	기린과 목도리	오린순	유경환
1968.1	1호	대통령 각하	미겔 안첼 아스투리아스	안동림
1968.2	2호	염소의 소동	앤램프	유경환
1968.3	3호	「사비느」들	마르셀 애매	안동림
1968.5	5호	고양이사탄	글로우리어 빅스	김태읍
1968.11	11호	인조인간	스잔 손타그	김세영
1969.1	1호	난쟁이	마르셀 에메	민희식
1969.3	3호	빨간고양이	루이제린자	염무웅
1969.3	3호	마지막 한 마디 말이라도	애래나 보노	임명방
1969.7	7호	피아노 이야기	까르멘 라훼렛	장선영
1969.8	8호	미스 수제트와 나	일스 로사	조갑동
1969.8	8호	선로간수	찰스 딕킨즈	
1969.8	8호	십삼층	윌리엄 텔	
1969.8	8호	불경기	글로우리 어빅스	
1969.8	8호	고양이가 싫어	로버트 세크리	김정화
1969.9	9호	가뭄	라셀데 께이로스	김창수
1969.10	10호	나무	마리아 루이사 봄발(칠레)	조용국
1969.11	11호	갸륵한 마음씨	메아리 러빈	유영
1969.11	11호	딸의 환영		박재삼

1980년대 여성해방운동과 번역의 역설

허 윤

1. 1980년대 여성해방운동과 '제2의 물결'의 번역

1980년대 한국의 여성해방운동은 운동의 역량을 확산시키고 운동 장場을 정립하였다. 1970년대의 노동운동, 민주화운동으로 축적된 힘을 바탕으로 여성노동자, 여성활동가에 대한 인식이 높아졌으며 1983년 여성평우회, 1987년 한국여성단체연합(이하 '여연') 등 다수의 여성운동 조직이 출범하였다. 또한 여성학이 대학 내에 자리를 잡기 시작하고 학문적 생산 역시 활발해졌다. 바야흐로 사회운동으로서 여성해방운동이 본격화되고 여성 의제가 사회적, 정치적으로 표출되기 시작한 것이다.[1]

여성해방운동이 사회운동으로서 힘을 얻기 위해서는 운동의 의제를 이해하고 정립하여 대중화하는 작업이 요청되었다. 여성해방운동은 왜 필요한가, 여성억압의 기원은 무엇인가에 대한 이론적 근거를 마련하는 작업이 진행된 것이다. 이 작업을 위해 학교, 운동조직, 세미나 등 곳곳에서 서구의 이론을 참조하게 된다. 이중 다수를 차지한 것이 1960~70년대 여성해방운동의 폭발적 흐름을 만들어온 '제2의 물결'(2세대 페미니즘)이었다. 영미를 중심으로 한 제2의 물결은 섹스와 젠더의 이분법을 바탕으로, 여성은 정체성일 뿐 아니라 정치적 범주라고 주장하였다. 여성억압이 사회구조적으로 생산되었음을 밝히고, 이를 타파하기 위해 섹슈얼리티, 가족, 노동, 재생산권, 법적 불평등 등 다양한 이슈에 대해 문제제기하고 법적, 경제적, 사회적 평등을 획득하기 위해 싸우는 것이다.[2] 1970년대 중반부터 1980년 후반에 걸쳐 케이트 밀레트(1976), 베티 프리단(1978), 줄리엣 미첼(1980) 등이 소개되고, 이러한 '평등' 의제는 한국 사회에서 '인간화'로 번역된다. 민주화, 반독재 등 한국 사회의 정치적 요구가 남녀 사이의 평등을 전체 해방운동의 맥락에 배치하여 '인간화'로 명명한 것이다.[3]

---

1 민족민주운동연구소 여성분과, 「80년대 여성운동과 90년대 여성운동의 전망 1」, 『정세연구』 9호, 1990, 97~106쪽; 「80년대 여성운동과 90년대 여성운동의 전망 2」, 『정세연구』 10호, 1990, 46~75쪽; 이승희, 「여성운동과 한국의 민주화」, 『새로운 정치학』, 인간사랑, 1998, 298~325쪽 참조.

2 이나영, 「급진주의 페미니즘과 섹슈얼리티」, 『경제와 사회』 82호, 2009 여름, 10~38쪽.

3 1975년 크리스챤아카데미는 '여성의 인간화'를 통해 한국여성운동의 과제는 민주화 달성과 여성노동의 사회화에 있다고 선언하였다. 민주화라는 한국의 특수한 주제와 여성노동이라는 보편적 주제를 결합한 것이다. 크리스챤아카데미의 대표 강원용 목사는 "여성운동은 자유와 평등의 실현을 위한 인간화 문명의 창조운동"이며 "전체 인간해방운동에서 고립되어서는 안 된다"고 천명한다. 여성단체 실무자와 간부, 노동자, 농민, 주부 등 각계각층 여성들을 대상으로 한 크리스챤아카데미의 중간집단교육은 10년 동안 총 1,500여 명의 이수자를 배출하여 여성운동의 인적 토대를 구축하기도 했다. 그러나 이러한 교육활동은 1979년 '크리스챤아카데미 사태'를 계기로 폐지되었다. 당시 집행유예를 선고받은 신인령(산업사회 담당, 노동자교육), 2년 4개월간 실형을 살고 1981년 광복절 특사로 나온 한명숙(여성사회 담당) 등은 현재 여성운동 및 학계의 주요 인물들이다.

1980년대 여성해방운동은 영미의 여성해방이론을 번역, 실천하는 과정과 더불어 진행된다. 그렇지만 이 작업이 서구의 이론을 일방적으로 이식한 것만은 아니었다. 번역이 중요했던 만큼, 발신자인 서구(특히 미국)에 대한 대타의식 역시 강화되었기 때문이다. 서구의 이론과 한국 현실이 다를 수 있다는 입장에서부터 영미의 여성해방론을 배격해야 한다는 입장까지, 이 모든 것을 꿰뚫는 공통 감각은 한국의 특성과 지형에 맞는 여성해방운동 방법론을 모색해야 한다는 탈식민적 의식이었다. 이효재는 1980년대 한국적 여성해방운동을 모색하는 과정에서 권위주의 정권에 대한 민주화 투쟁과 분단시대의 민주통일을 향한 민주화 노력을 강조한다. 이는 한국의 역사적 상황이 국제적 추세나 보편적 이념에 우선한다는 입장이다. 따라서 서구의 보편적 이념을 앞세우는 것은 외세의존적 안일과 현실도피의 위장일 뿐이며 중요한 것은 "이 시대의 한국적인 역사"의 주체가 되는 것이다.[4] 이는 여성해방운동의 식민성을 경계하고 탈식민적 방향으로 나아가야 한다는 당부이기도 하다. 동시에 역으로, 한국의 여성해방운동이 서구를 참조로 진행되어 왔음을 반증하는 것이기도 하다. 이는 호미 바바가 말하는 '제3의 공간'이라 할 수 있다.

호미 바바는 문화의 번역을 통해 모방과 오염이 일어나고, 그 과정에서 "권위의 새로운 구조와 새로운 정치적 주도권을 설정"하는 제3의 공간이 탄생한다고 주장한다.[5] 이는 1980년대 여성해방이론의 번

---

4 "다만 이 목표는 이 시대의 한국적인 역사 속에서 이루어져야 하므로 서구 어느 나라의 전철을 그대로 모방할 수는 없는 것이다. 더욱이 국제시대에 산다고 우리의 인간적 삶의 실현을 억압하고 제한하는 역사적 상황을 무시하고 국제적 추세나 보편적 이념만을 앞세우는 여성운동의 자세는 외세의존적 안일과 현실도피의 위장일 뿐이다." 이효재, 「80년대 여성운동의 과제」, 『한국의 여성운동』, 정우사, 1984, 196~197쪽.
5 Homi Bhabha, "The Third Space", *Identity : Community, Culture, Difference*, London : Lawrence and Wishart, 1990, pp.207~221.

역 양상을 고찰하는 데 좋은 참조점이 된다. '제2의 물결'이 상정하는 억압, 가부장제, 여성 등의 개념은 유교적 가부장제, 민주주의에 대한 열망, 노동자 권리의 쟁취 등 한국 현실과 만나 뒤섞인다. 이 제3의 공간에서는 근원적인 통일성이나 고정성 대신 정치적 변혁이나 재역사화가 가능하다.[6] 1980년대의 여성해방이론에서 번역 역시 이러한 혼종성의 양가적 관점에서 살펴보아야 한다.

본고는 번역서를 통해 1980년대 한국여성해방운동의 번역과 탈식민성에 대해 분석하는 것을 목표로 한다. 이를 위해 연구대상을 1980년대 발표된 번역서로 한정하여 목록화하고 분류하는 작업을 진행하였다.[7] 이 분류를 바탕으로 번역서를 통해 드러나는 여성해방운동의 특성과 번역서의 수용과 기획이 여성해방운동과 길항하는 양상을 분석할 것이다. 이는 1980년대 여성해방이론에서 번역과 식민성의 도식을 넘어서 번역이 가지고 있는 혼종적 생산성의 측면을 조망하는 방법이기도 하다.

---

6   호미 바바, 나병철 역,『문화의 위치』, 소명출판, 2002, 91~93쪽.
7   『대한민국 출판물 총목록』(국립중앙도서관 발행, 1980~1990),『여성관련문헌종합목록』
     (1988년 6월말 현재 국회도서관, 숙명여대・서울여대・효성여대 도서관, 한국교육개발원,
     한국여성개발원 등 여성 관련 주제 분야의 단행본・학위논문・연구보고서 등 6,320권(한
     국서 2,751권, 일서 1,103권, 양서 2,466권)),『여성관련문헌해제서지 1945~1984』(여성관련
     분야 단행본 총 3,239권에 대한 해제서지, 동양서 국내단행본 546권, 학위논문 939권, 일서
     425권, 합 1,910권),『여성연구』(여성학 강좌용 참고도서 목록, 1984 겨울),『한국여성학』(1
     ~3집, 1985~1987) 등 6개의 목록을 종합하여 대략적인 목록을 완성한 바, 80여 권 정도로
     한정할 수 있었다.

2. 교양교육운동으로서의 여성해방이론과 문제의식의 공유

1980년대 여성해방운동을 논하는 데는 여성학 강좌의 개설을 빼놓을 수 없다. 초기 여성학은 교양강좌의 일환으로 개설되어 다양한 조류의 여성해방론을 소개하는 것과 더불어 한국 현실을 검토하려고 시도했다. 1978년 처음으로 여성학 강좌가 개설되었을 때 주요 대상으로 삼은 것은 존 스튜어트 밀과 같은 자유주의 여성해방론이었다. 엥겔스와 베벨, 마르크스에 대한 논의를 하는 것은 허용되지 않았다. 이는 여성해방이론서적의 번역 순서에도 영향을 미친다. 서구 여성해방이론사에서 자유주의 여성해방론의 한계를 극복하면서 마르크스주의 여성해방론이 나오고, 마르크스주의에 대한 비판과 더불어 급진주의 여성해방론이 나왔던 것과 달리, 자유주의-급진주의-마르크스주의 순으로 번역이 이루어진 것이다.[8] 이 번역서들은 분과학문으로서 제도화되기 시작한 여성학 과목의 강의안과 참고문헌에 반영되어 여성학 과목을 개발하는 데 바탕을 이루었다.

〈표 1〉 1980년대 각 대학 여성학 강좌에서 사용된 젠더이론 번역서 일람[9]

저자	제목	번역자	출판사	출판년도	사용학교
콜레트 다울링	신데렐라 콤플렉스	홍수원 이미순 김영만	우아당 영광출판사 을유문화사	1982 1987 1991	숙명, 이화, 성신 서울여, 서강, 한신, 한외

8   조주현, 「한국여성학 지식의 사회적 형성」, 『경제와 사회』 45호, 2000, 172~197쪽.
9   1984년 창립된 한국여성학회는 학회지 『한국여성학』의 1~3집(1985~1987)을 통해 서울대, 이화여대, 숙명여대, 서강대 등 총 14개 학교의 여성학 관련 과목의 강의안과 참고문헌을 소개한다. 그 중 연세대, 충북대를 비롯한 네 개 학교는 참고문헌 없이 강의안만 수록하였으므로 논의에서 제외한다. 두 곳 이하에서 사용되는 번역서의 경우 표에 넣지 않았다.

저자	제목	번역자	출판사	출판년도	사용학교
마가렛 미드	남성과 여성	이경식	범조사	1980	서강, 한신, 숙명 이화, 성신, 한외
시몬느 드 보봐르	제2의 성	이용호 조홍식 윤영내	백조서점 을유문화사 자유문학사	1955 1974 1977	숙명, 이화, 성신 서울여, 서강
케이트 밀레트	성의 정치학	정의숙 조정호	현대사상사	1976	서강, 숙명, 이화, 성신, 한외
줄리엣 미첼	여성해방의 논리 (여성의 지위)	이형랑 김상희	광민사	1981	서강, 한신, 한외, 이화
로버타 해밀턴	여성해방논쟁	최민지	풀빛	1982	서강, 한신, 서울여, 한외
앨리슨 재거 공편	여성해방 이론체계	신인령	풀빛	1983	서울, 이화, 서강, 서울여
베티 프리단	여성의 신비	김행자	평민사	1978	숙명, 한외, 한신
슐라미스 화이어스톤	성의 변증법	김예숙	풀빛	1983	이화, 한신, 서강
아우구스트 베벨	여성과 사회	선병렬	한밭	1982	서울여, 서강, 청주
다나카 미치코	미혼의 당신에게	김희은	백산서당	1983	이화, 서강, 한신

총 10개 학교의 커리큘럼을 비교해보면, 가장 높은 빈도로 사용된 번역서는 콜레트 다울링의 『신데렐라 콤플렉스-여왕심리의 갈등』[10] (7학교)임을 알 수 있다. 자립적이었던 여성이 재혼과 전업주부 생활을 통해 자신 안의 의존성을 발견하게 된다는 이 에세이는 미국 중산층 지식인 여성의 내적 갈등을 솔직하게 고백하였다. 학습자인 대학생들이 동일시할 수 있는 대상의 자기 고백적 서사를 통해 여성학적 문제의식에 공감할 수 있게 하는 것이다. 이러한 목적을 달성하는 데에는 학문적 연구서보다는 가벼운 수기나 에세이가 더 적합하다. 『미혼

---

10 『신데렐라 콤플렉스』의 부제는 다양하다. 홍수원 번역의 우이당판은 "여왕심리의 갈등", 김영만 번역의 을유문화사판은 "자립을 망설이는 여성들의 고백", 이호민 번역의 나라원판은 "여자들의 갈등심리"로 되어 있다. 원서의 부제는 '여성들이 가진 독립에 대한 숨겨진 공포Women's Hidden Fear of Independence'이다. 이를 우이당판에서는 '여왕심리'라고 번역함으로써 독립에 대한 공포를 '여왕심리'와 등치시키고 있다. 이는 남성에 대한 의존심리를 여왕심리라고 분석하여 젠더화하는 것이라 할 수 있을 뿐 아니라 책 본문의 내용에도 부합하지 않는 번역이라고 할 수 있다.

의 당신에게』와 『무엇이 여성해방인가』 역시 『신데렐라 콤플렉스』의 연장선상에 놓인다.

『미혼의 당신에게』(1979)는 일본의 정치학자이자 중의원을 지낸 다나카 미치코[11]가 미혼인 여대생들과 나눈 상담과 강의 내용을 중심으로 엮은 책이다. 서양의 성 개방 문화가 도래함에 따라 성관계와 피임, 결혼 등 실질적 문제에 어떻게 대처해야 하는가를 상담하고 있다. 서강대와 서울여대에서 참고문헌으로 제시하는 『무엇이 여성해방인가』 역시 저널리스트 마쓰이 야요리[12]가 우먼리브(여성해방운동Woman's Liberation Movement)의 영향을 통해 일본 현실을 돌아보고, 아시아의 여성 인권 문제에 대해 논한 입문서이다. 마쓰이는 일본 남성들의 가부장적 태도와 아시아 각지에서의 성매매, 한국으로의 기생관광 등에 대해 고발하며 이를 자본주의의 확산에 따른 병폐로 지적하고 있다. 여성해방운동은 단지 그 자체만으로 해결되는 것이 아니라 현대 사회에 산적해 있는 인종차별, 식민지국가의 민족해방, 공해, 복지, 전쟁범죄 등 모든 모순들을 해결하기 위한 투쟁과 궤를 같이 해야 하며 그러한 모순점들이 해결된 사회가 건설된 후부터 본격적인 여성해방운동이 시작된다고 주장하는 것이다. 에세이라는 저널리즘의 외피를 입었지

---

11 田中美智子. 일본 중의원을 5회, 15년간 지내고 은퇴한 정치가이자 공산당원. 무소속으로 당선되어 의료비, 여성노동자 30세 정년, 남녀임금격차 문제 등을 해결하려고 노력하였다. 저서로 『未婚のあなたに』, 學習の友社, 1979; 『若い日々のために―性・モラルそして愛』, 學習の友社, 1981; 『女は度胸』, 學習の友社, 1989 등이 있다.

12 松井やより(1934~2002). 아사히신문 논설위원이자 저널리스트. '전쟁과 여성에의 폭력' 일본 네트워크를 설립했으며 2002년 '군사주의에 반대하는 동아시아・미국・푸에르토리코의 네트워크'에 일본대표로 참가하였다. 일본군위안부 문제를 일본 사회에 제기하였으며 2000년 도쿄 여성국제전범법정을 제안, 천황 히로히토를 전범으로 고발한 바 있다. 한국에 번역된 저서로 『여성들이 만드는 아시아』(들린아침, 2007)가 있으며 정신대문제대책협의회를 통해 알려져 있다. 저서로 『女性解放とは何か』, 未來社, 1975; 『女たちのアジア』, 岩波書店, 1987; 『アジア・女・民衆』, 新幹社, 1988; 『グローバル化と女性への暴力』, インパクト出版會, 2000 등이 있다.

만, 국제적 차원의 여성해방운동의 맥을 짚고 있다고 할 수 있다.

이 두 권의 번역서는 모두 미국의 '우먼 리브'와 성 해방 문제를 아시아의 시각에서 차용하고 있다는 공통점이 있다. 서구에서 출발한 여성해방이론을 아시아 국가인 일본에서 어떻게 적용할 것인가가 화두인 셈이다. 이를 한국에서 다시 수입, 번역하여 학습자인 대학생들이 아시아 여성으로서 어떻게 살아야 할 것인가를 고민하는 계기를 제공한다. 실제로 기생관광이나 데이트 폭력 등 한국 현실에 가까운 문제를 다루고 있다는 장점도 있다.

『신데렐라 콤플렉스』에 이어 두 번째로 높은 빈도를 차지하는 것은 『남성과 여성』과 『제2의 성』이다. 마가렛 미드는 한국에서 널리 소개된 여성 학자 중 한 명이다. 미드의 자서전 『누구를 위하여 그리고 무엇 때문에』가 1980년 번역되었으며, 대표작인 『세 부족사회에서의 성과 기질』 역시 1988년 번역된다.[13] 『남성과 여성』은 인류학자인 마가렛 미드가 원주민 사회를 통해 관찰한 내용을 토대로, 남성성과 여성성이 사회적으로 강요되는 역할에 의해 정해지는 것이지, 성차로 인해 생겨나는 것이 아니라고 주장한다. 『세 부족사회에서의 성과 기질』을 번역한 조혜정은 미드가 주장하는 것은 '남성적' 사회에서 남성과 여성 모두가 고통받고 있다는 통찰이며, 이는 여성해방운동이 거둔 성과가 남성중심적 문명을 바로잡아 구성하는 데 회의적이라는 점을 통해 뒷받침된다고 설명한다. 기존의 여성해방운동은 정-반의 관계를 역전시키거나 남성과 같아지는 것을 원했지, 근본적 차원의 '평등'에 대해서는 문제제기 하지 못했다는 비판이다. 조혜정은 미드가 현대 인류문명의 성격을 근본적으로 전환시키는 작업으로서 남녀 모

---

13 마가렛 미드, 강신표 · 김봉영 역, 『누구를 위하여 그리고 무엇 때문에─나의 인류학적 자서전』, 문음사, 1980; 조혜정 역, 『세 부족사회에서의 성과 기질』, 이화여대 출판부, 1988.

두가 더욱 인간적인 삶을 영위하는 것을 문제제기했다고 보았으며, 이를 운동의 토대로 삼았다.

여자로 태어나는 것이 아니라 여자로 길러지는 것이라는 명제로 알려진 보봐르의 『제2의 성』 역시 남성성과 여성성이 선천적으로 자연스럽게 생겨난 것이 아니라 사회문화적 관습에 의해 만들어진다고 주장한다.[14] 미드와 보봐르의 책은 남성성과 여성성이 문화적 구조화의 산물이라는 문제의식을 통해 이에 대항할 수 있는 여성학적 상상력을 갖도록 한다. 또한 그녀들의 삶이 여대생들에게 역할 모델이 될 수 있다는 점도 영향을 미쳤다. 실제로 서울여대에서는 마가렛 미드의 자서전을 참고문헌으로 제시하고 있기도 하다.

많은 학교에서 사용되고 있는 번역서들은 본격적인 여성해방이론서라기보다는 여성학에 대한 이해를 돕고 여성해방의 필요성에 대해 문제제기하는 서적들이다. 일상에서 가까운 지점에서 출발하여 자신의 문제의식을 키워나갈 수 있는 비판능력을 갖추기 위해 사용하는 것이다. 물론 여성학 강의안에는 베벨의 『여성과 사회』나 엥겔스의 『가족의 기원』에서부터 다양한 여성해방 사상의 조류를 정리해 편집한 『여성해방의 이론체계』도 포함되어 있다. 여성해방이론의 다양한 사조를 학습하며 논의를 진행시켜 나가는 것이다. 그러나 교양강좌

---

14 보봐르의 『제2의 성』은 1955년 이용호에 의해 부분적으로 초역이 이루어졌다. 이는 독일, 미국, 일본, 아르헨티나에 이은 세계에서 다섯 번째 번역이었다. 이후 7명의 번역자에 의해 7개의 출판사에서 번역본이 출간된 바 있으며, 완역본은 1973년 조홍식에 의해 이루어진다. 보봐르의 에세이나 자서전도 빨리 소개된 바 있다. 번역된 시기는 비교적 빠른 편이지만 보봐르와 『제2의 성』에 대한 관심은 사르트르와의 계약결혼과 여성의 성 문제로 초점에 맞추어진 것이 대부분이었다. 보봐르와 『제2의 성』의 수용사에 관해서는 유미향, 박정윤, 이영훈, 「번역가의 젠더와 성적 표현의 번역」, 『번역학 연구』 13-5, 한국번역학회, 2012, 143~173쪽; 조혜란, 「제2의 성의 초기 한국어 번역과 수용─이용호의 1955년, 1964년 번역을 중심으로」, 고려대 석사논문, 2012 참조.

로서 여성학을 수강하는 여학생들이 자신들의 상황에 대해 공감하고, 문제의식을 가질 수 있도록 도와주는 번역서들이 더 많이 활용된 것이 사실이다. 이처럼 학습으로서 여성해방운동을 접하는 경우에는 영미의 이론을 수입, 번역하는 과정이 불가피하다. 그러나 이 수용은 일방적 학습에만 머무르는 것이 아니라 삶의 실천으로까지 이어질 수 있다는 점에서 제3의 공간을 만들어낸다.

여성학 강좌의 강의계획서는 반드시 한국적 현실에 대한 적용이 포함되어 있다. 한국의 전통적인 여성상에 대해 검토(서울대)나 아시아 여성에 대한 강좌(숙명여대, 서울여대, 한신대 등), 한국여성의 현실(청주대), 한국여성교육문제(동국대), 한국여성운동의 역사(성신여대, 한국외대, 서강대; 한신대 등) 등 한국여성의 현실을 짚어보는 과정이 반드시 포함되어 있다. 여성학 강좌를 최초로 개설한 이화여대는 제3세계와 여성, 한국여성(여성계층론, 사례발표, 한국여성의 법적 지위, 한국여성운동사, 한국여성단체) 등에 6주를 할애하고 있다. 이는 번역서를 통해 확보된 문제의식이 한국과 만나 만들어낸 공간이라 할 수 있다.

3. 문화운동으로서의 여성해방이론과 페다고지의 개발

1980년대 여성해방운동 진영에서 벌어진 가장 큰 논쟁은 여성억압의 원인을 둘러싼 대결구도이다. 외국에서 공부하고 돌아온 지식인 여성들은 억압, 가부장제 등의 개념을 이론화하려고 시도한다. 여성억압은 성적 차이를 억압의 근거로 삼는 가부장제로 인해 생겨난 정치적, 사회적, 문화적 문제라는 것이다. 이를 통해 여성문제를 바라보는 논의 폭이 넓어지고 한국적 가부장제에 대한 연구 역시 촉진된다.[15] 여성억압의 원인을 한국의 가부장제가 남성성과 여성성을 고정시키고, 남성과 여성 모두에게 억압적인 사회문화를 만들고 있다는 데서 찾는 것이다. 그러나 사회변혁 운동 진영에서는 가부장제를 여성억압의 원인으로 주장하는 진영은 생산수단의 소유관계라든가 자녀의 귀속, 상속 등의 핵심적 요소들은 분석하지 않고, 이를 통해 여성의 성적 능력에 대한 정치적 통제만 강조한다고 본다. 이는 결국 한국 현실을 제대로 이해하지 못해 억압 요인을 제대로 분석하지 못했다는 비판으로 이어진다. 여기서 여성해방이론의 식민성 논쟁이 불거진다. 가부장제에 대한 이론화가 영미권을 중심으로 이루어지고 있기 때문에 영미 이론을 빌려올 수밖에 없고, 이로 인해 식민성의 혐의로부터 자유로울 수 없다는 것이다. 이 문제를 가장 직접적으로 고민한 것이 '또 하나의 문화'(이하 '또문')이다.

또문은 조혜정, 조옥라, 조은, 조형 등 미국에서 공부한 인류학, 사회학 전공자들과 한국 내 여성학자들의 동인 집단이다. 이들은 한국의 가부장제에 대한 이론화를 진행하는 동시에 동인지 『또 하나의 문화』를 통해서 일상문화운동을 전개해나간다. 1호 서문에서 또문은 "또 하나의 문화는 인간적 삶의 양식을 담은 대안적 문화를 만들고 이를 실천해가는 동인들의 모임입니다. 이 모임은 남녀가 진정한 벗으로 협력하고 아이들이 자유롭게 자랄 수 있는 사회를 꿈꾸며, 특히 하나의 대안문화를 사회에 심음으로써 유연한 사회체계를 향한 변화를 이루어 갈 것입니다"라며 남녀의 협력과 자유로운 아이들을 또문이

---

15 조옥라, 「가부장제에 관한 이론적 고찰」, 『한국여성학』 2집, 한국여성학회, 1986, 9~49쪽; 조혜정, 「가부장제의 변형과 극복」, 『한국여성학』 2집, 한국여성학회, 1986, 136~217쪽 참조.

만들어가는 대안문화의 목표로 설정한다. 이는 창간호 기념좌담회에서 "좀 덜 경쟁적이고 인간의 가능성을 충분히 개발할 수 있는 사회, 이런 사회를 이루기 위해서 현재 우리가 여성적이라고 정의내리고 있는 것과 남성적이라고 정의하고 있는 것들이 서로 모아져서 더욱 포용력 있는 가치체계가 기반이 되는 사회를 만들자는 거지요"라는 조옥라의 말과도 일치한다. 이는 민족민중을 중심으로 한 계급운동을 추진하던 당시 변혁운동의 흐름과는 다른 지점에서 출발하는 것이다.

실제로『또 하나의 문화』 창간호에는 '서구적' 여성운동이라는 비판에 대한 고민이 녹아 있다. 조옥라는 이에 대해 "우리 사회에서는 한동안 '전통적'이란 것은 모두 나쁜 것으로 매도하는 경향이 있더니 요즘 와서는 '서구적'이라는 명목으로 매도하는 경향을 보이는 것 같다"며 "외국에서의 경험이 사회를 좀 더 객관적으로 보는데, 그리고 이 운동이 취하는 방향과 방법에 있어 좀 더 다양한 대안을 갖게 한 면에서 보탬이된 것은 사실"이라고 답한다. 조혜정 역시 "이 모임(또 하나의 문화)이 열린 체제로 조직하고자 한 이유가 '한국적'이고자 했기 때문"이라며 그러한 논의를 되풀이할 필요가 없다고 못박는다.[16] 실제로 서구에서도 하나의 통일된 '서구적 여권운동'이라는 말은 존재하지 않으며, 여성해방운동을 적극적으로 추진하는 것을 막기 위해 등장한 비판일 뿐이라고 일축하는 것이다.[17] 이는 '식민성'을 무엇으로 규정하느냐의 차이에서 기인한다. 또문 동인들에게 식민성은 서구의 이론을 번역한다는 데서 오는 것이 아니라 삶과의 괴리에서 생겨나는 것이기 때문이다.

조혜정은『탈식민시대 지식인의 글읽기 삶읽기』에서 식민성을 "자신의 문제를 풀어갈 언어를 가지지 못한 사회, 자신의 사회를 보는 이

---

16 「또 하나의 문화를 펴내며」,『평등한 부모 자유로운 아이』, 또하나의문화, 1985, 12~28쪽.
17 「AWRAN의 지상논단」,『평등한 부모 자유로운 아이』, 또하나의문화, 1985, 269쪽.

론을 제대로 풀어가지 못하는 사회"라고 정의한다. 구체적이고 역사적인 개념이 아니라 자기성찰이 제대로 이루어지지 않아 지식과 삶이 겉도는 현상을 식민성이라고 명명하는 것이다. 이는 "우리가 뿌리 뽑힌 상태에 있다는, 우리 자신을 제대로 성찰하고 규정할 말을 갖고 있지 못하다는 규정이다."[18] 따라서 조혜정이 추구하는 여성해방은 삶과 지식이 유리되지 않는 운동이다. 초기 또문이 양육, 교육, 주부 문제를 전면에 부각시킨 것도 이 때문이다.

또문은 남성성과 여성성의 구분에 대한 재질문에서 시작한다. 남성성과 여성성이 교육과 문화에 의해 만들어진다는 것은 또문이 가장 적극적으로 제기한 화두이다. 1호 『평등한 부모 자유로운 아이』(1985)에서부터 2호 『열린 사회, 자율적 여성』(1986), 3호 『여성해방의 문학』(1987), 4호 『지배문화, 남성문화』(1988), 5호 『누르는 교육, 자라는 아이들』(1989), 6호 『주부, 그 막힘과 트임』(1990)까지 『또 하나의 문화』는 부부 관계, 자녀양육, 문학, 사회문화, 교육, 주부 문제 등 일상에 내재한 사회문화적 관습에 대해 문제제기한다. 이론을 최소한으로 줄이고, 동인들의 에세이와 같은 체험기, 수기에 초점을 맞추는 것도 삶과 만나려는 시도이다. 따라서 번역 역시 이론화 작업이 아니라 페다고지의 개발로 연결된다.

1980년대 『또 하나의 문화』에는 번역문이 거의 실리지 않는다. 6권

---

18 조혜정, 『탈식민시대 지식인의 글읽기 삶읽기』, 또하나의문화, 1992, 15∼36쪽. 이러한 문제제기는 여성해방운동에 대한 시각에서도 일관적으로 드러난다. 조혜정은 해방 후 여성해방운동은 다시 시작됐어야 하지만 "'민족적'인 것을 되찾고자 하는 성급한 과정에서 미처 진정한 민족 자존의 길은 찾지 못한 채 신복고주의에 매달리게 되었다"고 지적한다. 수입된 '현대적' 헌법 제정으로 자동적으로 참정권을 얻게 되고, 따라서 서구 여성들이 끈질기게 벌여온 선거권을 얻기 위한 사회운동을 벌일 필요도 없었던 여성들이 체제 비판적 사회운동의 와중에서 비로소 자신과 동료 여성들, 그리고 다른 억압 집단에 관한 문제를 논의하기 시작했다는 것이다. 조혜정, 『한국의 여성과 남성』, 문학과지성사, 1988, 42∼43쪽.

의 단행본 중 번역글이 14편, 외국도서에 대한 서평이 1편 실린다. 전체의 10%도 되지 않는 비중이다. 그중 눈에 띠는 것은 동화와 노래 등 일상생활에서 활용할 수 있는 실용적 번역물이 등장한다는 점이다.

〈표 2〉『또 하나의 문화』 1~6호 번역문 일람[19]

	기사	번역자	장르 및 원제
1호	로이스 굴드, X − 양성적 어린이의 이야기	박정선 김영훈	동화, Lois Gould, "X : A Fabulous Child's Story", Ms. 1972년 1.
	필 레스너, 유진이와 교장선생님	김미경	동화, Phil Ressner, "Dudley Pippin and the Principal", Free to You and Me 프로젝트
	캐롤 홀(작곡작사), 울어도 좋아	김미경	노래 〈It's all right to cry〉, Free to be You and Me 프로젝.
	스테판 로렌스(작곡) 부르스 하트(작시), 자유로운 너와 나	한현옥 외	노래 〈Free to be You and Me〉, Free to be You and Me 프로
	스테판 로렌스(작곡) 쉘리 밀러(작사), 어른이 되면	김미경	노래 〈When We Grow Up〉, Free to be You and Me 프로젝
	일레인 레론, 아무도 가르쳐 줄 수 없지요	김미경	Elaine Laron, "No one else", Free to be You and Me 프로젝
2호	캐롤 홀(작곡작사), 엄마도 일하고 아빠도 일하고	김미경	노래 〈Parents Are People〉, Free to be You and Me 프로젝
	닥터 쉬스, 별배꼽오리	박정혜	동화, 한은수 그림, Doctor Suess, "The Star-bellied Sneetches"
4호	헬렌 라이멘스나이더 마틴, 글래드펠터 부인의 반란	이성애	단편소설, Helen R. Martin, "Mrs. Gladfelter's revolt"(192
	캐롤 던컨, 20세기 초 전위회화에 나타난 남성성과 지배	김진숙	Carol Duncun, "Virility and Domination in Early 20th Centu Vanguard Painting", *Feminism and Art history : Questioning the Litera* Norma Broude and Mary Garrad, NewYork : Haper & Row, 1
5호	헬무트 베커 위르겐 짐머, 새로운 경제학에 토대를 둔 지역사회 학교의 출현과 그 의미	박혜란	논문, 연세대 동서문제연구원과 주한 독일문화원이 주최 '한독교육학 학술 세미나'에서 발표된 글
	쉐리 터클, 컴퓨터와 함께 자라는 아이들	허향	논문, Sherry Turkle, "The First Generation", *The Second Self : Com and the Human Spirit*, London : Granada Pub, 1985.
6호	일본자기사연구회 편, 사실은 이렇단다.	허순희 외	자기 역사 써보기 활동지
	장필화, 우리 안의 여신들		Jean Bolen, *Goddesses in every woman* 서평

또문은 양성적 아이를 키우는 것을 하나의 목표로 삼고, 창간호에서부터 동화와 동요 등 어린이 관련 번역물을 내놓는다. 이때 주요 참조대상은 미국의 여성주의 잡지 *Ms.*(이하 '미즈')이다. 글로리아 스타이

---

19 원문의 작가와 출전은 google 사이트(googlebooks.com, www.freetobefoundation.org, 최종 검색일 : 2013.8.11)를 통해 검색, 확인하였다.

넘을 편집장으로 한 미즈는 제2의 물결을 표상하는 잡지였다. 글로리아 스타이넘, 패르티샤 카르비네, 레티 포그레빈 등 미즈 편집자와 배우인 말로 토마스가 설립한 미즈 재단은 여성과 아동 문제를 중심으로 하여 아동 성폭력과 성교육, 에이즈 문제 등을 해결하는 데 필요한 자금을 모으고, 사업을 펼친다.[20]

또문은 미즈와 미즈 재단의 아동 교육 프로그램을 번역한다. 1호에 실린 「X-양성적 어린이 이야기」는 1972년 12월호 미즈에 수록된 동화로, 여자아이와 남자아이의 성 역할 구분이 자연스러운 것인지에 대해 질문한다. 처음에는 소년도 아니고 소녀도 아닌 X의 존재를 불편해하던 마을 사람들이 점차 X에 익숙해지고, 자신의 아이들도 X처럼 키우는 분위기를 형성하게 되는 것으로 결론을 맺는 이 소설은 여자, 남자의 구분 없이 "그냥 X"로 자라는 아이를 통해서 양성성의 가능성을 추구하는 것이다.[21] 마찬가지로 1, 2호에 수록된 노래들은 1972년 미즈 재단의 'Free to be You and Me' 프로젝트의 일환으로 녹음, 수록된 곡을 번역한 것이다. 'Free to be You and Me' 프로젝트는 아이들을 위한 동화나 동요가 남성성과 여성성에 관한 사회문화적 관습에 길들여져 있음에 반대하고, 젠더중립적인 읽을거리를 만들자는 생각에서 추진되었다. 모든 노래와 동화는 유명인들에 의해 녹음되었으며, 현재까지도 양성평등, 관용, 차별반대를 교육하는 데 가장 대표적인 자료로 활용되고 있다.[22]

---

20 Ms. Foundation for Women 사이트(http://forwomen.org, 최종방문일 : 2013.8.11) 참조. 1970년대 미즈와 미즈 재단은 서로 관련된 단체였으나, 1987년 이후 공식적으로 분리되었다.

21 여자인지 남자인지 묻는 질문에 "그냥 X"라고 답하는 X는 멜빵바지를 입고, 달리기와 공놀이를 하며, 쿠키를 굽는 것을 좋아한다. 남자아이의 옷과 여자아이의 옷을 모두 입으며, 유치원에 가서도 남자친구와 여자친구를 두루 사귄다. 1등을 하기 위해 달리는 것이 아니라 달리기를 좋아하고, 친구를 사귀는 것을 좋아한다. 처음에는 X를 꺼려하던 아이들도 점차 X처럼 멜빵바지를 입고 뛰어놀게 된다는 짧은 동화이다.

2호에 실린 동화 「별배꼽오리」 역시 차별과 불평등에 대한 동화이다. 배꼽에 달린 별이 있고 없음에 따라 자신의 우월함을 주장하는 오리들의 모습은 인종, 외모 등을 이유로 이루어지는 차별에 대한 우화이다.[23] 동화의 결말은 희망적이다. 오리들이 별이 있고 없고는 중요하지 않다는 사실을 깨닫게 되는 것이다. 이처럼 또문은 미국의 젠더 중립적 동화와 동요 등을 번역함으로써 한국의 양육현장에서 사용할 수 있도록 한다. 이 동화들은 또문 동인들의 양육수기와 함께 배치된다. 조혜정은 1호에 실린 「적절하게 적응 못하는 아이」를 통해 자신이 두 아이를 키우는 경험을 기록한다. 이는 양성성을 개발하는 젠더중립적 양육이 무엇인지를 보여주는 실제 사례가 된다. 4호와 5호에 실린 번역문들은 각호의 주제에 맞춰 번역된다. 4호의 소설 「글래드펠터 부인의 반란」은 딸의 교육을 위해 가부장적인 남편에게 저항하는 부인의 이야기이다. 함께 실린 캐롤 던컨의 글 역시 회화에 나타난 남성성의 지배문화에 대한 분석이라는 점에서 남성 지배문화에 대한 비판이라는 4호의 주제와 통한다. 5호의 번역문들은 새로운 시대의 교육이라는 주제와 연결된다.

또문에서는 실용적 효과를 갖는 글들을 중심으로 번역이 이루어진다. 이는 서양이론의 한국화라는 또문의 목표와도 통한다. 이론화를 위한 번역은 최대한 지양하고, 페다고지 차원에서 들여오는 것이다. 또한 학술논문과 동인지 또문 사이의 차이라고도 볼 수 있다. 학

---

22 Free To Be You And Me 사이트(http://www.freetobefoundation.org, 최종방문일 : 2013.8.11) 참조.
23 원작은 가상의 동물 sneetch를 등장시키는데, 닥터 수스가 그린 캐릭터가 큰 오리와 닮아서 「별배꼽오리」가 되었다. 이후 sneetch는 옷이나 머리스타일 등 별로 중요하지 않은 요인 때문에 자신이 다른 사람보다 더 낫다고 생각하는 사람들을 지칭할 때 쓰이기도 한 표현이 되었다. Urban Dictionary 사이트(http://www.urbandictionary.com, 최종방문일 : 2013.8.11) 참조.

술논문에서는 당대 미국에서 벌어지고 있는 논의를 적극적으로 참조하지만, 삶과의 일치를 추구하는 동인지에서는 이를 지양하는 것이다. 따라서 동인지 『또 하나의 문화』에서 번역은 그 비중이 얼마 되지 않을 수밖에 없다. 이는 또문이 지식을 탈식민화하는 방식이라고 볼 수 있다. 이론화에 동원되는 지식이 아니라 실제 삶에 활용되는 지식을 번역함으로써 대안문화운동으로서의 여성해방운동은 탈식민적 지식을 생산해내는 것이다.

4. 계급운동으로서의 여성해방이론과 편역서의 기획

1980년대 여성해방운동은 당시 공론장의 중심에 있던 운동진영의 영향을 받는다. 이로 인해 특정 이념이 조직구성의 원리로 자리 잡게 되며, 당면 과제를 설정하는 데에서도 늘 이념적 원칙을 중시하게 된다.[24] 특히 학생운동 출신을 중심으로 하는 지식인들이 사회운동에 대거 참여하게 됨에 따라 이념지향성은 더욱 강화되고, 노동운동, 농민운동, 여성운동 등의 부문운동은 이념적 전체로 결합하는 구조를 갖추게 된다.[25] 이처럼 1980년대 중반에 들어서면 민주화 운동이 강화되고 조직화되면서 여성운동 내부에서도 민주화운동과 통합하려는 경향이 강하게 나타났다.[26]

---

24 오일환, 「1980년대 이후 한국 사회운동과 정치발전」, 『한국정치외교사논총』 21, 2000, 199~226쪽.
25 박형준, 「전환기 사회운동의 성격」, 『오늘의 한국 사회』, 사회비평사, 1993, 416~422쪽.
26 조주현, 「여성 정체성의 정치학―80~90년대 여성운동을 중심으로」, 『한국여성학』 12집,

비정기적으로 발행된 무크지 『여성』[27]은 특집 기획을 통해 한국여성해방이론의 전개를 비판적으로 검토하고, 사회 전반의 구조적 개혁을 가능하게 하는 이론이 필요하다는 주장을 펼쳤다. "서구여성해방운동의 제이론이 우리 현실에 맞지 않아서 여성운동주도권이 어용적 중산층 여성운동으로 변질되는 과정"이 문제이기 때문에, 마르크스주의 해방이론으로 거듭나야 한다고 주장한 것이다.[28] 이는 한국의 여성해방이론은 서구와는 달라야 하며 한국 사회의 변혁운동의 자장 안에서 이루어져야 한다는 주장이다. 『여성』 2호의 「한국여성해방이론의 전개에 대한 비판적 검토」는 70년대 여성해방운동은 수출일변도의 파행적 산업화로 한국 사회의 모순이 심화, 확대된 결과 생겨난 것이라고 분석한다. 한국 사회에서 여성 억압은 한국 사회의 총체적 구조로부터 분리될 수 없는 것이기 때문에, 물적 토대의 성격과 관련된 모순을 지양하려는 노력은 '계급성'을 나타내지 않을 수 없다는 것이다.[29] 이처럼 한국 현실에 맞는 여성해방이론은 전체 사회구조에 대한 개혁을 이야기하는 마르크스주의에 근거해야 한다는 전제에 의거해 운동으로서의 번역을 기획한다.

1980년대 호황을 누린 사회과학 전문 출판사들은 이러한 문제의식

1996, 138~179쪽.

27 『여성』은 1985년의 1호 '허위의식과 여성의 현실', 1988년의 2호 '변혁기의 여성들', 3호 '한국여성의 노동현실과 운동'을 주제로 하여, 총 3번 발간되었다.

28 『여성』에서 여성해방이론에 대한 전면적 재검토를 요청한 이유는 1호에 실린 심정인의 「여성운동의 방향 정립을 위한 이론적 고찰」(200~255쪽)을 통해 확인할 수 있다. 심정인은 해방 이후의 여성운동에 대해 친일파와 특권적 여성들의 여가활용적 활동이며 개량주의적 경향의 여성운동세력에 의해 장악되었다고 평가절하한다. 이들은 유물론적 여성해방이론을 토대로, 한국의 여성해방운동의 뿌리를 근우회나 마르크시즘에서 찾으며, 여성평우회에 대해 강한 비판을 선포했다. "여성운동은 가부장제를 포함하여 여성을 억압하는 사회 구조를 변혁하여 남녀 모두가 인간답게 살 수 있는 사회를 건설'하는 것이라는 입장이다.

29 여성사연구회 편집부, 「한국 여성해방이론의 전개에 대한 비판적 검토」, 『여성』 2호, 창작사, 1988, 174~200쪽.

을 번역서와 편역서를 통해 펼쳐낸다.[30] 풀빛(3권), 동녘(4권), 백산서당(5권) 등의 사회과학 전문 출판사들은 마르크스주의 여성해방론과 아시아 지역의 여성해방에 관련된 여성해방이론서를 내놓는다. 세 출판사는 번역서의 선정과 기획에 있어 각자 특성을 가지고 있다. 백산서당의 경우, 5권 모두 비교적 부담 없이 읽을 수 있는 일본 서적이다. 풀빛의 경우, 여성해방이론의 체계를 잡는 데 도움을 주는 책들을 선정해서 번역하고 있다. 동녘의 편역서들은 사회주의 여성해방론을 뒷받침한다는 기획의도를 바탕으로 구성되어 있다.

〈표 3〉 사회과학 출판사에서 나온 번역서 일람(*는 한국에서 만든 편역서)

저자	제목	역자	출판사	출판년도
마쓰이 야요리	무엇이 여성해방인가	김혜영	백산서당	1981
로버타 해밀턴	여성해방논쟁	최민지	풀빛	1982
아우구스트 베벨	여성과 사회	선병렬	한밭출판사	1982
다나카 미치코	미혼의 당신에게	김희은	백산서당	1983
미즈다 타마에	여성해방사상의 흐름*	김희은	백산서당	1983
앨리슨 재거 편	여성해방의 이론체계	신인령	풀빛	1983
슐라미스 화이어스톤	성의 변증법	김예숙	풀빛	1983
엘리 자레스키	자본주의와 가족제도	김정희	한마당	1983
프리드리히 엥겔스	가족의 기원	김대웅	아침	1985
클로디 블로이엘	하늘의 절반―중국의 혁명과 여성해방	김주영	동녘	1985
여성평우회 편	제3세계 여성노동*	여성평우회	창작과비평사	1985
안마리 울프 등 편	여성과 생산양식	강선미	한겨레	1986
타마키 하지메	세계여성사	김동희	백산서당	1986

---

30 윤금선은 1980년대 독서경향에 대한 분석을 통해서 70년대 후반부터 '번역물 붐' 현상이 나타났으며, 특히 사회과학 단행본과 기획출판이 늘어났다고 지적한다. 특히 82년 2월 금서 조치가 대폭 해제되면서 이데올로기 관련 서적의 번역출판물이 급속도로 증가하게 된다는 것이다. 그러나 이러한 증가는 1980년대 중반 대대적인 단속을 통해 억제되기도 한다. 윤금선, 「1980년대 전반기 독서운동 사례와 독서경향 분석」, 『독서연구』 19, 2008, 229~277쪽.

저자	제목	역자	출판사	출판년도
C. 폰 벨로프 외	여성 최후의 식민지*	강정숙 외	한마당	1987
아우구스트 베벨	여성론	이순예	까치	1987
김지해 편	세계여성운동 1 – 사회주의 여성운동*		동녘	1987
김지해 편	세계여성운동 2 – 민족해방 여성운동*		동녘	1988
필립 포너 외 편	클라라 체트킨 선집	조금안	동녘	1987
마르크스 외	여성해방론*	조금안	동녘	1988
아우구스트 베벨	여성과 사회	정윤진	보성출판사	1988
하이디 하트만 외	여성해방이론의 쟁점 – 사회주의 여성해방론과 마르크스주의 여성해방론*	김혜경 김애령	태암	1989
레닌	레닌의 청년 여성론*	편집부 편역	함성	1989

위의 표에서 우선 눈에 띄는 점은 마르크스, 엥겔스, 베벨, 레닌 등
의 사회과학 고전이 소개되고 있다는 점이다. 엥겔스의『가족의 기
원』(1884)이 최초로 완역되었으며, 마르크스주의 여성해방이론의 고
전이라 할 수 있는 베벨의 *Die Frau und der Sozialismus*(여성과 사회주의)는
『여성과 사회』,『여성론』 등의 이름으로 1980년대에만 세 차례 발간
된다.[31]『여성과 사회』가 과거와 현재 여성의 역사를 정리한 2부 15장
까지,『여성론』이 현재 여성의 지위와 사회적 상황에 관해 다룬 3부까
지 다루고 있다. 번역자인 이순예는 "여성문제와 사회문제를 분리시
켜 생각하는 사고방식을 제거하고 그것에 저항하는 데에 선구적인 역
할"을 했다는 점에서『여성론』의 가치를 높게 평가한다. 여성문제를

---

[31] 『여성과 사회』는 번역자의 이름과 출판사는 다르지만, 책 본문과 역자후기가 동일하다. 따
라서 1982년 한밭출판사판과 1988년 보성출판사판이 같은 책이라고 할 수 있다. 이 책은
1920년대『부인론』으로 소개되었으며『동아일보』1925년 11월 9일자에 배성룡이 번역한
베벨의『부인해방과 현실생활』(조선지광사)이 출간되었다는 신간 소개기사가 실려 있다.
식민지기『부인론』의 수용양상에 대해서는, 홍창수,「서구 페미니즘 사상의 근대적 수용
연구」,『상허학보』13집, 2004, 317~362쪽; 김양선,「사회주의 여성해방론의 소설화와 그
한계」,『우리말글』36집, 2006, 181~202쪽; 김경애,「근대 남성지식인 소춘 김기전의 여성
해방론」,『여성과 역사』12집, 2010, 111~149쪽 참고.

심리학적, 생리학적 관점으로 접근하는 것이 여성문제와 사회문제를 분리시키는 '오류'라고 명명하고, 그 오류를 교정해야 한다는 주장을 펼치는 것이다. 이는 급진적 여성해방론에서 주장하는 섹슈얼리티와 성차 문제를 의식한 것으로, 여성문제는 역사의 진보 관점에서 사유해야 한다는 생각을 바탕으로 하고 있다.

사회변혁의 관점에서 여성해방을 바라보는 진영은 자본주의와 생산양식의 문제가 여성억압의 근원임을 강조했다. 이때 이들이 대타항으로 삼은 것은 1960~70년대 미국에서 출발한 사회주의 여성해방론이다. 사회주의 여성해방론은 마르크스주의만으로는 여성억압의 초역사성과 보편성을 설명해낼 수 없다는 인식을 바탕으로, 자본주의와 가부장제의 이중체계가 여성억압의 원인이라고 주장했다. 아이젠슈타인은 '자본주의적 가부장제'라는 개념을 통해 여성억압은 남성과 여성을 위계적인 방식으로 조직하는 사회관계, 즉 정치적 영역에서 파생하는 것이며 가부장제를 남성들의 여성에 대한 지배를 가능케 하는 사회관계로 본다. 이에 대해 한국 마르크스주의 여성해방론은 한국의 여성해방운동 진영의 방향성을 호도하며, 결국 미국의 급진적 여성해방주의를 따라가게 될 뿐이라고 지적한다.[32] 사회주의 여성해방론이 마르크스주의 여성해방론을 협소한 의미로 해석하여 제대로 이해하지 못했다는 비판이다.

이러한 입장에서 마르크스주의 여성해방론자들은 편역서를 기획하여 자신들의 주장을 뒷받침한다. 편역서는 역자나 출판사의 기획 의도와 필요에 따라 다양한 글을 묶어 편집할 수 있다는 장점이 있다. 『레닌의 청년 여성론』은 1940~50년대 활발하게 저술활동을 펼친 마

---

32 강이수, 「불행한 결혼인가, 불가능한 결혼인가」, 『여성과 사회』 1호, 1990, 379~389쪽.

르크스주의 페미니스트인 히라이 기요시平井潔가 편역한『レーニン 靑年, 婦人論』(靑木書店, 1956)을,『여성해방론』은 100쪽 남짓한 팸플릿인 *The Women Questions-selections from the Writings of Karl Marx, Frederick Engels, V. I. Lenin, J. V. Stalin*(International Publisher, 1982)와 *The Emancipation of Women from the Writings of V. I. Lenin*(International Publisher, 1984)에서 중복된 부분을 편집하여 다시 만든 책이다. 이 두 권의 번역자 조금안은 서문을 통해 "마르크스주의적 여성문제 인식방법에 대해 독자들의 기본적인 이해를 도모하는 데 그 목적"을 밝히고 있다. "개량주의적 수정주의적 여권론자들"의 "왜곡 혹은 선입견이 통용될 수 있는 여성계의 현실"에서 마르크스주의를 소개하는 것만으로 의의가 있다고 평가하는 것이다.[33] 이러한 경향은 여타 편역서에서도 드러난다. "사이비 마르크스주의적 요소들을 척결하고 올바른 여성해방론적 인식의 기초를 다지려는 시도"라는 입장도 이에 속한다.『여성해방이론의 쟁점』의 역자인 김혜경과 김애령은 번역의 목적이 '유사 마르크스주의적 관점'인 사회주의 여성해방론의 이론적, 실천적 오류를 분석하는 것이라고 설명한다. 미국의 사회주의 여성해방론자인 하이디 하트만, 질라 에이젠슈타인의 논문과 마르크스주의 여성해방론자인 린다 번햄 등의 논문을 비교하면서, 사회주의 여성해방론의 도입과 그에 대한 마르크스주의적 비판이라는 순서에 따라 책을 구성하고, 번역한 것이다. 즉 사회주의 여성해방론을 사이비로 호명하고, '진정성이 있는 운동론'의 대중적 확산을 겨냥하고 있었다고 할 수 있다. 개량주의나 '사이비 마르크스주의'적 요소를 경계하는 것을 통해서 마르크스주의의 순수성을 지키려는 시도이다.

---

33 조금안,『여성해방론』, 동녘, 1988, 4쪽.

또한 사회주의 여성해방론이 전체를 보지 못하고, 부분적이고 지엽적인 '여성'만을 대상으로 하고 있다는 비판도 있다. 미즈다 타마에의 『여성해방사상의 흐름』[34]을 번역한 김희은은 "지금까지 여성해방을 다룬 이론들이 다양한 모습으로 드러나는 여성문제들의 한 부분만을 확대해석하거나, 여성지상주의적인 분파적 경향을 띠기도 하여 본질적인 모습을 파헤쳐 주지 못해서 많은 사람들의 지지를 받지 못하는 예가 많았다"고 지적한다. 『세계여성운동』의 편자인 김지해 역시 미국의 이중체계론에 대해 "제국주의의 이익에 봉사하면서 제3세계 여성운동의 혁명성을 왜곡 축소시키는 역할을 수행한다"고 비판한다.[35] 즉 마르크스주의 여성해방론을 제외한 여타의 여성해방론은 부르주아적이며, 일부 중산층 여성들을 위한 것인 반면, 마르크스주의 여성해방론은 전체 여성과 인류의 해방을 도모한다는 입장이다.

이처럼 1980년대 운동 진영의 번역 작업은 편역서를 통해 '진정한' 마르크스주의 여성해방론의 총체적, 진보적 의식을 도모하려는 의도가 두드러진다. 부분적, 분파적인 유사 마르크스주의를 경계하고 총체적이고 진정한 마르크스주의 여성해방론을 소개함으로써 서구의 여성해방이론과 다른 여성해방의식을 보여주는 것이다. 이 과정에서 번역자와 출판사는 모두 기획자가 되어 자신들의 필요에 따라 번역행위를 실천한다. 엄격한 윤리성과 진정성을 요구하고 있기도 하다. 그런데 이데올로기의 순수성과 윤리성이 도달하는 지점은 결국 마르크스와 엥

---

34 마르크스주의의 입장에서 여성해방사상의 역사를 정리한 편역서이다. 저자인 미즈다 타마에의 두 권의 저서를 한 권으로 합친 이 책은 서양 근대 사상의 출발점인 루소에서부터 시작하여 계급구조와 가족구조를 분석한다.

35 김지해는 우리나라에서는 부르주아 여권운동의 사상적 원천에 대해서는 소개가 되었으나 사회주의 여성운동, 민족해방여성운동에 대한 소개는 전무한 편이기 때문에 19세기 후반부터 20세기 초반을 풍미했던 사회주의 여성운동을 소개하는 것이 매우 시급한 일이라고 평가하고 있다.

겔스, 레닌의 유물론이라고 하는 또 하나의 지적 제국이다. 영미의 여성해방이론으로 인해 생겨난 식민성을 극복하려는 의도에서 출발하였으나, 또 다른 제국에 의지하는 오류를 범하게 된 것이다. 이들은 마르크스주의라는 또 하나의 보편을 획득하기 위한 기획 속에서 탈구된다.

5. 민족해방운동으로서의 여성해방운동과 '제3세계'의 기획

1980년대 중반부터 한국의 사회운동 진영에서는 민족문제가 본격화된다. 이는 여성해방운동 진영에도 영향을 미친다. 1985년에 치러진 제1회 3·8 여성대회는 '민족·민주·민중과 함께 하는 여성운동 선언'을 표어로 삼았고, 여연은 '민족민주 운동으로서의 여성운동'을 강조하기도 하였다.[36] 이러한 흐름은 번역서로 이어져, 제3세계의 민족해방운동을 소개하며, 그 속에서 여성운동의 양상을 조명하는 책이 등장하기 시작한다. 영미권 백인 부르주아의 '제2의 물결'이 아닌, 우리와 조건이 유사한 아시아 민족해방투쟁의 여성영웅을 호명하고 그들을 통해 여성해방에 대한 의식을 일깨우려 시도한 것이다. 여기에는 1980년대 공론장의 민주·민중 진영의 압도적 우세와 반미 투쟁

---

36 여성 3호(1989)는 '민족민주운동과 여성운동'이라는 주제로 좌담회를 개최한다. 이 자리에 당시 여연의 부회장이었던 이미경이 참석하여, "여연 출범시 자체내에서 단순히 남녀 간의 지위개선문제에 집중하는 것만이 아니라 한국의 사회구조적 문제의 근본인 민주화 자주화 문제 해결에 여성들이 역사의 주체로서 참여해야 한다"는 입장을 세웠다는 것을 분명히 하며 이것이 88년 '분단' 올림픽 개최와 미국의 수입개방 요구 등과 맞물려 다시 한 번 주요 현안으로 떠올랐다고 대답한다. 「민족민주운동과 여성운동」, 『여성』 3호, 1989, 25~31쪽.

등이 영향을 미친다. 1980년대 한국 사회에서 미국은 또 하나의 제국이었으며, 반미운동은 제3세계 일반의 '반식민지' 민족주의 운동의 한 형태였다. 그로 인해 변혁운동 자장에서 반미운동은 지극히 도덕적이고 결정론적인 것이었으며, 기존사회와 기존정치체제의 근본적 개혁을 요구하고 나서는 민주주의 운동이었다.[37] 이는 제3세계 민족주의 운동에도 동일하게 적용될 수 있다. 성차별과 억압의 문제를 군부권위주의 정권의 문제와 결합시켜보는 시각이다.[38]

『세계여성운동 2—민족해방 여성운동』은 "85년 말 이후 민족해방의 문제가 투쟁의 주요 흐름을 잡게 되면서 제3세계라는 비과학적 개념을 넘어 제국주의와 식민지의 문제, 그것을 극복하려는 민족해방투쟁의 문제로서 여성운동을 새롭게 기획 재조정"하였다는 목표를 밝힌다. 이를 위해 중국, 베트남, 쿠바의 민족해방투쟁의 승리와 아프리카의 무장투쟁 등을 소개하면서, '페미니즘'은 미국과 서구 유럽의 여권주의라는 협소한 개념이며 사회주의 여성운동을 건설하고 지지해야 한다고 주장한다. 어머니와 아내라는 부르주아 이데올로기에 대한 계급투쟁을 선언하는 것이다. "아내와 어머니로서 '존경할 만한' 여성에 대한 기본적인 정의는 여성노동자의 계급의식을 저해하며 정치의식의 발전을 제약하는 근거"가 된다는 것이다.[39] 여기서 세계는 미국과 서구 유럽 vs 아시아와 아프리카로 이분된다. 이러한 이분법적 구도 아래서, 한국을 비롯한 제3세계는 서구라는 외부의 적대를 통해 내부를 단결시킨다. 그런데 '존경할 만한 여성'에 대한 기본적인 정의에 대해 의문을 제기하지 않을

---

37 장달중, 「반미운동과 한국정치」, 『한미 관계의 재조명』, 경남대 극동문제연구소, 1988, 123～143쪽; 「반미운동의 성격에 관한 이론적 고찰」, 『국제문제연구』 12권 1호, 서울대 국제문제연구소, 1988, 1～17쪽.

38 이승희, 「여성운동과 한국의 민주화」, 『새로운 정치학』, 인간사랑, 1998, 305쪽.

39 노마 스톨츠 친칠라, 「여성해방, 계급해방, 민족해방」, 『세계여성운동』 2, 동녘, 1988, 9～27쪽.

수 없다. 내부 단결을 위해 등장하는 것은 하나의 공동체를 상상하게 해주는 "끈끈하고 벅찬 감동", "아프리카 오지의 나이 어린 흑인여성들의 해방의 필연성을 넘어선 가슴 뿌듯한 신념"의 서사이기 때문이다.

이 '벅찬 감동'의 서사는 여성운동가의 수기와 전기에서 두드러지게 나타난다. 『여성』 2호는 제3세계 여성운동가의 삶을 다룬 수기 『아리랑 고개의 여인』, 『어머니들』과 소설 『사이공의 흰 옷』을 '여성문제의 인식을 돕는 책'[40]로 선정한다. 이 세 권의 번역서는 평범한 여학생이나 아내가 사회의 부조리를 자각하고 의식변화를 일으키는 과정을 통해 계급승리와 민족해방의 메시지를 전달한다. 고문, 투옥, 피살 등의 여성수난사가 "여성대중에게 변화의 신념"을 심어주는 이야기로 재명명되어 감동적인 사례로 전형화되는 것이다.

『아리랑 고개의 여인』의 작가 고준석은 해방기 공산당 활동을 하다 죽은 아내 김사임을 위로하기 위해 책을 썼다고 밝힌다. 책의 화자인 고준석은 자신의 아내를 순수한 소녀에서 조국의 열사로 변모하는 영웅으로 이상화한다. 부르주아 여학생 김사임이 공산주의자 고준석을 만나 현실에 눈뜨고, 철저한 공산주의자가 되는 과정을 '아리랑 고개의 여인'으로 형상화하는 것이다. 이때 흰 한복을 입고 아이를 업은 채 사살당한 김사임은 '아리랑 고개'가 표상하는 순결한 민족의 상징이 된다.[41] 통일을 위해 노력하던 공산주의자 여성의 비극적 최후를 통해 "한

---

40 선정된 책은 다음과 같다. 고준석, 유경진 역, 『아리랑 고개의 여인』, 한울, 1987; 구엔 반붕, 『사이공의 흰 옷』, 친구, 1986; 도미틸라(구술), 모에마비처(기록), 정순이 역, 『어머니들』, 한마당, 1986; 엥겔스, 김대웅 역, 『가족의 기원』, 아침, 1985; 필립 S 포너, 조금안 역, 『클라라 체트킨 선집』, 동녘, 1987; 벨로프, 강정숙 외역, 『여성, 최후의 식민지』, 한마당, 1987; 사피오티, 김정희 역, 『산업사회의 여성』, 일월서각, 1986; 울프 쿤, 강선미 역, 『여성과 생산양식』, 한겨레, 1986; 김지해 편, 『세계여성운동 1 ─ 사회주의 여성운동 편』, 동녘, 1987; 타마키 하지메上城曻, 『세계여성사』, 백산, 1986 등의 총 10권이다.

41 김사임이 여성해방의식을 가지고 있었던 것은 몇몇 장면에서 확인된다. 그러나 화자인 남

민족의 통일과 민족정신"을 일깨우려는 의도가 포함되어 있는 것이다.

『사이공의 흰 옷』[42]은 실존 인물인 응웬 디 짜우를 모델로 하여, 여성주인공이 공산주의의 투사로 거듭나는 과정을 그린 소설이다. 조국의 '진정한' 독립과 자유를 위해 남베트남 학생운동과 공산당 활동에 참여하고, "체포와 가혹한 고문에도 굴하지 않고 더욱 강고하고 성숙한 운동가로 변모해 나가는 과정"을 통해 "모든 안일한 삶에 도덕적 질타"를 던지고자 한다는 것이 이 책의 간행 목적이다. 여기서 중요한 것은 "흰 옷으로 표현되는 베트남 민중의 조국과 민족, 혁명에 대한 단심丹心, 사랑하는 사람에 대한 베트남 여성들의 순결"이다. 호앙에 대한 사랑은 운동가로서의 호앙에 대한 존경심에서 비롯되며 고문이 힘들어지고 투옥이 길어질수록 순수한 사랑으로 이상화된다. "그것은 어떠한 혹독한 고문에도, 주위의 타락에도 꺾이거나 물들지 않고 싱싱하게 꽃피는 청순함이며 젊은 세대의 애국심과 건전함이 부르는 승리의 찬가"이며 그녀에게 주어지는 최고의 결말은 "흰 아오자이를 입고 머리카락을 뒤로 묶은 홍이 떳떳하게 호앙과 팔짱을 끼고 모교 반랑 고등학교를 방문해 후배들의 열렬한 환영과 축복속에 결혼식을 올리는 것"이다. 『사이공의 흰 옷』에서 흰 옷과 여성의 순결은 공적 영역의 이데올로기뿐만 아니라 사적 영역의 사랑에서도 강조된다. 홍은 공산주의자로서 눈을 뜨며, 그와 동시에 훌륭한 운동가이자 지도자인 호앙을 사랑하게 된다. 사상과 사랑은 동심원을 이루며 여주인공에게 '순결'

편 고준석은 아내가 당활동을 위해 나가는 것도 불편하고 부담스럽게 여길 만큼, 여성해방에 대한 최소한의 공감대도 형성하고 있지 않다. 고준석은 아내 김사임을 철저히 낭만화, 대상화하고 있는 것이다.

[42] 원제는 *Ao Trang*으로 베트남 여성이 입는 흰색 전통의상을 지칭한다. 실존 인물인 작가의 이름인 응웬을 구웬으로 번역할 만큼 베트남 문화나 언어에 대한 이해가 부족한 상태에서 번역된 초판본은 80년대 대학생, 노동자 사이에서 큰 인기를 끌었다. 2006년 동녘에서 『하얀 아오자이』라는 이름으로 재출판된 바 있다.

을 요구한다. 호앙이 사랑하는 '흰 아오자이를 입고 자전거를 타는' 순결한 사이공 여학생일 때만, 여성은 영웅이 될 수 있는 것이다.

볼리비아 광산 노동자 투쟁에 대한 수기인 『어머니들』은 74년 UN 세계여성대회에 참가한 여성노동자 도미틸라의 이야기를 브라질 여성학자인 모에마 비처가 구술 기록한 책이다. 도미틸라는 독재정권에 대항하여 싸우는 공산당의 투사이다. 그녀는 주부들을 이끌고 바리케이드를 치고 남자들을 대신해 노사협상을 이끌어낸다. 동시에 헌신적인 아내이자 어머니이기도 하다. 그녀는 볼리비아에 참된 민주정부를 세우기 위해, 지금은 남성들과 함께 투쟁해야 한다고 말한다. 노동자의 아내인 여성들 역시도 투쟁의 일선에 나서 "남자들과 같이 민중해방을 위해 싸우는 것이 더욱 중요하다"는 것이 그녀의 입장이다. 따라서 "여성 존중주의(페미니즘)"나 "남성 위주의 사고방식"은 모두 "제국주의의 무기"가 된다. 민중의 힘을 분산, 약화시키기 때문이다. 그런데 여기서 흥미로운 점은 번역자가 페미니즘의 번역어로 '여성 존중주의'를 택하고 있다는 점이다. 이는 번역자의 위치를 노출한다. 번역자에게 여성은 민중의 일부일 때만 의미를 갖는 것이고, 여성해방은 민족해방, 민중해방을 통해 자연스럽게 획득할 수 있는 것이다. 이 책의 목적은 하위 주체인 민중의 목소리를 기록한다는 데 있는 것이고, 번역자는 그것을 정확하게 포착하였다고 할 수 있다.

도미틸라는 목소리를 갖지 못한 볼리비아 민중의 상황을 알리기 위해서 대표자로서 UN 발언대에 선다. 그녀는 백인, 부르주아 페미니스트들에게 분노하며, 자신의 발언권을 확보한다. 이는 이 책의 원제가 "나도 한 마디 해도 된다면"이라는 데서도 알 수 있다. 그런데 한국어로 번역되는 과정에서 제목은 '어머니들'로 바뀐다. 민중의 투사라는 하위 주체의 정체성이 어머니로 전치된 것이다. 이는 번역자의 의

도를 반영한다. 투쟁하는 '어머니들'에 대한 '존중', 이것이 한국 사회에서 이 책을 번역한 목적이자 소비하는 방식이다. 순결한 어머니에 대한 강조는 부르주아 핵가족의 이데올로기가 만들어낸 '존경할 만한 여성'상의 전형이기도 하다.

구엔 치 프엉이나 도미틸라, 김사임과 같이 민족해방운동에 참여한 여자 공산주의자의 이야기는 독자들에게 '벅찬 감동'을 주고 '뿌듯한 신념'을 느끼게 한다. 그러나 이 과정에서 그들의 목소리는 민족해방이라는 목적에 봉사하는 도구가 된다. 이들은 여성억압의 원인이 자본주의와 제국주의의 결합에 있기 때문에, 민족해방투사나 공산주의자 역시 여성해방의 투사라고 주장한다. 책의 광고와 헤드라인은 공산주의자로서 이들의 강건한 투쟁의 자세를 주장하지만, 책이 재현하는 것은 흰 옷을 입은 순결한 누이와 고문에도 굴하지 않고 투쟁하는 어머니, 아리랑 고개에서 죽은 아내이다. 여성 투사들을 누이, 어머니, 아내 등 가족 구성원의 일부로 호명하여 감동을 주는 것이다. 그래서 이들의 영웅 서사는 여성수난사로 굴절된다.

제3세계는 이데올로기 혁명과 투쟁이 있는 '순수한' 공간이라는 제3세계의 기획은 순결한 여성을 민족의 표상으로 치환할 때 가능해진다. 탈식민적 시도가 1세계와 3세계를 이항대립적 구도에 배치하여 민족주의로 소급되는 것이다.[43] 이 과정에서 제3세계는 순결한 여성이 있는 이상향으로 자리매김하고 1세계에 대한 민족적 우월감을 획득한다. 그렇다면 이때 제3세계의 순결하지 않은 여성은 어떻게 되는지 질문할 필요가 있다. 누이, 어머니, 아내로 명명되지 못한 여성들은 서사의 주인공이 될 수 없다. 가족의 이름 아래에서 이데올로기의

---

43 호미 바바, 앞의 책, 336쪽.

순수성을 담보할 때에만 여성은 민족과 해방의 상징이자 감동의 대상이 되는 것이다. 결국 여성 영웅의 주체성은 이데올로기의 대상으로 환원될 때에만 의미를 획득한다는 역설을 마주하는 것이다. 이는 여성해방이 민족해방의 도구로 동원되는 양상이기도 하다.

6. 맺음말 — 여성해방운동의 (탈)식민성

1980년대 여성해방운동은 서구의 여성해방이론을 참조하여 여성해방이라고 하는 보편성의 이념을 번역한다. 특히 미국을 중심으로 한 제2의 물결은 주요 참조 대상이었다. 그런데 이 번역 과정에는 '한국'이라는 특수성이 포함되지 않을 수 없다. 번역에는 항상 모방과 오염의 가능성이 숨어있기 때문이다. 따라서 번역 과정에서 탈식민적 고민을 놓지 않는 것이 중요한 문제가 된다. 한국의 여성해방운동은 서구와 어떻게 다르며, 어떤 방식으로 나아가야 할지 그 상을 그리는 것이다. 게다가 1980년대는 한국의 사회변혁 운동장에서 서구(미국)와 식민성의 문제가 주요 화두로 등장한 시기이기도 하다. 민주화운동으로서의 반미운동과 계급의식에 바탕을 둔 제3세계 민족주의 운동이 변혁운동의 주축이 되었기 때문이다. 이때 여성억압의 기원을 밝히고 이론적 근거를 마련하는 데에 누구를 참조할 것인가가 문제가 된다. 가벼운 에세이부터 마르크스, 레닌에 이르기까지 여성해방운동은 번역서를 통해 자신의 이론적 체계를 형성해나가는 것이다.

교양교육운동으로서의 여성학은 여성의식의 각성과 변화를 추구하기 위한 에세이들을 선택하여 학습자의 저변을 확대하였다. 또한 여성성과 남성성의 고정관념을 깨뜨리고, 젠더는 문화적으로 구성된다는 문제의식을 확산시키는 데 초점을 두었다. 대안문화운동을 표방한 또문은 양성평등을 위한 문화적 실천을 수행한다. 주부와 아이에서부터 남성지배문화에 이르기까지 일상의 다양한 영역을 운동의 자장으로 삼아, 삶과 연동되는 지식을 생성해 나간 것이다. 이때 번역은 실용적 페다고지를 개발하는 단계로 사용된다. 1980년대 한국 사회의 변혁운동 장에서 주류를 이뤘던 계급운동으로서의 여성해방운동은 마르크스주의를 기반으로 한 편역서를 통해 영미권의 여성해방이론을 배격하고 '진정한' 인간해방을 주장하였다. 또한 민족해방운동으로서의 여성해방운동은 제3세계의 해방을 위해 투쟁한 여성영웅들의 서사를 통해 민족의식을 고취하기도 하였다. 번역서를 편집, 기획하는 과정에서 자신의 필요에 의해 적극적 번역행위를 실천한 것이다. 이때 번역은 원본과 번역본이 뒤섞이고, 수신자인 한국이 오히려 발신자의 위치가 되는 역전과 전위의 공간이 된다.

그러나 이 과정에서 이데올로기의 순수성이 강조되면서, 문제는 출발점으로 되돌아간다. 진정한 마르크스주의, 순수한 제3세계에 대한 강조와 전형화가 진정성과 유사성, 원본과 사본, 발신자와 수신자의 이분법적 틀로 환원되기 때문이다. 이는 혼종성을 이데올로기의 순수성으로 봉합하여 또 다른 보편을 형성하려는 욕망이라고 말할 수 있다. 즉 아시아 여성이라고 하는 특수성을 보편성으로 정립하고자 하는 것일 뿐, 특수성과 보편성의 대립구도는 여전히 남아있는 것이다. 따라서 1980년대 여성해방운동의 탈식민적 혼종성은 식민의 구도 안으로 돌아온다. 이는 1980년대 여성해방운동이 도달하고자 했던 근본적인 목표, '인간화'를 이룰 수 없게 만든다는 역설을 낳는다.

성차에 따른 성담론 번역 양상 비교

셰익스피어의 『오셀로』 번역을 중심으로

권오숙

1. 머리말

그동안 언어와 사고와의 관계에 대해서는 다양한 이론들이 제기되어 왔다. 우선 장 피아제Jean Piaget는 사고가 언어를 우선하고 지배한다는 인지 심리학을 주장했다. 반면 에드워드 사피어Edward Sapir와 벤자민 워프Benjamin Whorf는 언어구조가 사람의 심리구조에 영향을 준다는 언어 상대성 이론linguistic relativity 혹은 사피어-워프 가설The Sapir-Whorf Hypothesis을 주장했다. 노암 촘스키Noam Chomsky는 인간의 언어지식은 상당 부분 생득적으로 얻어진다는 언어보편성 이론을 통해 이런 언어적 결정론에 반론을 제기했다. 그에 의하면 문화의 차이와 상관없이 똑같은 문법구조나 문법규칙을 지닌 경우들을 볼 때 언어가 사고나 문화를 결정한다는 이론은 잘못된 것이라고 주장한다. 그런데 이런 다양한 주장들에서 끌어낼 수 있는 한 가지 공통점은 언어와 사고는 어떤 형식으로든지 연결이 되어 있다는 사실이다. 다시 말해 언어구조와 심리구조 사이에는 깊은 상관관계가 있다고 말할 수 있다. 예를 들어 인간의 자기중심적인 사고방식의 심리구조는 언어에도 반영된다. '조만간에sooner or later', '여기저기here and there', '이리저리to and fro', '이것저것this and that'처럼 시간과 공간, 또는 방향을 나타내는 한 쌍의 단어에서 화자 중심의 원리가 작용하는 것도 그 일례라고 볼 수 있다.

언어에 작용하는 화자 중심적 원리는 번역 활동에서도 예외가 아니다. 주지의 사실이지만 번역에는 '해석' 과정이 필연적으로 수반되고 이 해석 과정에서 번역가의 정체성이 의식적이든 무의식적이든 개입될 수밖에 없다. 최근 수 십 년간 젠더와 번역 활동의 역학 관계에 대한 연구가 많이 진행되었는데 셰리 사이몬Sherry Simon은 뤼스 이리가레Luce Irigaray, 줄리아 크리스테바Julia Kristeva, 엘렌 식수스Helene Cixous같은 프랑스 페미니스트들의 글이 미국에서 번역되는 과정에서 발생한 변용들을 중심으로 번역 작업과 젠더의 역학 관계를 설명했다. 그리고 유진 나이다Eugene A. Nida, 엘리자베스 스탠톤Elizabth Cady Stanton 등은 주로 영어 성경의 가부장적 왜곡 번역 문제를 분석했다. 그 외에도 베티 프리단Betty Friedan과 같은 여성 운동가들도 젠더 문제에 대한 의식을 고취시키고자 번역 문제에 관심을 기울여 왔다. 이런 몇 십 년간의 노력으로 그동안 신성시되어 온 번역 정전들에 담겨있는 성차별적 요소가 속속 밝혀졌으며 번역과 젠더의 역학 관계도 부정할 수 없을 정도로 규명되었다. 이에 이런 정전들에 대한 수정 혹은 재작업에 대한 요구와 실천도 있어왔다.

본고는 여성의 정조에 대한 가부장적 이데올로기가 가득 담겨있는 셰익스피어의 『오셀로*Othello*』를 중심으로 번역자의 젠더가 어떻게 서로 다른 해석과 번역을 낳는 지를 분석한 것이다. 본 연구에서는 전체 번역에 대한 평가는 유보하고 주로 성담론을 중심으로 여성 번역가와 남성 번역가의 문체를 비교하여 번역자의 성별에 따른 어휘, 호칭 표현 등의 차이에 대해 집중 분석할 것이다. 이와 같은 번역비평은 자료체가 될 만한 구체적 번역 작품을 여러 권 검토함으로써 체계화될 수 있다. 따라서 본 연구에서는 세 명의 남성 번역가들의 번역과 세 명의 여성 번역가들의 번역을 비교함으로써 그 미묘한 차이를 살펴보고 이를 바탕으로 오랫동안 제기되어온 번역가의 성정체성과 번역 결과물과의 상관관계를 확인해보고자 한다. 나아가 성적 편견에 사로잡힌 번역들이 일으킬 수 있는 문제점들을 검토해보고 올바른 번역 태도란 과연 어떤 것인가에 대해서도 논할 것이다.

2. 언어, 번역 그리고 젠더

언어학 분야에서 성별에 따른 언어차이는 지역에 따른 언어변이나 사회 계급에 따른 언어변이 만큼 현저하지는 않지만 분명히 존재하는 것으로 밝혀졌다. 여성과 남성의 문체 차이에 대한 연구는 20세기 후반부터 대두되었다. 애네트 콜로드니Annette Kolodny는 여성과 남성의 글쓰기에는 차이가 있다고 주장한 바 있고[1] 미라 젤렌Myra Jehlen

---

1 Annette Kolodny, *Feminist Literary Criticism*, New York : Brown, 1975, p.75.

은 이런 여성과 남성의 글쓰기 차이를 비교 연구하여야 한다고 주장했다.[2] 로빈 레이코프Robin Lakoff는 여성이 남성보다 문법을 더 잘 따른다고 주장했다.[3] 제니 체셔Jenny Cheshire도 남녀 간의 문법 준수 정도 조사 실험을 통해 남학생이 여학생보다 비표준 문법을 더 자주 쓰고 여성은 남성에 비해 문법에 예민하게 반응하여 표준문법을 더 지키려한다고 주장했다.[4] 이렇듯 대체로 여성 언어가 남성언어보다 더 보수적이어서 여성이 남성보다 표준어나 표준발음에 더 민감하고 여성이 남성보다 더 정확하고 품위있는 말을 선호한다. 또한 여성들은 저주, 성과 관련된 금기어, 죽음이나 배설에 관련된 금기어 등을 완곡어법으로 바꾸어 사용하는 경향이 있다. 반면 남성은 'damn, shit' 같은 욕설과 관련된 감탄사를 빈번히 사용하고 비속어를 많이 사용하는 것으로 연구됐다. 데보라 태넌Deborah Tannen은 남성과 여성은 서로 다른 성방언을 사용하며 남녀는 언어와 사고 면에서도 상이하다고 주장했다. 특히 여성은 대화를 통해 서로의 친밀감을 확인하려하는 반면, 계급구조에 익숙한 남성은 대화를 통해 독립을 획득하려 한다고 지적했다.[5] 메조리 하니스 구드윈Majorie Harness Goodwin도 실험을 통해 소녀들이 'can'이나 'could' 등을 사용하여 명령형보다는 제안형을 많이 사용하고 'maybe'와 같은 어구를 사용하여 대화를 부드럽게 완화하는 경향이 있다고 주장했다. 반면 소녀들은 명령형이나 직접 지시형을 소녀들보다 많이 사용하는데 이는 소녀들의 경우 계층이나 엄격한 서열구조보다는 평등한 인간관계를 중시하는 데 비해 소년들은 서열과 계

---

2   Myra Jehlen, *Archimedes and the Paradox of Feminist Criticism*, New York : Routledge, 1981, p.64.

3   Robin Lakoff, *Language and Woman's Place*, New York : Harper & Row, 1975, p.120.

4   Jenny Cheshire, *Linguistic Variation and Social Function*, London : Cambridge Univ., 1982, p.113.

5   Deborah Tannen, *You Just Don't Understand Women and Men in Conversation*, London : Virago, 1991, p.56.

층구조를 중시하기 때문이라고 보았다.[6]

번역은 전통적으로 원문 텍스트source text에서 수용 텍스트target text로 의미를 전달하는 대단히 몰개성적이고 기계적인 작업으로 여겨졌다. 그리고 번역가들의 의견이나 편견 등이 작용하면 오히려 원전을 왜곡하고 파괴한다고 여겨졌다. 그래서 텍스트들 간의 의미론적 등가성을 성취하기 위해 순수하게 언어학적이고 왜곡을 전혀 하지 않는 것이 이상적인 번역이라 여겨졌다. 또한 번역가들은 늘 원문 텍스트의 엄밀한 의미에서 부적절하거나 의도적인 일탈이 없어야 한다고 경고를 받아 왔다. 하지만 최근의 번역 이론들은 이런 전통적인 번역관에서 벗어나 해석 과정에서 번역가의 중대한 역할을 강조해왔다. 시대별로 새로 태어나는 다양한 번역은 순수한 원천 텍스트를 훼손하는 것이 아니라 원전에 새 생명의 피를 주입하여 생존을 보장하는 활동으로 여겨지게 되었다.

번역 과정에는 아주 다양한 요소들이 작용한다. 예를 들어 텍스트의 장르, 대상 독자, 번역가가 처한 문화적 환경, 출판사의 정책과 선호도, 번역가의 (성별 / 사회적) 정체성, 번역가의 개인적 스타일 및 번역 전략 등과 같은 요소들이 상호 작용하여 번역 결과물이 생산된다. 거기에다가 바흐친Mikhail Bakhtin과 볼로쉬노프Valentin Voloshinov는 마르크스주의적 입장에서 언어를 보았는데 이들에 의하면 언어는 모든 종류의 이데올로기적 창조성에 불가결한 성분으로 수반되는 것이고 모든 이데올로기 활동을 해석하는 것이다. 또한 부르디외Pierre Bourdieu에 의하면 모든 언어 교환은 권력 작용을 포함하고 있다. 즉 모든 화자들은

---

6 Majorie Harness Goodwin, *Women and Language in Literature and Society*, New York : Praeger, 1980, p.34. 이상 여성어의 특질에 대한 내용은 김동미, 「영한 번역의 '여성 문체' 연구」, 세종대 박사논문, 2006, 11~24쪽을 참고하였음.

자신의 언어행위가 가져올 이익을 예측함으로써 상징적 권력관계에 부합하게 된다.

최근 수많은 여성 번역가들이 원천 텍스트에 내포된 성차별적 의미를 바로잡고 전통적인 남성 언어의 권위를 심문하고, 해체하려는 시도와 함께 페미니스트적 관점에서 중재하고 개선하기 위해 노력해왔다. 심지어 사이먼은 여성 번역가들이 가부장적 남성 언어에 종속되지 않기 위한 방법으로 번역을 하기 시작하였다고 주장했다.[7] 그는 여성 번역가의 번역은 가부장적 언어에 대한 저항의 관점에서 볼 수 있으며 이를 위해 그들은 텍스트에 들어있는 여성의 목소리를 최대한 살려 번역하는 경향이 있다고 주장했다.[8] 루이스 폰 플로토우Luise Von Flotow는 여성의 번역 방식에는 여권 신장과 여성의 권리 확보라는 정치적 목적을 실현시키기 위해 번역가가 원문의 내용을 의도적으로 수정하여 번역하는 간섭주의적 페미니스트 입장interventionist Feminist과 기존의 학교, 대학, 출판사, 대중 매체, 사전, 문학 대작 등에서 사용된 전통 언어를 침식하고 뒤집는 실험적 페미니스트experimental Feminist 입장이 있다고 주장했다.[9] 나아가 플로토우는 여성 번역가들은 이러한 문체로 번역함으로써 가부장적 언어에 대항하며 그 권위를 해체하고자 한다고도 주장했다. 본고는 실제 남녀 번역가의 번역본들을 통해 그런 주장들을 실증적으로 검토해보고자 한다.

---

[7]   Sherry Simon, *Gender in Translation : Cultural Identity and the Politics of Translation*, London & New York : Routledge, 1996, p.63.

[8]   *Ibid.*, p.112.

[9]   Luise Von Flotow, *Translation and Gender : Translation in the 'Era of Feminism'*, Manchester : St. Jerome, 1997, p.12.

3. 『오셀로』번역 텍스트들에 나타난 성별에 따른 번역의 차이

서구 문학 텍스트 중에서도 최고의 작품이라는 명성을 구가하고 있는 셰익스피어 작품 번역은 국내에서 그동안 권위가 있는 남성 학자들만이 생산과 전유를 맡아왔다. 그리고 그들의 번역은 셰익스피어 작품 속에 내재된 가부장적 요소를 유지하거나 강화하는 쪽으로 진행되어 왔다. 셰익스피어가 우리나라에 소개된 지 백여 년이 흘렀지만 여성 번역가의 번역 참여기회는 좀처럼 주어지지 않아 윤정은 교수 등이 전집 구성에 한 두편 참여하는 정도였다. 셰익스피어 분야에서 여성 번역가가 본격적으로 등장하는 것은 1980년대에 신정옥 교수가 전예원에서 셰익스피어 전집을 번역한 것을 시발점이라고 보아야 할 것이다. 그것도 신정옥 교수가 현대 드라마 분야에서 수많은 작품을 번역하여 번역가로서의 권위를 확보한 이후에나 가능한 일이었다. 최근에는 셰익스피어 분야에서도 여성 번역가들의 작품이 속속 출간되고 있다.

본고에서 셰익스피어의 수많은 작품 중『오셀로』를 선택한 것은 이 작품이 셰익스피어의 다른 작품들과 비교해 볼 때 희극적 요소나 환상적, 초자연적 요소, 그리고 국가적 차원의 무질서와 같은 장대한 스케일이 거의 배제된 채 의처증에 걸린 주인공과 그 의처증을 부추기는 이아고가 주고받는 온갖 성담론으로 가득찬 가정비극이기 때문이다. 남녀 등장인물들이 주고 받는 성적 담론들을 중심으로 남성 번역가와 여성 번역가의 번역에 담겨있는 무의식적 성정체성을 살펴볼 수 있는 좋은 자료로 여겨졌다. 본 연구의 대상 텍스트들은 남성 번역가 편 3권, 여섯 번역가 편 3권으로 총 6권이다. 그리고 시대별 편차를 줄이기 위해 1980

년대 말에서 최근까지 번역된 비교적 최신 번역서들을 선택했다.

우선 등장인물들이 사용하는 호칭에서 완연한 성차를 확인할 수 있었다. 사실 호칭 번역은 국내 번역에서 종종 오류를 낳는 부분이다. 지위고하를 막론하고 이름을 사용하는 경향이 있는 영어 텍스트를 우리말로 옮기는 과정에서 많은 번역가들이 우리 문화와 정서에 알맞은 번역을 놓치곤 한다. 남성 번역가들은 데스데모나Desdemona가 상사인 오셀로와 결혼한 뒤에도 그녀를 그냥 데스데모나라고 번역하였다. 반면 여성 번역가들은 데스데모나에 대한 호칭에 세심한 주의를 기울여 데스데모나 부인, 혹은 데스데모나 님이라고 번역을 하였다. 아래 대사는 오셀로의 부관 캐시오Cassio가 막 결혼한 데스데모나가 사이프러스 섬에 도착했을 때 그녀가 빨리 도착한 것이 폭풍우와 같은 미물들조차 그녀의 아름다움을 지각한 탓이라고 말하며 그녀를 칭송하는 장면이다.

ST

Cassio : As having sense of beauty, do omit

       Their common natures, letting go safely by

       The divine Desdemona. (II.i.71-73)[10]

남성 A

캐시오 : 아름다움을 아는 듯이

       죽음을 부르는 본성을 버리고

       신성한 데즈데모나를 통과시켰습니다.

---

[10] William Shakespeare, *Othello*, M.R. Ridley ed., London & New York : Routledge, 1992. 이후 출처 표시는 해당 막과 장, 행수만 표기한다.

남성 B

캐시오 : 아름다운 것을 알아봤는지 참혹한 본성을 숨기고, 천사와 같은 **데 스데모나**를 무사히 통과시켜 주었군.

남성 C

캐시오 : 아름다움을 알아보는 감각을 지녔는지, 죽음을 부르는 그들의 무서운 본성을 버리고, 천사같은 **데즈디모우나**를 무사히 보내준 모양이군요.

여성 A

캐시오 : 죄없는 배를 해치려는 바다 속에 잠복한 반역자들도 미적 감각을 지니는 것처럼 그 난폭한 성품을 포기하고 안전하게 보내주었군요. 그 고귀한 **데스데모나 부인**을 말입니다.

여성 B

캐시오 : 아름다운 것을 식별하는 감각을 지녀 그들의 본성을 드러내지 않고 천사같은 **데스데모나 님**을 무사통과시켰군요.

여성 C

캐시오 : 아름다움 앞에선 맥을 못 추는지 죽음의 본성을 내버리고 천사와 같은 **데스데모나**를 무사히 통과시켰구나.

이때 남성 번역가들은 전원이 그냥 '데스데모나'라고 번역한 반면 여성 번역가 중에서는 C만이 그냥 '데스데모나'라고 부르는 것으로 번역을 하였다. 우리나라 언어처럼 호칭이나 존댓말이 분화되지 않은 영어 텍스트에서는 그냥 Desdemona일지라도 상관의 부인 이름을 아무런 경칭을 붙이지 않고 호명한다는 것은 우리의 문화 규범에 어긋난 잘못된 번역임이 분명하다. 사실 우리의 문화 규범으로는 이를 '장군의 부인'이라고 번역하는 것이 가장 타당한 것으로 여겨진다.

다음으로 살펴볼 호칭은 데스데모나가 남편 오셀로에게 사용하는 'my lord'의 번역이다 이 'lord'라는 단어는 '하나님', '군주님', '주인님' 등 관계에 따라 다양한 의미로 쓰이나 아내가 '남편'을 일컬어 쓰기도 하는 표현이다. 보통 지배 종속 관계에서 종속적 입장의 인물이 지배적 입장의 사람을 호칭할 때 쓰던 이 단어를 부부간에 아내가 남편을 일컫는데 사용하게 함으로써 부부 관계를 상하 종속 관계로 파악하고 그런 권력관계를 고착화시킨 가부장적 언어라고 볼 수 있다.[11]

---

[11] 셰익스피어는 이 단어 속에 담긴 지배종속적 뉘앙스를 잘 파악하고 있다. 『말괄량이 길들이기 *The Taming of the Shrew*』의 서극에 나오는 다음 장면을 통해 이를 잘 알 수 있다.

Sly : Where is my wife?
Bartholomew : Here, noble lord, what is thy will with her?
Sly : Are you my wife, and will not call me 'husband'?
　　　My men should call me 'lord'; I am your goodman.
Bartholomew : My husband and my lord, my lord and husband,
　　　　　　　I am your wife in all obedience. (Induction 2, 103-108)
슬라이 : 내 부인은 어디 있소?
바톨로뮤 : 여기 있습니다, 나리. 무얼 바라시옵니까?
슬라이 : 그대가 내 부인이요? 그런데 왜 날 서방님이라고 부르지 않소.
　　　　내 신하들은 나를 '나리'라고 불러야 하나, 난 부인의 지아비잖소.
바톨로뮤 : 당신은 저의 지아비이자 나리이시요, 나리이자 지아비이며
　　　　　전 당신의 순종적인 아내입니다.
이렇게 셰익스피어는 이 단어 속에 담긴 가부장적 속성을 적나라하게 파헤치고 있다.
William Shakespeare, *Taming of the Shrew*, Brian Morris ed., London & New York : Routledge, 1981.

ST

Desdemona : How now, my lord?(Ⅲ.ⅲ.42)

남성 A

데스데모나 : 무슨 일이세요, **주인님**.

남성 B

데스데모나 : **당신**이군요.

남성 C

데즈디모우나 : 어머, **당신**이군요.

여성 A

데스데모나 : 무슨 일이세요, **장군**.

여성 B

데스데모나 : 어서 오세요, **낭군님**.

여성 C

데스데모나 : **당신**이군요.

　　남성 A는 이 호칭을 '주인님'이라고 번역해서 부부 관계를 지배종
속 관계로 파악하는 이 어휘를 직역하고 있다. 이는 원전에 담겨있는
가부장적 상황을 강조하고자 의도적으로 그렇게 번역한 것으로 볼 수
도 있다. 하지만 분명한 것은 번역자의 의도가 무엇이든 이런 번역이

현대의 독자들에게는 너무 수용하기 어려운 번역이라는 것이다. 반면 그 외의 번역가들은 이 단어를 단순히 부부간의 호칭으로 수용하여 '당신', '낭군님' 등으로 번역을 하여 단어에 내재된 가부장적 의미를 시대에 맞게 희석시켜 현대 독자들의 거부감을 줄이고 있다.[12] 나아가 여성 A는 이 단어를 '장군'이라고 직책을 언급하는 것으로 번역함으로써 데스데모나와 오셀로의 관계를 한층 동등한 입장으로 처리하고 있다.

이 'lord'라는 단어는 이 장면 외에도 여러 곳에서 사용되고 있다. 다음은 오셀로가 불같이 화를 내고 나간 뒤 에밀리어Emilia가 데스데모나와 나누는 대사이다. 이 부분의 번역에서도 'lord'라는 단어를 둘러싸고 벌어지는 남녀 번역가의 성정치성을 엿볼 수 있다.

ST

Emilia : Good madam, what's the matter with my lord?

Desdemona : With who?

Emilia : Why, with my lord, madam.

Desdemona : Who is thy lord?

Emilia :   He that is yours, sweet lady.

Desdemena : I ha' none. (IV.ii.100−104)

남성 A

12　바스넷Susan Bassnett은 『번역, 권력, 전복』의 서문에서 "번역의 목표는 원천텍스트를 가다듬고 조작하여 목표 텍스트를 특정한 모델에 합당하게 하고 이를 통해 어떤 올바른 개념을 생산하여 이것이 사회적으로 용인되고 심지어 환영받을 수 있게 하는 것이다"라고 주장한바 있다(로만 알바레츠 로드리구에즈·M. 칼멘−아프리카 비달 편, 윤일환 역, 『번역, 권력, 전복』, 동인, 2007, 12쪽에서 재인용).

이밀리아 : 마나님, 주인님에게 무슨 일이 있으세요?

데즈데모나 : 누구에게?

이밀리아 : 주인님요, 마나님.

데즈데모나 : 누가 너의 주인인데?

이밀리아 : **마나님의 주인**이요.

데즈데모나 : 나는 주인이 없어.

남성 B

이밀리어 : 아씨 대체 어떻게 되신 겁니까, 주인님이?

데스데모나 : 누가?

이밀리어 : 주인님 말예요, 아씨.

데스데모나 : 주인님이라구, 누구?

이밀리어 : **아씨의 주인님** 말예요, 아씨두 참.

데스데모나 : 내게는 주인님은 없어.

남성 C

에밀리아 : 마님, 주인 어른께선 어떻게 되신겁니까?

데즈디모우나 : 누구 말인가?

에밀리아 : 어마, 주인 어른 말씀예요, 마님.

데즈디모우나 : 그대 주인 어른이 누구지?

에밀리아 : **아씨의 주인 어른** 말씀예요, 아씨.

데즈디모우나 : 나한테 그런 분이 있었던가.

여성 A

에밀리아 : 아씨, 우리 주인님께 무슨 일이 있으십니까?

데스데모나 : 누구에게?

에밀리아 : 아니, 우리 주인님 말씀입니다, 아씨.

데스데모나 : 누구 주인?

에밀리아 : **아씨의 주인님 되시는 분** 말입니다. 아씨.

데스데모나 : 나한테 주인은 없어.

여성 B

에밀리아 : 마님. 장군님하고 무슨 일 있었어요?

데스데모나 : 누구하고?

에밀리아 : 누구긴요. 주인님하고 말이예요, 마님.

데스데모나 : 주인님이 누군데?

에밀리아 : **마님의 서방님요.**

데스데모나 : 내게는 주인이 없어.

여성 C

이밀리어 : 아씨마님, 주인나리께서 왜 그러실까요?

데스데모나 : 누구 말야?

이밀리어 : 주인나리 말씀예요.

데스데모나 : 주인나리라니?

이밀리어 : **아씨마님의 바깥어른** 말씀예요.

데스데모나 : 내게 그런 사람은 없어.

여기서는 남성 번역가들은 모두 lord를 '주인'이라고 번역하였다. 반면 여성 B와 C는 에밀리어가 사용한 my lord는 '주인님'이라고 번역을 한데 반해 yours(your lord)는 "마님의 서방님", "아씨 마님의 바깥어른” 등의 표현을 사용하여 이 부부의 관계를 주종 관계로 번역하는 것을 피하고 있다. 이를 통해 에밀리어와 오셀로는 분명 상하 종속 관계인 것을 인정하나 두 부부의 관계는 종속 관계로 보지 않으려는 의식을 엿볼 수 있었다. 이때 여성 B의 번역에서 재미있는 면모를 발견할 수 있다. 여성 B는 의도적으로 'lord'를 데스데모나의 '주인님'이라고 번역하는 것을 피하고자 “마님의 서방님 말이예요”라고 번역했으나 그 다음 데스데모나의 대사에서 “내게는 주인이 없어”라고 번역함으로써 대화의 흐름을 어색하게 만드는 오역을 범하고 있다.

다음으로 살펴볼 단어는 매춘행위를 하는 여성인 비앵커Bianca에 대한 묘사 부분이다. 이아고Iago가 오셀로의 의처증을 자극하기 위해 자신이 캐시오에게 데스데모나와의 관계에 대해 물어볼테니 그의 행동을 숨어서 지켜보라고 오셀로에게 제안하는 장면이 있다. 이때 이아고는 오셀로가 몸을 숨긴 뒤 다음과 같은 혼잣말을 하여 자신이 사실은 데스데모나가 아니라 캐시오의 연인인 창부 비앵커에 대해 물어볼 것임을 관객들에게 알려준다. 이 대목에서 '매춘행위를 하는 여성'과 관련된 번역 표현들에서 남성과 여성의 완연한 차이를 볼 수 있었다.

ST

Iago : Now will I question Cassio of Bianca,

　　　　A house wife that by selling her desires

　　　　Buys herself bread and clothes. (IV.i.93-95)

남성 A

이아고 : 이제 캐시오에게 물어볼거야.

　　　　몸을 팔아서 빵과 옷을 사는

화냥년 비앙카에 대해서.

남성 B

이아고 : 그러면 캐시오에게 그 비앙카, **색을 팔아서 의식의 길을 마련하는**
매음부 이야기를 물어보자.

남성C

이아고 : 자 이젠 캐시오에게 비앙카 얘길 물어 봐야지.
몸을 팔아서 먹을 것과 입을 것을 마련하는
아낙이지.

여성 A

이아고 : 저, 카시오 녀석한테 비앙카에 대해 물어봐야지.
그 계집 말이야. **정욕을 팔아 먹고사는 여자지.**

여성B

이아고 : 이제 캐시오에게 비앵카 얘기를 물어봐야지.
욕망을 팔아서 빵과 옷을 사는 그 여자는
캐시오에게 홀딱 빠져 있겠다.

여성 C

이아고 : 됐어, 캐시오한테 비앵커 얘길 물어야겠다.
몸을 팔아서 먹고 입고 하는 창녀겠다,

원전에서 셰익스피어는 'whore'나, 'strumpet' 같은 단어 대신 'A housewife that by selling her desire, / Buys herself bread and clothes'라는 표현을 쓰고 있다. 이에 여성 번역가 A, B와 남성 번역가 C는 셰익스피어와 마찬가지로 '창부', '매춘부' 등의 단어를 지양하려는 모습을 보이는 반면 남성 A는 '화냥년'이란 훨씬 속된 표현으로 번역하고 있고 남성 B는 '매음부'란 표현을 사용하고 있다. 여성 C도 '창녀'라는 표현으로 번역을 하고 있지만 역시 비율적으로 여성 번역가들이 공창을 뜻하는 어휘 사용을 더 지양하고 있다.

다음으로 살펴볼 것은 'cuckold'라는 영단어의 번역이다. 원래 'cuckold'라는 영어 단어는 '아내가 바람피워 남편에게 망신을 주다', 혹은 '부정한 아내의 남편'이라는 뜻이다. 아래는 이아고의 모략으로 데스데모나의 부정을 확신하게 되는 오셀로가 하는 대사이다.

ST

Othello : I will chop her into messes. Cuckold me!(IV.i.196)

남성 A

오셀로 : 이년을 갈기갈기 찢어 놓겠어. **화냥질을 하다니!**

남성 B

오셀로 : 그년을 갈기갈기 찢어 놓겠어. ······ **간통을 하다니!**

남성 C

오셀로 : 이년을 갈기갈기 찢어 놓고 말테다. **날 오쟁이진 사내로 만들다니!**

여성 A

오셀로 : 갈기갈기 찢어 죽일 년 …… **날 배신해!**

여성 B

오셀로 : 내 이년을 갈기갈기 찢어버리겠다. **감히 서방질을 해!**

여성 C

오셀로 : 그년을 갈기갈기 찢어버리겠다! **간통을 하다니!**

이런 단어를 남성 A는 '화냥질'이란 훨씬 비하적인 표현으로 번역함으로써 원전의 의미를 보다 강화하고 있는 반면 여성 A는 단순히 '날 배신해!'라는 표현을 사용하여 성적인 방종의 의미를 의도적으로 지우고 있는 걸 확인할 수 있다. 나머지 번역가들은 대체로 원전의 어휘와 강도나 뉘앙스가 비슷한 번역을 하고 있다. 이런 번역에서도 여성의 성적 방종과 관련된 표현을 둘러싼 남녀의 편차를 느낄 수 있다.

다음 오셀로의 대사 번역에서도 비슷한 현상을 볼 수 있었다. 데스데모나의 부정을 확신하게 된 오셀로는 그녀를 'whore'나 'public commoner' 등의 용어를 동원하여 비난한다.

ST

Othello : Was this fair paper, this most goodly book,

　　　　　Made to write "whore" on? What, committed!

　　　　　Committed! O thou public commoner!(IV.ii.73-75)

남성 A

오셀로 : 이 얼굴이 아름다운 종이인가?

이 얼굴이 정교한 책인가. 그 위에 **창녀**라는 글씨가 적힌?

무엇을 했냐고!

했잖아! 모든 사람의 갈보야!

남성 B

오셀로 : 이 결백한 종이는, 이 아름다운 책은 이 위에다 '**매음부**'라고 씌어

지기 위해서 만들어졌는가? 어떤 죄를 범했느냐고? 어떤 죄를 범

했느냐고? 범했지! 에잇, **이 창부야!**

남성 C

오셀로 : 오 이 새하얀 종이는, 이 더없이 훌륭한 책자는,

그 위에 **갈보**라고 쓰기 위해 만들어졌단 말인가? 무슨 죄를 지었느

냐라니! 지었다고? 오 **이 천하의 갈보 같으니!**

여성 A

오셀로 : 이 깨끗한 종이, 이 더할 나위 없는 근사한 책이

그 위에 '**창부**' 이렇게 쓰라고 만들어졌단 말인가?

뭐라, 죄를 지어?

죄를 지었지! **이 지지리도 천박한 계집!**

여성 B

오셀로 : 이 깨끗한 종이, 이 지극히 예쁜 책이

'**창부**'라고 적기 위해 만들어졌단 말인가?

무슨 죄를 지었느냐고? 무슨 죄!

온갖 잡놈들의 창부같으니!

여성 C

오셀로 : 이 순백의 종이, 이 아름다운 책은 여기다 '**매음**'이라고 쓰기 위해 만들어진 것인가? 무슨 죄를 범했느냐고? 범했구말구! **천하의 매춘부!**

'whore'라는 단어는 '창녀', '매음부', '갈보', '창부', '매음' 등 다양하게 번역되었다. 남성 C가 갈보라는 가장 속된 표현을 사용하고 다른 남성 번역가들은 '창녀', '매음부'라는 단어를 사용했다. 반면 여성 번역가들 중 두 명은 이보다 좀 더 점잖은 표현이라 할 수 있는 창부라는 표현을 사용하고 있다. 또한 'public commoner'라는 단어도 남성 A와 C는 '갈보'라는 단어를 사용한 반면 여성 A는 '이 지지리도 천박한 계집'이라고 번역하여 다시 공창의 의미를 제거해 버렸음을 알 수 있다. 여성 B와 C가 선택한 어휘도 갈보라는 표현보다는 비하의 정도가 덜한 '창부', '매춘부'였다.

4막 1장에서 베니스 공작의 사절인 로도비코Lodovico가 도착한다. 로도비코는 데스데모나의 친척 오라버니뻘 되는 사람으로 캐시오를 후임으로 하고 오셀로는 귀국하라는 소환장을 갖고 왔다. 이때 오셀로의 심중을 모르는 데스데모나가 로도비코에게 자기가 아끼는 캐시오와 장군의 사이가 좋지 않음을 안타까워하는가 하면 캐시오를 후임으로 한다는 공작의 처사에 잘된 일이라고 응답한다. 이에 화가 난 오셀로는 데스데모나에게 폭언을 퍼붓고 폭행하기까지 한다. 그리고 꺼지라고 소리치자 데스데모나는 순순히 자리를 뜨려 한다. 그 다음 장면에 다음과 같은 대사가 나온다.

ST

Lodovico : Truly, an obedient lady.

       I do beseech your lordship, call her back.

Othello : Mistress!

Desdemona : My Lord?(IV.i.243-246)

남성 A

로도비코 : 진짜 순종적인 여성이네.

       돌아오라고 부르게.

오셀로 : **창녀야!**

데즈데모나 : **주인님?**

남성 B

로도비코 : 얼마나 온순한 부인입니까, 장군, 다시 부르시오.

오셀로 : **이거 봐!**

데스데모나 : **네?**

남성 C

로도비코 : 참으로 고분고분한 부인이 아니신가.

       제발 부탁이오, 장군. 부인을 다시 부르시오.

오셀로 : **이봐!**

데즈디모우나 : **네, 여보?**

여성 A

로도비코 : 정말이지. 순종적인 여인이오.

제발 장군, 다시 부르시오.

오셀로 : **부인!**

데스데모나 : **네, 장군?**

여성 B

로도비코 : 참으로 고분고분한 여자군.

　　　　　　장군님, 부디 부인을 다시 부르세요.

오셀로 : **부인!**

데스데모나 : **네, 여보?**

여성 C

로도비코 : 참으로 온순한 부인이지 않습니까. 제가 간청하겠으니, 돌아오

　　　　　도록 하시오.

오델로 : **부인!**

데스데모나 : **여보.**

　　mistress란 단어는 단순히 결혼한 기혼여성을 부르는 호칭이기도
하고 '기혼남의 정부'라는 의미로도 쓰인다.[13] 그런데 이 대목에서 오
셀로는 로도비코가 그녀를 다시 부르라고 하니까 마지못해 냉랭하게
남의 부인 부르듯이 부르고 있는 것이다. 이를 남성 A는 '창녀야'라고
번역하고 남성 B와 C는 '이봐!'라고 번역을 함으로써 원전의 의도에서

---

[13]　셰익스피어는 주로 이 단어를 기혼 여성의 호칭으로 사용하고 있다. 예를 들면 『윈저의 즐
　　거운 아낙네들The Merry Wives of Windsor』에서 폴스태프Falstaff가 유혹하는 여자들은 포드 부인
　　Mistress Ford, 페이지 부인Mistress Page들인데 이 두 여성들은 방탕한 기사 폴스태프의 유혹에
　　맞서 오히려 그를 골탕 먹이는 정숙한 아낙들이다.

벗어난 번역을 시도하고 있다. 반면 여성 A, B, C는 모두 '부인'이라고 번역을 함으로써 어휘 하나를 놓고도 성별에 따른 번역의 낙차가 얼마나 심한가를 확인할 수 있었다.

번역은 여러 이론적인 충돌과 실천적인 충돌이 일어나는 상황 속에서 계속 변모하는 복잡한 다시 쓰기의 과정이다. 이 다시 쓰기에서는 텍스트 자체뿐만 언어의 개념도 함께 변모한다. 따라서 번역이 수용되는 시대의 정서를 담아내지 못하는 번역은 번역의 역사성에 어긋나는 시대착오적 번역이 될 것이다. 여성의 위상이 셰익스피어 시대와는 완연히 달라진 지금, 부인이 남편을 '주인님'이라고 호칭하는 번역은 현대 독자들에게 엄청난 이질감과 소외감을 불러일으킬 것이다. 이는 목표어의 사회문화적 배경을 전혀 고려하지 않은 번역이라 할 수 있다. 또한 데스데모나가 남편에게 '네, 장군'하고 대답하는 번역도 마찬가지로 어색하다. 이는 역으로 대상 텍스트가 탄생한 사회문화적 배경을 전혀 고려하지 않은 번역이라 할 수 있다. 이런 번역은 아내의 정절에 대한 집착이 아내의 살인을 부를 수도 있는 가부장 문화를 전달하는데 장애가 될 수도 있다.

4. 맺음말

번역 연구에 문화 개념을 도입한 선구적 학자인 르페브르와 바스넷은 문학 작품 번역의 문제점으로 이데올로기, 시학, 담론, 언어를 들었다. 그리고 이 중 번역에 가장 큰 영향을 미치는 것은 이데올로기라고 주장했다. 번역이란 "진공 속에서 생산되는 것이 아니고 또한 진공 속에서 수용되는 것도 아니다"는 그들의 주장은 번역에 담긴 번역가의 정체성과 그 번역을 수용하는 사회문화적 배경을 가리키는 것이다.[14] 이때 전자의 '진공vaccume'이란 번역가의 정체성이 배제된 상태를, 후자의 '진공'이란 사회 문화적 배경이 철저히 배제된 상태를 나타내는 상징적 표현일 것이다.

남녀 번역가의 번역 작품 비교 연구를 통해 이런 주장이 대체로 타당하다는 것을 확인할 수 있었다. 남성 번역가들은 다분히 가부장 이데올로기에 동화된 번역을 하고 있으며 좀 더 강한 여성 비하적 어휘들을 사용하고 있음을 확인할 수 있었다. 반면 여성 번역가들은 여성에 대한 비하 표현들을 완곡하게 표현하고 여성 인물에 대한 호칭에도 세심한 주의를 기울이는 등 의식적이든 무의식적이든 가부장 이데올로기에 저항하는 번역을 하고 있음을 확인할 수 있었다. 특히 남성 A의 번역에서 강한 가부장 이데올로기의 (무)의식적 작용을 볼 수 있었던 반면 여성 A의 번역에서는 젠더 정치성이 상당히 투영된 번역이란 인상을 받았다.

"베토벤의 교향곡의 같은 악보를 보고 연주할 때도 지휘자에 따라 차이가 난다"는 이종인의 비유처럼 번역은 각 번역자의 해석이나 관점에 따라 크게 달라진다. 그리고 카라얀의 해석이 옳다, 번스타인의 해석이 옳다라고 평가할 수 없듯이 각 번역에 대해 옳고 그름을 논하는 것은 올바른 비평 태도가 아닐 지도 모른다.[15]

하지만 가부장적이든 여성주의적이든 성정체성이 지나치게 강하

---

14 Susan Bassnett-MaGuire and Andre Lefevere, eds., *Constructing Cultures : Essays on Literary Translation*, Clevedon : Multilingual Matters, 1998, p.3.
15 이종인, 『번역은 글쓰기다』, 즐거운상상, 2009, 52쪽.

게 투영된 번역은 다양한 문제를 야기할 수 있다. 우선 남성 A의 가부장적 번역은 자칫 독자들에게 셰익스피어의 성性에 관한 정치적 입장을 왜곡시킬 수 있다. 마찬가지로 너무 적극적인 여성주의 번역도 원전의 의도나 문맥의 의미에서 벗어난 번역행위가 될 수도 있고 때에 따라서는 탈성화라는 결과를 가져올 수도 있다. 번역은 원본을 경험해보지 못한 사람들에게 원본의 이미지를 전달해준다. 그런데 이 이미지는 번역가가 왜곡하고 조작하는 정도에 따라 원전의 모습과는 달라진다. 본 연구를 통해 본 연구자가 얻은 결론은 번역자의 성정체성은 무의식으로 번역에 영향을 끼칠 수밖에 없으나 원전의 의도를 왜곡하는 방식의 지나친 의도적 개입은 '창작'과는 다른 '번역' 활동에서는 지양되어야 한다는 것이다.

원전에 대한 번역가의 의무와 원전으로부터의 번역가의 자유에 대한 논란은 오랫동안 계속되어 왔지만 분명 번역은 '제2의 창작'이지 '창작' 그 자체는 아니다. 이때 '제2의 창작'이라는 표현이 담고 있는 의미가 명확하지는 않지만 통상적으로 그것은 '대상 독자에게 원전의 의미를 잘 전달하는 좋은 번역행위'를 의미할 것이다. 그러기 위해 번역가가 가독성을 위한 불가피한 왜곡을 피할 수는 없더라도 원전에서 작가가 전달하고자 하는 의미나 메시지를 의도적으로 훼손시키지는 말아야 할 것이다. 그런 점에서 볼 때 셰익스피어의 의도를 벗어난 지나친 남성주의적 번역뿐만 아니라 급진적인 여성주의적 번역도 지양되어야 한다.

참고문헌

위태로운 정체성, 횡단하는 경계인 – '여성 번역가 / 번역' 연구를 위하여

1차 자료

『이화』, 『신가정』, 『여성』, 『조선일보』, 『삼천리』 외 다수.

김동인, 「번역문학」, 『매일신보』, 1935.8.31.
김병철, 『세계문학번역서지목록총람』, 한국교육문화원, 2002.
서정자·남은혜 편, 『김명순 문학 전집』, 푸른사상, 2010.
이상춘, 『백운』, 『청춘』 15호, 1918.9.
전혜린, 『田惠麟 全集 1 – 未來完了의 時間속에』, 廣明出版社, 1966.

2차 자료

강소영·윤정화, 「근대적 번역행위의 동인과 번역양상 – 이화여전 교지 『이화』를 중심으로」, 『젠더와 번역 – 여성 지의 형성과 변전』, 소명출판, 2013.
김병철, 『한국 근대번역문학사 연구』, 을유문화사, 1988.
_____, 『한국 현대번역문학사 연구』, 을유문화사 1998.
김욱동, 『번역과 한국의 근대』, 소명출판, 2012.
송영순, 『모윤숙 연구』, 국학자료원, 1997.
조재룡, 『앙리 메쇼닉과 현대비평 – 시학·번역·주체』, 길, 2007.

다야마 가타이田山花袋, 오경 역, 『한림신서 일본현대문학대표작선 3 – 이불』, 小花, 1998.
보들레르, 윤영애 역, 『악의 꽃』, 문학과지성사, 2011.
보들레르, 정기수丁奇洙 역, 『보들레르시집』, 정음사, 1974.
테레사 현, 김혜동 역, 『번역과 창작 – 한국 근대 여성 작가를 중심으로』, 이화여대 출판부, 2004.

권명아, Coloniality, obscenity, and Zola, AIZEN(에밀졸라와 자연주의 연구 국제학회)

2011년 국제학술대회 발표문, 부산대, 2011.7.

김복순, 「아일랜드 문학의 전유와 민족문학 상상의 젠더」, 『민족문학사연구』44, 2010.

김양선, 「사회주의 여성해방론의 소설화와 그 한계―채만식의 『인형의 집을 나와서』를 중심으로」, 『우리말글』36, 2006.4.

김영택, 「표현주의 문학의 이론」, 『現代思想 硏究』9, 1995.

김진희, 「근대문학의 場과 김억의 상징주의 수용」, 『한국문학이론과 비평』22, 2004.

김현실, 「1920년대 번역 미국소설 연구―그 수용양상 및 영향의 측면에서」, 이화여대 석사논문, 1980.

남계선, 「김명순 시에 나타난 상징주의 연구」, 안양대 교육대학원, 2010.

노영돈, 「한국에서의 게르하르트 하우프트만 문학수용(1)―공연을 통해 본 하우프트만 작품의 수용과정과 양상」, 『獨逸文學』Vol.84, 2002.

_____, 「한국에서의 게르하르트 하우프트만 문학수용(2)」, 『뷔히너와 현대문학』Vol.21, 2003.

박선주, 「(부)적절한 만남―번역의 젠더, 젠더의 번역」, 영미문학연구회, 『안과밖』Vol.32, 2012.

박지영, 「식민지 시대 교지 『이화』연구―지식인 여성의 자기 표상과 지식 체계의 수용 양상」, 『여성문학연구』16, 2006.

서은주, 「경계 밖의 문학인―'전혜린'이라는 텍스트」, 『여성문학연구』11, 한국여성문학학회, 2004.

신혜수, 「김명순 문학 연구―작가 의식의 변모 양상을 중심으로」, 이화여대 석사논문, 2009.

심진경, 「문단의 '여류'와 '여류문단'―식민지 시대 여성 작가의 형성과정」, 『상허학보』13, 상허학회, 2004.8.

유민영, 「표현주의와 그 수용」, 『문예사조』, 고려원, 1983.

이혜령, 「두 가지 색 레드, 치안과 풍속―식민지 검열의 추이와 식민지 섹슈얼리티의 재인식」, 동아시아학술원 국제학술회의 '근대검열과 동아시아(2)', 2012.3.17(토) 자료집.

이화형・유진월, 「서구 연애론의 유입과 수용 양상」, 『국제어문』32, 2004.

정선태, 「번역 또는 식민주의를 '애도'하는 방법」, 『번역비평』창간호, 2007.

조윤정, 「유학생의 글쓰기, 사상의 오독과 감정의 발현―잡지 『여자계女子界』를 중심으로」, 『대동문화연구』73, 2011.

조재룡, 「한국 근대시와 프랑스 상징주의 시 사이의 상호교류 연구」, 『불어불문학 연구』60집, 2004.

한기형, 「중역되는 사상, 직역되는 문학」, 『아세아연구』 54-4, 고려대 아세아문제연
　　구소, 2011.12.

허혜정, 「모윤숙의 초기시의 출처-사로지니 나이두Sarojini Naidu의 영향 연구」, 『현대
　　문학의 연구』 33, 한국문학연구학회, 2007.

홍창수, 「서구 페미니즘 사상의 근대적 수용 연구」, 『상허학보』 13, 상허학회, 2004.8.

조선시대 규훈서 번역과 여성의 문자문화

1차 자료

『家禮』(四庫全書 CD판)

『古今女範』(1권 1책, 서울대 규장각 가람 古 396-G557)

『古今列女傳』(四庫全書 CD판)

『古列女傳』(劉向 撰, 顧凱之 圖畵), 北京 : 中華書局出版, 1985.

『고녈녀전』(김민지 교주), 선문대 중한번역문헌연구소, 2008.

『곤범』(3권 3책, 한국학중앙연구원 장서각 K3-9)

『내측』(1권 1책, 서울대 도서관 일사 396 N127)

『內訓』(3권 3책, 국립중앙도서관 한古朝25-12)

『녀교』(1권 1책, 서울대 규장각 가람古170.951-Y4)

『녀사셔』(4권 3책, 한국학중앙연구원 장서각 K3-99)

『번역노걸대・박통사・소학언해・사성통해』, 대제각, 1985.

『사서언해』, 대제각, 1985.

『스쇼졀』(1권 1책, 서울대 규장각 古1149-22)

『삼강행실도(성균관대본・규장각본)』, 홍문각, 1990.

『소학』(1권 1책, 국립중앙도서관 소장, 古1256-43)

『詩經集傳』, 성균관대 대동문화연구소, 1984.

『列女傳』(2권 2책, 국립중앙도서관 한古朝57-가411)

『여범・계녀서・내훈・여사서』, 대제각, 1985.

『女四書』(2권 2책(결본), 국립중앙도서관 일산古155-16)

『여훈언해・규합총서』, 홍문각, 1990.

『윤음언해・이륜행실도・가례언해』, 대제각, 1985.

한국고전번역원 한국고전종합DB 사이트, http://db.itkc.or.kr

2차 자료

이경하, 『내훈』, 한길사, 2011.

정형지·김경미 역주, 『17세기 여성생활사 자료집2』, 보고사, 2006.

김경미, 「열녀전 보급과 전개」, 『한국문화연구』 13, 이화여대 한국문화연구원, 2007.

김언순, 「『곤범』을 통해 본 조선 후기 여훈서의 새로운 양상」, 『장서각』 16, 한국학중앙연구원, 2006.

김언순, 「조선여성의 유교적 여성상 내면화 연구」, 『페미니즘연구』 8권 1호, 한국여성연구소, 2008.

김훈식, 「15세기 한중내훈의 여성윤리」, 『역사와 경계』 79, 부산경남사학회, 2011.

백두현, 「훈민정음을 활용한 조선시대의 인민통치」, 『진단학보』 108, 진단학회, 2009.

안병희, 「훈민정음 사용에 관한 역사적 연구」, 『동방학지』 46~48, 연세대국학자료원, 1985.

여찬영, 「언해서 『여훈언해』의 번역학적 연구」, 『어문학』 86, 한국어문학회, 2004.

이경하, 「여성문학사 서술의 문제점과 해결방향」, 서울대 박사논문, 2004.

_____, 「중세의 여성지성과 문자의 관계」, 『여성문학연구』 24, 한국여성문학학회, 2010.

_____, 「15세기 상층여성의 문식성과 읽기교재 『내훈』」, 『정신문화연구』 33, 한국학중앙연구원, 2010.

이종묵, 「조선시대 여성과 아동의 한시향유와 이중언어체계」, 『진단학보』 104, 진단학회, 2007.

이지영, 「한글 필사본에 나타난 한글 필사의 문화적 맥락」, 『한국 고전 여성문학연구』 17, 한국고전여성문학회, 2008.

이충구, 「경서언해 연구」, 성균관대 박사논문, 1990.

이호권, 「조선시대 한글 문헌 간행의 시기별 경향과 특징」, 『한국어학』 41, 한국어학회, 2008.

정병설, 「조선시대 한문과 한글의 위상과 성격에 대한 일고」, 『한국문화』 48, 서울대 규장각한국학구소, 2009.

志部昭平, 「諺解三綱行實圖の傳本とその系譜」, 『동양학』 19, 단국대 동양학연구소, 1989.

최연미, 「소혜왕후 한시 『내훈』의 판본고」, 『서지학 연구』 22, 서지학회, 2001.

허원기, 「『곤범』에 나타난 여성독서의 양상과 의미」, 『한국 고전 여성문학연구』 6, 한국고전여성문학회, 2003.

한글 고전 대하소설 속 번역 한시문과 교양 지식의 체험

1차 자료

김기동 편, 『한국고전소설총서』 7~13(삼강명행록), 태학사, 1999.

이종악, 『허주이종악의 산수유첩』, 이회문화사, 2003.

임기중 편, 『연행록 전집』, 동국대 출판부, 2001.

홍희복, 박재연·정규복 교주, 『제일기언』, 국학자료원, 2001.

『명사』

『명행정의록』(한국학중앙연구원 소장, 70권 70책)

『명회전』

『삼강명행록』(국립중앙도서관 소장, 31권 31책)

『위씨오세삼난현행록』(한국학중앙연구원 소장, 27권 27책)

『중국고대판화총간2편』 제8집(海內奇觀), 상해고적출판사, 1994.

『중앙일보』, 1966.8.25.

『海內奇觀』, 『續修四庫全書-史部 地理類』 권721, 上海古籍出版社, 1995

2차 자료

고연희, 『조선 후기 산수기행예술연구』, 일지사, 2001.

배우성, 『조선 후기 국토관과 천하관의 변화』, 일지사, 1998.

이문규, 『고전소설비평사론』, 새문사, 2002.

임형택, 『한국문학사의 논리와 체계』, 창작과비평사, 2002.

정병설, 『『완월회맹연』 연구』, 태학사, 1998.

노신, 조관희 역주, 『중국소설사략』, 살림, 1998.

김학수, 「安東 선비 李宗岳의 山水畵帖에 관한 문헌 검토」, 『장서각』 3집, 한국정신문화
　　　연구원, 2000

박무영, 「『호연지유고』와 18세기 여성 문학」, 『열상고전연구』 16, 열상고전연구회, 2002.

박희병, 「韓國山水記 硏究-장르적 특성을 중심으로」, 『고전문학 연구』 8집, 한국고전
　　　문학회, 1993.

서경희, 「『옥선몽』 연구-19세기 소설의 정체성과 소설론의 향방」, 이화여대 박사논문, 2004.

서정민, 「『위씨오세삼난현행록』의 서술방식을 통한 향유의식 연구」, 『국문학 연구』

9집, 국문학회, 2003.

_____, 「『삼강명행록』의 敎養書的 성격」, 『고전문학 연구』 28, 한국고전문학회, 2005.

_____, 「『삼강명행록』의 창작방식과 그 의미」, 『국제어문』 35집, 국제어문학회, 2005.

_____, 「『명행정의록』 연구」, 서울대 박사논문, 2006.

송성욱, 「18세기 장편소설의 전형적 성격」, 『한국문학 연구』 4호, 고려대 민족문화연구원 한국문학연구소, 2003

이원주, 「고전소설 독자의 성향」, 『한국학논집』 3집, 계명대 한국학연구소, 1975.

이종묵, 「遊山의 풍속과 遊記類의 전통」, 『고전문학 연구』 12집, 한국고전문학회, 1997.

_____, 「조선시대 한시 번역의 전통과 양상」, 『장서각』 7, 한국학중앙연구원, 2002.

_____, 「조선시대 臥遊 文化 硏究」, 『진단학보』 98집, 진단학회, 2004.

이지하, 「『옥원재합기연』 연작 연구」, 서울대 박사논문, 2001.

정　민, 「18세기 山水遊記의 새로운 경향」, 『18세기연구』 4집, 한국18세기학회, 2001.

_____, 「16, 7세기 조선 문인지식인층의 강남열과 서호도」, 『고전문학 연구』 22집, 한국고전문학회, 2002.

정영호, 「이여진의 『경화연』 연구」, 전남대 박사논문, 1997.

최완수, 「겸재 정선과 진경산수화풍」, 『진경시대』, 돌베개, 1998.

중국소설 번안에 나타나는 여성형상 변개의 일양상—정숙·정조의 강화

1차 자료

曲園老人(鑑定), 『大字足本 今古奇觀』, 上海大成書局, 1906(中國石版本).

曲園老人, 『改良繪圖 今古奇觀』, 上海書局出版, 1912(中國石版本).

김기동 편, 『필사본고소설전집 8-夢玉雙鳳綠錄·雙仙記』, 아세아문화사, 1980.

낙선재본 『형세언』(장서각 인터넷 사이트 제공 원문 이미지 참조. 원본은 장서각 소장)

朴頤陽, 『명월정明月亭』, 唯一書館, 1912.7.30.

(明) 陸人龍, 『型世言』 上冊, 『中國禁毁小說百部』, 中國戲劇出版社, 2000.

(明) 抱甕老人, 『今古奇觀』 下冊, 『中國禁毁小說百部』, 中國戲劇出版社, 2000.6.

紹雲, 『빅년한百年恨』, 滙東書館, 1913.11.24.

池松旭(著作兼發行者), 『천연정天然亭』, 신구서림, 1913.10.16.

_____, 『츄풍감별곡秋風感別曲』, 新舊書林, 1913.10.16.

抱甕老人 編, 『今古奇觀』, 風華出版事業公司, 1991.

2차 자료

강명관, 『열녀의 탄생』, 돌베개, 2009.

미하일 바흐친, 이득재 역, 『문예학의 형식적 방법』, 문예출판사, 1992.
완유(阮攸), 최귀묵 역, 『취교전(翠翹傳)』, 소명출판, 2004.

김기동, 「『彩鳳感別曲』의 比較文學的 考察」, 『동국대 논문집』 1, 동국대, 1964.
김종군, 「고소설 속 기녀의 정조의식과 가정 내 안주 문제」, 『한국 고전 여성문학연
　　　구』 11, 한국고전여성문학회, 2005.
민영대, 「蔡瑞虹忍辱報仇와 明月停의 相觀性」, 『한국언어문학』 74, 한국언어문학회, 2010.
박상석, 「고소설 선악이야기의 서사규범 연구」, 연세대 박사논문, 2012.
박재연, 「『형세언』연구」, 『중국학논총』 제4집, 한국중국문화학회, 1995.
서대석, 「新小說『明月亭』의 飜案 樣相」, 『比較文學 및 比較文化』 1, 한국비교문학회, 1977.
이경하, 「하옥주論-「河陳兩門錄」 남녀주인공의 氣質 연구(1)」, 『국문학 연구』 6, 국문
　　　학회, 2001.
주형예, 「매체와 서사의 연관성으로 본 19세기 대중소설 시장의 성격」, 『古小說 硏究』
　　　27, 한국고소설학회, 2009.
최용철, 「王翠翹故事의 변천과 『金雲翹傳』의 작품 분석」, 『中國語文論叢』 16, 中國語文硏
　　　究會, 1999.
최윤희, 「『쌍미기봉(雙美奇逢)』의 번안 양상 연구」, 『古小說 硏究』 11, 한국고소설학회, 2001.

'가정소설'의 번역과 젠더의 기획 — 여성 번역문학사 정립을 위한 시론

1차 자료
김우진, 『유화우』, 동양서원, 1912.
선우일, 『두견성』 상·하권, 보급서원, 1912.
조중환·박진영 편, 『불여귀』, 보고사, 2006.
＿＿＿＿＿＿＿＿＿＿, 『쌍옥루』, 현실문화, 2007.
＿＿＿＿＿＿＿＿＿＿, 『장한몽』, 현실문화, 2007.

德富蘆花, 『小說不如歸』(民友社, 1900), 岩波文庫, 1938.

2차 자료

권보드래,『연애의 시대』, 현실문화연구, 2003.

권정희,『호토토기스의 변용』, 소명출판, 2011.

김복순,『1910년대 한국문학과 근대성』, 소명출판, 1999.

박진영,『번역과 번안의 시대』, 소명출판, 2011.

신근재,『한일근대문학의 비교연구』, 일조각, 1995.

연구공간 수유+너머 근대매체연구팀,『신여성－매체로 본 근대여성풍속사』, 한겨레
　　　신문사, 2005.

이재선,『한국 개화기소설 연구』, 일조각, 1990.

리디아 리우, 민정기 역,『언어횡단적 실천』, 소명출판, 2005.

발터 벤야민,「번역가의 과제」,『발터 벤야민의 문예이론』, 민음사, 1992.

안 뱅상 뷔포, 이자경 역,『눈물의 역사』, 동문선, 2000.

사카이 나오키, 후지이 다케시 역,『번역과 주체』, 이산, 2005.

코모리 요이치, 정선태 역,『일본어의 근대』, 소명출판, 2003.

Harding, Jennifer, "Emotional Subjects", *Emotions : A Cultural Studies Reader*, eds. Jennifer
　　　Harding and Deidre Pribram, New York : Routledge, 2009.

Tompkins, Jane, *Sensational Designs*, Oxford University Press, 1985.

강영희,「일제강점기 신파양식에 대한 연구」, 서울대 석사논문, 1989.

권두연,「신문관 단행본 번역소설 연구」,『사이間SAI』제5호, 국제한국문학문화학회, 2008.

권보드래,「한국·중국·일본의 근대적 문학개념 및 문학어의 형성－소설『불여
　　　귀』의 창작 및 번역·번안 양상을 중심으로」,『대동문화연구』42집, 2003.

　　　　,「죄·눈물·회개－1910년대 번안소설의 감성구조와 서사형식」,『한국 근
　　　대문학 연구』제16호, 한국근대문학회, 2007.10.

권정희,「도쿠토미 로카의『호토토기스』의 번역과 번안」,『민족문학사연구』22호, 민
　　　족문학사학회2003.

김석봉,「근대 조기 분화의 생산／수용에 관한 연구」,『한국 현대문학 연구』18집, 한
　　　국현대문학회, 2005.

김연숙,「근대 주체 형성과 '감정'의 서사－'애화哀話'·'비화悲話'에 나타난 '슬픔'의 구
　　　조를 중심으로」,『현대문학이론연구』, 현대문학이론학회, 2006.12.

김현주, 「1910년대 초『매일신보』의 사회담론과 공공성」, 『현대문학의 연구』 39집, 한국문학연구학회, 2009.10.

박진영, 「1910년대 번안소설과 '실패한 연애'의 시대」, 『민족문학사연구』 26호, 민족문학사학회, 2004.

신근재, 「한·일 번안소설의 실상」, 『일본근대문학』 3, 한국일본근대문학학회, 2004.

양승국, 「1910년대 한국 신파극의 레퍼터리연구」, 『한국극예술연구』 8, 한국극예술학회, 1998.

이승희, 「기표로서의 신파, 그 역사성의 지형」, 『한국극예술연구』 23집, 한국극예술학회, 2006.

이영미, 「신파양식의, 세상에 대한 태도」, 『대중서사연구』 9, 대중서사학회, 2005.

이호걸, 「자유주의와 신파양식」, 『한국극예술연구』 26집, 한국극예술학회, 2007.

전은경, 「1910년대『매일신보』소설 독자층의 형성과정 연구」, 『현대소설연구』 29, 한국현대소설학회, 2006.

_____, 「1910년대 번안소설연구」, 경북대 박사논문, 2006.

정종현, 「'사랑의 삼각형'과 계몽 서사의 결합」, 『한국문학 연구』 26집, 동국대 한국문학연구소, 2003.

최태원, 「일재 조중환의 번안소설연구」, 서울대 박사논문, 2010.

한기형, 「근대어의 형성과 매체의 언어전략」, 『역사비평』 71호, 역사비평사, 2005.

홍선영, 「'통속'에 관한 이설異說」, 『일본문화연구』 29집, 2009.

아일랜드 번역과 민족문학 상상의 젠더

김병철, 『한국 근대번역문학사 연구』, 을유문화사, 1975.

_____, 『한국 근대서양문학이입사 연구』 상, 을유문화사, 1980.

_____, 『한국 근대서양문학이입사 연구』 하, 을유문화사, 1982.

박지향, 『슬픈 아일랜드』, 기파랑, 2008.

윤정묵, 『예이츠와 아일랜드』, 전남대 출판부, 1994,

아일랜드 드라마연구회, 『아일랜드, 아일랜드』, 이화여대 출판부, 2002.

가라타니 고진, 조영일 역, 『네이션과 미학』, b, 2009.

미우라 노부타카·가스야 게이스케 편, 이연숙·고영진·조태린 역, 『언어제국주의란 무엇인가』, 돌베개 2005.
이연숙, 고영진·임경화 역, 『국어라는 사상』, 소명출판, 2006.

Attridge, Derek ed., *The Cambridge Companion to James Joyce*, Cambridge Univ. Press, 2004(1990).
Cairns, David and Richards, Shaun, *Writing Ireland*, Manchester Univ. Press, 1988.
Cameron, D., *The Feminist Critique of Language : A Reader*, Routledge, 1999.
Connolly, S. J. ed., *Oxford Companion to Irish History*, Oxford Univ. Press, 2007(1998).
Hooper, Glenn and Graham, Colin ed., *Irish and Postcolonial Writing*, Palgrave, 2002.
Howes, marjorie and Kelly, John ed., *The Cambridge Companion to W.B. Yeats*, Cambridge Univ. Press, 2006.
Kaplan,Caren and Alarcon, Norma and Moallem, Minoo ed., *Between Woman and nation*, Duke Univ. Press, 1999.
Kiberd, Declan, *Inventing Irland*, Harvard Univ. Press, 1996.
Laughlin, J. M., *Reimagining The Nation-State*, Pluto Press, 2001.
Mills, Sara, *Gender and Colonial Space*, Manchester Univ. Press, 2005.
Ramazanoglu, Caroline and Holland, Janet, *Feminist Methodology*, Sage, 2009(2002).
Vaughan, W.E. ed., *A New History of Ireland 6*, Oxford Univ. Press, 2010(1989).

김규창, 「괴테의 세계문학 개념과 그 한국적 수용」, 『독일어문학』 제16집, 2001.
김모란, 「아일랜드의 전유, 그 욕망의 '이동'을 따라서」, 『사이間SAI』 제7호, 2009.
김호연, 「1930년대 김광섭 연극 비평 연구」, 『국문학논집』 제18집, 2002.
서은주, 「번역과 문학 장의 내셔널리티」, 민족문학사연구소 기초학문연구단, 『한국 근대문학의 형성과 문학 장의 재발견』, 소명출판, 2004.
이승희, 「조선문학의 내셔널리티와 아일랜드」, 『탈식민의 역학』, 소명출판, 2008.
이태숙, 「조선·한국은 아일랜드와 닮았다?—야나이하라 타다오의 아일랜드와 조선 에 관한 논설」, 『역사학보』 182집, 2004.6.
장원재, 「레이디 그레고리 작「옥문」의 한국수용사 연구」, 서연호 편, 『한국연극의 쟁 점과 새로운 탐구』, 연극과인간, 2001.
_____, 「아일랜드 희곡의 수용과 문화적 오해」, 『국제어문』 제30집, 2004.

'노라'의 조선적 수용 양상과 그 의미 – 채만식의 『인형의 집을 나와서』를 중심으로

1차 자료

나혜석, 이상경 편, 『나혜석 전집』, 태학사, 2000.
채만식, 『채만식 전집』 1, 창작사, 1987.

헨릭 입센, 양백화 역, 『노라』, 영창서관, 1922.

양건식, 「〈인형의 家〉에 대하여」, 『매일신보』, 1921.4.9.
염상섭, 「지상선을 위하야」, 『신생활』, 신생활사, 1922.7.
채만식, 「『인형의 집을 나와서』를 쓰면서」, 『삼천리』, 1933.9.
_____, 「문예잡감」, 『채만식 전집』 10, 창작사, 1987.
현 철, 「근대문예와 입센」, 『개벽』, 1921.1.

2차 자료

정홍섭, 『채만식 – 문학과 풍자의 정신』, 역락, 2004.
천정환, 『근대의 책읽기』, 푸른역사, 2003.

김사이, 「채만식의 『인형의 집을 나와서』 연구」, 상명대 석사논문, 2000.
김연수, 「번역과 근대적 문화전이 – 입센의 〈인형의 집〉 수용양상 비교를 중심으로」,
    『독일어문학』 제59집, 한국독일어문학회, 2012.
김호범, 「일제하의 금융조합과 농민층 분해」, 『부산상대논집』 71집, 부산대, 2000.
루 쉰, 「노라는 집을 나간 후 어떻게 되었는가」, 한무희 역, 『노신문집』 3권, 일월서각, 1987.
서경석, 「채만식의 『인형의 집을 나와서』론」, 『문예미학』 5호, 문예미학회, 1999.
심진경, 「채만식 문학과 여성 – 『인형의 집을 나와서』와 『여인전기』를 중심으로」,
    『한국 근대문학 연구』 7호, 한국근대문학회, 2003.
안미영, 「한국 근대소설에서 헨릭 입센의 〈인형의 집〉 수용」, 『비교문학』 30권, 한국
    비교문학회, 2003.
이승희, 「번역의 성 정치학과 내셔널리티」, 민족문학사연구소 기초학문연구단, 『한
    국 근대문학의 형성과 문학 장의 재발견』, 소명출판, 2004.
정선태, 「『인형의 집을 나와서』 – 입센주의의 수용과 그 변용」, 『한국 근대문학 연구』
    6호, 한국근대문학회, 2002.

한지현, 「채만식의 『인형의 집을 나와서』에 나타난 여성문제 인식」, 『민족문학사연구』 9호, 민족문학사연구소, 1996.

홍창수, 「서구 페미니즘 사상의 근대적 수용 연구」, 민족문학사연구소 기초학문연구단, 『한국 근대문학의 형성과 문학 장의 재발견』, 소명출판, 2004.

번역 텍스트의 젠더화와 여성의 모더니티 - 『신여성』을 중심으로

1차 자료

『신여성』, 『개벽』, 『별건곤』

2차 자료

김병철, 『한국 근대번역문학사 연구』, 을유문화사, 1975.

_____, 『한국 현대번역문학 연구』, 을유문화사, 1988.

김상태 편, 『근대문화와 역사 그리고 한국문학』, 푸른사상사, 2003.

김욱동, 『근대의 세 번역가 서재필 최남선 김억』, 소명출판, 2010.

_____, 『번역과 한국의 근대』, 소명출판, 2010

_____, 『번역의 미로』, 글항아리, 2011.

연세대 근대한국학연구소 편, 『한국문학의 근대와 근대성』, 소명출판, 2006.

조의연 편, 『번역학, 무엇을 연구하는가 - 언어적·문화적·사회적 접근』, 동국대 출판부, 2012.

테레사 현, 김순식 편, 『번역과 한국 근대문학』, 시와시학사, 1992.

테레사 현, 『번역과 창작 - 한국 근대 여성 작가를 중심으로』, 이화여대 출판부, 2004.

Roman Alvarez and M. Carmen-Africa Vidal 편, 윤일환 역, 『번역, 권력, 전복』, 동인, 2007.

리디어 H, 류, 『통언어적 실천』, 1995.

마루야마 마사오·가토 슈이치, 임성모 역, 『번역과 일본의 근대』, 이산, 2000.

야나부 아키라, 김옥희 역, 『번역어의 성립』, 마음산책, 2011.

코모리 요이치, 정선태 역, 『일본어의 근대』, 소명줄판, 2000.

김양선, 「사회주의 여성해방론의 소설화와 그 한계 - 채만식의 『인형의 집을 나와서』를 중심으로」, 『우리말글』 36, 2006.

김윤선, 「멜로영화와 여성성 ‐『신여성』을 중심으로」, 『여성문학연구』, 한국여성문학학회, 2006.

_____, 「근대 여성매체『신여성』에 나타난 여성의 소비문화」, 『동양학』 49호, 단국대 동양학연구소, 2009.

김윤희, 「한국 근대 신어연구(1920~1936년)‐일상문화적 맥락을 중심으로」, 2010 여름 국어사학회 전국학술대회 발표문.

박선주, 「(부)적절한 만남‐번역의 젠더, 젠더의 번역」, 『안과 밖』 Vol.32, 영미문학연구회, 2012.

서지영, 「부상하는 주체들‐근대 매체와 젠더 정치」, 『여성과 역사』 12, 2010.

_____, 「소비하는 여성들‐1920~30년대 경성과 욕망의 경제학」, 『한국여성학』 제26권 1호, 2010.

소영현, 「젠더 정체성의 정치학과 ‘근대 / 여성’ 담론의 기원‐『여자계』를 중심으로」, 『여성문학연구』 16, 한국여성문학학회, 2006.

안미영, 「한국 근대소설에서 헨리 입센의 〈인형의 집〉 수용」, 『비교문학』 30, 한국비교문학회, 2003.

이승희, 「입센의 번역과 성 정치학」, 『여성문학연구』 12, 한국여성문학학회, 2004.

이지영, 「1910년 전후의 신어 수용 양상」, 『돈암어문학』 23, 돈암어문학회, 2010.

이태숙, 「여자 유학생의 근대인식과 공유장‐『여자계』를 중심으로」, 『국어국문학』 159, 국어국문학회, 2011.

이화형·유진월, 「서구 연애론의 유입과 수용 양상」, 『국제어문』 32, 국제어문학회, 2004.

장정희, 「1920년대 타고르 시의 수용과 소파 방정환의 위치」, 『인문연구』 63호, 2011.

한기형, 「근대어의 형성과 한국문학의 언어적 정체성‐매체의 언어분할과 근대문학‐근대소설의 기원에 대한 매체론적 접근」, 『대동문화연구』, 성균관대 대동문화연구원, 2007

_____, 「식민지 검열장의 성격과 근대 텍스트」, 『민족문학사연구』, 민족문학사학회 민족문학사연구소, 2007.

_____, 「‘법역法域’과 ‘문역文域’‐제국 내부의 표현력 차이와 출판시장」, 『민족문학사연구』, 민족문학사학회 민족문학사연구소, 2010.

_____, 「‘불온문서’의 창출과 식민지 출판경찰」, 『대동문화연구』, 성균관대 대동문화연구, 2010.

_____, 「중역되는 사상, 직역되는 문학」, 『아세아연구』 54권 4호, 2011.

황호덕, 「국어와 조선어 사이, 內鮮語의 존재론‐일제말의 언어정치학, 현영섭과 김사량의 경우」, 『대동문화연구』 제58집, 2007.

_____, 「제국 일본과 번역 (없는) 정치─루쉰 룽잉쭝 김사량 '阿Q'적 삶과 주권」, 『대
동문화연구』 제63집, 2008.

_____, 「근대 한어漢語와 모던 신어新語, 개념으로 본 한중일 근대어의 재편」, 『상허학
보』 30, 상허학회, 2010.10.

근대적 번역행위의 동인과 번역양상─이화여전 교지 『이화』를 중심으로

1차 자료
『이화』, 『연희』, 『배재』, 『숭실』, 『동아일보』, 『동광』, 『신가정』, 『신여성』, 『삼천리』

2차 자료
김병철, 『한국 근대번역문학사 연구』, 을유문화사, 1975.
김욱동, 『번역과 한국의 근대』, 소명출판, 2010.
박경수 편, 『안서 김억 전집』 5, 한국문화사, 1987.
박진영, 『번역과 번안의 시대』, 소명출판, 2011.
상허학회, 『한국 근대문학의 작가의식』, 깊은샘, 2006.
이하윤, 『失鄕의 花園』, 시문학사, 1933.
이화여대 한국여성연구원, 『한국 근대사회의 발전과 이화인의 역할』, 이화여대 출판
부, 1995.
정경은, 『근대학생들의 교지 만들기』, 서정시학, 2012.
조재룡, 『번역의 유령들』, 문학과지성사, 2011.

테레사 현, 김혜동 역, 『번역과 창작』, 이화여대 출판부, 2004.

김연수, 「조선의 번역운동과 괴테의 '세계문학' 개념 수용에 대한 고찰─해외문학과
를 중심으로」, 『괴테연구』 제24집, 한국괴테학회, 2011.
심준현, 「해방 선 베를렌의 수용 및 번역」, 『프랑스 어문교육』 제32집, 한국프랑스어
문교육학회, 2009.11.
김진희, 「김억의 번역론 연구─근대문학의 장과 번역자의 과제」, 『한국시학 연구』 제
28호, 2010.8.

남수경, 「'-어지다' 의미고찰에 대한 시론」, 『어문연구』 39-3, 2011.

박성창, 「한국 근대문학과 번역의 문제」, 『비교한국학』 13, 2005.

박지영, 「신여성 지의 독자투고문을 통해서 본 여성적 글쓰기의 형성 과정 – 만들어 지는 글쓰기, 배제된 글쓰기의 욕망」, 『여성문학연구』 통권 12호, 2004.

_____, 「해방기 지식 장의 재편과 번역의 정치학」, 『대동문화연구』 68, 2009.

_____, 「번역의 시대, 번역의 문화정치」, 『대동문화연구』 71, 2010.

_____, 「위태로운 정체성, 횡단하는 경계인 – '여성 번역가 / 번역' 연구를 위하여」, 『여성문학연구』 28, 한국여성문학학회, 2012.

박헌호, 「『연희延禧』와 식민지 시기 교지校誌의 위상」, 『현대문학의 연구』 28권, 한국문 학연구학회, 2006.

사노 마사토, 「경성제대 영문과 네트워크에 대하여」, 『한국 현대문학 연구』 26, 2008.

송숙이, 「한국 근대 초기 번역시의 수용양상」, 『우리말글』 통권 7호, 1989.

심진경, 「문단의 '여류'와 '여류문단' – 식민지 시대 여성 작가의 형성과정」, 『상허학 보』 13집, 상허학회, 2003.

오문석, 「식민지 시대 교지연구」, 『상허학보』 8집, 상허학회, 2002.

유성호, 「해외문학파의 시적 지향 – 이하윤의 경우」, 『비평문학』 제40집, 한국비평문 학회, 2011.

윤의섭, 「한국 현대시의 종결 방식 연구」, 『한국언어문학』 제65집, 2008.

이지영, 「잠복된 문학 독서의 발현 양상에 대한 연구」, 『독서연구』 제25호, 2011.

이봉범, 「1950년대 번역 장의 형성과 문학번역 – 국가 권력, 자본, 문학의 구조적 상관 성을 중심으로」, 『대동문화연구』 제79집, 2012.

전도현, 「배재를 통해 본 고보 학생들의 현실인식과 문예적 특징 고찰」, 『번역학 연 구』 31, 2009.

정경은, 「이화여전 교지 『이화』의 외국문학 수용에 관한 고찰」, 『한국학 연구』 31, 2009.

_____, 「해방전 교지 소재 서구 번역시의 특징 고찰」, 『번역학 연구』 12-1, 2011.

조영식, 「연포 이하윤의 번역시 고찰 – 실향의 화원을 중심으로」, 『인문학 연구』 제4 호, 경희대 인문학연구원, 2000.12.

태혜숙, 「탈경계인문학 방법론으로서 '젠더번역'에 대한 탐색」, 이화여대 '비교와 번 역' 포럼 발표논문집, 2012.

Campbell, Joseph, "The Old Woman", *The New Poetry : An Anthology*, Ed. Harriet Monroe, Frankfurt : Nabu Press, 2010.

Dromgoole, Will Allen, "The Bridge Builder", *Father : An Anthology of Verses*, Ed. Margery Doud, New York : E. P. Dutton, 1931.

Hopkins, Gerard Manley, "Heaven-Haven", *Poems of Gerard Manley Hopkins*, Ed. W. H. Gardner Hopkins, Oxford : Oxford University, 1967.

Whitman, Walt, "O Captain! My Captain!", *Walt Whitman*, Ed. Gay Wilson Allen, New York : The Viking, 1968.

Wordsworth, William, "The Solitary Reaper", *Lyrical Ballads : Wordsworth and Coleridge*, Ed. R. L. Brett and Alun R. Jones, London : Methuen, 1968.

해방기 펄 벅 수용과 남한여성의 입지

1차 자료

『(매일신보)서울신문』, 『자유신문』, 『동아일보』, 『조선일보』, 『경향신문』, 『신조선보』, 『문화창조』, 『신세대』, 『민성』, 『신천지』, 『개벽』, 『여학원』, 『여성공론』, 『생활문화』, 『여성문화』 등 해방기 발간 신문 및 잡지.

퍼얼 S. 뻑, 이호근 역, 「백인녀와 황인남」, 『민성』 4권 5호, 1948.5.
필 벅, 임학수 역, 「피난군」, 『세계단편선집』, 1946.7.
필 뻑 여사, 채정근 역, 「정복자의 처녀」, 『부인』 3권 3호, 1948.8.

2차 자료

김병철, 『한국근대번역문학사연구』 (하), 을유문화사, 1975.
_____, 『세계문학번역서지목록총람─1895~1987』, 국학자료원, 2002.
변화순 · 김은경, 『유엔여성지위위원회 50년과 한국활동 10년』, 한국여성개발원, 1997.
오영식 편, 『해방기 간행도서 총목록─1945~1950』, 소명출판, 2009.
최영희 편, 『격동의 해방3년』, 한림대 아시아문화연구소, 1996.

피터 콘, 이한음 역, 『펄 벅 평전』, 은행나무, 2006.

김길수, 「펄 벅의 『동풍서풍』─여성억압과 가부장적 지배구조의 해체」, 『영어영문학 연구』 37권 2호, 대한영어영문학회, 2011.5.

김윤경, 「1950~60년대 펄 벅 수용과 미국」, 『한국문학이론과 비평』 58, 한국문학이론과비평학회, 2013.3.

김은실·권김현영, 「1950년대 1공화국 국가건설기 공적영역의 형성과 젠더정치」, 『여성학 논집』 제29집 1호, 2012.

김효원, 「펄 벅의 문학작품에 나타난 세계정신」, 『영어영문학』 19, 한국강원영어영문학회, 2000.

문경란, 「미군정기 한국여성운동에 관한 연구」, 이화여대 석사논문, 1989.

박용규, 「미군정기 여성신문과 여성운동」, 『한국언론정보학보』 19, 한국언론정보학회, 2002 가을.

박지영, 「해방기 지식장의 재편과 '번역'의 정치학」, 『대동문화연구』 68, 2009.

심상욱, 「동서융합의 관점에서 본 펄 벅의 페미니즘」, 『동서비교문학저널』, 동서비교문학학회, 2006.

_____, 「펄 벅에 대한 재고」, 『2006년 가을 정기학술대회 발표논문집』, 대한영어영문학회, 2006.

_____, 「동-서 양쪽에서 재조명되는 펄 벅」, 『신영어영문학』, 신영어영문학회, 2007.

양동숙, 「대한부인회의 결성과 활동연구」, 『한국학논총』 34, 국민대 한국학연구소, 2010.8.

윤정은, 「해방 후 국가건설과정에서 우익진영 여성들의 의회진출운동」, 『역사문화연구』 24, 2006.6.

이배용, 「미군정기 여성생활의 변모와 여성의식, 1945~1948」, 『역사학보』 150, 1996.

_____, 「한국여성생활과 의식변화에 대한 현대사적 고찰(1948~1970을 중심으로)」, 『한국근현대사연구』 25, 2003.

이배용 외, 「한국여성사 정립을 위한 여성인물 유형연구 VI(1945~1948)」, 『여성학논집』 13, 1999.

이배용·조경원, 「해방이후 여성교육정책의 변화와 여성의 사회진출 양상―미군정기(1945)~제1공화국 시기(1960)」, 『한국교육사학』 22, 한국교육사학회, 2000.

이승희, 「한국여성운동사 연구―미군정기 여성운동을 중심으로」, 이화여대 박사논문, 1991.

정현주, 「해방 후부터 1950년대까지의 여성단체의 성격과 활동내용―현대여성단체의 기원」, 『유관순 연구』 5, 백석대 유관순연구소, 2005.12.

최지현, 「해방기 공창폐지운동과 여성연대solidarity 연구」, 『여성문학연구』 19, 2008.

황정미, 「해방 후 초기 국가기구의 형성과 여성(1946~1960)」, 『한국학보』 190, 2002.

번역을 통한 근대 지성의 유통과 젠더 담론－『여원』을 중심으로

1차 자료

『여원』, 1955.10~1956.5, 학원사.

『여원』, 1956.6~1970.4, 여원사.

『동아일보』, 1962.10.31.

2차 자료

김복순, 「전후여성교양의 재배치와 젠더정치」, 『여성문학연구』 18집, 한국여성문학
학회, 2007.

김양선, 「전후여성문학 장의 형성과 여원」, 『여성문학연구』 18집, 한국여성문학학회, 2007.

김은하, 「전후 국가 근대화와 '아프레 걸(전후 여성)' 표상의 의미」, 『『여원』 연구－여
성, 교양, 매체』, 국학자료원, 2008.

김정숙, 「수기에 나타난 식민적 징후와 50년대 동일성 담론－『나는 코리안의 아
내』와 『여원』을 중심으로」, 『어문연구』 제56권, 어문연구학회, 2008.

김종갑, 「역오디푸스 콤플렉스－어머니의 두 개의 몸」, 『비평과 이론』 제15권 1호,
통권 제26호, 한국비평이론학회, 2010.

김현주, 「1950년대 여성잡지 『여원』과 제도로서의 주부의 탄생」, 『대중서사연구』 18
집, 대중서사학회, 2007.

노지승, 「1950년대 후반 여성 독자와 문학 장의 재편」, 『한국 현대문학 연구』 30집, 한
국현대문학회, 2010.

박선주, 「(부)적절한 만남－번역의 젠더, 젠더의 번역」, 『안과밖』 32집, 영미문학연
구회, 2012.

박진영, 「편집자의 탄생과 세계 문학이라는 상상력」, 『함께 나란한, 공통적인, 공동체
: 한국비교문학 연구의 길들－한국문학과 세계문학, 육당 최남선의 물음을 둘
러싸고』, 육당연구학회・한국비교문학회, 2012 하반기 공동 학술대회 자료집.

서연주, 「여성 소외계층에 대한 담론 형성 양상 연구」, 『여성문학연구』 18집, 한국여
성문학학회, 2007.

송인화, 「1960년대 연애소설 연구－『여원』 연재소설을 중심으로」, 『『여원』 연구－여
성, 교양, 매체』, 국학자료원, 2008.

윤금선, 「해방이후 독서 대중화 운동」, 『국어교육연구』 17집, 서울대 국어교육연구소, 2006.

윤조원, 「번역자의 책무－발터 벤야민과 문화번역」, 『영어영문학』 제57권 2호, 한국

영어영문학회, 2011.

이덕화, 「『여원』에 발표된 '여류현상문예' 당선작품과 기성 여성 작가 작품의 비교연구」, 『현대소설연구』 37집, 한국현대소설학회, 2008.

이명호, 「문화번역의 정치성—이국성의 행방과 이웃되기」, 『비평과 이론』 제15권 1호(통권 제26호), 한국비평이론학회, 2010.

이문정, 「가정에서의 책 읽어주기 및 아버지 참여에 대한 아버지 인식」, 『한국심리학회 연차학술발표논문집』, 한국심리학회, 2008.

이상화, 「신흥 중간계급 직업여성 담론 연구」, 『『여원』 연구—여성, 교양, 매체』, 국학자료원, 2008.

이선옥, 「'여류현상문예'와 주부 담론의 균형」, 『『여원』 연구—여성, 교양, 매체』, 국학자료원, 2008.

임은희, 「1950~60년대 여성 섹슈얼리티 연구」, 『여성문학연구』 18집, 한국여성문학회, 2007.

장미경, 「1960~70년대 가정주부(아내)의 형성과 젠더정치」, 『사회과학 연구』 15집 1호, 서강대 사회과학연구소, 2007.

장미영(숙명여대), 「여성 자기서사의 서사적 특성 연구」, 『여성문학연구』 18집, 한국여성문학학회, 2007.

장미영(전주대), 「1950~60년대 여성지의 서사만화 연구」, 『『여원』 연구—여성, 교양, 매체』, 국학자료원, 2008.

조 형, 『여성주의 시티즌십의 모색』, 이화여대 출판부, 2007.

발터 벤야민, 최성만 역, 「언어 일반과 인간의 언어에 대하여—번역가의 과제 외」, 『발터 벤야민 선집』 제6권, 길, 2008.

1980년대 여성해방운동과 번역의 역설

1차 자료

국립중앙도서관, 『대한민국 출판물 총목록』, 1980~1990.

김지해 편, 『세계여성운동』 1, 동녘, 1987.

_____, 『세계여성운동』 2, 동녘, 1988.

또하나의문화, 『평등한 부모 자유로운 아이』, 평민사, 1985.

_____, 『열린 사회 자율적 여성』, 또하나의문화, 1986.

_____, 『여성해방의 문학』, 또하나의문화, 1987.

_____, 『지배 문화, 남성 문화』, 또하나의문화, 1988

_____, 『누르는 교육, 자라는 아이들』, 또하나의문화, 1989.

_____, 『주부, 그 막힘과 트임』, 또하나의문화, 1990.

여성편집위원회, 『여성』 1~3, 창작사, 1985~1989.

크리스챤아카데미 편, 『여성문화의 도전』, 삼성출판사, 1975.

한국여성개발원, 『여성연구』, 1984 겨울.

_____, 『여성관련문헌해제서지 1945~1984』, 1985.

_____, 『여성관련문헌종합목록』, 1988.

한국여성연구회 문학분과, 『여성해방문학의 논리』, 창비, 1990.

한국여성학회, 『한국여성학』 1~3집, 1985~1987.

A. 베벨, 이순예 역, 『여성론』, 까치, 1987.

C. 다울링, 홍수원 역, 『신데렐라 콤플렉스』, 우아당, 1982.

F. 엥겔스, 김대웅 역, 『가족의 기원』, 아침, 1985.

M. 미드, 이경식 역, 『남성과 여성』, 범우사, 1980.

레닌 외, 조금안 역, 『여성해방론』, 동녘, 1988.

하트만 외, 김애령 외역, 『여성해방이론의 쟁점』, 태암, 1989.

다나카 미치코, 김희은 역, 『미혼의 당신에게』, 백산서당, 1983.

마쓰이 야요리, 김혜영 역, 『무엇이 여성해방인가』, 백산서당, 1981.

2차 자료

조혜정, 『탈식민시대 지식인의 글읽기 삶읽기』, 또하나의문화, 1992.

_____, 『한국의 여성과 남성』, 문학과지성사, 1988.

강이수, 「불행한 결혼인가, 불가능한 결혼인가」, 『여성과 사회』 1호, 1990.

김경애, 「근대 남성지식인 소춘 김기전의 여성해방론」, 『여성과 역사』 12집, 2010.

김양선, 「사회주의 여성해방론의 소설화와 그 한계」, 『우리말글』 36집, 2006.

김영희, 「여성문학론의 비판적 검토」, 『창작과 비평』 1988 가을.

김혜정, 「독서대중화 운동의 역사적 전개과정 검토」, 『독서연구』 27, 2012.

민족민주운동연구소 여성분과, 「80년대 여성운동과 90년대 여성운동의 전망 1」, 『정세연구』 9호, 1990.

_____, 「80년대 여성운동과 90년대 여성운동의 전망 2」, 『정
세연구』 10호, 1990.

박형준, 「전환기 사회운동의 성격」, 『오늘의 한국 사회』, 사회비평사, 1993.

서광선, 「한국여성연구원, 그 출발 이전과 이후─한 증언」, 『한국여성연구원30년─
1977~2007』, 이화여대 한국여성연구원, 2008.

오일환, 「1980년대 이후 한국 사회운동과 정치발전」, 『한국정치외교사논총』 21, 2000.

유미향·박정윤·이영훈, 「번역가의 젠더와 성적 표현의 번역」, 『번역학 연구』 13-5,
한국번역학회, 2012.

윤금선, 「1980년대 전반기 독서운동 사례와 독서경향 분석」, 『독서연구』 19, 2008.

이나영, 「급진주의 페미니즘과 섹슈얼리티」, 『경제와 사회』 82호, 2009 여름.

이명호 외, 「미국 여성비평의 전개과정」, 『세계의 문학』, 1988 봄.

이순예, 「여성문학의 흐름과 쟁점」, 『여성운동과 문학』 2, 풀빛, 1990.

이승희, 「한국여성운동의 현단계」, 『여성운동과 문학』 2, 풀빛, 1990.

_____, 「여성운동과 한국의 민주화」, 『새로운 정치학』, 인간사랑, 1998.

이효재, 「80년대 여성운동의 과제」, 『한국의 여성운동』, 정우사, 1984.

조옥라, 「가부장제에 관한 이론적 고찰」, 『한국여성학』 2집, 한국여성학회, 1986.

조주현, 「대학여성학 과목분석을 통해 본 한국 여성학 현황과 전망」, 『사회과학논총』
15집, 1996.

_____, 「여성 정체성의 정치학─80~90년대 여성운동을 중심으로」, 『한국여성학』
12집, 1996.

조혜란, 「제2의 성의 초기 한국어 번역과 수용─이용호의 1955년, 1964년 번역을 중심
으로」, 고려대 석사논문, 2012.

조혜정, 「가부장제의 변형과 극복」, 『한국여성학』 2집, 한국여성학회, 1986.

홍창수, 「서구 페미니즘 사상의 근대적 수용 연구」, 『상허학보』 13집, 2004.

성차에 따른 성담론 번역 양상 비교─셰익스피어의 『오셀로』 번역을 중심으로

1차 자료

Shakespeare, William, *Othello*, M. R. Ridley ed. London & New York : Routledge, 1992.

권오숙 역,『오셀로』, 열린책들, 2011.

김미예 역.『오셀로』, 지식을 만드는 지식, 2008.

김우탁 역,『오셀로』, 성균관대 출판부, 1995.

김재남 역,『로미오와 줄리엣 / 줄리어스 시저 / 오셀로 / 리어 왕』, 을유문화사, 1991.

신정옥 역.『오셀로』, 전예원, 1989.

조광순 역,『오셀로』, 동인, 2009.

2차 자료

김동미,『영한 번역의 '여성 문체' 연구』, 세종대 박사논문, 2006.

이종인,『번역은 글쓰기다』, 즐거운상상, 2009.

정정덕,『언어와 인간』, 영남서원, 1990.

더글러스 로빈슨, 정혜욱 역,『번역과 제국』, 동문선, 2002.

로만 알바레츠 로드리구에즈 & M. 칼멘-아프리카 비달 편, 윤일환 역,『번역, 권력, 전복』, 동인, 2007.

삐에르 부르디외, 정일준 역,『상징폭력과 문화재생산』, 새물결, 1997.

테레사 현, 김혜동 역,『번역과 창작 – 한국 근대 여성 작가를 중심으로』, 이화여대 출판부, 2004.

Bassnett-MaGuire, Susan, "Still trapped in the labyrinth : Further reflections on translation and theatre", In Susan Bassnett-MaGuire and Andre Lefevere, eds., *Constructing Cultures : Essays on Literary Translation*, Clevedon : Multilingual Matters, 1998.

Kremer, Marion, *Person Reference and Gender in Translation : a Contrastive Investigation of English and German*, Gunter Narr, 1997.

Santaemilia, Jos'e, *Gender, Sex and Translation*, Manchester : St. Jerome, 2005.

Simon, Sherry, *Gender in Translation : Cultural Identity and the Politics of Translation*, London & New York : Routledge, 1996.

Von Flotow, Luise, *Translation and Gender : Translation in the 'Era of Feminism'*, Manchester : St. Jerome, 1997.

초출일람

본 연구서의 개별 원고는 아래의 텍스트를 수정·보완한 것임을 밝힙니다. 이 중『여성문학연구』28호에 실렸던 글은 '젠더와 번역-여성 지㖘의 형성과 변전㘚㘚'이라는 특집으로 다루어졌던 것입니다.

서론_ 여성주의 번역(문학)사를 다시 세우기 위하여
박지영, 「위태로운 정체성, 횡단하는 경계인-'여성 번역가, 번역' 연구를 위하여」,『여성문학연구』28호, 한국여성문학학회, 2012.12.

1부_ 젠더와 번역, 그리고 고전 여성 지식(문화)사
이지영, 「조선시대 규훈서㖘㘚㘚와 여성의 문자문화」,『여성문학연구』28호, 한국여성문학학회, 2012.12.
서정민, 「『명행정의록』연구」, 서울대 박사논문, 2006.
박상석, 연세대 BK21사업단·Princeton University·중국 연변대 주관, 제4회 한국 언어·문학·문화 국제 학술대회 발표문 「중국소설 번안에 나타나는 여성형상 변개의 일양상-정숙·정조의 강화」, 연세대 백주년기념관, 2009.7.

2부_ 젠더와 번역, 그리고 근대 여성 지식(문화)사
김연숙, 「'가정소설'의 번역과 젠더의 기획-여성 번역문학사 정립을 위한 시론」,『여성문학연구』28호, 한국여성문학학회, 2012.12.
김복순, 「아일랜드 문학의 전유와 민족문학 상상의 젠더」,『민족문학사연구』44호, 민족문학사연구소, 2010.12.
김양선, 「사회주의 여성해방론의 소설화와 그 한계-채만식의『인형의 집을 나와서』를 중심으로」,『우리말글』36호, 우리말글학회, 2006.
김윤선, 「번역 텍스트의 젠더화와 여성의 모더니티-『신여성』을 중심으로」,『여성문학연구』28호, 한국여성문학학회, 2012.12.
So-Young KANG and Jung-Hwa YUN, "The Impetus and Aspects of Modern Translation : Focusing on The Ewha", *Trans-Humanities*, vol.6, no.3, Ewha Institute for the Humanities, 2013.10.30.

3부_ 젠더와 번역, 그리고 현대 여성 지식(문화)사

류진희, 「해방기 펄 벅 수용과 남한여성의 입지」, 『여성문학연구』 28호, 한국여성문학학회, 2012.12.

허　윤, 「1980년대 여성해방운동과 번역의 역설」, 『여성문학연구』 28호, 한국여성문학학회, 2012.12.

장미영, 「번역을 통한 근대 지성의 유통과 젠더 담론—『여원』을 중심으로」, 『여성문학연구』 28호, 한국여성문학학회, 2012.12.

권오숙, 「성차에 따른 성담론 번역 양상 비교—셰익스피어의 『오셀로』 번역을 중심으로」, 『여성문학연구』 28호, 한국여성문학학회, 2012.12.